Hammond Innes
Die Yukon-Affäre

Hammond Innes

DIE YUKON-AFFÄRE

Roman

Aus dem Englischen von
Wolfgang Crass

Gustav Lübbe Verlag

Titel der Originalausgabe: HIGH STAND
Originalverlag: William Collins Sons & Co. Ltd., London

Aus dem Englischen von Wolfgang Crass
Schutzumschlag: Reinhard Borner, Bergisch Gladbach
unter Verwendung einer Zeichnung von Gabriele Kuhnke, Essen
Satz: ICS Communikations-Service GmbH, Bergisch Gladbach
Druck, Einband: Ebner Ulm

Printed in Western Germany
ISBN 3-7857-0457-7

Allen meinen Freunden
im Westen Kanadas gewidmet

Inhalt

1

Der goldene Playboy

Es dauerte einen Augenblick, bis es in mein Bewußtsein vordrang. Es war ein Freitagvormittag, um zwanzig vor zehn, Mitte August. Freitags war immer alles eilig, und ich versuchte gerade, noch vor meinem ersten Besprechungstermin um zehn Uhr den Entwurf für eine eidesstattliche Erklärung fertigzubekommen.

»Eine Mrs. Halliday möchte Sie sprechen.« Meine Sekretärin hatte gerade Urlaub, und ihre Vertretung hatte den Namen falsch verstanden.

»Ich habe Ihnen doch gesagt, ich empfange niemanden ohne Vereinbarung.«

»Sie sagt, sie sei eine alte Freundin.«

Selbst jetzt brauchte ich noch einen Augenblick . . . Mein Gott! dachte ich – Miriam. Ich sah aus dem Fenster auf die langgezogene Hügelkette der Downs, deren sanft geschwungene Linie sich vor dem nahezu wolkenlosen Himmel abzeichnete. Nur im Westen bildeten sich Cirrus-Streifen.

Länger als ein Jahr war es her, im April oder im Mai, spät in der Nacht auf dem Heimweg von einer Dinner-Party . . . Mai, ja, es mußte im Mai gewesen sein, die blühenden Hecken waren langgezogene weiße Streifen im Licht der Autoscheinwerfer. »Tom Hall'days Frau«, sagte ich. »Sie haben den Testamentsnachtrag getippt, den er unterschrieben hat. Wissen Sie noch?«

»Sie schreibt sich *Halliday*«, sagte sie bestimmt und schob mir einen Zettel zu. »Und sie sagt, es sei dringend.«

»Sie sprechen den Namen *Hall'day* aus«, erklärte ich. Ich fragte mich, was, zum Teufel, Miriam bei mir wollte. Wußte sie, daß er sein Testament geändert hatte? Ich schob den Entwurf zur Seite und dachte nach. Ich hatte Miriam mehr gemocht als die meisten anderen Frauen, aber das hatte mit jener Verbindung von Cognac und Mai-Mond zu tun gehabt – übrigens das einzige Mal, daß wir beide je allein miteinander gewesen waren. Es war ein halbes Jahr her, seit ich sie zum letzten Mal gesehen hatte, und zwar anläßlich einer Dinner-Party in ihrem Haus, nachdem Tom Halliday wieder einmal von einer seiner Reisen zum Yukon zurückgekehrt war.

Ich sagte der Aushilfe, daß ich klingeln würde, wenn ich soweit sei, dann lehnte ich mich in einen Sonnenstrahl zurück, der durch das offene Fenster hereinfiel, und machte mich auf ein unangenehmes Gespräch gefaßt. Miriam hatte ihrem Mann nichts gesagt, dessen war ich mir sicher. Sie hätte sich sonst anders verhalten. Es ging also entweder um das Testament, oder ihre diversen Amouren hatten ihr so viele Komplikationen eingebracht, daß sie Rat brauchte.

Ich hatte nicht erwartet, daß sich meine Praxis so entwickeln würde. Daß mich Frauen aufsuchten, denen die Ehemänner auf die Schliche gekommen waren, oder Schwangere mit ihren Problemen, oder, was in gewisser Weise noch schlimmer war, daß ich mit Männern zu tun bekommen könnte, die sich bei ihren Seitensprüngen mit fremden Ehefrauen hatten erwischen lassen.

Ich nahm meine Pfeife, stopfte sie aber nicht. Ich saß nur da, zog daran und dachte an Halliday. Ich sah ihn wieder vor mir auf dem Stuhl sitzen – ein stämmiger Mann voller nervöser Spannung, mit dichtem schwarzem Haar, einem kleinen Schnurrbart, hellen Augen voller Vitalität und ruhelosen Händen. Miriam war erheblich jünger als er, und ich hatte mich damals gefragt, ob sein Haar nicht gefärbt war, so ebenmäßig schwarz war es.

Warum nur hatte er das getan – in einem Testamentsnachtrag seinen Waldbesitz von Miriam auf den jüngeren seiner beiden Söhne aus erster Ehe zu übertragen? Dazu diese nervöse Spannung. Normalerweise war er ein ziemlich extrovertierter Mann mit einer Schwäche für guten Wein und auffällige Autos. Da war dieses ständige, fast schon angeberhafte Bedürfnis nach Selbstdarstellung, verbunden mit einer merkwürdigen Unberechenbarkeit und Sprunghaftigkeit, die sich vielleicht aus der Tatsache erklärte, daß er ein reicher Mann war, ohne je einen Penny selbst verdient zu haben.

Ich sog an meiner kalten Pfeife und starrte auf die Downs hinaus, die bräunlich schimmernd in der Sonne lagen. Fast konnte ich das Gras riechen. Aber das Bild vor meinem geistigen Auge zeigte Tom Halliday, wie er nach jenem Dinner beim Portwein fast zwanghaft von seinem Vater erzählte, von Dawson City und jenem schrecklichen Marsch von Skagway das Gebirge hinauf, und dabei so schnell sprach, daß die Worte geradezu aus ihm herauszusprudeln schienen. Den größten Teil davon kannte ich schon, diese unglaubliche Geschichte von der tauben Goldmine, aber ich hatte sie noch nie so detailliert und mit solcher Erregung erzählt bekommen. Es war, als ließe ihn die Erinnerung daran von innen erstrahlen, und dann hatte er uns in sein Zimmer geführt, wo an den Wänden die Bilder und Erinnerungen an den Goldrausch hingen und über dem Kamin ein großer Elchkopf angebracht war.

Am deutlichsten war mir aber die Photographie seines Vaters im Gedächtnis haftengeblieben: Sie zeigte ihn als jungen Mann mit herabhängendem Schnurrbart, Hosenträgern und einem zerbeulten Hut neben einer hölzernen Waschrinne, in der Hand eine Goldwäscherpfanne. Sein Mund war weit geöffnet; und vor Freude über den Inhalt der Pfanne zeigte er grinsend die Zähne. Eine seltsame Vorstellung, daß Tom Halliday sein Leben aus dem Ertrag dieser Waschpfanne bestritten hatte. Nun ja, zumindest besaß Miriam noch die Mine. Weshalb machte sie sich also Gedanken? Oder wußte sie nicht, daß er mich ausschließlich der Bäume wegen aufgesucht hatte?

Ich legte meine Pfeife hin und griff nach dem Sprechgerät. Es war wohl besser, wenn ich es hinter mich brachte. »Lassen Sie Mrs. Halliday bitte hereinkommen!«

Schwanger ist sie nicht, war mein erster Gedanke. Ihre knapp sitzenden Jeans zeichneten ihre Figur mit dem knabenhaft flachen Bauch in allen Einzelheiten nach. Obwohl ihr Anblick mein Herz schneller schlagen ließ, begriff ich sofort, daß sie nicht meinetwegen gekommen war; sie hatte sich mit ihrer Kleidung keine Mühe gegeben – nur Jeans, Sandalen, ein kariertes Baumwollhemd, kaum Make-up, und das Haar fiel ihr ungekämmt ins Gesicht. Sie lächelte mir kurz und ohne Wärme zu, und ihre Augen blieben ausdruckslos. Kein Wort davon, daß sie sich freute, mich wiederzusehen, und während sie sich setzte, war sie mit ihren Gedanken ganz woanders.

Sie sah mich immer noch nicht an, saß mir nur gegenüber auf der anderen Seite des Schreibtischs und starrte mit leeren Augen die Wand hinter meinem Kopf an. Sie schien nicht recht zu wissen, was sie sagen sollte.

»Das ist wohl kein Höflichkeitsbesuch, nehme ich an?« Ich versuchte, mit möglichst unbeschwerter Stimme zu sprechen.

Plötzlich waren ihre großen Augen auf mich gerichtet. Ich spürte, wie sich etwas in mir rührte, und war selbst erstaunt darüber, daß bereits dieser Blick und das Wissen, daß sie meine Hilfe brauchte, bei mir eine solche Wirkung haben konnten.

»Wo brennt's?«

»Tom«, sagte sie. »Hast du Tom in der letzten Zeit gesehen – seit seiner Rückkehr?« Als ich nichts sagte, nickte sie. »Dienstag, nicht wahr?« und fügte hinzu: »Wegen seines Testaments?« Sie starrte mich an und preßte ihre Zähne in die Unterlippe.

»Du weißt, daß ich dir den Grund für seinen Besuch nicht sagen darf.« Er hätte mich vorher anrufen können, aber er hatte es eilig gehabt und wollte den Zusatz direkt an Ort und Stelle geschrieben haben. Er hatte darauf gewartet, und dann hatten die Aushilfssekretärin und ich als Zeugen unterschrieben. »Du bist seine Frau, ich weiß, aber ein Anwalt . . .«

»Unsinn.« Sie schüttelte schnell und ungeduldig den Kopf. »Ich wußte, daß du das sagen würdest. Er war wegen seines Testaments bei dir. Es gibt keinen andern Grund, oder?« Sie sagte das als Nachgedanken, fast zu sich selbst, und dann, wieder an mich gerichtet: »Das Testament ist mir gleich, aber was hat er für einen Eindruck auf dich gemacht?« Plötzlich lehnte sie sich vor, so daß ich in ihrem Hemdausschnitt die Wölbung ihrer Brüste sehen konnte, und preßte dabei ihre Hände aneinander. »Du hast ihn doch im Verlauf der letzten zwei oder drei Jahre einige Male gesehen. War er irgendwie anders – besorgt, aufgeregt, angespannt? War ihm die Spannung anzumerken?«

»Warum?« fragte ich mit einer gewissen Schärfe. Wenn es nicht um das Testament ging, warum war sie dann so aufgeregt? »Mir schien er unverändert«, sagte ich schnell und ärgerte mich über mich selbst, weil sie eine solche Wirkung auf mich hatte.

»Warum hat er dann sein Testament geändert? Ausgerechnet jetzt direkt nach seiner Rückkehr?« Ihre Stimme wurde schwächer, unsicherer. »Das verstehe ich nicht.«

»Du brauchst dir keine Sorgen zu machen«, sagte ich und dachte dabei an die Bäume und an seinen Sohn. »Du bist wirklich sehr gut versorgt.«

Das tat sie mit einer ungeduldigen Handbewegung ab. »Ich kann allemal für mich selber sorgen.« Ich meinte, die Spur eines Lächelns zu erkennen. »Ich habe Tom zufällig sehr gern, und irgend etwas stimmt mit ihm nicht.« Ihr Blick zuckte durch mein Büro, als suche sie hier nach einer Antwort. »Hat er dir irgendeinen Grund genannt?« Als ich darauf nichts erwiderte, sagte sie: »Ich nehme an, es geht um Brian.«

Ich sagte nichts und fragte mich, wie sie das erraten hatte. Ich hatte ihm die gleiche Frage gestellt – warum der jüngere Sohn? Als er mir dann aber sagte, er habe den Jungen in Forstwirtschaft ausbilden lassen, sah ich ein, daß er durchaus plausible Gründe hatte. Miriam blieb ja die Mine, und auf die kam es schließlich an. Der ältere Sohn Martin erbte alle Anteile an *Halliday's Spezialkarosserien*, was wahrscheinlich genau das war, was er wollte, weil er die Firma – mehr oder weniger an Stelle seines Vaters – leitete. »Martin ist Ingenieur«, hatte Halliday gesagt. »Von Bäumen hat er nicht die geringste Ahnung.«

»War es die Mine im Yukon Territory oder das Land in British Columbia?« Sie beobachtete mich mit prüfenden Augen. »Doch bestimmt nicht die Firma. Das würde Brian nicht liegen, zumal sie schon seit Jahren mit Verlust arbeitet. Es muß um die Bäume gehen – das Land, das Toms Vater vor fünfzig oder mehr Jahren aufgeforstet hat.« In ihren Augen, die noch immer auf mich gerichtet waren, fing sich das Licht: Sie glänzten in einer Art Türkisblau mit klar ausgeprägten grünen Flecken. Ich hatte sie bisher noch nie so deutlich im direkten Sonnenlicht gesehen. Dazu noch dieses Haar, fast rot . . .

»Hat er dir irgendeinen Grund genannt? Brian hat eine Schwäche für Bäume, das weiß ich, aber trotzdem muß es einen Grund haben, daß Tom dich aufgesucht hat, irgend etwas muß da passiert sein. Warum sollte er denn sonst ausgerechnet jetzt zu dir kommen, direkt nach seiner Rückkehr aus Kanada.«

»Tut mir leid«, sagte ich. »Ich kann darüber nicht sprechen. Ich kann es wirklich nicht.«

»Blödsinn! Also wirklich, Philip . . .« Mit einem Mal war sie wieder wie früher – vital, sehr lebendig, mit jener scharfen Intelligenz, die ich so anziehend gefunden hatte.

»Er ist am letzten Dienstag angekommen, und Brian vor ungefähr einem Monat – er kam direkt aus einem gottverlassenen Dorf im Himalaya, wo er irgendeinem Fakir zu Füßen gesessen hat – einem Guru, einem Zauberer; ich weiß nicht, wie man so was nennt.« Und dann sagte sie ganz leise: »Er ist wild, dieser Junge, und das war er schon immer. Tom hat irgendwann einmal gesagt, er müßte ein paar eigene Bäume haben. Die einzigen Bäume, die er ihm geben konnte, standen auf dem sogenannten Halliday Arm. Mit der beste Rotzedern-Bestand in ganz British Columbia. So hat er es mir beschrieben, und mit dir hatte er nur eines zu verhandeln, und das war sein Testament.«

Sie war außer Atem geraten und stockte an diesem Punkt, sah mich aber weiterhin unverwandt an. Sie schien noch etwas sagen zu wollen, aber dann drehte sie den Kopf zur Seite und verschloß es in sich, was immer es auch gewesen sein mochte. Die Stille schleppte sich hin.

»Vielleicht könntest du mir einfach sagen, worum es dir jetzt im einzelnen geht.«

Sie schüttelte leicht den Kopf. »Ich dachte, du könntest mir vielleicht weiterhelfen. Es hätte ja sein können, daß er dir etwas gesagt hat.« Wieder folgte eine lange Stille, und dann drehte sie sich plötzlich wieder zu mir. »Er war in Kanada. Es war eine längere Reise als gewöhnlich, und als er wieder zurückkam – das war am Wochenende, Sonntag morgen. Am Dienstag war er bei dir, und noch am gleichen Abend ist er nach London gefahren. Seitdem habe ich ihn nicht mehr gesehen.«

»Er ist also ganze zweieinhalb Tage weg, mehr nicht.« Ich konnte nicht verstehen, warum sie so besorgt war. London, sein Club, die Firma in einem Ort namens Haverhill in der Nähe von Cambridge, Rallyes mit Oldtimern, Auto-Ausstellungen ... Miriam war die Tochter eines Archäologie-Professors aus Cambridge. Sie interessierte sich für alte Gebäude, besonders für Fachwerkhäuser. Mit Stichbalken-Dächern und alten geschnitzten Eichenbalken kannte sie sich aus, aber von Autos wußte sie nur, daß sie ein Fortbewegungsmittel waren. Sie war daher oft allein, und so hatte es sich ergeben, daß wir beide zusammen bei einer Dinner-Party gewesen waren und mein Anlasser in dem Augenblick den Geist aufgegeben hatte, als wir wegfahren wollten ...

»Hat er gesagt, warum er nach London wollte?«

Sie schüttelte den Kopf. »Nein, er wollte mir nichts sagen.«

Ich erinnerte sie daran, daß er, wie sie mir selbst erzählt hatte, oft unerwartet abreiste, um einen Oldtimer-Enthusiasten im Club zu treffen, um sich irgendein altes Autowrack anzusehen, das in der

Firma nachgebaut werden sollte, oder wegen einer Ausstellung, von der er gerade erst erfahren hatte.

Miriam schüttelte den Kopf. »Er hat seine gesamte Oldtimer-Flottille verkauft, weißt du. Nur der herrliche *Rolls*-Tourenwagen ist noch übrig.« Dann sagte sie noch, sie hätte es beim *Royal Automobile Club* in der Pall Mall, in allen seinen Stammlokalen, in der Firma in Haverhill und sogar in Beaulieu versucht, wo er, wie sie wußte, den *Rolls* ausstellen lassen wollte.

Also eine andere Frau? Diese Möglichkeit war nicht auszuschließen, zumal bei einem Mann seines Alters. Als ich aber andeutungsweise die Vermutung aussprach, er könnte anderweitig eine persönliche Bindung eingegangen sein, schloß sie das aus.

»Nein!« sagte sie heftig, fügte aber mit einem leichten Lächeln hinzu: »Was immer du auch glauben magst – Tom und ich stehen uns sehr nahe.«

Ich zögerte, weil ich nicht sicher war, wie ernst ich diese Angelegenheit nehmen sollte. »Könnten wir in der Zeit etwas zurückgehen?« sagte ich. »Er ist also an diesem Wochenende aus Kanada zurückgekommen, sagst du?« Sie nickte. Bei mir war er am Dienstag gewesen. »War er in irgendeiner Konferenz oder Besprechung, von der er dir nichts gesagt hat – und hat ihn jemand aufgesucht?«

»Nein, niemand. Ich habe ihn am Sonntagmorgen früh von Gatwick abgeholt, und den Rest des Tages waren wir zu Hause. Er hat viel geschlafen. Montag waren wir vormittags auf einer Party – bei den Griersons, kennst du sie? Sie haben ein herrliches Haus bei Firle. Nachmittags hat er die Post erledigt, die sich während seiner Abwesenheit angesammelt hatte. Er hat eine Menge Briefe diktiert, und am Abend haben wir zusammen in einem Restaurant in der Nähe gegessen.«

»Und seit seiner Rückkehr nach England hat er bis Dienstag niemanden getroffen, und dann ist er nach London gefahren. Mit dem Auto?«

»Ja, mit dem Auto.«

»Und es hat sich niemand mit ihm in Verbindung gesetzt?«

»Soviel ich weiß, nicht – kein Fremder jedenfalls, wenn es das ist, was du meinst.«

»Anrufe?«

»Ja, einige.« Sie zögerte und sagte dann: »Da war sein Steuerberater, das weiß ich. Sonst nur private Anrufe.« Sie fügte noch hinzu: »Über Geld hat er mit mir nie gesprochen. Er ist kanadischer Staatsbürger, wie du weißt, und wir hatten immer alles, was wir brauchten. Ich hatte allerdings seit einiger Zeit das Gefühl, daß die Lage nicht mehr ganz so rosig ist. Ja, und dann war da direkt vor seiner Rückkehr noch ein Anruf – von einem Mann namens Josef Wolchak, einem Amerikaner, glaube ich. Er wollte wissen, wann mein Mann zurückerwartet wird. Er wollte sich mit ihm treffen – es sei dringend, sagte er. Ich erinnere mich deshalb noch daran, weil Tom diesen Namen noch nie erwähnt hatte. Als ich ihm dann von dem Anruf erzählte, schien er einen Augenblick ziemlich beunruhigt.«

»Vielleicht ist er deshalb nach London gefahren«, vermutete ich.

»Das hätte er mir ganz bestimmt gesagt. Und warum hat er nicht angerufen?«

Ich sagte ihr nichts davon, daß er bei unserem Gespräch am Dienstag Wolchak erwähnt und mich gefragt hatte, ob sich ein Mann mit diesem Namen mit mir in Verbindung gesetzt hätte. Ich hatte das verneint, worauf er sichtlich erleichtert wirkte. Trotzdem erklärte das nicht, warum er so plötzlich verstummt war. Ich sah ihn noch vor mir, wie er auf dem gleichen Stuhl gesessen hatte wie jetzt seine Frau, seine Haltung steif und verspannt. »Sein Sohn«, sagte ich und dachte dabei an die Testamentsänderung. »Den anderen, Martin, den kenne ich, Brian dagegen nicht.«

»Ein ganz schön wilder Vogel, wie ich schon sagte. Anfang des Monats ist er plötzlich aufgetaucht, sah sterbenskrank aus. Er hatte Ruhr, bestand aber trotzdem darauf, seinen Vater zu sprechen. Es ging natürlich um Geld. Er wollte Geld für diesen Guru im Himalaya. Es ist bei ihm immer das gleiche, immer geht es um Geld. Jedesmal, wenn er auftaucht. Eines muß man ihm allerdings dabei lassen, er will es nie für sich selbst, sondern immer für irgendeine Sache.« Sie fügte noch hinzu: »Dieses Mal waren es die Bäume. Davor waren es die Seehunde. Er wollte, daß Tom in seinem Werk etwas baute, womit sich die Fanginstrumente der kanadischen Seehundjäger blockieren ließen. Er ist verrückt, einfach verrückt.«

»Aber du magst ihn?«

»Eigenartigerweise ja.« Sie nickte. »Doch, wirklich. Er ist ein seltsamer, aufregender Mensch.«

Wenigstens etwas, dachte ich. So würde sie wenigstens keinen Prozeß anstrengen, wenn es soweit war und sie dahinterkam, daß der Sohn einer anderen Frau das Land und die Bäume in British Columbia bekommen würde. Ich versuchte, mich genau an alles zu erinnern, was Tom Halliday gesagt hatte. Viel war es jedoch nicht gewesen. Den Zusatz zum Testament hatte er praktisch allein geschrieben. Ich hatte ihn nur formal korrigiert. Diskussionen und Erklärungen hatte es keine gegeben. Ich hatte lediglich ausgeführt, was er von mir verlangte, und das war alles. Zugegeben, Toms Gesicht wirkte etwas eingefallen, er war offensichtlich schwer erkältet gewesen, aber am Ende einer langen, anstrengenden Reise holt man sich leicht eine Infektion.

»Geht es ihm gesundheitlich gut?« fragte ich.

Sie warf mir einen schnellen Blick zu. »Warum? Findest du, daß er krank ausgesehen hat?«

»Nein. Ein bißchen überanstrengt, das ist alles. Aber man macht sich immer Gedanken, wenn ein Mann anfängt, an seinem Testament herumzumurksen.«

»Körperlich geht es ihm gut. Ich habe ihn zu einer Untersuchung geschickt, bevor er dieses letzte Mal nach Kanada gefahren ist. Als wir in London waren, kam wieder mal ein neues Auto auf den Markt, und dazu waren wir zu einem Empfang eingeladen.« Sie zögerte und sprach dann weiter. »Ich habe Dr. Wesslers Bericht kurz nach seiner Abreise erhalten. Alle Organe funktionierten normal, nur der Cholesterinspiegel war etwas hoch. Mehr Bewegung, weniger fettes Essen. Sonst war nur noch von nervöser Spannung die Rede. Der Arzt hat mir empfohlen, ihn zu einem Urlaub in der Sonne zu bewegen, und zwar am besten auf einer Insel ohne Straßen und ohne Autos.« Sie schnaubte verächtlich. »Wir sollten auf die Seychellen. Vom Schiff zum Hotel auf einem Ochsenkarren, kannst du dir das vorstellen?« Sie sah auf ihre Hände herab, und ihr warmes, tizianrotes Haar fiel ihr ins Gesicht. »Wir haben seit unseren Flitterwochen keinen gemeinsamen Urlaub mehr gemacht, und das war in Brighton. Wir sind in einem 1913er *de Dion Bouton* hingefahren.« Sie kicherte unterdrückt. »Das ist fast so lächerlich wie der Colonel, der mit seinem Regiment verheiratet ist und seine Braut auf den Schlachtfeldern des Zweiten Weltkriegs herumführt.«

Die Sekretärin kam herein und sagte mir, der Mandant für die Besprechung um zehn Uhr sei da. Miriam rührte sich nicht von der Stelle.

Ich wußte nicht, was ich sagen sollte. Eigentlich war es nicht mein Problem, wenn ihr Mann zwei Tage lang nicht heimgekommen war. Ich hatte Gerüchte gehört, er sei in den letzten Monaten recht häufig unterwegs gewesen – seltsam, daß ihr das nicht längst zur Gewohnheit geworden war. Aber auf meine diesbezügliche Bemerkung gab sie nur zurück, er habe sie bei vergleichbaren Gelegenheiten abends immer angerufen. »Immer«, sagte sie bestimmt. »Selbst wenn er die Mine am Yukon aufsucht, ruft er mich meistens am Abend an – sie haben dort oben nämlich Funktelefone in den Lastwagen. Manchmal vergißt er den Zeitunterschied«, fügte sie noch hinzu, »und weckt mich mitten in der Nacht auf. Es beunruhigt ihn immer sehr, wenn er mich nicht erreicht.« Sie lächelte. »Bei seiner letzten Reise nach British Columbia hat er mich zweimal nachts geweckt.«

»Wäre es denn möglich, daß er sein Gedächtnis verloren hat?« fragte ich.

Miriam hielt das für ausgeschlossen. »Tom niemals. Er kann sich an jedes einzelne Autowrack erinnern, das er in seinem Leben gesehen hat.«

Ich war inzwischen aufgestanden, und sie murmelte etwas in sich hinein. Sie wolle noch einige Leute anrufen, vielleicht gebe es ja doch jemanden, der wußte, wo er stecken konnte. »Einen Tag warte ich noch ab, und wenn ich dann immer noch nichts weiß –« Dabei ließ sie es bewenden und erhob sich langsam. »Zumindest weiß ich jetzt, warum er bei dir war . . . Aber sein Testament zu ändern und dann zu verschwinden – das gefällt mir nicht, Philip. Hältst du es für möglich, daß ihm etwas passiert ist?« Als ich ihr nicht antwortete, fügte sie noch hinzu: »Bist du sicher, daß er dir nichts gesagt hat – wo er hin wollte, meine ich? Nicht einmal die leiseste Andeutung?« Ich schüttelte den Kopf, und sie sagte noch einmal: »Einen Tag warte ich noch ab.«

Danach drehte sie sich abrupt um und ging hinaus, ohne noch ein Wort zu sagen. Als sie weg war, setzte ich mich wieder hinter meinen Schreibtisch und dachte noch eine Weile über Halliday nach. Ich versuchte, mir vorzustellen, was ihm im Kopf herumgegangen war, während er hier in meinem Büro wartete, bis die Sekretärin den Zusatz zum Testament getippt hatte. Er hatte nichts gesagt, sondern nur dagesessen und mit seinen grauen Augen völlig ausdruckslos auf die Hügelkuppen der Downs gestarrt. Nach meinem Eindruck war er mit seinen Gedanken ganz weit weg.

Ungefähr eine Stunde später rief ein Journalist aus Brighton an und fragte mich, ob es wahr sei, daß Tom Halliday seine Frau verlassen habe. Er wollte mir nicht sagen, woher er seine Information hatte – nur, daß es um eine andere Frau ging, und dann deutete er an, Halliday sei ›auf Wanderschaft‹, ob ich dazu irgendwelche Informationen hätte. Ich sagte nein, im Gegenteil, ich hätte meinen Mandanten noch letzten Dienstag gesehen, und nichts hätte darauf hingedeutet, daß er ›auf Wanderschaft‹ gehen wollte, wie der Mann sich ausgedrückt hatte. Daraufhin stellte er mir noch eine Menge Fragen persönlicher Art, in denen es größtenteils um Geld ging und die zu beantworten ich mich weigerte. Schließlich legte er wieder auf.

Ich fand diesen Anruf sehr beunruhigend. Erstens einmal erinnerte er mich daran, wie wenig ich über Tom Halliday wußte; selbst über seinen Vater wußte ich mehr. Vor allem aber beunruhigte mich die Tatsache, daß sich ein Journalist für ihn interessierte: Das sprach dafür, daß er tatsächlich in irgendwelchen ernsten Schwierigkeiten steckte. Ich muß eine ganze Pfeife geraucht haben, während ich diese Überlegungen anstellte. Schließlich verbannte ich die Befürchtung, daß er vielleicht tatsächlich verschwunden war, aus meinen Gedanken und machte mich an meine alltägliche Arbeit.

Ich war seit nun dreieinhalb Jahren in Ditchling und hatte meine Praxis in dieser Zeit hauptsächlich auf Grund der Überlegung aufgebaut, daß die meisten Menschen für ihr Testament einen Anwalt wollen, der zwar aus der Gegend und damit leicht verfügbar ist, nicht aber in derselben Stadt sitzt wie sie. Ditchling war dafür perfekt, denn es war kaum mehr als ein Dorf und lag etwas entfernt von den Küstenstädten Eastbourne, Brighton und Worthing, aus denen der größte Teil meiner Mandanten stammte.

Seit ich mir einen Sozius leisten konnte, kam ich gelegentlich sogar in den Genuß freier Wochenenden, auch hatte ich mir mein erstes Boot gekauft. So war ich mit einem Segler der *Jester*-Klasse meinem Traum von einer Atlantik-Überquerung einen Schritt näher gekommen.

Am nächsten Tag, einem Samstag, war ich schon früh in Shoreham und fuhr auf der langen Straße an den Docks entlang zur östlichen Hafeneinfahrt, wo ich mein Beiboot auf einem kleinen Streifen schmutzigen Kieses zwischen alten Ruderbooten, rostigen Bojen und Balkenstücken zurückgelassen hatte. Der Segler lag auf der anderen Seite des Hafens an einem gemieteten Liegeplatz. Es gab darauf noch viel zu tun, und deshalb übernachtete ich an Bord. Das befähigte mich, gleich am Sonntagmorgen dem Techniker zur Hand zu gehen, der mir in Schwarzarbeit meine Maschine einbauen wollte. Ich hatte mich nach langer Überlegung für einen Ein-Zylinder-Diesel und gegen einen Außenbordmotor entschieden. Ich arbeitete ungefähr zwei Stunden lang mit dem Mann, und dann ruderte ich auf einen Drink zum Yacht-Club hinüber. Am Nachmittag fand eine Regatta statt, und die Bar war ziemlich voll. Ich eroberte mir einen Platz neben einem Herrn, der eine Sonntagszeitung vor sich liegen hatte; aus ihr erfuhr ich es dann – nicht von Miriam, der Polizei oder durch irgendeine offizielle Mitteilung, sondern rein zufällig, als ich dem Mann über die Schulter sah und folgende Schlagzeile las:

GOLDMINENBESITZER VERSCHWUNDEN
Schecks des Millionärs platzen!
Sohn: ›Vielleicht Selbstmord‹

Großer Gott! Das mußte ich wohl laut gesagt haben, denn der Mann blickte auf.

»Kennen Sie ihn?« Als ich nickte, schob er mir die Zeitung herüber. »Bedienen Sie sich, ich bin fertig. Aber ein Mann mit einer Goldmine am Yukon – man sollte doch meinen, der wäre vernünftiger und ließe sich nicht alles restlos durch die Finger rinnen, bis er pleite ist.« Er blätterte die Seiten um und legte mir die Zeitung so hin, daß mir die fette Schlagzeile, die über zwei Seiten ging, förmlich ins Auge sprang: *GOLDMILLIONÄR UND PLAYBOY AM ENDE – Seine drei Schwächen: Schöne Wagen – Schöne Frauen – und Geschwindigkeit.* Die Story vom »üppigen Leben«

des Thomas Francis Halliday und seinem Klondike-Gold, die die Titelseite versprochen hatte, wurde in der Zeitung auf fast zwei Seiten ausgewalzt. Die drei Journalisten, von denen der Artikel stammte, waren offensichtlich sehr fleißig gewesen, denn es war ein sehr ausführlicher, reich ausgeschmückter Bericht über das Leben eines Playboys, der seinen Reichtum dem Gold verdankte. Er war interessant zu lesen und schilderte genau jene Art von Existenz, für die die Hälfte der arbeitenden Bevölkerung im Lande ihr Seelenheil verkaufen würde.

Die arme Miriam! Der Artikel nahm zwar Rücksicht auf sie, aber es war trotzdem ein harter Schlag. Namen und manchmal sogar Adressen von verschiedenen Frauen tauchten auf, die mit ihm in Verbindung gebracht wurden, und mit einer hatte er angeblich sogar noch am Dienstag in einer Bar in Brighton gesprochen. Auch von Drogen war die Rede, und daß er sein Glück mit einer Silbermine in Peru versucht habe, damit aber gescheitert sei. Vor allem aber ging es um Hallidays Verschwinden und um die möglichen Hintergründe, und ob er noch lebe oder schon tot sei. Jemand, auf den seine Beschreibung zutraf, hatte am Mittwoch das Fährschiff *Townsend Thoresen* von Felixstowe nach Rotterdam genommen. Außerdem war er angeblich bei der Tankstelle an der Severn-Brücke gesehen worden. Das war am Freitag gewesen. Nach Angaben eines Tankstellenbesitzers aus Polegate und eines Bauunternehmers aus Lewes war beiden ein von Miriam unterzeichneter Scheck aus dem gemeinsamen Konto von der Bank nicht ausgezahlt worden; der Chef der Bank hatte natürlich jeden Kommentar verweigert. Im weiteren Verlauf des Artikels verbreiteten sich die Journalisten über die Möglichkeit eines Selbstmords, und ganz zum Schluß wurde Toms Arzt zitiert: »Organisch fehlt ihm nichts, nicht das geringste.«

»Na, was halten Sie davon?« fragte mich der Besitzer der Zeitung, als ich sie zusammenlegte.

»Tut mir leid«, sagte ich. »Darüber kann ich nicht sprechen.«

Ich dachte an Miriam, die nun ganz allein in dem großen Haus inmitten von Erinnerungen an einen längst verflogenen Goldrausch leben mußte. Ich wußte nicht mehr, ob ihre Familie noch in Cambridge lebte; ich konnte nicht einmal ausschließen, daß sie inzwischen längst alle verstorben waren. Ich wußte über Miriam eigentlich noch weniger als über ihren Mann. Nur eines war mir klar: daß ich sie unbedingt aufsuchen mußte, um mich davon zu überzeugen, daß es ihr gut ging. Die Reporter waren sicher schon bei ihr gewesen, und nun, nach dieser Veröffentlichung, würden noch mehr kommen. Bestimmt klingelte ihr Telefon unaufhörlich.

Ich bedankte mich bei dem Mann, klemmte mir die Zeitung unter den Arm, drängte mich aus der überfüllten Bar und ruderte schnell auf die andere Seite des Hafens, wo ich mein Auto abgestellt hatte. In Brighton hielt ich kurz bei einer Telefonzelle und rief im Haus der Hallidays an. Es meldete sich niemand. Mir kam der Gedanke, daß man vielleicht die Leiche gefunden hatte. Wenn ja, dann mußte sie jetzt identifiziert werden. Ich verließ das Hafengelände und nahm die Küstenstraße, die durch Rottingdean und Peacehaven führte und dann oberhalb vom Cuckmere am Westdean Forest entlang.

Es war gerade halb eins geworden, als ich das alte Bauernhaus in einem Tal der Downs nicht weit vom Long Man erreichte. Wegen des Wochenendes war niemand da, und das Anwesen machte einen verschlafenen Eindruck: Kühe in einem Gatter fraßen von dem saftigen Gras, und alles ruhte still im kühlen Schatten von Bull's Wood. Miriam selbst machte mir die Tür auf. Ihr Gesicht war blaß und eingefallen.

»Philip!« Sie lächelte nicht, sondern fiel mir einfach in die Arme und klammerte sich einen Augenblick an mir fest. »Mein Gott! Ich dachte schon, es wäre wieder ein Reporter. Heute morgen waren schon zwei da, und das Telefon . . . Du hast es wohl in der Zeitung gelesen, oder?«

»Deshalb bin ich hier.«

»Die Journalisten müssen es von der Polizei erfahren haben. Ich habe sie einen Tag, nachdem ich bei dir war, benachrichtigt – am Samstag.« Sie löste sich wieder von mir. »Ich wußte nicht, daß man damit so viel Wirbel auslösen kann, daß man einfach davonläuft. Das hat er doch getan, nicht? Er ist einfach weggelaufen und hat es den anderen überlassen, die Scherben aufzusammeln. Oder er hat sich umgebracht. Meinst du, er hat sich umgebracht?«

»Nein, natürlich nicht.«

Sie schien mich jedoch nicht zu hören. »Ich hätte es aus ihm herausholen sollen«, sprach sie schnell weiter. »Ich wußte, da war irgend etwas . . . aber einfach so zu verschwinden – ohne ein Wort! Warum nur?« Und sie fragte noch einmal: »Warum nur, um Gottes willen?« Ihre Stimme überschlug sich, und sie klang leicht hysterisch.

»Möchtest du vielleicht irgendwo essen gehen?« Ich dachte, es würde sie vielleicht ein bißchen entspannen, aus dem Haus wegzukommen.

Sie nickte, und als wir im Auto saßen und in Richtung Lewes fuhren, sagte sie: »Wir hatten einen Krach. Nein, nicht einen Krach. Dazu gehören zwei. Er ist einfach explodiert, ein nervöser Ausbruch, als ob er einfach nicht mehr weiter könnte. Ich dachte, er bekommt gleich einen Herzinfarkt. Sein Gesicht war puterrot, und seine Hände haben gezittert. Er war völlig außer sich, und deshalb hab ich ihn nicht weiter genervt.« Dann fügte sie noch langsam hinzu: »Vielleicht hätte ich hartnäckiger sein sollen, aber damals . . .« Dabei ließ sie es bewenden. »Bist du direkt von deinem Boot hergekommen? Ich habe gehört, daß es fertig ist. Du hast uns ja gar nicht zum Stapellauf eingeladen.«

»Wir haben es einfach ins Wasser geschoben.«

Ich fuhr mit ihr ins *Tiger Inn*, und weil ich wußte, daß sie Ablenkung suchte, erzählte ich ein wenig von dem Boot und von meinen sonstigen Plänen. Erst als wir uns zum Essen niederließen, kehrten wir wieder zum Thema Tom Halliday zurück, und da war sie es, die darauf bestand, über ihn zu sprechen – nicht über sein mögliches Schicksal, sondern über den Mann selbst. Vielleicht war das ein Versuch, sich selbst sein Verhalten zu erklären und womöglich zu rechtfertigen. Wie auch immer, nachdem sie erst einmal damit angefangen hatte, schienen die Worte nur so aus ihr herauszusprudeln. Es war, als ob sie sich selbst nicht bremsen konnte, und zum Schluß war ich froh, daß ich nicht mit einer Goldmine am Hals auf die Welt gekommen war.

Alles hatte er gehabt, die ganze Welt war ihm auf einem silbernen Tablett präsentiert worden. Ich sah ihn wieder vor mir, an der Stirnseite des Tisches sitzend, sein kleiner gebürsteter Schnurrbart von den Kerzen beleuchtet, seine hohen Backenknochen von dem erlesenen Portwein gerötet, der die Runde machte. Wieder einmal erzählte er die Geschichte seines Vaters, der als junger Mann nach Klondike aufgebrochen war, von Skagway aus den Weißen Paß hinauf nach Dawson City, und von dort über den sogenannten Dalton Trail, den ein Verrückter aus dem Busch gehackt hatte, um dann mit dem Schrotgewehr in der Hand aufzupassen, daß niemand ihn benutzte, der nicht zuvor eine Gebühr bezahlt hatte. Irgendwo auf diesem Trail verkaufte jemand Josh Halliday, dem Sohn eines Versicherungsmaklers aus San Francisco, jene Goldmine. ›Lucky‹ Carlos Despera. So hieß der Mann, der sie ihm verkauft hatte, und die Mine trug den Namen Ice Cold Creek. Ich erinnere mich an die Namen deshalb, weil Tom sie so über seine Zunge hatte rollen lassen, und gelacht hatte er dabei. Dann erzählte er, wie sein Vater zu dieser Mine hinaufgezogen war und sie hoch oben in der Nähe eines riesigen Bergmassivs gefunden hatte, das erfüllt war vom Donner der Gletscherfälle.

»Tom war ein kleiner Junge.« Miriam lehnte sich vor, stützte die Ellbogen auf und das Kinn auf ihre zu Fäusten geballten Hände, deren Knöchel weiß hervortraten, und starrte ins Leere. »Ein draufgängerischer Protzer. Das war ein Teil seiner Anziehungskraft, sein ungeheures Charisma, seine Energie – und er war unermüdlich, übersprudelnd vor Vitalität – und all das ohne Ventil, ohne ein echtes, wirksames Ventil.«

Ich konnte ihn vor mir sehen, völlig von sich selbst überzeugt – und dann dieses Bild seines Vaters. Die Mine war natürlich taub.

»Josh erkannte das, sobald er bis zu dem weißen, glazialen Herz des Bergs vorgestoßen war. Weiter unten beuteten die Männer am Creek ihre Claims aus und holten gerade genug heraus, um die Hoffnung nicht zu verlieren, und alle sagten sie, der obere Teil von Ice Cold Creek sei abgebaut, leer, fertig.« Trotzdem schaufelte der arme Teufel in seiner Verzweiflung weiter Gestein und arbeitete sich die Seele aus dem Leib, solange seine Lebensmittelvorräte reichten und ihm noch ein paar Dollar blieben. Dann, natürlich genau an jenem Tag, an dem er sich entschloß, aufzugeben – auf jeden Fall aber, als sein Geld praktisch verbraucht war –, hatte er plötzlich Glück. »Nicht nur gewöhnliches goldhaltiges Gestein, sondern kleine Gold-Nuggets.« Und Tom erzählte das alles so anschaulich, daß man das Zeug förmlich in Joshs schwieliger Hand sehen konnte und unmittelbar nachempfand, wie ihm zumute war, als er seinen Mund zu einem triumphierenden Freudenschrei aufriß und in einem überschwenglichen Jubeltanz mit beiden Füßen auf dem Boden herumstampfte . . .

»Autos, Motorboote, Le Mans, der *RAC* – sogar Flugzeuge. Er hat sein eigenes Flugzeug geflogen! Und die Frauen. Das konnte ich am Anfang einfach nicht verstehen, wie sehr er Frauen brauchte. Ich glaube, er wäre am liebsten mit jeder, die ihm gefiel, ins Bett gegangen. Nur um irgend etwas zu beweisen, seine Männlichkeit oder was weiß ich.« Sie schüttelte kurz den Kopf und lächelte. »Er war nicht homosexuell – das will ich damit nicht sagen. Wenn man aber dort oben am Yukon einen Topf voll Gold hat, wo niemand ihn sehen kann . . .Bei dir ist das etwas anderes, Philip. Du kannst die Leute in deine Kanzlei führen und sagen, da, schaut es euch an, das habe ich mit meinem Leben gemacht. Ich habe eine Praxis aufgebaut. Du verfügst über Fachwissen, das die Menschen zu dir führt. Sie brauchen deinen Rat und deine Hilfe. Tom hatte nichts Vergleichbares, nie.«

»Die Fabrik«, sagte ich.

Sie zuckte die Achseln. »Die gehörte nicht ihm, sondern Martin. Martin hat sie geleitet, Tom hat dafür bezahlt. Das war alles. Genauso, wie er für seine Autos, sein Flugzeug und sein schnelles Motorboot bezahlt hat, mit dem er an der königlichen Yacht in Cowes vorbeirasen konnte und das ihm manchmal ein Bild in irgendeiner Illustrierten eingebracht hat. Aber nichts von alldem war von ihm selbst, nichts hat er selbst geschaffen. Er verdankte alles nur dieser Goldmine. Er hatte einen ausgezeichneten Manager, Jonny Epinard, ein von Grund auf ehrlicher Kerl. Trotzdem fuhr er oft selbst zum Yukon. Manchmal habe ich gedacht, er macht das nur, um sich zu versichern, daß die Mine da ist, daß es sie wirklich gibt.«

Sie schüttelte nachdenklich den Kopf. »Ich habe mich das manchmal selbst gefragt. All die Jahre – für seinen Vater ein ganzes Leben lang, und dann auch noch für ihn, den Sohn, eine ununterbrochene goldene Ernte, mit der die Hallidays sich den Lebensstil leisten konnten, der für sie . . .« Sie lachte spöttisch. »Aber was das bei einem unsicheren Jungen für einen Schaden anrichten kann! Er ist mal nach Südamerika gegangen, hat er dir das erzählt?«

Ich schüttelte den Kopf, und sie lächelte. »Nach Peru. Ganz oben in den Anden, über dreitausend Meter hoch, gleich oberhalb von

Cajamarca, wo Pizarro das wehrlose Gefolge des Inka-Königs abgeschlachtet hat. Da hat er sich eine Silbermine gekauft, freilich fehlte ihm das Glück von Pizarro. Er blieb einige Jahre da, aber die Mine warf immer weniger ab, und als sie schließlich ganz versiegte, kam er wieder zurück. Es war sein einziger ernsthafter Versuch, sich selbst ein Imperium aufzubauen, danach kamen nur noch geschäftliche Spielereien. Das einzige, was ihm Peru eingebracht hat, war das Gefühl, versagt zu haben, wodurch sein ohnehin schon stark ausgeprägter Minderwertigkeitskomplex noch verstärkt wurde. Dazu kam noch diese bösartige Frau, die dafür gesorgt hat, daß er sein Versagen nie vergessen konnte. Eine keifende Xanthippe, so hat Brian sie bezeichnet, nicht ich. Ich habe die Frau Gott sei Dank nie kennengelernt. Sie war eine Mestizin, halb spanischer und halb indianischer Herkunft. Sie behauptete, direkt von einem Inka-Häuptling abzustammen, den die Konquistadoren umgebracht hätten. Daher sieht Brian ein bißchen fremdartig aus – diese Ohren, die Nase, die breiten Backenknochen und auch sein Temperament, seine heißblütige Aggressivität, seine feierliche Art und seine blitzschnellen Stimmungsumschwünge . . .«

Miriam zuckte die Achseln. »Ein paar Anlagen hat er auch von seinem Vater – das Macho-Gehabe, die Großtuerei, die Selbstdarstellungssucht, den Zwang, sich ein Image zu geben, das im Grunde nichts anderes ist als ein Produkt seiner eigenen Phantasievorstellungen.« Sie seufzte und holte tief Luft. »Trotzdem war Tom ein wunderbarer Mensch. All die Vitalität, und manchmal hatte ich plötzlich die Sterne im Schoß, wie ein Geschenk des Himmels. Er hat sie mir vom Himmel geholt und mir das Gefühl gegeben, ich würde auf einem Wirbelwind um die Welt fliegen. Manchmal. Es gab aber auch Zeiten . . .« Sie wandte ihr Gesicht zum Fenster und sah auf die Downs hinaus, die sich über die Häuser und das Meer erhoben. »Ich hätte ihn umbringen können wegen seiner himmelschreienden Beschränktheit, seiner Gefühllosigkeit, seiner totalen Konzentration auf sich selbst – wegen seiner ungeheuren Ichbezogenheit. Dieser Dünkel! Mein Gott, was war er manchmal für ein Schuft!«

Sie lachte. »Aber dann – als ich schon glaubte, ich könnte es nicht mehr aushalten« – sie schüttelte den Kopf, als staunte sie noch im nachhinein über ihr eigenes Verhalten – »dann kamen wieder Blumen und Champagner, und dieser Mann, dieser sprunghafte, unmögliche Mann lag mir zu Füßen.« Sie lehnte sich vor und starrte mich mit ihren großen Augen plötzlich fast flehentlich an. »Verstehst du das, Philip? Er war so lebendig, und es war so herrlich, bei ihm zu sein. Wenn es ihm gut ging.« Mit einem Mal wurde mir bewußt, daß sie von ihm in der Vergangenheitsform sprach. »Dann, nachdem er sich übernommen hatte und auf seinem Höhenflug der Sonne zu nahe gekommen war, kam wieder die Reaktion, und alles stürzte zusammen – eben noch himmelhoch jauchzend, verfiel er von einem zum anderen Augenblick in tiefste Verzweiflung. Mein Gott! Mit einem solchen Mann zu leben und dabei zu wissen, daß diese Schlampe Martina ihn mit dem Zeug bekannt gemacht hat! Ich konnte einfach nichts dagegen tun. Er wollte nicht auf mich hören. Er sagte, er hätte schon seit seinem ersten Besuch in Südamerika immer wieder mal Kokain geschnupft. Anfang Zwanzig war er damals. Manchmal trug er sogar ein kleines Löffelchen – aus vergoldetem Silber, glaube ich – an einer dünnen Goldkette um den Hals. Das gehörte alles zu seinem Image. Oh, ich weiß, eigentlich sollte ich dir das alles nicht erzählen, aber mit irgend jemandem muß ich über ihn reden.« Und weiter ging es. »Kokain war schon immer die Droge der feinen Leute, und man wird davon nicht wirklich süchtig. Zumindest nicht von gutem Stoff, sagte er immer. Er hat es mich auch ein- oder zweimal versuchen lassen, und ich bin nicht süchtig geworden. Aber bei den Mengen, die er in der letzten Zeit genommen hat . . . Ich weiß nicht, vielleicht hat er ein Alter erreicht, in dem er sich selbst dabei ertappte, daß er in den Abgrund sah. Und es gefiel ihm nicht, was da vor ihm lag. Seine Potenz ließ nach, sein Ehrgeiz nahm ab. Selbst sein Interesse an Autos flachte ab, und Martin und das Werk hat er schon ewig nicht mehr aufgesucht. Er beschäftigte sich immer mehr mit der Mine, wurde launisch und reizbar. Seinem Gesicht sah man die Spannung an, unter der er stand, sein leichtes Stottern wurde plötzlich ausgeprägter, und manchmal habe ich ihn nachts Unverständliches vor sich hin murmeln hören. Hältst du es für möglich, daß er einen Nervenzusammenbruch gehabt hat?«

Ich hatte ihn im Verlauf des vergangenen Jahres nur zweimal gesehen. Daß er Drogen nahm, war mir völlig unbekannt gewesen – bis ich jenen Artikel in der Sonntagszeitung las. »Ich weiß nicht«, sagte ich. »Ich bin mir nicht sicher, wie sich Leute benehmen, die kurz vor einem Nervenzusammenbruch stehen.«

»Ich auch nicht. Ich kann nur Vermutungen anstellen, und sein Arzt hat von einem Zusammenbruch nichts gesagt – ich habe ihn gestern abend angerufen. Er sagte, seiner Ansicht nach sei Tom nur nervös gewesen und habe Erholung nötig gehabt. Wovon nur? Ich möchte wissen, wovon zum Teufel Tom sich erholen mußte. Und dann wiederholte der Arzt das, was er schon in seinem Bericht geschrieben hat: Ich sollte Tom dazu bringen, sich Ruhe zu gönnen und sich in die Sonne zu legen. Er sollte nur ein Minimum an Essen – gesundes, natürliches Essen – zu sich nehmen, und keinen Alkohol. Ich glaube nicht, daß Tom ihm etwas von dem Kokain erzählt hat, das er nahm, aber das hat der Arzt wahrscheinlich vermutet. Er sagte, Tom habe Übergewicht, er sei wie ausgehöhlt und leide an nervöser Spannung.«

Ich verstand das auch nicht, und ich sagte es ihr – ein Mann mit allem Geld der Welt, einer schönen Frau, einem wunderbaren Haus, Autos, Hobbys, ein Mann, der sein ganzes Leben nie zu arbeiten brauchte . . . er hatte einfach nicht das Recht dazu, an nervöser Erschöpfung zu leiden, verdammt nochmal.

»Du hast gut reden«, gab sie zurück. »Du bist so solide und zuverlässig.«

Ich hätte ihr ins Gesicht schlagen können, so ärgerte mich die Art, in der sie über ihren Mann sprach. Doch Miriam redete unablässig weiter.

»Tom war noch ein Kind. Ein verwöhntes Kind, ja. Aber da war noch mehr. Er war eine Art fleischgewordener Peter Pan, mit all dem Egoismus dieser Figur, aber auch mit ihrer Faszination.« Sie nickte, und ihr Haar glänzte rötlich im Sonnenschein. »Ja, genau das war er – der Vergleich ist berechtigt –, und wenn Peter Pan plötzlich erwachsen geworden wäre . . .« Sie saß mit gesenktem Kopf da und dachte darüber nach. »Aber einfach so zu verschwinden, ohne ein Wort – weder zu mir, noch zu sonst irgend jemandem. Er hat niemandem etwas gesagt, absolut niemandem. Er hat einfach alles abgeschüttelt, sein ganzes Leben – wie eine Schlange, die ihre alte Haut abstreift . . .«

Plötzlich weinte sie, und ihre Schultern zuckten, aber kein Laut kam über ihre Lippen.

Später fuhr ich sie nach Hause. Ich glaube, sie hatte den Punkt der emotionalen und physischen Erschöpfung erreicht. Es war mir zu der Zeit – trotz der Andeutung in den Zeitungsberichten – noch nicht bewußt, daß Tom nicht nur einfach verschwunden war, sondern daß er dazu noch ein finanzielles Chaos zurückgelassen hatte.

Das zeigte sich in den nächsten Wochen, als die Rechnungen kamen und kein Geld mehr auf der Bank war, um sie zu bezahlen.

Da ich noch nie von Geld abhängig gewesen bin, das ich nicht verdient habe, fällt es mir schwer einzuschätzen, welche Angst Menschen befallen kann, deren Einkommensquelle zu versiegen droht. Erst am folgenden Dienstag wurde mir allmählich klar, daß hinter Tom Hallidays Verschwinden vermutlich genau dieses Motiv steckte, und bis dahin hatte mich sein Sohn Martin bereits zweimal angerufen. Er beschäftigte fast ein Dutzend Leute in der Firma, und ihre Löhne und Gehälter waren ebenso wie sein eigenes Gehalt seit fünf Wochen überfällig; die Miete mußte bezahlt werden, Rechnungen für Strom, Gas, Müllabfuhr, Wasser und Telefon, und dazu standen noch Materialrechnungen in Höhe von Tausenden von Pfund offen. Ein Auto war zur Auslieferung bereit, aber das war alles. Er brauchte Geld zur Überbrückung, aber ich war gezwungen, ihm mitzuteilen, daß im Augenblick nichts da war und daß es noch einige Zeit dauern würde, bis alles geregelt war.

»Aber ich brauche unbedingt Geld!« Dieser Aufschrei kam von einem Mann, der sein ganzes Leben lang von seinem Vater ausgehalten worden war. Ich fürchte, ich sagte ihm daraufhin ziemlich unverblümt, daß er sich besser mit dem Gedanken vertraut machen solle, die Firma zu verkaufen und auf eigenen Füßen zu stehen.

Mehr Sorgen machte ich mir um Miriam.

Sie hatte am Montag angerufen und mich gebeten, die finanziellen Probleme zu regeln, die sich aus dem Verschwinden ihres Mannes ergaben. Sie hatten ein gemeinsames Konto in der Lewes-Filiale seiner Bank, aber das war nur für die laufenden Ausgaben und wurde von der Hauptstelle der Bank in London aus gespeist. Es war die Bank in Lewes gewesen, die die Auszahlung der beiden

Schecks verweigert hatte, von denen in dem Zeitungsartikel die Rede gewesen war. Offensichtlich hatte Tom Halliday am Tag seines Verschwindens alles verfügbare Geld von diesem Konto abgehoben. Eine solche Vorgehensweise ließ darauf schließen, daß er sein Verschwinden vorher geplant hatte, nicht darauf, daß er einem Unfall zum Opfer gefallen war.

Dieser Eindruck verstärkte sich noch, nachdem ich mit seiner Bank in London gesprochen hatte. Bisher waren die Einkünfte aus der Mine halbjährlich dorthin überwiesen worden. Manchmal war das Konto von einer Überweisung bis zur nächsten ausgeglichen, manchmal war es überzogen. Weil die halbjährlichen Zahlungen stets regelmäßig eingegangen waren, war ein großzügiger Überziehungskredit eingeräumt worden, und von dem hatte Halliday in jüngster Zeit mehr und mehr Gebrauch gemacht. Die Summen, die aus Kanada eintrafen, waren zudem merklich geringer geworden. Mit anderen Worten: Die Bank hatte Halliday Vorschüsse auf die Einkünfte aus der Mine gezahlt. Als die letzte Halbjahresüberweisung schon fast zwei Monate überfällig gewesen war, hatte der Leiter der Bank den Überziehungskredit nur noch weiterlaufen lassen, weil ihm sein Kunde vor der Abreise nach Kanada versichert hatte, er werde die Angelegenheit an Ort und Stelle regeln. Vor zwei Wochen aber hatte die Bank selbst angefangen, Nachforschungen anzustellen. Die Angelegenheit wurde dadurch noch weiter kompliziert, daß die Zahlungen nicht direkt aus Kanada kamen, sondern über eine Schweizer Bank liefen, die die Überweisungen durch ihre Filiale in London durchführen ließ. Es war anzunehmen, daß dieser Umweg steuerliche Gründe hatte, denn die Züricher Bank teilte dem Londoner Bankchef mit, es handle sich um ein Nummernkonto, und deshalb sei es nicht möglich, weitere Auskünfte zu erteilen.

Ich versuchte, selbst mit der Schweizer Bank Verbindung aufzunehmen; schließlich gehörte ich zu Tom Hallidays Testamentsvollstreckern. Die Züricher weigerten sich aber auch mir gegenüber, irgendwelche weiteren Kommentare zu geben, solange keine definitiven Nachrichten über das Schicksal von Tom Halliday vorlagen. Sollte es sich jedoch herausstellen, daß er einem Unfall zum Opfer gefallen war oder Selbstmord begangen hatte, so sei das nicht Sache der Testamentsvollstrecker, sondern der Erben – mit anderen Worten Miriams.

Ich hatte den Eindruck, daß sie sich nur an die Vorschriften hielten, daß es ihnen also nicht darum ging, ein bedeutendes Konto zu schützen. Ich schickte daher nach dem Gespräch mit den Vertretern der Bank ein Fernschreiben an die Minen-Abteilung der Regierung des Yukon Territory in Whitehorse/Kanada. Zwei Tage später erhielt ich die folgende Antwort:

Goldproduktion der Ice Cold Creek Mine der letzten drei Jahre wie folgt: 60.236, 27.35 und 43.574 Unzen. Weitere Fragen sind zu richten an Jon Epinard, Takhini Trailer Crt., Whitehorse.

Das ergab keinen Sinn. Mit einem solchen Ertrag konnten nicht einmal die Produktionskosten gedeckt werden, von den halbjährlichen Zahlungen, von denen man in der englischen Bank gesprochen hatte, ganz zu schweigen. Der jüngere Sohn, Brian Halliday, brachte mich als erster auf die Idee, woher das Geld vielleicht stammen mochte. Er rief mich an und fragte, ob sich ein Amerikaner namens Wolchak mit mir in Verbindung gesetzt habe. Als ich das verneinte, fragte er mich, ob ich die Besitzurkunden über das Land seines Vaters in British Columbia hätte.

»Nein«, sagte ich. »Die Bank hat sie. Warum?«

»Wolchak will kaufen. Er tritt als Beauftragter einer amerikanischen Firma auf, von der er behauptet, sie sei bereit, für eine Kauf-Option bar zu zahlen.« Und dann fragte er mich ganz direkt, ob der Grundbesitz in British Columbia an ihn vermacht worden sei: »Miriam sagt, die Bäume bekomme ich. Stimmt das?«

»Es gibt keinen Grund zu der Annahme, daß Ihr Vater nicht mehr am Leben ist«, sagte ich ihm.

»Natürlich nicht. Trotzdem – bekomme ich die Bäume nun oder nicht?«

Er hatte eine ziemlich tiefe, weiche Stimme und gab sich am Telefon ziemlich ruppig.

Bei mir entstand der Eindruck, daß es sich um einen Mann handeln mußte, der Selbstbestätigung nötig hatte. Es erschien mir sinnlos, ihm zu verschweigen, daß der Grundbesitz, um den es hier ging, im Falle des Todes seines Vaters ihm zufallen würde. »Natürlich nach Begleichung ausstehender Schulden«, fügte ich noch hinzu.

»Damit meinen Sie wahrscheinlich Ihre Gebühren», sagte er frech. Als ich ihm antwortete, daß selbstverständlich auch Anwaltsgebühren bezahlt werden müßten, gab er messerscharf zurück: »Ich verkaufe nicht. Nur, daß Ihnen das völlig klar ist. ›Die Cascades‹ sind nicht zu verkaufen – jetzt nicht, und auch in Zukunft nicht.«

»Man hat Ihnen also ein Angebot gemacht, oder?« Es interessierte mich, wieviel Wolchak für den Besitz geboten hatte.

»Nicht mir, Miriam. Sie hat den Kerl an Sie verwiesen. Deshalb habe ich Sie angerufen – um Sie zu warnen und um meine Position klarzustellen. Er war heute morgen bei mir, und Miriam sagt, er hätte sie letzte Woche dreimal angerufen und nach Tom gefragt, und dann hätte er sich erkundigt, wann wir ihn denn zurückerwarteten.«

»Hat er Ihren Vater nach seiner Rückkehr aus Kanada gesehen?« fragte ich.

»Ja. Am Montag, hier in Bullswood. Montag vormittag.«

Am nächsten Tag war Tom bei mir gewesen und hatte sein Testament geändert. Verständlich, daß jemand Angst bekam, dem die Einkommensquelle versiegte. Auch Leute, die sich verspekuliert hatten, gerieten leicht in Panik. Ich hatte das bei älteren Leuten selbst schon erlebt – einer meiner Mandanten hatte aus diesen Gründen Selbstmord begangen. Tom Halliday aber war noch ein ziemlich junger Mann, und zum Zeitpunkt seines Verschwindens gehörte ihm ein Stück Land in Kanada, für das sich allem Anschein nach Käufer interessierten. Was jedoch noch merkwürdiger war, war die Tatsache, daß er sein Testament dahingehend geändert hatte, daß dieses Land an seinen Sohn fiel und nicht an seine Frau, und dazu noch an seinen jüngeren Sohn. Entweder hatte sich Miriam geirrt, als sie gesagt hatte, sie und Tom seien sich sehr nahe gewesen, oder ihr Stiefsohn hatte seinen Vater unter starken Druck gesetzt.

»Wenn ich von Mr. Wolchak höre, werde ich mich mit Ihnen in Verbindung setzen«, sagte ich und legte auf.

Meine reguläre Sekretärin war inzwischen aus ihrem Urlaub zurück. Ungefähr eine Stunde nach dem Gespräch mit Brian Halliday kam sie herein und teilte mir mit, Wolchak habe angerufen und sich für Freitagnachmittag um viertel nach vier angemeldet. »Zehn Minuten, mehr nicht.« Sie wußte, daß ich an diesem Wochenende das Boot ausprobieren wollte. »Er sagte übrigens, es sei ihm klar, welche Schwierigkeiten Sie hätten, und er sei bereit, Ihnen eine Lösung anzubieten.«

Ich hatte die Bank bereits dazu überredet, Bull's Wood House als Sicherheit für den Überziehungskredit zu akzeptieren. Glücklicherweise hatte Tom es nicht mit Hypotheken belastet. Er hätte das freilich auch kaum gekonnt, ohne damit seine finanzielle Misere zu enthüllen, denn der Besitz war auf seine Frau und ihn gemeinsam eingetragen. Das Haus mit seinem Inventar war aber auch schon so ziemlich alles, was noch übrig war. Sie hatten einen Pachtvertrag mit neunundneunzig Jahren Laufzeit für eine große Wohnung in Belgravia sowie eine Villa an der Algarve gehabt, aber die hatte er innerhalb der letzten zwei Jahre verkauft. Kürzlich hatte er sich sogar von seinem cremefarbenen *Rolls*-Tourer getrennt, der der Stolz seiner Oldtimer-Sammlung gewesen war. »Gebaut für einen Maharadscha direkt vor der indischen Unabhängigkeit und der Abspaltung Pakistans«, erzählte mir Miriam, »Türgriffe, Scheinwerfer und sämtliche Verzierungen vergoldet.« Und dann hatte sie gelacht. »Das Problem dabei war nur, daß ich dazu einen Nerz oder einen Leopardenfellmantel gebraucht hätte . . . Nur würde mich niemand und nichts dazu bringen, das Fell von so einem armen Tier anzuziehen.«

Da mein Sozius gerade Urlaub machte, hatte ich viel zu tun und konnte mich nicht viel mit den Problemen der Hallidays befassen. Als ich daher von der Bank die angeforderten Fotokopien der Besitzurkunden bekam, blieb mir keine Zeit für mehr als eine kurze Prüfung, ob auch die Urkunden des Landes in British Columbia dabei waren, und daß nichts mit Hypotheken oder sonstigen Schulden belastet war.

Wolchak verspätete sich an diesem Freitagnachmittag, und ich war gezwungen, ihn warten zu lassen. »Was für ein Typ ist er?« fragte ich meine Sekretärin, nachdem sie den Mandanten, den ich für halb fünf bestellt hatte, hinausgebracht hatte. Sie zögerte, und dann lächelte sie mit nach unten gezogenen Mundwinkeln. »Sie werden ja sehen«, sagte sie nur und führte ihn herein.

Er kam mit kurzen, schnellen Schritten auf meinen Schreibtisch zu, die Rechte mir entgegengestreckt. Er war klein und gedrungen, hatte einen großen, kantigen Schädel und ein Lächeln, das blitzte wie ein Leuchtfeuer – ein eingeschalteter Glanz, bei dem die Zähne sehr weiß in seinem braunen Gesicht funkelten. »Josef Wolchak«, sagte er und gab mir die Hand. Er hatte einen leichten Akzent, der schwer einzuordnen war.

Ich bot ihm einen Stuhl an, und er sagte: »Sie haben viel zu tun, und ich auch. Ich will es kurz machen. Es geht um den Besitz der Hallidays in British Columbia. Ich bin der Beauftragte einer amerikanischen Firma. Sie will ihn kaufen. Haben Sie die Urkunden hier?«

»Sie sind in der Bank.«

»Aber gesehen haben Sie sie doch?«

»Ich habe Fotokopien.«

»Und da ist nichts, was gegen einen Verkauf sprechen würde – eine Hypothek oder etwas in der Richtung?«

»Nicht daß ich wüßte.«

»Gut, gut. Es geht um die Bäume, Mr. Redfern, nicht um das Land. Das Land wollen meine Klienten nicht unbedingt. Sie sind vor allem an den Bäumen interessiert.« Er zog seine Brieftasche aus der Jacke, nahm seine Karte heraus und schob sie mir über den Schreibtisch zu. »Das ist die Firma. Sie werden feststellen, daß es sich um einen seit langem etablierten Holz- und Sägebetrieb handelt. Jedermann in Seattle wird Ihnen das bestätigen.« Die Karte nannte nur den Namen der Firma – *SVL Timber and Milling Inc.* – und ihre Adresse in Seattle.

»Das ist im Norden am Wasser, draußen an der Straße nach Everett«, sagte er. »Sie haben schon mit den Anwälten in Vancouver gesprochen, die früher mit Mr. Halliday zu tun hatten, aber nun, da er vermißt wird . . .« Er zuckte die Achseln; die Geste wirkte übertrieben. »Man hat mir gesagt, ich soll mich mit Ihnen in Verbindung setzen.«

»Wer hat Ihnen das gesagt?« Ich weiß nicht warum, aber daraus, daß er mich so auffällig über die Firma informierte, schloß ich, daß dahinter sicher eine einzelne Person steckte. »In wessen Auftrag verhandeln Sie wirklich?«

Er zögerte kaum merklich und sagte dann: »Bert Mandola. Er ist an einer ganzen Reihe von Firmen beteiligt, in Chicago und im Westen.«

Ich notierte mir den Namen für alle Fälle auf der Karte der Firma und eröffnete ihm dabei, ich sei nicht in der Lage, irgendwelchen

Besitz meines Mandanten zu verkaufen. »Es ist Ihnen doch wohl klar, daß Mr. Halliday jeden Augenblick wieder auftauchen kann?« sagte ich.

»Ja, selbstverständlich. Aber angenommen, er taucht nicht mehr auf, verstehen Sie?« Mit dem jungen Halliday habe er schon gesprochen. Dann meinte er: »Das ist ein Problemfall. Aber wenn der Mann tot ist und Schulden auf dem Besitz lasten, oder wenn sich finanzielle Probleme ergeben sollten, und dafür werden die Jungs in eurem Finanzamt schon sorgen . . .«

»Ich bin sicher, Mr. Halliday ist am Leben und erfreut sich bester Gesundheit«, sagte ich. Die Art, wie er mich bedrängen wollte, gefiel mir nicht.

»Ja, sicher, aber wie ich schon sagte, wenn er tot und der Besitz verschuldet ist, oder wenn es finanzielle Probleme geben sollte . . .« Er lächelte nun nicht mehr, und sein Mund hatte sich zu einer dünnen, harten Linie zusammengezogen. »Waren Sie schon einmal drüben und haben sich die Cascades angesehen, Mr. Redfern?«

Ich schüttelte den Kopf.

»Nun, ich schon«, sagte er. »Mandola und ich haben uns das Grundstück vor einiger Zeit angeschaut. Ein ganz hübsches Stück Land, aber sehr abgelegen – ungefähr achtzehneinhalb Quadratmeilen, wenn man den Berg und den Wasserfall mitrechnet, dem es seinen Namen verdankt. Es gibt ein paar Straßen für die Holzfahrzeuge, aber die sind in schlechtem Zustand, die Überreste eines alten Holzfällerlagers am Ende des Halliday Arm, ein Bohrfahrzeug, das aussieht, als stammt es noch aus den Tagen der Ölfelder am Red River, und ganze Armeen von Stechmücken. Da ist nicht viel, was irgendeinen Wert hätte, außer dem Holz im unteren Gelände.«

»Und weshalb interessiert sich ihr Klient dann dafür?« Ich versuchte noch immer dahinterzukommen, worum es hier eigentlich ging. Wolchak war offensichtlich Amerikaner der ersten oder zweiten Generation; er sprach fließend Englisch, aber mit einem ganz leichten, schwer definierbaren Akzent. Äußerlich war er eher ein mediterraner Typ; er neigte zu schnellen Bewegungen, und sein dunkler Teint, seine Nase und seine dunklen Augen verstärkten diesen Eindruck noch. Ganz bestimmt aber war er ein Mann, der schon eine ganze Weile in Amerika zu Hause war. Er war um die Vierzig und gut gepolstert, und seine Haut war von der Sonne etwas ledrig geworden. Vielleicht war er in Kalifornien aufgewachsen, aber auch das konnte ich nur vermuten. Ich selbst war noch nie in Kalifornien gewesen – und auch sonst nicht sonderlich weit herumgekommen.

»Es geht um das Holz im unteren Teil. Der Rest des Bestandes ist schon einmal geschnitten worden, und es nicht nichts Gutes mehr übrig, aber unten am Fluß und am Ufer des Sees ist noch wirklich guter Baumbestand, wohlgemerkt ausschließlich Rotzedern. *SVL* hat sich auf Rotzedern spezialisiert und läßt die Stämme entweder durch ihr eigenes Sägewerk laufen oder transportiert sie zu anderen Fabriken in den Staaten. Es geht nur um den Bestand im unteren Teil; der Rest des Grundstücks ist abgeholzt und keinen Cent mehr wert. Wir verhandeln also über ungefähr eine Quadratmeile erstklassigen Baumbestand.« Er sah auf seine Uhr und stand auf. »Ich habe Sie schon lange genug aufgehalten.« Sein Lächeln strahlte wieder auf. »Denken Sie darüber nach. Sprechen Sie mit Mr. Brian Halliday – das heißt, falls er tatsächlich der Erbe ist. Soweit ich gehört habe, ist das der Fall.«

»Hat er Ihnen das gesagt?« fragte ich.

»Er hat es nicht bestritten.« Wolchak holte seine Karte hervor und legte sie mir auf den Schreibtisch. »Über das Wochenende bin ich bei Freunden in Brighton. Ab Montag können Sie mich wieder in meinem Hotel in London erreichen.« Er streckte seine Hand aus. »Ich nehme an, Sie werden sich mit den Anwälten in Vancouver in Verbindung setzen und sich von unabhängigen Sachverständigen eine Schätzung machen lassen. Wenn Sie das vorhaben, veranlassen Sie das bitte sofort, und wenn das Gutachten vorliegt, können wir anfangen, uns über konkrete Beträge zu unterhalten. Die Option in Höhe von zehn Prozent des vereinbarten gesamten Kaufpreises, und die Firma *SVL* übernimmt vom Datum der Unterzeichnung an das Management.« Wieder ließ er sein Lächeln aufblitzen. »Wenn Sie die Schätzung bekommen, wird sie Sie wahrscheinlich angenehm überraschen . . . Der Baumbestand im unteren Teil dürfte Sie aus allen Schwierigkeiten befreien, und wahrscheinlich bleibt noch eine ganze Menge übrig.«

»Nehmen wir einmal die schlimmste Möglichkeit an, und

Mr. Halliday ist tot«, sagte ich. »Ich könnte mir gut vorstellen, daß sich die Testamentsvollstrecker dann zu einer Versteigerung des Grundstücks entschließen werden . . .«

Er sah mich scharf an. »Das Holzgeschäft ist sehr starken Fluktuationen unterworfen. Momentan ist es tief im Keller, und deshalb gibt es drüben nicht allzu viele Käufer. Leider liegt das Grundstück im Norden, und der Transportweg bis zu den Märkten ist weit. Außerdem bringen Auktionen kein sicheres Geld, und es gibt kein Bargeld für eine Option, das sofort ausgezahlt wird. Wenn Halliday tot ist, werden Sie wahrscheinlich sehr nötig Bargeld brauchen, und genau das biete ich Ihnen an.« Er nickte und wollte schon hinausgehen, aber dann sah er sich noch einmal um. »Ich bin an der Sache nur wegen der Kommission interessiert, verstehen Sie.« Er sah mich mit seinen grauen Augen durchdringend an. »Ich bin sicher, wir beide werden eine vernünftige Lösung finden.« Er nickte und lächelte zuversichtlich, als sei es für ihn eine ganz alltägliche Sache, Anwälte zu bestechen. »Wenn nur das Geschäft klappt. Und überlegen Sie sich die Sache nicht zu lange, Mr. Redfern.« Er riß seine Augen weit auf, starrte mich kurz an, und dann war er verschwunden, ein breit gebauter Mann in einem schicken Anzug, der beim Gehen fast hüpfte.

Drei Stunden später war ich auf meinem Boot. Ich wollte übers Wochenende nach Littlehampton und zurück segeln und hatte noch einige Vorbereitungen zu treffen. Da das Boot neu war und ich seine Ausrüstung nur überprüfen konnte, indem ich sie ausprobierte, konzentrierte ich mich so sehr auf das Segeln, daß ich an nichts anderes mehr dachte.

Als ich am Montagmorgen in meine Kanzlei kam, fand ich Brian Halliday in dem kleinen Warteraum vor, zu dem die ehemalige Eingangshalle umgebaut worden war. Er hatte sich nicht angemeldet, aber das war wohl typisch für ihn. Ich war nicht sonderlich begeistert, weil ich an diesem Vormittag einen Mandanten vor Gericht in Brighton vertreten mußte, der wegen Trunkenheit am Steuer angeklagt war.

Brian war klein und dunkel und hatte ein längliches Gesicht mit einer großen Hakennase, großen Ohren und hohen Backenknochen – durchaus nicht häßlich, aber mit seinem tiefschwarzen, glatten Haar auf jeden Fall eine merkwürdige Erscheinung. Bekleidet war er mit Jeans, einem *Greenpeace*-T-Shirt und Leinenschuhen. Er schien sehr erregt, und zuerst nahm ich an, Miriams Abreise sei der Grund dafür. Damit platzte er nämlich sofort heraus, als wir in mein Büro kamen. Sie hatte offensichtlich mit weiblicher Nüchternheit einige der tragbaren Wertgegenstände im Haus – hauptsächlich Silber, ferner die goldene Zigarettendose, die ich auf dem Eßtisch gesehen hatte, sowie einen vergoldeten Nachttopf aus Silber – an sich genommen und war am Samstag damit fortgefahren. Wahrscheinlich wollte sie die Gegenstände bei einem Antiquitätenhändler verkaufen, um Bargeld in die Hand zu bekommen.

»Haben Sie sie gesehen?« fragte er mich.

»Nein.«

»Sie war also nicht hier?«

Ich schüttelte den Kopf. In diesem Augenblick kam meine Sekretärin herein und gab mir eine maschinengeschriebene Mitteilung. »Das war auf dem Anrufbeantworter. Ich dachte, Sie wollten es vielleicht gleich sehen.«

Es war eine Nachricht von Miriam. Sie hatte am Sonntagmorgen angerufen. Sie beabsichtige, noch am gleichen Tag nach Kanada zu fliegen und eine Woche oder zehn Tage dort zu bleiben. *Einen Teil der Zeit werde ich im Bayshore in Vancouver wohnen. Sehr extravagant von mir, aber was soll's!* Weiter teilte sie mir mit: *Ich melde mich bei dir, wenn ich irgend etwas von Tom erfahre.*

Ich zeigte das Brian Halliday, und er sagte: »Meinen Sie, sie ist dorthin geflogen, um die Cascades zu verkaufen? Sie haben doch mit Wolchak gesprochen, nicht wahr?« Als ich nickte, sagte er: »Ich habe kein Wort von ihm gehört, seit ich Sie angerufen habe. Denken Sie, Miriam plant etwas in der Richtung?«

»Sie kann das Land nicht verkaufen«, sagte ich.

»Sind Sie da sicher?«

»Selbstverständlich.«

»Weshalb ist sie dann nach Vancouver geflogen? Seattle liegt direkt gegenüber, auf der anderen Seite der Straße von Juan de Fuca. Ein Katzensprung – es gibt eine tägliche Fährverbindung. Wenn Miriam es fertigbringt, sich so mit dem Silber wegzuschleichen . . .«

»Sie sollten keine voreiligen Schlüsse ziehen.« Nach dem unruhigen Flackern in seinen tiefbraunen Augen zu urteilen, schien sich eine erbitterte Familienfehde abzuzeichnen. Deshalb sagte ich schnell: »Sie scheinen zu vergessen, daß Ihr Vater vermißt gemeldet ist, nicht mehr. Außerdem ist ein Stück Wald in British Columbia doch etwas ganz anderes als ein bißchen Familiensilber.«

Er nickte langsam und lehnte sich zurück, schien aber noch immer angespannt. Schließlich sagte er: »Ich möchte mir die Urkunden ansehen. Wenn es sich herausstellen sollte, daß die Bäume jetzt mir gehören . . .«

»Ich habe Ihnen doch gesagt, daß die Urkunden auf der Bank sind.«

»Ihre Sekretärin hat aber gesagt, Sie hätten Fotokopien.«

Ich war nicht sicher, ob ich das Recht hatte, ihm den Einblick zu verweigern, und zögerte. Plötzlich platzte er heraus: »Tom hat gesagt, da gibt es einen Fluch.«

»Einen Fluch?« Ich starrte ihn an. »Was soll das heißen, ein Fluch?«

Er schüttelte den Kopf. »Ich weiß es nicht, nicht genau jedenfalls. Es ist schon eine ganze Weile her, fast acht Jahre. Wir haben zusammen in einer Indianerhütte Koka gekaut, aber nicht die Blätter, sondern in Pulverform, *Patu* nennen sie das . . .« Er verzog den Mund zu einem schläfrigen, fast katzenhaften Lächeln. »Das war unheimlich starkes Zeug, wie Staub – da blieb einem die Luft weg, wenn man es einatmete, bevor man es genug eingespeichelt hatte, um es kauen zu können . . .«

»Wo war das?«

»In den Anden. Unterhalb von dem Paß, der nach Cajamarca führt. Na ja, auf jeden Fall hat er mir das erzählt.« Er dachte kurz nach und sagte: »Er hatte die Urkunden nicht gesehen. Damals auf jeden Fall noch nicht. Er erzählte mir, daß Großvater einen Fluch gegen jeden ausgesprochen hätte, der es wagen würde, die Bäume zu fällen . . .«

»Warum?«

»Er hat sie schließlich gepflanzt, oder? Nicht alle Bäume, nur die ganz erstklassigen unten im Tal, das Stück, das Tom immer den ›Hochwald‹ nennt. Mit seinen eigenen Händen hat er sie gepflanzt.«

»Und der Fluch steht in den Urkunden?«

»Ich glaube ja. Bestimmt weiß ich es nicht. So sehr hat mich das nicht interessiert, damals noch nicht. Ich war noch keine zwanzig, und obwohl ich mich mit Forstwirtschaft befaßt habe – wir führten damals im Auftrag der peruanischen Regierung Aufforstungsprojekte durch –, kam es mir so vor, als wäre British Columbia eine Million Meilen weit weg. Außerdem hat es damals so ausgesehen, als wäre es mehr als unwahrscheinlich, daß mich dieser Fluch irgendwann betreffen könnte. Mein Vater hatte gerade die Scheidung hinter sich und war voller Energie. Hatten Sie bei ihm auch schon einmal dieses Gefühl?« Wieder dieses seltsame, fast verstohlene Lächeln. »All dieses Macho-Gehabe, immer diese hochgespielten Adrenalinausschüttungen . . .« Aus dem Lächeln wurde ein Lachen, und dann sprach er weiter. »Und auf einmal erkennt man, daß nichts davon echt ist. Er war nur ein kleiner Junge, nichts an ihm war echt, die ganze Welt ein Spielzeug.« Sein Gesicht wurde ernst, und ein trauriger Ausdruck trat in seine Augen. Ich gewann die Überzeugung, daß er seinen Vater mochte.

Über das Sprechgerät bat ich meine Sekretärin, mir die Unterlagen zu bringen. »Es ist sehr ungewöhnlich«, sagte ich, »daß etwas so Persönliches in eine Grundbesitz-Urkunde aufgenommen wird.«

Er nickte. Als die Unterlagen hereingebracht wurden, richtete er gespannt, ja geradezu gierig, seinen Blick darauf. Ich glaube nicht, daß es Habgier war, eher ein sehr engagiertes persönliches Interesse.

Insgesamt handelte es sich um drei Dokumente, und zwar um Urkunden über den ursprünglichen Ankauf des Landes von den Indianern, dann die Verkaufsurkunde an eine Holzfirma, und schließlich die Unterlagen über den Verkauf des Landes von dieser Firma an Joshua Francis Halliday. Der Fluch war der letzten Seite dieses Dokuments angehängt. Unter den Unterschriften und Regierungsstempeln war ein Stück Papier von anderer Farbe und Beschaffenheit angeklebt worden. Selbst auf der Fotokopie war zu erkennen, daß es später hinzugefügt worden war.

»Ich werde es Ihnen vorlesen«, sagte ich. Brian Halliday nickte, blieb vorgebeugt sitzen und sah weiter starr auf die Seite, die ich vor mir auf dem Schreibtisch ausgebreitet hatte.

»Es beginnt folgendermaßen: *Allen, die nach mir kommen und dieses Land erben oder auf sonstige Art erwerben, kund und zu wissen* – die Wortwahl deutet darauf hin, daß er diese Erklärung so feierlich wie möglich halten wollte – *kund und zu wissen: Als ich dieses Stück Land gekauft habe, das ich ›Cascades‹ nenne, hatte die Sägerei, der vorherige Eigentümer, im Tal am Snakeskin-Fluß, oberhalb der Schlucht und an den Seeausläufern alle hohen Bäume gefällt, die leicht zugänglich waren. Nach ihren Angaben waren es hohe Bäume, hauptsächlich Thujen und Douglasien, wie sie die Macmillan-Leute an der Straße nach Port Alberni unter Naturschutz gestellt haben . . .*« Ich warf Brian Halliday einen Blick zu. »Wo hat er gelebt, als er das schrieb?«

»Wahrscheinlich auf Vancouver Island. Da ist er jedenfalls gestorben. Bei einem Ort namens Duncan, gleich nördlich von Victoria.« Seine Augen leuchteten kurz auf. »Schöne Gegend. Und ein phantastisches Waldland. Er hatte dort ein Fischerboot.« Brian sprach nachdenklich, fast verträumt weiter. »Ich war einmal da, nur weil ich mir ansehen wollte, wo er gelebt hat. Dann bin ich weiter zur Westküste, eine furchtbare Straße, eigentlich eher eine Piste, hinauf zur ›Cathedral Grove‹.« Er nickte, als wollte er sich den Namen selber bestätigen. »So nannten die Holzfäller von *Macmillan Bloedel* das Gebiet. Es ist einer der letzten im ursprünglichen Zustand verbliebenen Küstenwald-Bestände. Er setzt sich vorrangig aus Riesenlebensbäumen zusammen, *Thuja plicata* lautet der botanische Name. Die Bezeichnung ›Rotzeder‹ ist im Grunde genommen falsch, weil die Bäume mit den Zedern Europas nicht das geringste zu tun haben, aber was soll's? Der Begriff hat sich so eingebürgert . . . Die Bäume in der Cathedral Grove sind bis zu sechshundert Jahre alt und erreichen eine Höhe von sechzig, siebzig Metern, bei einem Stammumfang von bis zu zehn Metern. Cathedral Grove . . .« Wieder lächelte er verträumt. »Ich würde gerne wissen, wie hoch die Bäume bei den Cascades jetzt sind. Steht da, wann er sie gepflanzt hat? Bestimmt sind sie inzwischen ein imposanter Anblick.«

Ich sah mir die Verkaufsurkunde an, konnte aber nur das Kaufdatum finden. Ich drehte die Urkunde herum, damit er es selbst lesen konnte.

»Das ist mehr als siebzig Jahre her. Sie könnten inzwischen fünfzig Meter hoch sein. Vielleicht sogar mehr.« Er blätterte zur letzten Seite um und las weiter; seine Lippen bewegten sich.

»Sehen Sie, hier steht es – er hat sie alle selbst gepflanzt. Er hat sich von den Indianern das Unterholz roden lassen, und dann hat er mit Setzlingen aus Duncan das gesamte Gebiet wieder aufgeforstet, das die Holzfäller kahlgeschlagen hatten.« Er lehnte sich zurück und sah mich mit weit aufgerissenen Augen unter seinem glatten schwarzen Haar unverwandt an. »Ein Mann denkt an die Zukunft und schafft sich ein Denkmal, das über seinen Tod hinaus an seine Existenz hier auf der Erde erinnert.« Er machte eine Pause und rief dann: »Mein Gott! Eine wahre Herkules-Arbeit – nach meiner Schätzung mehr als achthundert Morgen! Das sind mehr als dreihundert Hektar. Das muß eine einzigartige Schonung gewesen sein. Kein Wunder, daß er jeden mit seinem Fluch belegt hat, der es wagen würde, seine Bäume mit der Motorsäge zu attackieren.« Er lachte unvermittelt. »Nein, natürlich, das muß so ungefähr um den Ersten Weltkrieg herum gewesen sein. Er konnte damals noch keine Ahnung davon haben, daß es in dreißig, vierzig Jahren Motorsägen geben würde, die es einem einzelnen Mann ermöglichen, innerhalb von Stunden einen riesigen Redwood zu fällen, einen Stamm, der hundert Meter hoch ist und fünfhundert Jahre gebraucht hat, um so groß zu werden. Aber ob Stunden oder Tage – was macht das schon? Er erkannte die Bedrohung und hat das einzige getan, was seiner Meinung nach einen zukünftigen geldgierigen Besitzer abhalten könnte . . .« Er schwieg eine Weile und las weiter. Dann lehnte er sich zurück. »Haben Sie das gelesen? Den Fluch, meine ich?«

Als ich den Kopf schüttelte, schob er mir die Urkunde wieder zu. »Ich glaube«, murmelte er, »wenn Sie das gelesen haben, dann würden Sie es sich zweimal überlegen, ob sie darangehen sollten, diesen Hochwald Stück für Stück abzuholzen. Entweder das, oder . . .« Er stockte, schüttelte wieder den Kopf und murmelte etwas in sich hinein. Danach las ich den Rest.

Solange ich auch leben mag, einmal wird doch die Zeit kommen, da ich nicht mehr mit meiner physischen Anwesenheit die Sicherheit meiner Bäume gewährleisten kann. Du aber, der du diese Erklärung liest, sei gewarnt – ich bin der Mann, der sie gepflanzt hat, sie sind meine Familie und meine Seele. Was für den Indianer der Vorfahr ist, werde ich für meine Bäume sein. Sie sind mein Totem. Laß nur irgendeinen Menschen auch nur einen einzigen von ihnen fällen, soweit es nicht dem Interesse einer vernünftigen Waldpflege dient, so wird ihn mit dem ersten Schnitt der Säge, mit dem ersten Schlag der Axt mein Fluch treffen.

Danach richtete er noch einmal eine Strafandrohung direkt an den Leser: *Tust du das, so werde ich dich nie mehr in Ruhe lassen, weder bei Tag noch bei Nacht, bis deine Nerven schreien und du durch deine eigene Hand den Tod finden wirst; tot wirst du sein und dazu verdammt, für immer in der Hölle zu braten.* Am Schluß standen noch die folgenden Worte: *Dieser Fluch gilt für alle Zeiten. In Kraft treten soll er mit meinem letzten Atemzug, und Gott der Herr soll mich bei meinem Vorhaben unterstützen.*

Ein Datum wurde nicht genannt.

»Gegen Ausdünnung sagt er nichts, verstehen Sie, überhaupt hat er nichts gegen waldpflegerische Maßnahmen, solange sie dazu dienen, optimales Wachstum zu garantieren. *Im Interesse einer vernünftigen Waldpflege.* Das ist moderne Terminologie und zeigt, wie wichtig ihm die Forstwirtschaft war.«

»Wissen Sie, wann er gestorben ist?«

Er schüttelte unwillig den Kopf, als hätte ich einen Gedanken unterbrochen.

»Nicht genau. Ich glaube« – er runzelte die Stirn – »das muß 1947 gewesen sein. Ich weiß, daß er mit vierundsiebzig starb, und erinnere mich dunkel daran, daß er 1873 geboren wurde. Wir wissen also, wann der Fluch in Kraft getreten ist.« Er sah mich mit ausdruckslosen Augen und gerunzelter Stirn an. »Ich habe mir Gedanken gemacht – wegen Tom, und was mit ihm passiert ist. Ich habe nämlich die Kopien einiger Kaufverträge in seinem Schreibtisch gefunden, verstehen Sie. Sie reichen fast sieben Jahre zurück. Eindeutige Verträge, in denen der Baumbestand bis auf eine Biberkolonie am Halliday Arm verkauft wird und außerdem die Vereinbarungen für den Abtransport getroffen werden. Auch Transportrechnungen waren da. Er hat Bäume von den Cascades verkauft. Nicht vom Hochwald, aber den schlechteren, niedrigeren Bestand oberhalb davon. Das heißt, so war es bis zum letzten Vertrag . . .« Er holte tief Luft. »Die Mengen hatten ständig abgenommen, bis zu diesem letzten Verkauf. Darin ging es um zwei Hektar Rotzedern, und die Koordinaten werden genannt.« Hier machte er eine Pause, sah mich an und wartete ab, bis mir die Bedeutung seiner Worte klargeworden war. »Ihnen mag das vielleicht nicht gar so wichtig vorkommen. Ich meine, hier in Sussex haben Sie keinen Eindruck von der Wirklichkeit, solange Sie hier in Ihrem Büro sitzen. Da draußen aber, im Westen, wo man die besten Bäume reihenweise abholzt . . . Kennen Sie sich ein bißchen mit Bäumen aus?«

Ich verneinte.

»Dann will ich Ihnen nur eines sagen: Wenn es die Bäume nicht gäbe, wären Sie und ich nicht am Leben.« Er lehnte sich vor, und eine seltsame Eindringlichkeit lag in seiner Stimme wie in seiner Haltung. »Die Bäume verwandeln nämlich mit ihrer unendlichen Anzahl von Nadeln und Blättern das tödliche Kohlendioxyd in unserer Atmosphäre in den Sauerstoff, den wir atmen. Verstehen Sie jetzt vielleicht besser? Den Fluch, meine ich – und Toms Reaktion darauf, als ihm klar wurde, was er getan hatte.«

»Sie wollen auf einen Selbstmord hinaus, nicht wahr? Sie glauben, Ihr Vater sei tot.«

Er zuckte die Achseln. »Was meinen Sie – nun, da Sie den Fluch kennen? Versetzen Sie sich in meine Lage. Was wäre das für Sie für ein Gefühl, wenn Sie gerade zwei Hektar verkauft hätten, obwohl Sie wissen, daß Ihr Vater jeden mit einem Fluch belegt hat, der auch nur einen einzigen Baum fällt? Und mein Vater kannte den Fluch, auch ohne die Urkunden aus der Bank. Der Alte hatte ihm selbst davon erzählt. Und das blieb natürlich nicht ohne Wirkung bei dem Sohn, der selbst kaum mehr als ein Kind war. Was glauben Sie wohl, warum mein Vater *mir* dann davon erzählt hat? Diese Geschichte ist ihm doch ständig selbst im Kopf herumgegangen! Hinzu kam, daß er gerade erst dort gewesen war. Es war nur wenige Tage her, daß er diese Bäume mit eigenen Augen gesehen hatte.« Jene Intensität klang wieder aus seiner Stimme, als er sagte: »Bäume leben! Sie haben eine Aura, und ein solcher Fluch . . .«

»Ja, aber ich glaube kaum, daß Ihr Vater die Art Mann war, die so etwas allzu ernst nimmt.« Ich fand, daß ihm die Phantasie etwas durchging. »Dazu war er doch viel zu extrovertiert.«

»Tom?« Er winkte ab. »Niemand, der eine Droge braucht, selbst wenn es nur Alkohol oder Nikotin ist, kann ausschließlich extrovertiert sein. Überlegen Sie doch nur einmal, wie sich so etwas auf einen jungen Mann auswirkt, der noch keine zwanzig ist – er hatte relativ alte Eltern und mußte daher zu der Zeit ungefähr so alt gewesen sein. Er war kein phantasieloser Mensch, ganz im Gegenteil. Dann, als Jahre später die Mine nichts mehr abwarf und der Baumbestand an den Hängen abgeholzt und verkauft war, war nichts mehr übrig als der Hochwald . . . Und dann, nachdem er zwei Hektar verkauft hatte, ist ihm der Fluch wieder eingefallen. Nun, er betrinkt sich hemmungslos . . . in so einem Augenblick wäre er doch zu allem fähig, oder? Vielleicht auch *nach* einem Rausch, in einem Anfall tiefster Depression . . .« Er zuckte leicht die Achseln. »Ja, ich glaube, er ist tot. Ich glaube, daß er genau das getan hat, was der Fluch jenen prophezeit, die diese Bäume fällen.«

»Gefällt worden sind die Bäume doch wahrscheinlich von einer Holzfällerei.«

»Aber er hat den Kaufvertrag unterschrieben. Er hat es veranlaßt.« Nach einer Pause wechselte er das Thema und kam wieder auf den Yukon zu sprechen. »Ich nehme an, die Mine ist erschöpft, was?«

Als ich ihm die Ausbeute der letzten drei Jahre nannte, nickte er, als hätte er das erwartet. »Aber Sie haben die Mine nicht selbst überprüft. Sie haben auch keinen Bergbau-Experten hingeschickt, der sie sich ansehen soll, oder?«

Ich schüttelte den Kopf. »Was wollen Sie damit sagen? Daß da in Wirklichkeit mehr Gold war und jemand es an sich gebracht hat?«

»Nun, es wäre nicht das erste Mal, daß so etwas passiert.«

»Sie scheinen zu vergessen, daß Ihr Vater gerade erst vom Yukon zurückgekommen ist, und zwar von einer Reise, die nach Auskunft von Miriam länger als gewöhnlich war.«

»Er war in Kanada, das stimmt. Vom Yukon oder der Mine hat er mir aber nichts gesagt. Vielleicht war er in British Columbia und hat den Verkauf von zwei weiteren Hektar Hochwald organisiert.« Brian Halliday zuckte etwas hilflos die Achseln. »Ich war schon in verschiedenen untertägigen Goldminen, aber immer in solchen, bei denen die Erzkörner gut aufgeschlossen waren, so daß man eine ziemlich präzise Vorstellung von den Reserven hatte. Ice Cold Creek dagegen ist eine oberirdische Seifen-Goldmine. Da werden Tonnen von Geröll und Sand abgebaut, gesiebt, gewaschen – und ich halte es durchaus für möglich, daß sie ohne Vorankündigung versiegt.«

Seine braunen, unruhigen Augen richteten sich wieder auf mich. »Ist Miriam dorthin gefahren? Auf einmal war sie nicht mehr da, und das Haus war abgeschlossen.«

»Und woher wissen Sie dann das mit dem Silber?« fragte ich.

»Ich wohne schließlich da, nicht? Sie haben wahrscheinlich auch einen Schlüssel, oder?«

Ich nickte.

»Und Sie sind einer der Testamentsvollstrecker?«

»Ja.«

Er war schon wieder bei den Bäumen. »Haben Sie eine Vorstellung davon, wieviel dieser Hochwald wert ist? Für nur zwei Hektar hat er über dreitausend Dollar bekommen – netto, ohne Abzüge. Bar auf den Tisch, wie Judas oder irgendein gedungener Mörder. Das ist jedenfalls die Zahl, die in dem Kaufvertrag genannt wird. Sie haben ihm also fünf oder sechs Dollar pro Kubikyard bezahlt. Ich weiß nicht, ob das ein guter oder ein schlechter Preis war, wenn man die Probleme des Transports zum Fluß und dann den langen Weg bis Seattle berücksichtigt, aber bei einem Hochwaldbestand von fast tausend Morgen ergibt das einen Wert von ungefähr sechshunderttausend Dollar. Es gab schon Männer, die viel weniger unter Druck gestanden haben als mein Vater und die für eine solche Summe so gut wie alles getan hätten. Ich möchte wissen . . .« Er legte sich die Hände vor die Augen und beugte nachdenklich seinen Kopf herab. »Ich möchte wissen«, murmelte er, »ob er mir die Bäume deshalb vermacht hat.«

»Weil Sie ihn wegen Geld unter Druck gesetzt haben?«

Er zuckte hoch, und seine Augen blitzten auf. »Nein! Weil er wußte, daß ich sie niemals fällen würde. Weil der Fluch auf ihm lastete und ich ein Mitglied der *Men of the Trees* bin. Das wußte er. Er wußte, daß ich sie nie verkaufen würde. Heute nicht, und in Zukunft auch nicht.« Dann trat plötzlich ein besorgter Tonfall in seine Stimme. »Er hat sie doch mir vermacht, das wissen Sie sicher, oder?«

»Selbstverständlich«, sagte ich. »Ich habe den Zusatz zu dem Testament selbst aufgesetzt, und er hat ihn an dem Tag, an dem er hier bei mir in der Kanzlei war, unterschrieben. Er hat genau da gesessen, wo Sie jetzt sitzen.«

»Aber die Testamentsvollstrecker können sie doch trotzdem verkaufen, um Rechnungen zu bezahlen, falls die Erbmasse mit Schulden beladen ist, meine ich. Stimmt das?« Er wartete nicht auf meine Antwort. »Sie sind doch Testamentsvollstrecker, und Miriam auch, nehme ich an. Wer noch?«

»Sein Finanzberater in London«, sagte ich. »Trevor Richardson.«

»Martin nicht. Ich nicht. Nur Sie drei.«

Ich nickte, und er stand abrupt auf. »Okay. Also, denken Sie daran – diesen Fluch gibt es wirklich. Und er gilt auch für Sie. Er betrifft jeden, der es zuläßt, daß auch nur ein einziger Baum ohne plausiblen waldpflegerischen Grund von einer Säge berührt wird« – seine Stimme war lauter geworden, und seine dunklen Augen starrten mich unverwandt an – »und er muß nicht unbedingt den Mann treffen, der die Säge bedient, sondern den Verantwortlichen . . . Wenn Sie den Hochwald an ein Sägewerk verkaufen . . .« Er lehnte sich noch weiter vor, so daß es fast aussah, als wolle er mich anspringen, und in seinen Augen brannte wieder jenes eigenartige Feuer. »Wenn Sie das tun und es keinen anderen Weg gibt, Sie daran zu hindern, werde ich Sie eigenhändig töten.«

Er starrte mich noch einen Augenblick wild an. Dann drehte er sich abrupt herum und verließ meine Kanzlei, ohne noch ein weiteres Wort zu verlieren.

Ich saß noch eine Weile da und dachte über ihn nach, über das indianische Blut in seinen Adern und wie gefährlich er im Ernstfall tatsächlich werden könnte. Dann nahm ich fast unbewußt die Urkunde auf und las noch einmal die Worte, die Joshua Francis Halliday vor all den Jahren geschrieben hatte. Schließlich verstaute meine Sekretärin sämtliche Aufzeichnungen im Safe, und ich machte mich auf den Weg. Gerade noch rechtzeitig zum Termin erreichte ich das Gericht in Brighton.

Im nachhinein denke ich jetzt, daß ich mir vielleicht etwas mehr Mühe hätte geben sollen. Aber zwischen uns beiden stand eine versteckte Feindseligkeit, und obwohl es Dinge gab, die er mir über seinen Vater hätte erzählen können, wenn ich mir die Zeit genommen und die Mühe gemacht hätte, ihm die richtigen Fragen zu stellen, wäre es mir nie in den Sinn gekommen, daß ich dazu erst dann wieder Gelegenheit bekommen sollte, als es schon fast zu spät war.

Die Woche verging wie im Flug. Ich war mit meiner Arbeit überlastet, und von Tom Halliday hörte niemand etwas. Die britische Polizei hatte von der RCMP* in Kanada nichts erfahren. Es gab keinen Hinweis dafür, daß er sich in British Columbia oder am Yukon aufhielt, außerdem war weder von einer Ausreise aus England noch von einer Einreise nach Kanada etwas bekannt. Jetzt bestand nur noch die Hoffnung, daß Miriam in Vancouver etwas herausbekam, denn wahrscheinlich hatte sie dort Freunde. Mein Sozius war noch immer im Urlaub, und als meine Sekretärin am Freitag die Post hereinbrachte, lehnte ich mich gerade in meinem Stuhl zurück, sah zu den Wolken hinaus, die tief über die Downs zogen, und dachte darüber nach, wie es wohl heute nacht auf dem Kanal werden würde. Ich hatte den Plan gefaßt, zur französischen Küste hinüberzusegeln, und wie es aussah, würde es ein recht flotter Törn werden.

»Ich dachte, den wollten Sie vielleicht gleich sehen – er sieht ein bißchen persönlich aus.« Sie legte mir den dünnen Briefbogen mit völlig neutralem Gesicht auf den Schreibtisch und eröffnete mir ohne die Spur eines Lächelns, daß mein erster Klient bereits auf mich wartete.

Ich schaute auf den Brief und war zu erstaunt, um etwas sagen zu können. Das Briefpapier stammte von einem gewissen Hotel Sheffield, mit Adresse in Whitehorse, Yukon.

Lieber Philip – ich fühle mich plötzlich sehr einsam hier und wende mich aus Gründen, die mir selbst nicht ganz klar sind, an Dich. Ich weiß nur, daß es mir irgendwie helfen wird, Dir zu schreiben. Albern, nicht wahr – ich kenne Deine Privatadresse nicht, oder Du hast sie mir gesagt, und ich habe sie vergessen. Deshalb schreibe ich an Deine Kanzlei. Bitte schick mir aber keine Rechnung für die Zeit, die Du brauchst, um diesen Brief zu lesen! Ich habe nämlich kein Geld. Das war vielleicht ein Schock – zuerst verschwindet Tom, und dann ruft mich die Bank an und sagt mir, sie könne meine Schecks nicht mehr einlösen. Wir hatten ein gemeinsames Konto, wie Du weißt. In dieser Beziehung war an Tom nichts auszusetzen. Vertraut hat er mir immer. Mein Gott! Was für ein Schlamassel . . .

Es ging über fünf Seiten auf dünnem Luftpost-Papier. Die Tinte

* *Royal Canadian Mounted Police*

darauf neigte zum Ausfließen; das Gekritzel war nicht leicht zu entziffern. Ich faltete den Brief sorgfältig zusammen und steckte ihn wieder in den Umschlag. Wenn sie etwas Neues entdeckt hätte, hätte es schon im ersten Absatz des Briefes gestanden. Ich schob ihn in meine Tasche, um ihn später zu lesen, und sagte meiner Sekretärin, sie solle den Mandanten hereinbitten.

Am Abend legte ich ab und segelte die Hafeneinfahrt hinaus. Die Sonne ging unter, und die Downs wurden dunkler, bis sie mit der Wolkenbank verschmolzen, die sich vom Nordwesten über den Himmel schob. Ich segelte vor dem Wind, ohne Motor, und alles war sehr still. Ich fuhr mit ungefähr fünf Knoten nach Süden, und mein kleines Boot rollte sanft in der westlichen Dünung. Wenn der Wind sich nicht legte, würde ich bis zur Morgendämmerung die französische Küste erreichen.

Erst nach Mitternacht überquerte ich die Schiffahrtsstraße nach Westen. Ich überließ das Boot der Windfahnen-Steuerung und ging nach unten. Erst dann, in der von der Lampe beleuchteten warmen Kabine, mit einer Pfeife und einem Glas Malt Whisky, las ich den Rest von Miriams Brief. Es war ein ungewöhnlicher Brief, denn er war voller Beschreibungen eines ungewöhnlichen Teils der Welt.

Und ich werde verfolgt. – Das stand auf Seite zwei, und die Worte sprangen mir fömlich ins Gesicht. – *Du hältst mich bestimmt für verrückt, aber es ist wahr. Jedesmal, wenn ich das Hotel verlasse, ist er da und folgt mir auf Schritt und Tritt. Das ist keineswegs nur meine Einbildung. Ich habe es überprüft, indem ich durch das Hotel zurückgegangen bin. Es hat zwei Eingänge – der Vordereingang ist in der Wood Street, und der Hintereingang in der Steele Street. Man erreicht ihn durch einen langen Gang und kommt an einem Laden mit wunderbaren Drucken von Landschaftsbildern aus der Arktis vorbei. Sämtliche Reisebüros scheinen in der Steele Street zu sein. Mein Verfolger ist ein kleiner Mann mit einem faltigen, zerklüfteten Gesicht, hohen Backenknochen, dicken Augenlidern und tiefschwarzem, glattem Haar – ganz ähnlich wie manche Indianer, die hier auf den Straßen herumlungern. Vielleicht kommt es aber auch daher, daß eine Frau, die allein in dieser Pionierstadt im Norden herumläuft, etwas auffällig ist. Da wir gerade von dieser Steele Street sprechen*

– war Steele nicht der Mountie, der damals '98 den Norden praktisch allein verwaltete?*

Dann beschrieb sie mir Whitehorse mit seiner Pionier-Atmosphäre, seinen im Schachbrettmuster angelegten dreckverkrusteten Straßen, dem beeindruckenden Regierungsgebäude für das Territorium Yukon, *von dem aus man das alte weiße Dampfschiff sehen kann, das wie ein gestrandeter Wal auf der anderen Seite der Brücke liegt,* die Mischung von Goldrausch und Modernität, das Brüllen des Zuges, der aus Skagway in Alaska kam.

Es ist alles so fremd, so aufregend . . . Ich bin jetzt müde. Das kommt von der trockenen Luft. Morgen fahre ich mit einem Leihwagen auf dem Alaska Highway nach Haines Junction, und dann über den Haines Highway hinunter zum Lakeside Lodge an einen See namens Dezadeash. Man sagt mir, von da an bräuchte ich einen »Four-By-Four«, wie man hier die Kleinlaster mit Allradantrieb nennt. Es sieht so aus, als müßte ich mit meinem Charme irgendeinen Anwohner dazu bringen, mich mitzunehmen. Eine Fahrt per Anhalter von Dalton's Post bis hinauf zur Ice Cold ist bestimmt ein Erlebnis. Die Mine liegt direkt am Rand des Kluane; und das wiederum ist nach der Touristen-Information in meiner Lodge ein Wunderland aus Eis von achttausendfünfhundert Quadratmeilen Größe mit den höchsten Gebirgsketten in Nordamerika, mit Eisfeldern, wie es größere auf der ganzen Welt nur noch im Bereich der Pole gibt, sowie mit Massen von Gletschern, von denen einer ›galoppiert‹. Allem Anschein nach sind die Hälfte der Männer hier Indianer, und die Weißen tragen Hosenträger, bunte Hemden und breitkrempige, verschwitzte Hüte. Es dürfte meiner Begabung einiges abfordern, einen von ihnen dazu zu bringen, mich in den Bereich der Noisy Range zu fahren! Du kannst dir vielleicht vorstellen, mit wieviel Aufregung ich dem morgigen Tag entgegensehe. Ich werde direkt unterhalb der vorderen Gebirgsketten des Kluane (sie sprechen das ›Kluahnie‹ aus) sein . . . Dann hatte sie noch daruntergekritzelt: *Ich habe das Auto und mache mich jetzt auf den Weg. Ich lasse den Brief beim Empfang. Wenn Du nichts mehr von mir hörst, weißt Du, daß ich im Kluane verschollen bin.*

* Mitglied der *Royal Canadian Mounted Police,* der bei der Erschließung des kanadischen Westens und Nordens große Bedeutung zukam.

Ich sehe von hier aus meinen ›Schatten‹, wie er das Hotel von der anderen Straßenseite aus beobachtet. Ob er wohl in seinen Wagen steigen und mich verfolgen wird, wenn ich mit meinem kleinen Ford auf dem Alaska Highway losfahre? Alles Liebe . . .

Ich machte mir nicht viel Gedanken wegen ihrer Behauptung, sie werde verfolgt. Nach ihrer Beschreibung von Whitehorse, völlig abgelegen in einer Nadelwaldeinöde des Yukon, der tief und schnell neben der Eisenbahnlinie herfloß, würde dort wahrscheinlich jeder Besucher Aufsehen erregen, und eine Frau ohne Begleitung ganz besonders. Außerdem war Miriam auch unter den gegenwärtigen Umständen einem kleinen erotischen Abenteuer gewiß nicht abgeneigt. Was mich viel mehr interessierte, war die Tatsache, daß sie mir geschrieben hatte – und ihre Wirkung auf mich, die auch der Sekretärin nicht verborgen geblieben war. Ich hatte es ihr an den Augen angesehen. Und wie ich nun so in meinem Ölzeug in der Koje lag, dem Rauschen des Wassers am Rumpf lauschte und mich von der Dünung von Westen in den Schlaf wiegen ließ, sah ich Miriams Gesicht deutlich vor mir, sah den lässig am Hals verknoteten Schal, sah ihr Haar, das im Sonnenlicht in einem warmen Tizianrot leuchtete, ihre großen, fast grünblauen Augen . . .

Ich verstaute den Brief in der alten Aktentasche hinter dem Klapptisch, der mir sowohl als Eß- wie als Kartentisch diente, und streckte meinen Kopf in die Aussichtskuppel aus Plastik hoch. Backbord voraus sah ich eine Gruppe von Lichtern, wahrscheinlich Fischerboote, die vor irgendeiner Sandbank ihre Netze auswarfen. Im Osten blinkte der Leuchtturm von Dungeness klar und deutlich, aber ich war mit meinen Gedanken noch bei Miriam, die vielleicht gerade einen rauhen, ungehobelten Fremden dazu verlockte, sie von Dalton's Post zu der Goldmine am oberen Teil des Ice Cold Creek zu bringen.

Sie ging mir die ganze Nacht nicht aus dem Sinn. Viel Ruhe fand ich sowieso nicht, weil mich der Wecker alle zwanzig Minuten aus dem Schlaf riß. Der Kanal ist eine zu dicht befahrene Wasserstraße. Allein auf einem Segelboot kann man sich da längere Pausen nicht erlauben. Miriam . . . einfach losgezogen war sie, hatte vorher das Silber gestohlen, um die Reise bezahlen zu können, während ich, der ich in meinem ganzen Leben noch nie über die Grenzen Europas hinausgekommen war, über den Kanal nach Fécamp segelte. Was für eine Frau, dachte ich, und es war mir klar, daß ich schon halb in sie verliebt war. Zugleich aber wußte ich, daß ich Schwierigkeiten bekommen würde, wenn ich es zuließ, daß sich dieses Gefühl längerfristig einnistete. Für mich war Miriam ein zu heißes Eisen. Ich lächelte vor mich hin, eine Art starres Grinsen – ich spürte, wie sich meine Mundwinkel nach oben zogen, als ich an jene Nacht in den Downs dachte.

Als die Sonne aufging, konnte ich die französische Küste sehen, und mittags verankerte ich mein kleines Boot sicher im Hafen von Fécamp und setzte mich allein in ein Café zu Croissants und einem Kaffee mit Cognac. Ich hatte die erste Segeltour allein in einem Boot geschafft, und eigentlich hätte ich wohl Aufregung und Stolz fühlen müssen, aber ich empfand gar nichts. Ja, wenn ich das Erlebnis mit jemandem hätte teilen können . . .

Ich ging zurück an Bord und legte mich in die Koje, aber ich war zu erschöpft und meine Nerven zu angespannt. Wieder fand ich keinen Schlaf. Ein Gefühl von Leere, lästig wie ein Nagel im Schuh, machte mir immer mehr zu schaffen – ein Haus, eine Kanzlei, Mandanten genug, und jetzt ein Boot. Eigentlich war das eine beachtliche Leistung, wenn man bedachte, daß ich bei Null angefangen hatte. Und doch kam mir das alles so hohl vor, wie ich da, von französischem Stimmengewirr umringt, in meiner Koje lag. Familien stritten sich, und dazwischen klang das Lachen von Kindern. War das nicht der Sinn des Lebens, das geteilte Glück der kleinsten und grundsätzlichsten sozialen Einheit? Ich dagegen hatte nur mit Tod und Katastrophen in den Familien zu tun, und vor allem mit widerwärtigen Streitereien um Geld.

Ich gönnte mir eine Nacht in Fécamp mit einem einsamen Essen in einem Restaurant und dann einer Runde durch die Bistros am Hafen. Ich trank mir mit Armagnac einen kleinen Schwips an, und am Sonntagmorgen segelte ich früh bei einem frischen West der Stärke 6 und unruhiger See ab. Die Wellen brachen bald sehr unangenehm, es regnete, und die Sicht war schlecht. Ich dachte nicht mehr an Miriam, und die Überfahrt ging recht schnell vonstatten. Am nächsten Morgen stand ich schon wieder vor Gericht und vertrat einen Mandanten in einer Vaterschaftsklage.

Mein Sozius war wieder da, und plötzlich wurde das Leben

leichter, zumal mein eigener Urlaub in nur zwei Wochen beginnen würde. Am folgenden Morgen hörte ich wieder von Miriam. Dieses Mal war es nur eine Ansichtskarte mit Blockhütten im Sonnenuntergang, die sich in der silbernen Fläche eines Sees spiegelten; darüber stand in dicken schwarzen Lettern:

LAKESIDE LODGE
Dezadeash
Meilenstein 123 Haines Highway

Auf die Rückseite hatte sie gekritzelt:

Ich habe Glück gehabt. Ein Italiener aus Medicine Hat – stell Dir mal vor, das wäre Dein Geburtsort! –, ein wirklich netter Typ mit einem 4 x 4, der im Sommer auf einem Claim an der Squaw schürft, will mich mitnehmen. Unser Creek mündet hinein, er kennt den Weg, und morgen früh fahren wir los. Es ist wirklich sehr aufregend, alle sind so freundlich, aber man munkelt, daß die I. C. leer ist. Ich schreibe Dir wieder, wenn ich nach Whitehorse zurückkomme. Wie ist das Boot – viel Spaß beim Segeln! M.

Das war die letzte Nachricht von ihr. Sie meldete sich weder noch einmal aus Whitehorse noch von sonst irgendwo, aber das konnte ich ihr nicht verübeln. Es war nett von ihr, daß sie an mich gedacht hatte, aber ich gab mich keinen Illusionen hin. In Whitehorse war sie allein gewesen, und sie hatte sicher vor allem deshalb an mich gedacht, weil ich in so direkter Beziehung zu den Ereignissen stand. Nachdem sie sich dann an das Land gewöhnt und neue Kontakte gewonnen hatte, mußte die Verbindung mit der Heimat für sie zwangsläufig an Bedeutung verlieren. Wahrscheinlich war für sie inzwischen England genauso weit weg wie der Yukon für mich. Sie hatte bereits angedeutet, daß die Mine erschöpft war, und meinte bestimmt, es gäbe nun nichts mehr zu erzählen. Dennoch ärgerte es mich. Obwohl ich genug damit zu tun hatte, meinen neuen Partner einzuführen und mich mit dem Boot vertraut zu machen, fiel es mir schwer, sie zu vergessen. Einmal fuhr ich hinüber zu Bull's Wood House, um mich davon zu überzeugen, daß dort alles in Ordnung war. Das Personal war versorgt – das hatte ich bereits überprüft. Miriam hatte die

Gehälter für ein Vierteljahr im voraus bezahlt, bevor sie nach Kanada gegangen war. Mrs. Steading, die Haushälterin, machte mir auf.

»Ist Mr. Brian noch hier?« fragte ich sie.

Sie schüttelte den Kopf.

»Hat er eine Adresse hinterlassen?«

Wieder schüttelte sie den Kopf. Sie war eine kleine, sehr stille Frau, die im Dorf geboren war und noch immer hier lebte.

»Kein Wort hat er gesagt. Den einen Tag war er hier, den nächsten war er weg.«

Ich wußte bereits, daß sie ihn nicht leiden konnte.

»Fehlt irgend etwas?« fragte ich. Die Sache mit dem Silber mußte ich selbst überprüfen, aber nun zögerte sie nicht.

»Zwei Bilder«, sagte sie. Sie führte mich in das Arbeitszimmer und zeigte mir die Stellen, wo sie zu beiden Seiten des traurig dreinschauenden Elches gehangen hatten, der den Platz über dem Kamin beherrschte. Ich erinnerte mich vage an sie, zwei ausgesprochen holländisch wirkende kleine Bilder mit Schiffen.

»Mr. Halliday hat sehr viel von ihnen gehalten.«

Ich fragte mich, wo sie jetzt wohl waren, wieviel sein Sohn für sie bekommen hatte, und ob er sie bei einem Galeristen in Brighton oder in der Portobello Road in London verkauft hatte, wo man sie nie wiederfinden würde. »Haben Sie das sonst noch irgend jemandem gesagt?« fragte ich sie.

Sie schüttelte den Kopf. »Es geht mich ja nichts an, aber da Sie danach gefragt haben, habe ich es Ihnen gesagt.«

»Sehr pflichtbewußt von Ihnen, Mrs. Steading«, sagte ich und fragte mich, was, zum Teufel, ich in der Sache unternehmen sollte, denn nun hatte sie es mir schließlich gesagt. Eigentlich konnte ich es den beiden nicht verübeln – Miriam, daß sie das Geld genommen hatte, um sich die Mine anzusehen, und Brian – war er vielleicht wieder zurück nach Indien zu seinem Guru gefahren? Oder bewachte er die Bäume der Cascades?

Ich setzte mich einen Moment an Tom Hallidays Schreibtisch. Mein Blick wanderte unwillkürlich zu der Photographie seines Vaters, auf der er neben der hölzernen Waschrinne vor Freude tanzte und brüllte; seine Zähne blitzten, die Hand mit der Goldwäscher-Pfanne ausgestreckt, und der Schnee auf den Bergen hinter ihm war gelblich-weiß und voll von Wasserflecken.

Die Haushälterin hatte mich allein gelassen. Ich hörte sie im Stockwerk über mir herumlaufen. Ich sah schnell die Schubladen durch, aber sie waren nur mit dem üblichen Papierkram vollgestopft, mit Kontoauszügen, alten Scheck-Abschnitten und ähnlichem, und in der obersten Schublade fand ich die Kaufverträge für das Holz. Wie sein Sohn gesagt hatte, reichten die Kaufverträge einschließlich der Verträge für Fällen, Abtransport und ein forstwirtschaftliches Sachverständigen-Gutachten aus Campbell River, Vancouver Island, sieben Jahre zurück. Alle sechs Monate waren neue Verträge abgeschlossen worden, und die Einkünfte hatten ständig abgenommen. Alle Verträge waren mit kanadischen Firmen gemacht worden, nur der letzte nicht. Hier war der Vertragspartner die Firma *SVL Timber and Milling Inc.* aus Seattle, und diesem Vertrag waren keine Vereinbarungen über das Fällen oder den Abtransport beigelegt, sondern nur ein Brief von einem Sachverständigen, in dem mitgeteilt wurde, daß die amerikanische Firma kostengünstiger fällen und abtransportieren könne und daher einen günstigeren Preis anbot; darüber hinaus hätte sie auch Kontakte im amerikanischen Mittelwesten und besonders in Chicago.

Ich notierte mir das Datum dieser Verträge und die Adresse der Anwaltskanzlei in Vancouver, die sie aufgesetzt hatte. Dann lehnte ich mich zurück, betrachtete die Wand über dem Schreibtisch und dachte an Tom – und an Miriam und das Leben, das die beiden gemeinsam in diesem Haus verbracht hatten. Inzwischen mußte sie da sein, wo auf dem Bild die Waschrinne gestanden hatte, wo dem jungen Josh Halliday mit seinem albernen herunterhängenden Schnurrbart der Beweis gelungen war, daß in seiner tauben Mine das Gold steckte, ihm und seinem Sohn fast hundert Jahre Reichtum zu schenken. Gab es hier irgendeine persönliche Erinnerung, die sie vielleicht behalten wollte, falls er nicht wieder auftauchte – an Tom oder an die Mine? Ich begann, oberflächlich in den Schreibtisch-Schubladen herumzukramen, ohne etwas Bestimmtes zu suchen. Ich dachte dabei nur, wie seltsam es war, hier in Toms Arbeitszimmer zu sitzen, in dem sich seit jenem letzten Dinner nichts verändert hatte. Nun würde es vielleicht schon bald jemand anderem gehören, der wahrscheinlich alles ändern mochte, und der die Photographie und den Elchkopf ebenso wie all die Erinnerungsstücke und die Minengerätschaften, die an der Wand hingen und überall herumlagen, einfach wegwerfen würde. Es überraschte mich, daß Brian die Photographie nicht mitgenommen hatte, denn schließlich war sie eine Erinnerung an den Mann, der vor all den Jahren den Hochwald gepflanzt hatte.

Der Schreibtisch war eine Antiquität, wahrscheinlich Queen Anne, und bestand aus wunderbarem, seidenglänzendem Walnußholz. Seine aufklappbare Schreibfläche hatte einige Tintenflecke, und die kleinen Schubladen und Fächer dahinter waren mit Papieren, Umschlägen und Postkarten vollgestopft. Im Haus eines Ölmagnaten im Ruhestand hatte ich einmal einen ähnlichen Schreibtisch gesehen. Ich fuhr vorsichtig mit meinen Händen über die Fläche unter den Fächern und tastete nach beweglichen Teilen. Auf diese Weise fand ich das Geheimfach mit einem Schiebeverschluß, das Fach darunter war breit und flach, und darin eine goldene Sprungdeckeluhr mit einem melodiösen Schlagwerk an einer Kette mit einem Nugget aus Rohgold von der Größe eines Zuckerstückchens. Daneben lag ein dünnes Buch, oder mehr ein Heft. Die Tinte darin war zu einem stumpfen Braun verblaßt.

Es war Joshua Hallidays Tagebuch. Es setzte am 20. Juli 1898 ein:

Mein Geburtstag, und mein gesamter Besitz ist jetzt auf diesem Schiff. Dazu eine große Menge von Menschen, von denen viele wie ich ihre Vorräte mit sich führen, aber auch Pferde, einige Ochsen und einige große, gußeiserne Öfen. Der Hafen von SF ist voller Menschen, und das aufgeregte Gemurmel wird immer lauter und versetzt mich in höchste Erregung. So viele Hoffnungen – jeder Mann, mit dem ich spreche, ist sicher, daß er Gold finden und als Millionär zurückkommen wird.

Ich blätterte die Seiten um. Das Leben an Bord. Seattle. Vancouver.

5. September: Heute haben wir Skagway erreicht. Große Aufregung, ein Riesendurcheinander. So viele Menschen an Land, Zelte und hastig zusammengezimmerte Hütten, überall Schmutz und Gestank – und über diesem erbärmlichen Lager erheben sich die Berge, die wir überqueren müssen.

Nach dieser Eintragung wurde die Schrift weniger ordentlich, stellenweise sogar recht unsicher, und oft wurde die Tinte durch Bleistift ersetzt, und dann war die Schrift so undeutlich, daß man sie kaum noch entziffern konnte. Es stand aber alles da – wie er über die gefrorene Fläche eines Sees namens Bennett zog und Dawson mitten im tiefsten Winter erreichte, und wie er dann zum Dalton Trail und der Squaw aufbrach.

Ich konnte kaum noch weiter, als ich mich am Ice Cold entlang bergauf auf den Weg machte. Mein Atem gefror mir im Bart, alles war weiß, und am nächsten Tag kam ein Westwind auf. Dichter Nebel, und der Schnee schmilzt an der Oberfläche zu Matsch, aber darunter ist er wie Eis.

Das war am 1. April, und am nächsten Tag erreichte er den Claim.

Ich lehnte mich zurück und starrte die Photographie an. Hatte Tom dieses Tagebuch auch zum ersten Mal gelesen, hier an diesem Schreibtisch mit der verblaßten Photographie vor ihm an der Wand, oder war er nach dem Tod seines Vaters nach Vancouver Island gefahren und hatte es dort zum ersten Mal gesehen? Wie auch immer, er hatte es auf jeden Fall hier in seinem Schreibtisch aufgehoben. Ich nahm die Uhr mit dem Nugget an der Kette und schob sie mir in die Tasche. Ich war sicher, daß Miriam sie lieber in einem Safe aufbewahren wollte, besonders, nachdem sie nun die Mine gesehen hatte.

Ich sah mir die anderen Erinnerungsstücke an, die verbeulte Pfanne an der Wand hinter mir, die Stücke aus Eisen und Holz auf dem Kaminsims. Ob das die Pfanne war, mit der er seinen ersten Fund gemacht hatte? Da war das Stück einer Schaufel, voller Rostlöcher und sorgfältig mit schwarzer Farbe gestrichen, ein Patronengurt, eine militärisch aussehende Feldflasche, zwei rostige Dosen Corned Beef, und über dem Kaminsims unter dem Elchkopf eine langläufige Flinte: Das Holz des Kolbens war teilweise weggefault, Lauf und Schloß von Rostnarben zerfurcht.

Ich schlug das Tagebuch zu, schob es unter meinen Arm und stand auf. Die Photographie nahm ich auch mit. Selbstverständlich informierte ich Mrs. Steading über das Tagebuch und die Uhr, und als ich wieder in meine Kanzlei kam, verschloß ich die Sachen mit der Akte Halliday im Safe. Das war damit erledigt; ich hatte mich mit anderen Dingen zu befassen. Der Ölmagnat, ein Klient von mir, starb an Krebs, und alles mußte sehr schnell geregelt werden.

Die letzten Augusttage vergingen in gleißender Sommerhitze, und nun war der Septemberbeginn lange vorbei, und es regnete. In weniger als einer Woche begann mein Urlaub. Ich segelte mit dem Boot nach Bambridge. Kein Wort von Miriam, und ihr Mann war noch immer verschollen. Am nächsten Tag segelte ich mit einem Mädchen, das ich erst kurz vorher auf der Party eines Mandanten kennengelernt hatte, Richtung Bretagne. Der Törn war ein ziemlicher Reinfall. Das Boot polterte über die Wellen, und sie wurde seekrank. In Paimpol stieg sie aus, und als ich danach wieder allein an der Küste entlangsegelte, kehrten die Gedanken an Miriam zurück; wie es wäre, wenn sie jetzt an Bord wäre, und was sie jetzt wohl so trieb und bei wem sie war. Und warum sie sich nach der Postkarte und ihrem Besuch in der Mine nicht mehr die Mühe gemacht hatte, mir zu schreiben.

Ich lag einen ganzen Tag bei Les Sept Isles in einer totalen Flaute fest und hatte nichts zu tun, als Radio zu hören. Es war jetzt zwei Wochen her, oder etwas mehr. Wohin war sie nach ihrem Besuch in Whitehorse gefahren? Nach Vancouver vermutlich, sagte ich mir, oder nach Victoria, wo zumindest Tom Freunde haben mußte.

In Einzelhaft in meinem kleinen Boot, mit dem Mond am Himmel und den in der Windstille schlaff herunterhängenden Segeln, faßte ich meinen Entschluß. Ich würde nicht mehr als höchstens eine Woche brauchen, und selbst wenn sie mich und ihr Versprechen, mir nach ihrem Besuch bei der Mine zu schreiben, völlig vergessen hatte, würde ich zumindest die nagende Sorge loswerden, daß ihr vielleicht etwas passiert war. Zugleich konnte ich mich selbst davon überzeugen, ob die Mine wirklich leer war, und vielleicht konnte ich mir auch das Land in British Columbia und das Stück Hochwald bei den Cascades ansehen.

Frühmorgens, als es gerade zu dämmern begann, kam wieder Wind von Westen auf, und der Himmel begann sich zuzuziehen. Ich wendete mit dem Boot und machte mich auf den Heimweg. Als ich ankam, sagte mir mein Sozius am Telephon, daß wir einen Brief von den Anwälten in Vancouver erhalten hätten, denen ich vor meinem Ausflug geschrieben hatte. Darin wurde mir unmißverständlich mitgeteilt, daß der Kaufvertrag für das Holz, den sie im letzten September aufgesetzt hatten, der letzte gewesen sei, den Mr. Halliday abgeschlossen habe. Er sei jedoch am Donnerstag, dem 15. des letzten Monats, in ihrer Kanzlei gewesen, um sich über die Möglichkeit eines Verkaufs des gesamten Cascades-Besitzes über einen Mittelsmann zu informieren. Vielleicht könnte ein solcher Verkauf auch über einen Treuhand-Fonds erledigt werden. Seitdem hätten sie ihn nicht mehr gesehen. Lediglich Mrs. Halliday habe sie am 9. September aufgesucht, also an dem Tag, an dem ich die Karte bekommen hatte. Sein Verhalten bei der Besprechung im August wurde als *ganz normal, aber nicht entspannt* beschrieben. Der Brief schloß mit den Worten: *Wir haben keinen Grund zu der Annahme, daß unser Mandant krank war, und er zeigte auch keine Anzeichen dafür, daß er kurz vor einem Nervenzusammenbruch oder einer sonstigen Störung stand, die sein Verschwinden erklären könnte.* Unterzeichnet war er mit *McLaren & Partner.*

Zwei Tage später saß ich in einem Flugzeug der *Wardair*. Die Reise führte mich von Gatwick um die halbe Welt nach Vancouver.

2

Die Mine am Ice Cold Creek

Es ist ein merkwürdiges Gefühl, mit einem Kopfhörer auf dem Kopf und einem Drink in der Hand dazusitzen, eine Symphonie zu hören und dabei durch ziehende Wolken auf ein Eisschollenfeld herabzusehen, das so tief unten liegt, daß man den Eindruck gewinnt, die See sei mit Salz bestreut worden. Weiter hinten lag das Packeis, und dann und wann war ein einzelner großer Eisberg auszumachen. Der Entdeckungsreisende Tim Severin hätte an diesem Bild aus der Luft seine Freude gehabt, als er mit seinem Lederboot im Eis steckenblieb, denn es bewies, daß St. Brendan recht gehabt hatte: Selbst jetzt, fast fünfzehnhundert Jahre nachdem sich der irische Heilige auf seiner Reise nach Nordamerika die Einzelheiten aufgeschrieben hatte, gab es noch die eisfreie Lücke zwischen dem Packeis und der Küste Grönlands. Von meinem Platz in 12 000 Meter Höhe war sie noch deutlich als dunkle Wasserstraße zu erkennen. Dahinter flossen ungeheure Flüsse aus Schnee und Eis zwischen schwarz klaffenden Kratern herab, und dann kam die ungebrochene weiße Decke aus uraltem, unergründlichem Schnee, während wir weiter über die Eiskappe Grönlands zogen. Die Sonne stand still, denn wir flogen fast so schnell, wie die Erde sich drehte, und um die Mittagszeit erreichten wir Baffin Island. Eisberge schwammen wie Schiffe zwischen dunkleren Ausläufern von Land, und die tiefschwarzen Berge und steilen Klippen waren in der klirrend hellen, unglaublich klaren Luft deutlich zu sehen.

Der Mann auf dem Nebensitz lehnte sich zu mir herüber. »Wäre unangenehm, wenn wir da reinfallen würden, was?« Es war das erste Mal, daß er etwas zu mir sagte. »Wir müssen wohl ungefähr über der Stelle sein, wo Franklin und all die anderen überwintert haben und gestorben sind.« Er hatte nur noch wenige Haare auf dem Schädel und sah mich aus stahlgrauen Augen an. »Fliegen Sie die Strecke zum ersten Mal?«

Ich nickte.

»Dachte ich mir. Ich fliege sie drei- oder viermal im Jahr. Immer mit *Wardair.*« Er nickte bestimmt. »Ich habe Verträge, euch mit Obst, hauptsächlich Äpfeln, zu beliefern.« Er lächelte schmallippig. »Sie werden das nicht glauben, aber wir bauen sie mitten in den Rockies an. Weintrauben auch. Sie sollten einmal einen Abstecher dorthin machen und sich das ansehen. Jetzt ist genau die richtige Zeit dafür. Im Spätsommer ist es noch richtig warm.« Er zog eine Karte aus seiner Jackentasche und legte sie mir auf mein Ablagebrett. »Ich würde Sie gern herumführen.« Er nickte, schob sich seine Kopfhörer wieder über die Ohren und vertiefte sich in seine Musik.

Wir überflogen den Sklavensee, vor uns ragten die Rockies auf, und dann senkten wir uns mit kaum hörbarem Motorgeräusch hinab zu einer Welt aus scharfkantigen Felsen und schmutziggelbem Schnee, der einen ganzen Sommer lang der Sonne ausgesetzt gewesen war.

Dann und wann hatte ich an Miriam gedacht. Vor fast einem Monat hatte sie die gleiche Strecke zurückgelegt, hatte vielleicht sogar auf dem gleichen Sitz gesessen, auch sie war mit *Wardair* geflogen. Ob der Himmel damals ebenso klar gewesen war wie jetzt? Hatte auch sie dagesessen und auf dieses kahle, von Gletschern zernarbte Land heruntergeschaut, an ihr Ziel gedacht und dabei gewußt, daß der Yukon nur ein paar hundert Meilen weit entfernt auf der Steuerbordseite lag? Seit der Postkarte hatte ich kein Wort mehr von ihr gehört.

Schon in England war mir das merkwürdig vorgekommen, aber nun, da die wilde Öde Nordkanadas mit seiner ungeheuren Weite und Einsamkeit vor mir lag, schien es noch merkwürdiger. So wie sie die Hand nach jemandem auszustrecken – ganz gleich aus welchem Grund – und dann den Kontakt abzubrechen, als spielte das keine Rolle mehr. Das Land lag in seiner ungeheuren Weite unter mir, eine Wildnis von Seen, Bergen und Wäldern, die auf den Höhen unterhalb der Schneegrenze gerade ihre Herbstfarben annahmen. Auch das Yukon Territory war eine ungeheure Weite voller Felsen und Bäume, in der Menschen eine seltene und fremde Erscheinung waren. Mir schien es einfach unnatürlich, daß Miriam mir plötzlich nichts mehr zu sagen hatte, und das um so mehr, als ich nun die Weite dieses Landes selbst vor mir sah und das gleiche Gefühl von Kleinheit und Einsamkeit spürte, das auch sie empfunden haben mußte.

Ich hatte einen herrlichen Blick auf Vancouver, das beim Landeanflug wie ein Miniatur-Manhattan, umgeben von sonnendurchflutetem Wasser, unter uns lag. Schiffe und Schlepper mit langen

Reihen von Lastkähnen dahinter, zum Teil Flöße aus Stämmen, zogen ihren Weg, denn die Straße von Juan de Fuca reicht bis zum amerikanischen Festland, und dahinter, in der Ferne, liegen die schneebedeckten Berge. Deswegen und wegen des Blicks auf das arktische Meer hatte ich mich für diese Route entschieden und nicht die nüchternere und etwas billigere über Edmonton. Als ich in meinem Hotel in dem recht engen östlichen Teil von Vancouver angekommen war, der als »Gastown« bekannt ist, machte ich mich nur etwas frisch und nahm dann sofort ein Taxi zum *Bayshore Hotel.* Es lag direkt am Meer bei den alten Werften und Bootshäfen von Coal Harbour.

An der Rezeption erfuhr ich, daß Miriam tatsächlich im vorigen Monat drei Nächte in diesem Hotel verbracht hatte. Sie hatte aber keine Adresse hinterlassen und war danach nicht wiedergekommen. Ich hatte so etwas zwar erwartet, aber es bedeutete trotzdem eine Enttäuschung, denn insgeheim war da natürlich die Hoffnung gewesen, den Abend in ihrer Gesellschaft verbringen zu können. Statt dessen machte ich einen Spaziergang durch den Stanley-Park bis zum Leuchtfeuer am Brockton Point und genoß den Blick auf die First Narrows und die Lions-Gate-Brücke. Anschließend aß ich in einem Restaurant in Coal Harbour zu Abend.

Dieses etwas heruntergekommene Viertel zwischen den Schienen der *Canadian Pacific* und dem Meer ist fast das letzte Überbleibsel des alten Vancouver, und nach dem Essen sah ich mir die Gegend mit ihren verkommenen Werften, halb verfallenen Kai-Anlagen und Charterbootfirmen an. Es war ein warmer, angenehmer Abend, kein Luftzug regte sich, und das einzige Geräusch war das Klatschen der Wellen an die hölzernen Piers, wenn dann und wann das Kielwasser einer Yacht oder eines Motorboots das Land erreichte.

Die nächtliche Besichtigungstour durch eines der malerischsten Viertel jener Stadt sollte mir später das Leben retten. Natürlich ahnte ich damals noch nichts davon, und ich sah minutenlang neidisch über das Wasser zu jenem eigenartigen Hafenbecken mit den Blockhäusern in Richtung Deadman's Island, in dem die Motorboot-Flotte des Königlichen Yacht-Clubs Vancouver liegt. Nur zu gern hätte ich eines dieser Boote ›ausgeliehen‹, um die Gewässer zwischen Vancouver Island und dem Festland zu erforschen . . . Es gab so viel zu sehen, großartige Bilder von atemberaubender Schönheit, doch ich hatte weder die Zeit noch das Geld dafür.

Am nächsten Morgen schien die Sonne von einem wolkenlosen blauen Himmel, und ich schlenderte die Cordova Street entlang, dann die Granville und Dunsmuir, und dann südlich die Burrard hinunter bis zum Robson's Square. In der Robson Street befand sich die Kanzlei der Anwälte, die die Kaufverträge für das Holz aufgesetzt hatten. Aus dem 21. Stock eines verglasten Hochhauses blickte man an dem grünen Kupferdach des Hotels *Vancouver* vorbei auf den Anlegeplatz der British-Columbia-Fähren und die Schienen der *Canadian Pacific Railway* in Richtung Coal Harbour. Im Vergleich mit meinen bescheidenen Räumlichkeiten kamen mir die Büros vor wie ein Palast.

Ich war nicht angemeldet und hatte mich bereits darauf vorbereitet, erst für den nächsten Vormittag, knapp vor meinem geplanten Abflug nach Whitehorse, einen Termin zu bekommen, oder sogar erst nach meiner Rückkehr. Aber der Anwalt, der sich um die Angelegenheiten der Hallidays in Kanada gekümmert hatte, hatte Zeit, und so wurde ich schon nach kurzer Wartezeit in sein Zimmer geführt.

Er hieß Roy McLaren und war ein korpulenter, kräftig gebauter Mann von ungefähr fünfzig Jahren mit einer dicken Goldrandbrille, die seinem runden, ziemlich jungenhaften Gesicht einen Ausdruck von fragender Verwunderung verlieh. Ja, Mrs. Halliday habe ihn aufgesucht. Er griff nach seinem Terminkalender und blätterte darin zurück. »Ich glaube, ich habe Ihnen das Datum in meinem Brief genannt.«

Ich nickte. »Und seitdem haben Sie sie nicht gesehen?«

»Das habe ich Ihnen auch in meinem Brief mitgeteilt. Weder sie noch ihren Mann.« Er musterte mich durch seine Brille. »Haben Sie Tom gut gekannt?«

Ich mußte ihm erklären, daß ich nur sein Testament für ihn aufgesetzt hatte und ihn erst seit drei Jahren kannte.

»Ah, ja. Wir vertreten ihn schon seit dem Tod seines Vaters«, sagte er. »Und davor hat unsere Kanzlei seinen Vater vertreten. Ich persönlich habe Josh Halliday leider nie kennengelernt. Ein großartiger Mensch, nach allem, was man hört. Mein Onkel war für ihn zuständig.« Er legte seine Hände aufrecht aneinander und drückte sie fest zusammen, während er mich mit großen Augen unschuldig fragend ansah. »Als Tom sein Erbe antrat, übernahm mein Vater die Angelegenheiten der Hallidays. Diese Kanzlei ist fest in der Hand unserer Familie, müssen Sie wissen. Sogar meine Schwester ist eine Partnerin. Und eine verdammt gute Anwältin dazu.« Er entspannte seine Hände und lächelte. »Ich habe Tom übernommen, als sich mein Vater vor sechs Jahren aus dem Geschäft zurückzog.«

»Ungefähr zu der Zeit begannen doch die Erträge der Mine im Yukon Territory zurückzugehen.«

»Davon wußte ich nichts. Später ist das natürlich zur Sprache gekommen, aber zu der Zeit war ich nur damit beschäftigt, Kaufverträge für das Holz auf dem Grundbesitz aufzusetzen, den er oben im Norden an der Küste hat. Als Berater hatte er einen Forstwirtschafts-Experten namens Hugh Ringstrop drüben am Campbell River.«

»Hat Ringstrop den Preis ausgehandelt?«

Er nickte. »Ja. Und er hat das Gebiet abgesteckt.«

»Und den letzten Verkauf«, fragte ich, »hat er dafür auch den Preis ausgehandelt?«

Seine Finger preßten sich wieder zusammen. »Ich bin nicht sicher, aber ich glaube, ja. Ich weiß noch, daß er gesagt hat, es würde schwierig werden, eine Exportgenehmigung zu bekommen, und außerdem sei der Bestand eigentlich noch nicht ›schlagreif‹, wie er sich ausgedrückt hat.«

»Aber Sie haben den Kaufvertrag trotzdem aufgesetzt?«

»Ja.«

»Obwohl Sie von dem Fluch wußten?«

»Ah!« Die Finger wurden sehr eng aneinandergedrückt, und seine Augen waren groß und mit unschuldigem Blick auf mich gerichtet. »Ja, selbstverständlich – wir haben die Urkunden vor ungefähr fünf Jahren an seine Bank in London geschickt. Das war, nachdem die Scheidung ausgesprochen worden war und er wieder geheiratet hatte.« Er lächelte. »Seine erste Frau haben Sie natürlich nie getroffen.« Er ließ seine Hände plötzlich flach auf den Schreibtisch fallen. »Eine sehr schöne, sehr schreckliche Frau. Ich glaube, er hätte sie vielleicht umgebracht, wenn sie nicht mit einem anderen Mann davongelaufen wäre. Martina hieß sie. Sie hatten zwei Söhne. Dabei fällt mir etwas anderes ein: Seit meiner Antwort auf

Ihren ersten Brief hat es eine kleine Neuentwicklung gegeben.« Er drückte auf einen Knopf, und eine streng dreinblickende Frau in einem leuchtend rosa Baumwollkleid kam herein und gab ihm einen Aktenordner. »Der jüngere dieser beiden Söhne – kennen Sie ihn?«

»Brian?«

Er nickte. Die Frau ging hinaus und schloß die Tür lautlos hinter sich.

»Ja«, sagte ich. »Sie haben mit ihm gesprochen?«

Er lächelte wieder, aber seine Augen hatten sich zu Schlitzen verengt, und Falten zeigten sich. Er schlug den Aktenordner auf. Er enthielt ein einziges maschinengeschriebenes Blatt und einige Zeitungsausschnitte. »Er hat mich aufgesucht – in der vorletzten Woche. Sein Vater hat ihm doch die Cascades hinterlassen, oder?« Als ich nickte, sprach er weiter. »Sein Benehmen hat mir gar nicht gefallen und seine Kleidung auch nicht. Ich habe deshalb das Gespräch für alle Fälle auf Band aufgezeichnet. Lang war es ja nicht, fünf oder sechs Minuten. Dann war er wieder weg.«

»Es ging ihm um die Cascades, richtig? Ein Stück Wald, das er den ›Hochwald‹ nennt.«

»Ganz recht. Vierhundert Hektar. Nach Ringstrop handelt es sich dabei um den besten angepflanzten Rotzedern-Bestand, den er je gesehen hat.« Dann fügte er noch hinzu: »Ich habe Sie in einem Brief über den Inhalt des Gesprächs informiert, aber mein Schreiben ist wahrscheinlich erst nach Ihrer Abreise angekommen. Ich habe letzte Woche Urlaub genommen und an der Küste bei der Kelsey Bay geangelt.« Er nahm den größten der Zeitungsausschnitte auf, faltete ihn auseinander und schob ihn mir zu. »Das erschien, während ich an der Küste war. Erkennen Sie irgend jemanden wieder?«

Es war eine ganze Seite der *Vancouver Sun,* und die Hälfte davon wurde von dem Bild eines riesigen Lastkahns im Schlepp eingenommen. Der Prahm war hoch mit den runden Stämmen großer Bäume beladen. Unterhalb der Stahltrossen der Schlepp-Kupplung schwamm ein Schlauchboot auf der Bugwelle des Lastkahns, in dem ein Mann mit einem Transparent in den Händen stand. Er hatte eine Baseball-Mütze auf und trug ein T-Shirt mit der Aufschrift *Greenpeace.* Die Worte auf dem Transparent waren die gleichen wie die der balkendicken Schlagzeile über der Seite:

GRÜNE KÄMPFER GEGEN UMWELTZERSTÖRUNG
Im Feld gefallen

Darunter waren drei kleinere Bilder, von denen eines einen umstürzenden Baum in einem abgeholzten Waldstück zeigte. Es trug die Unterschrift: *Ein unbekannter Kämpfer für den Wald.* Das mittlere Bild brachte eine Nahaufnahme des Mannes mit dem Transparent. Das lange Gesicht, die stark ausgeprägte Nase, die hohen Backenknochen, das schwarze Haar unter der Mütze und die abstehenden Ohren, sogar das gleiche T-Shirt. Das dritte Bild zeigte das Schlauchboot; eine Seitenkammer hatte keine Luft mehr, der Mann mit dem Transparent hechtete gerade seitlich ins Wasser, und über ihm lehnte ein Mann mit einem Bootshaken in der Hand.

Ich warf McLaren einen Blick zu. »Brian Halliday?«

Er nickte. »Aufgenommen am letzten Dienstag. Soviel ich gehört habe, ist der dumme Kerl beinahe umgekommen. Das war alles von ihm organisiert. Er hatte vor, der Holz-Firma *SVL* und den Leuten von dem Schleppzug soviel negative Publicity wie möglich einzubringen. Da waren Film-Kameras an Ort und Stelle, und er hat sich absichtlich überfahren lassen. Wie Sie sehen, ist er genau in dem Augenblick über Bord gesprungen, in dem das Schlauchboot unter den Bug des Prahms gekommen ist. Er hat verdammt viel Glück gehabt, wenn Sie mich fragen. Ein Lachsfischer hat ihn aufgenommen, und bis auf ein paar blaue Flecken und Schürfwunden ist er unverletzt geblieben. Noch am gleichen Abend flimmerte die Story über die Bildschirme. Gleich am nächsten Tag hat sich *Greenpeace* von ihm distanziert. Sie sagten, sie hätten mit ihm nichts zu tun. Sie haben sich gegenwärtig auf den Walfang konzentriert, und von einer Kampagne zur Rettung des Waldes an der Westküste wollen sie nichts wissen. Ohne ihre Unterstützung hat sich dann bald niemand mehr für die Story interessiert, aber Aufsehen hat sie zunächst natürlich doch erregt. Ich habe mir den Fernsehbericht darüber auf dem Boot eines Freundes angesehen; es war wirklich eine spektakuläre Aktion.«

»Die Stämme kamen wohl aus den Cascades?«

Er nickte. »Ja, aus dem ›Hochwald‹. Das steht alles in dem Artikel.« Er drückte auf den Knopf, und die Frau im rosa Kleid kam wieder herein. »Würden Sie bitte diese Zeitungsausschnitte für

Mr. Redfern kopieren?« Er gab ihr den Aktenordner. »Lesen Sie sich die Artikel in aller Ruhe durch. Sie werden allerdings daraus nichts Neues erfahren.« Er sah auf seine Uhr.

Ich entschuldigte mich noch einmal für die Störung, und er lächelte, zuckte die Achseln und sagte: »Keine Sorge; heute ist Montag, und da ist nie viel los. Kann ich sonst noch etwas für Sie tun?«

»Nur eines noch«, sagte ich. »War der Kaufvertrag vom 20. September des letzten Jahres der einzige, den Sie für Tom Halliday über den besagten Rotzedern-Bestand aufgesetzt haben?«

Er nickte lächelnd und legte wieder seine Handflächen aneinander. »Ich weiß, was Sie jetzt fragen werden. Ich habe am nächsten Tag in der Kanzlei angerufen und meinen Sohn angewiesen, sich telefonisch mit *SVL* in Seattle in Verbindung zu setzen. Man hat ihn dort informiert, die Firma sei noch mit den zwei Hektar beschäftigt, um die es in dem Vertrag ging. Die Stämme seien von außergewöhnlicher Qualität, und deshalb würden sie nicht ins Wasser kommen und als Flöße transportiert werden, wie das bei Stämmen der Fall ist, die zu Holzmasse verarbeitet werden sollen. Sie würden sie statt dessen mit Lastkähnen transportieren, und deshalb, wieder wegen der hohen Qualität, lägen die Lieferdaten so weit auseinander. Der Transport der letzten Woche war die zweite von drei getrennten Lieferungen an das Sägewerk.«

»Und sie werden keine Bäume mehr fällen?«

»Auf keinen Fall. Das hat Hugh Ringstrop ihnen unmißverständlich gesagt – außerhalb des zwei Hektar großen Stücks, von dem in dem ursprünglichen Kaufvertrag die Rede ist, dürfen keine Bäume gefällt werden, bis ein neuer Kaufvertrag ausgehandelt und unterschrieben ist.« Er drückte seine Finger fest aneinander und fügte hinzu: »Und es kann natürlich nichts unterschrieben werden, bis Mr. Halliday gefunden ist. Das ist den Leuten klar, und sie akzeptieren es.«

Ich war mir da nicht so sicher und fragte mich, wie energisch sein Sohn den Standpunkt der Kanzlei dargestellt hatte. Als ich ihm aber von Wolchaks Angebot erzählte, nickte er. »Sie haben hier ähnliche Versuche unternommen, zuerst über Ringstrop, und dann direkt bei uns. Das war direkt nach der Meldung, Tom sei vermißt.«

»Davon haben Sie in Ihrem Brief an mich aber nichts gesagt.«

»Nein?« Er zögerte. »Nein, Sie haben recht. Ich habe daran gedacht, aber dann ist es mir doch unwichtig erschienen. Damals noch. Wenn Tom Halliday tot gewesen wäre, hätte ich es Ihnen natürlich mitgeteilt. Zum gegenwärtigen Zeitpunkt aber ist jeglicher Verkauf des Grundstücks vom juristischen Standpunkt aus völlig ausgeschlossen.«

Ich hatte noch einige andere Fragen, in denen es um kleinere juristische Probleme ging. Tom Halliday war kanadischer Staatsbürger, und ich wollte wissen, welche steuerrechtlichen Konsequenzen sich daraus ergeben konnten. Bevor ich ging, versprach ich dem Anwalt, ihn vor meiner Rückkehr nach England noch einmal aufzusuchen, falls mein Besuch bei der Mine oder bei den Cascades weitere Probleme aufwerfen sollte. Er selbst kannte zu meiner Überraschung weder das eine noch das andere aus eigener Anschauung. »Unsere Kanzlei arbeitet vor allem in Vancouver selbst und vertritt hauptsächlich Gesellschaften.« Damit erhob er sich und begleitete mich zur Tür. »Mein Vater und mein Onkel hatten noch viele Einzelmandanten, aber der größte Teil dieser Klienten ist inzwischen gestorben. Die Zeiten ändern sich. Die Söhne haben sich mehr auf Gesellschaftsrecht konzentriert. Auf diesem Sektor expandieren wir.«

Ich ließ mir von der Frau in Rosa, die nun mit ihrer Brille auf der Nasenspitze hinter einem Schreibcomputer einen noch strengeren Eindruck machte, die Kopien der Zeitungsausschnitte geben.

Später an diesem Vormittag aß ich in einem Fisch-Restaurant, das direkt unter dem hohen Bogen der Granville-Brücke lag, und las mir dabei sorgfältig die Zeitungsausschnitte durch.

In einem der Artikel wurde der Name der Lastenschlepper-Firma genannt – *Angeles Towing* aus Port Angeles, was nach meiner Landkarte gegenüber von Victoria und der Südspitze von Vancouver Island auf der anderen Seite der Straße von Juan de Fuca lag – der ideale Standort für eine Lastenschlepper-Firma. Sobald ich wieder in meinem Hotel war, rief ich dort an und erklärte, ich hätte eine Frage zu den Cascades. Ich wurde daraufhin sofort mit einem gewissen Mr. Stutz verbunden, der barsch und sehr skandinavisch klang. Ich wollte natürlich nur bestätigt bekommen, ob es sich wirklich um die zweite von drei Lieferungen gehandelt habe, und daß keine Bäume mehr gefällt würden.

»Ja«, antwortete er mir sofort. »Ich glaube, Ihre Information stimmt. Eine Lieferung steht noch aus.«

»Nur noch eine?« fragte ich.

»Ja, nur noch eine.«

»Wann ist der Schleppzug geplant?«

»Weiß ich nicht. Ich habe noch keine Anweisungen.«

»Aber es sind auf jeden Fall noch Stämme zu transportieren?«

Darauf gab er mir keine Antwort, und als ich ihn nach der exakten Menge fragte, für die die Exportgenehmigung erteilt worden sei, da sagte er: »Hören Sie mal, wer sind Sie eigentlich? Ein Reporter?«

»Ich bin der englische Anwalt des Eigentümers«, sagte ich.

Daraufhin verstummte er völlig und verwies mich an *SVL Timber*. »Wir schleppen nur. Ich habe nicht die geringste Ahnung, wem das Holz gehört, und von juristischen Fragen erst recht nicht. Kapiert?«

Mir kam ein Gedanke. »Wie viele Schleppkähne haben Sie?« fragte ich ihn.

»Was sagen Sie? – Wie viele Schleppkähne ich habe? Das geht Sie gar nichts an. Sprechen Sie mit *SVL*.« Damit legte er auf.

Bei *SVL* verband man mich mit einem Mr. Barony, der im Gegensatz zu dem groben Klotz von der Transportfirma geradezu aalglatt wirkte. Nach dem vorliegenden Kaufvertrag solle noch eine Ladung abgeschleppt werden. Der Zeitpunkt stünde noch nicht fest. »Wahrscheinlich haben Sie gelesen, wie der junge Halliday unter den Prahm gefahren ist. Also, das möchten wir nicht noch einmal erleben, verstehen Sie, ob er nun von *Greenpeace* kommt oder nicht. Wir werden den Termin für den Transport der Presse nicht mitteilen, was Sie sicher verstehen können.« Er lachte sanft und einschmeichelnd.

Als ich ihn schließlich danach fragte, ob es Verhandlungen um einen neuen Kaufvertrag gäbe, zeigte er sich nicht ganz so entgegenkommend. »Nur zu gern, aber wie Sie wahrscheinlich wissen, Mr. Redfern, gibt es im Augenblick bestimmte Schwierigkeiten.« Das bezog sich natürlich auf Hallidays Verschwinden, und als ich ihn fragte, wie lange er Mr. Halliday nicht mehr gesehen habe, sagte er: »Ich habe ihn noch nie gesehen. Wir haben unsere Geschäfte über seinen forstwirtschaftlichen Experten Ringstrop und seinen Anwalt

McLaren abgewickelt. Wenn Sie wissen, wo er steckt, sagen Sie es mir bitte.«

Als ich ihm sagte, ich wüßte es auch nicht, und daß das der Grund für meinen Besuch in Kanada sei, seufzte er leise und erwiderte, das sei schade. »Wenn Sie ihn finden, setzen Sie sich bitte sofort mit uns in Verbindung.«

»Selbstverständlich«, sagte ich. »Habe ich inzwischen Ihre Zusicherung, daß bisher nicht mehr als zwei Hektar des sogenannten Hochwaldes gefällt worden sind?«

»Die Holzfäller schneiden nur die Parzellen, die Mr. Ringstrop ihnen absteckt. Das verspreche ich Ihnen. Alles wird über Mr. Ringstrop abgewickelt.«

»Und Sie planen nicht, weitere Parzellen abzuholzen?«

»Das würden wir gern, und deshalb brauchen wir Mr. Halliday – und vielleicht auch Sie oder seine Frau. Wie wir aus London erfahren haben, sind Sie beide ja seine Testamentsvollstrecker, nicht sein Sohn. Vielleicht werden wir uns bald zusammensetzen müssen. Lassen Sie es mich bitte wissen, sobald wir wieder in Kaufverhandlungen treten können, Mr. Redfern. Geht das?«

»Eine letzte Frage noch«, sagte ich. »Mrs. Halliday war vor ungefähr zwei Wochen in Vancouver. Haben Sie sie getroffen?«

»Nein. Nein, ich habe sie nicht getroffen.«

»Hat sie auch nicht bei Ihnen angerufen?«

»Nein, Mr. Redfern. Nein, sie hat nicht angerufen. Also – ich warte darauf, von Ihnen zu hören, oder von Mr. McLaren, ja?«

Den Rest des Nachmittags verbrachte ich im Stanley-Park und sah den Delphinen, dem großen schwarz-weißen Mörderwal und den schneeweißen Belugas zu, die in sehr engen Schaubecken herumtollten. Ringstrop hatte ich natürlich schon vom Hotel aus angerufen, aber er war an diesem Tag nicht im Büro, und das Mädchen, das Telefondienst machte, sagte mir, er sei im Holzfällerlager *Crown Forest* am Beaver Cove, ich könne ihn dort anrufen. Ich hatte ihr erklärt, wer ich sei, und sie gebeten, ihm auszurichten, daß ich in einigen Tagen die Cascades aufsuchen wolle. Falls er irgendwelche Fragen hätte, solle er mich heute abend im Hotel anrufen; wenn nicht, würde ich mich nach meiner Rückkehr nach Vancouver mit ihm in Verbindung setzen.

Im Hotel sah ich noch einmal die Zeitungsausschnitte durch.

Eine Information darin war mir neu – das Gewicht und die Größe der Stämme. Mit meinem Taschenrechner errechnete ich, daß jeder Baum grob einen Kubikmeter Holz enthielt, da die Stämme sechsunddreißig Meter lang waren und unten einen Durchmesser von ungefähr hundertzwanzig Zentimeter hatten. Vielleicht stimmte das nicht. Der Reporter der *Sun* hatte sich wahrscheinlich die oberste Lage der Stämme angesehen, ihre Maße nur grob geschätzt und dazu wahrscheinlich noch übertrieben. Selbst dann aber schien der Hochwald weit mehr wert zu sein, als Brian Halliday vermutet hatte, oder sein Vater hatte erheblich weniger als den tatsächlichen Marktwert dafür erlöst. Sicher war ich mir allerdings nicht, denn ich legte einfach den Marktwert zugrunde, den mir das Mädchen am Campbell River genannt hatte, und sie hatte selbst zugegeben, daß das der gängige Preis im Hafen von Vancouver Island sei. Von den Cascades bis Seattle war es ein weiter Weg, und die Transportkosten spielten bei der Preisfestsetzung eine große Rolle.

Ich ging hinunter zum Pier der kanadischen Eisenbahn und beobachtete, wie ein großes rostfarbenes Container-Schiff von den Narrows her in den Burrard Inlet kam, von seinen Schleppern empfangen wurde und am Pier anlegte. In einem kleinen Restaurant in der hellerleuchteten Chinatown aß ich zu Abend; das Gericht, das ich mir bestellt hatte, schmeckte ausgezeichnet. Die übrigen Gäste waren Chinesen, keine Touristen. Ihrem Aussehen nach hielt ich sie zum größten Teil für Ladenbesitzer und lokale Geschäftsleute. Vor, während und nach dem Essen las ich ein Taschenbuch über die Geschichte des Goldrausches in Yukon, das ich mir in einem Buchladen in der Nähe gekauft hatte.

Am nächsten Tag nahm ich den Bus zum internationalen Flughafen. Er befindet sich auf Sea Island, einer Insel im Nordarm des Fraser-River-Deltas, die eigentlich kaum mehr ist als eine Geröllaufschüttung. Dort mußte ich warten, bis der Flug nach Whitehorse aus Victoria eingetroffen war. Als wir endlich starteten, zog sich der Himmel zu, so daß ich nur noch einen kurzen Blick auf Vancouver und den Fraser erhaschen konnte. Wir drehten, und unter mir zogen die baumbewachsenen Höcker der Gulf Islands vorbei. Weiter im Westen verschmolzen sie mit der wuchtigen Landmasse von Vancouver Island. Das Wasser lag ruhig wie geschmolzenes Zinn, und kreuz und quer waren aus der Luft die Kielwasser von Fähren,

Küstenschiffen, Fischerbooten und Motorbooten zu sehen – auch von der einen oder anderen Yacht, die mit ihren Maschinen und schlaff herunterhängenden Segeln ihre Bahn zog. Dann waren wir in den Wolken und überflogen die Rockies; in Fort St. John erwartete uns der Anschluß-Flug nach Edmonton.

Wir blieben in den Wolken, bis es über Alberta von einem Augenblick zum anderen aufklarte. Unter uns lag eine trockene, braune Welt, die nur dann und wann von hellgrünen Farbtupfern eines Laubgehölzes aufgelockert wurde, welche die düstere Monotonie der Fichtenwälder unterbrachen. Dazwischen schlängelte sich der Peace River mit seinen lehmfarbenen Ufern dahin.

Als die Türen geöffnet wurden, schlug uns knochentrockene Hitze entgegen, und an Stelle der Geschäftsleute in ihren hellen Anzügen, die von Fort St. John hergeflogen waren, stiegen aus dem Flugzeug aus Edmonton nun Passagiere zu, die aus einer anderen Welt kamen – Männer in verwaschenen Buschhemden, mit breitkrempigen Cowboyhüten und Hosenträgern, Mädchen mit glänzendem schwarzem Haar, dunklem Teint und hohen Backenknochen, auch Indianer. Im gesamten Flugzeug herrschte plötzlich die Atmosphäre der Pionierzeit.

Wir flogen nun in nordwestlicher Richtung schräg über eine Reihe von hohen, scharfkantigen Bergen, während sich im Westen die Wolkenbänke auftürmten. Der in eine grünliche Uniform gekleidete Mann auf meinem Nachbarsitz erwies sich als einer der Aufseher des Kluane-Park. Sein Name war Jim Edmundson. Unaufgefordert begann er, mir von der Wildnis zu erzählen und das Leben der Indianer zu beschreiben. Allerdings nicht der gegenwärtigen, sondern jener Zeit, als Mackenzie und die Leute von der *North West Company* angefangen hatten, das Land den Jägern und ihren Biberfallen zu eröffnen.

»Heute unterstützen wir die Indianer ebenso wie die Eskimos durch die Sozialfürsorge, und die Biber stehen unter Naturschutz.« Er sprach langsam, mit deutlichem kanadischem Akzent.

»Es gab aber einmal eine Zeit, in der sie von uns fast restlos ausgerottet worden wären – die Biber meine ich.« Der Rückgang der Biberdämme habe zur Folge gehabt, daß nichts mehr das Regenwasser, das von den Bergen herabkam, aufhielt. »Alberta drohte zu versteppen.«

Er war so umgänglich und freundlich, daß es mich nicht störte, als er mich direkt fragte, warum ich nach Whitehorse wolle. Er mußte an meiner Aktentasche und an der Art der Fragen, die ich ihm stellte, gemerkt haben, daß ich kein Tourist war. Tom Halliday war ihm persönlich nicht bekannt, aber er kannte die Geschichte der Mine und konnte mir eine ganze Menge von der Gegend erzählen. Auch vom Goldrausch berichtete er mir. Vor allem aber sprach er von den Bergen, der Umwelt und dem ökologischen Gleichgewicht sowie von der Rolle des allgegenwärtigen Walds in diesem Zusammenhang. Es stellte sich heraus, daß Edmundson Forstwirtschaft studiert und sogar ein Buch über Aufforstungsprojekte auf Vancouver Island geschrieben hatte. Er war ein großgewachsener Mann mit einem ramponierten Boxergesicht, und er schien ganz und gar in seiner Arbeit aufzugehen.

Die Wolken unter uns waren wieder dichter geworden, und kurz nachdem die Maschine den Landeanflug auf Whitehorse begonnen hatte, drangen wir in die Wolkendecke ein und flogen blind durch eine graue Geisterwelt.

»Wollen Sie direkt zum Kluane?« fragte er mich. »Bei der Mine selbst war ich noch nie, aber die Noisy Range kenne ich, und wenn sie bei der Noisy . . .« Er schüttelte den Kopf. »Ich würde es Ihnen nicht raten, in diesem Wetter weiter als bis zu den Front Ranges vorzustoßen.«

»Ich werde wahrscheinlich in Whitehorse übernachten. Morgen breche ich dann auf«, sagte ich.

»Wer holt Sie ab?«

»Niemand. Ich habe aber die Adresse des Chefs in der Mine. *Takhini Trailer Court*. Das ist doch in der Nähe von Whitehorse, nicht wahr?«

Er nickte. »Vom Flugplatz aus etwa eine Meile entfernt, am Highway.«

»Meinen Sie, daß es schwierig wird, einen Leihwagen zu bekommen?« fragte ich ihn.

»Um diese Zeit im Jahr nicht. Die Fremdenverkehrs-Saison ist praktisch ausgelaufen. Wenn Sie aber vorhaben, zu dieser Mine rauszufahren, werden Sie einen Four-By-Four brauchen, so viel steht fest.« Er nickte zu den grauen Wolken hinaus, die an den Tragflächen vorbeizogen. »Unten auf dem Boden regnet es bestimmt. Nach Haines Junction hin, in den Bergen, kann sogar schon Schnee fallen. Sieht so aus, als würde der Winter dieses Jahr recht früh anfangen.«

Als wir die Wolkendecke durchstießen, gerieten wir in strömenden Regen, und Whitehorse war unter uns undeutlich als rechteckiges Schachbrettmuster von breiten, schwarz glänzenden Straßen in der Ebene einer Flußbiegung zu erkennen.

»Der Yukon«, sagte Edmundson. »Einer der wenigen Flüsse, die erst nach Norden und dann nach Süden fließen.«

Ich folgte seinem Lauf auf einer Karte, die ich auf meinem Aktenkoffer ausgebreitet hatte. Die Quelle des Flusses liegt in British Columbia. Er erreicht fast den White Pass oberhalb von Skagway. Bei Fort Yukon biegt er nach Südwesten ab, fließt zunächst in Richtung Bering-Straße, um sich schließlich nach Süden zu wenden und nach einer Gesamtstrecke von dreitausendvierhundert Kilometern in den Norton Sound zu münden.

»Ob Sie zu Ihrer Mine durchkommen, hängt davon ab, wie lange es geregnet hat, aber schwierig wird es auf jeden Fall werden . . .« Jim Edmundson musterte mich und runzelte die Stirn. »Drüben in der Alten Welt sind Sie wohl noch nicht allzuoft mit Allrad-Antrieb gefahren, oder?«

»Ich schaffe das schon«, sagte ich.

»Sicher. Trotzdem – es ist mehr als unangenehm, in dieser Gegend steckenzubleiben. Ich verbringe die Hälfte meiner Zeit damit, Leuten aus der Klemme zu helfen, die niemals hineingeraten wären, wenn sie nur ein bißchen überlegt hätten. Das ist hier keine Gegend für einen Sonntagsausflug. Ich will Ihnen etwas sagen, Philip« – er hatte mich von Anfang an mit meinem Vornamen angeredet – »ich habe meinen Wagen am Flugplatz abgestellt. Wie wär's, wenn ich Sie zum Takhini rausfahren würde? Das kostet mich nicht mehr als fünf Minuten. Ich muß im Regierungsgebäude den Beauftragten für die Nationalparks sprechen und habe danach noch ein paar Kleinigkeiten zu erledigen. Ich brauche dazu ungefähr eine Stunde. Danach könnte ich Sie wieder abholen und Sie nach Haines Junction mitnehmen. Da ist unsere Zentrale, und Sie wären ungefähr hundert Meilen näher an Ihrem Ziel, direkt am Vorgebirge von Kluane.«

Ich sagte, er brauche sich wegen mir nicht so viel Mühe zu

machen, merkte aber sogleich, daß ich mich in einem Land befand, in dem gegenseitige Hilfe ein fester Bestandteil des alltäglichen Lebens ist. Er habe einen Freund, der mir für zwei Tage bestimmt seinen Four-By-Four ausleihen werde, und am Rand von Haines Junction gebe es außerdem noch eine einigermaßen bequeme Touristenunterkunft. »Das Essen ist dort auch okay«, sagte er. »Und vielleicht hat es ja morgen wieder aufgehört zu regnen.«

Ich nahm sein Angebot schließlich an. Wir landeten bei strömendem Regen, und das Wasser vom Fahrwerk spritzte höher als bis zu den Tragflächen. Jim Edmundson bot mir sogar an, bei ihm zu Hause zu übernachten, falls es in dem Lodge keinen Platz mehr geben sollte; seine Frau würde mir im Kinderzimmer ein Lager bereiten.

Wir hasteten über die nasse Betonpiste, warfen unser Gepäck in den großen Nationalpark-Wagen und kletterten hinein. Im Fahrerhaus war es naß und kalt; von der Umgebung war bei dem Regen so gut wie nichts zu sehen.

»Der Alaska Highway«, sagte Jim, als wir vom Flughafen aus nach Norden auf eine naß glänzende Asphaltstraße einbogen, an die sich auf beiden Seiten düster und bedrohlich der Wald drängte. Im Nu erreichten wir die Siedlung Takhini und bogen nach rechts in eine Piste ein, die ihn zwang, den Allrad-Antrieb einzuschalten. Der Boden bestand aus irgendeiner Form von Lehm. »Teuflisch glatt, sobald es ein bißchen regnet.« Vor uns verbreiterte sich der Fluß zu einem kleinen See. Überall Fichten. »Weißfichten«, erklärte Jim, obwohl der Wald, den sie bildeten, schwarz wie ein Trauerkleid war.

Der Wohnwagenpark war naß und schlammig, und da niemand zu sehen war, mußte ich mühsam in dem glitschigen Schlamm herumwaten, bis ich endlich jemanden fand, der mir Auskunft geben konnte. Der Mann, den ich aufsuchen wollte, wohnte am hinteren Ende des Platzes in einem großen fahrbaren Wohnwagen, an dem der Name *Jonny Epinard* mit Farbe auf die Tür gepinselt war. Daneben stand ein roter *Dodge*-Lieferwagen, der fast vollständig von einer glänzenden Schlammschicht überzogen war.

Als ich anklopfte, wurde sofort geöffnet. Epinard war ein kleiner, drahtiger Mann, der sich an diesem Morgen offensichtlich nicht rasiert hatte, denn seine Wangen waren voller grauer Stoppeln, obwohl sein Haupthaar tiefschwarz und glatt war. Mit seinem am

Hals offenen verwaschenen Buschhemd, seinen von Hosenträgern gehaltenen schlammverschmierten Jeans, zu denen er zusätzlich noch einen schweren Ledergürtel trug, sah er ziemlich wild und exotisch aus.

Seine dunklen Augen zuckten zwischen mir und dem Park-Aufseher hin und her. »Wer sind Sie?« Er hatte die Tür fester gepackt, und seine Stimme war laut. »Was wollen Sie?«

»Antworten auf ein paar Fragen«, sagte ich. Ich hörte deutlich, wie er tief Luft holte, als ich ihm sagte, wer ich sei. Ich glaube, am liebsten hätte er mir die Tür vor der Nase zugeworfen, doch in diesem Moment rief Jim Edmundson mir zu: »Also, in einer Stunde bin ich wieder da, ja?« und fuhr weg, ohne auf meine Antwort zu warten. Damit blieb dem Mann praktisch keine andere Wahl. »Sie kommen wohl besser rein«, sagte er widerwillig.

Der hintere Teil des Wohnwagens war mit Chintz-Vorhängen, Sesseln mit imitierten Lederpolstern sowie Schränken und Regalen aus hellem Holz als Wohnzimmer eingerichtet. Epinard forderte mich mit einer Handbewegung auf, Platz zu nehmen, blieb aber selbst stehen und starrte auf den Boden, als wüßte er nicht so recht, was er mit mir anfangen sollte. Von mir aus tat ich nichts, das Schweigen zu unterbrechen, und so sagte er schließlich: »Also?« Die Frage hing in der Luft wie Rauch. Er war nervös, und den Grund dafür hätte ich gern gewußt.

»Möchten Sie ein Bier?«

Ich schüttelte den Kopf.

Sein Blick zuckte in dem Zimmer hin und her, als suche er eine Fluchtmöglichkeit. Dann setzte er sich unvermittelt hin. »Sie behaupten also, Sie seien Tom Hallidays Anwalt.« Seine Augen richteten sich auf die Aktentasche. Ich machte sie auf und zeigte ihm Kopien verschiedener Briefe mit der Anschrift meiner Kanzlei, aber ich sah deutlich, daß er an meiner Identität sowieso nicht gezweifelt hatte.

»Was wollen Sie wissen?« Seine Zunge strich über seine Lippen. »Sind Sie sicher, daß Sie kein Bier wollen?«

»Nein, vielen Dank«, sagte ich. »Ich habe im Flugzeug schon etwas getrunken.«

Er nickte und erhob sich dann plötzlich wieder. »Also, ich hole mir eins. Das macht Ihnen doch wohl nichts aus, oder?« Er machte einen Schrank auf und suchte geschäftig zwischen Flaschen und Konservendosen herum. »Sind Sie den weiten Weg aus England hergekommen?«

»Ja«, sagte ich.

»Um mich zu sprechen? Oder um sich die Mine anzusehen? Wollen Sie dorthin?« Er sah sich zu mir um. »Da gibt es nichts zu sehen. Die Mine ist fertig.« Er hatte endlich eine Dose Bier gefunden und zog den Ring hoch. »Sie ist schon vor Jahren versiegt, aber das wissen Sie ja selbst, nicht wahr?«

»Vor wie vielen Jahren?«

Er starrte mich durchdringend an, als wolle er dahinterkommen, ob meine Frage irgendwie eine Falle sein könnte. »Hat er Ihnen das nicht gesagt?«

Ich wartete ab, und schließlich setzte er sich wieder hin und nahm einen tiefen Schluck aus der Dose.

»Das ist nicht von einem Tag auf den anderen passiert. Der Abraum ist eben immer weniger ertragreich geworden und hat von Jahr zu Jahr weniger eingebracht.«

»Wann ist Ihnen zum ersten Mal klargeworden, daß das Gold abnimmt?«

»Schwer, das genau zu sagen, aber es wird wohl so vor sieben Jahren gewesen sein. Warum? Wozu wollen Sie das wissen? Tom ist pleite, ist es das?«

»Hat Mrs. Halliday Ihnen das gesagt?« Ich dachte an ihre Beschreibung jenes Mannes, der sie von der anderen Straßenseite aus beobachtet hatte. »Sie haben zum Schluß mit ihr gesprochen, nicht?«

Seine Gedanken kreisten jedoch nach wie vor um Tom. »Er war ein guter Chef, und es war angenehm, für ihn zu arbeiten.« Er lächelte unvermittelt. »Gewöhnlich ist er einmal im Jahr hergekommen. Das Minenwesen hat ihn nicht besonders interessiert, nur die Maschinen – die haben ihm gefallen. Eigentlich ist er hergekommen, um zu angeln und mit der Kamera auf Jagd zu gehen. Schießen wollte er nie etwas, aber wenn er an irgendein Wild mit seiner Kamera nahe genug herankam, besonders an Elche – tagelang hat er in dem sumpfigen Land unterhalb von Nine Mile Falls Elche aufgespürt.« Er schüttelte den Kopf und lächelte noch immer – ein etwas schiefes, leicht unsicheres Lächeln.

»Sie haben die Mine weiter betrieben.«

»Ganz richtig.«

»Warum hat er das getan? Sie hat doch mit Verlust gearbeitet.«

»Er wollte, daß sie weitergeführt wird, das ist alles. Nicht mit voller Leistung wie früher, sondern nur so, daß sie in Betrieb blieb.«

»Warum?« fragte ich noch einmal.

Er zuckte die Achseln. »Warum tut ein Mann so etwas, wenn er das Geld dafür hat? Ihm hat das Spaß gemacht, und er hat sich selbst gern als Minenbesitzer gesehen. Das hat er mir einmal gesagt. Das lag ihm wohl im Blut, denke ich. Sein Vater hat doch auch da Gold gefunden, obwohl ihm jedermann gesagt hat, er hätte eine taube Mine gekauft. Ich schätze, Tom wollte es nicht an die Öffentlichkeit dringen lassen, daß es mit dem Gold zu Ende ging.«

»Das muß ihn doch eine Menge Geld gekostet haben.«

»Sicher, aber ein reicher Mann wie er . . .« Er lachte. »Ich wünschte, ich wäre reich genug, um nur aus Spaß an der Freude eine Mine zu betreiben, damit der Schein gewahrt bleibt. So war es doch. Den Schein hat er gewahrt. Und was jetzt?« Sein Blick zuckte zu mir herüber, und ich konnte eine gewisse Angst und Sorge um die Zukunft in seinen Augen sehen. Es war dies ein Land für junge Männer, und die Fünfzig hatte er bestimmt schon lange hinter sich. »Sie sind doch sein Anwalt. Was passiert mit der Mine, wenn sich herausstellen sollte, daß er tot ist? Es sind zwar nur noch ich selbst und ein junger Indianermischling namens Jack McDonald übrig, aber wir zumindest müssen Bescheid wissen.«

Ich blieb ihm die Antwort einen Moment schuldig und überlegte mir, wie ich mich verhalten sollte. »Das müssen Sie Mrs. Halliday fragen«, sagte ich. »Falls die von Ihnen angesprochene Möglichkeit eintritt, wird die Mine ihr gehören.«

»Mrs. Halliday?« Er schien plötzlich nichts mehr zu verstehen.

»Sie haben sie doch in Whitehorse gesehen, nicht? Als sie im *Sheffield* gewohnt hat.« Oder war sie vielleicht von dem Indianermischling verfolgt worden? Einer von den beiden mußte es gewesen sein. »Sie hat sich ein Auto gemietet und ist zu einem See namens Dezadeash gefahren.«

»*Desdiehsch.*« Nach der Art, wie er das sagte, wußte ich, daß er mit der Verbesserung meiner Aussprache nur Zeit gewinnen wollte. »Sie hat in Kevin McKies Hotel gewohnt – im *Lakeside.*«

»Sie haben kurz vor ihrer Abfahrt mit ihr gesprochen. Ist das richtig?«

»Nein.«

»Aber Sie haben sie von der anderen Straßenseite aus beobachtet.«

Er antwortete mir nicht.

»Sie hat gesagt, sie sei verfolgt worden, während sie in dem Hotel gewohnt hat. Waren Sie das?«

Er starrte mich mit leeren Augen an. In sein Gesicht war ein mürrischer, verstockter Ausdruck getreten.

»Sie hat mir geschrieben. Irgend jemand hat sie verfolgt und beobachtet. Das waren Sie, nicht wahr?«

Er nickte langsam und widerwillig.

»Warum?«

Er zögerte und schüttelte den Kopf, und dann platzte es plötzlich aus ihm heraus: »Ich hatte Angst, verstehen Sie. Ich wußte einfach nicht, was ich denken sollte.« Er sprach weiter, und die Worte sprudelten aus ihm heraus. »Tom hat von ihr erzählt, als wäre sie eine Prinzessin. Nicht oft, aber manchmal schon – am Lagerfeuer, wenn er einsam war. Und wie er von ihr gesprochen hat . . .« Er machte eine Pause, und anscheinend fiel es ihm jetzt wieder ein. »Sie ist nie mit ihm hergekommen, verstehen Sie. Ich habe sie nie kennengelernt, und als ich sie so sah . . . na ja, sie hatte so etwas an sich . . .« Er lehnte sich plötzlich vor und packte seine Bierdose fest mit beiden Händen. »Was hätten Sie denn getan? Sie war so wunderschön, und zur gleichen Zeit so unpersönlich – wie Eis, oder ein Sonnenuntergang über einem gefrorenen See. Ich wußte, daß sie da war, um sich nach der Mine zu erkundigen – die gleichen Fragen zu stellen wie Sie jetzt. Sollte ich vielleicht zu ihr hingehen und sagen: Wie sieht es mit meinem Job aus – meine Frau ist krank, und ich habe seit mehr als einem halben Jahr kein Geld mehr bekommen? Konnte ich wirklich zu ihr hingehen und ihr das sagen? Hätten Sie das denn getan, wenn Sie an meiner Stelle gewesen wären?«

Er sah mich mit einem eindringlichen, fast flehenden Ausdruck in den Augen an. Was er wollte, war klar. Kein Mensch, der seit Jahren eine allem Anschein nach sichere Stelle gehabt hat und dann plötzlich nicht mehr weiß, ob er nicht mit einem Male vor dem

Nichts steht, hätte etwas anderes gewollt. Aber ich konnte ihm nicht helfen. Außerdem gab es da noch einen Punkt, der mir unklar war. »Woher wußten Sie, daß Mrs. Halliday im *Sheffield* wohnt? Sie sagen, sie sei noch nie hier gewesen, aber trotzdem haben Sie sie erwartet und sind ihr gefolgt.«

Er sagte nichts, senkte den Blick und kratzte sich geistesabwesend mit einer Hand unter dem Arm.

»Hat sie geschrieben, daß sie kommt?«

Er schüttelte den Kopf und ließ seinen Blick zum Fenster wandern.

»Aber Sie wußten, daß sie kommt.«

»Ja.« Er trank sein Bier aus, erhob sich langsam, stellte die leere Büchse hin und griff in eine Schublade, die mit Papieren vollgestopft war. Sie hatte ihm nicht geschrieben, sondern ein Telegramm geschickt. Er reichte mir das Formular. Es war an ein Postfach in Whitehorse gerichtet und nannte ihre Ankunftszeit und Flugnummer. Außerdem bat sie ihn, sie entweder am Flughafen abzuholen oder sich im *Sheffield* bei ihr zu melden.

Bitte Besuch Ice Cold Mine vorbereiten. Miriam Halliday.

»Da habe ich sie zum ersten Mal gesehen, am Flugplatz.«

»Aber da haben Sie noch nicht mit ihr gesprochen.«

»Nein.«

»Und ihren Besuch in der Mine – haben Sie den wirklich vorbereitet?«

»Ja. Sie ist mit einem Typ hingefahren, der einen Claim an einem benachbarten Creek abbaut. Ich habe das am Flughafen für sie arrangiert. Es war ein Glücksfall, daß er gerade da war, um Ersatzteile für sein Funkgerät zu holen.«

»Ein Italiener?«

Er nickte. »Tony Tarasconi. Sie hat in der *Lakeside Lodge* gewohnt. Von da hat er sie abgeholt und hingefahren.«

»Sie haben das also am Flughafen für sie arrangiert, aber Sie haben sich ihr nicht zu erkennen gegeben, obwohl Sie da waren und sie Sie darum gebeten hatte, sie abzuholen. Wovor hatten Sie Angst?«

»Vor gar nichts.« Er stieß das hastig hervor, und seine Augen wichen meinem Blick aus. »Ich habe es Ihnen doch gesagt – ich habe mir Sorgen um die Zukunft gemacht. Es war mir damals alles zuviel.«

»Wann haben Sie also endlich mit ihr gesprochen?«

»Später. Ich habe später mit ihr gesprochen.«

»Nach ihrem Besuch bei der Mine?«

»Richtig.«

Ich gab ihm das Telegramm zurück und fragte mich, was ihn wohl dazu gebracht hatte, es sich anders zu überlegen. »Ich will selbst zu der Mine«, sagte ich, und einen Augenblick zuckte ein fast feindseliger Ausdruck in seinen dunklen Augen auf.

»Wozu denn?« Er starrte mich an. »Da ist doch kein Mensch, und zu sehen gibt es auch nichts – nur die Maschinen. Alles, was Sie wissen wollen, kann ich Ihnen auch gleich hier erzählen. Irgendwelche Fragen zur Produktion, wieviel es kosten würde, die Waschanlage zu verlegen und es oben im Stone Slide Gully noch einmal zu versuchen.« Er wollte mich offensichtlich nicht dort haben. Aber warum nicht?

»Ich habe versucht, Tom dazu zu überreden, es mit Stone Slide Gully zu versuchen, aber er wollte nichts davon wissen. Wahrscheinlich hatte er damals schon genug Schwierigkeiten. Finanzielle, meine ich. Wir haben die Förderung praktisch eingestellt. Es hätte also keinen Sinn, wenn Sie hingehen würden.« Er stockte, und dann sagte er noch: »Man kommt immer nur schwer an die Mine heran, und dazu hatten wir jetzt all den Regen . . .«

»Es geht nicht um den Regen«, sagte ich. »Dahinter steckt etwas anderes.«

Er schüttelte den Kopf, und sein Gesicht nahm wieder den mürrischen Ausdruck an, als ich ihm sagte, ich sei, da ich nun schon mal hier war, fest entschlossen, mir die Mine anzusehen. Er zerdrückte die Bierdose in seinen Händen. Schließlich erklärte er sich doch bereit, sich in meiner Angelegenheit mit dem Italiener in Verbindung zu setzen. Er selbst könne mich wegen seiner Frau nicht hinfahren. Warum er bereit gewesen war, mit Miriam nach ihrem Besuch bei der Mine zu sprechen, nachdem er das vorher nicht gewollt hatte, konnte ich nicht herausbekommen. Nach ihrem Besuch bei der Mine war Miriam nur eine Nacht im *Sheffield* geblieben, und gleich am nächsten Morgen hatte sie einen Zug nach Skagway in Alaska genommen.

»Und danach?« fragte ich. »Wohin wollte sie von Skagway aus?«

Er zuckte kaum merklich die Achseln und schüttelte den Kopf.

»Nach Vancouver, nehme ich an.« Es stand ihm nicht zu, sie nach ihren Plänen zu fragen. Dann sagte er noch, daß die Leute, die mit der alten Yukon- und White-Pass-Route nach Skagway fuhren, gewöhnlich auf dem Seeweg zurück nach Vancouver kamen. In diesem Fall hätte sie eines der amerikanischen Schiffe bis Prince Rupert genommen, und dann wäre sie mit der *BC*-Fähre weitergereist.

Ich äußerte die Vermutung, daß sie vielleicht nicht direkt nach Vancouver zurückgefahren sei. »Hat sie irgendeine Andeutung gemacht, daß sie sich den Waldbesitz ansehen wollte, den ihr Mann an der Westküste von British Columbia geerbt hatte?«

Er sagte nichts, sondern schüttelte nur leicht den Kopf, mehr nicht.

Ich fragte ihn, ob er Brian je kennengelernt habe.

»Nein«, sagte er, und dann, nach einer Pause: »Tom wollte, daß er herkommt. Das hat er ein paarmal gesagt, aber Brian ist nie gekommen. Zuerst war er in Peru, später in Indien, glaube ich.« Aus der Bereitwilligkeit, mit der er mir antwortete, ließ sich unschwer erkennen, daß er froh darüber war, daß es in meinen Fragen nicht mehr um Miriam ging. »Tom dachte, er könnte sich vielleicht für den Nadelwald hier interessieren, aber ich hatte den Eindruck, daß sein Sohn sich eigentlich mehr für Menschen interessierte – Menschen in Not, meine ich. Wie die Indianer in Peru, oder wie die, die der Rodung des Regenwaldes am Amazonas zum Opfer fallen.« Er sah, daß ich überrascht war, und sagte schnell noch: »Wie Sie sehen, Mr. Redfern, sind wir hier nicht völlig ahnungslos. Wir bekommen durchaus mit, was in der Welt vorgeht, obgleich wir kaum mehr als eine Handvoll Menschen in einer gottverlassenen Einöde sind. Wir haben hier viele Zeitschriften und viel, viel Zeit zum Lesen – außerdem noch eine gute Bibliothek.« Er lächelte und wirkte für einen Augenblick lang ganz entspannt. Ich fragte ihn, wie groß Tom Hallidays Interesse an dem Waldstück gewesen sei. »Hat er darüber gesprochen?«

»Schon möglich, aber ich weiß es nicht mehr genau. Ich kann mich nicht mehr daran erinnern.«

»Ist er denn selbst dorthin gefahren? Bevor er Sie in der Mine aufgesucht hat, oder vielleicht danach?«

»Könnte sein.« Er lachte kurz und leise auf. »Ich interessiere mich persönlich nicht besonders dafür, verstehen Sie. Bäume sind für mich vor allem Stempel für eine Mine, man kann Waschrinnen aus ihnen bauen oder ein Blockhaus. Davon abgesehen sind sie für einen Schürfer wie mich eigentlich nur lästige Hindernisse, die aus dem Weg geräumt werden müssen, bevor man sich an die Arbeit machen kann.«

»Sie glauben also nicht, daß er die Weiterführung der Mine mit Holzverkäufen finanziert hat?«

»Davon weiß ich nichts – von der geschäftlichen Seite, meine ich.« Er stand auf und ging zum Schrank, um sich noch ein Bier zu holen. »Sie sind also wirklich fest entschlossen?«

Ich nickte, sah ihn dabei genau an und fragte mich, warum er plötzlich wieder so nervös geworden war.

Er riß die Dose auf und nahm einen tiefen Schluck. Dann stellte er sich mit gespreizten Beinen ans Fenster, hielt mit einer Hand seinen leuchtend roten Hosenträger fest und starrte in den Regen hinaus. »Er war doch ein reicher Mann, oder?« Er sah mich mit seinen braunen Augen besorgt an, und mir wurde klar, daß er das bestätigt haben wollte. »Er war doch reich, oder? Ich meine, wenn er hier war, hat er Flugzeuge gechartert, hat alles gehabt, was er wollte, hat mit Geld nur so um sich geworfen . . .« Seine Stimme erstarb.

»Er war pleite«, sagte ich; es war das beste, unverbrämt die Wahrheit zu sagen. »Als er verschwunden ist . . .« Ich stockte. »Sie wissen doch, daß er verschwunden ist, nicht wahr?«

Er hatte sich wieder hingesetzt und umklammerte seine Bierdose mit beiden Händen, als brauche er unbedingt etwas, woran er sich festhalten konnte. »Ja«, murmelte er, und als er fortfuhr, sprach er so leise, daß ich seine Antwort kaum hören konnte. »Ich habe es im Radio gehört. Eines Nachts, ganz spät. Im Fernsehen haben sie es auch gebracht. Nur die Meldung, daß er vermißt wird. Ich habe es selbst nicht gesehen, aber im Radio war auch von finanziellen Schwierigkeiten die Rede. Das war vielleicht ein Schock, das kann ich Ihnen sagen. Ich hatte ihn doch vorher immer für steinreich gehalten – oder jedenfalls bis vor ein paar Monaten.«

»Die Medien haben es also auch gebracht.« Ich hatte nicht erwartet, daß sein Verschwinden noch so weit hier oben im Norden eine Meldung wert sein könnte.

»Wegen der Mine, verstehen Sie? Alles, was mit der Goldgräberei zu tun hat, ist hier von Interesse. Außerdem war er ja recht populär hier. Reden Sie mal mit den Leuten vom Flugplatz, die im Kluane fliegen. Sie halten große Stücke auf ihn, und Kevin McKie und viele andere in der Gegend von Dezadeash und der *Lakeside Lodge* auch.«

»Meinen Sie damit, daß er sie beeindruckt hat – oder war er einfach eine volkstümliche Gestalt hier oben?«

»Das kann man wohl sagen. Jeder, der ihn kannte, hat ihn gemocht.«

»Wenn Tom Halliday also hierherkäme, würde er sofort erkannt werden?«

Er zögerte, und ein mißtrauischer Ausdruck trat in seine dunklen Augen. »Klar. Wenn Tom nach Whitehorse kommt, weiß das nach ein paar Stunden die ganze Stadt. Die Leute am Flughafen kennen ihn doch alle.«

Er war also nicht hier. Ich hatte die vage Hoffnung gehabt . . . aber die RCMP hätte davon erfahren und unsere örtlichen Dienststellen informiert. Vielleicht hatte sein Sohn recht, und er war wirklich tot. »Hat sich Brian Halliday mit Ihnen in Verbindung gesetzt?« fragte ich. Ich dachte dabei an die Möglichkeit, daß er vielleicht gar nicht zu den Cascades gefahren war, sondern wie Miriam hergereist war, um sich die Mine selbst anzusehen.

»Ncin.«

»Ist er denn nicht im Yukon Territory?«

»Nicht, daß ich wüßte.«

»Und geschrieben hat er Ihnen auch nicht?«

»Nein.«

Während unseres gesamten Gesprächs, beginnend mit dem Augenblick, in dem ich an die Tür seines Wohnwagens geklopft hatte, war ich das Gefühl nicht losgeworden, daß Epinard mir gegenüber nicht ganz offen war. Freiwillig hatte er mir gar nichts gesagt. Es mochte dafür ganz natürliche Gründe geben. Hier oben im Norden lebte schließlich ein anderer Menschenschlag. Epinards Nervosität erklärte sich dadurch allerdings nicht. Der Mann stand unter starkem psychischem Streß, das war unverkennbar. Über die Mine hatte er mir indes völlig frei und offen Auskunft gegeben, aber er wollte nicht, daß ich sie aufsuchte. Warum nicht? Was hatte er zu verbergen? »Sie haben doch eine Klamm erwähnt«, sagte ich. »Stone Slide Gully.«

Er nickte.

»Meinen Sie, da ist noch Gold?«

»Spuren sind da. Das ist alles, was ich weiß.« Dann aber leuchteten seine Augen plötzlich auf, und seine Stimme stieg erregt an. »Aber da ist Gold, auf jeden Fall.« Er erklärte mir, daß das Bett des Ice Cold Creek in ein schmales Tal mit abgeflachten Seiten abbog, und daß an diesem Punkt von rechts ein altes Bachbett einmündete, das voller Geröllblöcke war; dahinter hatte eine Felslawine eine tiefe Rinne in den Berg gerissen, die so breit war wie die Hastings Street in Vancouver . . . »Ich habe dort in einer Sandablagerung Proben genommen und mit meinem Sickertrog ausgewaschen, als die Rinne nach schweren Regenfällen Wasser führte. Da ist ganz gewiß Gold. Wenn Sie also dafür eintreten könnten . . .« Er stockte plötzlich und sah mich mißtrauisch an. »Wir hätten es doch tun sollen. Der Berg darüber ist stark terrassiert, und der Felsrutsch verläuft quer durch die Stufen. Vor sieben, acht Jahren haben wir mit dem Abbau diese Einmündungsstelle erreicht, aber der Sachverständige, den Tom zugezogen hatte, hat gesagt, der Abbau im Nebental lohne sich nicht. Er hat uns geraten, im Haupttal weiterzumachen. Wir sind also beim Creek geblieben, doch bald mußten wir die doppelte Menge Gestein und Geröll durch die Anlage schicken, um den gleichen Ertrag wie vorher zu erzielen.« Er zögerte und starrte an mir vorbei aus dem Fenster. »Wir haben dort oben Maschinen und Geräte für fast eine Million Dollar, die nur herumstehen und vor sich hin rosten. Vielleicht können Sie jemanden veranlassen, diese Anlagen wieder zu der Gabelung des Creek und der Stone Slide Gully herunterzuschaffen – sprechen Sie mit Mrs. Halliday, oder wer sonst das nötige Geld dafür hat . . .«

Er erzählte mir noch immer von seinem Traum, in der Klamm fündig zu werden, als Jim Edmundson zurückkam, um mich abzuholen. Jim stieg nicht aus, sondern kurbelte nur sein Fenster herunter. »Hey, Jonny«, rief er. »Hast du einen Wächter bei eurer Mine da oben?«

»Wächter? Wie meinst du das?« Er machte ein erschrecktes Gesicht. »Wer sagt, ich hätte einen Wächter dort oben?«

»Matt Loyd. Er war vor ein paar Tagen unten in Dezadeash.«

»Was wollte er da?«

»Es ging um zwei Männer von jenseits der Grenze. Sie waren eine Nacht im *Lakeside Lodge*. Angeblich Jäger, aber Kevin haben die beiden nicht so recht gefallen, und da hat er die RCMP in Haines Junction angerufen. Nach Matts Bericht haben sie Jagdscheine. Einer von unseren Leuten ist hinauf zum Ice Cold Creek und zu den Squaw Creeks gegangen, um sich davon zu überzeugen, daß sie nicht innerhalb vom Kluane-Nationalpark jagen.«

»Ice Cold liegt außerhalb vom Kluane.«

»Klar. Er dachte aber, sie hätten vielleicht dort ihr Lager aufgeschlagen, um unerlaubte Jagdausflüge in den Nationalpark zu machen. Als er an eurer Waschanlage vorbeigefahren ist, hat er oben bei der Hütte, wo der letzte Schüttelherd steht, jemanden gesehen, war sich jedenfalls ziemlich sicher. Er hat gerufen und keine Antwort bekommen, aber bei der Latrine waren frische Fußspuren im Schlamm, und bei der Hütte mit den Schlafplätzen auch.«

»Die Hütten sind alle abgeschlossen«, warf Epinard schnell ein.

»Ja, sie waren abgeschlossen.«

»Du sagst, er sei sich ziemlich sicher gewesen. Vielleicht war's nur eine Lichtreflexion, oder ein Vogel oder ein Reh. Da gibt's 'ne Menge Wild dort oben.«

»Das erklärt aber nicht die Fußspuren.«

»Die könnten von diesen Jägern stammen.«

Edmundson nickte. »Schon möglich.« Er wandte sich an mich. »Sind Sie soweit? Wir schaffen es jetzt schon kaum vor Einbruch der Dunkelheit bis nach Hause.«

Ich schlug Epinard vor, er solle den Italiener fragen, ob er mich nicht zu der Mine fahren könne. Er sagte, er würde es versuchen, aber sehr optimistisch klang er nicht.

»Wenn nicht, fahre ich allein hin«, sagte ich und stieg in den Wagen.

Da sah sich Epinard bemüßigt, in den Regen herauszukommen. »Das würde ich nicht tun. Die Piste ist sehr schwierig und bestimmt total verschlammt. Es gibt da ein paar gefährliche Steilhänge, und nach all dem Regen . . .« Der Motor röhrte auf und übertönte seine Stimme. »Ich bin morgen abend in der Lodge«, rief ich ihm zu, während wir abfuhren und ihn im Regen stehenließen.

Seine Augen waren weit aufgerissen, und sein Mund stand offen, als hätte er uns etwas zugerufen.

Nach einigen Meilen hatten wir die Kreuzung am Klondike Highway erreicht, wo er dem Yukon nach Norden bis Dawson folgt. Wir fuhren nach Westen an der kleinen Siedlung Takhini Crossing vorbei. Dann kamen wir auf eine Lehmpiste, und die Reifen donnerten über die harte, zusammengebackene Oberfläche, während die Scheibenwischer unermüdlich arbeiteten. Vor uns lag der Alaska Highway, gesäumt von dunklen Nadelbäumen wie von einer schwarzen Wand, und dann tauchte in einer schlammigen Lichtung ein Blockhaus auf, das von Reifenspuren umgeben war. Ein oder zwei Pferde grasten auf dem breiten Bankett, das war alles. Die Telegraphenstangen waren entweder ganz umgestürzt oder standen ohne Drähte wie trunken zur Seite gelehnt, und in regelmäßigen Abständen waren die schalenförmigen Richtfunkantennen zu sehen, die sie abgelöst hatten. Der Regen fiel unaufhörlich weiter.

Kaum ein anderes Auto kam vorbei; die Wolken hingen tief, und treibende Nebelschwaden verdeckten alles bis auf die endlose schwarze Wand der Tannen auf beiden Straßenseiten. Das Fahrerhaus des Wagens war überheizt, und von dem ständigen angestrengten Starren in die Leere vor uns wurden mir die Lider schwer. Die weißen Begrenzungspfosten huschten vorüber, und die Leere und Einsamkeit dieses Landes zogen mich in ihren Bann. Bei mir stellte sich das merkwürdige Gefühl ein, daß Tom Halliday bei mir war, und daß wir beide irgendwie miteinander verbunden waren, auf seinem Weg nach Dezadeash und Dalton's Post. Wenn er zur Mine fuhr, um in dem Creek zu angeln oder auf der Ebene Elche aufzuspüren, hatte er sicher auch diese Straße benutzt.

Er mochte wohl ein bißchen von einem Playboy an sich gehabt haben, aber er war trotzdem ein Teil dieses Landes. Epinard hatte das ganz klar gesagt, und Jim Edmundson sprach es nun noch einmal an. »Hier in der Gegend kennt praktisch jeder die Geschichte von Josh Halliday und der Mine am Ice Cold Creek.« Dann erzählte er mir etwas, das Tom nie erwähnt hatte: Einige Jahre nach dem ersten lukrativen Goldfund in der Mine hatte Halliday sen. begonnen, es durch Dawson abzutransportieren und nicht mehr durch Haines. Damals war Silver City, die kleine Siedlung am Kluane-See, aufgeblüht, denn auch auf den Goldfeldern des Distrikts Kluane fand sich

Gold; man schürfte es sogar im Tagebau. »Die Blockhäuser sind noch zu sehen«, sagte er, »die alte Schmiede, die Mietställe, das Rasthaus und die Kasernen der *North West Mounted Police*, wie die Mounties damals hießen.« Gleich nördlich von Silver City begegnete er Lucky Carlos Despera. Die beiden prügelten sich, bis Josh Lucky bewußtlos an einer Stelle liegen ließ, wo die Straße direkt am See verläuft. Später war er mit einigen Freunden zurückgegangen und hatte Despera im Wasser vorgefunden.

»Tot?« fragte ich ihn.

»Ja. Angeblich hatte Despera mit einer Indianerin, mit der er befreundet war, eine Tochter. Sie ist erst nach seinem Tod geboren worden, und Josh hat die beiden nach Vancouver geschickt.« Er sah mich mit einem schnellen Blick von der Seite an. »Sie hat einen Italiener geheiratet.« Dann fügte er hastig hinzu: »Also, das Völkergemisch hier draußen ist sagenhaft. Da sind die Indianer, natürlich, dann die Schotten . . .« Er lachte. »British Columbia war in der ersten Zeit praktisch ganz in der Hand von Schotten. Als die Bahnlinien über die Rockies gebaut wurden, kamen Italiener, Polen, Deutsche, Iren, Emigranten und Flüchtlinge aus aller Herren Länder. Schließlich lockten die Minen Bergleute aus Cornwall und Wales hierher.«

Das hatte er mir bereits im Flugzeug auf dem Weg nach Whitehorse erzählt, aber damals hatte mich das noch nicht sonderlich interessiert. Jetzt aber bekam das Bild von Tom Hallidays Vater schärfere Konturen, und mit ihm gewann auch der Sohn eine neue Dimension.

Ich mußte wohl eingedöst sein, denn ich merkte plötzlich, daß ich meine Augen öffnen mußte, als mich Jims Stimme irgend etwas mit Champagner fragte. »Wollen Sie eine Pause machen und ein Bier oder irgendwas trinken? Die Hälfte haben wir jetzt ungefähr geschafft.«

»Ich hätte nichts dagegen, aber ich richte mich nach Ihnen«, sagte ich. »Sie sind der Fahrer.«

Er nickte. »Nun, wenn es Ihnen nichts ausmacht, würde ich lieber weiterfahren. Es wird heute früh dunkel.«

Es gab tatsächlich ein Nest namens Champagne. Es bestand aus einer Gruppe von Blockhütten und Wohnwagen, die von einem Zaun umgeben waren und in einem Meer von Schlamm standen.

Man fuhr durch einen hölzernen Bogen hinein, auf dem der Name in großen Holzbuchstaben stand. Irgendwo mußte ein Generator in Betrieb sein, denn in einer oder zwei Hütten brannte Licht. Dann waren wir auch schon durch, die Straße war wieder leer, und kurz darauf begann der Regen in großen Tropfen auf die Windschutzscheibe zu klatschen. Es war weder Schneeregen noch Schnee, und wir fuhren ziemlich schnell. Die Windschutzscheibe wurde im Fahrtwind so kalt, daß die Regentropfen sich sofort mit einer dünnen Eisschicht überzogen.

In halsbrecherischem Tempo überholte uns ein Lastwagen. Auf seiner Ladefläche hockten unter einer Plastikplane vier Indianer. Ein Verkehrsschild mit einer stilisierten Kamera unweit einer Brücke zeigte eine touristische Sehenswürdigkeit an. Der Regen ließ einen Augenblick nach, und kurz waren zu beiden Seiten schemenhaft schneebedeckte Gipfel zu sehen. Vor uns erstreckte sich der Highway bis in die Unendlichkeit. Ansonsten erblickte ich nur dunkle Fichten und ein einsames Pferd.

»Noch einen Monat, und hier ist alles eingeschneit.«

Ich nickte und sah die weiße Wildnis förmlich vor mir. »Schneit es jetzt oben bei der Mine schon?« fragte ich.

»Schon möglich. Ich bin mir nicht sicher, wie hoch genau sie liegt, aber oberhalb der Baumgrenze ist sie, das weiß ich.«

Ich versuchte, sie mir tief verschneit vorzustellen – und sah mich in all dem Schnee mit einem Fahrzeug unterwegs, das ich noch nie gefahren hatte. Hatte es denn überhaupt einen Sinn, dort hochzufahren? An den Problemen, die bei der Regelung des Halliday-Nachlasses auf mich zukamen, würde mein Besuch da oben nichts ändern.

»Der Italiener, der den Claim an der Squaw abbaut, heißt doch Tony Tarasconi, stimmt's?«

Ich nickte.

»Ich nehme an, Sie werden mit ihm hochfahren.«

»Wenn Epinard das arrangieren kann.«

»Ich habe heute nachmittag in der Stadt etwas erfahren.« Er zögerte. »Es ist ja vielleicht nur ein Zufall, aber Matt Lloyd meinte, daß vielleicht doch etwas dahintersteckt. Er hat eine alte Polizeiakte durchgelesen.« Er warf mir einen Seitenblick zu und sprach weiter. »Erinnern Sie sich noch, wie ich Ihnen erzählt habe, daß Lucky

Carlos Desperas Tochter einen Italiener geheiratet hat? Nun, sein Name war Tarasconi.« Er machte eine kaum merkliche Pause und sagte dann schnell: »Wie gesagt, das könnte auch ein Zufall sein . . .« Dabei ließ er es bewenden, und kurz darauf kamen wir nach Haines Junction. Im Regen und bei einbrechender Dämmerung — in den Pfützen spiegelten sich schon die Lichter — sah der Ort aus wie eine heruntergekommene Pioniersiedlung aus Holzhütten und Tankstellen. Als wir aber vom Highway nach rechts in das Parkviertel einbogen, erwies es sich als eine sauber angelegte Siedlung aus Wohn- und Bürohäusern.

»Dauert nur eine Minute«, sagte er, als wir vor einem der Häuser anhielten. Er sprang aus dem Wagen und ließ den Motor laufen. Durch die Windschutzscheibe konnte ich die Silhouette der Park-Hauptverwaltung sehen, ein sehr moderner Komplex mit einem nahezu völlig verglasten Rundbau, der offensichtlich mit dem Ziel errichtet worden war, einen möglichst grandiosen Ausblick auf die Berge am Rande des Parks zu gewähren. Ich fragte mich, wie das alles morgen früh aussehen mochte, und in welchem Zustand sich die Piste zur Mine hinauf wohl befand. Vielleicht war ich dann ganz auf mich gestellt, und der Weg erwies sich als unbefahrbar . . . Plötzlich kam ich mir sehr klein vor, wie ich da in dem warmen Wagen saß und in die grauschwarze Leere hinausstarrte, die die Berghänge verhüllte. Die Zeit verging, und als sich die Nacht über das Land senkte, wurde mir noch deutlicher, wie leer dort alles jenseits des Lichts der Scheinwerfer war.

Wahrscheinlich dauerte es nicht mehr als zehn Minuten, bis Jim durch den Regen zurückgewatet kam, aber meinem Gefühl nach war es viel länger gewesen.

»Also, alles geregelt«, sagte er, als er einstieg. »Ich hole Sie morgen ungefähr um neun Uhr ab. Dann können Sie sich das Parkmuseum und den Film über den Park ansehen — den sollten Sie nicht versäumen, wenn Sie schon einmal hier sind, er ist wirklich was Besonderes —, und dann kommt meine Frau ungefähr um zehn zu Ihnen und fährt sie zum *Lakeside*.«

Wir waren wieder auf dem Highway und bogen von der Straße nach Haines nach Norden ab.

»Der Wetterbericht ist übrigens gut. Zumindest für morgen. Ich habe bei der Lodge angerufen, aber der Italiener war seit zwei Tagen nicht mehr da. Sie erwarten ihn jetzt jederzeit, aber wenn er nicht kommen sollte, können Sie von mir einen Four-By-Four ausleihen, wenn die Piste hoch zur Mine noch befahrbar ist. Okay?«

Ich war noch immer erstaunt darüber, daß er sich für einen wildfremden Menschen so viel Mühe gab, und bedankte mich bei ihm. Einen Augenblick später bogen wir nach rechts in die geschotterte Einfahrt einer Tankstelle ein. Das Licht spiegelte sich trüb an einem Bus, der bessere Tage gesehen hatte und mit der Schnauze ein Holzgebäude fast berührte, das als Restaurant beschildert war. »Ein *Greyhound*-Imbiß. Die Fahrer machen hier immer Essenspause.« Er parkte neben dem Bus, und ich sah die Worte *Anchorage – Whitehorse.*

Die Fahrgäste stiegen gerade wieder ein, als wir uns in die Eingangshalle hineindrängten, die auch als Verkaufsstelle für Souvenirs und Taschenbücher fungierte. Sie hatten noch Betten frei, und sobald ich mich eingetragen hatte, ließ Jim mich allein. Er hatte zwei Kinder und wollte möglichst schnell zu ihnen heim. »Bis morgen früh«, rief er mir noch zu, und ich stand da auf den Holzstufen und sah ihm nach, bis die Rücklichter des Wagens im Regen verschwunden waren. Überall um mich herum hörte ich amerikanische Stimmen. Anchorage, Alaska, lag nur eine Busfahrt von hier entfernt.

Ich nahm meinen Koffer und ging eilig zu den Gästezimmern hinüber. In meinem Zimmer war die Heizung voll aufgedreht. Das Fenster gewährte den Blick auf die geschotterte Einfahrt, auf die dort parkenden Pkws und Geländewagen der anderen Gäste. Direkt unter meinem Fenster stand ein Kleinlaster, auf dessen Ladefläche ein Schneemobil stand. Außerdem war auf seinem linken vorderen Kotflügel etwas mit Stricken festgebunden, das zum größten Teil von einer Plastikplane verdeckt war und das nur mit steckendürren Beinen darunter hervorragte. Es war der Kadaver eines Rehs; seine zierlichen, kleinen Hufe glänzten schwarz im Schein der Laternen.

Der *Greyhound*-Bus fuhr ab, und ich duschte noch schnell, bevor ich wieder durch den Regen zurück zum Restaurant ging, wo ich mein Abendessen in Gesellschaft einer unübersehbaren Schar ausgestopfter Tiere und Trophäen zu mir nahm. Wie gewöhnlich, wenn ich allein auswärts esse, hatte ich ein Buch dabei, so daß mir erst ein Mann, der sich an mir vorbeidrängte, an den Ellbogen stoßen mußte, bis ich ihn und seinen Begleiter bemerkte, der in der hinteren Ecke unter einem Elchkopf saß. Der Kerl, der mich angerempelt hatte, war ein kleiner dunkler Mann in einem Tarn-Anorak aus Armeebeständen und einer Mütze mit einem Schild. Er entschuldigte sich nicht, und vielleicht war das der Grund dafür, daß ich darauf wartete, bis er wieder auftauchte. Er hatte den Gang eines Mannes, der meint, das Stück Boden, das seine Füße berührten, sei sein persönliches Eigentum, und die Arroganz seiner Bewegungen reflektierte sich auch in der Härte seiner Züge und der unnachgiebigen Aggressivität seines vorgeschobenen Kinns. Unsere Blicke begegneten sich kurz, aber er sah sofort wieder weg und blickte sich in dem Raum um, so daß bei mir der Eindruck entstand, daß er ständig auf der Hut war.

Sein Begleiter war größer und kräftiger. In seinem Bart waren schon graue Strähnen, und mit seiner breiten, flachen Nase wirkte er fast negroid, allerdings war die Haut recht hell. Er hatte den Körperbau, den kräftigen Hals, den spitzen Kopf und die Ohren eines Schwergewichtsboxers. Auch er trug einen Tarn-Anorak, dazu aber eine Pelzmütze mit einem Stück Schwanz daran. Sie lag jetzt neben seiner Kaffeetasse auf dem Tisch. Die Glatze des Mannes glänzte im Neonlicht.

Sie hatten ihre Mahlzeit schon beendet und verließen kurz darauf das Lokal. Ich beobachtete durch das Fenster, wie sie zu dem Kleinlaster mit dem Reh auf dem Kotflügel gingen, einstiegen und in Richtung Haines Junction wegfuhren.

Als ich nach dem Essen zurück zu meinem Zimmer kam, hatte es aufgehört zu regnen, und über der schwarzen Silhouette der Berge war der eine oder andere Stern zu sehen. Da ich allein war, hatte ich zuviel Kaffee getrunken und konnte deshalb lange nicht einschlafen. Vielleicht kam das aber auch gar nicht so sehr vom Kaffee als von dem Gedanken, daß ich nun ganz nahe am Ziel meiner Reise war. Morgen würde ich die *Lakeside Lodge* erreichen, die Unterkunft, in der Miriam gewohnt hatte. Von dort aus hatte sie mir die Postkarte geschickt.

Ich dachte lange an Miriam. Dann und wann wanderte das Scheinwerferlicht eines Autos, das von Haines Junction kam, über meine Vorhänge. Aus irgendeinem unerfindlichen Grund wollten mir die beiden Männer nicht aus dem Sinn. Der eine klein, mit eleganten Bewegungen, der andere groß, mit spitzem Kopf und langsamem, bedächtigem Gang, beide mit dunklem Teint und beide von nimmermüder Wachsamkeit, die sie von allen anderen Kanadiern unterschied, die ich seit meiner Ankunft am Flughafen von Vancouver gesehen hatte.

Es war bestimmt schon lange nach Mitternacht, als ein Scheinwerferpaar direkt ins Fenster strahlte, so daß das ganze Zimmer erleuchtet wurde. Zugleich hörte ich das Geräusch von Reifen auf dem Schotter und einen Motor, der immer näher kam. Das Fahrzeug hielt an, der Motor wurde abgeschaltet, und plötzlich war es wieder dunkel in meinem Zimmer. Danach wurden Türen geschlagen, ich hörte Männerstimmen, die allmählich leiser wurden, und einen Augenblick später kam draußen vom Korridor das Geräusch von Schritten, und ein Schlüssel klirrte, der ungeschickt in ein Schlüsselloch gesteckt wurde. Sie waren im Zimmer nebenan, und ich konnte undeutlich ihre Stimmen hören, ohne ein einziges Wort von dem, was da gesprochen wurde, zu verstehen. Ich hörte ihnen einige Minuten lang zu, bis mir aufging, daß sie kein Englisch sprachen, sondern sich in einer mir unbekannten Sprache miteinander unterhielten.

Die Neugier, gekoppelt mit einem natürlichen Bedürfnis, trieb mich aus dem Bett. Ich ging zum Fenster und zog die Vorhänge zurück. Der Kleinlaster mit dem erlegten Reh war wieder da. Er stand direkt unter meinem Fenster, und die steckendürren Beine mit den Hufen daran wirkten im Licht des Mondes geradezu makaber. Hinter dem Highway ragten die Berge der Front Ranges wie eine schwarze Wand auf und verdeckten die Hälfte des Himmels. In ihrer Mitte wurde aus der Schwärze plötzlich ein leuchtend weißer Mantel.

Ich ging auf die Toilette, die Stimmen waren inzwischen leiser geworden. Sie waren kaum mehr als ein Gemurmel, und als ich die Spülung drückte, verstummten sie ganz.

Am nächsten Morgen war der Kleinlaster verschwunden, und die Sonne schien von einem blauen Himmel. Ich hatte schon gepackt und saß eben vor einem Teller mit fettigem Schinken und Eiern, als Jim Edmundson kam.

»Sie haben einen schönen Tag für Ihren Ausflug zum Dezadeash-See erwischt«, sagte er. »Jean freut sich sehr darauf. Wenn das Wetter sich bis morgen hält, dürfte auch die Piste zur Mine hoch befahrbar sein.«

Als wir die Verwaltungsgebäude erreichten, sagte er: »Diese Jäger wohnen übrigens wieder in der *Lakeside Lodge*. Ich habe das bei Kevin nachgesehen, während Sie Ihren Koffer geholt haben. Seien Sie also vorsichtig. Manche von diesen Leuten sind schießwütig und ballern auf alles, was sich bewegt. Letztes Jahr hatten wir hier einen Mann aus Toronto, der hatte zwei Gewehre und die richtigen Scheine und alles, und da erschießt der Kerl doch ein Pony! Er sagte, er hätte es für einen Bär gehalten, der durch das Gebüsch auf ihn zukommt. Wie finden Sie das?« Offensichtlich konnte er Jäger nicht leiden. »Wenn es nach mir ginge, würde ich die Schießerei ganz und gar verbieten, aber das Wild hier ist so ziemlich das einzige, was noch Besucher hierher lockt, und die bringen eben Geld. Aber wenn sie mit einem Gewehr nach Yukon gekommen wären, hätte ich Sie nicht mitgenommen, das kann ich Ihnen sagen.«

Er setzte mich bei der Ausstellungshalle ab. »Ich muß jetzt an die Arbeit.« Dann sagte er noch: »Ich habe die Filmvorführung vorbereitet. Der Mann, der das macht, kommt um halb zehn zu Ihnen. Die Sache dauert siebenundzwanzig Minuten, und wenn sie fertig ist, wartet Jean draußen mit dem Auto auf Sie. Okay?«

An diesem Morgen schien die Sonne, der Neuschnee auf den Bergen glänzte leuchtend weiß wie Zuckerguß auf einem Kuchen, und die Aussicht von den großen Fenstern des Verwaltungsgebäudes aus war atemberaubend. Die Filmvorführung war es nicht minder. Außer mir wurde sie vielleicht noch von einem Dutzend Touristen verfolgt, die ich jedoch während der halben Stunde, die ich in dem abgedunkelten Raum saß, gar nicht bemerkte. Die Bilder, die von sechs Projektoren an die Leinwand geworfen wurden, entführten mich in eine Welt, die so fremd war wie diejenige, die ich hoch oben im Norden vom Flugzeug aus gesehen hatte. Eis und Schnee und Gletscher, das Tauwetter und sprudelndes Wasser, seltene Blumen öffneten sich in der Sonne, kleine Tiere zogen ihre Jungen auf, das Nordlicht und die im Frost erstarrten Gipfel im Griff des Winters – ich saß wie gebannt von diesem Blick in eine Welt, die in ihrer kalten Schönheit so urtümlich und zugleich so schrecklich war, daß mir die Menschen mit ihren Problemen und der Grund für meine Anwesenheit hier an der Kreuzung des Alaska Highway unsagbar nebensächlich erschienen. Mir war, als erlebte ich, ein Zeuge der Schöpfung, die Geburtswehen der Welt.

Dann war es plötzlich vorbei, und die Lichter gingen an. Ich war wieder im Verwaltungsgebäude des Nationalparks, und die Realität meldete sich in Gestalt einer kleinen, fülligen Frau mit freundlichen Zügen. »Sie sind doch Philip Redfern, nicht?«

Ich nickte; ich war von der Abgeschiedenheit der Wildnis, die mir gerade vorgeführt worden war, noch immer wie benommen.

»Ich bin Jean – Jean Edmundson. Ich bringe Sie nach Dezadeash. Jim sagte mir, ich solle Sie zur Lodge fahren und Sie dort Kevin McKie vorstellen. Er ist der Besitzer.« Und sie plapperte weiter. Jim habe zur Destruction Bay fahren müssen, weil nach einem Bericht der Mounties irgend jemand in den Bergen über dem Kluane-See Dall-Schafe mit dem Gewehr jage. Sie stieß die Türen auf und führte mich zu ihrem Auto, das vor der Tür geparkt war. »Ich wäre ja eher gekommen, aber ich mußte unseren Sohn zur Schule bringen. Er ist noch zu klein, um allein zu gehen. Es ist schön, daß Sie mir einen Vorwand liefern, zum Dezadeash zu fahren. Es ist eine herrliche Strecke an den Front Ranges entlang.« Sie riß die Autotür auf. »Und dazu so ein wunderbarer Morgen, nach all dem Regen. In den Bergen hat es schon geschneit! Jim sagt, wir bekommen dieses Jahr einen frühen Winter, und er hat beim Wetter gewöhnlich recht. Er ist jetzt schon sechs Jahre Parkaufseher, oder warten Sie: Im nächsten März werden es sechs. Davor war er bei der Forstverwaltung. Wir hatten ein süßes Häuschen, wie ein Puppenhaus, direkt vor Port Hardy an der Straße nach Beaver Harbour. Jim hat schon alles mögliche probiert, aber diese Art von Job mag er am liebsten. Ich denke, er wird wohl jetzt beim Kluane-Nationalpark bleiben, und ich habe nichts dagegen – solange er zufrieden ist . . .« Sie sprach ununterbrochen weiter, fuhr unterdessen auf den Highway und bog nach links ab, wo nach einem Richtungsschild der Haines Highway vom Alaska Highway Nr. 1, also der Straße nach Anchorage, abzweigt.

Wir kamen an einer Polizeistation, einer meteorologischen Station und einigen anderen Gebäuden vorbei, und dann lag vor uns nur noch die Straße, die sich durch Nadelwald und Gebüsch zog. Die Front Ranges, mehr als zweieinhalbtausend Meter hoch, ragten zu unserer Rechten wie eine Festung auf. Der Herbst hatte die Hänge gold und rot gefärbt, und sie leuchteten in der Sonne; die Gipfel waren vom kristallinen Weiß des Neuschnees bedeckt. Ich fragte mich, wie es hier wohl ausgesehen hatte, als Miriam zur *Lakeside Lodge* gefahren war. Hatte sie vielleicht eine Vorahnung verspürt? Ich wünschte mir, die Frau am Steuerrad hätte aufgehört zu reden. Ich hätte gern darüber nachgedacht, ob es einen konkreten Grund für die Spannung gab, die in mir wuchs – oder bildete ich mir das nur ein? Warum hatte mich die Filmvorführung so tief beeindruckt? Es war, als hätte mir jemand einen kurzen Blick in die kalte Realität der Verhältnisse jenseits meines Verständnisses gegeben – Staub zu Staub, keine Lichter der Großstadt, keine Büros mehr, sondern nur noch die Eiseskälte des Lebens nach dem Tode, ein nuklearer Winter . . .

Vielleicht war ich einfach erschöpft. Vielleicht mußte sich mein Organismus erst noch an die Folgen der Zeitverschiebung gewöhnen, den *Jet-Lag* überwinden, von dem Flugreisende ja immer sprachen. War es der Geist dieses Landes im hohen Norden, der sich mir auf die Seele geschlagen hatte – oder war es auch bei mir eine Vorahnung?

»Jim hat gesagt, ich soll Ihnen auf jeden Fall unseren Steingletscher zeigen. Haben Sie schon einmal einen Steingletscher gesehen?« Der Wagen wurde langsamer, und wir bogen rechts in einen Parkplatz ein. »Da über den Tannen können Sie ihn gerade noch erkennen.« Sie deutete auf eine längliche braune Lücke in dem mit Unterholz bewachsenen Hang, die fast wie eine Geröllhalde aussah, nur daß sie aus Felsbrocken bestand. »Kommen Sie, ich zeige sie Ihnen.« Jean Edmundson war vital und voller Energie, in ihren Augen leuchtete eine mädchenhafte Lebensfreude. »Kommen Sie, hier lang.« Sie stürmte auf einem Trampelpfad, der später, als ein sumpfiges Stück zu überwinden war, zu einem Laufsteg aus Brettern wurde, in den Tannenwald hinein. Dann stiegen wir einen Steilhang hoch, bis wir den Rand der Steinlawine erreichten, die wie die zerfallenen Überreste einer gigantischen Felsenfestung vor uns aufragte. »Er bewegt sich wie ein richtiger Gletscher, ganz langsam, aber ganz stehenbleiben tut er nie. Ich weiß auch nicht genau, wie das möglich ist – wahrscheinlich sind es Felsbrocken auf dem von Eis polierten Fels darunter oder so was. Das müssen Sie Jim fragen. Er wird es Ihnen erklären.«

Die Bahn der Felsbrocken und des Gerölls verlief in einer langgestreckten Kurve. »Sieht es so ähnlich aus, wenn eine Mine völlig ausgebeutet ist und kein Gold mehr gewonnen wird?« fragte ich sie.

»Ich weiß es nicht«, sagte sie. »Ich wohne jetzt sechs Jahre hier, aber die Minen im Kluane sind alle geschlossen, weil im Nationalpark kein Gold oder sonst etwas abgebaut werden darf.«

Zwischen den Steinen gab es eine Art Trampelpfad, der zu einem Aussichtspunkt führte. Als ich ihn erreichte, konnte ich die Straße sehen, die sich schier endlos nach Südosten zog, und in der Entfernung das Blinken einer Wasserfläche.

»Das ist der Dezadeash-See«, sagte Jean Edmundson.

Weniger als eine Stunde später hatten wir die Lodge erreicht, und Kevin McKie eröffnete mir, es sei völlig ausgeschlossen, die Mine zu erreichen. »Es hat einen Erdrutsch gegeben, die Piste ist nicht befahrbar.« Er empfahl mir, mit Jean Edmundson nach Haines Junction zurückzufahren und die Sache mit der Mine zu vergessen. »Ice Cold Creek ist fertig. Tom wußte das auch, wozu also noch dies ganze Theater?«

»Ich wollte nur sichergehen«, sagte ich und behielt seine Hände im Auge. Wir waren im Restaurant, und er hielt fest die Kante der langen Theke umklammert.

»Es ist wirklich kein Besuch eines Anwalts bei der Mine nötig, um sich zu versichern, daß das Gold erschöpft ist. Wie wollen Sie das überhaupt feststellen? Außerdem«, fügte er hinzu, »weiß jeder, von hier bis Whitehorse und vielleicht sogar bis Haines, daß Jonny die Mine seit Jahren nur noch zum Schein weitergeführt hat.«

»Dann bleibe ich und spreche mit den Leuten hier.« Er wollte mich nicht hier haben, und ich hätte gern den Grund dafür gewußt. »Jim Edmundson meinte, er habe hier ein Zimmer für mich bestellt.« Das konnte er mir nicht verweigern, denn draußen am Rand des Highways hing noch das Schild mit *Zimmer frei.* »Und wenn mir jemand ein Paar Stiefel leihen und mich bis zu dem Erdrutsch fahren könnte, laufe ich den Rest.«

Er schüttelte den Kopf. »Allein nicht. Zu riskant. Was machen Sie, wenn Sie auf einen Elch oder einen Grizzly stoßen? Außerdem ist mein Wagen zur Zeit in Reparatur.« Er sagte, wahrscheinlich sei eine Achse gebrochen, aber ich nahm ihm das nicht ab.

»Dann warte ich, bis Tony Tarasconi kommt.«

Das paßte ihm nicht. »Der hat mit seinen eigenen Angelegenheiten genug zu tun.«

»Ich bin nicht den weiten Weg hierhergekommen«, sagte ich ihm, »um mich jetzt abweisen zu lassen.«

Er zögerte, und dann zuckte er die Achseln. »Wie Sie wollen.« Als ich mich eintrug, stellte ich fest, daß Tarasconi laut Gästebuch schon hier war. Er hatte die Hütte Nr. 3, und ich nahm an, daß er an diesem Vormittag angekommen war. Unter dem gleichen Datum waren noch zwei Namen eingetragen – Camargo und Lopez.

»Spanier?« fragte ich.

»Nein, Südamerikaner«, gab McKie zurück. »Es kommen öfter Gentlemen aus Südamerika zum Jagen an den Yukon.«

Ein Anwalt hat viel mit den Extremen und Verirrungen der menschlichen Natur zu tun, und wahrscheinlich entwickelt sich deshalb das uns angeborene Mißtrauen bei ihm besonders stark. Es ist natürlich eine Übertreibung, zu sagen, McKie habe mir einen feindseligen Empfang bereitet, aber damals kam es mir so vor. Ich hatte den Eindruck, daß er versuchte, etwas vor mir zu verbergen, und daß ich, wenn es mir nur gelänge, irgendwie ein Fahrzeug zu bekommen, keinen Erdrutsch, sondern eine frei befahrbare Strecke vorfinden würde.

Ich hatte noch keine Gelegenheit gehabt, mir nähere Gedanken darüber zu machen. Jean Edmundson blieb noch zum Essen, und ihr unaufhörliches Geplapper lenkte mich ab. Eigenartigerweise fehlte es mir dann, sobald sie fort war, denn sie hatte von alltäglichen Dingen gesprochen, und ihre Vitalität war ansteckend gewesen. Ich wußte plötzlich nicht mehr, wie es jetzt weitergehen sollte, denn ich war allein und hatte kein Fahrzeug, und wenn man am Yukon kein Fahrzeug hat, steht man da wie ein Ritter ohne Pferd.

Ich lief zum See hinunter, wo Bretter zu einem kleinen Bootssteg führten. Ein Reiher stieg auf und sah aus wie ein weißer Jet, der langsam Höhe gewann. Die Sonne war warm, aber auf dem Boden lag in den Schatten noch der Rauhreif. Wieder oben bei der Lodge, schlenderte ich zu den seitwärts gelegenen Schuppen hinüber. Ein Geländewagen mit einem Wagenheber unter dem Hinterrad stand da, aber niemand arbeitete daran. Im Generatorgebäude fand ich einen Hünen mit einem blonden Bart vor, der Dieselöl von einem Faß in einen Tank pumpte. Ich fragte ihn nach dem Wagen, aber er sagte nur: »Kevin ist der Mechaniker. Sie reden besser mit ihm selbst darüber. Ich bin hier nur der Barmann und 'ne Art Mädchen für alles.« Sein Name war Eddie. Als ich ihn nach dem Weg zur Mine auszufragen begann, schüttelte er den Kopf. »Tut mir leid, Kumpel, ich bin nicht von hier. Ich habe den Job erst vor zwei Wochen angenommen.«

Dann fand ich meine Hütte, die die letzte in der Reihe war. Sie waren alle aus Holz gebaut und mit Schindeln gedeckt, und am Dachfirst über dem Balkon war bei allen ein Geweih angebracht. Ich legte mich auf mein Bett und versuchte nachzudenken, aber meine Gedanken kehrten immer wieder zu der Postkarte von Miriam zurück – *Ich schreibe Dir wieder, wenn ich in Whitehorse bin.* Warum, zum Teufel, hatte sie das nicht getan? Und warum hatte sie es geschafft, zur Mine hochzukommen, ich aber nicht? Ich fühlte mich eingesperrt und frustriert und war zu ruhelos, um es längere Zeit in der Hütte auszuhalten. Meine Zeit hier war kostbar, und ich wußte, daß ich eigentlich etwas unternehmen sollte. Aber was?

Schließlich ging ich wieder hinaus und nahm meinen alten Segler-Anorak und die bretonische Mütze mit, die ich in Frankreich gekauft hatte. Die Sonne senkte sich den Bergen zu, und die Schatten wurden länger, als ich auf einem Weg hinter der Lodge zügig talaufwärts marschierte. Er führte durch ein Gebüsch von Espen und Balsampappeln, einem Wegweiser zufolge zum Alder Creek und zum Mush Lake. Ich wanderte in der Tat bis zum Creek; warum, kann ich heute kaum noch sagen. Es war wohl so, daß mir dabei das Nachdenken leichter fiel und daß ich instinktiv den Wunsch hatte, mich zu akklimatisieren.

Schon lange vor meiner Rückkehr war die Sonne hinter den Bergen versunken, und der Weg wurde im Schatten der Bäume immer dunkler. Ich hörte den Generator der Lodge, noch bevor ich ihn sehen konnte. In der *Lakeside Lodge* brannten die Lichter, und vor den Hütten waren verschiedene Wagen geparkt. Einen davon erkannte ich wieder, obwohl das Reh nicht mehr auf den Kotflügel gebunden war. Das Kennzeichen aus Alaska und das Schneemobil auf der Ladefläche zeigten, daß sie nicht von hier waren; es handelte sich zweifellos um die beiden Jäger, und es sah ganz so aus, als würde ich sie beim Abendessen wiedersehen.

Sie saßen an einem Fenster; der größere Mann hatte sich über seinen Teller gebeugt, und sein fast kahler Kopf glänzte im Licht. Seine Kiefern bewegten sich. Als ich hereinkam, sah er auf und sagte etwas zu seinem Begleiter. Der drehte sich sofort nach mir um, und als ich zu einem leeren Tisch ging, spürte ich die Blicke der beiden auf mir. Als ich mich hinsetzte, konzentrierten sie sich wieder wortlos auf ihr Essen. Sie trugen beide die gleiche Kleidung wie am Vorabend, aber nun waren ihre hohen Stiefel und die Jeans dreckverschmiert. Die einzigen Geräusche waren das Summen des Generators und der Klang einer Gitarre aus einem Hinterzimmer. Die Jäger unterhielten sich auch bei ihrem Kaffee nicht, und der Kleinere, dessen Gesicht mir zugewandt war, rauchte völlig wortlos einen Stumpen. Sie gingen, noch bevor ich meine Wildpastete aufgegessen hatte.

Nach dem Essen lernte ich in dem Hinterzimmer, das eine Bar und ein großes Holzfeuer hatte, Tony Tarasconi kennen. Er saß zusammen mit McKie und verschiedenen anderen Männern an einem Tisch – nein, er balancierte vielmehr, angetan mit einem Poncho aus Bärenfell, auf einer Stuhllehne, spielte Gitarre, schlug mit ausgetretenen Filzpantoffeln den Takt dazu und trank dann und wann aus einem Bierglas. Als mein Name fiel, hielt er inne und starrte mich aus dunklen Augen an; in seiner Brille spiegelte sich der Feuerschein.

»Sind Sie der Mann, der zur Ice Cold mitgenommen werden will?« Er lallte leicht, und Schweiß stand in seinem Gesicht.

»Halten Sie sich da raus, Tony.« McKies Stimme war leise, aber bestimmt. »Ihr Claim ist unten an der Squaw.«

»Schon gut, schon gut, aber wenn er doch Toms Anwalt ist . . .«

»Spielen Sie nur weiter, Maestro, und kümmern Sie sich nicht mehr um dieses Gully.« McKie sagte das in scherzhaftem Ton, aber der Befehl, der in seiner Stimme mitschwang, war nicht zu überhören. Als ich dem Italiener dann sagte, soweit ich wüßte, sei alles arrangiert und er solle mich hochfahren, schüttelte er tatsächlich den Kopf. »Ich fahre nicht dort hoch. Nicht mehr.«

Ich fragte ihn nach dem Grund, aber er gab mir keine Antwort und sah McKie an.

»Mrs. Halliday haben Sie doch auch hochgefahren«, sagte ich.

Darauf folgte eine lange Stille. »Das ist schon eine Weile her. Nette Lady.«

»War Epinard da?«

»Jonny? Nein, der war nicht da.«

»Sie meinen, es war alles verlassen?«

»Bis auf Jack-Mac.«

»Wen?«

»Mac. Der Indianer, der Jonny hilft.«

»Wissen Sie noch, worüber sie gesprochen haben?«

»Natürlich nicht. Ich hatte schließlich selbst was zu erledigen, oder? Ich habe sie nur dort abgesetzt und später wieder abgeholt.«

»Wieviel später? Wie lange war sie da oben?«

»Zwei Stunden, vielleicht auch drei. Mein Gott, Sie wollen jetzt bestimmt noch wissen, was sie gegessen hat, warum sie hier war und wohin sie dann wollte, oder? Das kann ich Ihnen sogar sagen: Sie wollte zurück nach Whitehorse, um mit Jonny zu sprechen, und dann wollte sie die Fähre nach Vancouver nehmen.« Schließlich fügte er noch hinzu: »Was hat hier überhaupt ein Scheiß-Anwalt zu suchen? Wollen Sie die Claims verkaufen?« Seine Augen leuchteten plötzlich wie die eines Vogels. »Geht es darum?«

Ich antwortete ihm nicht, deutete aber an, ich wolle herausfinden, wie hoch ich den Wert der Mine wohl anzusetzen hätte.

»Das lassen Sie sich am besten von Jonny sagen«, sagte McKie hastig und betonte noch einmal ausdrücklich, daß die Mine schon lange keinen Profit mehr abgeworfen habe. »Jonny hat sie mit Verlust geführt. Da können Sie jeden hier fragen.« Er sah sich zu den anderen um; die meisten von ihnen stammten aus der Gegend und trugen Wollhemden und schmutzige Stiefel. Sie nickten, und einer von ihnen sagte, es spiele keine Rolle, ob Tom Halliday lebe oder tot sei. Die Mine sei sowieso keinen Cent mehr wert. »Der Claim ist abgebaut, und Jonny weiß das, der arme Kerl.«

Eine Hand berührte meine Schulter. Eddie war hinter der Bar

vorgekommen. »Das geht auf's Haus«, sagte er und drückte mir einen Drink in die Hand. Es war ein großer Scotch, und ich sah zu McKie hinüber; er nickte und hob sein Glas. Das Holzfeuer, ein Elchkopf mit riesigen Schaufeln, die wettergegerbten Gesichter und die ungewohnte Kleidung – ich kam mir vor wie der Fremde aus den Weiten des Weltraums. Außerdem war da noch Tony Tarasconi, ein grellrotes Tuch um den Hals geknotet, das Haar tiefschwarz, aber nicht glatt wie bei den Indianern, sondern in Locken um seinen schmalen Kopf gekräuselt, leuchtende Augen, ein Vogelgesicht. Er begann, leise weiterzuspielen und vor sich hin zu singen. Einige Male sah er mich prüfend an, als versuche er, sich über etwas klarzuwerden. Ich hatte das Gefühl, daß er mit mir gesprochen hätte, wenn wir nur allein gewesen wären.

Ich gab eine Runde Drinks aus und ging kurz darauf ins Bett. Im Halbschlaf hörte ich Stimmen, das Knallen von Türen und dann Motorengeräusche, die sich in der Nacht verloren. Das Brummen des Generators hörte abrupt auf, und die Verandabeleuchtung ging aus. Einen Augenblick später klopfte es an meine Tür, und als ich sie aufmachte, stand Tony Tarasconi vor mir. Er schwankte leicht und war in der Dunkelheit nur schemenhaft zu sehen; ich erkannte ihn nur an der Gitarre um seinen Hals.

»Wollen Sie immer noch zum Ice Cold Creek?« Seine Stimme war kaum mehr als ein Flüstern. »Ich fahre morgen zurück zu meinem Claim. Ich kann Sie mit hoch nehmen – wenn Sie wollen.« Er klang, als sei er sich seiner Sache nicht sicher.

Ich hatte nur meinen Pyjama an, und es war eiskalt, aber er wollte nicht hereinkommen und behielt ständig den Restaurant-Eingang im Auge.

»Wann soll das sein?« fragte ich.

»Um zehn, oder vielleicht ein bißchen später.«

»Und der Erdrutsch?«

»Keine Ahnung. Vielleicht werden Sie ein Stück laufen müssen. Wir werden sehen. Halten Sie sich ab zehn Uhr bereit, okay?« Ich sollte zu Fuß in Richtung Haines losstiefeln, und er würde mich dann einholen. »So merkt Kevin nichts davon, daß ich Sie mitnehme, verstehen Sie? Niemand wird es wissen.«

Ich fragte ihn nach dem Grund für diese Geheimnistuerei,

aber er schüttelte den Kopf, wünschte mir flüchtig gute Nacht und torkelte zu seiner Hütte.

Ich zitterte inzwischen vor Kälte und versuchte nicht, ihn aufzuhalten. Ich war inzwischen so fest überzeugt, daß es das Gully und das mögliche Gold dort war, um das es ihnen allen ging, daß ich kaum noch einen Gedanken darauf verschwendete. Morgen würde ich mir Stone Slide Gully ansehen, und der Italiener würde mir ohne Zweifel ein Angebot machen, so daß womöglich auch McKie und die anderen nachzogen. Vielleicht brauchte ich wegen der Bäume, die Toms Vater gepflanzt hatte, gar nichts zu unternehmen. Nach wenigen Augenblicken war ich eingeschlafen, und als ich aufwachte, stieg die Sonne wie ein riesiger Feuerball über dem See auf, und die gesamte ungeheure Wasserfläche lag wie geschmolzene Lava vor dem schwarzen Hintergrund der Berge.

Ich zog mich schnell an und ging hinaus. Der Himmel war klar, die Sonne schien hell, und mein Atem hing wie Rauch in der windstillen Luft, die schon nach Frost roch. Noch ein paar Stunden, und ich würde wissen, warum sie nicht wollten, daß ich zu der Mine ging. Gab es dort Gold, von dessen Existenz Tom nichts gewußt hatte? War es allem Gerede zum Trotz doch eine ergiebige Mine? Aber das hätte mir Miriam doch geschrieben. Und wenn es da nichts gab – nichts von Wert . . . die Frage war wie in mein Gehirn eingebrannt: *Warum hatte sie nicht geschrieben?* Das ließ mir einfach keine Ruhe. Verletzte Männerehre – obwohl die frostige Luft ihr weiß Gott auch nicht gerade gutgetan hatte. Die kühle Weite des spiegelglatt vor mir liegenden Sees erweckte in mir ein Gefühl von Kleinheit, und die langgestreckte, hohe Festung der Front Ranges, die Herbstfarben, die in der Sonne zitronengelb leuchteten, und das blendende Kristallweiß des Neuschnees auf den Gipfeln ließen meine Person unbedeutend erscheinen. Es war eine Szene wie aus einem Märchen, so brillant und so schön, daß ich augenblicklich verstand, warum immer wieder nüchterne Geschäftsleute die Sicherheit ihres Büros für das harte Leben eines Siedlers im hohen Norden aufgeben. Ich kam zu dem See, und der Reiher beobachtete mich aus dem Schilf regungslos wie ein Wachtposten, der mit Heckenschützen rechnet.

Als ich zu den Hütten zurückkam, waren Tony und ein anderer Mann damit beschäftigt, einen schlammbespritzten Kleinlaster zu entladen. Tony sah zu mir herüber und drehte mir dann vorsätzlich den Rücken zu. Der Wagen der Jäger war verschwunden. Ich ging ins Restaurant. Von McKie war nichts zu sehen, aber Eddie war da, und außerdem noch ein Mädchen, das hier putzte und bediente. Ich kaufte mir zwei Ansichtskarten vom Dezadeash-See und schrieb sie, während ich auf meinen Kaffee und einen riesigen Teller mit Schinken, Eiern und Würstchen wartete. Die Ansichtskarten, der schöne Tag und die Aussicht auf eine Fahrt in die Ranges, in deren Schatten ich so lange gewesen war, ließen in mir eine richtige Ferienstimmung aufkommen. Ich schickte eine Karte an meine Mutter, und die zweite an die verwöhnte Ziege, die ich kürzlich mit in die Bretagne genommen hatte. Warum ich das tat, weiß ich nicht mehr. Wahrscheinlich war es nichts als eine großsprecherische Geste, so, wie wenn jemand eine Nadel in den Nordpol steckt und sagt: Schaut mal alle, da war ich, seid ihr nicht beeindruckt? Mein Gott, wie schlicht und fadenscheinig sind doch die Bedürfnisse der Psyche!

Der Highway war nun etwas belebter. Einige Lastwagen, die nach Haines unterwegs waren, ein Auto hielt zum Tanken, ein anderes brachte eine amerikanische Familie, die frühstücken wollte, dann kamen noch einige Waldarbeiter. Ich saß entspannt beim Kaffee, sah all dem zu und genoß die Fremdheit der Szenerie. Ein Kleinlaster mit zwei Indianern kam an, dann wieder Amerikaner, aber dieses Mal ältere, in gereizter Stimmung. Sie waren mit ihrem Wohnwagen unterwegs zur Fähre nach Prince Rupert.

»Die würden Sie mit nach Whitehorse nehmen, wenn Sie wollen.«

Kevin McKie stand neben mir und nickte zu einem großen Wagen voller Kinder hinüber, der gerade von den Zapfsäulen wegfuhr. »Sie sagen, einer mehr im Auto macht auch nichts mehr aus.«

Ich schüttelte den Kopf. »Der Tag ist zu schön«, sagte ich. »Ich mache einen Spaziergang und vertrete mir die Beine.«

»Na schön, aber ich warne Sie, allzu viele Autos fahren nicht nach Whitehorse.« Er zögerte. »Und glauben Sie bloß nicht, Sie könnten einfach allein in den Kluane gehen. Nach den Bestimmungen müssen Sie vorher die Parkverwaltung benachrichtigen.«

»Die Ice-Cold-Mine liegt nicht im Nationalpark«, sagte ich.

Seine Augen verengten sich, und seine Stimme wurde härter. »Sicher, das ist wahr, aber sie liegt verdammt nahe daran, und Sie könnten sich leicht verlaufen oder eingeschneit werden oder von einem Grizzly auf einen Baum gejagt werden. Außerdem sind da noch die Jäger. Wir mögen es gar nicht, wenn wir mitten in der Nacht aus dem Bett geholt werden, um jemanden suchen und retten zu müssen.«

»Ich werde vorsichtig sein«, sagte ich.

Er nickte. »Okay, aber denken Sie immer daran, daß wir hier zwischen Bergen und Gletschern leben. Es wird bald Winter. Das Wetter kann hier sehr schnell umschlagen.«

Einer der Waldarbeiter rief ihm etwas zu, ein großer Mann mit Bauch und Hosenträgern über einem grellroten Buschhemd und einem Hut mit einer Feder, den er tief in die Stirn gezogen hatte. »Nur einen Moment, Rod.«

McKie packte mich mit einer Hand bei der Schulter. »Wenn Sie vorhaben, zur Mine zu laufen, vergessen Sie das ganz schnell wieder. Es sind zweiundzwanzig Meilen bis zu der Abzweigung nach Dalton's Post, und von Post aus sind es noch einmal zwanzig Meilen. Bis dahin sind zwei Furten zu überqueren und ein Höhenunterschied von fast vierhundert Metern zu überwinden. Das ist selbst für einen Mann in Hochform eine harte Nuß. Übrigens habe ich ab morgen kein Zimmer mehr für Sie frei. Es geht auf das Wochenende zu, und wir sind ausgebucht.«

Einen Augenblick dachte ich, er wolle mich unter Druck setzen, damit ich das Angebot, mit nach Whitehorse zu fahren, doch noch annahm, aber dann lächelte er und ließ meine Schulter los. »Wenn es hart auf hart kommt, kann ich wahrscheinlich immer noch Jean anrufen. In Haines Junction wären Sie gut aufgehoben. Einen schönen Tag noch.« Er wandte sich zum Gehen. »Wenn Sie ein Lunchpaket haben wollen, sagen Sie Eddie oder Sue Bescheid, wer immer gerade da ist.«

Durch das Fenster sah ich Tony Tarasconi. Er entlud den Four-By-Four. Als alles abgeladen war, sauber aufgestapelt und mit einer festverzurrten Plane abgedeckt war, kamen sie herein, um zu frühstücken. Als Tony unter meinem Fenster vorbeikam, sah er zu mir hoch und nickte zum Highway hinüber. Wenn man bedachte, daß er gestern abend eine ganze Menge getrunken und dazu mindestens drei Stunden Gitarre gespielt hatte, wenn man darüber hinaus berücksichtigte, daß er eben einen vollgepackten Kleinlaster entladen hatte, strahlte er geradezu vor Gesundheit und Energie. In seinem riesigen Poncho, unter dem er halb versteckt war, tänzelte er in das Gastzimmer. »Morgen, Leute. Schoner Morgen, *no?*« Er grinste und zeigte seine weißen Zähne in seinem vom Wind gebräunten Gesicht. Mit seinem übertriebenen italienischen Akzent und seiner ansteckenden guten Laune stieg bei allen Gästen die Stimmung. »*Fame, fame – Io* haben Riesenhunger. Sue! *Mia amorata . . .*« Das Mädchen sank ihm praktisch in die Arme, und er drückte sie an sich. »*Mia amorata,* ja? Zwei Frühstück *gigantico. Subito, subito.* Das heißt, verdammt schnell und reichlich.« Er und sein Partner zogen sich Stühle heran und setzten sich zu den Waldarbeitern, und der Geräuschpegel der Unterhaltung stieg sofort merklich an.

Das Frühstück wurde offensichtlich von der Morgendämmerung bis zur Mittagszeit eingenommen. Ungefähr um zehn gab ich meine Postkarten beim Empfang ab und holte mir das Lunchpaket, das ich bestellt hatte. Eddie hatte einen Rucksack für mich aufgetrieben. »Wenn Sie Ihren Lunch verzehrt haben, können Sie Ihren Parka reinstopfen. Bis dahin kann es ganz schön warm sein.« Er bot mir an, mir ein Paar Stiefel auszuleihen, aber es stellte sich heraus, daß er viel größere Füße hatte als ich. Außerdem war ich so vernünftig gewesen, vor meiner Abreise ein Paar feste Wanderschuhe einzupacken.

Um etwa zwanzig nach zehn verließ ich meine Hütte, ging zum Highway und marschierte los in Richtung Haines. Ich hatte meine Kamera dabei, und wenn McKie wissen wollte, wo ich gewesen war, konnte ich immer sagen, ich sei ein Stück mitgenommen worden und den aus dem Jahr 1898 stammenden Dalton Trail entlang bis zur alten Handelsstation gegangen. Jeder Besucher hätte das getan, und zudem hatte McKie mir am Vorabend erzählt, die Handelsstation hätte eine Unterkunft, Ställe und sogar eine Toilette mit zwei Sitzen, alles aus Stämmen gezimmert und »in ganz gutem Zustand, wie die alte Postkutschenstation von Silver City am Kluane-See«.

Ein Auto, das in Richtung Kluane fuhr, bremste ab, aber ich winkte es weiter. Ich genoß die frische, klare Luft und die Wärme der Sonne. Innerhalb der nächsten fünf Minuten hielten noch zwei weitere Wagen an und wollten mich mitnehmen, und als ich mich beim nächsten Motorengeräusch umsah, weil ich Tony erwartete, war es wieder ein Fremder, der bremste, um mich mitzunehmen. Ich dachte, ach, was soll's. Wenn Tony aufgehalten wurde oder McKie ihn zurückhielt, blieb mir immer noch die Zeit, die mehr als zwanzig Meilen zum Ice Cold Creek und wieder zurück zu laufen.

Der Wagen war einer jener amerikanischen Camper von der Größe eines *Greyhound*-Busses. Gefahren wurde er von einem knorrigen Kalifornier; seine Frau kochte hinten gerade einen Kaffee, der bis zum Fahrerhaus duftete.

»Wo soll's denn hin?«

Als ich Dalton's Post sagte, nickte er. »Wir waren auf einem der Campingplätze in der Nähe von Silver City und haben auf dem Berg dort nach Dall-Schafen gesucht. Ein paar gute Bilder haben wir auch gemacht. Von dem alten Trail haben wir eine ganze Menge gesehen.« Er zündete sich die dünne Zigarre wieder an, an der er gekaut hatte, und warf den starken Motor an. »Sie kommen aus England, nicht? Dann haben Sie so ein Ding wahrscheinlich noch nie gefahren . . .« Er tätschelte sein Steuerrad. »Für May und mich ist es auch das erste Mal – eine phantastische Art und Weise, ein Land kennenzulernen. Wissen Sie, ob der Campingplatz *Million Dollar Falls* noch geöffnet ist? Der liegt bei Meilenstein 102.«

»Tut mir leid«, sagte ich. »Für mich ist das hier alles neu.«

»Sie sind also nur zu Besuch hier?« Er nickte und schaltete herunter, denn vor uns kam eine Kurve mit einem langen Gefälle dahinter. Seine Stimme wollte nicht verstummen, und er erzählte mir von seiner Familie, seinem Haus, dem Camper, den er gerade gekauft hatte, und von seinem Beruf, der irgendwas mit Elektronik zu tun hatte.

Es waren freundliche Leute, aber trotzdem war es für mich eine Erleichterung, als wir die Abzweigung nach Dalton's Forest erreicht hatten. Nun war ich wieder allein und spürte die Sonne auf meinem Rücken.

Ich ging über die Straße zu dem ausgetretenen Pfad und der Piste, die zu den Bergen hinaufführte, und innerhalb von Minuten war von dem Highway nichts mehr zu sehen. Der Wald rückte immer näher, kein Geräusch war zu hören, es herrschte eine tiefe

Stille, die nur von fernem Wasserrauschen und vom Flüstern der Espenblätter im Wind untermalt war.

Der Wasserlauf erwies sich als sehr breit; eigentlich war es eher ein Fluß als ein Creek. Sein Bett war voller Geröll und Felsbrocken. Ich stand vor der ersten Furt und sah keine Möglichkeit, sie zu durchqueren, ohne bis auf die Haut naß zu werden. Auf dem grauen Geröll und groben Sand des Ufers waren Reifenspuren zu erkennen. Vor mir fand die Piste des Dalton Trail in einer Lichtung ihr Ende, auf der noch vereinzelt die Reste von Blockhütten mit zerfallenen Dächern und leeren Fensterhöhlen zu sehen waren. Der Creek floß in einer Kurve mit einer starken Strömung am Rand der Lichtung entlang. Ich versuchte, mir die Handelsstation vorzustellen, wie sie im heißen Fieber des Goldrauschs ausgesehen haben mochte, geschäftig, übervölkert, überall Menschen und Pferde . . . Wolken hingen über den Bergen, aber hier schien die Sonne noch hell, und die leichte Brise vom Creek her brachte mir eine willkommene Abkühlung.

Eine Hupe dröhnte, und als ich mich umdrehte, stand direkt hinter mir ein Kleinlaster. Das Motorengeräusch war vom Rauschen des Wassers übertönt worden.

»Hallo!« Tony Tarasconi lehnte sich aus dem Seitenfenster. »Sie sind wohl schon von jemand anders mitgenommen worden, was? Ich bin aufgehalten worden.«

Ich machte eine Aufnahme von Dalton's Post und von der Furt, und dann stieg ich in den Wagen.

»Da drüben, das ist unsere Straße.« Tarasconi nickte zum anderen Flußufer hinüber und fuhr in einem großen Bogen zu der Stelle, wo die Reifenspuren ins Wasser führten. Als die gelbe Schnauze des Kleinlasters mit dem Schutzgestänge davor im Creek versank, rammte er den ersten Gang ein, und wir begannen, vorsichtig von einer grauen Geröllbank zur nächsten zu holpern, bis wir endlich die andere Seite erreichten und triefend die Böschung hinauffuhren. Der Weg vor uns stieg stetig an.

»Hier ist es nicht schlimm. Bis zu meinem Claim sind es ungefähr zehn Meilen, und bis dahin ist die Strecke recht gut. Was aber den Claim betrifft . . .« Er zuckte die Achseln. »Mein Claim ist nicht so gut. Viel Arbeit und wenig Gold. Es handelt sich natürlich um eine Goldseife. Wahrscheinlich haben meine Vorgänger schon das Beste herausgeholt. Außerdem zahle ich zuviel Pacht, dreißig Prozent.« Er grinste mir zu, und seine Zähne blitzten weiß unter der gekrümmten Nase. »Weiter oben sieht es natürlich anders aus. Oberhalb der Baumgrenze haben sie eine gute Seifengold-Mine. Die Trassen sind deutlich ausgebildet, wie hohe Ufer, das goldführende Geröll wirft ordentlich was ab, und unmittelbar über dem gewachsenen Fels hat sich das Gold angereichert, daß man es blinken sieht.«

Nach dem Tachometer fuhren wir stetig dreißig Stundenkilometer, und der Wagen bockte und hüpfte auf unserem Weg zu einer kleinen Kuppe, die eine Art Paß darstellte.

»Warum tun Sie es, wenn es sich nicht lohnt?« fragte ich, und er lachte.

»Das ist eine gute Frage. Warum ich es mache? Waren Sie schon einmal Klempner?« Er sah den Ausdruck auf meinem Gesicht, lachte wieder und schlug dabei mit einer Hand an die Fahrertür. »Sechs Monate lang bin ich Klempner und räume fremden Leuten die Scheiße weg. Danach brauche ich frische Luft, und deshalb wasche ich sechs Monate lang Gold. Kennen Sie Medicine Hat? Nein? Das liegt in der Prärie, in Alberta, und sechs Monate als Klempner in Medicine Hat sind genug. Verstehen Sie das? Also, jetzt wissen Sie, warum ich hierherkomme. Irgendwann . . .«, seine Augen leuchteten wieder, ». . . irgendwann mache ich den großen Fund. Nicht auf dem Claim, den ich jetzt abbaue, irgendwo . . . Stone Slide vielleicht . . .« Er warf mir von der Seite einen schnellen Blick zu, und dann lag die Kuppe hinter uns, und die Piste fiel steil ab. »Die Klamm ist dort unten.« Er wies mit einer Kopfbewegung nach rechts, und einen Augenblick später zog er den Wagen mühsam um eine Rechtskurve; der Untergrund bestand aus seifigem Schlamm, der noch halb gefroren und nur an der Oberfläche von der Sonne aufgetaut war. Rechter Hand führte ein Weg abwärts, in den wir nun einbogen. Wir holperten einen steilen Abhang hinunter, der aussah, als würde er sich bei starkem Regen oder Schneeschmelze in einen reißenden Strom verwandeln. »Sehen Sie jetzt den Unterschied?« rief er zu mir herüber. »Wir sind auf der Piste zum Ice Cold. Ein ganz schlechter Weg. Seit Jahren hat niemand etwas ausgebessert. Kein Gold, kein Geld – so ist das in diesem gottverdammten Land.«

Er mühte sich unentwegt mit dem Steuer ab und preßte die

Lippen zusammen. »Bald kommen wir zum Squaw. Wenn wir erst einmal das Nordufer des Creek erreicht haben, werden Sie sehen, wie schlecht die Piste werden kann, wenn niemand etwas unternimmt.«

Wir hatten die Talsohle erreicht, und der Wagen rumpelte durch tief eingefahrene Spurrillen voller Schlamm. Er suchte eine Stelle mit halbwegs festem Untergrund und hielt an. »Es ist wohl Zeit, den Allrad-Antrieb anzuschalten. Außerdem muß ich sowieso mal hintern Baum.«

Die Umstellung auf Allradantrieb war bei dem alten Ford während der Fahrt unmöglich. Man mußte aussteigen und mit einem Spezialschlüssel an den Vorderrädern herummanipulieren. Tarasconi hatte den Motor abgestellt, und in der Stille konnte ich das leise Rauschen des Wassers hören. Wir befanden uns jetzt in dichtem Wald, und es war nichts zu sehen als die Grün- und Schwarztöne der Espen und Kiefern sowie die schwarzglänzenden Wasser- und Schlammpfützen auf dem Weg.

Wir fuhren weiter. Nach weniger als einer Meile begann das Gold der von Rauhreif überzogenen Espenblätter, in einem leichten Wind, den unser Motorengeräusch übertönte, zu schimmern und zu wehen. Und plötzlich schillerte hinter ihnen eine Wassermühle. Der Wald lichtete sich. Wir fuhren nun am Creek entlang, und sein Wasser floß schnell an uns vorbei. Vor uns wurde das Land flacher, der Creek weitete sich zu einer Furt, die wir, über Felskanten und Steine rumpelnd, überquerten. Am anderen Ufer diente uns wieder ein Bachbett als Piste, das steil einen Berghang hinaufführte. Urplötzlich gelangten wir an eine Art Paß, hinter dem das Gelände unter der hochragenden Schnauze des Wagens abrupt abfiel. Da lag sie vor uns, hinter Meilen von frostversengten Espen und Balsamtannen, zwischen denen das Wasser sumpfiger Wiesen schimmerte, eine ungeheure, leuchtende Barrikade aus hohen Bergen.

»Da wären wir — die Noisy Range.«

Wenn die Front Ranges zweitausendsechshundert Meter hoch waren, so mußten die Berge, die vor uns die gesamte Aussicht nach Westen verstellten, mindestens fünftausend Meter hoch sein. Von ihrem Fuß bis zum Gipfel war das gesamte riesige Bollwerk eine Wand aus frisch gefallenem Schnee in gleißendem Weiß — ein

Märchengebirge von unendlicher Schönheit, das in hartem, hellem Sonnenlicht vor uns in den blauen Himmel ragte.

»Im Sommer röhrt und knallt es Tag und Nacht.« Tony hatte angehalten, um wieder auf normalen Antrieb umzuschalten. »Jetzt macht das Eis sich breit, und da wird es wieder still.« Er nickte nach links hinüber, wo sich ein Berg mit abgerundetem, weißgekröntem Gipfel und vom Frost zerklüfteten Felsen, die wie gebleckte schwarze Zähne aussahen, erhob. »Um den fahren wir herum bis zu der anderen Seite, dann haben wir das Quellgebiet des Ice Cold Creek erreicht. Näher kommen wir an die Noisy also nicht heran.«

»Wo mündet der Ice Cold in die Squaw?« fragte ich.

Er lehnte sich vor und deutete über meine rechte Schulter. »Gleich dort unten, ungefähr zwei Meilen oberhalb der Stelle, wo wir gerade durchgefahren sind.«

Wir waren jetzt oberhalb der Baumgrenze, um uns war nichts als niedriges Gebüsch, eine Art arktisches Unterholz, und die Sonne hatte unseren Weg mit einem Schlammfilm überzogen.

»Wir fahren jetzt in einem Bogen nach Süden. Dann geht es wieder bergauf, und zehn Minuten danach sind wir um den Berg herum.«

Ich fragte ihn, wie hoch wir dann ungefähr wären, aber er wußte es nicht. »Vierzehnhundert Meter, vielleicht auch sechzehnhundert. Wir sind dann in British Columbia, und die Nationalpark- und Wildschutzbestimmungen gelten nicht mehr. Dort können Sie jagen, schürfen, praktisch was Sie wollen. Indianerland.« Er lachte und sah mich mit glänzenden Augen nachdenklich an. »Gegen einen Claim in British Columbia hätte ich gar nichts.« Dann fügte er hinzu: »Sie sind doch wirklich Tom Hallidays Anwalt, oder?«

»Ja.«

»Und der von Mrs. Halliday auch?«

Ich nickte. Er hielt plötzlich an, beugte sich über das Steuerrad und starrte mich an. »Denen wird das Geld knapp, stimmt's?«

Ich sagte nichts. Nun kam es also, das Angebot, das der Grund für seine Bereitschaft gewesen war, mich hier hochzufahren.

»Na, was werden Sie in Sachen Klamm unternehmen? Viel wert ist sie nicht – ich meine, die Sache ist äußerst unsicher. Sie haben doch mit Jonny gesprochen, oder?«

»Ja«, sagte ich. »Und wenn Sie daran denken, ein Angebot für

Stone Slide Gully zu machen, dann muß ich Ihnen sagen, daß auch er daran interessiert ist.«

»Klar.« Er saß noch immer abwartend da und nickte.

»Jonny möchte in der Klamm schürfen, aber er hat kein Geld. Ich schon.« Er grinste, und seine Zähne blitzten weiß auf. »Hier oben ist sonst niemand, der dumm genug wäre . . .«

»Kannten Sie Tom gut?« fragte ich ihn.

»Eigentlich nicht. Ich glaube allerdings auch nicht, daß es überhaupt jemanden gibt, der ihn gut gekannt hat. Das war . . . das war einfach unmöglich.«

»Hat er Ihnen gegenüber je seinen Vater erwähnt?«

Er sah mich durchdringend an. »Aha – Sie wissen es also, oder?« Er legte den ersten Gang ein, packte das Steuerrad fest mit beiden Händen, und dann rutschten wir auf dem oberflächlich getauten, darunter aber noch gefrorenen Boden auf eine kleine, vielleicht dreißig Meter tiefe Schlucht zu, in der zwischen den Felsen noch frisch gefallener Schnee lag.

»Ich weiß, daß er für Carlos Desperas Tod verantwortlich war«, sagte ich.

»Na schön, dann wissen Sie es eben. An meiner Beziehung zu Tom hat das aber nie etwas geändert. Lucky Carlos Despera war kein sehr feiner Mann. Nach allem, was man hört, war er an seinem Schicksal selber schuld.«

»Und Sie haben nie einen Groll gegen Tom gehegt?«

»Wegen der Mine, meinen Sie?«

Ich nickte.

»So geht es eben in diesem Geschäft. Lucky Carlos hat Toms Vater einen Claim verkauft, den er selbst für taub hielt. Pech für ihn! Er hatte sich getäuscht. Die Tatsache, daß er ein Säufer war und sein Geld verspielt hat, gehörte bei diesem Mann einfach dazu. Er hat die Mine vorher angereichert. Das hat er selbst zugegeben. Meine Mama hat es mir erzählt – er hat es ihr im Rausch gebeichtet. Sie war damals erst sieben, und ihre eigene Mutter lag im Sterben – deshalb wußte sie das noch.«

»Und von da an hat sich Josh Halliday um sie gekümmert?«

Er nickte. »Bis sie meinen Vater geheiratet hat. Er war der Sohn eines dieser Bohrleute, die beim Bau der *Canadian Pacific Railway* dabei waren. Sie haben Brunnen gebohrt. Bei Medicine Hat sind sie auf Öl statt auf Wasser gestoßen . . .« Seine weißen Zähne blitzten auf. »Es ist wirklich zu dumm! Wer wollte in einer Zeit, in der die Lokomotiven und die meisten Maschinen noch mit Kohle befeuert wurden, Öl haben? Wasser brauchte man, ja, zur Dampferzeugung . . . Der Unterschied zwischen Bohren und Klempnerei ist nicht allzugroß, oder? Also suchte er sich eine Siedlerstochter, heiratete sie, ließ sich nieder und kümmerte sich von da an um die Rohrleitungen und die Kanalisation.«

Als ich ihm noch einmal die Frage stellte, wie gut er Tom Halliday gekannt habe, warf er mir einen schnellen Blick von der Seite zu, als wolle er an meinem Gesichtsausdruck ablesen, welche Antwort ihm am meisten nutzen könnte. Es war ein seltsam listiger Blick, als habe er sich plötzlich in eine andere Person verwandelt – doch sah ich wohl bloß einen mir bisher verborgenen Teil seiner Persönlichkeit.

»Wie gut ich Tom gekannt habe?« wiederholte er meine Frage, mehr zu sich selbst. Er schwieg einen Moment und dachte nach. »Das kommt darauf an, was Sie unter ›gut‹ verstehen, nicht? Ich meine, wie gut kennt man je einen anderen Menschen?« Er machte eine Pause und packte das Steuerrad fester. »Ist schon schwer genug, sich selbst zu kennen. Auf jeden Fall wurde einem in seiner Gesellschaft nicht langweilig, das weiß ich. Er hat oft den ganzen Tag an der Squaw geangelt. Dann ist er zu meinem Lager hochgefahren, und wenn er etwas gefangen hatte, ein paar Forellen oder einen Lachs, haben wir sie gebraten und dazu einen getrunken. Er hatte immer Bier in seinem Auto. Und nach dem Essen haben wir gesungen, seine Stimme war gar nicht schlecht. So gut habe ich ihn gekannt. Wir haben zusammen getrunken und gesungen. Geredet hat er aber nie, zumindest nicht über ein ernstes Thema – er war wie ein böser Zwerg, der seinen Schatz hütet. Wie heißen die doch gleich, die nie etwas hergeben, Ko . . .«

»Kobold?«

»Genau – Kobold. Er war so eine Art Kobold. Deshalb hat ihn niemand wirklich gekannt.«

Der Berg vor uns wurde größer, und die Piste lief wie eine Narbe an seiner Schulter hoch und verschwand am Horizont hinter einer Biegung.

Tony begann, vor sich hinzusummen, was ich persönlich für eine

Art Schutz vor weiteren Fragen hielt. Einige Minuten später verschlechterte sich der Zustand unserer »Straße« ganz erheblich, und rechts von uns fiel das Gelände gefährlich steil ab. Wir erreichten die Stelle, wo die Piste in einem Bogen um den Berg herumzuführen begann. Hier hatte sich früher, als noch gelegentlich Ausbesserungsarbeiten durchgeführt wurden, ein kleiner Steinbruch für den Schotter befunden.

Tony hielt an. »Ich weiß nicht, wie es Ihnen geht, aber ich muß noch mal. Wahrscheinlich kommt das von der Kälte. Kaffee und kaltes Wetter passen nicht gut zusammen.« Er grinste, sprang heraus und stellte sich direkt neben den Wagen. »Hier könnten wir wenden«, sagte er und sah mich hoffnungsvoll über die Schulter an. »Wenn Sie Ihr Einverständnis dazu geben, daß ich mein Glück in der Klamm versuche, könnten wir sofort umkehren, und dann wären wir heute abend in Whitehorse. Da ist ein Rechtsanwalt – Williams. Morgen könnte alles unterschrieben und besiegelt sein – Pacht oder Verkauf, was Ihnen lieber ist.«

Er knöpfte die Hose zu, lehnte sich durch die offene Tür herein und sah mich bittend an. »Ich möchte versuchen, das gleiche wie der alte Josh Halliday zu schaffen. Es mit einem Claim probieren, von dem niemand etwas hält, mit einer scheinbar ausgebeuteten Mine. Und das, bevor ich zu alt dafür werde . . .« Er lächelte, zuckte die Achseln und sah mich mit Glanz in den Augen an. »Vielleicht ist da ja gar nichts, aber einen Versuch ist es allemal wert! Das ist mein Traum, seit vielen Jahren schon: Glück zu haben und einen großen Fund zu machen.« Er wartete darauf, daß ich etwas sagen würde, und als nichts kam, stieg er langsam wieder ein. »Na, was sagen Sie? Ich habe Geld gespart. Ein besseres Angebot werden Sie nicht bekommen. Jonny ist so gut wie pleite, und seine Frau ist krank. Er kann nicht bezahlen, und sonst interessiert sich kein Mensch für einen ausgewaschenen Claim. Das werden Sie bald selbst merken. Na?«

»Wir sprechen noch darüber«, sagte ich, »wenn ich die Mine gesehen habe. Vielleicht in ein oder zwei Tagen, wenn ich mich noch einmal mit Epinard unterhalten habe.«

»Dann ist es zu spät.« Er sagte das schnell, und dann drückte er sofort auf den Anlasser. »Morgen abend fahre ich nach Haines und nehme das Schiff. Die Klempnerei erwartet mich wieder.« Er stockte und starrte mich eindringlich an; der bittende Ausdruck war wieder in seine Augen getreten. »Na?«

»Wie weit ist es noch bis zur Mine?« fragte ich.

»Noch ein ganzes Stück.« Er starrte mich noch immer an, als versuchte er, sich zu etwas durchzuringen. »Also schön. Schauen Sie sich die Klamm an, und entscheiden Sie sich dann.«

Danach sagte er nichts mehr. Es war, als kreisten seine Gedanken so ausschließlich um die Klamm, daß er nun, da sein Problem offen zur Sprache gekommen war, nichts mehr zu sagen wußte. Er fuhr schnell bergauf und lenkte den Wagen, über das Steuer gebeugt, mühsam durch teils gefrorene, teils aber auch von der Sonne wieder aufgetaute Wegstücke, wo der feine Staub sich in einen seifigen, schleimigen Schlamm verwandelt hatte, der so glatt wie Eis war. Zweimal versuchte ich, ihn dazu zu bringen, über seine Mutter zu sprechen.

»Hat Josh Halliday sie bis zu seinem Tod unterstützt?«

Er zuckte die Achseln und schüttelte den Kopf. »Ich war damals noch nicht da.«

»Aber Sie müssen doch mit ihr darüber gesprochen haben?« Er antwortete mir nicht. »War sie um diese Zeit verheiratet?«

»Ich weiß es nicht. Was spielt das überhaupt für eine Rolle?«

Als ich ihn fragte, wann seine Mutter und sein Vater geheiratet hätten, sagte er: »Das geht Sie doch nichts an, oder?«

»Nein. Wenn ich Halliday aber raten soll, Ihnen diesen Claim zu verpachten, muß ich ein bißchen mehr über Sie wissen.«

Er dachte einen Augenblick darüber nach und runzelte dabei angestrengt die Stirn. »Na gut«, sagte er schließlich. »Was Sie wahrscheinlich wissen wollen, ist, inwieweit ich der Sohn meines Vaters bin, oder ob ich eher die Anlagen meiner Mutter geerbt habe. Ich bin aber nicht sicher, ob ich die Antwort weiß. Manchmal halte ich mich fast für einen Indianer, ich meine, daß ich wie ein Indianer denke, oder vielmehr, wie ich mir vorstelle, daß ein Indianer denkt, weil ich das ja so genau nicht wissen kann, verstehen Sie. Woher soll ich wissen, wie meine Großmutter in einer bestimmten Situation reagiert hätte?« Er warf mir einen schnellen Seitenblick zu. »Als Josh Halliday meinen Großvater umbrachte –« Er mußte meinen Gesichtsausdruck bemerkt haben, denn er verbesserte sich hastig: »Als Josh Halliday den Anlaß geliefert hat, bei dem Lucky

Carlos umgekommen ist . . . Danach also lebte mein Großvater mit einer Indianerin zusammen. Sie war in Silver City bei ihm, eigentlich eher ein junges Mädchen, und sie war schwanger. Sie war meine Großmutter. Als dann meine Mutter geboren wurde, war Josh Halliday wenigstens so anständig, sie nach Vancouver zu einem Freund zu schicken, der bei der Eisenbahn eine Stelle hatte. Sie sind schließlich in Nelson in den Rockies gelandet, wo meine Großmutter für einen der Eisenbahningenieure aus der Gegend arbeitete. Sie ist an Tuberkulose gestorben, unter den Indianern damals eine sehr häufige Krankheit – das Leben im Lager und der Platzmangel mit den schlechten hygienischen Bedingungen seinerzeit waren zuviel für sie. Danach ist meine Mutter bei einem Farmer direkt bei Medicine Hat in Stellung gegangen. Das war bereits zur Zeit der Weltwirtschaftskrise. 1932 hat sie dann einen mittellosen Klempnergehilfen geheiratet.«

»Wie alt war sie damals?«

Ich dachte, er würde wieder fragen, was mich das anginge. Wir fuhren gerade über eine alte Bohlenbrücke. Unter uns lag eine breite Felsspalte, und die Räder holperten über die schweren Balken, die nur lose aufgelegt und vor Alter schmierig waren. Er konzentrierte sich aufs Fahren, bis wir auf der anderen Seite waren, und dann sagte er: »Zweiundzwanzig, vielleicht auch drei- oder vierundzwanzig.«

»Und wann sind Sie geboren?«

»Anfang des Krieges.«

Er war also älter, als er aussah; eigentlich zu alt, um noch lange den Goldwäscher am Yukon zu spielen, jedenfalls wenn er die schwere Arbeit selbst übernehmen wollte. »Sie sind wohl verheiratet, nehme ich an?«

»Ja, ich bin verheiratet und habe zwei prächtige Töchter. Die eine ist einundzwanzig, sie ist mit einem Versicherungsvertreter verheiratet und lebt in Winnipeg, und die andere hat gerade erst die Schule hinter sich.« Er deutete auf einen schneebedeckten Gipfel, der rechts von uns durch eine Lücke in den Bergen zu sehen war. »Das ist der Punkt, an dem man weiß, daß man die Grenze nach British Columbia überschritten hat. Sobald der Mount Armour in Sicht kommt.«

»Wir sind jetzt also in British Columbia?«

Er nickte. »Ganz richtig. Yukon liegt hinter uns, und der Pazifik direkt vor uns – wenn diese alte Mühle Flügel hätte, meine ich.« Plötzlich fing er an, etwas von den Schwingen einer Taube zu singen. »Mögen Sie Hymnen, religiöse Lieder?«

»Durchaus«, sagte ich.

»Ich auch. Besonders gefällt mir *Jerusalem*, aber das ist ja eigentlich gar keine Hymne, oder?«

»Nein, ein Gedicht«, stimmte ich ihm bei.

Er nickte und lachte. »Gedichte – die mag ich, echte Gedichte, wenn sie nur einen ordentlichen Rhythmus haben.« Unvermittelt begann er, mit voller Stimme *Jerusalem* zu singen und dabei mit einer Hand an der Tür den Takt zu klopfen. *»Bringt mir den Bogen aus brennendem Gold. Bringt mir die Pfeile der Sehnsucht. Bringt mir den Speer . . .«* Hier stockte er und deutete vor sich. »Die Klamm. Stone Slide Gully.« Dann trat er so heftig auf die Bremse, daß ich beinahe gegen die Windschutzscheibe geprallt wäre.

Rechts von uns senkte sich die Piste zu einem felsigen Bachbett hinunter, und dahinter und links von uns, wo sie fast senkrecht aus dem Felsen gesprengt worden war, war das V der Klamm zu erkennen. Die Sonne schien uns direkt ins Gesicht. Vor uns war von der Piste nichts mehr zu sehen. Sie war vollständig von einer Masse von Steinen und Geröll zugedeckt.

Der Kleinlaster kam unmittelbar vor dem ersten großen Felsbrocken zum Stehen. Scharfkantig und glatt lag er vor uns. Am Ende des Tals, das gegen die grelle Sonne fast schwarz aussah, verengte sich das Flußbett zu einem riesigen V aus Felsen, von denen das Wasser jene gewaltige Masse an Geröll abgesprengt hatte, die mich an den Steingletscher erinnerte, auf den mich Jean Edmundson am Vortag aufmerksam gemacht hatte.

»Die Klamm«, sagte Tony noch einmal, und dabei saß er nur bewegungslos da und starrte durch die Windschutzscheibe.

»Wann ist das passiert?« fragte ich.

»Weiß ich nicht.« Er schaltete den Motor ab und sprang aus dem Wagen. Ich folgte ihm. »Kevin oder Jonny, ich weiß nicht, wer, aber irgend jemand hat ein Fahrzeug da rübergezwungen.« Er schützte seine Augen mit einer Hand vor dem grellen Sonnenlicht und deutete auf die Reifenspuren, die über die Geröllhalde hinwegführten. »Es könnte Jonny gewesen sein. Oder dieser Indianer, den er beschäftigt, Jack McDonald. Es sieht so aus, als hätten sie mit der Schaufel versucht, die Spuren zu glätten. Kann man aber nicht sicher sagen. Es ist auch möglich, daß sich das Geröll bewegt hat, und daß die Reifenspuren dadurch breiter geworden sind. Übrigens waren sie auch in der Klamm. Schauen Sie sich diese Spuren an!«

Seiner Meinung nach hatten sie sich wahrscheinlich Vorräte und Geräte für den Winter geholt. »Es ist das erste Mal, daß ich diesen Felsrutsch sehe.« Er drehte den Kopf um und sah an der senkrechten Felswand hinter uns hoch. Weiter hinten verbreiterte sich der Berghang zu einer Art Amphitheater mit breiten Terrassen, die von ferne aussahen wie die Maisfelder einer alten Indianerkultur.

»Ist das die Mine dort oben?« fragte ich ihn. Überall lag blendend weißer Schnee. Nur mit Mühe erkannte ich einen glitzernden Fleck, der wie das Blechdach einer Hütte aussah, und dahinter eine Art Wachturm, ein düsteres Gestell aus Holzstreben mitten im Schnee.

»Ja. Das ist die Unterkunft, und da das Lattengerüst. Der Turm ist für das Fleisch. Das wird ganz oben aufgehängt, damit die Kojoten und die Bären nicht drankommen. Die Mine selbst, die Waschanlage und der andere Kram liegen direkt im Bett des Oberlaufs; das können Sie von hier aus nicht sehen.« Tarasconi schüttelte den Kopf und starrte mit brennenden Augen in die Klamm. Seine Hände zitterten, als hätte er Fieber, und genau das hatte er meiner Meinung nach auch – Goldfieber.

Er sei lange nicht mehr hier oben gewesen, sagte er.

»Aber Sie haben doch Mrs. Halliday hergebracht«, erinnerte ich ihn.

Er schüttelte den Kopf. »Nicht bis hierher. Sie wollten mich nicht hochkommen lassen. Mac hatte mit dem kleinen Schaufellader unten an der Furt auf uns gewartet, und sie ist mit ihm hochgefahren. Es war am sichersten so. Es hatte gerade geregnet, und die Piste war in miserablem Zustand.«

»Wie lange war sie hier oben?« fragte ich.

»Vier Stunden vielleicht. Nein, weniger. Sie kann kaum länger als zweieinhalb Stunden hier gewesen sein, weil ich sie ja um vier Uhr nachmittags schon wieder an der Furt abgeholt habe.«

»Und dann ist sie nach Vancouver gefahren, oder?«

»Das hat sie jedenfalls gesagt. Sie wollte zurück nach Whitehorse, um mit Jonny zu sprechen, und dann mit dem Zug weiter nach Skagway. Sie wollte die Fähre nehmen.«

»Hat sie gesagt, warum sie nach Vancouver wollte?«

»Nein. Warum sollte sie?« Damit wandte er sich ab und sah zu dem riesigen V der Klamm hinüber, das sich auf der anderen Seite des Bachbetts schwarz gegen das grelle Sonnenlicht abzeichnete.

»War sie irgendwie verändert, nachdem sie die Mine gesehen hatte?« fragte ich. »Als Sie sie an der Furt wieder abgeholt haben . . .«

»Ich weiß nicht.« Er sah nun zu dem Felsrutsch hinauf und war mit seinen Gedanken ganz woanders. »Ich habe nicht darauf geachtet«, sagte er und kletterte auf den Geröllhügel, der uns den Weg versperrte. Als ich weiter in ihn drang und ihn fragte, worüber sie gesprochen hatte, gab er schnell zurück: »Ich erinnere mich nicht. Auf dem Rückweg zur Lodge hat sie kaum ein Wort gesagt.« Dann drehte er mir wieder den Rücken zu, beugte sich herab und sah sich die Reifenspuren über den Felsrutsch an. »Hier hat es schon immer Probleme gegeben«, sagte er über die Schulter und sprach dann hastig weiter, als wolle er mich daran hindern, weitere Fragen zu stellen: »Als sie die neuen Maschinen bekommen haben, hatten sie große Schwierigkeiten. Die Waschanlage allein hat über eine halbe Million Dollar gekostet. Den Grund dafür werden Sie verstehen, wenn Sie sie sehen. Sie ist groß und schwer, eine Menge Stahl. Volle zwei Monate haben sie gebraucht, um sie hochzubringen – diese Piste hoch.« Er sah zu mir zurück und bekräftigte seine Worte mit einem dezidierten Nicken. »So ist es. Zwei ganze Monate, um sie Stück für Stück vom Highway zur Ice-Cold-Mine zu schleppen. Die schwersten Stücke brachten sie bis zu der Wende- und Verlade-Bucht, an der wir vorhin vorbeigekommen sind. Hier sind sie dann nicht mehr um den Berg herumgekommen, und deshalb haben sie eine neue Straße gesprengt. Unmittelbar danach donnerte eine Geröll-Lawine herunter.« Er deutete mit einer Kopfbewegung zu den Steinen und dem Geröll hinüber, die das Bachbett unter uns halb zugeschüttet hatten. »Es hat zwei Wochen gedauert, das Zeug wieder wegzuräumen, und auch danach gab es immer wieder Schwierigkeiten. Jedesmal, wenn der Frost die Felsen oben gebrochen hat, stürzt bei Tauwetter von oben was herunter. Es wird hier teuflisch kalt im Winter.«

Er beugte sich herab und musterte die Kante des Felsens, den wir mit unserer Stoßstange fast berührten. »Der ist erst kürzlich aufgebrochen, der große hier.« Er schüttelte den Kopf und fuhr mit einer Hand über seine freiliegende Seite. »Solche Apparate wie dieser hier sind allerdings, soviel ich weiß, nur selten runtergekommen. Wie gesagt, der Frost bricht die Felsen auf, und deshalb haben wir hier meistens nur Geröll, das die Straße versperrt. Einen halben Tag Arbeit mit dem Bulldozer, und die Piste ist wieder frei. Für den Felsrutsch hier würde man eine Woche oder mehr brauchen, weil so große Brocken dabei sind.«

Er richtete sich wieder auf und starrte wortlos in die Klamm, stand einfach da und nahm den Anblick in sich auf. In der Sonne hätte man es nun fast warm nennen können, obwohl die Brise, die von Westen kam, feucht und kühl war. Ein leichter Dunst lag über der Landschaft, denn diese Luftströmung war vom Pazifik her über fast sechstausend Meter hohe Berge und Gletscher bis hierher gekommen.

»Von hier an werden Sie wohl laufen müssen.« Er holte meinen Rucksack aus dem Wagen und warf ihn mir vor die Füße. »Haben Sie da was zum Essen drin?«

Ich nickte.

»Gut. Ich habe nämlich auf meinem Claim an der Squaw einiges zu erledigen. Es wird wohl eine Weile dauern. Okay?«

Das hatte ich nicht erwartet. Ich weiß auch nicht, warum. Wahrscheinlich war ich nicht auf den Gedanken gekommen, daß er den weiten Weg in die Berge auf sich nehmen würde, nur um mich herzubringen. Er mußte dabei doch etwas im Sinn gehabt haben.

»Ich komme schon klar«, sagte ich.

»Grizzlys sind das einzige, wovor Sie sich hüten müssen. Aber die werden Sie bei Tag nicht belästigen – solange Sie ordentlich Krach machen. Meiden Sie unten am Ice Cold das Dickicht! Da weiß man nie, wer hinter einem ist!«

Er kletterte wieder auf den Fahrersitz, und ich fragte ihn, wann er mich wieder abholen würde. Er sah auf die Uhr am Armaturenbrett. »Seien Sie wieder hier um, sagen wir mal, halb vier. Früher komme ich bestimmt nicht. Ich muß wieder runterfahren, die Squaw an der Furt überqueren und dann noch etwa zehn Meilen fahren, bis ich an meinem Claim bin. Ein Weg von insgesamt vierzig Meilen, und nirgendwo kann man schnell fahren. Wenn ich angekommen bin, muß ich erst einmal abladen und etwas essen. Sagen wir lieber vier Uhr. Sollte ich wirklich früher dasein, kann ich einen Moment meine Beine hochlegen und mich ausruhen.« Seine Lippen verzogen sich kurz zu einem Lächeln, aber es war ein sehr nervöses Lächeln, und er behielt dabei die Klamm im Auge, als erwarte er, daß plötzlich der Geist eines schon lange toten Goldgräbers zwischen den Felsen erscheinen würde. Abrupt drehte er den Zündschlüssel herum und startete.

Als sich der Wagen im Rückwärtsgang von dem Felsrutsch zu entfernen begann, trat Tarasconi noch einmal auf die Bremse, lehnte sich aus dem Fenster und sah mich an. »Nur noch eine Warnung«, sagte er mit hoher Stimme. »Hier sind Jäger unterwegs, denken Sie daran, und in Kanada müssen nicht nur die Rehe vor den Jägern auf der Hut sein, sondern auch die Menschen. Am Ende der Saison haben die Jäger bestimmt wieder eine ganz ordentliche Strecke von Menschen zusammengeschossen. Für die eigenen Artgenossen braucht man keinen Jagdschein!« Er lachte, und das Echo hallte hohl von den Felsen wider. Dann legte er eine Hand auf die Hupe und drückte lange darauf, so daß der Schall durch das Bachbett in die Klamm hineindröhnte und wieder zu uns zurückkam, als er losließ. Er wiederholte das dreimal, und dann nickte er mir zu. »Das dürfte reichen. Jetzt müßten sie wissen, daß jemand hier ist. Okay. Bis später also.«

Dann drehte er sich um, und der schwere Wagen entfernte sich langsam, nach wie vor im Rückwärtsgang. Ich stand da und sah ihm nach, bis sein verbeulter, schlammbespritzter Kühler um die Kurve verschwunden war. Schließlich blieb nichts als das Motorengeräusch, das anschwoll und schwächer wurde, als der Wagen an dem Wendeplatz drehte. Es wurde leiser und leiser und erstarb schließlich.

Erst jetzt kam mir die Stille zum Bewußtsein. Sie war mit einem Male ungeheuer. Nur noch das Rauschen des Wassers zwischen den Felsen unter mir und das Flattern meines Anorak-Kragens im Wind waren zu hören. Mein Gott, war das still! Dalton's Post war zwanzig Meilen weit entfernt, und um mich herum waren nichts als Berge und die Geister der Männer, die seit der Jahrhundertwende hier am Ice Cold Creek gearbeitet hatten. Ich fröstelte, und mit einem Mal kam ich mir dort in den Bergen an der Grenze zwischen British Columbia und Yukon sehr klein vor. Ich schüttelte mich und versuchte, mich zusammenzureißen. Denk nicht daran, wie einsam es hier ist oder was passiert, wenn Tony mit seinem alten Fahrzeug liegenbleibt und nicht zurückkommt. Konzentriere dich lieber darauf, das Potential der Mine und den Wert der Maschinen und Ausrüstungsgegenstände zu schätzen. Außerdem gibt es ja einen Weg, der zurückführt. Ein Marsch von ungefähr zwanzig Meilen bis zum Highway ist sicher gesünder als die holprige Fahrt in einem Kleinlaster. Was, zum Teufel, machte es also schon aus, wenn Tarasconi zu spät oder womöglich gar nicht zurückkam.

Es muß kurz nach Mittag gewesen sein, als ich den Felsrutsch überkletterte und begann, der Piste um den Berg herum zu folgen. Der Weg stieg ständig an, und allmählich rückte immer mehr von der Ice-Cold-Mine ins Blickfeld. Zuerst tauchte das Lager auf, da es weiter vorne und höher am Berg stand. Es waren zwei oder drei niedrige Gebäude am Rand einer schneebedeckten Anhöhe über einem Tal, das sich zu einer Schlucht verengte. Stone Slide Gully rechts von mir war jetzt nicht mehr als deutlich abgegrenztes V zu erkennen; man sah nur eine häßliche Masse von Felsbrocken, die sich wie ein versteinerter Fluß aus der Felswand ergoß und deren graue Fläche von einigen weißen Sturzbächen unterbrochen war. Eine holprige Piste führte direkt unterhalb der Felswand in die Klamm. Sie mündete in das Bachbett unter mir, das stetig weiter anstieg, bis sich das Tal zu einem öden Plateau aus grauem Kies und Geröll erweiterte, auf dem hier und da aufgeschüttete Reste von Abraumhalden wie vergessene Grabhügel eines steinzeitlichen Bergvolks emporragten. Nach der ersten Halde wurde der Weg etwas besser, und er war mit Schotter und kleinen Steinen planiert. Um mich herum sah alles aus wie eine graue Mondlandschaft, und das Gelände fiel allmählich ab.

Nun erkannte ich auch die Waschanlage in vielleicht sechs-, siebenhundert Metern vor mir, ein schwarzes Stahlskelett wie ein vorsintflutliches Ungeheuer mit einem Zuckerguß aus Schnee. Daneben war ein schwerer Bulldozer abgestellt, und überall erhoben sich die Abraumhügel, die dort unten viel höher waren. Dazwischen floß silbrig dünn das Wasser des Ice Cold Creek und glänzte im Sonnenlicht. Ich blieb stehen und machte meine erste Aufnahme, und dann sah ich auf die Uhr. Es war 12.23 Uhr. Nichts rührte sich, die Szene war zu absoluter Bewegungslosigkeit erstarrt. Im Hintergrund stand das Lager, und der Ice Cold Creek stürzte in einer breiter werdenden Schlucht den Berghang herunter.

Ich glaube, in diesem Augenblick überlief es mich zum ersten Mal kalt, und ich hatte ein ungutes Gefühl. Es schien unnatürlich, wie die Berge so wachsam und weiß um mich herumstanden, eine fremde Welt, aus der der einsetzende Winter jegliches Leben vertrieben hatte. Die Sonne hatte einen leichten Hof, und die Luft wurde kühler. Ich machte mich zügig auf den Weg, um über den Kamm, der zwischen dem Stone Slide Gully und dem Ice Cold Creek lag, zu kommen. Der Weg führte nun direkt auf die Waschanlage zu, und am Berghang links von mir kümmerten einzelne verkrüppelte Büsche vor sich hin. Im Bett des Creek wurde der Weg sehr steinig, und zwischen den Steinen floß das eiskalte Wasser, in mehrere Rinnsale aufgeteilt, an mir vorbei. Das riesige Skelett der Waschanlage wurde immer größer, bis ich unmittelbar davorstand und erkennen konnte, daß die Farbe abgeblättert und der Stahl rostig war. Die beweglichen Teile aber waren in Ordnung und überdies gut eingefettet.

Beim Bulldozer war es genauso: Das Hydraulik-Gestänge zur Bedienung der Schaufel war sorgfältig mit einer dicken gelben Fettschicht bedeckt. Rostende Blechplatten lagen auf einem Steinhaufen und daneben die Baggerschaufel für den Bulldozer. Etwas weiter oben im Bachbett stand ein verlassener Raupenschlepper; die Farbe blätterte ab, und im Fahrerhaus klafften große Rostlöcher. Überall standen oder lagen Maschinen und Maschinenteile, Wellen und Zahnräder, ein langes, verdrehtes Stück Drahtseil – alles der Kälte, dem Wind und dem Schnee preisgegeben. Es war eine gottverlassene Szene, ein schockierendes Bild des Verfalls, das sich mir in diesem verborgenen Hochtal in den Bergen bot, das einem Amphitheater ähnelte. Nichts als verschneite Felsen und rostende Maschinen.

Natürlich war ich nicht imstande zu überprüfen, ob die Mine wirklich erschöpft war oder nicht, aber ich machte für alle Fälle ein paar Photos, darunter auch einige Nahaufnahmen der Waschanlage, die bestimmt noch einen gewissen Wert hatte, wenn es gelang, sie auseinanderzunehmen und zum Highway nach Haines hinunterzuschaffen.

Später ging ich hoch zu den Hütten, deren Blechdächer sich oberhalb von mir gegen den Hintergrund abzeichneten. Der Weg hinauf war hier sehr steil, und die Hütten standen allem Anschein nach direkt am Rand eines Tales mit jäh abfallenden Hängen. Sie schienen wie jene berühmte Hütte in Charlie Chaplins *Goldrausch* auf der Kippe zu stehen. Insgesamt waren es fünf Hütten, und dazu kam noch eine kleine Bude mit dem Klosett. Die erste Hütte war recht groß; um sie herum lagen alte Ersatzteile, Teile eines Motors, Kochtöpfe, die Überreste eines alten Kühlschranks, der sich praktisch in seine Einzelteile aufgelöst hatte, und ein Küchenherd, der den Eindruck erweckte, als sei er für die Beheizung mit Holz vorgesehen gewesen. Die Hütte war natürlich abgeschlossen, aber durch das mit Fliegendreck verschmierte Fenster konnte ich einen großen Motor erkennen, der wie ein Generator aussah. Daneben stand ein schräger Tisch mit einer gerillten Platte, an dessen tiefer liegendem Ende sich eine Schicht feinen Sandes angesammelt hatte. Auf dem Tisch lag ein Sickertrog, wie ihn die Goldwäscher benutzen, und daneben stand ein Eimer, der zur Hälfte mit Schlamm gefüllt war. Neben dem Tisch befand sich ein kleiner Motor mit einem Treibriemen, der zu dem Tisch hinführte. Ich schloß daraus, daß es sich hier um ein Schüttelsieb handelte, die letzte Stufe im Vorgang der Goldwäsche.

Die übrigen Hütten standen in ungefähr fünfzig Meter Entfernung am Rand des Steilhangs und sahen auf die Waschanlage herab. Da war eine Küche mit einem Tisch und zwei Bänken sowie einem Spülstein, dessen Ablauf direkt in eine kleine, in den Stein gehauene Rinne führte, über die das Wasser in die Schlucht geleitet wurde. In ihrer Nähe stand ein aufgebockter Wohnwagen; die Räder waren abgerostet, und Rostlöcher sprenkelten auch die Seitenwände. Wahrscheinlich war er einmal als Unterkunft hergebracht worden, um die ursprünglichen Blockhütten zu ersetzen. Auf meinem Weg von dem Felsrutsch hierher war ich schon an drei weiteren vorbeigekommen. Schließlich standen da noch ein Klosett sowie zwei vorgefertigte Wohnbaracken, von denen die eine viel älter als die andere war. Die ältere der beiden Baracken war nicht verschlossen, ebensowenig wie das Klosett, in dem ich zu meiner Freude eine halb aufgebrauchte feuchte Rolle Toilettenpapier an der Tür hängen sah.

Es war dort, neben dem Klosett, wo ich auf die Stiefelabdrücke stieß.

Ich weiß auch nicht, warum mich das so erschreckte, denn schließlich hatte man mir doch erzählt, hier oben sei noch ein Indianer, der alles etwas im Auge behielt. Wahrscheinlich kam es daher, daß all die herumstehenden Maschinen, überhaupt die ganze Mine, überdeutlich verkündeten, daß hier alles verlassen war. Da innerhalb der letzten vierundzwanzig Stunden Neuschnee gefallen war, mußten die Abdrücke während der Nacht oder des Vormittags entstanden sein. Der Schnee vor der Baracke, den die Sonne in Matsch verwandelt hatte, war zertrampelt. Es war ein gelber Fleck zu sehen, wo jemand sein Wasser abgeschlagen hatte. Ein schmaler Pfad aus Fußspuren führte zur Küchentür.

Alle meine Sinne waren plötzlich hellwach, während ich das Lager absuchte, um Spuren in die Berge zu finden oder irgendeinen anderen Hinweis darauf, woher der Stiefelträger gekommen oder wohin er gegangen war. Alles, was ich herausfand, war, daß etwas Großes und Schweres in großen Sprüngen das Bachbett hinuntergelaufen war, um sich dann in dem ersten dünnen Wasserfaden zu verlieren, der ins Tal floß.

In der alten Unterkunft hatte jemand geschlafen. Das roch ich, sobald ich die Tür aufstieß – ein muffiger Geruch, der noch in der feuchten Luft hing. Die Fenster waren mit Brettern zugenagelt, aber das Licht, das durch die offene Tür hereinfiel, reichte aus, um mir zu zeigen, daß eine der Schlafstellen benutzt worden war. Wahrscheinlich schlief hier Jack McDonald, während die andere, neuere Baracke dem Chef der Mine vorbehalten war. Es gab natürlich noch eine andere Möglichkeit, besonders da Epinard schon seit mehreren Monaten kein Gehalt mehr bekommen hatte: Es war möglich, daß das Lager an Jäger vermietet worden war, und daß Kevin McKie die ganze Sache von unten aus organisiert hatte. Das würde McKies Verhalten und Epinards Nervosität erklären, und dumm wäre es auch nicht, weil es zum einen etwas Geld einbringen konnte, und zum anderen die Mine nicht ganz verlassen blieb. Außerdem würde es Tony Tarasconis anfänglichen Widerwillen erklären, mich hier hochzufahren, ebenso seine Warnung vor den Jägern und das dreimalige dröhnende Hupen. Die Organisation wäre für McKie eine Leichtigkeit; für seine Gäste in der *Lakeside Lodge* wäre es eine zusätzliche Attraktion, und dazu würden alle Beteiligten noch ein paar Dollar nebenbei verdienen.

Ich setzte mich in die offene Tür der Unterkunft und verzehrte meinen Lunch. Von hier aus hatte ich Aussicht auf das mit Felsbrocken übersäte Tal bis zu dem riesigen Skelett der Waschanlage vor dem Hintergrund der Berge, die sich weiß gegen den blaßblauen Himmel abhoben. Als ich fertig gegessen hatte, steckte ich mir eine Pfeife an – die erste seit dem Frühstück –, und die Zeit verging. Auf eine freie Seite hinten in meinem Tagebuch zeichnete ich eine grobe Skizze von der Anlage. Ich war an meinem Platz vor dem kühlen Wind geschützt, und die Sonne war recht warm. Die Aussicht war herrlich; hinter den Höhen der Front Ranges waren in der Ferne leuchtend weiße Gipfel und Schneefelder zu sehen.

Kurz nach zwei schoß ich eine letzte Aufnahme von der Mine und machte mich auf den Weg zurück. Wenn ich in die Klamm wollte, so mußte ich hinter dem Kamm in das kleine Bachbett hinüber, das von dem Bett des Ice Cold abzweigte. Eigenartigerweise hatte ich doch etwas Mühe, den Weg, auf dem ich gekommen war, zu finden. Zunächst watete ich buchstäblich durch das Bachbett, wobei mir das Wasser über die Schuhe lief und ich nasse Füße bekam. Nach einer Weile sah ich dann aber doch den Felsrutsch vor mir, und auch die Piste war wieder deutlich zu erkennen.

Es war mir natürlich nicht möglich, den potentiellen Wert der Schlucht als Mine zu schätzen, aber wenn ich sie erst einmal gesehen hatte, besaß ich zumindest einen visuellen Eindruck und eine gewisse Vorstellung von den Problemen, die sich aus der zusätzlichen Belastung durch die heruntergestürzten Felsmassen ergaben. Das würde es mir ermöglichen, die Pacht- oder Verkaufsverhandlungen mit einer gewissen Sachkenntnis zu führen. Für den Fall, daß es dazu tatsächlich kommen sollte, hoffte ich, daß sich Miriam die Klamm bei ihrem Besuch der Ice-Cold-Mine ebenfalls angesehen hatte. Wenn nicht, konnte ich sie auf jeden Fall an Hand meiner Photos über die anstehenden Probleme informieren.

Probleme gab es nämlich, daran konnte kein Zweifel bestehen. Da waren zuerst einmal die rein technischen Fragen der Goldgewinnung. Hinzu kam die ständig drohende Gefahr eines weiteren Felsrutsches. Ich stand hier unter dem Überhang, wo das Gestein über die Behelfspiste hinausragte, und rechts von mir lag eine Masse scharfkantiger Felsen, die zum Teil die Größe der Baracken erreichten. Mittendurch schnitt sich das weiße, schäumende Wasser eines kleinen Sturzbaches seinen Weg und glättete bereits die Felsen. In kleinen Becken zwischen den Felsbrocken, wo es sich sammelte, zeigte es sich im kühlen Grün geschmolzenen Schnees. Das Rauschen des Baches und die darüber aufragenden düsteren Felsen verstärkten das Gefühl von Leere, es war hier ungleich bedrückender als an der Mine. Die Sonne stand hinter den Bergen und war nicht mehr zu sehen, alles lag im Schatten; als ich mich auf den Weg in die Klamm machte, schien das Rauschen des Wassers immer lauter zu werden.

Von drinnen erst zeigte sich der Felsrutsch in seinem ganzen Ausmaß. Die gesamte Flanke des Bergs mit allen Terrassen war herausgebrochen und hatte eine große Wunde gerissen, die wie ein riesiger, von Schnee umgebener Krater wirkte. Die Piste führte hier diagonal über den Felsrutsch, und stellenweise waren die Spuren der Bulldozer-Schaufel noch deutlich zu sehen. Als ich weiterging und auf den Boden des Kraters kam, wurde das Geräusch des Sturzbachs allmählich leiser, und von allen Seiten liefen dünnere Rinnsale herab, um sich in der Mitte zu treffen. Sie stürzten zwischen den nackten, von Eis vernarbten Felsen herunter und flossen, zu einem Bach vereint, durch die Klamm hinaus.

Der Boden des Kraters war nicht flach, sondern hohe Felsen unterteilten ihn wie einen Irrgarten. Die Piste führte um riesige Felsformationen herum, die zum Teil so groß wie eine Normannenburg waren. An diesem düsteren und sonnenlosen Ort herrschte eine außergewöhnliche Aura geologischer Kraft.

Nachdem ich ein oder zwei der Rinnsale überquert hatte, die von den schneebedeckten Hängen herabkamen, war ich weit genug in die Mitte des Kraters vorgestoßen, um ein Bild vom rückwärtigen Teil der Klamm schießen zu können. Ihr V-förmiger Einschnitt war von Schatten verdunkelt, und das Problem der Mineralien-Gewinnung war nur zu deutlich zu erkennen, denn der gesamte Vordergrund bestand aus einem chaotischen Durcheinander von Felsen. Vor mir lag nun die erste der gewachsenen großen Felsformationen, und als ich auf der mit Geröll übersäten Piste darauf zu stolperte, blieb ich einige Male stehen und suchte einen Weg, der vielleicht dort hinaufführen könnte. Der Fels war jedoch praktisch vertikal und dazu unten sehr glatt. Wahrscheinlich war er vom Eis abgeschliffen. Im Frühling, wenn von allen Bergen das Schmelzwasser herunterkam, würde die Wassermenge, die in den Krater und von dort in die Klamm floß, ganz erheblich ansteigen.

Ich weiß nicht, wann ich das Geräusch zum ersten Mal hörte, denn es drang mir nur ganz allmählich ins Bewußtsein. Es war wie das Röhren eines weit entfernten Wasserfalls oder wie das dumpfe Rauschen eines weiteren Wildbachs hinter der zweiten großen Felsformation, die nun gerade in Sicht kam, nachdem ich der Piste um den Fuß der ersten herum gefolgt war. Ich ging auf nacktem, von Eis glattgeschliffenem Fels, über den Wasser floß.

Zwischen der ersten und der zweiten Formation wurde das Wasser stellenweise tiefer. Ich watete weiter und hatte meine Furcht, nasse Füße zu bekommen, längst aufgegeben. Halbwegs zwischen den beiden Formationen blieb ich stehen, um noch eine Aufnahme zu machen, und dann sah ich mich um. *Wo Leben stirbt, Tod lebt, und die Natur nur Ungeheueres, Mißgeformtes zeugt . . .* Miltons Zeilen fielen mir ein, während ich mir überlegte, wie um Himmels willen Tony Tarasconi oder auch sonst irgend jemand auch nur daran denken konnte, hier in dieser Einöde von Fels und Schnee Gold zu schürfen. Hier war alles sechs Monate im Jahr zu Eis erstarrt, und in einem Drittel der verbleibenden Zeit herrschte die Schneeschmelze mit ihren tobenden Wassermassen. Damit blieben vier Monate übrig, ganze vier Monate, und während dieser Zeit mußte jedes Jahr zunächst einmal die Piste benutzbar gemacht werden. Es war ein hoffnungsloses Projekt, und ich würde Miriam zweifellos raten, es an irgend jemanden zu verpachten, der dumm genug war, das Unmögliche zu versuchen (wohlgemerkt aber mit Beteiligung, so daß sie auch davon profitieren würde, wenn sich doch ein paar Nuggets finden sollten).

Ich glaube, hier wäre ich umgekehrt, wenn ich nicht an der großen Felsformation vor mir einen, wie mir schien, gangbaren Weg zu ihrer Spitze gefunden hätte. Der Felsbrocken war nicht mehr als ungefähr fünfzig Fuß hoch und oben flach, so daß ich von dort oben den ganzen Krater photographieren konnte. Das laute Rauschen des Wassers vor mir schien nun aufgehört zu haben, als sei die Quelle plötzlich verstopft worden. Ich nahm an, daß mir die Topographie einen Streich spielte und der Schall von den Felsmassen unmittelbar vor mir blockiert wurde.

Der Aufstieg sah bis auf die ersten Meter eigentlich ganz leicht aus. Das erste Stück war wieder steil und glatt. Ich sah es mir genau an und suchte einen Halt, und am hinteren Ende fand ich eine Schräge mit einer Spalte als Halt für meine Finger darüber. Ich war gerade dabei, mich daran hochzuziehen, als ich hinter mir ein metallenes Klicken hörte, und dann sagte eine Stimme:

»Was machst du hier, Mann?«

Ich drehte mich um, das Herz schlug mir bis zum Hals. Vor dem Felsen stand ein Mann mit einem Gewehr in der Hand. Er trug einen breitkrempigen Hut, und sein glattes schwarzes Haar hing fast bis zum Hals hinunter. Sein Gesicht war breit und flach und seine Augen sehr schmal; die Haut war dunkel.

»Was machst du hier?« wiederholte er und hob dabei das Gewehr ruckartig zu mir hoch. Die Fransen seiner Indianerjacke aus weichem Leder tanzten mit der Bewegung seiner Hände. Er war ein kleiner Mann, und die Jeans hatte er in kniehohe Lederstiefel gesteckt, die bis auf wenige Stellen, wo das Wasser das Oberleder sauber gespült hatte, schlammverschmiert waren. All das nahm ich mit einem Blick auf. Seine Anwesenheit hier war für mich so unerwartet, daß ich beinahe den Fels losgelassen hätte.

»Sie sind bestimmt Jack McDonald«, sagte ich. Er war offensichtlich ein Indianer.

»Jack-Mac.« Er nickte. »Wie heißt du?« Als ich es ihm sagte, fragte er: »Was hast du hier verloren?«

Ich ließ mich auf den Boden fallen und versuchte, ihm die Sache zu erklären, aber meine Erläuterungen waren anscheinend zu hoch für ihn. Er starrte mich mit hölzernem Blick an, hörte damit auch nicht auf, als ich ihn fragte, was denn er hier unten in der Klamm mache. »Sind Sie auf der Jagd?« fragte ich ihn.

Er antwortete mir nicht, sondern runzelte nur in angespannter Konzentration seine breite Stirn. Das einzige Geräusch in den kalten Schatten war das Plätschern des Wassers, das unablässig an dem Abhang aus Geröll und Sand herablief.

»Erinnern Sie sich noch daran, wie Mrs. Halliday die Mine besucht hat?« fragte ich. »Das war vor ungefähr drei Wochen.«

»Mrs. Halliday. Ja.« Er nickte und beobachtete mich mit wachsamen Augen.

»War sie auch hier unten?« Als er mir nicht antwortete, fragte ich ihn, wer den Ice Cold denn in der letzten Zeit noch besucht hätte. »Tarasconi? McKie? Wer?«

Er schüttelte mit unbewegtem, völlig ausdruckslosem Gesicht den Kopf. Ich wollte um ihn herumgehen, aber er versperrte mir den Weg, zielte mit dem Gewehr auf mich und hielt den Finger am Abzug.

»Geh zurück, bitte.«

Als ich ihm widersprechen wollte, sagte er: »Komm. Ich zeige dir Ice-Cold-Mine. Hier ist nichts. Nichts zu sehen.« Damit fing er an, mich in die Richtung zu schieben, aus der ich gekommen war.

Ich glaube, ich hätte mich wahrscheinlich gefügt, denn ich hatte mich nun mehrere Minuten nicht gerührt und begann die Kälte zu spüren, vor allem an meinen Füßen, die in einem eisgesäumten Rinnsal standen, aber in diesem Augenblick hörte ich es wieder, das Geräusch von herabstürzendem Wasser. Oder war das etwas anderes? Das Geräusch hatte sehr plötzlich eingesetzt. Ein Wasserfall hört nicht plötzlich auf, um dann wieder anzufangen!

Eine Maschine! »Sie schürfen hier«, rief ich. »Irgend jemand schürft hier.« Ich drängte mich an dem Indianer vorbei, ohne mich um das Gewehr zu kümmern, und lief so schnell los, daß ich schon um die Ecke der Felsformation gebogen war, als er mich einholte. Er hielt mich an der Schulter fest, aber inzwischen war ich schon von selbst stehengeblieben. Kaum zweihundert Meter entfernt baute ein kleiner Traktor auf Rädern mit einer an seine hydraulische Hebevorrichtung angebauten Schaufel Geröll und Sand aus einem alten Bachbett ab und schüttete das Material in einen langen hölzernen Kanal mit Querleisten, der wie ein Jalousiengitter aussah. Der Fahrer war in seiner Kabine nicht zu erkennen. »Wer ist das?« fragte ich. »Ist das Mr. Epinard?«

»Jonny? Nein.«

Der Kanal führte einen herabstürzenden Wildbach ab. Ich konnte das Wasser sehen, wie es schäumend den schrägen Holzkanal hinunterschoß und sich in einen großen Kasten ergoß. Es war eine altmodische Waschrinne, eine *sluice-box*, wie man sie von alten Bildern aus der Goldrausch-Ära kennt und die noch in Betrieb war. Kein Wunder, daß sie mich hier oben nicht haben wollten.

»Wer ist dafür verantwortlich?« Ich war wütend zu dem Indianer herumgefahren. »Na los, raus mit der Sprache! Hier wird abgebaut, und ich will wissen, wer dahintersteckt.«

Er schüttelte langsam den Kopf. Sein Gesichtsausdruck war nach wie vor hölzern, aber nun war ein etwas verwirrter Ausdruck in seine Augen getreten.

»Na, wer?« Ich erklärte ihm noch einmal, daß ich Anwalt sei und die Interessen des Eigentümers verträte.

Er schüttelte den Kopf. Ich glaube, der juristische Aspekt überstieg sein Begriffsvermögen ebenso wie der Aufgabenbereich eines Anwalts, aber auf jeden Fall war es bis zu ihm durchgedrungen, daß meine Anwesenheit Probleme brachte. Sein Blick wanderte kurz zu dem Traktor und dann wieder zurück zu mir.

»Okay. Bleib hier!« Er ließ mich stehen und rannte mit großen Schritten zu dem Traktor hinüber, der seine Tätigkeit nicht unterbrochen hatte. Als der Indianer dort auftauchte, blieb die Maschine mit hochgezogener Schaufel stehen, und ein Mann lehnte sich mit Kopf und Schultern aus der Fahrerkabine. Die beiden sprachen einen Moment miteinander; der Traktor lief im Leerlauf weiter, und der Mann hatte seinen Kopf herumgedreht und sah zu mir hin. Schließlich nickte er und zog seinen Kopf zurück, der Motor heulte wieder auf, die Schaufel wurde entleert, und dann stieß der Fahrer damit bis zu der Waschrinne zurück, wendete und manövrierte sein Gerät nahe an sie heran.

McDonald war neben der Maschine hergegangen, und jetzt legten er und der Fahrer einen breiten Transmissionsriemen auf, der die Treibwelle des Traktors mit der großen Treibscheibe an der Seite der *sluice box* verband. Sobald der Treibriemen saß und der Motor in Gang gesetzt wurde, begann der Waschkasten sich zu schütteln. Erst jetzt drehte sich der Fahrer um und kam auf mich zu. Irgend etwas an seinem Gang und an der Art, wie er seinen Kopf bewegte, kam mir bekannt vor, aber erst als er einige Yards vor mir stand und mich direkt ansprach, wurde mir klar, wer das war.

Selbst dann konnte ich es kaum glauben, so sehr hatte er sich verändert. All das Fett aus besseren Tagen war verschwunden, und er war so dünn geworden, daß er aussah wie einem Plakat der Welthungerhilfe entsprungen. Auch sein Gesicht hatte sich verändert; es sah fast eingefallen aus, und die Schädelknochen zeichneten sich ab. Sein früher tiefschwarzes Haar war grau geworden und so lang, daß es seine Ohren bedeckte. Vor allem aber hatte er sich den Schnurrbart abrasiert, und ohne ihn wirkte er völlig verändert.

Einen Moment brachte ich kein Wort heraus, so schockiert war ich. Auch er schien wie vom Donner gerührt. In dem Augenblick, in dem er mich erkannte, hatte sich sein Mund geöffnet, und dann stand er nur noch da und glotzte mich an. Wir beide standen uns wortlos gegenüber. Endlich fand er seine Stimme wieder.

»Kevin hätte mich warnen sollen«, murmelte er in sich hinein. Dann wandte er sich an mich: »Wie sind Sie hierhergekommen? Wer hat Sie hochgebracht?«

»Tarasconi«, sagte ich.

Er nickte, als hätte er das erwartet. »Sie haben mich also gefunden. Was nun?«

Ich konnte es noch immer kaum glauben. Als ich mich einigermaßen gefaßt hatte, stellte ich ihm ausgerechnet die Frage, ob er Miriam gesehen hätte. »Sie hat mir geschrieben, sie wollte zum Ice Cold. Haben Sie sie getroffen und mit ihr geredet?«

»Was geht Sie das an?«

»Sie hat geschrieben, sie wolle sich bald wieder melden. Das war vor drei Wochen, aber ich habe nichts von ihr gehört.« Er hatte plötzlich einen feindseligen Ausdruck in den Augen. »Und Sie – so einfach zu verschwinden! Warum?« Ich wußte natürlich genau, warum, aber so rutschte es mir heraus. Ich war so sehr von seinem Aussehen schockiert – sein Gesicht so hager, die Augen eingefallen und sein Körper so spindeldürr, als litte er an Schwindsucht. »Sie geben sich doch wohl nicht der Hoffnung hin, Ihren Reichtum dadurch zurückzugewinnen, daß Sie hier allein schuften?«

»Warum denn nicht?« Meine Frage war ihm unter die Haut gegangen, und er war plötzlich aggressiv. »Hier oben ist Gold. Warum sollte ich nicht genausoviel Glück haben wie mein Vater? Er hat schließlich auch allein hier gearbeitet.«

»Das hier ist etwas anderes als die Ice-Cold-Mine«, sagte ich.

»Wieso denn? Wo liegt da der Unterschied?«

»Schauen Sie es sich doch an.« Ich machte eine vage, die gesamte

Szenerie umfassende Geste. »Die Situation, die logistischen Probleme, alles – es ist einfach unvergleichlich schwieriger.«

»Na schön, aber wenn Gold da ist –« In seine Augen war der gleiche fiebrige Glanz getreten, den ich schon bei Tarasconi gesehen hatte. »Und hier *ist* Gold. Ein bedeutendes Vorkommen, ganz sicher. Nuggets. Schauen Sie!« Damit zog er an einer orangefarbenen Strohkordel ein kleines weißes Leinensäckchen hervor, das er um seinen Hals gehängt hatte. »Schauen Sie sich die hier an!« Er kauerte sich auf einem Felsbrocken hin und schüttete sich den Inhalt des Leinensäckchens in die schwielige Handfläche. »Die habe ich vor f-fünf Tagen gefunden.« Bei dieser Gelegenheit bemerkte ich zum ersten Mal das leichte Stocken in seiner Stimme, das leichte Stottern, von dem Miriam gesprochen hatte. Er hielt mir seine Hand hin. »Sie waren alle zusammen in einer kleinen Tasche im Muttergestein.«

Das Gold war dunkel, und es müssen ungefähr ein Dutzend Nuggets gewesen sein, die einen kleiner, die anderen größer, aber durchschnittlich ungefähr so groß wie eine Erbse.

»Und wir fördern Staub. Überall ist Staub.« Er verstaute die Nuggets wieder in seinem kleinen Leinenbeutel und ließ sie dabei langsam über seine Handfläche rollen, als ließe er sie nur ungern aus den Augen.

Als der Beutel wieder sicher unter seinem Buschhemd hing, erhob er sich. »Sie haben mir noch nicht erzählt, warum Sie hier sind. Whitehorse ist nicht gerade der Nabel der Welt, und es ist nicht leicht, hier hochzukommen. Sie müssen einen Grund gehabt haben. Und woher wußten Sie Bescheid? – Wahrscheinlich hat Miriam –«

»Sie haben Miriam also getroffen?«

»Ja, sicher. Sie hat mir aber geschworen, sie würde es niemandem sagen, und ich habe ihr geglaubt.« In seiner Stimme klang Resignation mit. »Ich habe ihr immer geglaubt. Wahrscheinlich war das ein Fehler.« Er starrte mich an, als sei ich ihm zutiefst zuwider. Erst dann wurde mir klar, daß er Bescheid wußte und immer Bescheid gewußt hatte. Er tat mir leid.

»Wo ist sie jetzt?«

»In Vancouver. Eigentlich dürfte sie jetzt in Vancouver sein. Oder sogar schon zu Hause.« Dann fügte er mit dem Anflug eines kühlen Lächelns hinzu: »Sie hat Ihnen also nicht wieder geschrieben.«

»Nein.«

»Und da sind Sie Hals über Kopf hergekommen, um herauszufinden, was los ist? Aber, mein Bester! Mein Herz blutet vor Mitgefühl!« Er tippte sich auf die Brust, und sein Lächeln war nun etwas breiter geworden. »Kommen Sie.« Er richtete sich auf. »Wir gehen hinauf zum Ice Cold und machen uns einen Tee. Hier kommt nicht viel Sonne herein, und es wird kalt. Jack-Mac macht das nichts aus, den Indianern eigentlich überhaupt recht wenig. Mich dagegen stört die Kälte schon. Früher war das anders, aber jetzt . . .« Er lachte und sagte achselzuckend: »Ich werde wohl alt.«

Wir machten uns auf den Weg. Wir kletterten über den großen Felsrutsch und gingen durch die Klamm mit ihren überhängenden Felsen, und dabei redete er unaufhörlich. Die Worte sprudelten nur so aus ihm heraus. Er war ein geselliger Mann, der wahrscheinlich bisher noch nicht sehr oft allein gewesen war.

Nach ungefähr einem Monat in der Einsamkeit war es kein Wunder, daß er sich verzweifelt nach einem Gesprächspartner sehnte.

Es drang nicht ganz in mein Bewußtsein, was er sagte, nur daß er mit Jonny und dem Indianer versucht habe, an das Gold heranzukommen, das nach ihrer Überzeugung unter dem großen Überhang in der Klamm lag. Er redete nur um des Sprechens willen, und ich hörte ihm nur mit halbem Ohr zu. Ich versuchte zugleich, mich auf das Problem zu konzentrieren, wie sein sonderbares Verhalten zu erklären war: einfach so wegzulaufen, ohne es einer Menschenseele zu sagen . . . nicht einmal Miriam oder seinem Sohn, obwohl der bei ihm im Haus wohnte. – »Wenn wir doch nur Testbohrungen durchgeführt hätten, solange ich noch das Geld dazu hatte.« – Wir waren inzwischen unter dem Überhang in der Klamm selbst. »Wenn hier ein Vermögen zu holen ist, ist es genau hier, tief unter dem Felsrutsch. So, wie es jetzt steht, kann ich nicht mehr tun, als mit meinen erbärmlichen Hilfsmitteln am oberen Ende schürfen. Das ist aber die falsche Seite. Immer aufwärts arbeiten, Junge. Das hat mir mein Vater gesagt, und außerdem hat er mir noch erzählt, daß er die Claims auf der anderen Seite der Wasserscheide gekauft hat, damit für den Notfall immer noch Stone Slide in Reserve blieb.

Damals hat sein Interesse aber eigentlich nur noch seinen Bäumen gegolten. Er hatte so viel Geld, wie er wollte. Und ich Idiot habe auf diesen sogenannten Bergbau-Experten gehört.« Er schnaubte und lachte kurz wiehernd auf. »Und jetzt kann ich bestenfalls noch darauf hoffen, ohne Verluste aus der Sache herauszukommen, und zu Gott beten, daß ich über dem gewachsenen Fels eine Tasche entdecke, die gestrichen voll von Nuggets ist.« Er sah auf die Uhr. »Holt Tony Sie wieder ab?«

»Ungefähr um vier«, sagte ich.

»Gut. Dann bleibt Ihnen etwas mehr als eine Stunde. Er wird ja wohl auf Sie warten, oder?« Als ich nickte, sagte er: »Gut. Sie sollten aber trotzdem zusehen, daß Sie rechtzeitig unten sind. Ich will nicht, daß er herkommt und nach Ihnen sucht. Ich will das Schwein nicht sehen.«

»Weil er Miriam hergebracht hat?«

»Deshalb, und noch aus anderen Gründen. Weil er *Sie* hergebracht hat.«

»Er weiß also, daß Sie hier sind.«

»Ich glaube nicht. Aber Kevin meint, daß er es vermutet. Das ist ein hinterlistiger kleiner Scheißkerl, dieser Mann. Sie wissen ja, daß er mütterlicherseits von Lucky Carlos Despera abstammt.«

»Ja.«

»Der Apfel fällt nicht weit vom Stamm.« Er lachte bitter. »Er kann es einfach nicht vergessen, daß sein Großvater ein Vermögen in der Tasche hatte und es weggeworfen hat. Er will die Klamm in seine Finger bekommen, und wenn er das schafft, dann gibt es da irgendwelche Freunde, wahrscheinlich Südamerikaner, die ihn finanziell unterstützen würden. Meint Kevin jedenfalls.«

»Sie meinen, sie würden ihn finanzieren?« Zweifellos glaubten alle, daß das Gold da war. Aber unter den herrschenden Bedingungen, soviel war mir klar, war die Finanzierung ein kaum vertretbares Risiko. »Es würde eine Menge Geld kosten«, murmelte ich.

»Sicher. Aber schauen Sie sich nur die Lage an – die Klamm ist wie ein Flaschenhals, und das Geröll des Felsrutsches ist der Korken . . .« Er machte eine Pause, und dann sagte er mit fast erstickter Stimme: »Das könnte noch eine B-Bonanza werden.«

»Ebensogut könnte es ein totaler Reinfall werden«, sagte ich scharf; mir lag daran, ihn auf den Boden der Realität zurückzuholen.

»Tja.« Er nickte. »So ist das Leben. Ein reines Glücksspiel. Ein Mann raucht und trinkt sein Leben lang und wird hundert Jahre alt, ein anderer raucht nicht und stirbt mit fünfzig an Lungenkrebs, und ein dritter trinkt nie einen Tropfen Alkohol und stirbt an einer Leberkrankheit. Ich war mit einem Jungen in der Schule, der mit sechzehn gestorben ist. Es ist ein reines Glücksspiel.« Er blieb stehen. »So war es doch auch, als Josh hier ankam und beinahe sein Leben ließ bei dem Versuch zu beweisen, was die Leute ringsumher für unmöglich hielten. Als sie ihm das sagten, deutete er nur auf die Stufen, die es hier an so vielen Berghängen gibt, und schaufelte weiter Dreck, und zwar mit einer Hacke und einer Schaufel und seinem eigenen Schweiß. Dagegen habe ich es doch mit der Maschine leicht.«

Wir hatten nun die Wasserscheide erreicht und sahen auf den Ice Cold und das Gerippe der Waschanlage herab.

Als ich kein Wort sagte, deutete Tom Halliday nach rechts zu dem Quellgebiet des Ice Cold und sagte: »All diese Terrassen, die Sie oberhalb des Lagers am Hang sehen . . . An den Hängen um das Becken in der Klamm sind größere Terrassen, und verdammt viele davon sind bei dem Felsrutsch heruntergekommen. Herrgott noch mal! Ich könnte diesem Sachverständigen den Hals umdrehen, dem Trottel! Damals hatte ich mich leider noch nicht über die geologischen Bedingungen von Seifen-Goldminen informiert – hatte es ja auch nicht nötig!« Er stieß wieder sein freudloses, wieherndes Gelächter aus, und danach gingen wir bis zum Camp schweigend weiter. »Was darf's sein – Tee? Oder hätten Sie Lust auf etwas Stärkeres? Ich habe oben eine Flasche Malt, die ich für ganz speziellen Besuch aufhebe.« Er lächelte dünn.

»Tee«, sagte ich. Hier oben wehte ein kalter Wind, und allein der Gedanke an heißen Tee war so aufmunternd, daß ich die Wärme fast im Mund spürte.

Er zog ein Schlüsselbund aus der Tasche seiner abgeschabten Cordhose und schloß die Tür der Küche auf. Sie war gut bestückt; die Regale standen voller Dosen. Es gab eine Spüle mit einer Abstellfläche, einen Kühlschrank, einen Herd mit Backofen, und am anderen Ende einen nackten Kiefernholz-Tisch und zwei Bänke.

»Nur das Nötigste«, sagte er, »aber wenn man sich erst einmal daran gewöhnt hat . . .« Er füllte den Kessel aus einem Tank, der an der Wand hing. »Sie sagten, Sie hätten von Miriam gehört. Wann?«

»Vor ungefähr einem Monat«, sagte ich. »Ein Brief aus dem Hotel *Sheffield House* in Whitehorse, und dann eine Postkarte aus der *Lakeside Lodge*.«

»Aber danach nichts mehr.«

»Nein.«

Er seufzte und riß ein Streichholz an. »Einen Augenblick – nur einen Augenblick lang hatte ich die Hoffnung . . .« Der Herd wurde wie der Kühlschrank von einer großen Flasche Butan-Gas versorgt, und als er die Flamme entzündet und den Kessel aufgestellt hatte, nickte er zum Tisch hinüber. »Setzen Sie sich. Da Sie schon mal hier sind . . . Ich habe einige Fragen . . .«

Ich setzte mich hin und sah ihm zu, wie er den Tee zubereitete. Es war unglaublich, wie verändert er ohne Schnurrbart und mit dem langen, angegrauten Haar aussah. Er schien meine Gedanken gelesen zu haben, denn er sagte: »Sie müssen doch gewußt haben, daß ich mein Haar gefärbt habe. Wenn man mit einer Frau verheiratet ist, die so viel jünger ist, versucht man, den Schein zu wahren.« Seine Stimme klang traurig, und er suchte in seinen Taschen herum. »Haben Sie eine Zigarette?«

Ich holte meinen Rucksack, fand darin eine Packung und reichte sie ihm. Außerdem fand ich meine Pfeife und begann, sie zu stopfen.

»Damit haben Sie keine Probleme – noch nicht«, sagte er weiter. »Sie sind jung und drängen sich einfach rein, wie ein junger Hirsch, wenn die Brunft beginnt. Ich hatte so ein Gefühl –«

»Es war nur einmal«, sagte ich hastig.

Er lachte und entblößte dabei seine Zähne, so daß sein Gesicht fast wie eine Grimasse wirkte. »Eindruck haben Sie aber trotzdem gemacht. Immerhin hat sie Ihnen geschrieben.« Dann verstummte er, starrte in die Flamme unter dem Kessel und hing seinen Gedanken nach.

»Warum haben Sie sie nicht aufgehalten?« fragte er plötzlich.

»Wie, aufgehalten?« Ich verstand nicht, was er meinte.

»Ja«, sagte er ziemlich heftig. »Sie davon abgehalten, daß sie hierherkommt. Ich habe so schon genug Probleme –«

»Warum denn?«

Er neigte den Kopf zur Seite und lauschte angestrengt. »Haben Sie etwas gehört?«

»Nein«, sagte ich.

»Ich dachte, ich hätte etwas gehört.« Er ging zu der offenen Tür, lehnte sich an den Türpfosten und lauschte bewegungslos.

Ich hörte nichts, nur das sanfte Rauschen des Baches unter uns.

»Mein Gott, machen Sie zu«, sagte ich. Es wurde kalt wie in einem Kühlhaus. »Wie sind Sie denn von England weg?« fragte ich. »Mit dem Schiff?«

»Ja. Mit der Fähre von Felixstowe nach Rotterdam, und dann von Schiphol weiter mit einem Flug nach Toronto.« Er hob eine Hand. »Da! Haben Sie das gehört?«

»Was?«

»Da hat ein Stein geklappert.«

»Das ist der Bach«, sagte ich.

Er lauschte noch einen Augenblick, dann nickte er. »Ja, der Bach – Sie haben recht. Wenn man an so einem Ort wie hier praktisch allein lebt, geht einem das auf die Dauer doch an die Nerven.« Er wollte die Tür zumachen, aber dann sagte er: »Ich hole mir einen Pullover.« Er zitterte vor Kälte. »Ich komme doch ziemlich ins Schwitzen, wenn ich mit dem Traktor arbeite. Soll ich Ihnen auch einen leihen?«

»Nein, es geht schon.«

Er ging hinaus und machte die Tür hinter sich zu. Ich blieb sitzen und dachte über ihn und den Rat nach, den ich ihm geben könnte, nachdem ich nun zufällig sein Versteck gefunden hatte.

Als ich in der Klamm gestanden hatte, war mir kalt gewesen, aber ich trug einen Anorak, und der Gang zum Lager hatte mich aufgewärmt. Da die Tür jetzt zu war, war es in der Küche durch das Gas, das unter dem Kessel brannte, bald einigermaßen erträglich.

Er blieb länger weg, als ich erwartet hatte, und der Teekessel begann gerade zu pfeifen, als die Tür aufschlug und er mit einem Stück Papier in der Hand totenblaß und mit wütendem Blick hereinkam.

»Haben Sie das hingelegt? Ich habe es unter der Tür gefunden. Haben Sie das heimlich hingelegt?«

Ich starrte ihn verständnislos an und hatte keine Ahnung, wovon er sprach. »Selbstverständlich nicht.«

»Wer denn dann? Tony? Woher soll er das haben?«

»Was ist eigentlich los?« fragte ich.

»Es geht um Miriam.« Er knallte die Tür zu, kam zum Tisch herüber und lehnte sich über mich. »Sind Sie s-sicher, daß S-Sie das nicht unter die T-Tür geschoben haben?« Er hielt mir einen Briefumschlag hin. »Das ist doch ihre Handschrift, oder?«

Er war adressiert: *Tom Halliday, Ice-Cold-Mine über Haines Junction, Yukon, Kanada.*

»Sie kennen ihre Schrift besser als ich«, murmelte er in sich hinein. Er wußte genau, daß es ihre Schrift war und überlegte sich bloß, wie der Brief hierhergekommen sein konnte.

»Tony kann ihn nicht hingelegt haben«, sagte ich. »Ich hätte ihn gesehen.«

»Wer war es dann?« Seine Stimme zitterte und klang fast panisch.

»Wo ist Miriam?« fragte ich.

Er zögerte. Dann schob er mir plötzlich den Brief zu. »Sie haben sie, die gemeinen, hinterlistigen Schweine. Sie haben sie irgendwo versteckt, und jetzt . . .« Seine Stimme überschlug sich, sein Gesicht war verzerrt, und er schien den Tränen nahe. »Lesen Sie!« rief er. »Lesen Sie es nur, und dann sagen Sie mir, was ich tun soll. Mein Gott! Ich hätte niemals gedacht . . .« Plötzlich sank er neben mir auf die Bank und vergrub sein Gesicht in den Händen.

Der Kessel hatte die ganze Zeit über durchdringend gepfiffen. Tom stand langsam wieder auf. »Wenn Sie mir das nicht unter der Tür durchgeschoben haben, und Tony auch nicht, wer war es dann? Meinen Sie, das Geräusch, das ich gehört habe . . .?« Dann aber schüttelte er den Kopf. »Ich hätte es gesehen, wenn jemand so nahe gekommen wäre.«

Ich glaube nicht, daß er von mir eine Antwort erwartete; eigentlich stellte er sich die Frage selbst. Wie benommen holte er die Teeschachtel, drehte das Gas ab und goß Wasser in die Teekanne.

»Zucker?«

Ich schüttelte den Kopf und starrte auf den Umschlag und den Brief darunter, der in einer eilig hingeworfenen Schrägschrift geschrieben war. Es war auf jeden Fall Miriams Schrift.

Liebling – ich bin in Vancouver gefangengenommen und mit einem Boot hierhergebracht worden. Das war vor fast zwei Wochen, gerade als ich dachte, ich hätte jemanden gefunden, der Dein Stone-Slide-Projekt unterstützt. Ich habe meinen Ehering beigelegt, als Beweis dafür, daß ich hier festgehalten werde. Man will damit anscheinend sicherstellen, daß Du Dich an die Instruktionen hältst, die man Dir bereits gegeben hat. ›Persönlichere Gedächtnisstützen‹ an meine Gefangenschaft hier sollen angeblich folgen, wenn sie nicht bald von Dir hören. Ich weiß nicht, wer diese Leute sind oder was Sie vorhaben, aber führe um Gottes willen ihre Anweisungen aus und hol mich hier raus. Du bist da in eine Sache verwickelt, von der Du mir nichts erzählt hast, und ich habe sehr, sehr große Angst. Liebe Grüße – M.

Eine dampfende Tasse Tee stand mit einem Mal neben meinem Ellbogen. Ich trank dankbar; der Tee war so heiß, daß ich mir beinahe den Mund verbrüht hätte. Noch einmal las ich die dürftige Nachricht, und noch immer fand ich sie wenig glaubhaft. Sie klang gar nicht nach Miriam.

»Wo ist der Ring? Sie schreibt doch, sie hätte einen Ring beigelegt.« Er hielt ihn mir hin, einen Platinring, der im Licht des schmutzigen Fensters matt glänzte; sein Muster war so abgeschliffen, daß er fast glatt war.

»Stimmt das?« fragte ich. »Ich meine: daß Sie in irgendeine Sache verwickelt sind? Sie haben doch selbst etwas davon gesagt, daß Sie Probleme haben.«

»So?« Er setzte sich neben mich hin. »Was soll ich denn jetzt tun? Was soll ich bloß m-machen, zum Teufel nochmal?« Er führte wieder Selbstgespräche.

»Sie sollten mir besser sagen, worum es hier geht«, sagte ich. Ich starrte dabei weiter auf den Brief und fragte mich, wie er hierhergekommen war und von wem er stammte. Wo hatte sie ihn geschrieben? Man habe sie mit einem Boot hingeschafft, schrieb sie. Aber das ließ sich praktisch auf die gesamte kanadische Küste beziehen. Und wer waren diese Leute? »Also?« fragte ich.

Er schüttelte den Kopf und sagte kein Wort.

»Sie stecken in Schwierigkeiten und wissen nicht, was Sie tun sollen. Wie zum Teufel soll ich Ihnen helfen, wenn ich nicht weiß, welcher Art diese Schwierigkeiten sind?«

Seine Hände zitterten; seine Augen waren weit aufgerissen und starrten ins Leere. Er hatte sich einen dicken Rollkragenpullover übergezogen, trotzdem schlotterte er am ganzen Körper. Er war von einem Schüttelfrost befallen und brütete verschlossen vor sich hin.

Ich legte ihm eine Hand auf den Arm und drückte fest zu. »Irgend jemand hat Ihre Frau als Geisel genommen – wer? Wissen Sie das?« Ich mußte die Frage wiederholen, bevor sie zu ihm durchdrang, und auch dann schüttelte er nur den Kopf. »Warum?« rief ich. »Was wollen die Leute von Ihnen?«

Er schüttelte den Kopf und gab keine Antwort.

»Sie haben doch gesagt, Sie hätten Probleme – welche Probleme?«

Er fuhr mit verzerrtem Gesicht zu mir herum. »Halten Sie den Mund und lassen Sie mich nachdenken! Ich muß überlegen – was ich tun soll.« Und plötzlich weinte er. Seine Nerven waren ihm durchgegangen, seine Schultern zuckten, und er schluchzte herzzerreißend.

Ich nahm den Brief auf und hielt ihn ihm unter die Nase. »Lesen Sie das!« sagte ich. »Lesen Sie es noch einmal! Es geht um Ihre Frau, und sie ist in Gefahr. Haben Sie sich auf irgendwelchen politischen Kram eingelassen, mit Extremisten?«

»Politische Extremisten?« Er sah mich mit wildem Blick an und stieß wieder sein albernes wieherndes Gelächter aus.

»Also mit Terroristen?«

Er starrte mich nur an. »Sie v-verstehen gar nichts«, keuchte er.

»*Sie* scheinen hier etwas nicht zu verstehen«, sagte ich und wedelte den Brief vor seinem Gesicht hin und her. »Der ist von Miriam – von Ihrer Frau. Sie ist in Gefahr und bittet Sie um Hilfe.«

»Später«, murmelte er, »wir sprechen später darüber.«

»Später bin ich nicht mehr hier.«

»Oh doch, das sind Sie – ich brauche Sie.« Er murmelte noch immer, aber seine Stimme war etwas höher geworden. »Und M-Miriam wird nichts passieren.«

»Wirklich nicht? Woher wollen Sie das wissen?« Noch einmal fragte ich ihn, was diese Leute wollten.

Er schüttelte den Kopf, und als ich versuchte, weiter in ihn zu dringen, geriet seine Stimme plötzlich völlig außer Kontrolle, und er schrie mich an: »Sie blöder Kerl! Geiler Bock! Meinen Sie vielleicht, mir macht das nichts aus? Ich mache mir schreckliche Sorgen, also halten Sie's Maul. Halten Sie's Maul, hören Sie, und lassen Sie mich nachdenken! Miriam wird nichts passieren. Dafür werde ich sorgen – irgendwie.« Der letzte Satz kam sehr langsam und gedehnt, und dann stand er auf und goß Tee nach.

Ich sah auf die Uhr. Es war fast halb vier. Als ich aber sagte, es sei Zeit, sich auf den Rückweg zu machen, bestand er darauf, daß ich übernachtete. »Schlafplätze sind genug da, Essen auch. Und ich brauche Sie, Philip.« Er bettelte nun. »Doch, wirklich. Ich brauche Sie. Es gibt juristische Probleme zu besprechen . . .« Seine Stimme erstarb, und er stürzte den Tee hinunter, als stünde er kurz vor dem Verdursten. »Es geht um die Cascades, verstehen Sie. Das Grundstück in British Columbia. Das wollen sie haben.«

»Wolchak?« fragte ich.

»Wolchak?« Er schüttelte den Kopf. »Ich habe keine Ahnung, wer das sein soll.«

»Er hat einen Mann namens Mandola erwähnt.«

»Sie haben also mit Wolchak gesprochen, oder?«

Ich nickte.

»Und er hat Ihnen von Mandola erzählt?«

»Ja.«

»Mandola gehört auch dazu, aber ob er der große Boß ist . . .« Er zuckte leicht mit den Achseln. »Noch etwas Tee?«

Ich schüttelte den Kopf.

Er stand auf und trug die Steingutbecher zur Spüle. »Ich sage Mac, er soll sofort rüber zu der Hauptpiste gehen. Tony kann Kevin sagen, daß Sie morgen wieder da sind.« Er langte nach einer Reihe Wandhaken mit alten Anoraks, schlammverschmierten Overalls und Öljacken, holte sich ein Hand-Funkgerät herunter und ging zur Tür. »Das funktioniert besser, wenn ich ein paar hundert Meter weiter in Richtung Squaw damit gehe. Hier in der Klamm sind wir für Kurzwellen-Funksprüche in einer schlechten Position.« Er machte die Tür hinter sich zu und ließ mich allein zurück. Ich überlegte, ob ich bei ihm bleiben oder mit Tarasconi hinuntergehen sollte. Wenn ich jetzt losging, würde ich noch rechtzeitig kommen. Bis spätestens sechs Uhr könnte ich in der Lodge sein und die Polizei verständigen.

Würde ich aber damit Miriam helfen? Ich nahm den Brief und

las ihn noch einmal durch; ich stellte sie mir dabei als Gefangene in einer Hütte irgendwo vor der westkanadischen Küste vor, oder vielleicht war sie schon auf der anderen Seite der Straße von Juan de Fuca im US-Staat Washington. Wenn sie uns doch nur hätte mitteilen können, was das für ein Boot gewesen war, und wie lange die Fahrt damit gedauert hatte. So wie die Dinge jetzt standen, hatte ich der Polizei im Grunde genommen nichts zu erzählen. Ihre Nachricht würde lediglich Toms Anwesenheit in Yukon enthüllen, und es stand mir als seinem Anwalt nicht an, das zu tun, zumal wenn er, wie ich wußte, in Schwierigkeiten steckte.

Ich stand auf und ging zur Tür, um meine Pfeife auszuklopfen. Der Wind hatte sich gelegt, und es war nicht mehr so kalt. Ich konnte Tom als Silhouette vor der tief im Westen stehenden Sonne auf einer jener Terrassen am Abhang stehen sehen. Er hielt das Walkie-Talkie dicht vor sein Gesicht, und die Antenne sah aus wie ein Stengel, der ihm aus dem Kopf wuchs.

Ich stopfte mir meine Pfeife neu; ich war mir noch immer unschlüssig, was ich tun sollte, und wußte nur, daß ich Miriam bei meinen Überlegungen berücksichtigen mußte. Es fiel mir aber einfach nichts anderes ein, als die Polizei zu informieren. Ich sah, wie Tom die Antenne wieder in das Funkgerät schob und zurückkam, und ich glaube, in diesem Augenblick stand mein Entschluß beinah fest, die Verabredung mit Tony einzuhalten, zur Lodge zurückzukehren und mich so bald wie möglich ans Telefon zu setzen. Als Tom aber dann zu mir kam, war sein hageres Gesicht leichenblaß, und Angst lag in seinem Blick. »Zwei Männer«, sagte er. »Beide mit Gewehren. Mac hat sie auf der Hauptpiste gesehen.«

Zwei! »Wie haben sie ausgesehen?« fragte ich.

»Einer groß, der andere klein. Sagt Mac.«

»Aber Sie können doch von Ihrer Waschrinne aus die Hauptpiste gar nicht sehen.«

»Er war am Eingang der Klamm und hat sich einen kleinen Felsrutsch angesehen. So was passiert hier ständig. Dabei hat er sie ganz deutlich gesehen.«

»Haben sie ihn auch gesehen?«

»Nein, da ist er ganz sicher. Sie hatten es eilig und sind schnell gegangen.«

Ich erzählte ihm von den beiden Jägern, die mir im *Lakeside* aufgefallen waren. Als ich ihn aber fragte, ob ihm die Namen Camargo und Lopez etwas sagten, schüttelte er den Kopf.

»Mac kommt gleich wieder hoch, sobald er mit Tony gesprochen hat.« Das kam langsam, fast zögernd. »Man weiß ja nie . . .«, murmelte er. »Wenn Tony sie hier hochgebracht hat . . .« Dann fragte er mich unvermittelt nach der Nationalität der beiden Männer in der Lodge.

»Südamerikaner«, sagte ich.

Wir waren inzwischen wieder in der relativ warmen Küche, und er wollte gerade die Tür zumachen. Er drehte sich um und starrte mich an. »Woher wissen Sie das?« Er stellte diese Frage so zögernd und widerwillig, daß ich unwillkürlich den Eindruck bekam, es wäre ihm am liebsten, er hätte von dieser Verbindung nach Südamerika nichts erfahren.

»Von Kevin McKie«, sagte ich. Dann fragte ich ihn, wo er in Südamerika außer in Peru noch gewesen sei.

Er schüttelte den Kopf und sah mich seltsam verständnislos an, und ich mußte die Frage wiederholen. »Überall«, sagte er. »Martina und ich sind nach unserer Hochzeit . . . Von Martina wissen Sie doch, oder?«

»Miriam hat es mir erzählt.«

Er nickte. »Natürlich.«

»Sie hat es mir erzählt, nachdem Sie verschwunden waren«, sagte ich.

»Ihr beiden wart also —« Er zuckte die Achseln. »Na ja, das macht jetzt wohl auch nichts mehr aus.« Er drehte sich um, schüttelte den Kopf und ging zu dem Tisch, auf dem noch immer der Brief und der Umschlag lagen. »Um aber auf Ihre Frage zurückzukommen: Wir haben eine Art Rundreise durch Südamerika gemacht — Ekuador, Kolumbien, Venezuela, Guyana, Brasilien, und dann zurück durch Argentinien, Chile und Bolivien. Ganz ordentlicher Trip!« Er stand da, sprach mit sich selbst und versuchte, sich in der Vergangenheit zu verlieren. »Sicher, sie war eine Schlampe. Das hat Miriam Ihnen bestimmt auch schon gesagt. Trotzdem, mein Gott!« Wieder das wiehernde Lachen. »Wenn mich der Teufel mit einem Wunsch in Versuchung führen würde, würde ich mir das wünschen — diese Reise noch einmal . . . Reiten, Surfen, all die indianischen Ruinen, oben in Urumba, und die heißen Nächte . . . Mann! Die

Frau konnte vielleicht! Eine Schlampe war sie trotzdem, jawohl, und dafür soll sie in der Hölle schmoren!«

Ich bedrängte ihn nicht weiter, schießlich hatte ich den ganzen Abend Zeit. Als Mac kam und mit seiner Beschreibung die Identität der beiden Männer bestätigte, begann ich, meine Entscheidung zu bleiben schon wieder zu bereuen, aber da war es natürlich zu spät. Mac hatte Tony im Steinbruch unterhalb der Felslawine getroffen und ihm gesagt, ich würde in dieser Nacht nicht ins *Lakeside* zurückkommen. Er hatte ihn außerdem gefragt, ob er die beiden Jäger oder irgendeinen Wagen auf seinem Weg von der Furt hierher gesehen hätte. – »Tony hat meine Frage nicht gepaßt, und er hat mir gesagt, ich solle verschwinden. Dann ist er weggefahren.« – All das sagte er mit einem Lächeln, obwohl sein Gesicht sonst ausdruckslos und sein Tonfall neutral blieb.

Ich habe oft, während ich diesen Bericht über die merkwürdigste Zeit meines Lebens niederschreibe, meine eigenen Reaktionen und mein Verhalten abzuschätzen und einzuordnen versucht. Ich kann jedoch nicht mehr sagen, als daß ich, wie bei einem Kartenspiel, nie wußte, welche Karte ich bekommen würde, und daß Miriam sicherlich der Joker war. Ohne sie wären meine eigenen Aktionen einfach und leicht zu durchschauen geblieben, dessen bin ich mir sicher. So aber waren sie allem Anschein nach so unvorhersehbar wie die von Tom Halliday. Mein Jura-Studium hatte mich nicht darauf vorbereitet, mit Problemen fertigzuwerden, für die es in meinen Büchern keine Präzedenzfälle gab. Ich hatte mit Terrorismus oder ähnlichem noch nie zu tun gehabt, und ich wußte nicht, wie ich damit umgehen sollte. Ich befand mich über zehntausend Kilometer entfernt von meiner Heimat in einem fremden Land und kannte mich weder mit Gold noch mit Bäumen gut aus. Ich glaube, zu diesem Zeitpunkt wußte ich nur eines, und zwar, daß mir Miriam mehr als alles andere auf der Welt bedeutete.

Ich kann das nicht erklären. Da saß ich hoch oben im Yukon Territory in einem gottverlassenen Landstrich, mit ihrem Ehemann und einem nordamerikanischen Indianer allein in einer Hütte. Ich hatte kein Verhältnis mit ihr gehabt, sondern nur eine kurze sexuelle Begegnung, und darüber hinaus nur einige zufällige Kontakte – eine Dinner-Party in ihrem Haus, das Gespräch in meiner Kanzlei. Und danach hatte ich noch einen Brief und eine Postkarte von ihr bekommen. Das war nicht viel – und doch sah ich sie den ganzen Abend so deutlich vor mir, als wäre sie bei uns gewesen: ihr sanft leuchtendes, tizianrotes Haar, die fast türkisfarbenen großen Augen, die Backenknochen und die Nase, ihr Mund – die Lippen, die ich noch fühlte.

Ihr Mann war währenddessen ständig in Bewegung; seine Nerven waren bis zum Zerreißen gespannt, und er kam nicht zur Ruhe. Sein Gesicht wirkte noch hagerer und erschöpfter als bei unserer ersten Begegnung in der Senke hinter der Klamm. Er wollte mir nicht sagen, in was er verwickelt war. Er wollte von seinen Problemen nicht sprechen. Er traute mir nicht. Es gab da juristische Probleme, die angeblich mit dem Wald in British Columbia zu tun hatten . . . Er brauchte meinen Rat, aber er wollte sich mir nicht anvertrauen. Und die Zeit verging.

Wir aßen zusammen – Schinken, Eier, Bohnen aus Büchsen, eine Art Fladen aus Mehl und Honig, wieder Tee. Danach ging er zu seiner Unterkunft hinüber, »um sich frisch zu machen«, und als er zurückkam, war er völlig verändert, und seine düstere Stimmung schien verschwunden. Er wurde plötzlich sehr gesprächig, sein Gesicht war leicht gerötet, und seine Augen waren klarer. Ich glaubte schon, er sei vielleicht ein heimlicher Säufer, aber dann sprang er plötzlich auf, griff in den Schrank über dem Abfluß, wo Mac gerade das Geschirr spülte, und zog eine Flasche Whisky hervor.

»Das ist Malt. Es ist alles, was ich habe. Ich habe ihn für Kevin hingestellt. Er mag ihn. Ich hoffe, Sie auch.«

»Und wie steht es mit Ihnen?« fragte ich.

»Ich?« Er lächelte mich schief an. »Ich habe mein eigenes Gift. Hat Miriam Ihnen das nicht erzählt?« Er nahm einen noch nicht abgetrockneten Steingutbecher von der Abstellfläche, goß etwas Whisky hinein und gab ihn mir. »Ich bin froh, daß Sie hergekommen sind. Das Mädchen steckt in der Scheiße – und das ist meine Schuld. Ich habe ihr die Namen von einigen Leuten in Vancouver und Victoria genannt, Leuten mit Geld, von denen ich dachte, sie würden für Gold vielleicht ein kleines Risiko eingehen.« Seine Augen blitzten spöttisch. »Schockiert Sie das? Frauen können so was manchmal besser verkraften . . . Ich habe das oft gesehen, überall in der Welt, selbst bei den Moslems.« Abrupt wechselte er das Thema. »Sie müssen Miriam beobachtet haben. Sie übrigens auch, Philip. Wahrscheinlich war das Wolchak. Und als er ihnen meldete, Sie seien auf dem Weg hierher – ein Anwalt . . . da bekamen sie Muffensausen.«

Seine Worte kamen seltsam zusammenhanglos heraus, aber seine Gedanken waren ganz klar und logisch, und sie drehten sich vor allem um Tony Tarasconi.

»Ich hätte es mir denken können, was der kleine Scheißer vorhat. Habe ich aber nicht. Ich wußte nicht, daß er mit denen unter einer Decke steckt . . . Mein Gott, war ich blind! Aber wie hätte ich darauf kommen sollen? Ich kenne den Mann eigentlich gar nicht. Die Hälfte des Jahres ist er in Medicine Hat oder was weiß ich wo, und ich selbst war ja auch nur ab und zu hier. Woher sollte ich wissen, was er für Freunde hat? Überall im Yukon ist hier und da südamerikanisches Geld in Minen investiert, hauptsächlich aus Brasilien. Als Kevin mir gesagt hat, er hätte eventuell einen Geldgeber gefunden, bin ich auf so eine Idee nie gekommen . . .«

Er setzte sich plötzlich mir gegenüber an den Tisch und erzählte mir von einem alten Pfad, der von der Ostseite des Ice Cold abwärts zu einer Furt über die Squaw führte, direkt oberhalb der Mündung der beiden Creeks. Tarasconis Claim lag auf der anderen Seite der Squaw etwas weiter flußabwärts. Wenn die beiden Südamerikaner bei ihm im Lager waren, konnten wir sie dort befragen; wenn nicht, könnten wir Tarasconis Wagen ausleihen und sie im *Lakeside* erwischen.

»Dann fahren wir nach Whitehall hinüber – vielleicht hat Jonny etwas gehört. Wenn nicht, nehmen wir die Fähre nach Süden und fliegen zu den Cascades.« Er sagte, er hätte Freunde unter den Wasserflugzeug-Piloten. »Die nehmen uns umsonst mit, und wenn wir mit Thor Olsen gesprochen haben . . . Na ja, wir werden ja sehen. Er ist halb Finne, halb Lappe. Sein Großvater ist mit den Rentieren hergekommen, die sie zur Bekämpfung der Hungersnot den Dalton Trail hoch bis Dawson getrieben haben. Das war im ersten Jahr des Goldrauschs. Er weiß es bestimmt, wenn in der Gegend des Halliday Arm irgend etwas Außergewöhnliches passiert ist.«

Er war inzwischen zu der Überzeugung gekommen, daß Miriam entweder im Holzfällerlager oder in einem der Hausboote in der

Nähe gefangengehalten wurde. »Die Dinger werden auf Stämmen gebaut und herumgeschleppt«, erklärte er mir. »So eine Art Wasser-Wohnwagen, aber aus massiven Kiefern- oder Rotzedern-Stämmen.« Er wollte mir nicht sagen, wie er auf die Idee gekommen war, daß sie sich dort aufhalten könnte.

Jedesmal, wenn ich ihn darauf ansprach, verstummte er und versank plötzlich in eine düstere Stimmung; es war, als sei ein Vorhang zugezogen worden, der seine Gedanken verschloß.

Wir legten uns kurz nach neun hin und stellten den Wecker auf drei Uhr früh. Obwohl er einen alten Schlafsack für mich aufgetrieben hatte, behielt ich meine Kleider an, denn die Decken auf der Schlafstelle ihm gegenüber, die er für mich vorgesehen hatte, waren feucht, und die Temperatur der Luft in der Unterkunft lag kaum über dem Gefrierpunkt. Es war jedoch nicht die bittere Kälte, die mich wachhielt, sondern die Erkenntnis, daß ich in eine Sache verwickelt war, die ich nicht durchschaute, und einen Mann begleitete, der sich nicht nur weigerte, mich in sein Vertrauen zu ziehen, sondern dazu noch vor Angst halb verrückt war. Ich dachte noch einmal die Folge der Ereignisse durch, seit ich mit der *CP-Air* nach Whitehorse geflogen war. Die Nachricht von Miriam ging mir unaufhörlich im Kopf herum, und dann wurde ich plötzlich vom Licht einer Taschenlampe geweckt, die mir ins Gesicht schien, und vom Klang einer Stimme, die sagte: »Aufwachen! Der Wecker hat gerade geklingelt.«

Tee und Kekse, und dann ging es los. Es war kalt und sehr still, die Sterne standen hell wie Diamanten am wolkenlosen Himmel, und der Pfad war deutlich zu erkennen, nachdem sich unsere Augen erst einmal an die Dunkelheit gewöhnt hatten. Er folgte der Höhenlinie des Bergs und verlief oberhalb der Gold-Waschanlage, dahinter fiel er steil ab. Bald waren wir unterhalb der Baumgrenze, und zunächst sahen wir nur dünne Bäumchen, die dann allmählich von höheren und dickeren abgelöst wurden. Tom ging mit einem Gewehr über der Schulter vor mir her. »Nur für den Fall, daß wir einem Grizzly begegnen.« Seine Augen blitzten, und die Zähne schienen weiß im fahlen Sternenlicht. Später wurden die Bäume höher und die Vegetation dichter, und wir mußten unsere Taschenlampen benutzen. Er hatte gesagt, es seien ungefähr sechs Meilen, und eigentlich müßten wir es in zwei Stunden schaffen. In der Tat erreichten wir die Squaw um kurz nach fünf. Das Wasser war an der Furt, wo wir sie überquerten, ganz seicht, und zehn Minuten später gingen wir auf einer gut erhaltenen Piste auf Tarasconis Claim zu.

Zuerst sahen wir das Feuer. Wir kamen um eine Kurve, und da zuckten in der Dunkelheit vor uns orangefarbene Flammen. Das Lager befand sich neben dem grauen Schieferbett eines kleinen Nebenflüßchens. Ein ramponierter Wohnwagen war auf Steinklötzen aufgebockt, daneben standen ein Holzschuppen und ein altes Zelt mit einem kleinen Traktor, und wiederum daneben parkten nebeneinander die beiden Kleinlaster, die Kühlerfront jeweils bergab gerichtet. Das Lager war bereits für den Winter dichtgemacht, und sie schliefen im Freien. Wir konnten die drei in Schlafsäcke vermummten Gestalten direkt beim Feuer liegen sehen.

Tom blieb stehen. »Er hat sie also tatsächlich hierhergebracht.« Wieder war da diese stockende Redeweise, und seine Hände zitterten. Er kramte in seinen Taschen herum. »Haben Sie irgendein Papier dabei? Eine Dollar-Note – irgend etwas?« Wir standen im Schutz einer kleinen Baumgruppe, und er sprach mit eindringlicher Stimme auf mich ein.

Ich zitterte selbst auch, denn meine Füße waren bei der Überquerung der Squaw naß geworden, und mir war bitter kalt. Eine leichte Brise kam von den Bergen herab; sie war eiskalt und durchdringend. Ich griff in meine Gesäßtasche und zog das Bündel Geldscheine heraus, die ich in Vancouver eingetauscht hatte. Ich fragte mich, wozu zum Teufel er das Geld wollte. »Wieviel?« Ich hielt es ihm hin.

»Irgendeinen Schein – völlig egal.« Er nahm mit zitternden Fingern einen Zehn-Dollar-Schein an sich und verschwand im Gebüsch. Ich sah seine Taschenlampe aufblitzen, und nach einer Weile hörte ich ihn schniefen, dann war es still. Einen Moment später kam er wieder aus dem Gebüsch. Er sagte kein Wort, sondern gab mir nur den Geldschein zurück, der unverkennbar zu einer engen Röhre zusammengerollt gewesen war.

Endlich dämmerte es mir. »Kokain?« fragte ich ihn.

Er lachte, aber es klang eher wie ein Kichern. »Drei für jedes Nasenloch, reicht völlig, erstklassiger Verschnitt. Möchten Sie was? Ich habe noch ein bißchen übrig.«

»Nein«, sagte ich. »Nein, selbstverständlich nicht.«

»Sie lassen sich da was Feines entgehen. Besser als Alkohol, wenn man ordentlich beliefert wird und es richtig macht.« Das flüsterte er heiser, und die Worte kamen unklar. »Was hatten Sie denn erwartet? Zuerst wochenlange Einsamkeit, und dann Sie – und direkt nach Ihnen die zwei Kerle da. Und jetzt . . . Ich habe so etwas noch nie gemacht.«

»Sprechen Sie leiser!« flüsterte ich. »Was haben Sie noch nie gemacht?«

»Egal jetzt. Tun Sie einfach nur genau das, was ich Ihnen sage.«

Er zeigte seine Zähne, und sein Atem stieg in der kalten Luft wie Rauch auf. Ich spürte eine ungezügelte Wildheit in ihm. »Also los jetzt. Bringen wir es hinter uns.« Er hatte mich mit einer Hand am Arm gepackt und zerrte mich mit sich.

»Was haben Sie vor?« Ich hatte jetzt Angst vor ihm.

»Ich will mit ihnen sprechen. Ich muß unbedingt mit ihnen sprechen.« Damit verließ er plötzlich unsere Deckung und stolperte über das Geröll des alten Bachbetts. Ich lief ihm hinterher, langsamer. Er hatte das Feuer fast erreicht, als eine der liegenden Gestalten sich aufrichtete und dann mit hektischen Bewegungen versuchte, seine Arme aus dem Schlafsack herauszubekommen. Es war der kleinere der beiden Südamerikaner, der Mann namens Lopez, und er griff in seinen Anorak, als Tom brüllte: »Keine Bewegung!« Und dann noch einmal auf spanisch: *»No se mueva!«*

Ich blieb stehen und sah die Szene wie einen Film in Zeitlupe vor mir ablaufen. Die drei von der roten Glut des ersterbenden Feuers beleuchteten Gestalten waren alle in Bewegung geraten. Lopez zog seine Hand aus dem Anorak, und in seiner Hand schimmerte die Pistole in mattem Rot; der große Mann, dessen kahler Kopf glänzte wie poliertes Elfenbein, griff nach dem Gewehr, das neben ihm lag, und Tony Tarasconi hatte Augen und Mund weit aufgerissen. Dann kam der scharfe Knall eines Gewehrs, die Kugel prallte an einen Felsen, Funken sprühten, der Querschläger verschwand heulend in der Nacht. Die Gestalten erstarrten, und Tom brüllte wild: »Fallen lassen! *Suéltelo!«* Mir rief er in scharfem Ton über die Schulter zu: »Holen Sie die Waffen! Schnell! Und kommen Sie mir nicht in die Schußlinie!«

Er rannte um das Feuer herum, und während ich die Pistole holte, die Lopez fallen gelassen hatte, stieß er dem großen Mann den

Gewehrlauf in den Bauch und fragte ihn, in wessen Auftrag er und sein Kumpan gekommen seien. »Habt ihr das hergebracht?« Er zog Miriams Brief aus seinem Anorak und hielt ihn dem Mann unter die Nase. »Na, raus mit der Sprache! Das ist irgendwann gestern in der Unterkunft am Ice Cold unter meiner Tür durchgeschoben worden . . .«

In diesem Augenblick sprang der kleine Mann mit katzenhafter Geschwindigkeit auf und krallte sich an meinem Arm fest. Er stieß mir seine Schulter in die Rippen und schleuderte mich zu Boden. Als ich aufsah, stand er über mir und griff nach der Pistole, die ich fallen gelassen hatte. Der große Mann trat einen Schritt zurück, und Tom drehte sich um. Die drei Männer waren in heftiger Bewegung, und ihre Gesichter waren vom Feuer beleuchtet. Tom rief etwas auf spanisch, schlug mit dem Gewehrlauf zu und riß das Knie hoch. Der große Mann japste nach Luft und beugte sich vornüber. Dann stieß er einen gurgelnden Schrei aus und wälzte sich eine Armlänge von mir entfernt auf dem Boden herum. Sein dunkles, bärtiges Gesicht war vor Schmerz verzerrt, und von seinem kahlen Kopf lief der Schweiß herunter. »Aufhören! Keine Bewegung!« Tom zielte mit dem Finger am Abzug dem großen Mann auf den Bauch, und der Mann über mir erstarrte, als die Worte auf spanisch wiederholt wurden.

»Hol die Pistole!«

Als ich mich nicht rührte, brüllte Tom mich an: »Hol sie, hörst du nicht?!«

Erst jetzt stand ich hastig auf, packte den Mann am Arm und riß ihm die Pistole aus der Hand, eine häßliche kleine Automatik aus schwarzem Metall. Als ich sie in meine Tasche steckte, beugte sich Tom vor, öffnete den Parka des Mannes, dem er noch immer den Gewehrlauf in den Bauch gerammt hielt, und zog ihm eine Automatik aus dem Schulterhalfter. Mir wurde plötzlich leicht schwindlig, und mir fiel Tony Tarasconi auf, der, von einer aufflackernden Flamme beleuchtet, auf halbem Weg zu den Wagen wie erstarrt stehengeblieben war. Tom stellte währenddessen dem Mann zu seinen Füßen unaufhörlich Fragen auf spanisch, und der stammelte Antworten.

Schließlich trat er zurück. »Als Skipper kennen Sie sich mit Knoten aus. Fesseln Sie sie«, sagte er zu mir, und dann rief er

Tarasconi zu, er solle ein Stück Seil holen. Er hatte nicht die Antworten bekommen, die er erhofft hatte, und seine Stimmung schlug unter dem Einfluß des Kokains in gefährlicher Weise um. Ich sah indessen keine Alternative und führte daher seine Anweisung aus. Tony gab mir das Seil mit zitternden Händen, und seine Augen waren vor Angst so weit aufgerissen, daß sie ihm aus dem Kopf zu treten schienen. Sobald die beiden gefesselt waren, wälzte Tom den großen Mann auf die Seite und begann, noch immer mit dem inzwischen zerknitterten Brief in der Hand, an dem Seil zu zerren, das die Hände des Gefesselten mit seinen Füßen verband. Dabei wiederholte er immer wieder: »*De dónde lo consiguió usted? Quién les mandó? Camargo – Digamo dónde – dónde – quién les mandó?*« Schließlich richtete er seine Aufmerksamkeit auf den anderen Mann. »Heißt du Lopez?«

Der kleinere Mann nickte und begann, sich wegzuwinden.

»*Ese mensaje. De dónde lo consiguió? Quién les mandó?*« Er wiederholte die Frage einige Male. Dann ging er plötzlich zum Feuer, zog ein halb verbranntes Stück Holz heraus und drehte sich wieder zu Lopez um, der aufschrie: »*No. No. No lo haga usted!*«

»Das können Sie doch nicht machen.« Meine Stimme klang heiser.

Er fuhr zu mir herum und sah mich mit blitzenden Augen an. »Miriams Leben ist also nicht so viel wert wie das dieser kleinen Ratte hier. Ihr Schicksal kümmert Sie überhaupt nicht –« Ich wollte protestieren, aber er unterbrach mich und fuhr jetzt sehr ruhig fort: »Na schön. Dann will ich mal sehen, wie Sie es machen.« Damit hielt er mir das brennende Holzstück hin. »Noch besser, nehmen Sie den kleinen Scheißkerl einfach und schmeißen Sie ihn ins Feuer. Na?« Er lachte und sah mich durchbohrend an. »Es ist Ihnen also gleich, wo sie ist. Nun, mir nicht –« Damit drehte er sich wieder um und bewegte das glühende Stück Holz auf das Gesicht des Mannes zu.

»*No lo sé, no lo sé!*« Lopez stieß plötzlich einen mir unverständlichen Wortschwall aus. Er hatte sich herumgerollt und sah Camargo an. Tom mischte sich ein, und die drei redeten im Feuerschein alle zur gleichen Zeit. Ich stand bloß da und dachte nicht an die beiden Männer, die da am Boden lagen, sondern an Tom. Ich überlegte, was er – er und Miriam – wohl alles durchgemacht haben mußten, um sich in eine solche Verzweiflung hineinzusteigern . . . Was zum Teufel war das nur, worin er da verwickelt war? Was veranlaßte zwei bewaffnete südamerikanische Gangster, so weit nach Norden zum Yukon zu kommen, um ihm eine solche Nachricht von seiner Frau zu bringen?

Bogotá . . . Da, jetzt erwähnte Lopez das wieder, und der große Mann antwortete ihm. Bogotá lag in Kolumbien, und Kolumbien war das Land, das Raleighs *Eldorado* war.

»Was sagen sie? Wo ist sie?«

Tom schüttelte den Kopf und wandte sich angeekelt ab. »Er weiß es nicht.« Er warf das Stück Holz wieder ins Feuer. »Keiner von den beiden weiß es.« Seine Stimme klang verbittert und niedergeschlagen. »Los, verschwinden wir von hier. Haben Sie die Wagenschlüssel?«

»Nein.«

Er beugte sich über Camargo und durchsuchte dessen Taschen. Tony begann, sich in die Schatten wegzuschleichen, aber Tom hielt ihn auf. »Deine Wagenschlüssel will ich auch.« Er nahm sie an sich, blieb noch einen Moment stehen und starrte auf die beiden Kolumbianer herab. »Sie sind in Bogotá angeheuert worden und nach San Francisco geflogen. Dort hat man ihnen Miriams Nachricht übergeben, in einer Bar am Hafen. Es war ein Mann, den sie vorher noch nie gesehen hatten, und seinen Namen hat er ihnen nicht genannt. Er hat ihnen nur die Nachricht übergeben und mündliche Anweisungen erteilt – Details über ein Bankkonto bei der Hauptfiliale der *Bank of Canada* in Vancouver, zu dem sie Zugang hätten. Das ist eigentlich schon alles, was sie uns sagen können. Nur noch, daß sie mich verfolgen und beobachten sollten – und Sie übrigens auch, falls Sie hier auftauchen.« Er wandte sich an Tony. »Du kommst mit uns. Ein schöner langer Spaziergang. Während die beiden Ganoven hier ihre Fesseln durchkauen, kannst du mal in aller Ruhe über die Klamm nachdenken. Vielleicht wird dir dann auch klar, daß sie dich in gefährliche Gesellschaft gebracht hat.« Er lachte.

»An wen sollen sie ihre Meldungen machen?« fragte ich.

»Sie haben nur eine Telefonnummer.« Er nannte sie mir, eine Nummer aus Bella Coola. Ich schrieb sie mir auf.

»Keinen Namen?«

»Nein.«

»Und die Leute, die sie angeheuert haben, haben ihnen wirklich nichts über die Gründe ihres Auftrags gesagt?«

Er schüttelte den Kopf. »Sie wissen gar nichts.« Er stand wie betäubt da. Aber mir schien die Sache klar. »Sie wollen die Klamm, nicht?« fragte ich. »Diesen zweiten Claim, den Ihr Vater verkauft hat?« Im gleichen Moment wurde ich wieder unsicher. Es war kaum glaublich, daß einer den Verstand verlieren und verschwinden sollte, bloß weil die Mine, von der er sich ein ganzes Leben lang ernährt hatte, ausgebeutet war. Zumal er ja noch eine zweite, nicht ausgebeutete Mine besaß.

»Gold?« Er starrte mich an, als könnte er seinen Ohren nicht trauen. Dann lachte er wieder hemmungslos, und das Echo hallte von den Felsen über uns zurück. Seine Stimme verschmolz mit dem Rauschen des Bachs, als er sagte: »Es ist also wahr – Miriam hat Ihnen aus Vancouver nicht geschrieben. Sie haben wirklich keine Ahnung.«

3
Bella Bella

Diese Fahrt die Ice-Cold-Piste hinunter paßte zum Rest der Nacht – ein reiner Alptraum. Auf dem letzten Stück mußte ich meine gesamten Kräfte mobilisieren, um nicht einzuschlafen. Tom fuhr in Tarasconis altem Ford vor mir her und zeigte mir den Weg. Von den ersten zehn Meilen etwa ist mir kaum etwas in Erinnerung geblieben, außer den auf und ab tanzenden Rücklichtern des Wagens vor mir. Die Vorderräder rutschten in den Spurrillen hin und her, und manchmal knallten Steinbrocken an die Kotflügel. Es drang dumpf in mein Bewußtsein, daß Tom höllisch schnell fuhr; auch die Wärme im Fahrerhaus fiel mir auf. Es war für mich sehr anstrengend, in dem ungewohnten Wagen mit ihm Schritt zu halten, und ich geriet ins Schwitzen.

Nach einiger Zeit setzte er Tarasconi ab und sagte ihm, er könne entweder zurück zur Mine laufen und die beiden Ganoven befreien, oder zum Highway marschieren und von dort per Anhalter zurück zur Lodge fahren. »Ich würde die Lodge empfehlen«, rief er Tarasconi zu. »Du kannst dort deinen Wagen zurückbekommen und etwas essen, und außerdem kannst du dir überlegen, was du mit deinen beiden Freunden oben bei der Mine anfangen willst. Das eine will ich dir aber sagen: Die Klamm kriegst du nie. Jetzt nicht mehr.« Damit knallte er die Tür zu und raste weiter.

Ich erinnere mich noch an Tarasconis Gesicht, das ich im Licht der Scheinwerfer sah. Er blickte Tom in einer Mischung von Verwirrung, Angst und Haß nach. Er brüllte noch etwas Unverständliches, als ich an ihm vorbeifuhr, und dann war er verschwunden, eine einsame, erbärmliche Gestalt, die von der Nacht verschlungen wurde.

Erst danach begann ich, den unkontrollierten Fahrstil des Wagens vor mir zu bemerken. Ich hatte mich inzwischen einigermaßen an das Fahrzeug, das ich selbst fuhr, gewöhnt und konnte deshalb auch etwas mehr auf den Wagen vor mir achten. Tom war ja jetzt allein. Wir waren nun auf dem Streckenabschnitt, der wie ein Bachbett aussah. Überall lag Geröll herum, links fiel es steil ab, und rechts war dichtes Unterholz. Ich hatte aufgeschlossen. Der Wagen vor mir fuhr nun in einem unberechenbaren Zickzackkurs, dem zu folgen alles andere als einfach war. Ich nahm an, Tom sei völlig übermüdet. Auch mir waren die Lider schwer geworden, aber jetzt war ich hellwach. Geröll und Felsbrocken wurden von Schlamm abgelöst, und die Räder meines Fahrzeugs blockierten beim Bremsen. Ich schaltete schnell herunter und sah einen Augenblick später, wie der Wagen vor mir ins Rutschen kam und sich fast quer stellte. Tom bekam ihn wieder unter Kontrolle, aber dann passierte es wieder, und diesmal schaffte er es nicht, rechtzeitig gegenzulenken. Das linke Vorderrad kam auf den Rand der Piste, holperte ein Stück darauf entlang, rutschte schließlich auf den Hang hinunter. Der Wagen schrammte eine kurze Strecke mit dem Bodenblech über den Rand, dann kippte er langsam auf die Seite.

Ich hatte inzwischen angehalten und sah, wie Toms Fahrzeug noch in eine Gruppe kleinwüchsiger Espen hineinrutschte und die dünnen Stämme abbrach, bis er halb in der Luft hängend zum Halten kam. Zum Glück entzündete er sich nicht.

Einen Moment später kletterte Tom heraus. Er war allem Anschein nach unverletzt und rief etwas zu mir hoch, aber der Motor meines Wagens übertönte seine Worte. Er torkelte einen Moment wie ein Betrunkener herum, bis er regungslos stehenblieb und zu mir hoch starrte. Er war sehr blaß, und sein fast weißes Haar stand ihm buchstäblich zu Berge. Schließlich kletterte er auf die Flanke des Lieferwagens, riß die Tür auf und griff hinein, um seine Sachen herauszuholen.

Es dauerte eine Weile, bis mir klar wurde, daß ihm nicht nur die Nachwirkungen der Droge zu schaffen machten, sondern daß er außerdem noch unter Schock stand. Wahrscheinlich war er zudem noch völlig erschöpft. Er war bei der Auseinandersetzung mit diesen Männern so aufgedreht und erregt gewesen, daß es kein Wunder war, daß er jetzt nicht mehr richtig fahren konnte. Ich mußte ihm den Hang hinaufhelfen, und als ich ihn endlich in das Fahrerhaus meines Wagens geschafft hatte, sank er sofort in sich zusammen. Er war so blaß, daß ich fürchtete, er sei ohnmächtig geworden.

In Wirklichkeit war er jedoch einfach eingeschlafen und wachte erst wieder auf, als wir die untere Furt über die Squaw erreichten. Über Dalton's Post war am Himmel schon die erste Andeutung der Morgendämmerung zu sehen. Die Bäume standen noch als schwarze Umrisse auf der anderen Seite des Creek, und das Wasser und seine Ufer aus Felsen und Geröll waren nur als graue Schemen zu erkennen. Ich mußte ihn ziemlich kräftig schütteln, bis er wach genug war, um mich durch die Furt zu dirigieren, und noch bevor ich das andere Ufer erreicht hatte, war er wieder eingeschlafen. Er saß wie eine zerbrochene Puppe neben mir, sein Kopf rollte kraftlos hin und her. Das Wasser reichte bis zum Kühler, sickerte unter der Tür durch und schwappte zu unseren Füßen auf dem Boden herum.

Er wachte erst wieder auf, als wir den Highway erreicht und bereits mehrere Meilen auf dem Weg zur Lodge zurückgelegt hatten, und *daß* er wach war, merkte ich tatsächlich erst, als ich ein merkwürdiges Schniefen hörte. »Was haben Sie denn?« fragte ich. »Fehlt Ihnen etwas?«

Er schüttelte den Kopf.

»Sie sind doch nicht verletzt, oder?«

»Nein.« Er lehnte sich zurück und suchte in den Taschen seines Anoraks herum. Erst jetzt wurde mir klar, daß er weinte. Er zog ein schmutziges Taschentuch heraus und wischte sich das Gesicht ab. »Ich muß mich bei Ihnen bedanken«, murmelte er. Dann, nach einer Weile: »Alles ist schiefgegangen.« Er versuchte, sich zusammenzunehmen. »Ich hatte ein wunderbares Leben – und dann plötzlich . . .« Wieder Schweigen. Dann lehnte er sich vor, packte mich am Arm und sagte mit zitternden Lippen. »Sie haben die Urkunden gesehen, oder? Diese Pflanzung – die Bäume meines Vaters. Haben Sie gesehen, was er dazu geschrieben hat?«

»Ja«, sagte ich und machte mich innerlich für die nächste Frage bereit.

»Die Mine könnte ich verkraften. Damit könnte ich leben. Aber jetzt . . . jetzt wünschte ich mir, ich wäre tot.« Er lachte kurz auf und schien sich damit selbst verspotten zu wollen. »Ich habe es aber nicht fertiggebracht. Als es soweit war – na ja, es war eben nur vorgetäuscht. Ich habe es einfach nicht fertiggebracht.« Er packte mich fester am Arm. »Glauben Sie, daß der Geist eines Mannes aus dem Grab zurückkehren kann, um etwas zu verteidigen, was der Mensch zu Lebzeiten geschaffen hat? Glauben Sie das?«

»Es ist mehr die Frage, ob *Sie* es glauben«, antwortete ich, und er nickte.

»Erst als ich den Vertrag unterschrieben hatte und dort hingefahren bin, um mit eigenen Augen zu sehen, wie sie die Bäume fällen – erst dann . . . Komisch, nicht wahr?« Er ließ mich los.

»Verdammte Angst kann man davon bekommen.« Er hielt sich sein Taschentuch vor das Gesicht und weinte wieder.

»Weiß es Miriam?«

»Was in der Urkunde steht?«

»Das, und daß Sie die zwei Hektar verkauft haben.«

»Nein. Sie wußte gar nichts. Die einzigen Leute, die wußten, daß die Mine erschöpft ist, sind von hier, Leute wie Jonny und Kevin – Tony auch.«

»Und Stone Slide?«

»Die Klamm? Ja, ich hätte die Klamm verkaufen können, oder zumindest den Claim verpachten. Das hätte mir aber nicht viel eingebracht, wäre bei meinen Schulden nur ein Tropfen auf den heißen Stein gewesen.« Er machte eine kurze Pause. »Trotzdem hatte ich ein schönes Leben. Das Problem ist nur, daß mir das heute nichts einbringt, von der Zukunft ganz zu schweigen, und im nachhinein . . . Ich war nie der Typ, etwas zu bereuen.« Dann verstummte er; er weinte nicht mehr, sondern versank in ein tödliches Schweigen. Es dämmerte. Der graue Einschnitt des Highways zwischen den schwarzen Mauern des Nadelwalds wurde von einer Minute zur anderen deutlicher, mein Scheinwerferlicht dagegen scheinbar schwächer.

Ich glaubte, er sei wieder eingeschlafen, denn sein Kopf war gegen die Sitzlehne gesunken, und seine Augen waren geschlossen. Sein Gesicht war faltig und sah müde aus, und der Mund war unter breiten Nasenflügeln zu einem scharf umrissenen Loch geöffnet, so daß die Zähne wie zu einer Grimasse gebleckt waren. Er hatte immer so jung ausgesehen, war aber in den letzten Monaten gealtert. Er war siebenundfünfzig Jahre alt – und sah inzwischen viel älter aus.

Ich dachte über seinen Vater nach, und über den Fluch, den er in den Besitzurkunden niedergelegt hatte. Offenbar hatte er geahnt, zu welcher Art Mann sein Sohn heranwachsen würde, und hatte sein Bestes getan, um ihn daran zu hindern, aus finanziellen Schwierigkeiten den vergleichsweise leichtesten Ausweg zu wählen. Vielleicht hatte er sogar gewußt, daß seine Mine in einigen Jahren versiegen würde, zumindest hatte er eine solche Möglichkeit ins Kalkül gezogen. Dennoch hatte Tom nun genau das getan, was der alte Josh Halliday immer befürchtet hatte: Er hatte angefangen, den Hochwald abzuholzen. Was ich mir jedoch nicht vorstellen konnte, war, daß diese Abholzungsaktion der Grund für die Entführung Miriams und das Auftauchen südamerikanischer Gangster war. Vielleicht hatte Tom das Holz nur in einer mündlichen Absprache verkauft und weigerte sich nun, die Ware zu liefern? Wahrscheinlicher war es allerdings, viel wahrscheinlicher, daß es um die Ice-Cold-Mine oder vielleicht um die Klamm ging. Bestimmt steckte hinter allem das Gold.

Ich war noch immer in Gedanken versunken, als Tom sich plötzlich mit weit geöffneten Augen aufrichtete. »Wo sind wir?«

»Auf der Straße nach Haines«, sagte ich.

»Ich weiß, ich weiß – aber wie weit sind wir? Sind wir schon an *Million Dollar Falls*, dem Campingplatz, vorbei?« Er schüttelte den Kopf. »Ach nein, natürlich, der ist ja in der Gegenrichtung bei Haines.« Er lehnte sich vor und lauerte auf das nächste Entfernungsschild. Es dauerte nicht lange: ein weißes Schild mit schwarzen Zahlen darauf – 172. »Noch dreißig Kilometer bis zur *Lakeside*. Bei Kevin halten wir an und frühstücken. Sie haben dort wohl eine Hütte gemietet, nehme ich an . . .? Gut. Dann können wir in Ihrem Zimmer frühstücken.« Nach einer kurzen Pause sprach er weiter. »Kevin war immer ein guter Freund von mir. Ich werde ihm erzählen, was passiert ist. Wenn Sie dann bis zum Kathleen-See fahren, übernehme ich das lange Stück bis Whitehorse. Bis dahin bin ich wieder auf dem Damm. Im Augenblick geht es mir nicht so gut.« Er lehnte sich zurück und schloß die Augen. »Manchmal überkommt es mich so. Wahrscheinlich werde ich alt. Ich mache jetzt ein Nickerchen. Wecken Sie mich – wenn wir ankommen . . .« Ich blieb allein mit meinen Gedanken und der grauen, abgerundeten Asphaltdecke der Straße, die sich vor mir erstreckte.

Als wir um 7.37 Uhr die *Lakeside Lodge* erreichten, stand der Nebel auf dem Wasser, und die Sonne war gerade über den schwarzen Bergen im Osten aufgegangen. Ich erinnere mich deshalb so genau an die Zeit, weil ich zunächst zu müde war, um mich zu rühren, und einfach im Wagen sitzenblieb, vor mich hinglotzte und die Uhr auf dem Armaturenbrett anstarrte. Auch Tom rührte sich nicht. Er hockte zusammengesunken auf seinem Sitz und schlief fest. Ich versuchte, etwas Ordnung in meine Gedanken zu bringen und mir über die Prioritäten, die ich jetzt zu setzen hatte, Klarheit zu verschaffen.

Ich hätte natürlich zu diesem Zeitpunkt das ganze Unternehmen einfach abbrechen und Jean Edmundson anrufen können. Die Idee, sie anzurufen und mein Glück nicht per Anhalter zu versuchen, kam mir wahrscheinlich deshalb, weil sie für mich eine Repräsentantin des kanadischen Alltags war und ich ihre praktische Vernunft und freundliche Nüchternheit in der verrückten Welt, in die ich plötzlich geraten war, unbedingt brauchte. Ich war ein Provinz-Anwalt aus Sussex und hatte mich auf Testamente und Nachlaßverwaltungen spezialisiert, und nun saß ich hier am Yukon, wäre um ein Haar von Gangstern aus Bogotá über den Haufen geschossen worden, war Komplize bei einem Autodiebstahl . . . Ich warf einen Blick zu Tom hinüber, der mit auf die Brust gesunkenem Kinn dasaß und mit leicht vibrierenden Nasenflügeln laut schnarchte. Mein Gott! Er sah in der Tat zehn Jahre älter aus, als er wirklich war. Wieder fiel mir ein, wie Miriam über ihn gesprochen hatte, als wir an jenem Sonntag, nachdem ich den Zeitungsartikel über ihn gelesen hatte, zusammensaßen. Im Augenblick hatte er nicht die geringste Ähnlichkeit mit einem Peter Pan auf Erden. Ich vergegenwärtigte mir die Begeisterung in ihrem Gesicht, das Leuchten, das in ihre Augen getreten war, als sie mir die Aufregung und Faszination beschrieb, die dieser Mann auf die unerfahrene Tochter eines Archäologen ausgeübt hatte, und fühlte Sehnsucht nach ihr und Angst um sie . . . Es war lächerlich, so voller Erregung und leidenschaftlicher Sehnsucht nach einer Frau im Fahrerhaus eines Kleinlasters zu hocken, hoch oben im Norden Kanadas, während der Ehemann neben mir saß und schnarchte. Es ergab einfach keinen Sinn. Nichts mehr ergab einen Sinn. Ich wußte nur, daß ich nicht heimfahren konnte, solange ich nicht genau wußte, was mit ihr passiert war.

Es war, als hätten sich meine Gedanken ihm irgendwie mitgeteilt. Er bewegte sich und sah mit zusammengekniffenen Augen in die aufgehende Sonne. »Wo sind wir?«

»Bei der Lodge.«

Er richtete sich abrupt auf. »Frühstück!« sagte er. Seiner Stimme nach zu urteilen, war er hellwach und voller Energie. »Wo steht Ihre Hütte?«

Ich deutete auf die letzte in der Reihe.

»Okay. Holen Sie den Schlüssel und sagen Sie Kevin, er soll zu uns kommen. Sagen Sie ihm, er soll den Koffer mitbringen, den ich bei ihm gelassen habe, und bestellen Sie das Frühstück.«

Ich fragte ihn, was er wollte, und er lachte. »Ganz egal, solange es nur viel ist – Schinken, Eier, Würstchen, Toast und Kaffee, viel Kaffee. Herrgott noch mal, habe ich einen Hunger!«

»Meinen Sie nicht, Sie sollten mir besser sagen, worum es hier eigentlich geht?«

»Später«, sagte er. »Später. Wir müssen weiter.«

Wir blieben weniger als eine Stunde in der Lodge und verzehrten in dieser Zeit ein riesiges Frühstück. Wir ließen den Kleinlaster volltanken und borgten uns von Kevin etwas Geld. Tom brauchte nicht danach zu fragen – Kevin ging wie selbstverständlich davon aus, daß uns das Bargeld knapp werden würde. Er sagte, im Safe in seinem Büro hätte er ungefähr tausend Dollar, und wenn wir die wollten, könnten wir sie gern haben. Er verlangte keine Sicherheit, nicht mal einen Schuldschein, sondern ging einfach hinaus, holte das Geld und legte es uns auf den Frühstückstisch.

Ich wußte nicht, wieviel Tom oder sonst jemand Kevin erzählt hatte. Ich hatte den Eindruck, daß er glaubte, Tom habe sich bei sehr gefährlichen Leuten schwer verschuldet und verstecke sich nun vor ihnen oder stelle sich tot. Diese Erklärung war so gut wie irgendeine andere, und vielleicht steckte hinter Kevins Großzügigkeit und seiner Anteilnahme an Toms Problemen die Hoffnung, daß hier in der Gegend von Ice Cold noch einmal Gold gefunden würde. Die einzige Frage, die er stellte – zumindest, solange ich dabei war –, war die nach Tony und den beiden Männern, die wir in dem Lager am Squaw Creek zurückgelassen hatten. »Soll ich hochfahren und sie runterbringen? Ich könnte sie zur US-Grenze bringen. Von der Kreuzung bei Dalton's Post sind es nur noch fünfzig Meilen.«

»Meinst du, sie würden rübergehen?«

»Vielleicht schon.«

Tom schüttelte den Kopf. »Ich bezweifle es. Außerdem hast du heute schon genug getan für mich. Entweder kommt irgendwann heute vormittag dieser kleine Scheißer Tarasconi zu seinem Lager zurück und befreit sie, oder sie befreien sich selbst. Wenn sie hier auftauchen und nach ihrem Wagen fragen, kannst du ihnen sagen, ich hätte ihn irgendwo in Whitehorse abgestellt, wahrscheinlich auf dem Parkplatz des Flughafens.«

»Und wo wirst du sein?«

Tom schüttelte den Kopf. »Das behalte ich am besten für mich.«

Kevin nickte. »Wahrscheinlich hast du recht.« Er zögerte und stand von dem Bett auf, auf dem er gesessen hatte. »Also, ich gehe jetzt. Ich habe noch zu tun.« Er streckte die Hand aus. »Viel Glück, Tom.«

»Danke.« Tom stand auf und packte Kevins Hand mit beiden Händen. »Ich weiß nicht, wie ich dir das je zurückzahlen kann.« Er warf mir einen Blick zu und grinste. »Ich werde natürlich meinem Anwalt Anweisungen erteilen, aber das dürfte wohl auch nicht allzuviel nützen – unter diesen Umständen.« Sein Grinsen verschwand. »Wenn ich dir das erzählen würde . . .« Er schüttelte den Kopf. »Du würdest es mir nicht glauben. Niemand würde es mir glauben.« Er sprach in diesem Augenblick nicht mehr mit Kevin und auch nicht mit mir. Er sprach nur mit sich selbst.

Kurz danach fuhren wir los. Ich fuhr bis zur Kathleen Lodge, wo wir noch mal Kaffee tranken, und dann übernahm Tom das Steuer. Er hatte lange geschlafen und sah jetzt besser aus. Meine Fragen aber wollte er noch immer nicht beantworten.

»Sie würden es nicht glauben.« Er sagte das einige Male, wie eine Art Refrain, aber *was* ich nicht glauben würde, verriet er mir nicht. Schließlich schlief ich ein. Ich erinnere mich an Haines Junction, die Polizeistation, und daß wir danach von den Front Ranges und der ungeheuren weißen Wand der Berge weg nach Osten abbogen. Danach verschlief ich den größten Teil der achtundneunzig Meilen langen Strecke nach Whitehorse.

Tom fuhr direkt zum Flughafen, wo er zwischen einem anderen Kleinlaster und einem leeren Wohnwagen parkte, so daß wir beim Ausladen unserer Sachen vor neugierigen Blicken geschützt waren. Am Terminal nahmen wir ein Taxi und fuhren den Two Mile Hill hinunter an dem Einkaufszentrum und einer Reihe von Tankstellen vorbei zur Fourth Avenue und Wood Street, wo wir für diese Nacht im *Sheffield House* abstiegen. Dort erwartete mich ein Luftpostbrief mit einer maschinengeschriebenen Adresse und dem Poststempel von Worthing. Er war von meinem Sozius, der hoffte, daß der Brief mich noch rechtzeitig erreichen würde, und daß mir meine Reise

Spaß mache. Er hatte einen Brief von Brian Halliday beigelegt – *ich dachte, daß Sie dies hier so bald wie möglich selber lesen wollen, um sich davon überzeugen zu können, was sich in dem Wald dort in British Columbia abspielt.*

Brian hatte von einem Ort namens Bella Coola aus geschrieben – eine engbeschriebene kanadische Luftpost-Briefkarte. Er informierte mich, daß sich in dem alten Holzfällerlager auf dem Halliday Arm einige Leute aufhielten, von denen zwei mit starken Handmotorsägen im Hochwald Bäume fällten. Seiner Einschätzung nach hatten sie bereits mehr als die zwei Hektar geschlagen, die im Kaufvertrag vorgesehen waren, aber sicher könne er das nicht sagen, weil man ihm nicht gestattet habe, das abgeholzte Gebiet zu überprüfen. Als er nämlich Zweifel an der Rechtmäßigkeit ihres Vorgehens geäußert habe, sei augenblicklich ein Mann namens Lorient herbeigerufen worden, der angeblich der Chef gewesen sei, aber mehr wie ein Sicherheitsposten ausgesehen habe.

Und dieser Lorient behauptete, er habe von einer amerikanischen Holzfirma die Erlaubnis, auf diesem Grundstück Bäume zu fällen. Ich möge doch, mit Verlaub, augenblicklich verschwinden.

Bei der amerikanischen Firma handele es sich natürlich um *SVL Timber.* Er habe nach Thor Olsen gefragt, dem Forstverwalter seines Vaters, aber Lorient habe ihm gesagt, er kenne keinen Forstverwalter, und das Lager sei bei ihrer Ankunft verlassen gewesen.

Der Brief endete mit der Bitte, ein Telegramm an die Polizei zu schicken, damit sie sich um Thor Olsens Verbleib kümmere.

Im letzten Absatz wurden zwei Fragen gestellt: *Wie sieht meine juristische Position aus? Kann ich diese Leute legal von meinem Land jagen lassen? Erbitte Benachrichtigung. Ich brauche außerdem eine Bestätigung, daß jegliches Abholzen über die zwei in dem Kaufvertrag genannten zwei Hektar hinaus gesetzwidrig ist. Erbitte Antwort auf diese Fragen so bald wie möglich.* Als Anschrift nannte er ein Postfach in Bella Coola.

Der Brief war vom 20. September datiert, war also zwei Tage, nachdem er sich in seinem Gummiboot von dem Lastkahn hatte überfahren lassen, verfaßt worden. Es schien mir eigenartig, daß er ausgerechnet mich um juristischen Rat fragte, wo er sich diesen doch viel bequemer von den Anwälten seines Vaters an Ort und Stelle hätte einholen können. Und warum hatte er sich wegen Olsen nicht selbst mit der RCMP in Verbindung gesetzt? Im übrigen stand seine Information, auf den Cascades werde abgeholzt, in direktem Widerspruch zu den Zusicherungen, die mir Barony von *SVL Timber* am Telefon gegeben hatte.

Ich ging mit dem Brief zu Tom, dessen Zimmer ein Stück weiter im gleichen Gang lag. Er hatte gerade unter der Dusche gestanden, und er las den Brief, während ihm das Wasser den Rücken hinunterlief und eine Wolke Dampf von ihm aufstieg. Seine Augen schienen leicht geweitet. »Immer das gleiche mit dem Jungen.« Er gab mir den inzwischen feuchten Brief zurück. »Warum zum Teufel kann er keine Ruhe geben?«

»Ist das wahr?« fragte ich.

»Was?« Er kam aus der Dusche heraus und begann, sich abzufrottieren. »Ist was wahr?«

»Daß sie weiter Bäume fällen? Haben Sie irgend etwas unterschrieben – außer dem Kaufvertrag mit *SVL Timber* über diese zwei Hektar?«

Er hörte auf, sich abzufrottieren, und stand splitternackt mit dem Handtuch über der Schulter vor mir. »Davon wissen Sie?«

»Der Kaufvertrag lag in Ihrem Schreibtisch.«

»Ich verstehe.«

»Haben Sie sonst noch irgendwelche Verträge unterschrieben?«

»Nein, natürlich nicht.« Nach einer kurzen Pause sagte er: »Sie haben die Urkunden wohl gesehen, was? Sie haben gelesen, was der alte Mann geschrieben hat. Niemand, der auch nur einen Funken Vernunft hat . . .« Er ließ das Handtuch fallen, drehte sich um und griff nach seiner Unterhose.

»Und was ist mit Miriam? Haben Sie ihr eine Vollmacht erteilt, irgend etwas in der Richtung?«

Er zog seine Hosen an und fuhr wieder zu mir herum. »Wenn Miriam irgend etwas unterschrieben hat . . .« Er lächelte mich an. »Dann ist das *Ihr* Problem, nicht meines. Kümmern Sie sich darum.« Er starrte mich an; sein Körper war von der Arbeit in der großen Höhe, vom Wind und Sonne braun und abgehärtet. »Wenn Miriam etwas unterschrieben hat – selbst wenn sie behauptet, sie handele in meinem Auftrag, dann zählt das doch nicht, oder?«

»Nein.«

Er zitterte leicht. »Erst nach meinem Tod gehört der Wald Brian.

So steht es im Testament.« Er wartete ab, bis ich zustimmend genickt hatte, und dann sagte er: »Und solange ich nicht tot bin, gehört er mir.«

»Und Sie haben nichts unterschrieben?«

»Nein, ich habe mich geweigert. Darum geht es doch.« Er starrte mich noch immer mit weit aufgerissenen Augen an. »Ich wollte nicht unterschreiben. Vergessen Sie es! Deshalb habe ich den Wald doch Brian überlassen. Soll *er* sich doch mit den Scheißkerlen herumschlagen. Nein, mir macht Miriam Sorgen.« Er ging zu seinem Koffer und kramte ein sauberes Hemd hervor. »Der Dreck und der Schweiß von mehr als einem Monat Knochenarbeit sind gerade mit dem Duschwasser da weggeflossen. Nicht das geringste hat mir die Schufterei eingebracht. Nichts hat sich verändert – nur daß Miriam gefangen ist. Sie stand kurz davor, einen Vertrag abzuschließen, der es mir ermöglicht hätte, die notwendigen Gerätschaften zu kaufen. Damit hätte ich meine Theorie über das Goldvorkommen in der Klamm beweisen können.« Er zuckte die Achseln. »Egal jetzt. Schicken Sie Brian ein Telegramm und sagen Sie ihm, wir sind in drei Tagen in Bella Bella. Na ja, vielleicht in dreieinhalb. Das wäre am Dienstag. Wenn er sich dort mit uns treffen könnte . . . Sobald ich fertig angezogen bin, kümmere ich mich um die Buchungen für den Zug und die Fähre, dann spreche ich mit Jonny, und dann gehen wir in die Stadt und machen uns einen schönen Abend, okay? Das wird uns beiden guttun.« Er sagte das mit einer plötzlichen, entschlossenen Fröhlichkeit, die er den ganzen Abend aufrechterhielt.

Das Lokal, das er sich aussuchte, war nach meiner Einschätzung das teuerste Restaurant von Whitehorse – eine rote Plüschkopie der üppigen Goldgräber-Etablissements der Gründerzeit, voller geschliffener Glasspiegel mit Bildern von Diamond Lil und all den anderen berühmten Gestalten aus der Zeit des Goldrausches, die von den Wänden auf uns herabsahen. Wir aßen Krebszangen und Riesenkrabben aus Alaska, und dazu tranken wir viel Wein und eine ganze Menge Whisky. Weiß Gott, was das alles kostete, aber irgendwie war mir das gleich. Meine Reise nach Kanada hatte dermaßen absurde Züge angenommen, daß die angeborene Vorsicht und meine juristische Erfahrung spurlos verschwunden zu sein schienen. Tom Halliday erzählte und erzählte – von den vielen seltsamen Winkeln der Welt, die er gesehen hatte, von seinen Abenteuern, von Flügen in kleinen Flugzeugen, Notlandungen, von Guerillas im Grenzgebiet zwischen Peru und Ekuador, von Le Mans und Oldtimer-Rallyes und von Unfällen, die er gehabt hatte. Man hatte fast den Eindruck, als wollte er an diesem einen Abend unbedingt sein ganzes Leben Revue passieren lassen – als wollte er sich rechtfertigen; ob allerdings vor mir oder vor sich selbst, kann ich nicht sagen.

Er hatte natürlich wieder Kokain geschnupft. Weiß der Teufel, wo er das Zeug her hatte. Wahrscheinlich gab es in Whitehorse wie in jeder anderen Stadt Rauschgifthändler, vielleicht hatte er sich aber auch in der *Lakeside Lodge* einen kleinen Vorrat für den Notfall aufbewahrt. Er konnte einfach nicht aufhören zu reden. Erst gegen Ende unseres Gelages wurde es anders. Der Scotch änderte seine Stimmung.

Als ich hinterher in meinem überheizten Zimmer im Bett lag und nachdachte, verstärkte sich bei mir der Eindruck, daß er sich selbst in der Rolle des verlorenen Sohnes sah. Es machte ihm nichts aus, daß er sich tausend Dollar geliehen hatte, die er aller Wahrscheinlichkeit nach nie zurückzahlen konnte. Er hatte Geld in der Tasche, und Geld war zum Ausgeben da. Vor der Kulisse dieses Restaurants im Stil der Jahrhundertwende paßte er zu den Männern jener Zeit. Er hatte sich benommen wie ein Digger, der das Gold aus einem guten Claim zu einem guten Preis verhökert hat und der es ebenso schnell in den Amüsierlokalen von Dawson City wieder ausgab, dessen Hauptstraße, gemalt oder als Foto, überall in Whitehorse zu sehen war.

Auf dem Rückweg zum Hotel hatte uns eine sternklare Nacht umgeben, und unser Atem hing wie Rauch in der Luft. Auf den Pfützen bildete sich schon eine dünne Eisschicht. Tom hatte mich durch die Fourth Avenue geführt, an der alten Holzkirche und dem hölzernen »Wolkenkratzer« vorbei, schließlich hinaus zum wuchtigen Amtsgebäude der Regierung des Yukon Territory und über die Schienen zur Straßenbrücke über den Fluß, wo die SS *Klondike* mit ihrem Kiel auf dem Ufergras lag; ihr weiß gestrichener Rumpf und ihre riesigen Aufbauten ließen sie im Dunkeln schimmern wie ein Geisterschiff.

Er hatte sich an das Brückengeländer gelehnt und auf den schwarzen, schnell fließenden Fluß hinuntergestarrt.

»Fast ein Jahrhundert ist es her«, hatte er gemurmelt. »Von hier ist mein Vater gekommen – eigentlich war er noch ein Junge. Er hatte gerade die Schule hinter sich und war noch lange nicht trocken hinter den Ohren. Den White Pass hoch, und dann zum Lindemann- und zum Bennett-See – den Bennett-See werden Sie morgen zu sehen bekommen – und dann auf einem Floß mit einem halben Dutzend Pferden, einem großen Herd und einem Konzertflügel den Fluß hinunter durch den Canyon bis Laberge. Als er Dawson erreichte, hätte er Männer von der Sorte, wie Despera einer war, eigentlich erkennen müssen. In diesem einen Jahr allein sind fünfundzwanzigtausend Menschen den Fluß heruntergekommen, und die Betrüger und Schwindler waren überall. Er hätte es wissen müssen.« Tom hatte laut aufgelacht. »Und ich auch! Ich meine damit Tarasconi. Wie der Großvater, so der Enkel, was?« Wieder lachte er bitter. »Später hatten sie Dampfschiffe wie die alte *Klondike* dort. Aber als er flußabwärts reiste, geschah das auf einem Floß . . . auf ein paar aneinandergebundenen Stämmen . . . So schaffen sie auch das Holz von abgelegenen Plätzen wie dem Halliday Arm weg – mit Flößen oder mit Lastschiffen. Von so was haben Sie doch kürzlich gesprochen, nicht?«

»Von einem Prahm«, sagte ich. »So hieß das Ding in der Zeitung, auf der Bildunterschrift.«

Er hatte meine Worte jedoch nicht wahrgenommen. »So haben sie ihre erste Ladung herausgeschafft. Mit einem Lastkahn. Vor zwei Monaten muß das gewesen sein . . . nein, etwas länger ist es wohl schon her.« Seine Stimme hatte angefangen, leicht zu zittern. »Ich möchte bloß wissen, was aus Olsen geworden ist. Ich hoffe nur, er ist nicht tot. Na ja, noch ein paar Tage, und wir wissen die Antwort – auf diese Frage, und noch auf eine Reihe anderer.« Er hatte sich umgedreht. »Wir sollten besser zurück ins Hotel, damit wir etwas Schlaf bekommen. Mein Gott, bin ich müde.«

Mir ging es genauso, und ich war froh, als ich endlich meinen Pyjama anziehen und mich ins Bett legen konnte. Ganz so leicht wollte sich der Schlaf jedoch nicht einstellen. Die Ereignisse der letzten vierundzwanzig Stunden gingen mir immer wieder im Kopf herum. Ich hatte ihm von seinem Sohn erzählt, der die Unterstützung der Öffentlichkeit gewinnen wollte, einen Aufschrei der Empörung hervorrufen, weil eine amerikanische Firma einen Wald fällte, der vor Jahrzehnten von einem Kanadier gepflanzt worden war, der am Klondike ein Vermögen gemacht hatte. Aber alles, was Tom darauf zu sagen hatte, war: »Das wird nicht viel nützen. Der alberne Kerl. Er hat keine Ahnung, worauf er sich da einläßt . . .«

Vielleicht kam es vom Kaffee oder der kalten Nachtluft, oder von der Tatsache, daß ich in meinem Zimmer die Heizung abgedreht hatte, bevor ich weggegangen war – ich war jedenfalls wacher als je zuvor und zerbrach mir den Kopf darüber, was ich als nächstes tun sollte. Ich brauchte Tom nicht bis Skagway zu begleiten und dort mit ihm die Fähre zu besteigen. Statt des Zuges konnte ich ein Flugzeug nehmen, in Fort St. John umsteigen und mit *Wardair* direkt von Edmonton nach Gatwick fliegen. In vierundzwanzig Stunden wäre ich zu Hause. Aber da war Miriam, und einfach so im Stich lassen konnte ich weder sie noch Tom – was immer er auf dem Kerbholz haben mochte.

Beim Essen hatte ich mich nach dem Felsrutsch erkundigt und ihn, einer spontanen Eingebung folgend, gefragt, ob er da vielleicht etwas nachgeholfen habe, um Nachforschungen nach seinem Verbleib zu erschweren. Ja, hatte er zugegeben, das sei er selbst gewesen. Er habe sich von Kevin einen Bohrer und etwas Dynamit bringen lassen, und als ich mich erstaunt darüber gezeigt hatte, daß er eine solche Sprengung selbst durchzuführen in der Lage gewesen sei, da hatte er gelacht und ganz beiläufig gesagt: »Mein Vater hat zwar auf Vancouver Island gelebt, aber mich hat er bei einer armen Tante in Edinburgh einquartiert. Er hat wohl gedacht, in Schottland würde ich eine bessere Erziehung bekommen. Ich bin nach Gordonstown gegangen, und jedes Jahr in den großen Ferien bin ich zu diesem großen Haus im Ranch-Stil nördlich von Duncan geflogen – es hat ein Stück Strand, eine hölzerne Mole und bietet einen wunderbaren Blick über die Gulf-Inseln auf die Straße von Georgia, mit den Rockies im Hintergrund. Wir haben geangelt, sind Wasserski gefahren, und manchmal waren wir auch drüben an der Westküste in der Gegend von Friendly Cove und Nootka Sound, wo Cook auf seiner letzten Fahrt angelegt hat.« Dann hatte er mir weiter erzählt, wie sie zwischen den Felsen gesurft hatten, von Nacktpartys an der felsigen Küste, an die die Wellen vom mehr als siebentausend Kilometer entfernten Chinesischen Meer rollten, von Angel- und Jagdausflügen, bei denen er an den Stränden einsamer

Buchten übernachtet hatte. »Ich habe es dort wohl ziemlich wild getrieben, und deshalb war Gordonstown gut für mich. Und nach Gordonstown gab's für den jungen Mann nicht etwa so'n Quatsch wie die Universität, sondern es ging ab zum Militär. Ich hätte mich natürlich auf meine kanadische Staatsbürgerschaft berufen können, aber das wollte ich gar nicht. Ich besaß ja auch die britische, und so hat mir niemand irgendwelche Fragen gestellt, als ich mich freiwillig meldete. Ich kann mich nicht mehr daran erinnern, was ich da im einzelnen unterschreiben mußte. Die ganze Sache war für mich so etwas wie eine Mutprobe. Ich war ganz versessen auf Fahrzeuge aller Art – Hauptsache, man konnte schnell damit fahren –, und so haben sie mich zu den Pionieren gesteckt. Allerdings bekam ich keine Fahrzeuge, sondern Sprengstoff zum Spielen . . .«

Er hatte gelacht und gesagt: »Dort oben bei der Mine haben Sie von Terroristen gesprochen. Ich hätte einen verdammt guten Terroristen abgegeben. Auf jeden Fall weiß ich, wie man eine Felswand sprengt. Der Felsrutsch war daher eine Kleinigkeit für mich, nachdem mir Kevin den notwendigen Zünder mitgebracht hatte. So konnte ich mir diesen kleinen Scheißkerl Tarasconi vom Hals halten und alle die sonst neugierig waren und wissen wollten, was da oben los ist. Nur noch eine Woche oder so . . .«

Ich weiß nicht, ob es Alkohol oder Kokain war, was ihn zu solchen wilden Phantasien brachte, aber er schien sich selbst irgendwie davon überzeugt zu haben, daß er nur noch ein oder zwei Monate gebraucht hätte, um mit diesem Indianer eine neue Mine zu erschließen – sie beide allein mit dem kleinen Traktor und dem Waschgerinne aus Holz, das er selbst gebaut hatte. »Ich hätte das geschafft«, sagte er. »Ich weiß es ganz genau. Wenn der Winter nicht direkt vor der Tür gestanden hätte, wäre ich bis zum gewachsenen Fels vorgestoßen, und unmittelbar darauf sitzt bekanntlich das meiste Gold. Dann kam aber der Winter, und Tarasconi hat mich verraten. Plötzlich tauchten diese beiden Kerle auf. Ich hätte ihnen den Hals brechen können, einfach so –« Er schnalzte mit den Fingern, packte mich dann unvermittelt am Arm und schob seinen Kopf ganz nah an mein Gesicht. Seine Hände zitterten. »Wissen *Sie*

denn nicht, wo Miriam ist? Sie sind doch direkt von Vancouver hergekommen, haben Roy gesehen, und drüben in Seattle haben Sie mit Barony gesprochen – Sie *müssen* doch etwas wissen.« Als ich ihm keine Antwort gab – ich glaube, ich schüttelte den Kopf –, da sagte er: »Herrgott noch mal, haben Sie denn gar keine Idee, wo sie sein könnte?« und starrte mich wie in Trance an. Es dauerte lange, bis er diesen Zustand überwunden hatte. Dann griff er zur Flasche und schüttete uns Whisky nach.

Nach einer Weile gewann ich den Eindruck, er sei nun betrunken genug, um mir zu erzählen, worum es überhaupt ging. Ich begann, ihn von neuem mit Fragen zu bestürmen. Aber statt darauf einzugehen, geriet er in Rage, schrie mich an und sagte, ich tauge nichts und sollte mich gefälligst um meinen eigenen Kram kümmern. Danach war er plötzlich verstummt, stützte den Kopf in die Hände und beachtete mich nicht weiter. Irgendwann brummte er vor sich hin: »Ich weiß nicht, was hinter alldem steckt, und ich will es auch gar nicht wissen. Das sind alles Schweine. Man sollte sie erschießen wie tollwütige Hunde.«

Und dann, es war schon sehr spät, hatte er unvermittelt zu mir aufgesehen. »Philip, wenn ich nicht tue, was sie sagen, bringen sie sie um. Das weiß ich genau. Es geht hier um eine Menge Geld, und Miriam und ich sind nichts als Schachfiguren, die hin und her geschoben werden. Herrgott noch mal! Was soll ich denn nur machen?« Was sie von ihm verlangten, wollte er mir auch jetzt noch nicht sagen, und als ich ihn fragte, ob *SVL Timber* ihn zum Verkauf der Bäume nötigen wollte, lachte er nur. »Wenn es so einfach wäre . . . mein Gott! Ich würde meinen Frieden mit dem alten Mann machen und das ganze Zeug über den Tisch gehen lassen, nur um sie loszuwerden. So einfach ist es aber nicht, verstehen Sie?«

Ich war sein Anwalt, und ich war freiwillig hergekommen, gewiß . . . Aber wenn man mit der Frau eines Mannes geschlafen hat und ertappt worden ist, bleibt sie immer gegenwärtig, bildet eine Schranke zwischen beiden Männern, die sich in den seltsamsten Augenblicken plötzlich und unerwartet senkt und eine unüberwindbare Barriere bildet. Er hatte mich nur angesehen, ohne ein Wort zu sagen, und dann war er abrupt aufgestanden und zur Toilette gegangen. Ich folgte ihm und sah ihn mit gelöster Krawatte, in der Hand einen kleinen Goldlöffel, der ihm an einer dünnen Goldkette um den Hals hing. Er hatte einen Beutel aus der Tasche gezogen und mit dem Löffelchen eine bestimmte Menge herausgeholt, ihn an sein linkes Nasenloch gehalten und das Pulver geschnupft. Das

Ganze wiederholte sich mit dem rechten Nasenloch. Als er mich bemerkte, öffneten sich seine Augen weit, und er seufzte befriedigt. »Nur, damit ich in Form bleibe.«

»Sie brauchen das doch sicher nicht.« Meine Stimme hatte sehr steif geklungen.

»Nein.« Er fingerte am Reißverschluß seiner Hose herum. »Eins für jedes Nasenloch ist nicht sehr viel, solange ich damit nur auf der gleichen Höhe bleibe. Ich war zwei Monate lang clean, deshalb reicht es jetzt. Mein Gott!« Er starrte an sich selbst herunter. »Und dem da hilft's auch!« Und nach einer kurzen Pause: »Es gab eine Zeit, da haben Miriam und ich es als Aphrodisiakum benutzt, aber wenn man regelmäßig schnupft, wirkt es nicht mehr.« Er grinste mir über die Schulter zu. »Schade, daß Miriam jetzt nicht hier ist . . .«

Lange konnte die Wirkung nicht vorgehalten haben, denn kurze Zeit später schlug Tom sein Wasser ab. Beim Händewaschen sagte er zu mir: »Seien Sie froh, daß Sie nicht schnupfen. Das ist alles, was ich im Augenblick habe, nur ein paar Gramm, und die müssen reichen, bis mein Schiff einläuft.« Er war wieder in sein hohes Gelächter ausgebrochen, als hätte er etwas sehr Witziges gesagt.

Ich fragte, ob er sich vielleicht mit irgendwelchen Pushern eingelassen hatte. Aber er hatte den Kopf geschüttelt. Seine Augen waren weit geöffnet, als er mich im Spiegel anstarrte, und dabei fuhr er sich unablässig mit dem Kamm durch sein dichtes grauweißes Haar. »Nein, nein. Ich kaufe weiter oben ein. Das ist so, wie wenn man sich im Laden an der Ecke eine Schachtel Zigaretten kauft. Ein Pusher läßt sich, um im Bild zu bleiben, von einem dieser Läden in St. James seine Havannas in Kisten kommen. Inzwischen haben sich die Dinge allerdings etwas verändert.« Wieder wieherte er mich an und bleckte die Zähne. »Ich brauche mehr, und zwar ziemlich bald. Ich kann diesen Schweinen ohne das Zeug nicht entgegentreten. Und Miriam – was haben sie mit Miriam gemacht? Die ganze Zeit . . .« Er hatte die Tür aufgezogen. »Ich bringe sie um, die Drecksäcke«, raunte er mir ins Ohr, wobei sein Atem heiß über meine Wange strich. Dann taumelte er ins Gastzimmer zurück.

Erst als er wieder am Tisch saß, gelang es ihm, sich allmählich zu beruhigen. Seine Euphorie verflog. »Vielleicht kann Brian mir etwas besorgen. Hat er Geld, wissen Sie das?«

»Ich glaube, ja.« Ich sagte ihm nicht, daß sein Sohn dem Beispiel von Miriam gefolgt war und sich Dinge aus dem Haus geborgt hatte, um die Überfahrt nach Kanada bezahlen zu können. Statt dessen erkundigte ich mich, wie teuer hier draußen das Kokain war.

Er zuckte mit den Achseln und sagte, das hinge von der Qualität ab. »In der letzten Zeit ist der Preis gefallen. Kolumbien, Ekuador, Peru, Bolivien, die verkaufen den Stoff doch, wie sie können. Sie kochen ihn oben in den Anden in kleinen Familienlabors. Zusammengerechnet bildet Kokain das wichtigste Exportgut und stellt eine der Haupteinnahmequellen jener Regierungen dar. Das ist wie bei diesen Weinseen in Frankreich und Italien: Man kann billig einkaufen, wenn es sein muß, aber guter Stoff kostet immer Geld. Und wenn man etwas anderes nimmt als guten Stoff, kann man sich sehr schaden. Reines Kokain – in der harten, kristallinen Form – ist zu stark, zerfrißt die Nasenscheidewand und das Zahnfleisch, wenn man es oral nimmt. Ich mische meinen Stoff immer selbst, wenn ich kann.« Brian, so hatte er auf meine diesbezügliche Frage gemeint, nehme es übrigens nicht. »Er hat es mal versucht, von sich aus, das ist ihm angeboren. Jetzt ist er ein Kreuzzügler, der Anführer aller Kreuzzügler der Welt. Er kennt eine Menge Leute überall; wo er auch hingeht, hat er Freunde, Bekannte. Er weiß auch bestimmt, wo was zu kriegen ist. Bei den Indianern in Bella Bella wahrscheinlich, oder weiter südlich in der Alert Bay. Sie schwimmen im Moment in Geld, haben Land verkauft. In Bella Bella ist mit großer Wahrscheinlichkeit ein Pusher, in Bella Coola auf jeden Fall . . .«

Ich faßte noch den Entschluß, ihn bis Skagway und dann auf dem Schiff bis Prince Rupert zu begleiten. Von dort aus konnte ich weiter nach Vancouver fliegen. Dann endlich fand ich Schlaf.

Als ich am Morgen aufwachte, schien die Sonne, und vom Fluß stieg weißer Nebel auf.

An der Bahnstation standen bereits die Waggons, drei an der Zahl, alle schon etwas betagt, mit kleinen Eisenplattformen am Ende und mit Holzöfen versehen. Eine amerikanische Reisegruppe mit einem Führer, der einen ziemlich entnervten Eindruck machte, war da, eine kleine Gruppe kanadischer Schüler mit Schlauchbooten auf dem Rucksack, und dazu kamen noch Einzelreisende, die in Autos, Taxis und zu Fuß ankamen. In dem Bereich zwischen dem Gebäude der Bahnstation und den Eisenbahnwaggons herrschte allgemeine

Aufregung, denn ein Kamerateam von drei Männern filmte einen Schauspieler, der von einem Waggon zum nächsten ging.

Wir suchten uns einen Platz und verstauten unser Gepäck. Tom hatte nicht viel dabei, weshalb sein Gewehr noch mehr auffiel, als das sonst der Fall gewesen wäre.

»Was wollen Sie damit anfangen?« fragte ich ihn. Mir war plötzlich eingefallen, daß wir es hier mit einem organisierten Transportsystem zu tun hatten, und in einem solchen pflegte es auch Zollkontrollen zu geben. Skagway lag in Alaska, und Alaska gehörte zu den Vereinigten Staaten.

»Ich habe einen Waffenschein«, sagte er.

»Auf Ihren eigenen Namen?«

»Selbstverständlich.« Er lachte verkrampft und etwas nervös. »Die Amerikaner machen wegen Schußwaffen nicht so ein Aufhebens wie die Kanadier. Ich erinnere mich noch daran, daß mein Vater mir erzählt hat, wie Sam Steele und zwanzig Mounties allen Amerikanern, die von Skagway kamen, die Waffen abgenommen haben. Das hat ihnen zwar nicht geschmeckt, aber so war es nun einmal an dieser improvisierten Grenzstation, und die Schwindler, die von Soapy Smith – der war in Skagway der Boß – hergeschickt worden waren, um die Leute, die mühsam den zwölf Meilen langen Paß hochkamen, auszunehmen, hatten auch nichts zu lachen. Inzwischen ist es nicht mehr als eine Zugfahrt.« Er verstummte, wirkte nachdenklich und etwas mürrisch.

»Was ist mit der Pistole, die Sie Camargo abgenommen haben?« fragte ich.

»Unter meinem Arm im Halfter.«

»Bei der Einreise nach Alaska mag es vielleicht keine Schwierigkeiten geben, aber wir kommen doch wieder nach Kanada zurück – bei Prince Rupert, nicht wahr? Wie ist es denn da mit dem Zoll?«

»Sie werden so sehr mit der Überprüfung des Gewehrs beschäftigt sein, daß sie gar nicht auf die Idee kommen, ich könnte noch etwas anderes dabeihaben.« Er warf mir einen Blick zu und runzelte die Stirn. »Da wir gerade davon sprechen: Was haben Sie mit der Pistole gemacht, die Sie Lopez, dieser kleinen Ratte, abgenommen haben?«

»Sie ist in meinem Koffer«, sagte ich.

Plötzlich machte sich hektische Aktivität breit, und die Fahrgäste stiegen ein.

»Vielleicht geben wir sie doch besser ab, oder wir werfen sie in einen Tunnel oder oben am Paß aus dem Fenster. Noch besser wäre die Schlucht. Da oben ist es heute bestimmt neblig, und alles wird nur auf die Stahlbrücke achten.«

Unter viel Geklapper und Gebrüll wurden wir zurückgeschoben und an eine lange Reihe von Tankwaggons gekoppelt. Die Diesellok gab einen wehmütigen Heulton von sich, eine letzte Warnung, dann krachten die Kupplungen aneinander.

Ich stand draußen auf der Eisenplattform und sah zu, wie der Schauspieler in seinen Blue Jeans, in der Hand einen verbeulten Koffer, in dem Augenblick losrannte, in dem der Zug sich in Bewegung setzte. Das Fernsehteam filmte vom hinteren Teil des letzten Wagens aus, und der Kameramann hielt sich mühsam außen am Geländer der Aussichtsplattform fest. Wieder ertönte der Klageruf der Lokomotive, die Räder drehten auf den Schienen kurz durch, und die Kamera wurde ins sichere Abteil hereingereicht.

Die Diesellok schob sich bereits zwischen dem Fluß und den Regierungsgebäuden vorwärts, als ich einen Blick zurück warf und sah, daß jemand den Zug verpaßt hatte. Ein kleines rotes Auto hielt vor der Bahnstation, und ein Mann sprang heraus. Er blieb abrupt stehen, fuhr herum, sprang in das Auto, wendete schnell und war hinter einer Häuserreihe verschwunden. Ich sah auf der anderen Seite aus dem Fenster, und da war die Brücke über den Yukon, auf der wir in der vergangenen Nacht gestanden hatten; die SS *Klondike* lag wie ein gestrandeter weißer Wal auf dem Gras am Flußufer. Als wir an der Second Avenue vorbeikamen, fuhr das kleine rote Auto auf uns zu. Ich sah es nur ganz kurz, dann verstellten mir Häuser und der steile Bahndamm die Sicht, so daß ich nur noch ein Sportflugzeug wahrnahm, das vom Flugplatz startete. Auf dem Luftweg wären wir wahrscheinlich in ein paar Stunden in Bella Bella gewesen. Der größte Teil der Küste war nur mit den ortsüblichen Wasserflugzeugen zu erreichen, oder die Flugstrecke betrug mehr als tausend Kilometer. Das war zu weit, das Gelände zu unwegsam und das Wetter so nahe bei den Rockies zu unsicher. Anhand der Straßenkarte hatte ich errechnet, daß es mit dem Auto nahezu dreitausend Kilometer waren. »Schwer zu fahren«, sagte Tom. Er kannte die Strecke. Es gab also im Grunde keine Alternative zur Fähre. Das bedeutet fast einen ganzen Tag im Zug, zwei Nächte auf der amerikanischen Fähre, die vor Prince Rupert fünf Häfen an der Küste Alaskas anlief, und zum Schluß noch einen Tag auf der Fähre in British Columbia bis Bella Bella.

Meine erste Reaktion auf diesen langsamen, beschwerlichen Weg war Ungeduld gewesen, die fast an Unglauben grenzte. Tom dagegen hatte nichts Ungewöhnliches dabei gefunden. »So ist es eben hier oben«, hatte er achselzuckend gesagt. »Für's Reisen braucht man Zeit.« Die Reise war für ihn nichts Neues; er hatte sie schon einige Male gemacht. Ich aber, der ich den Yukon, Alaska, den Pazifik und die Rockies nur als Namen gekannt hatte, empfand die Reise bald als herrliches Erlebnis – und es wäre alles noch viel schöner gewesen, wenn mich nicht ständig das Gefühl geplagt hätte, daß mir erstens diese Gegend völlig fremd war, und daß ich zweitens in etwas verwickelt war, dessen Hintergründe ich nicht verstand.

Meine gesamte Ausbildung – auch meine konventionelle Erziehung – ließ in mir das dringende Bedürfnis aufkommen, die Angelegenheit den Behörden zu melden. Was aber sollte ich ihnen melden? Der einzige konkrete Anhaltspunkt waren die beiden kolumbianischen Gangster. Ich war überzeugt, daß hinter der Angelegenheit viel mehr steckte, konnte es aber nicht beweisen. Außerdem war Tom in sie verwickelt, und einen Mandanten durfte man nicht mir nichts, dir nichts verraten.

Drei Tage. Drei Tage Reise an der Küste entlang, und die ganze Zeit auf engstem Raum beieinander. Ich war zuversichtlich: In drei Tagen mußte es zu schaffen sein, ihn von meiner Vertrauenswürdigkeit zu überzeugen und ihn dazu zu bringen, mir zu erzählen, um was es eigentlich ging.

Nadelwälder, endlose Nadelwälder, eine Kupfermine, die wegen des Preissturzes hatte schließen müssen, kurze Blicke auf den Highway und die Berge, die rechter Hand die Schienen begleiteten. Selbst der Zug ließ sich Zeit; es war, als wollte auch er die Aussicht genießen. Und dann kamen wir an der angeblich kleinsten Wüste der Welt vorbei und fuhren am nördlichen Ende des Bennett-Sees, dort, wo er in den noch größeren Tagish-See übergeht, im Schneckentempo in Carcross ein. Es war eine alte Übergangsstelle der Karibus – »daher der Ortsname«, sagte Tom und erzählte mir von den riesigen Herden, die er einmal bei einem Flug zum Ölkomplex am North Slope gesehen hatte. Am Ufer lag wieder eines jener typischen Yukon-Schiffe mit den hohen Aufbauten, und auf dem Gleis nebenan stand eine der alten Tank-Lokomotiven der Eisenbahngesellschaft mit einem Güterwagen. Beide, Lok und Waggon, waren hier und da mit weißer Farbe gestrichen. Direkt nachdem wir die schwankende Holzbrücke über die Verbindung der beiden Seen überquert hatten, kamen wir ratternd zum Stehen. Neben dem Gleis war die verwitterte Holzfront des *Hotel Karibu* zu sehen, und davor standen einige Kleinlaster sowie das kleine rote Auto. Erst dann sah ich sie bei dem Hotel vor einem anderen Holzgebäude mit der Aufschrift *Matthew Watson's General Store* stehen. Sie rührten sich nicht und suchten mit ausdruckslosem Gesicht die Abteilfenster ab.

Ich war auf die hintere Plattform hinausgegangen und wollte gerade mit einer Gruppe aufgeregter junger Leute heruntersteigen, um ein Photo zu machen, als ich sie erkannte. Ich zuckte zurück, aber es war zu spät. Sie kamen bereits auf den Wagen zu. »Die beiden Jäger«, sagte ich, als ich mich wieder neben Tom hinsetzte.

Er nickte. »Ich habe sie gesehen.«

»Und? Was machen wir jetzt?«

»Nichts. Sie werden uns bis Bella Bella in Ruhe lassen. Dann werden wir weitersehen.«

Die beiden Männer bestiegen den Zug. Sie hatten beide eine Reisetasche in der Hand, sonst nichts. Auf der Plattform blieben sie einen Moment lang stehen und starrten uns durch das Glas der hinteren Tür an. Der Größere runzelte leicht die Stirn, und sein ungepflegter Bart und Schnurrbart sahen in dem trüben, grauen Licht, das vom Wasser zurückgeworfen wurde, schwärzer denn je aus. Lopez' Körper schien gespannt wie eine Sprungfeder; es schien, als rechnete er mit irgendwelchen Attacken unsererseits.

Camargo bewegte sich als erster. Er streckte eine Hand aus und öffnete die Tür. Dann trat er ein. Der andere folgte ihm, und sie gingen an uns vorbei, ohne etwas zu sagen und ohne uns auch nur anzusehen.

»Die Chance war sowieso gering, daß sie auf unser Täuschungsmanöver hereinfallen und denken würden, wir hätten ein Flugzeug genommen«, sagte Tom und zuckte die Achseln. »Vielleicht ist es besser so.«

Der Zug setzte sich mit einem Ruck in Bewegung, und obwohl ich weiter mit meinen Fragen in ihn drang, wollte Tom mir nicht antworten, sondern saß nur da und starrte gedankenverloren auf die graue Fläche des Sees hinaus. Währenddessen saßen die beiden Männer mit ihrer kaffeefarbenen Haut und dem öligen, schwarzen Haar ausdruckslos und schweigend am anderen Ende des Wagens.

In Bennett machten wir eine Pause und aßen zu Mittag – Bänke und Tische aus rohen Holzbrettern in einer kahlen Halle, in der jedes Geräusch widerhallte; sie gehörte zur Bahnstation. Von kräftigen Frauen wurde eine stärkende Suppe serviert, und danach gab es noch Steak, Bohnengemüse und Apfelkuchen. Als wir nach dem Essen hinausgingen, um uns die Beine zu vertreten, waren die Bäume verschwunden. Die Wolken hingen so tief, daß sie fast die Erde zu berühren schienen, und ein leichter Nieselregen wehte uns ins Gesicht. Lopez und Camargo behielten uns abwechselnd im Auge, während vor den Zug eine zweite Lok gekoppelt wurde. Vor uns lag der lange Anstieg zum White Pass.

Bennett besaß auf der gesamten Strecke zwischen Skagway und Whitehorse das einzige Ausweichgleis, und so mußten wir warten, bis der tägliche Zug aus der Gegenrichtung eingelaufen war und seine Passagiere für eine weitere ›Goldrausch-Bahnhofsmahlzeit‹ ablud.

Es war kurz nach halb zwei, als wir endlich abfuhren. Inzwischen hatte sich der Wind in einen ziemlichen Sturm verwandelt, der den Regen gegen die Wände der Bahnstation trieb und sie sofort verbarg, als wir losfuhren. Dieses Wetter hielt sich ungefähr eine halbe Stunde, dann wurde der Wind schwächer und die Wolken dünner. Draußen bot sich unserem Blick eine öde Landschaft aus kahlen Felsen und spärlicher Vegetation, gesprenkelt von einer Vielzahl kleiner Seen. Der Zug kam inzwischen nur noch im Schneckentempo vorwärts, und die Loks hatten ihre liebe Mühe. Nach einer Weile hielten wir bei einem kleinen Gebäude, das wie ein Stellenwärterhäuschen aussah. Wir hatten den Scheitel und damit die Grenze zwischen Alaska und British Columbia erreicht. Die Höhe über dem Meeresspiegel betrug etwa tausend Meter. Wir fuhren durch den ersten Schneetunnel und dann durch eine Welt aus alpinem Unterholz, das sich in goldenen Herbstfarben wie ein Teppich an den Boden schmiegte, zwischen nackten, schwarzen, vom Eis vernarbten Felsen Schutz suchte und bis an kleine Tümpel reichte, die noch vom Eis der Nacht umrandet waren. Hier wandte sich Tom, der bisher in einer eigenen Welt verloren gewesen war, plötzlich an mich und bat mich, Lopez' Pistole aus meinem Koffer zu holen. »In Kürze fahren wir durch den ersten richtigen Felsentunnel. Dann können Sie sie auspacken, ohne daß jemand etwas davon sieht.«

»Wozu wollen Sie sie denn?« Ich hatte plötzlich eine Schreckensvision vor mir, in der Tom die beiden Südamerikaner kaltblütig niederschoß. Er war erst vor kurzem auf der Toilette gewesen, und ich hielt es für möglich, daß er wieder unter Drogen stand.

Er lachte jedoch nur und sagte: »Die Munition können Sie behalten. Ich will nur die Pistole.«

Wir klapperten über eine Stahlbrücke, und als wir in den Tunnel einfuhren, stand ich auf. Ich hatte vorher noch nie eine Automatik in der Hand gehabt und konnte daher in der Dunkelheit die Sperre, die das Magazin festhielt, nicht finden.

Tom machte einen seltsam entspannten Eindruck, als ich mich wieder hinsetzte. Er saß da, lächelte vor sich hin, und nachdem ich ihm die Pistole zugesteckt hatte, sah ich, wie er daran herumfingerte, ehe er mir das Magazin zurückgab.

»Stecken Sie das in die Tasche – erstmal nur, damit Sie beruhigt sind.« Er tätschelte mir beruhigend den Arm, drehte sich um und sah durch den Wagen. Er merkte sich die Position unserer beiden Schatten, und das gefiel mir gar nicht.

Die Streckenkarte für Touristen, die man uns gegeben hatte, kündigte im Anschluß an den Tunnel einen Blick auf die alte freitragende Stahlbrücke an, auf den Dead Horse Gulch und den White Pass, der 1898 angelegt worden war. Dann folgte ein weiterer Tunnel, der ursprüngliche, und danach fuhren wir in die Gletscher-Schleife, in der die Schienen auf einer Reihe von Viadukten an den Berghängen entlang zu der Brücke über den Skagway River und die Gletscher-Station bei Meilenstein 14 geführt wurden. Die Meilen wurden vom Hafen von Skagway aus gezählt, wo 1899 der Bau der Strecke begonnen worden war.

Als wir wieder ins Tageslicht hinausfuhren, waren die Berggipfel in den Wolken versteckt. Die Welt war nebelverhangen, und die Brücke und das alte Gleis sahen in dem gedämpften Licht recht unheimlich aus. Einige Minuten später war von den Loks vorne ein gedämpfter Heulton zu hören, das Trommeln der Räder wurde lauter, das Tageslicht verschwand wie ausgeschaltet, und wir waren in den nächsten Tunnel eingefahren. Im gleichen Augenblick war Tom aufgestanden und schob sich an mir vorbei. Die Beleuchtung im Wagen war äußerst dürftig. Ich sah kaum mehr als einen Schatten, der durch den Mittelgang zu den beiden Männern ging, die neben dem gußeisernen Ofen saßen. Der Große, Camargo, war aufgesprungen, und im gleichen Augenblick erhob auch ich mich und erwartete angespannt, was passieren mochte.

Es geschah jedoch gar nichts. Tom blieb einen Moment vor den beiden stehen und lehnte sich leicht vor, als wollte er ihnen etwas überreichen. Dann drehte er sich wieder um und kam zurück. Plötzlich waren wir wieder von Tageslicht umgeben, und die Lokomotiven mühten sich nicht mehr so ab. Dafür wurden die Bremsen angezogen. Rechts von uns fiel die Welt steil ab.

»Der Skagway-Fluß«, sagte Tom, als er sich wieder setzte.

Ich sah die alte Stahlbrücke ganz kurz, eine alte Träger-Konstruktion, die von einem Fels zum anderen über einen Abgrund führte.

»Was haben Sie denn gemacht?« fragte ich ihn.

Er lächelte und mit einem Mal erkannte ich ganz kurz den Mann, von dem Miriam so angezogen gewesen war. Er hatte einen fast verwegenen Ausdruck, als scherte er sich den Teufel um die Welt.

»Was hatten Sie denn erwartet, einen Kampf?«

Ich wartete. Ich sah ihm an, daß er es kaum erwarten konnte, mir alles zu erzählen. Er war offensichtlich sehr zufrieden mit sich selbst.

»Ich habe mich vor ihnen verbeugt«, sagte er. »Sehr formell, sehr spanisch. Dann habe ich in ihrer eigenen Sprache zu ihnen gesagt: ›*Creo que éstas les pertenecen.*‹ Und dann habe ich ihnen die Pistolen zurückgegeben. Ich habe sie dabei natürlich am Lauf gehalten.«

Er lachte leise – nicht jenes mir inzwischen allzu bekannte schnaubende Gewieher, sondern ein echtes, belustigtes Lachen.

»Das war alles. Sie waren zu überrascht, um in irgendeiner Weise zu reagieren. Jetzt haben *sie* die Dinger am Hals. Sie könnnen sie mir ja jetzt bei hellichtem Tag kaum wieder zurückgeben, während ein Haufen Touristen dabei zusieht.«

Den ganzen Weg bis Skagway, wo wir kurz vor vier ankamen, hielt die entspannte Stimmung an. Unaufhörlich erzählte er mir von den Erlebnissen seines Vaters, während der Zug, dessen Bremsen ständig quietschten, in einer großen Schleife am Denver-Gletscher-Trail entlang allmählich talwärts den Paß verließ. Das Gleis und die Brücke waren hoch über uns am Berghang zu sehen. Immer und immer weiter erzählte Tom, wie es damals gewesen war, in jenem Winter, in dem Tausende von Menschen mit schwerem Gepäck auf dem Rücken durch den Schnee hinaufgestiegen waren, als rechts und links des Pfades die Pferde zusammenbrachen und verendeten und Schneestürme, Krankheiten und Erschöpfung den Marsch für alle Teilnehmer zur Hölle machten.

Skagway erweckte am frühen Abend dieses trostlosen Tages den Eindruck einer Stadt am Rande der Unterwelt. Die Eisenbahnschienen, die Bahnstation und die Schuppen, der Kai und die wartende Fähre, alles schien sich unter den überhängenden Klippen zu ducken. Der Nieselregen ließ den nackten Fels schwarz erscheinen, und dahinter lag grau und glatt wie polierter Stahl das Wasser des Chilkoot Inlet. Tiefhängende Wolken schnitten wie ein grauer Vorhang alles ab, so daß man hätte glauben können, das Ende der Welt erreicht zu haben. Skagway selbst, auf dem Silt der Flußniederung gebaut und auf der anderen Seite von den nassen Berghängen begrenzt, sah aus wie die Filmversion einer Goldgräberstadt im Niemandsland.

Da wir zwei Plätze auf der Fähre nach Prince Rupert gebucht hatten und nur im Transit durch Alaska kamen, waren die Zoll- und Einreisekontrollen kaum mehr als eine Formalität. Wir brachten unser Gepäck in ein Hotel, das um die Jahrhundertwende erbaut worden war, und gingen den Broadway entlang, bis wir das Ende des Ortes erreicht hatten. Die Wolken und die Feuchtigkeit waren allgegenwärtig, und unsere beiden Freunde beobachteten uns von einer überdachten Einfahrt aus. Ob sie die Pistolen noch bei sich trugen, die Tom ihnen gegeben hatte, weiß ich nicht. Die Magazine hatte er irgendwo auf der Strecke aus dem Fenster geworfen. Nach der Rückkehr ins Hotel tranken wir ein (sehr teures) Bier, und dann gingen wir an Bord. Die Fähre fuhr pünktlich um viertel vor acht ab. Inzwischen war es fast dunkel, und nach dem Abendessen legten wir bereits in Haines an, dem ersten der fünf Häfen auf der Reise nach Süden.

Tom war während des Essens in der Cafeteria immer verschlossener geworden und hatte sich früh in seine Kabine zurückgezogen. Ich war ganz froh, allein im Schiff herumwandern zu können. Der Laderaum für Fahrzeuge war kaum zur Hälfte gefüllt, und die großen Lounges, die in der Saison bestimmt immer überfüllt waren, waren so gut wie verlassen. Reihen um Reihen von leeren Sitzen lagen vor mir, und nur hier und da machten es sich einige weniger gut betuchte Passagiere für die Nacht bequem, darunter auch unsere beiden Verfolger. Das Stampfen der Maschinen, das ich durch meine Fußsohlen spürte, und das Wissen, daß wir am nächsten und übernächsten Tag entlang dieser Küste den Spuren James Cooks und George Vancouvers folgen würden, die hier oben Entdeckungsfahrten unternommen hatten – all das war unwahrscheinlich aufregend, und so wäre es wohl auch bis Prince Rupert und weiter bis Bella Bella geblieben, wenn ich nicht zufällig auf etwas gestoßen wäre, das Tom Halliday praktisch zwang, den Mund aufzumachen und mir seine ganze ebenso erschreckende wie erbärmliche Geschichte zu erzählen.

Irgendwann in den frühen Morgenstunden des Sonntags erreichten wir Juneau. Wir legten um halb sechs wieder ab, und als ich zwei Stunden später aufwachte und mich im Schiff umsah, waren die Lounges recht bevölkert: Da saßen Indianer wie Amerikaner in jeder nur denkbaren Bekleidung, und in der Cafeteria hatte sich eine Schlange gebildet. Nebel umgab das Schiff; die Luft an Deck war kalt und feucht, und von beiden Seiten wurde das Echo des Nebelhorns vom Ufer zurückgeworfen. Dann und wann konnte man am äußersten Rand des Blickfeldes Felsen und Bäume erkennen, die das Ufer wie dunkle Mauern säumten. Tom blieb in seiner Kabine; als ich nach ihm sehen wollte, fand ich die Tür verschlossen. Er ruhe sich aus, rief er. Er lese ein Buch und wolle jetzt kein Frühstück. Es klang, als schliefe er noch halb, und so ließ ich ihn in Ruhe und verbrachte den Tag damit, mich mit den verschiedenen Passagieren zu unterhalten: Da waren Arbeiter von den Bohrinseln vor der North Slope, zwei Holzfäller von den Charlotte-Inseln, der Besitzer einer Zitrusplantage in der Nähe von Sacramento in Kalifornien sowie ein Mann, der die Hälfte seines Lebens am Hang des Mount St. Helen gelebt und den Ausbruch miterlebt hatte, der den halben Staat Washington mit einer grauen Staubschicht überzog.

Um die Mittagszeit erreichten wir Petersburg. Der Nebel lichtete sich, und die Sonne kam durch, so daß wir die Meerenge zwischen Mitkof und den Kupreanof-Inseln in einem milchigen Dunst durchfuhren. Die Wälder auf beiden Seiten waren von der Feuchtigkeit, die an jeder einzelnen Nadel hing, mit einem silbrigen Glanz überzogen. Drei Stunden später waren wir in Wrangell, und wie bei jedem Halt behielt einer unserer Freunde den Gang im Auge, der zu Toms Kabine führte, während der andere mich beobachtete.

Es war ein unheimliches Gefühl, auf dem Schiff nirgendwohin unbeobachtet gehen zu können. Zweimal sprach ich mit Tom, aber nach wie vor nur durch die Tür. Er war in eine Art Lethargie gefallen, und seine Stimme klang dumpf und verärgert – wie die eines Bären, den man im Winterschlaf stört. Als es dunkel wurde, weigerte er sich wieder, mit mir zu Abend zu essen. Ich ließ mir Zeit, ging aber kurz vor dem nächsten Anlegen des Schiffes noch einmal zu seiner Kabine, fest entschlossen, darauf zu bestehen, daß er sich von mir etwas aus der Cafeteria bringen ließ, bevor sie sich mit neuen Passagieren füllte.

Die Tür schien noch immer verschlossen, und er antwortete nicht. In plötzlicher Panik trommelte ich dagegen. Hinter mir sagte eine Stimme: »Ihr Freund ist okay.« Es war Lopez, der weiter hinten im Gang in einer Tür lauerte. Er lächelte. »Er ist auf der Toilette.« Er zeigte weiter seine Zähne unter seinem kleinen, herabhängenden Schnurrbart und sagte: »Sehen Sie doch nach! Die Tür ist offen!«

Ich starrte ihn einen Augenblick an, dann drehte ich den Türknopf herum und ging hinein. Die Leselampe brannte, am Fuß des Bettes lag ein Haufen Kleider aufgetürmt, und die Decken waren zurückgeschlagen. Von einem Buch war nichts zu sehen. Sein Rucksack lag auf dem Boden, der Inhalt war teilweise herausgerutscht, unter anderem auch einige Papiere in einer Plastiktasche, Briefe von Miriam – ich erkannte ihre Handschrift – sowie diverse Zeitungsausschnitte . . . Eine Schlagzeile fiel mir ins Auge:

JUGENDLICHE DROGENKRIMINALITÄT
Billiges Kokain überschwemmt die Stadt

Der Ausschnitt war zwei Monate alt und bereits vergilbt und stammte aus einer Zeitung aus Chicago. Ein weiterer Ausschnitt aus der gleichen Zeitung war einige Tage jünger:

GEWALT AUF DEN STRASSEN
Unkontrollierte Jugendkriminalität zur Drogenfinanzierung

Ich setzte mich auf das Bett und dachte darüber nach, warum er wohl diese Zeitungsausschnitte aufgehoben hatte, und weshalb er sie zusammen mit Miriams Briefen mit sich herumtrug . . .

Die Polizei von Chicago sieht sich außerstande, die plötzliche Flut von Kokain in den Straßen der Stadt zu erklären. Es ist reichlich, und es ist billig – billiger als je zuvor. Analysen haben ergeben, daß die Droge qualitativ recht gut ist, daß sie aber mit allen möglichen Fremdstoffen, die von Amphetaminen bis zu Borax und Talkumpuder reichen, vermischt und gestreckt worden ist. »Wenn man Koks mit Speed, also mit Amphetaminen, mischt, kann das tödliche Folgen haben«, sagt der prominente Toxikologe Professor . . .

»Was zum Teufel machen Sie hier?« Tom streckte eine Hand aus und riß mir den Zeitungsausschnitt weg. »Sie wühlen hier in meinen Sachen herum . . .« Er machte die Tür weit auf. »Raus hier! Raus, aber ein bißchen plötzlich!«

Ich war aufgestanden und sah ihn an. »Ich glaube, Sie erzählen es mir jetzt besser.«

»Was soll ich erzählen?« Er starrte mich aus weit aufgerissenen Augen an; in seinem Blick lag Angst. »Warum sollte ich es Ihnen erzählen?«

Ich langte nach der Tür und schloß sie. »Setzen Sie sich!« befahl ich. Seine Beine waren nackt. Über seiner nackten Brust trug er nur einen Anorak; er roch ungewaschen und sein Gesicht sah übernächtigt, fast eingefallen aus.

»Setzen Sie sich!« sagte ich noch einmal. »Sie müssen es mir jetzt erzählen.« Ich machte eine kurze Pause. »Wenn nicht, gehe ich zur Polizei, sobald wir in Prince Rupert sind. Ich muß einfach erfahren, in was Sie da verwickelt sind.« Ich deutete auf die Zeitungsausschnitte in seiner Hand. »Was haben Sie mit dem Drogenhandel zu tun?«

Seine Augen blitzten wütend, und einen Augenblick dachte ich, er wolle nach mir schlagen. Dann aber zog er sich den Anorak aus und setzte sich auf das Bett.

»Ja«, sagte er. »Ich habe den ganzen Tag darüber nachgedacht. Ich habe dagelegen, diese Ausschnitte gelesen und über sie nachgegrübelt.« Er stützte seinen Kopf auf beide Hände. »Eigentlich brauche ich sie gar nicht mehr zu lesen. Ich kenne sie schon auswendig.«

Danach brauchte ich ihn nicht mehr zu drängen. Es hatte alles ganz unschuldig angefangen. Schon vor fast zehn Jahren hatte ihn Jonny Epinard gewarnt, es gäbe Anzeichen dafür, daß die Ice-Cold-Mine kurz vor ihrem Ende stand. Toms Vater hatte am tiefsten Punkt seines Claims angefangen, Gold zu waschen, und inzwischen hatten sie mindestens drei Viertel seiner Gesamtlänge bergauf ausgebeutet. Das war der erste Punkt. Der zweite war, daß sich der Goldgehalt pro Tonne Waschgut seit den Tagen Josh Hallidays zwar kaum verändert hatte, daß aber der Anteil an Nuggets und allem anderen, was grobkörniger als reiner Goldstaub war, abrupt zurückgegangen war. Tom hatte das am Anfang nicht ernst genommen. Erst als die Summen auf den halbjährlichen Schecks, die über die Schweizer Banken ausgezahlt wurden, immer mehr abnahmen, hatte er begonnen, sich persönlich für die Entwicklung droben am Yukon mehr zu interessieren.

Das war ungefähr zu der Zeit, als er Miriam geheiratet hatte, und nachdem seine Ausgaben zwei Jahre lang außergewöhnlich hoch gewesen waren – »Reisen, die Rennen, mein eigenes Flugzeug, Partys, Konzerte – sie ist sehr musikalisch, wissen Sie –, na ja, entweder mußte ich mich einschränken, oder ich mußte eine zusätzliche Einkommensquelle finden.« Er hatte an der Börse zu spekulieren begonnen, und das dabei zunächst recht erfolgreich.

Dann hatte er gespielt – mit weit weniger Erfolg. Schließlich hatte er sich entschlossen, den Besitz in British Columbia unter die Lupe zu nehmen. »Ich hatte keine Ahnung von Bäumen, aber man brauchte kein Forstwirtschaftler zu sein, um zu sehen, daß aus den Cascades etwas herauszuholen war, und zwar nicht nur aus dem Hochwald unten am Snakeskin River, sondern auch weiter oben an den Hängen.«

Von dem Hangwald sei bis dahin nie etwas gefällt worden, und teilweise seien die Bäume sehr groß gewesen. »Natürlich gab's auch eine Menge Unterholz und Gebüsch, Geißbart, Teufelskraut, Teebeeren, Heidelbeeren und so weiter. Aber dazwischen standen auch Schierlingstannen, Rotzedern und Fichten, die einfach etwas wert sein mußten, Transportprobleme hin oder her.«

Es war natürlich das Problem des Zugangs gewesen, das die ursprünglichen Besitzer dazu veranlaßt hatte, sich auf die tiefer gelegenen Gehölze zu konzentrieren und den Bestand an den Hängen in Ruhe zu lassen. Dies geschah jedoch zu einer Zeit, in der man Straßen allein mit menschlicher Arbeitskraft baute und man sich mit dampfgetriebenen Sägen, primitiven Zugmaschinen und einfachsten Transporthilfen herumschlagen mußte.

Über den Leiter eines Holzfällerlagers im Staatsforst war Tom mit Ringstrop in Verbindung getreten und hatte auf der Grundlage jenes ominösen forstwirtschaftlichen Gutachtens damit begonnen, den Baumbestand über Einzelaufträge nacheinander zu verkaufen, wann immer er gerade Geld brauchte. Auf diese Weise hatte er die Kontrolle darüber behalten, wieviel gefällt wurde. Außerdem konnte er so die Einkünfte dahingehend steuern, daß sie den Rückgang der Erträge der Ice-Cold-Mine in etwa ausglichen. Allerdings gingen die Goldertäge innerhalb von nur vier Jahren so weit zurück, daß schließlich Toms Einkommen fast nur noch aus den Holzverkäufen bestritten wurde. Es war daher abzusehen, daß es nicht mehr lange dauern würde, bis außer dem von seinem Vater gepflanzten Hochwald alles abgeholzt war.

Inzwischen waren noch einige andere Entwicklungen eingetreten, die sich auf die zukünftigen Ereignisse auswirken sollten. Um seinen Profit zu steigern, war er zwei Jahre zuvor mit Ringstrop übereingekommen, Thor Olsen als Beauftragten einzusetzen und das Holz nicht mehr stehend, sondern als gefälltes Frachtgut verkaufen. Eine der großen Transportfirmen an der Westküste wurde mit dem Transport beauftragt. Ein Jahr später ging dieser Auftrag an eine andere Firma über. Zu diesem Zeitpunkt hatte ihn Olsen darüber informiert, daß außer dem Hochwald nichts Profitables mehr da war, und nun meldete Barony von *SVL* sein Interesse an. Er machte das Angebot, den Wald, so wie er war, zu kaufen, die Bäume von eigenen Leuten fällen zu lassen und den Transport der Firma *Angeles Georgia Towing* zu übertragen. Der Preis war weit höher als alle Angebote von kanadischen Firmen, und Ringstrop hatte ihm empfohlen, dem Geschäft zuzustimmen. *Angeles Georgia Towing* war eine kleine Firma mit nur einem Schlepper, die mit *SVL* liiert war und straff kalkulierte.

Ungefähr zu dieser Zeit hatte Tom auch begonnen, nicht lebenswichtige Vermögenswerte zu verkaufen. »N-nichts hätte mich dazu gebracht, den Hochwald zu verkaufen – ich hatte noch den alten Mann im Rücken und seine Worte im Ohr.« Die Wohnung in Belgravia und die Villa in Monaco waren schon weg. Im folgenden Jahr lebten sie von seinem Flugzeug, seinem Stall voller Oldtimer, seinen Bildern und seinem besten Silber. Aber schließlich habe er alle Hemmungen und Ängste zum Teufel gewünscht und die ersten zwei Hektar Hochwald verkauft. »I-ich dachte, sie wollten nur das Holz. Ich hatte ja keine Ahnung . . .« Da hockte er auf der Bettkante, nur mit einer Unterhose bekleidet, und stützte den Kopf in beide Hände. »Dad. Wenn er mich jetzt sehen könnte . . . Großer Gott, was für ein Schlamassel!«

»Soll das heißen, daß die Kerle das Holz gar nicht wollten?«

Selbst jetzt fiel bei mir noch nicht der Groschen, und ich verstand nicht, worauf er hinauswollte. Seine einzige Reaktion auf meine Frage war, daß er seinen Kopf seitwärts drehte und seinen Blick auf den Zeitungsausschnitten ruhen ließ, die ich auf seinen Rucksack gelegt hatte. Als ich die Frage wiederholte und wissen wollte, was sie mit dem Holz denn angefangen hätten, sagte er scharf: »Sie haben es nach Seattle geschleppt, das wissen Sie doch.«

»Und weiter . . .?«

»Mein Gott, Mann, kapieren Sie denn nicht?« Er starrte mich mit wildem Blick an. »*SVL,* die Transportfirma, diese Bastler- und Heimwerkerläden stehen doch alle miteinander in Verbindung. So schaffen sie die Drogen in die Vereinigten Staaten. Irgendwo auf der

Strecke zwischen Halliday Arm und Seattle wird von irgendeinem Schiff, einem Lastkahn, einem Wasserflugzeug vielleicht – ich weiß es nicht – aber auf jeden Fall wird irgendwo eine Ladung Koks aus Südamerika umgeladen. Im Puget Sound sind Frachtkähne mit Baumstämmen alle Nase lang zu sehen, und wer käme auf der langen Strecke über Land bis zu Mandolas Lager in Chicago auf die Idee, einen riesigen Laster mit Baumstämmen abladen zu lassen, um nachzusehen, was darunter ist? Da müßten die Fahnder schon sehr zuverlässige Informationen haben, bevor sie sich zu so etwas durchringen.«

Er zuckte leicht die Achseln und lehnte sich mit dem Kopf in den Händen vor, so daß er aussah wie ein Mann im Gebet.

»Vielleicht verstehen Sie jetzt. Damit habe ich leben müssen. Nicht nur mit dem Fluch meines Vaters. Nicht nur das – nein, da waren noch all die jungen Leute, all die Menschen, denen sie den Stoff verkaufen. Weiß Gott, in welchem Zustand er ist, wenn er sie erreicht. Irgend etwas Harmloses wie Talkum oder Borax ist ja nicht so schlimm, aber wenn Amphetamine im Spiel sind, wenn das Zeug mit Speed gemischt wird, dann gnade ihnen Gott. Speed ist tödlich, schneller als alles andere . . .« Seine Stimme erstarb.

Ich fragte ihn, seit wann er das alles wisse und wie er dahintergekommen sei. »War das Wolchak?«

Er war zu tief in Gedanken versunken und zu angespannt, um auf Fragen antworten zu können, und schüttelte ungeduldig den Kopf. Plötzlich sah er mich an; sein Gesicht war voller Spannung, seine Backenknochen zuckten, und sein leichtes Stottern war mit einem Mal viel deutlicher. »Ich könnte Gottes Gnade auch gebrauchen«, seufzte er. »I-ich bin n-nämlich in die Sache verwickelt, verstehen Sie? Deshalb ha-haben s-sie mir d-diese Zeitungsausschnitte geschickt, da-damit mir da-das klar wird . . . Ich ka-kann nicht zur Polizei gehen. Und jetzt wo-wollen sie das Land, di-die Bäume, überhaupt alles. Sie wollen meine Unterschrift . . . und wenn ich sie ihnen nicht gebe . . . Sie haben doch Miriam. Wenn ich zur Polizei gehe und das ganze schmutzige Geschäft aufdecke –« Er schüttelte den Kopf. »Das geht einfach nicht, oder? Jetzt nicht mehr, und das wissen die Halunken.«

Dann kniete er plötzlich halb vor mir und sah mit flehendem Blick zu mir auf. »Was soll ich denn nur tun?« Er wiederholte den

Satz, und ich sah Tränen in seinen Augen. »Helfen Sie mir, um Go-Gottes willen. Soll ich Miriam denn ihrem Schicksal überlassen und all dem ein Ende machen . . .?«

Ich gab ihm keine Antwort, und er schüttelte noch einmal den Kopf. »Das kann ich doch nicht, oder? Ich kann ihr Schicksal nicht ignorieren. Das arme Kind ist irgendwo da unten, und wenn ich nicht d-das t-tue, was sie s-sagen . . .«

Selbst dann glaubte ich es noch nicht. Terrorismus, ja – das war etwas, womit wir in England einige Erfahrung hatten, aber Drogen . . . Wenn es sich nur um Pusher gehandelt hätte, oder um eines jener Schmuggelunternehmen, wie sie vom Zoll immer wieder aufgedeckt werden. Aber regelmäßige Sendungen, und dazu noch in einem solchen Umfang . . . »Wer organisiert das denn? Wissen Sie das?« Ich dachte daran, wie Wolchak mit seinem aufgesetzten Lächeln in meine Kanzlei getänzelt gekommen war, und ich versuchte, ihn mir als Schmuggler großen Stils vorzustellen, der einen Drogenring aufzog, mit dem er im Lauf der Jahre Millionen und Abermillionen verdienen würde, ohne sich darum zu kümmern, daß er damit das Leben Tausender von ahnungslosen, unschuldigen Menschen zerstörte, von denen noch dazu ein großer Teil Halbwüchsige waren. Aber irgendwie paßte er für diese Rolle nicht. Außerdem war die ganze Affäre einfach zu groß. Wäre nicht diese Mitteilung in einer Handschrift gewesen, die sowohl ich als auch ihr Mann als die Schrift von Miriam erkannt hatten, dann hätte ich alles für eine Erfindung Toms gehalten, ein albernes Phantasiegebilde, das er sich zurechtgesponnen hatte. Zumindest hätte ich alles als maßlose Übertreibung abtun können.

»Wir werden sehen, was Ihr Sohn dazu meint«, sagte ich.

»Brian?« Er lachte, und es war wieder jenes schnaubende Wiehern. »Brian ist so etwas wie die Verkörperung des Fluchs, nicht wahr? Das Bild, das Sie mir gezeigt haben – *Men of the Trees, Greenpeace* – unsere Freunde des Waldes, auf dem Felde gefallen . . . Er dramatisiert sich doch nur selbst und betrachtet sich als eine Art Don Quichotte.« Seine Stimme zitterte; ob vor Zorn oder Verzweiflung, konnte ich nicht sagen. Und weiter ging seine Tirade: »Brian nützt uns gar nichts. Bäume, Wale, Seehunde, der Regenwald – daran glaubt er. Menschen sind ihm gleich. Ich, seine Mutter, Miriam, sonst irgend jemand, wir bedeuten ihm nichts, nicht das g-geringste.«

In diesem Augenblick lief ein Zittern durch das Schiff, weit entfernte Rufe waren zu hören, und das Geräusch der Maschinen wurde lauter. Schritte trampelten über das Deck, ein schweres Seil schlug an den Rumpf, und eine Sirene heulte auf.

»Die letzte Etappe«, murmelte er. »Morgen früh sind wir in Prince Rupert, und von da sind es nur noch Stunden bis Bella Bella. Ich muß zu einer Entscheidung kommen.«

Die Not und Bedrängnis in seiner Stimme klangen so echt, daß ich mir wünschte, nicht in seiner muffigen Kabine zu sein, in der es wie in einem Krankenzimmer roch, sondern draußen auf Deck in der kühlen Nachtluft, wo die Küste Alaskas und der dunkle Nadelwald im Mondlicht vorüberglitten, während die Lichter von Ketchikan am Heck verschwanden. Was sollte ich zu dem Mann sagen, welchen Rat ihm geben? Ganz bestimmt galt das, was er über seinen Sohn gesagt hatte, auch für ihn selbst. Er übertrieb die ganze Sache maßlos, machte ein Drama daraus, um sich so meines Mitgefühls zu versichern und Brians Mitleid zu wecken – den Sohn dazu zu bringen, seinen Vater zu bemerken . . . Er war der kleine Junge, den Miriam mir beschrieben hatte, aber kein Peter Pan, sondern einfach ein unreifer Mensch, der unbedingt im Mittelpunkt stehen mußte. Achtung, Zuneigung, Bedeutung der eigenen Person . . . Die Vibration des Schiffes ließ die Zeitungsausschnitte vom Rucksack hinunter auf den Boden rutschen, und als wir beide uns zur gleichen Zeit vorbeugten, um sie aufzuheben, sahen wir, daß sie sich fächerförmig zu einer Art Schlagzeilen-Collage ausgebreitet hatten. Es war eine plakative Anklage. Aus jeder Zeile sprach das unglückliche Schicksal derer, die der Droge anheimgefallen und süchtig geworden waren. Und die furchtbaren Taten, die begangen wurden, um an das Geld für die nächste Prise zu kommen, wurden uns vor Augen gehalten.

»Ich glaube, Sie verstehen mich nicht«, sagte Tom müde und begann die Ausschnitte einzusammeln und in den alten Koffer zu stopfen, den er auf die Ablage geworfen hatte.

Vielleicht hatte er recht. Draußen auf dem Gang ging jemand auf und ab; ich hörte seine Schritte. Stimmen übertönten das Brummen der Maschinen im Hintergrund sowie das leichte Rauschen des

Wassers am Schiffsrumpf. Wir hatten wieder unsere Reisegeschwindigkeit erreicht.

Ich ließ Tom allein und ging an Deck. Lopez hatte am Ende des Ganges gewartet. Er lächelte mir mit seinen von Tabak gebräunten Zähnen kurz zu. »Na, wie geht's ihm?«

Ich nickte knapp und schob mich hastig an ihm vorbei. Der Südamerikaner beobachtete mich nur und sagte nichts. Die Pistole unter seinem Arm war nicht geladen, und trotzdem jagte mir diese erneute Manifestation einer düsteren Bedrohung, die in meiner Phantasie größer und immer größer wurde, Angst ein. Ich dachte an Miriam vor dem Hintergrund dieser Zeitungsausschnitte – das Geld und die Gewalt –, und ich fragte mich, wo sie war.

Wahrscheinlich bin ich doch kurz eingeschlafen. Aber als mich die Geräusche des anlegenden Schiffes weckten und ich aus meinem Bett stolperte, fühlte ich mich ganz und gar nicht ausgeruht. Es war viertel vor sechs. Prince Rupert. Wir waren pünktlich. Ich rasierte mich und zog mich an, und dann ging ich an Deck, wo das grelle Licht der Bogenlampen schon im ersten silbrigen Leuchten der Morgendämmerung verblaßte.

Das Schiff der British-Columbia-Linie war schon da, und am Dock warteten Autos auf die Verladung. Die planmäßige Abfahrtszeit war neun Uhr, und so blieben uns fast drei Stunden Zeit für die Formalitäten der Wiedereinreise nach Kanada. Für die Fahrt nach Bella Bella würden wir den ganzen Tag brauchen. Ich hoffte, daß Brian Halliday uns abholen würde. Ich mußte unbedingt einmal mit einem anderen Menschen über die Angelegenheit sprechen, obwohl nicht damit zu rechnen war, daß ausgerechnet Brian mich entscheidend weiterbringen würde.

Der Tag dämmerte ohne Sonne herauf. Die tief hängenden Wolken versperrten den Blick auf die Gipfel; nur der Fuß des Gebirgszugs hinter dem flachen Landstück, auf dem die Stadt gebaut war, war zu sehen. Zur See hin war der Hafen fast vollständig von der vorgelagerten Insel Digby abgeriegelt.

Ich weiß nicht, warum, aber ich wartete nicht auf Tom. Kurz nach sieben holte ich mein Gepäck und stieg auf das andere Schiff um. Um acht saß ich schon in der Cafeteria, nachdem ich mein Gepäck auf einem Platz weit vorne abgestellt hatte, der einen guten Ausblick auf die Küste von British Columbia bieten würde –

immer vorausgesetzt natürlich, die Wolken würden sich noch lichten.

Ich saß bei meiner zweiten Tasse Kaffee, rauchte eine Zigarette und überlegte, ob es nicht doch besser gewesen wäre, zu Toms Kabine zu gehen und sicherzustellen, daß er wach war. Ich sah mir die Leute an, die für den Kaffee Schlange standen. Nach einiger Zeit fiel mein Blick auf den Rücken eines großen, breit gebauten Mannes in Hemd und Hosen aus olivgrünem Khaki. Er fiel mir vor allem deshalb auf, weil vor ihm eine kleine Eskimo-Frau und hinter ihm ein japanisches Paar warteten, das aber auch von den Philippinen oder aus einem anderen ostasiatischen Land stammen konnte. Der Mann dazwischen war im Vergleich mit ihnen geradezu ein Riese, und außerdem kam mir seine Kopf- und Schulterhaltung merkwürdig bekannt vor . . . Da drehte er sich um, und ich rief nach ihm.

Es war Jim Edmundson. Er kam mit dem Tablett in seinen großen Händen und mit einer braunen Aktentasche unter einem Arm zu mir herüber. »Na so was! Nun, wie war die Mine?«

Ich freute mich sehr, daß ich mit jemandem reden konnte, auch wenn ich ihm nicht die ganze Geschichte erzählen durfte. An Tom dachte ich nun gar nicht mehr.

»Danke der Nachfrage«, sagte ich. »Sehr interessant.«

Nachdem er sein Tablett und die Aktentasche hingestellt und sich mir gegenüber hingesetzt hatte, fragte ich ihn, was er hier auf der Fähre mache, die doch nur bis Port Hardy an der Nordspitze von Vancouver Island ging. »Auf dem amerikanischen Schiff waren Sie doch nicht, oder?«

»Nein, ich bin mit dem Auto runtergefahren.«

Er sah so entspannt und normal aus, und ich verglich ihn unwillkürlich mit Tom und den Südamerikanern und deren Unberechenbarkeit, die mich in den letzten Tagen umgeben hatte.

»Der Straßenzustand war nicht schlecht, und das Wetter auch nicht, wenn man die Jahreszeit bedenkt.« Er hatte sich auf sein Frühstück gestürzt; der Mund war schon voll, und seine Kiefer mahlten, während die Faust schon die Gabel mit dem nächsten Bissen bereithielt. »Ich habe das Auto hier auf dem Parkplatz abgestellt . . . Eigentlich dachte ich, ich könnte von Bella Bella aus ein Wasserflugzeug nehmen, aber jetzt –«

»Wohin wollen Sie denn?« Ich dachte, er könnte mich vielleicht mitnehmen, falls er die langgestreckten Fjords hinaufwollte, die in diesem Teil von British Columbia bis tief in die Rockies reichen.

»Komisch, Sie hier zu treffen«, sagte er. »Ich bin von den Leuten von der Forstverwaltung ›ausgeborgt‹ worden, sozusagen.« Er stürzte einen Schluck Kaffee hinunter. »Das haben sie schon öfter gemacht . . . Wahrscheinlich wegen dem Buch, das ich geschrieben habe. Davon habe ich Ihnen doch erzählt, oder? Ich habe Forstwirtschaft studiert.«

»Jean hat mir erzählt, daß Sie früher einmal für die Forstverwaltung gearbeitet haben.«

»Ganz richtig.« Er nickte. »Na ja, der Mann, der in dieser Gegend eigentlich für die Untersuchungen zuständig ist . . . der hatte einen Unfall . . . bei der Brandbekämpfung mit dem Hubschrauber in der Nähe der Kupfermine an der Küste bei Hardy . . . Es ist wirklich komisch, daß wir uns hier treffen, weil es nämlich um das Waldstück von Halliday geht. Haben Sie mir nicht erzählt, sein Sohn hätte im Namen von *Greenpeace* mit einem Lastkahn voller Stämme, die nach Seattle unterwegs waren, vor den Kameras eine Show abgezogen?«

Ich nickte. »Und deshalb sind Sie hier? Ich meine, wollen Sie tatsächlich zum Halliday Arm, um nachzuprüfen, ob auf den Cascades Bäume gefällt werden?«

Schon während ich ihm diese Frage stellte, nickte er heftig. »Deshalb ist es ja so merkwürdig, Sie hier zu treffen.«

Es war tatsächlich merkwürdig, in einem so riesigen Land. Andererseits wiederum auch nicht. British Columbia, der Yukon, Alaska – das war nur dann so ungeheuer groß, wenn man innerhalb des Landes reiste. Sollte ein Auftrag ausgeführt werden, so gab es zwar schnelle und zuverlässige Kommunikationsverbindungen, aber Fachleute, die einen solchen Job ausführen konnten, waren verdammt selten. Ein qualifizierter Forstbeamter, infolge eines Unfalls ausfiel, war nur schwer zu ersetzen, und es war durchaus nicht unüblich, von weither Ersatz kommen zu lassen.

»Sie wollen einen ausführlichen Bericht, der auch für die Medien taugt. Nur weil ich das Buch geschrieben habe . . .« Er zuckte die Achseln. »Mein Gott!« sagte er, »das war vor zehn Jahren! Mein Chef war aber einverstanden . . . Also bin ich hier!«

Er lachte, und ich erinnerte mich an sein dröhnendes Gelächter auf jener Fahrt durch die nassen, schneeverhangenen Nadelwälder zwischen Whitehorse und Haines Junction. »Jean hat eine Stinkwut. Wenn es nach ihr ginge, wäre ich hauptsächlich Kindermädchen, und außerdem schläft sie nicht gern allein.« Er grinste. In diesem Augenblick kam Tom mit einem konsternierten Gesicht zur Tür herein und ließ seinen Blick über die Tische wandern. Als er mich entdeckte, hellte sich seine Miene auf. Es war, als hätte er Angst gehabt, mich zu verlieren, und sei nun erleichtert, daß dem nicht so war.

Er ging zur Theke, und ich beobachtete ihn, wie er ein Tablett holte und sich anstellte. Als er zu unserem Tisch kam, hatte er auf dem Tablett nicht mehr als ein Glas Orangensaft und einen Kaffee. Ich erhob mich und wußte nicht so recht, wie ich mich jetzt verhalten sollte.

»Das ist Jim Edmundson«, sagte ich. »Sie erinnern sich doch noch, daß ich Ihnen erzählt habe, wie sehr er mir geholfen hat, als ich nach Whitehorse kam, und dann hat seine Frau mich gefahren . . .«

»Tom Halliday.« Er hatte sein Tablett abgestellt und streckte Edmundson die Hand entgegen. Das überraschte mich – war das als erstes Anzeichen dafür zu deuten, daß er jetzt bereit sei, sich den kanadischen Behörden anzuvertrauen?

»Tom – Halliday?« Jim Edmundson erhob sich ungelenk von seinem Stuhl, und sein Mund hatte sich vor Überraschung halb geöffnet. »Der Halliday, dem die Ice Cold gehört, oder?« Er schüttelte Tom herzlich die Hand, als sei er ein seit langem verschollener Freund, den er schon sein ganzes Leben lang kannte. »Es gibt Leute, die denken, Sie seien tot.«

»Na ja, manchmal denke ich, das wäre vielleicht gar keine so schlechte Idee.« Tom rang sich ein Lächeln ab, und die beiden setzten sich hin. Jim Edmundson erklärte noch einmal, warum er auf dem Schiff war, und Tom starrte ihn an, als fasziniere ihn diese Information ungeheuer.

»Sie meinen, m-morgen f-fliegen Sie zum Halliday Arm?« Sein Stottern war plötzlich wieder ganz deutlich. »Ein offizieller B-besuch als F-forstsachverständiger – f-für eine Inspektion, und dann schreiben S-sie einen B-bericht. Einen offiziellen Bericht?«

»Ganz richtig.« – Tom lehnte sich mit geschlossenen Augen

zurück. Man hätte denken können, daß er betete, aber ich hielt es für wahrscheinlicher, daß er kurz davor stand, das Bewußtsein zu verlieren. Es mußte ein Schock für ihn sein.

Plötzlich öffnete er die Augen wieder. »Ich will selbst auch dahin. Philip und ich, wir gehen zusammen hin, und Brian – mein Sohn – trifft uns in Bella Bella. Können Sie uns in Ihrem Flugzeug mitnehmen? Nein, natürlich nicht – drei Personen sind wahrscheinlich zuviel. Aber zumindest mich. Ich muß unbedingt dorthin. Es geht um meine Frau, verstehen Sie . . .« Dann, als er sah, daß Edmundson den Kopf schüttelte, geriet er ins Stottern, verhaspelte sich und wurde unverständlich.

»Ich fliege nicht«, sagte er. »Es sei denn, der Kutter ist unterwegs bei einem Rettungseinsatz oder dergleichen. – Ich werde nämlich in Bella Bella von einem Kutter der Küstenwache abgeholt.«

»Ein Schiff – na, das ist ja noch besser . . .«

Aber wieder schüttelte der hünenhafte Kanadier den Kopf. »Sie nehmen keine Passagiere mit, zumindest unter normalen Umständen nicht. Das wird so ähnlich wie bei der Navy sein. Sie werden sich ein Wasserflugzeug chartern müssen.«

Unter unseren Füßen setzten die Maschinen ein; das ganze Schiff und unsere Kaffeetassen vibrierten. Überall in der Cafeteria tranken die Leute ihre Tassen und Gläser aus, suchten ihre Habseligkeiten zusammen und gingen zur Treppe oder zu den Fenstern des großen Salons, um die Abfahrt mitzuerleben. Es war eine Minute vor neun, und auf das dumpfe Poltern der ersten Leine, die an Bord gezogen wurde, folgte eine Verstärkung des Maschinengeräuschs und, als wir Fahrt aufnahmen, das leise Rauschen des Wassers.

»Irgendwann während der Reise möchte ich Ihnen einige Fragen stellen, wenn das möglich ist, Mr. Halliday.« Jim Edmundsons Stimme klang plötzlich abweisend und unpersönlich, und seine formelle Anrede bildete einen auffälligen Kontrast zu seiner sonstigen Freundlichkeit. Auch daß er nicht gleich den Vornamen benutzte, war ungewöhnlich für ihn. »Könnten wir vielleicht vor dem Mittagessen einen Drink nehmen, sagen wir mal ungefähr um zwölf? Ginge das?«

Tom nickte, und sein Blick zuckte unruhig zwischen Jim und mir hin und her. »Was wollen Sie denn wissen?«

Edmundson lachte. »Das kann ich jetzt noch nicht sagen. Ich habe schon so viel von Ihnen gehört, daß ich erst einmal die Überraschung verdauen muß, Sie hier persönlich zu treffen. Die Welt ist klein, nicht?« Er nickte vor sich hin, als hätte er gerade eine tiefe Weisheit von sich gegeben. »Sehr klein. Aber so ist es in Kanada. Übrigens: Waren Sie in Korea?« Er wartete nicht auf eine Antwort. »Als ich zum ersten Mal die Inside Passage gefahren bin, war ein Mann an Bord – er stammte aus einem kleinen Nest an der Küste in der Nähe von Ketchikan. Ein Amerikaner, oder vielmehr ein ›Alaskaner‹, wie sie sich gern nennen. Er hieß Moses Jallopi. Ein komischer Name, und er war auch ein komischer kleiner Kerl. Da stand er vor mir, und ich hatte ihn nicht mehr gesehen, seit wir zusammen in einem kleinen schlammigen Schützenloch gelegen haben, das eigentlich wohl ein Bombentrichter war. Da lagen wir zwei Nächte und einen ganzen Tag drinnen. Von unseren Kameraden war nirgendwo etwas zu sehen, und die Nordkoreaner oder die Chinesen, was weiß ich, lagen fünfzig Meter von uns entfernt und haben uns mit Artilleriefeuer belegt.« Er lächelte und zuckte die Achseln. »Das kommt mir jetzt so vor wie eine andere Welt. Na ja, wie gesagt, die Welt ist klein, wenn man anfängt, unser Transportsystem zu benutzen.« Er lächelte wieder, nahm seine Aktentasche, und in diesem Augenblick meldete sich mit blecherner Stimme die Lautsprecheranlage. James Robert Edmundson wurde ausgerufen und gebeten, ins Büro des Zahlmeisters zu kommen. Er erhob sich und sagte: »Wir sehen uns also ungefähr um zwölf in der Bar.«

Wir waren nun unterwegs, und es dauerte keine Stunde mehr, bis die Sonne die Wolken vertrieben hatte und die Inseln und die Gipfel der Berge an der Küste allmählich sichtbar wurden. So weit das Auge reichte, war nichts zu sehen als Bäume und Felsen und Wasser, und über all dem stand strahlend die Sonne im schimmernden Dunst. Um die Mittagszeit fuhren wir mit einer Geschwindigkeit von vielleicht achtzehn Knoten in die schmalste Stelle des Grenville-Kanals ein. Ich kam vom Deck herunter und fand Camargo und Lopez einige Reihen hinter dem Platz, auf dem ich meine Tasche abgestellt hatte. Der eine las Zeitung, der andere blätterte in einem Magazin. Tom schien zu schlafen, aber als ich ihm sagte, es sei Zeit, zu Jim Edmundson in die Bar zu gehen, öffnete er langsam seine Augen und sah mich mit seltsam vergrößerten Pupillen und unsicherem Blick an.

»Gehen Sie zu ihm!« Er sprach etwas undeutlich.

»Er will aber mit Ihnen reden. Nur ein paar Fragen.«

»Sagen Sie ihm, ich mag keinen Alkohol und beantworte keine Fragen. Sagen Sie ihm alles, was Sie wollen, verdammt noch mal. Er soll mich in Ruhe lassen – es sei denn, er nimmt uns auf dem Kutter mit, der ihn abholt. Wenn das möglich ist, okay –« Er verzog seine Lippen zu einem listigen Lächeln, als käme ihm die Entscheidung, die er getroffen hatte, besonders schlau vor. »Wenn er uns zu den Cascades bringt, sage ich ihm alles, was er wissen will. Wenn er Miriam findet – dann ganz bestimmt, wenn er Miriam aufspüren kann . . . Meinen Sie, er ist wichtig genug, um die Sache in Gang zu bringen? Was denken Sie?«

»Ich weiß es nicht.«

Er seufzte, zuckte leicht die Achseln, ließ seinen Kopf herabsinken und schloß die Augen.

So war ich schließlich doch allein, als ich zu Jim in die Bar kam. Das schien ihn nicht zu überraschen. »Der Mann nimmt Drogen, nicht wahr?«

»Manchmal«, sagte ich vorsichtig.

»Das erinnert mich an vergangene Zeiten.« Er lächelte still und hielt sein Bierglas mit beiden Händen fest. »Ich weiß heute noch nicht, wo die Yankees das Zeug damals herbekommen haben. Ich habe sie nie danach gefragt. Von irgendwoher hatten sie es auf jeden Fall. Haben Sie es jemals versucht, Philip?«

Ich schüttelte den Kopf.

»Ich auch nicht. Ich bin ein Mensch, der frische Luft liebt. Meistens sind es die Städter, die das Zeug nehmen. Wahrscheinlich braucht man so was, wenn man in einem Beton-Ghetto lebt. Im Krieg braucht man's, um zu vergessen. Aber ein Mann wie Halliday . . .« Er öffnete die Aktentasche. »Vielleicht ist es ganz gut, daß er nicht da ist. Es ist viel besser, wenn ich das seinem Anwalt zeige.« Er zog ein zerfleddertes Papier heraus und schob es zu mir herüber. »Ein Telegramm. Es lag schon da, als ich an Bord kam.«

Es besagte, die *Kelsey* habe Befehl, einen Schlepper abzufangen, der mit einem Frachtkahn voller Baumstämme nach Seattle unterwegs sei, und dann solle sie sich in Bereitschaft halten, während Zollbeamte eine routinemäßige Untersuchung vornehmen würden. *Bitte finden Sie sich nach Ihrer Ankunft in Bella Bella schnellst-*

möglich auf der Kelsey ein. Kapitän Cornish wird Sie über alles so weit informieren, wie es für Ihre forstwirtschaftliche Untersuchung erforderlich ist.

Ich gab ihm das Telegramm zurück. »Und . . .?« Ich fragte mich, weshalb er es mir gezeigt hatte, obgleich es doch eigentlich recht vertraulich war.

»Es handelt sich offensichtlich wieder um eine Fuhre Holz von der Cascades-Pflanzung Ihres Mandanten. Wenn der Kapitän erfährt, daß Sie beide auch in Bella Bella landen, ist es gut möglich, daß er Halliday oder Sie beide dabeihaben will, wenn er den Schlepper abfängt – nur für den Fall, daß es dabei Probleme geben sollte, wenn eventuell die Stämme selbst für eine Untersuchung zurückbehalten werden müssen.«

»Wissen Sie, worum es da geht?« fragte ich.

»Nein. Aber es könnte ein Problem mit der Exportgenehmigung dahinterstecken. So leicht sind die Dinger nämlich nicht zu bekommen, weil Holz immer zuerst kanadischen holzverarbeitenden Betrieben angeboten werden muß. Und da es sich um eine zollamtliche Untersuchung eines amerikanischen Schleppers handelt, würde ich zunächst mal auf Drogenfahndung tippen. Gestern abend im Hotel war davon die Rede, daß Fähren nach Drogen durchsucht werden, besonders die amerikanischen Schiffe. Auf jeden Fall wohnen schon seit mehreren Wochen Beamte von der Drogenfahndung des FBI in dem Hotel.« Er erhob sich schwerfällig. »Was kann ich Ihnen holen?«

Am liebsten wäre mir ein Malt Whisky gewesen, aber Malt hatten sie hier bestimmt nicht. Etwas Scharfes hätte mich vielleicht wieder auf die Beine gebracht. »Das gleiche wie Sie«, sagte ich. Meine Nerven waren angespannt, und als er zur Bar hinüberging, lehnte ich mich zurück und versuchte bewußt, mich zu entspannen. Ich brachte es aber einfach nicht fertig. Ich zweifelte keine Sekunde daran, daß dies die Drogenroute war. Ich hatte zwar keine Ahnung, wie sie die Drogen an Bord des Schleppers brachten, aber dort oder auf dem Lastkahn mußten sie auf jeden Fall sein. Das war der Grund dafür, daß sie sich von Brian Hallidays Protestaktion nicht hatten aufhalten lassen, sondern ihn im Gegenteil beinahe überfahren hätten.

Jim kam mit zwei Dosen Bier zurück, und als er sich wieder

hingesetzt hatte, sagte er: »Ich möchte Sie etwas fragen – etwas, das sich aus meiner Prüfung der Informationen ergibt, die mir die Leute von der Forstverwaltung zugeschickt haben. Ich habe nämlich den Auftrag, in meinem Bericht zu prüfen, inwieweit die Umwelt belastet wird, wenn Halliday noch mehr Hektar der Bepflanzung seines Vaters vertraglich zur Abholzung freigibt. Ich nehme an, da die Mine nichts mehr abwirft und ihn im Gegenteil nur noch finanziell belastet, lebt er zur Zeit mehr oder weniger von seinem Waldbesitz in British Columbia. Ist das richtig?«

Ich zögerte und überlegte, wieviel ich ihm sagen sollte. Er war nun nicht mehr nur der freundliche und einem Fremden gegenüber hilfreiche Kanadier, den ich zufällig kennengelernt hatte; er war der Repräsentant einer Behörde, die von mir Informationen über meinen Mandanten haben wollte, und die Antworten, die ich ihm in meiner Eigenschaft als Toms Anwalt gab, würden höchstwahrscheinlich in seinen Bericht kommen.

»Na?«

»Ja«, sagte ich. »Ich denke, Sie könnten sagen, daß er höchstwahrscheinlich von dem Verkauf des Holzes an die Firma *SVL* in Seattle leben muß, bis am Ice Cold eine neue Parzelle erschlossen wird, die Gold abwirft.«

Er nickte, hob sein Glas und leerte es in einem Zug fast zur Hälfte. »Soviel ich weiß, hat er den gesamten natürlichen Bestand an den Hängen abgeholzt, und jetzt ist nur noch eine voll bestückte Pflanzung von grob vierhundert Hektar im unteren Teil übrig. Das sind nicht viel weniger als tausend Morgen. Da ist nun noch eine Sache, die ich nur schwer glauben kann, aber hier in meinen Unterlagen steht es –« er klopfte auf seine Aktentasche – »die Bäume sind vor ungefähr siebzig Jahren gepflanzt worden.«

»Warum ist das so schwer zu glauben?« fragte ich.

»Weil wir hier in British Columbia erst im Zweiten Weltkrieg angefangen haben, aufzuforsten. Vorher haben wir uns auf natürliche Regeneration verlassen. Hier und da hat es wohl auch vorher experimentelle Wiederaufforstung gegeben, aber wenn Hallidays Vater schon Ende des Ersten Weltkriegs Bäume gepflanzt hat, und dazu noch in einer Größenordnung von tausend Morgen und mehr, dann war er seiner Zeit weit voraus. Vielleicht war er drüben in England und hat eine Anregung Ihrer forstwirtschaftlichen Kommission verfolgt. Ungefähr zu dieser Zeit hat man in England nämlich angefangen, von Hand zu pflanzen. Da ist noch etwas, das ich nicht verstehe – warum werden die Bäume ausgerechnet jetzt gefällt? Normalerweise wird eine Rotzeder nicht gefällt, bevor sie ungefähr hundertzwanzig Jahre alt ist.«

»Ich verstehe.« Ich starrte in mein Glas und dachte darüber nach. »Was ist die Pflanzung nach Ihrer Einschätzung im gegenwärtigen Zustand wert?«

Er zuckte die Achseln. »Das kann ich schwer sagen, solange ich sie nicht gesehen habe, aber bei der gegenwärtigen Marktlage wäre wohl ein Preis von ungefähr fünf Dollar pro Kubikmeter zu erzielen. Sagen wir mal, ein Hektar wirft rund zwei- bis dreihundert Kubikmeter ab, dann bekäme man pro Hektar – das sind ungefähr 2,4 Morgen – zwischen tausend und fünfzehnhundert Dollar. So viel kostet das Holz am Stamm. Bis es auf den Markt kommt, ist es natürlich viel mehr wert«, fügte er hinzu, »aber ich halte es trotzdem für schwer verständlich, daß die Bäume so jung gefällt werden. Sie sind jetzt wahrscheinlich ungefähr dreißig Meter hoch und in Brusthöhe neunzig Zentimeter stark. Wenn man sie noch fünfzig Jahre lang stehenlassen würde, wären sie fünfundvierzig Meter hoch und doppelt so stark. Auch der Ertrag hätte sich ungefähr verdoppelt, so daß der Wert pro Hektar bei ungefähr zweitausend Dollar liegen würde, wenn man die heutigen Preise zugrunde legt.«

Also war der gesamte Besitz, die vierhundert Hektar, die Toms Vater gepflanzt hatte, zur Zeit ungefähr eine halbe Million Dollar wert, und wenn die Bäume erst einmal gefällt waren, wäre es das Ende. Ich fragte Jim, ob meine Rechnung stimmte, und er nickte.

»Und warum verschwindet er?« Er starrte mich an. »Warum taucht er unter, als würde er irgendwie in Schwierigkeiten stecken – oder als hätte er Angst vor irgend etwas?« Er machte eine kurze Pause und fragte weiter: »Warum nimmt er Drogen?«

Seine erste Frage hatte ich beantwortet, aber nun stellte er mir Fragen, auf die ich keine Auskunft geben durfte. Noch nicht. Überdies wußte ich die Antworten selbst nicht, oder zumindest nicht sicher. So ging es weiter; Jim stellte mir Fragen, und ich wehrte sie ab, so gut ich konnte, bis ich uns noch einen Drink holte. Auf beiden Seiten glitt eine dunkle Küste an uns vorbei, und die

Sonne schien nicht mehr, als ich zum Tisch zurückkam. »Ihr Drink«, sagte ich und blieb neben dem Tisch stehen. »Und jetzt passen Sie mal auf: Entweder Sie hören jetzt damit auf, mir Informationen entlocken zu wollen, die ich Ihnen nicht geben darf, oder Sie können allein weitertrinken. Bestimmte Aspekte der jetzigen Lage sind mir ebensowenig klar wie Ihnen.«

»Kommen Sie, setzen Sie sich, Philip, setzen Sie sich!« Er strahlte mich mit seinem breiten, freundlichen Grinsen an. »Ich verstehe ja Ihre Lage, aber ich bin halt neugierig. Sie dürfen mir nicht böse sein, wenn ich versuche, dieser Sache etwas auf den Grund zu gehen.«

»Sorgen Sie dafür, daß wir auf dem Kutter der Küstenwache mitfahren dürfen, der Sie abholt, und wenn Tom die Durchsuchung selbst miterlebt, wird er meiner Meinung nach vielleicht . . .«

Ich zuckte die Achseln und setzte mich hin. »Ich weiß es einfach nicht. Ich wünschte, ich könnte Ihnen mehr sagen. Aber es ist immerhin möglich, daß er sich dann entschließt, den Mund aufzumachen.«

»Dann darf ich wohl annehmen, daß er den Mund bei Ihnen schon aufgemacht hat?«

»Ja, ein wenig«, sagte ich.

»Und Sie meinen, es könnte ihn gesprächiger machen, wenn er miterlebt, wie der Kutter den Schlepper mit dem Lastkahn aufbringt?«

Ich nickte. »Er braucht Hilfe.«

Jim hob die Augenbrauen.

»Es geht um seine Frau«, sagte ich. »Sie ist verschwunden.«

»Hat sie ihn verlassen?«

Ich wollte nicht noch mehr sagen als das, was mir herausgerutscht war, und schüttelte den Kopf. Früher oder später würde irgend jemand die ganze Angelegenheit den zuständigen Stellen übergeben müssen, und vermutlich würde ich dieser Jemand sein. Ich hatte zögernd den ersten Schritt getan, aber nähere Einzelheiten wollte ich nicht enthüllen. Der allgemeine Tonfall in Miriams Mitteilung hatte bei mir die begründete Furcht aufkommen lassen, daß es ihr Leben kosten könnte, wenn wir ungeschickt vorgingen. »Wir wollen erst einmal abwarten, was passiert, wenn der Schlepper gestoppt wird. Wann wird das sein?«

Das konnte er mir freilich nicht sagen. Er wußte von der Durchführung der Aktion nur das, was man ihm in dem Telegramm mitgeteilt hatte. »Der Kapitän des Kutters wird wahrscheinlich alle Einzelheiten wissen.« Er überlegte kurz und sagte: »Ich will sehen, was ich tun kann, damit Sie an Bord dürfen. Wenn Kapitän Cornish sieht, daß der Schleppzug von Hallidays Besitz kommt, wird er Ihre Anwesenheit bei der Operation vielleicht gutheißen.«

Danach gingen wir zum Mittagessen in die Cafeteria. Am Tisch saßen ein Eskimo und seine Frau, eine amerikanische Mulattin, die Lehrerin war, mit ihrer bezaubernden fünfjährigen Tochter, die Zöpfchen aus schwarzem, dickem Haar trug und deren Augen blau aus Schlitzen in ihrer kaffeebraunen Gesichtshaut blitzten.

Ich hätte mich während dieser Fahrt die Küste hinunter wohl fühlen können. Die Sonne war endlich wieder durchgekommen und leuchtete im milchigen Herbstnebel, der Grenville-Kanal zeigte sich vom dunklen Grün der Kiefern umsäumt, dann und wann sahen wir kleinere Boote und Hütten oder kleine Häuser auf groben Holzflößen, die aussahen wie die amerikanische Version der Arche Noah. Jim erzählte mir dabei ständig von dem Land und den Leuten, und manchmal wandte er sich an den Eskimo und sagte ein paar Worte in dessen eigener Sprache zu ihm. Dann öffnete sich dessen glattes, dunkles Gesicht zu einem breiten Grinsen, bei dem er große Zähne wie Grabsteine von der Farbe alten Walroß-Elfenbeins zeigte. Die Atmosphäre erinnerte mich so sehr an die Yukon-Balladen des Pionierdichters Robert Service, daß ich fast erwartete, die berühmten Männer aus der Zeit des Goldrauschs würden jeden Augenblick hereinkommen.

Statt dessen betrat Camargo die Cafeteria. Er warf uns mit seinen dunklen Augen einen kurzen Blick zu und ging dann zur Theke.

»Ist das ein Bekannter von Ihnen?« fragte Jim.

Ich zögerte. »Nur ein Jäger. Er war oben bei der Ice-Cold-Mine. Ein Südamerikaner.«

Er nickte. »Davon gibt's hier viele. Sie kommen zur Jagd.« Er stieß die Worte ärgerlich zwischen zusammengebissenen Zähnen hervor. »Sie haben Spaß am Töten. Macho-Gehabe, denke ich – eine Art Orgasmusersatz, den sie dem Tod abgewinnen, solange sie am richtigen Ende des Gewehrs stehen. Wenn auf sie gezielt wird, ist es mit dem Macho nicht mehr weit her.«

Ich behielt Camargos Tisch im Auge, da ich auch Lopez dort erwartete. Es kam jedoch niemand mehr. Er blieb allein sitzen, und ich vermutete, daß Lopez zurückgeblieben war, um Tom zu beobachten.

Aber warum nur? Jede Nacht hatten sie im Gang vor seiner Kabine abwechselnd Wache gestanden. Und dann, gegen Ende des Essens, während Jim von den großen bewaldeten Tälern zwischen den Bergen der Rockies erzählte, in denen Anfang des Jahrhunderts der gesamte Hochwald abgeholzt worden war, und davon, wie das fast bis in die Gegenwart so weitergegangen sei und daß man sich dort gerade erst an das kostspielige und langwierige Problem der Wiederaufforstung gemacht habe, wurde mir alles klar. Sie hatten Angst, Tom würde Selbstmord begehen. Das war der Grund dafür, daß Lopez und Camargo ihn ununterbrochen beobachteten. Tot nützte er ihnen nichts mehr. Als Toter konnte er die Dokumente nicht mehr unterschreiben, die sie brauchten, wenn sie die Bäume auf seinem Land legal fällen wollten.

Eine Frage aber ließ mir keine Ruhe. Warum zum Teufel war ihnen Hallidays Holz so wichtig? Wenn sie nur einen Vorwand suchten, mit Schleppzügen von Vancouver Island nach Seattle fahren zu können, würde doch irgendein beliebiges Waldstück reichen, für dessen Holz sie eine Exportgenehmigung bekamen. Oder hatte es damit zu tun, daß der Halliday Arm so abgelegen war?

Schließlich gab ich es auf. Jim erzählte von Alexander Mackenzie und dem Felsen, in den er seinen Namen gekratzt hatte, nachdem er als erster den Pazifik auf dem Landweg erreicht hatte. »Als ich noch unten im Süden auf Vancouver Island gearbeitet habe, habe ich ihn nie zu sehen bekommen. Jetzt wird es vielleicht klappen. Die Stelle, an der er nach der Überquerung der Rockies Salzwasser erreicht hat, ist nicht sehr weit von den Cascades entfernt. Genau gesagt ist es von Ocean Falls aus mit einem Kanu oder einem Schlauchboot mit Außenbordmotor nicht mehr als ein halber Tagesausflug. Irgend jemand hat mir einmal erzählt, auf dem Halliday Arm gäbe es heiße Quellen, und das wäre recht erstaunlich –«

Sein breites, freundliches Gesicht war auf seine Erinnerungen konzentriert. »Ocean Falls habe ich einmal gesehen. Ich bin von

Shearwater aus, nicht weit von Bella Bella, durch den Fisher-Kanal und die Gunboat Passage hingekommen. Bei Ocean Falls ist ein Staudamm mit einem Kraftwerk für die Holzverarbeitung, aber soweit ich gehört habe, hat das jetzt auch dichtgemacht, und die meisten Leute sind weggezogen. Als ich dort war, haben ungefähr achttausend Leute da gewohnt. Es hat ständig in Strömen geregnet, und alles ist mit Regenschirmen herumgelaufen.« Er lachte. »Ich glaube, da regnet es dreihundertsiebzig Tage im Jahr. Ich war nur eine Nacht da. Es regnete ununterbrochen, die Felsen waren schwarz und glänzten vor Nässe, von der mit Bohlen befestigten Straße zum Damm lief das Wasser herunter, und die Wolken hingen so tief, daß man das Gefühl hatte zu ersticken. Jetzt ist wohl so gut wie niemand mehr da, und die British-Columbia-Fähre läuft den Ort nicht mehr an.«

Ich versuchte, seine Erzählung auf der Straßenkarte von British Columbia zu verfolgen. »Was meinen Sie wohl, wo Ihr Küstenwachboot den Schlepper stoppen wird?«

Er hatte jedoch keine Ahnung. »Könnte direkt vor Waglisia Island sein – das ist der alte indianische Name von Bella Bella.«

Wir unterhielten uns, bis wir gegessen hatten, dann entschuldigte er sich. »Ich muß mich noch ein bißchen über den Hintergrund informieren. Das ist der Nachteil, wenn man vom Yukon selbst hochfährt – man kann nicht gleichzeitig lesen.«

Camargo war inzwischen schon gegangen, und dafür saß jetzt Lopez allein bei einem Kaffee und aß etwas. Er starrte Jim prüfend an, als er an seinem Tisch vorbeikam.

Camargo saß nun drei Reihen hinter Tom, der auf seinem Sitz zusammengesunken war und schlief, und behielt ihn im Auge.

Tom rührte sich nicht, als ich mich neben ihn setzte, und nachdem ich ein bißchen gelesen hatte, ging ich hinaus. Wir hatten nun das offene Wasser erreicht, die Einfahrt zum Princess-Royal-Kanal lag vor uns, und es hatte angefangen zu regnen, große, dicke Tropfen, die auf der ölig-glatten Wasseroberfläche Wellen schlugen, als würden dort Fische springen.

So regnete es den ganzen Nachmittag, starker, gewittriger Regen, Donner grollte über den verhangenen Bergen, und dann und wann zuckte ein Blitz. Wir aßen früh zu Abend, und dann, als wir an McInnes Island vorbeikamen und in den Seaforth-Kanal einfuhren, der nach Bella Bella führte, klarte es plötzlich zu einem herrlichen Sonnenuntergang auf.

Tom war inzwischen aufgewacht und saß mit zerfurchtem Gesicht da, ohne ein Wort zu sagen. Selbst als ich ihm von dem Telegramm erzählte, das Jim erhalten hatte, sagte er nichts, sondern hockte nur da und verfolgte die Anfahrt auf unseren Bestimmungsort mit anscheinend vollständiger Apathie. Dann aber, als die Maschinen gedrosselt wurden, das Schiff wendete und Bella Bella in Sicht kam, sagte er plötzlich: »Hat er gesagt, *wann* diese Operation durchgeführt wird – heute nacht?«

»Das weiß er nicht«, sagte ich.

Er drehte sich mit starrem Blick und zuckendem Mund zu mir um.

»Es ist Ihnen d-doch wohl k-klar, was es bedeutet, w-wenn diese Operation erfolgreich verläuft – f-für Miriam. S-sie werden sie umbringen.«

4

Die sanften Riesen

Der Kutter lag am Kai von Bella Bella. Er sah ganz und gar nicht wie das Schiff aus, das ich erwartet hatte, sondern eher wie ein kleines Kriegsschiff mit seinem scharfen, hochgezogenen Bug und seinem bedrohlich schwarzen Rumpf. Der Aufbau der Brücke war weiß gestrichen, und darüber erhoben sich auf beiden Seiten des Mastes zwei Antennen wie Speere. Seine Scheinwerfer, die Radarantenne und die übrige technische Ausstattung verliehen dem Schiff ein aggressives, zielstrebiges Äußeres. Auch der Kai und das an den Hang geschmiegte Dorf, dessen Häuser im letzten Licht des Tages und dem ersten des Mondes leuchteten, sahen nicht so aus, wie ich es von einem Indianer-Reservat erwartet hatte. Weiße konnte ich am Kai allerdings keine sehen, so viel war klar. Die wenigen herumlungernden Schaulustigen und die kleine Gruppe von Baseballspielern waren alle dunkelhäutig. Der Kai aber war solide aus Balken gezimmert, und die große Hafenanlage mit ihren Lagerschuppen machte ebenso wie die Häuser dahinter einen modernen und stabilen Eindruck.

»Wissen Sie, wo Sie unterkommen können?« fragte mich Jim, während wir an der Reling standen und darauf warteten, an Land gehen zu können. Ich sagte ihm, ich verließe mich da auf Hallidays Sohn, und wenn der nicht kommen sollte, kannte Tom Halliday zumindest einen der Piloten. An einem von leeren Ölfässern getragenen Ponton war ein kleines Wasserflugzeug vertäut. Tom kam zu uns und sah angestrengt zum Kai hinüber. »Ich sehe da nichts von Brian«, murmelte er.

Auch ich hatte das Ufer abgesucht. Vom alten Bella Bella kam eine Barkasse herüber, schnitt eine pfeilgerade Linie in die spiegelglatte Wasserfläche und durchbrach mit ihrem Motorengeräusch die Stille.

»Wenn Sie tatsächlich hier hängenbleiben«, sagte Jim, »können Sie das Schiff nach Shearwater nehmen. Das liegt gleich hinter dem Vorgebirge östlich von hier. Dort ist ein Hotel, und da die Hochsaison für Angler vorbei ist, müßten Sie eigentlich ohne Schwierigkeiten ein Zimmer bekommen.«

»Wo zum Teufel ist nur Brian?« In Toms Stimme klang eine nervöse Gereiztheit mit, und mir wurde klar, daß er sich wie ich darauf verlassen hatte, daß er in Bella Bella von seinem Sohn abgeholt werden würde. »Sie haben ihm das Telegramm doch geschickt, oder? Von Whitehorse? Sie haben ihm doch mitgeteilt, wann wir ankommen?«

»Ich habe ihm gesagt, wir würden am nächsten Abend die Fähre von Skagway nehmen.«

»Wo ist er denn dann, zum Teufel nochmal?« Damit drehte er sich wieder der Küste zu und murmelte etwas in sich hinein.

». . . wieder mal typisch für den Jungen.«

Es waren nicht viele Passagiere, die in Bella Bella an Land gingen – ein paar Indianer, der Eskimo und seine Familie und eine junge Krankenschwester mit ihrem Mann, einem Arzt, die beide im Krankenhaus arbeiteten. Das war alles.

Der Kapitän von der Küstenwache, ein kleiner Mann in schwarzen Hosen, einem weißen Hemd und mit einer Schirmmütze sowie einem Bart, in dem sich bereits erste graue Strähnen abzeichneten, stand am Kai, um Jim abzuholen. Jim stellte uns vor. Sein Name war Doug Cornish.

Ein Indianer rief zu uns herüber. Er hatte einen Spitzbauch, kam mit einem wiegenden Gang zu uns herüber und sagte grinsend: »He du, Vollbart – rasierst dich wohl nicht gern, was?« Und bevor dem Kapitän eine passende Antwort einfiel, war der Mann schon mit einem freundlichen Winken den Hang hinauf zum Dorf weggegangen.

Ein junges Indianermädchen, das in der Nähe gestanden hatte, kam mit zierlichen Schritten auf uns zu. »Du heißt doch nicht ›Vollbart‹, oder?«

»Nein.« Cornish lächelte ihr zu.

»Bist du der Kapitän von dem kleinen Schiff da?« Sie nickte zu dem Kutter der Küstenwache herüber, und ihre goldenen Ohrringe tanzten mit der Kopfbewegung. Sie hatte dichtes schwarzes Haar; ihre Brüste begannen gerade unter ihrem roten T-Shirt zu knospen, und sie lächelte keß.

Cornish nickte. »Was willst du?«

»Deine Eier, Käpt'n.« Das Lächeln verbreiterte sich zu einem Grinsen, und ihre Augen blitzten kokett. Dann warf sie ihr schwarzes Haar herum und tänzelte zu den jungen Leuten hinüber, die mit den Baseball-Schlägern übten. Sie war bestimmt nicht älter als fünfzehn.

Cornish schüttelte den Kopf, und seine Wangen waren unter dem Bart rot geworden. »So sind die Indianer.« Er grinste. »Ich habe mich nie daran gewöhnen können, wie ungehemmt sie den menschlichen Körper betrachten.« Er sah auf die Uhr, und dann warf er Jim einen Blick zu. »Wollen wir an Bord gehen? Ich bin bereit zum Ablegen.«

»Vorher muß ich ein paar Worte mit Ihnen reden.« Er nahm den Kapitän am Arm und ging mit ihm an einer Zapfsäule vorbei am Kai entlang. Nach einiger Zeit blieben die beiden in ein ernsthaftes Gespräch vertieft stehen, während wir aufbrachen. Tom starrte auf die Barkasse hinab, die gerade an dem Ponton festgemacht wurde. Am Steuer stand ein Weißer, und Tom rief zu ihm herunter und fragte nach Brian. »Haben Sie ihn gesehen?«

»Vor ein paar Tagen«, rief der Mann zurück. »Er war hier in Bella Bella. Dann hat er den jungen Steve dazu gebracht, ihn hoch nach Ocean Falls zu fliegen. Sie erinnern sich doch noch an Steve, Tom – er ist gerade von Bella Coola zurückgekommen, und ich soll Ihnen etwas ausrichten. Ihr Sohn ist in Ocean Falls und bittet Sie, sich dort mit ihm zu treffen. Okay?«

Tom ging zum Rand des Kais. »Ist Steve oben in seinem Haus?« rief er hinab. »Ich möchte mit ihm sprechen.«

»Ich denke schon«, gab der Mann zurück.

Es war ärgerlich, daß Brian nicht hier war. Ich hatte mich darauf verlassen, daß er kommen würde, und zwar nicht nur, weil ich weitere Informationen von ihm haben wollte, sondern um mich in der Entscheidung zu unterstützen, zu der ich mich allmählich durchgerungen hatte und die ich nun nicht länger hinausschieben konnte. Von einer RCMP-Station, wo ich mich mit den zuständigen Stellen in Verbindung setzen konnte, um in der Angelegenheit von Miriams Entführung die entsprechenden Schritte ergreifen zu können, war ich noch weit entfernt. In dieser Sache konnte ich mich nicht an jeden beliebigen Polizisten wenden, und außerdem brauchte ich Toms Zustimmung und Unterstützung. Vor allem deshalb hatte ich mich auf Brian verlassen.

Meine Gedanken wurden von Jim unterbrochen, der uns zurief, wir sollten gleich an Bord kommen. Der Kapitän des Kutters war schon vorausgegangen und erklomm eilig die Leiter zum Brückenaufbau. »Es ist alles abgemacht«, sagte Jim, als er zurückkam, um seinen Koffer und seine Tasche zu holen. »Er nimmt Sie beide auf seine eigene Verantwortung mit, und wenn die Operation abgeschlossen ist, setzt er Sie in Ocean Falls ab.«

Ich rief zu Tom hinüber, der noch immer mit dem Mann in der Barkasse sprach. Er drehte sich um und runzelte die Stirn. »Er nimmt uns mit? Warum?« Er kam zurück; er sah leicht benommen aus, und in seinen Augen lag ein gehetzter Ausdruck, als er mich prüfend ansah. »Warum?«

Als ich Tom von der Operation erzählte, hatte ich nichts von Drogenschmuggel gesagt, sondern nur genau den Wortlaut des Telegramms wiederholt, in dem sie als routinemäßige Zollkontrolle bezeichnet worden war. Aber mir war klar, daß er sich seinen Teil dabei gedacht hatte und ahnte, daß die Zollbeamten nach Drogen suchten. Er blieb einen Moment bewegungslos stehen, offenbar unschlüssig, was er tun sollte. Jim ging schon auf den Kutter zu. Ich hatte mein Gepäck in der Hand; hinter mir wurde mit donnerndem Röhren die Maschine angeworfen, und ein Mannschaftsmitglied war am Kiel schon dabei, die Schleppleine am Bug loszumachen. Der Kapitän streckte seinen Kopf aus der Schiebetür des Ruderhauses heraus und rief: »Beeilen Sie sich, oder wir fahren ohne Sie ab!«

»Los, kommen Sie!« rief ich. »Hier können Sie doch nichts machen. Sehen wir zu, daß wir nach Ocean Falls kommen. Vielleicht kann Brian uns ja helfen.« Damit drehte ich mich um und rannte über den Kai, ohne auf Tom zu warten, aber ich merkte, daß er mir nachkam. Die Maschinen brummten laut, als ich mein Gepäck aufs Deck warf und mich an Bord zog. Tom kam direkt hinter mir her. Am Bug war der Kutter bereits losgemacht, die Schiffsschrauben ließen das Wasser aufschäumen, und zwischen dem Rumpf und dem Kai wurde die Lücke immer breiter. Die Schleppleine am Heck wurde schlaff, das Schiff schwang herum, und der Mann am Kai machte die Leine vom Poller los und sprang an Bord. Der Bug schob sich vor, und als das Schiff Fahrt aufnahm, drückte sich das Heck tiefer ins Wasser.

Wir stellten unser Gepäck achtern in der Messe ab, die unter Deck lag und bis auf einen Steward leer war, der gerade die letzten Reste des Abendessens wegräumte. »Wenn Sie Kaffee möchten, bedienen Sie sich.« Er nickte zu einer Wärmeplatte hinüber. »Kaffee gibt es zu jeder Zeit, und wenn Sie wirklich Durst bekommen sollten, gehen Sie zum Kühlschrank dort – Milch, Orangensaft, Tomatensaft in Dosen. Bisquits sind in dem Regal über dem Tisch dort. Okay?«

Ich nickte und drehte mich zu Tom um. »Ich gehe zum Ruderhaus hinauf«, sagte ich. »Mal sehen, was der Kapitän mir sagen kann.«

Tom schien mich nicht zu hören. Sein Haar stand wie eine Bürste in die Höhe, und seine Stirn lag in Falten. Er goß sich Kaffee ein, und die Tasse klapperte auf dem Unterteller, weil seine Hand zitterte. Er war mit seinen Gedanken weit weg bei seinen eigenen Überlegungen und Ängsten. Ich stieg durch die Luke hinauf aufs Seitendeck, wo der Fahrtwind an meinen Kleidern zerrte und ich meine Mütze festhalten mußte. Wir machten bestimmt nicht viel weniger als zwanzig Knoten Fahrt. Das schwarze Wasser strömte an uns vorbei, und aus dem offenen Luk des Maschinenraums, in dem einer der Maschinisten saß und ein Magazin las, kam das ohrenbetäubende Röhren der Motoren. Eine kurze eiserne Leiter führte an der Seite des Brückenaufbaus zu der halb offenen Tür des Ruderhauses. Als ich sie zurückschob und hineinging, hörte ich eine Stimme aus dem Funkgerät: »Ich sehe gar nichts. Keine Lichter, keine Sterne, überhaupt nichts. Wo seid ihr, *Naughty Gosling?* Hier Fischerboot *Chick Chick.* Ich sehe gar nichts. Ich stecke bis zur Nase in Nebel, Mann, und ich schätze, ich habe mich verfahren.«

Der Kapitän streckte eine Hand aus und schaltete eine andere Station ein. »Der arme Indianer weiß nicht, wo er ist. Als nächstes wird er das RKZ anrufen – das ist das Rettungs-Koordinations-Zentrum in Esquimault, Victoria. Wenn er das versucht, hat er Pech. Im Wetterbericht ist Nebel angesagt, und das arme Schwein ist schon mittendrin. Die Schwierigkeit ist nur, daß wir nicht wissen, wo er ist. Seewärts wahrscheinlich.«

»Es wird schon dichter, Doug.« Der Maat stand am Radarschirm und starrte in die Nacht hinaus. Er rieb sich die Augen. »Scheiße! Warum laufen wir ausgerechnet dann in eine Nebelbank, wenn wir am liebsten klare Sicht hätten?«

»Gut für's Training, Curly«, sagte der Kapitän säuerlich, und die beiden grinsten sich an. »Ich denke, es wird eine lange Nacht.« Der Mann war klein und fett und hatte schwarzes, lockiges Haar und eine heisere Stimme. Man hatte den Eindruck, er müsse sich ständig räuspern, unterlasse es jedoch, weil es ihm zu unbequem war.

»Es wird nicht leicht sein, den Schlepper zu finden, oder?« fragte ich.

Der Maat warf mir einen überraschten Blick zu, als hätte er nicht erwartet, daß ein Fremder seine Meinung äußerte und schon gar nicht auf der Brücke. Der Kapitän antwortete mir: »Sobald wir durch die Lama-Passage und im Fisher-Kanal sind, dürften wir den Schlepper auf unserem Radar sehen können.« Er warf einen kurzen Blick auf meine mitgenommene Seemannsmütze. »Kennen Sie sich mit Seekarten aus?«

Ich nickte, und er drehte sich zu dem Kartentisch um, der unter all den Funkgeräten, dem Decca-Navigationsgerät und den Ortungs- und Rettungsinstrumenten fast die gesamte hintere Wand einnahm.

»Sie hat den Fisher hinter sich und ist in den Fitz Hugh Sound eingelaufen, und ein Schiff vom Marine-Stützpunkt in Esquimault, das sie über Satellit verfolgt, wartet unten bei der Nord-Passage.« Er deutete mit einem dicken, behaarten Finger auf das offene Meer westlich von Calvert Island. »Fragen Sie mich nicht, wie, aber irgend jemand hat ihr ein Ortungsgerät angehängt, so daß sie ihren Weg von der kalifornischen Küste bis hierher verfolgen konnten. Angeblich handelt es sich um eine große Motoryacht.«

»Und welche Rolle spielen wir?« fragte ich, als er abrupt stockte.

Er zögerte, dann sagte er: »Na ja, jetzt habe ich Sie schon an Bord gelassen, und da Sie ja selbst sehen werden, was passieren wird, hat es wohl wenig Sinn, Ihnen zu verschweigen, welche Rolle wir spielen werden.« Er tippte auf den Bereich der offenen See. »Nach meinen Befehlen soll ich abwarten, bis ich sowohl die Yacht als auch den Schlepper auf meinem Radarschirm habe und melden kann, daß sie sich einander nähern. Ein Hubschrauber steht auf Abruf bereit. Man geht davon aus, daß das die Position ist, wo sie sich treffen sollen, damit die Yacht an den Schlepper anlegen und die Ladung übergeben werden kann. Man hat mir nichts von der Ladung gesagt, aber soviel ich weiß, sind sowohl Sie als auch Jim zu der Vermutung gelangt, daß es sich um Drogen handelt, und deshalb kann ich Ihnen sagen, daß ich das gleiche vermute. Im Hubschrauber ist ein Durchsuchungskommando. Wir halten uns bereit, falls es Probleme geben sollte.«

Wir hatten nun die Lama-Passage erreicht. Die Wasserstraße verengte sich bis auf die Breite eines normalen Flusses, auf beiden Seiten standen die grünen Bäume des Waldes, und über der Wasseroberfläche war ein schmales, helles Band aus Felsen zu sehen, an das hinter uns das Kielwasser schlug. Es wäre zu dunkel gewesen, überhaupt etwas zu sehen, wenn wir nicht mit einem Scheinwerfer darauf geleuchtet hätten, und als wir mit unverminderter Geschwindigkeit in die Meerenge einfuhren, obwohl bereits die ersten Nebelschwaden vorbeizogen, schaltete Doug Cornish den starken Strahl des *Nightsun*-Scheinwerfers ein, der anscheinend sogar den Nebel durchdringen konnte.

Wir machten zu diesem Zeitpunkt knapp über achtzehn Knoten Fahrt, und vor uns lagen nur Felsen und beleuchtete Baken. Ich beobachtete Cornishs Gesicht genau, um ein Anzeichen von Nervosität oder auch nur den Ansatz eines Zögerns zu entdecken. Nichts davon war zu sehen.

»Ruder steuerbord.«

Das Steuerrad wirbelte in den Händen des Steuermannes herum, und er wiederholte: »Ruder steuerbord.«

»Ruder mittschiffs und Kurs eins-sechs-null.« Einen Moment später meldete der Steuermann: »Kurs eins-sechs-null.«

Danach standen wir nur noch da und beobachteten das Ufer des Fisher-Kanals, das an der Backbordseite gerade noch auszumachen war, und warteten ab. Die Wache wechselte, der Steuermann übergab an seine Ablösung und sammelte die Kaffeetassen ein, die überall im Ruderhaus herumstanden. »Wollen alle Kaffee? Milch und Zucker?« fragte er mich. »Ohne Zucker«, sagte ich; Jim wollte zwei Stückchen. Nur die monotonen Geräusche der Maschinen, das Rauschen des Wassers am Kiel und das Plätschern der Wellen an der Steuerbordseite des Kanals waren zu hören. Das Funkgerät oder manchmal ein kurzer Wortwechsel zwischen Kapitän und Maat durchbrachen ab und zu die fast einschläfernden Hintergrundgeräusche des Schiffes in Fahrt.

Der Kapitän stand über den Radarschirm gebeugt, starrte angestrengt darauf und sprach leise mit dem Maat, während Jim die Tür aufgeschoben hatte, um den Kanal mit einem Schiffsglas abzusuchen. Ich wendete mich der Seekarte Nr. 1933 zu, die auf dem Kartentisch ausgebreitet lag. In dem Gestell darüber lag ein Stechzirkel, und ich maß damit die Entfernung zwischen dem Punkt, an dem wir aus der Lama-Passage herausgekommen waren, und dem offenen Wasser der Nord-Passage ab. Dann überprüfte ich sie an den Minuten der Breitengrade, die vertikal am Rand der Karte verzeichnet waren. Eine Minute entspricht einer nautischen Meile, und nach dem Stechzirkel waren es knapp vierzig.

»Fahren Sie zur See?« Es war die Stimme des Kapitäns.

Ich nickte.

»Wir fahren mit der Flut, da machen wir wahrscheinlich zwanzig Knoten. Wir sind in zwei Stunden bei ihnen. Haben Sie ein Segelboot?« fragte er.

Er lebte in Fulford auf den Gulf-Inseln und hatte selbst ein kleines Segelschiff dort im Hafen liegen. »Ich habe ihm nach einem der Indianerstämme aus dem Süden den Namen Salish gegeben; Bella Bella ist ja auch nach einem der nördlichen Stämme benannt. Die Haidas und die Bella Bellas waren früher einmal wilde Krieger.«

Jemand brachte ein Tablett voller Tassen Kaffee herein, und wir unterhielten uns eine Weile über Boote. Dann begann er, immer wieder auf die Uhr zu sehen. Um dreiundzwanzig Minuten nach acht schaltete er das Kurzwellen-Funkgerät ein und sprach mit dem RKZ an der Südspitze von Vancouver Island. Er gab seine geschätzte Ankunftszeit mit ungefähr 22.55 Uhr an, und es wurde vereinbart, daß der Hubschrauber um 22.10 Uhr in Port Hardy starten sollte, falls keine gegensätzlichen Befehle mehr kamen, um so in Reichweite des Ziels zu sein, wenn die *Kelsey* zu dem Schlepper kam und ihn zum Stoppen aufforderte. »Viel Glück, und hoffen wir, daß es nicht wieder ein Kaninchen des FBI ist, das nicht aus dem Zylinder kommt.« Das Funkgerät verstummte, und er schaltete aus.

»War das die letzte Mitteilung für Sie, Kapitän?« Von hinten kam ein Luftzug. Es war Toms Stimme.

Ich drehte mich um – wir drehten uns beide um. Er stand an der Steuerbordseite in der Tür, lehnte sich an den Türrahmen und sprach mit etwas hoher, aber sonst entspannter Stimme. »Ist das wieder ein Schleppzug mit Stämmen?«

»Nein.« Der Kapitän lehnte sich leicht vor und sah Tom unter seinen buschigen Augenbrauen hervor an. »Ich glaube nicht, daß wir uns kennen«, sagte er, und seine nette, freundschaftliche Art war plötzlich verschwunden.

»Mein Name ist Tom Halliday.« Er kam herein, machte die Tür hinter sich zu und streckte eine Hand aus. »Sie sind Captain Cornish, nehme ich an. Ich muß mich bei Ihnen bedanken, weil Sie Philip und mich auf diese Fahrt mitgenommen haben.«

Der Kapitän ignorierte die ausgestreckte Hand. Er musterte Tom mit finsterem Blick, der sich davon aber nicht beirren ließ und mit etwas undeutlicher Stimme weitersprach: »Ich glaube, das ›Ziel‹, wie Sie es nennen, ist ein Schlepper, der Stämme von den Cascades, die mir gehören, zur Verarbeitung nach Seattle bringt. Aber das wissen Sie ja wohl. Ich möchte gern mit den Verantwortlichen für diese Operation sprechen. Könnten Sie sie bitte über Funk verständigen?«

»Nein, das kann ich nicht.« Doug Cornish reagierte sofort und kompromißlos. »Und würden Sie in Zukunft bitte um Erlaubnis fragen, bevor Sie auf die Brücke kommen, Mr. Halliday?«

Tom war nicht im geringsten aus der Fassung gebracht und zuckte lächelnd die Achseln. »Oh, Entschuldigung. Selbstverständlich. Bitte um Erlaubnis, die Brücke betreten zu dürfen, Kapitän.« Es schien ihm einfach nicht in den Sinn zu kommen, daß sein Verhalten, sein etwas hochnäsiger Tonfall und seine sehr englische Aussprache nicht unbedingt die beste Art war, um sich bei einem kanadischen Kapitän auf dessen eigenem Schiff beliebt zu machen. »Es ist Ihnen doch wohl klar, daß diese Operation, hinter der nach allem, was ich so höre, die Drogenpolizei steckt, den Tod einer Frau, genauer: ihre Ermordung zur Folge haben kann?«

Cornishs Gesicht verfinsterte sich noch mehr. »Sind Sie betrunken, oder was? Welche Frau? Wovon reden Sie überhaupt?«

»Von meiner Frau«, sagte Tom. »Wenn es hier um Drogen geht . . .« Er stockte, schüttelte den Kopf und schien mit einem Mal seine Sicherheit verloren zu haben. »Ich will mit ihnen sprechen. Mit denen, die diese Operation leiten, wer immer es auch sein mag. Ich muß sie warnen – diese Leute haben gedroht, meine Frau zu töten.«

»Welche Leute?« Es war deutlich zu hören, daß der Kapitän ihm nicht glaubte. »Wovon reden Sie überhaupt?« Das klang, als stünde er kurz davor, die Geduld zu verlieren.

Tom begann zu reden, geriet ins Stottern, verstummte und sagte dann nach einer kurzen Pause: »Fragen Sie doch Philip hier. Er ist Rechtsanwalt. Vielleicht hören Sie auf ihn.«

Damit hatte er mich hineingezogen, und ich erzählte dem Kapitän des Kutters leise, was ich wußte. Ich konnte nicht anders. Tom war völlig mit Drogen vollgepumpt und war damit herausgeplatzt, und nun mußte ich ihn bestätigen. Vielleicht war es ja auch ganz gut so, denn so hatte er mich gezwungen, eine Entscheidung zu treffen.

Dann aber geschah etwas Unglaubliches: Sie glaubten es nicht! Daß dieser Doug Cornish, der da mit seinem Maat am Kartentisch stand, den Radarschirm beobachtete und kurz vor einer diffizilen Operation stand, bei der ein amerikanischer Schlepper geentert werden sollte, mir nicht glauben würde – damit hatte ich einfach nicht gerechnet. Daß er Tom nicht glauben würde, den er offensichtlich für einen Alkoholiker hielt, war noch verständlich. Tom war manchmal nur sehr schwer zu verkraften. Daß er aber meine Angaben auch nicht glaubte, nachdem wir hier am Kartentisch gestanden und uns über unsere Boote unterhalten hatten, nachdem wir freundschaftlich zusammen Kaffee getrunken hatten . . . »Aber der Mann hat recht«, sagte ich. »Er sagt die Wahrheit. Sie halten Miriam Halliday fest, und wenn sie dahinterkommen, daß ihr Mann an Bord ist . . .«

»Dann soll er eben unter Deck bleiben. Dann merken sie nichts von seiner Anwesenheit – sind Sie damit zufrieden?«

Ich diskutierte bestimmt eine Viertelstunde oder mehr mit ihm, aber er weigerte sich beharrlich, sich mit seinem Stützpunkt in der RKZ in Verbindung zu setzen.

»Sie können hinterher mit ihnen sprechen«, sagte er schließlich. »Wenn wir wissen, ob da Drogen an Bord sind oder nicht. Sobald die Operation abgeschlossen ist, können Sie mit ihnen sprechen, aber nicht vorher. Okay?« Das war sein letztes Wort. Ich konnte ihn nicht davon abbringen, und Tom auch nicht, der sich nun aufs Flehen verlegt hatte und den Kapitän mit Tränen in den Augen und halb erstickter Stimme anbettelte. Ich sah, daß diese Veränderung bei Cornish nicht ohne Wirkung geblieben war. Er war nicht mehr so ablehnend, und in seiner Stimme klang Mitleid mit, als er seine Hand auf Toms Arm legte und sagte: »Sehen Sie, selbst wenn Sie mich überzeugen, daß es die Wahrheit ist, was Sie mir da erzählen, kann ich nichts machen. Ich bin nur der Kapitän eines Küstenwachboots. Ich muß mich an meine Vorschriften halten, und zur Zeit habe ich Befehl, mich mit diesem Schiff zur Verfügung zu halten, während Spezialbeamte einer anderen Abteilung der Regierung die Durchsuchung durchführen. Hinterher können Sie sprechen, mit wem Sie wollen. Und nun, Mr. Halliday«, sagte er abschließend, »schlage ich vor, Sie gehen unter Deck und lassen mich meine Arbeit tun.«

Tom zögerte und warf mir einen Blick zu. Dann drehte er sich ohne ein weiteres Wort um und stolperte die Leiter zum Seitendeck hinunter.

»Behalten Sie ihn besser im Auge«, sagte der Kapitän, legte mir eine Hand auf den Arm und schob mich zur Tür. Als ich hinausging, sah ich ihn mit hochgezogenen Augenbrauen zu Jim Edmundson hinübersehen, und als Jim nickte, blieb ich stehen und sagte: »Es ist wirklich wahr, was er Ihnen erzählt hat. Er hat eine Nachricht von ihr bekommen. Sie wird als Geisel festgehalten –«

»Das ist Sache der Polizei.« Cornishs Gesicht wirkte plötzlich verschlossen. »Ich habe damit nichts zu tun. Halten Sie ihn nur von meiner Brücke fern. Okay?« Er schob seinen Kopf vor, sah mich mit festem Blick an und wartete, bis ich mit einem Nicken zeigte, daß ich verstanden hatte.

»Also gut. Sobald dieses kleine Unternehmen hier vorbei ist, setzte ich Sie beide in Ocean Falls ab, oder er kann Jim Edmundson zu den Cascades begleiten. Wie er will.« Er wandte sich wieder dem Funkgerät zu. »Irgendwas von dem Schlepper zu sehen?« Der Maat schüttelte den Kopf. Cornish schob ihn zur Seite und beugte sich über das Ortungsgerät.

Tom erwartete mich am Fuß der Leiter und packte mich an der Jacke, als ich herabkam. »Was mache ich nur?« Seine Stimme zitterte, und er stand kurz davor, in Tränen auszubrechen.

»Nichts«, sagte ich. »Sie können gar nichts machen – außer sich versteckt halten, wenn wir dem Kutter begegnen. Die wissen nicht, daß Sie an Bord sind.«

»Dieser Lopez war doch bei uns, als wir an Land gegangen sind.«

»Camargo auch«, sagte ich. »Aber alles, was die beiden wissen, ist, daß jemand, den Sie auf der Fähre getroffen haben, Sie auf einem Kutter der Küstenwache mitgenommen hat.«

»Aber sobald wir den Schlepper erreichen –«

»Das ist alles«, wiederholte ich. »Das ist alles, was sie berichten können. Außerdem wird es bestimmt eine gewisse Zeit dauern, bis sie ihren Auftraggeber erreichen. Frühestens morgen werden sie die *Kelsey* und uns damit in Verbindung bringen können, daß der Schlepper gestoppt und durchsucht worden ist, und wer weiß, was bis dahin alles passiert ist.«

»Meinen Sie, sie werden das Kokain an Bord finden?« Er hielt mich noch immer am Arm fest.

»Woher zum Teufel soll ich das wissen? Wenn diese Yacht sich mit dem Schlepper trifft und die Zollbeamten alles durchsuchen . . . Dann wird auch das Büro der Firma *SVL* in Seattle durchsucht werden, und das der Schlepper-Firma *Angeles Georgia Towing* ebenso. Wenn alles das passiert, werden sie an Miriam gar nicht denken.«

Das schien ihn zu beruhigen. Er starrte mich einen Moment an und ließ es sich durch den Kopf gehen. Dann nickte er. »Stimmt. Wahrscheinlich haben Sie recht, Philip. Und wenn sie eines der Schiffe vollgestopft mit Kokain finden, wird der Kapitän uns eigentlich glauben müssen, dann wird er uns auch mit seiner RKZ-Basis sprechen lassen, und eine große Suchaktion wird eingeleitet. Ja, genau . . .« Er nickte wieder. »Vielleicht wird ja noch alles gut. Mein armer Liebling – ich hoffe wirklich zu Gott . . .« Nun standen tatsächlich Tränen in seinen Augen. Er ließ meinen Arm los, schneuzte sich in sein Taschentuch und ging nach hinten. »Wo sind die Toiletten?«

Ich sagte es ihm, und er ging weiter und hielt sich dabei sorgfältig an der Reling fest.

Als er zurückkam, fragte er: »Wie lange dauert es noch, bis wir zu dem Schlepper kommen? Eine Stunde?«

»Etwas mehr.«

Er nickte. »Dann hole ich mir noch etwas Kaffee.« Ich ging mit ihm in die Messe und nahm zum Kaffee ein paar Biskuits und Käse aus dem Kühlschrank. Als ich fertig gegessen hatte, hockte er zusammengesunken auf der Bank am Schott und war halb eingeschlafen. Ich holte mir einen Anorak und ging an Deck. Auf dem Seitendeck war mir der Fahrtwind zu stark, und so ging ich achtern und stellte mich in den Windschatten der Aufbauten. Von dort konnte ich hinter unserem Kielwasser die dunklen Silhouetten der Berge und auf beiden Seiten das schwarze Ufer sehen, während wir schnell den breiten Wasserstreifen entlangfuhren. Der Nebel war nun, da wir den schmaleren Fisher-Kanal hinter uns gelassen hatten und im Fitz Hugh Sound waren, zu einem hauchdünnen Schleier geworden.

Plötzlich kam hektische Aktivität auf, der Maschinentelegraph klingelte, die Maschinen schüttelten sich, und aus dem Kielwasser wurde ein aufgewühlter Schaum, als der Kutter hart backbord beidrehte. Die eine Schraube lief noch vorwärts, die andere rückwärts, wir drehten uns um hundertachtzig Grad und fuhren eng an der Küste entlang zurück in den Sound. Dann umrundeten wir eine Leuchtboje, und auf der Steuerbordseite kam das Land näher. Ich war inzwischen auf das Seitendeck gegangen, und als einer von der Mannschaft hastig die Leiter von der Brücke herunterkam, fragte ich: »Was ist denn los?«

»Wir haben sie gesichtet; sie fahren zur See hin durch die Hakai-Passage. Der Käpt'n sagt . . .« Seine Stimme verlor sich in dem Maschinengeräusch, im Rauschen der Bugwelle, und der Wind wehte seine Worte weg.

Zum Teufel damit, dachte ich, und ging hinauf zur Brücke. Cornish konnte nicht mehr tun, als mich wieder hinauswerfen, und solange Tom sicher unter Deck war . . . Der Kapitän und der Maat standen dicht beieinander am Radar, und der Steuermann war stocksteif vor Konzentration. Ein anderes Mannschaftsmitglied sprach mit Jim. Ich ging zum Kartentisch hinüber. Wir hatten gerade Kelpie Point passiert, und es war keine Leuchtboje gewesen, sondern eine Bake auf einer kleinen Felseninsel. Die Hakai-Passage verlief nördlich der Calvert- und Hecate-Inseln fast geradeaus nach Westen aus dem Sound heraus und führte ins offene Meer. Bei einer Leuchtbake nördlich von Starfish Island war mit Bleistift ein kleines Kreuz eingezeichnet. Ich drehte mich um und erwartete, sie leuchten zu sehen, konnte aber nichts erkennen.

»Steuern Sie zwei-zwei-fünf.«

»Zwei-zwei-fünf«, wiederholte der Steuermann.

Cornish kam mit großen Schritten zum Kartentisch herüber. »Hier ist der Nebel dichter«, sagte er, benutzte den Rechenschieber als Lineal, um unseren Kurs durch die Passage einzuzeichnen, maß die Entfernung mit dem Stechzirkel ab und trug dann »220° – 8 m« ein. »Der Schlepper macht, na, sagen wir mal knapp über fünf Knoten. Das heißt, daß wir ihn in weniger als einer Stunde erreicht haben werden.« Ohne den Kopf herumzudrehen, befahl er: »Kurs zwei-zwei-null.«

»Zwei-zwei-null.«

»Ist Ihr Freund okay?« Er warf mir einen kurzen Blick von der Seite zu, und als ich sagte, er schliefe, nickte er. »Das ist das beste für ihn.« Dann konzentrierte er sich wieder auf seine Instrumente, ohne etwas davon zu sagen, daß ich die Brücke verlassen solle. Also blieb ich und verhielt mich so unauffällig wie möglich. Offensichtlich war der Schlepper auf dem Radarschirm schon zu sehen. Dann aber richtete sich der Kapitän auf, streckte sich und rieb sich die Augen. »Also, das wär's erst einmal. Er ist um Starfish und Surf herum und fährt in südlicher Richtung zu den South Pointers weiter. Noch eine Stunde.« Er seufzte und drehte sich zu mir um. »Waren Sie schon einmal an dieser Küste, Mr. Redfern?«

Ich schüttelte den Kopf.

»Dann will ich Ihnen etwas zeigen«, sagte er lächelnd und winkte mich zum Kartentisch hin. »Sehen Sie das Riff?« Er deutete auf die Südseite der Passage, wo sie in den Pazifik einmündete. »Die South Pointers. Da ist eine große Felsengruppe, die halb unter Wasser liegt. Der Schlepper mußte sie natürlich umfahren, aber zwischen dem Riff und Surf Island führt ein Weg durch, der auf der Karte mit dreißig angezeigt ist – dreißig Faden. Das heißt, daß es fast sechzig Meter tief ist, wenn man die Nerven hat, es zu riskieren. Es ist dichter Nebel da draußen. Man müßte es also allein mit dem Radar schaffen.« Er starrte auf die Karte herab und benutzte mich als eine Art Prüfungsgremium für seine Ideen. »So schlimm wie der Spider ist es nicht. Ich habe die *Kelsey* einmal durch den Spider geführt, aber das war bei hellichtem Tag und guter Sicht. Sogar die kleine Fulton-Passage war leicht zu bewältigen.« Er breitete die Karte aus, und ich sah mir die Abkürzung an, die er nehmen wollte. Angesichts der Felsen erschien es mir so ziemlich als das riskanteste Unternehmen, das ich je erlebt hatte.

Trotzdem nahmen wir diesen Weg. Wir fuhren mit voller Kraft in südwestlicher Richtung an den Hindernissen vorbei, der Kapitän hing wie gebannt am Radarschirm und befahl Kursänderungen, ohne zur Karte zu sehen, und die ganze Zeit quäkte das Funkgerät letzte Anweisungen, während der Maat meldete, wir würden den Schlepper nun in ungefähr einer Viertelstunde erreichen.

Einige Minuten später waren wir durch, und das Ruder schwenkte nach Steuerbord zur See hin. Cornish nahm das Mikrophon. »Entfernung zweieinviertel Meilen, ziemlich dichter Nebel, ruhige See mit leichter Dünung.« In Wirklichkeit rollten wir recht stark. Er hatte auf UKW umgeschaltet und sprach mit dem Hubschrauberpiloten.

Die folgenden zehn Minuten zogen sich unendlich lang hin. Der Maat stand nun am Ortungsgerät, und alles stand in dem dunklen Ruderhaus, starrte durch die Scheiben hinaus und suchte den Nebel ab, der das Schiff umhüllte.

»Ein Licht, Sir.« Es war der Steuermann. »Bei Green Zehn.«

»Okay, erkannt.« Cornish hatte das Glas vor den Augen. »Kurs zwei-fünf-null.« Dann stand er schon wieder mit dem Hubschrauberpiloten in Verbindung und wies ihn auf das Ziel ein. Auch ich konnte nun im Nebel undeutlich die Positionslichter des Schleppers erkennen, und als die schemenhaften Konturen eines großen Prahms mit einer Ladung von Baumstämmen auftauchten, griff der Kapitän nach seinem Maschinentelegraph und gab das Signal für beide Maschinen: »Langsame Kraft voraus.«

»Mein Gott!« sagte der Maat und sah angestrengt durch das Glas. »Das ist ja uralt, das Ding. Was ist das für eine alte Schute?«

Wir kamen nun nah daran vorbei und näherten uns dem Schlepper auf seiner Backbordseite. »Schuten sind gewöhnlich aus Holz.« Cornish streckte einen Arm aus und nahm das Glas an sich. »Das ist Stahl«, sagte er.

»Ja, Stahl. Und es hat ein Ruderhaus – eine Art Bude hinten drauf. Möchte gern wissen, wo sie das Ding herhaben – vom Schrottplatz wahrscheinlich. Verdammt rostig ist es.«

»Schuten sind aus Holz«, wiederholte der Kapitän. »Außerdem haben sie flache Seiten, damit man auf Deck laden kann. Das ist ein Prahm.«

»Jawohl, Sir.« Der Maat grinste. »Es ist ein Prahm – wie Sie meinen, Sir.«

Er war mindestens zweihundert Fuß lang und lag sehr tief im Wasser. Das kleine Ruderhaus war achtern, und wenn ein Mann das Ding steuern wollte, mußte er ständig herauskommen, um nach vorne zu schauen, weil die Stämme zu hoch gestapelt lagen.

Wir waren an dem Prahm vorbei, und nun tauchte der Schlepper aus dem Nebel auf. Cornish gab dem Maschinenraum durch, die Geschwindigkeit noch weiter zu drosseln, und befahl dem Steuermann, nahe an die Backbordseite des Schleppers heranzufahren. Dann, als der Schlepper kaum noch eine Schiffslänge von uns entfernt war und wir seine Lichter in dem dichten Nebel undeutlich und verschwommen sahen, nahm er das Megaphon von seinem Haken und hob es an die Lippen: »Hier ist der Kutter der Küstenwache *Kelsey.* Hören Sie mich? Hier ist der Kutter der Küstenwache *Kelsey.* Drehen Sie bitte bei. Ich wiederhole – drehen Sie bei. Hören Sie mich?«

Aus dem Nebel antwortete eine Stimme mit amerikanischem Tonfall: »Ich höre Sie. Hier ist Micky Androxis vom US-Schlepper *Gabriello.* Ich bin im Schleppzug. Ich kann nicht beidrehen.«

»Sie können Ihre Geschwindigkeit drosseln und allmählich nach Backbord beidrehen.«

»Warum? Warum sollte ich meine Geschwindigkeit drosseln?«

Nun mischte sich der Maat ein. »Käpt'n, ich habe noch etwas auf dem Radarschirm, direkt westlich von dem Schlepper. Sieht aus, als wollte es in nördlicher Richtung weg.«

Cornish nickte. »Das wird die Yacht sein, nehme ich an.«

Die Mannschaft kam mit Gewehren in den Händen auf die Steuerbordseite des Kutters. Sie bezog ihre Stellungen, und der Kapitän wiederholte noch einmal seinen Befehl, beizudrehen. Der Kapitän des Schleppers wies ihn noch einmal darauf hin, daß er ein amerikanisches Schiff unter seinem Kommando habe. »Als Beamter der Küstenwache sind Sie nicht befugt, mich zum Stoppen aufzufordern – oder mein Schiff zu entern, Kapitän. Verstehen Sie?«

Cornish lächelte, zuckte die Achseln und hob in gespielter Resignation den Blick zum Himmel. »Der scheint sich ja bestens auszukennen.« Dann sagte er noch: »Ich hätte nicht gedacht, daß ein normaler Schlepperkapitän so etwas weiß.« Er wies den Steuermann an, ganz nahe heranzufahren und wiederholte seinen Befehl, beizudrehen, abermals.

»Sie brauchen einen Polizeibeamten an Bord, wenn Sie mir etwas befehlen wollen. Sie dürfen mir keine Befehle geben. Von einem RCMP-Beamten würde ich sie aber annehmen. Okay?«

»Ein echter Seerechts-Experte«, murmelte Cornish in sich hinein. In diesem Augenblick sahen wir am Heck ein Licht schimmern, und das leise Klatschen der Hubschrauber-Rotoren erreichte uns durch den dichten Nebel. »Da kommt die Polizei ja schon«, rief Cornish durch das Megaphon. »Drosseln Sie sofort Ihre Geschwindigkeit!«

Der Hubschrauber schwebte senkrecht über dem Prahm und leuchtete mit seinen Scheinwerfern auf die Stämme und einen Mann, der an einer Seilwinde auf das Heck hinabgelassen wurde. Die Rotoren waren gerade noch sichtbar, und der Hubschrauber erinnerte im angestrahlten, schimmernden Nebel an eine riesige Libelle. Unser Scheinwerfer hielt den Schlepper in einem gnadenlosen, grellweißen Lichtkegel fest, und das Wasser, das an beiden Rümpfen entlangschäumte, beruhigte sich allmählich, als beide Schiffe immer langsamer wurden. Ich sah, daß ein zweiter Mann auf den Lastkahn hinuntergelassen wurde. Er löste den Gurt, mit dem er an der Seilwinde befestigt worden war, und als man das Seil wieder eingeholt hatte, wurde der Hubschrauber in den grauen Nebelschwaden deutlicher sichtbar, denn nun flog er ein Stück vorwärts und bezog Stellung über dem Heck des Schleppers. Ein Mann schwang sich hinab, drückte sich von der dicken Stahltrosse des Schleppseils weg und bekam die Stahlplatten des Decks unter die Füße, die im Licht unseres Scheinwerfers naß glänzten. Weitere Männer kamen ihm nach.

»Das ist der letzte Mann, der jetzt runterkommt«, meldete der Hubschrauberpilot über Lautsprecher. »Ich verlasse Sie jetzt, Kapitän. Ich halte mich bereit, wenn Sie mich brauchen sollten. Ich soll die Leute in Namu abholen, oder sie schicken ein Amphibien-Fahrzeug. Alles klar? Sie sollen die Männer aufnehmen, wenn sie fertig sind, und sie nach Namu bringen. Die Motoryacht ist übrigens in Columbia registriert. Sie hat beigedreht, ein Mountie und zwei Zollbeamte sind an Bord. Ende.«

Cornish hatte das Mikrophon schon an den Mund gehoben. »Aber nur, wenn sowohl die Yacht als auch der Prahm von der Untersuchungsmannschaft freigegeben werden. Was ist, wenn das nicht der Fall ist?«

»Dann werden meiner Schätzung nach die Schiffe alle beschlagnahmt werden«, antwortete der Pilot. »Dann bleiben die Zollbeamten mit der Polizei an Bord. Wahrscheinlich wird man sie nach Port Hardy bringen. Na ja, wohin auch immer, auf jeden Fall brauchen Sie und ich uns keine Gedanken mehr um sie zu machen. Sie werden selbst für Transport sorgen. Okay?«

»Ja, okay.«

»Dann mache ich mich jetzt auf den Weg, wenn ich ihn bei dem Scheißwetter überhaupt finde. Also, bis dann – und hoffen wir, die finden das, was sie suchen. Ende.« Damit stieg der Hubschrauber hoch, schwang seine stumpfe Nase nach Westen, und seine Scheinwerfer erloschen. Sofort verschwand er hinter der silbergrauen Wand, die am Ende der Reichweite unserer Scheinwerfer stand.

Cornish hängte das UKW-Mikrophon wieder auf und drehte sich zu seinem Maat um. »Curly, die Leute auf Deck sollen sich zum Anlegen bereitmachen. Wir machen an dem Schlepper fest und lassen die Maschinen verschnaufen. Die See ist ruhig genug.«

Der Schlepper der Firma *Angeles Georgia* trug nicht nur den Namen *Gabriello*, sondern seine Mannschaft setzte sich auch aus einer bunten Mischung von Griechen, Mexikanern und Italo-Amerikanern zusammen. Der Kapitän, ein aufsässiger kleiner Mann mit schwarzen Haaren und dunklen Augen von walisisch-kretischer Herkunft stolzierte auf seinem bügeleisenähnlichen Schiff herum und brüllte uns an: »Ihr verschwendet eure Zeit! Auf meinem Schiff werdet ihr keine Schmuggelware finden. Hier gibt es nichts Illegales. Nichts. Hört ihr? Schaut auf dem Prahm nach. Für den Schrotthaufen übernehme ich keine Verantwortung. Da müßt ihr nachschauen, wenn ihr meint, jemand hätte Schnaps oder Drogen an Bord gebracht. Ich habe ihn leer hergebracht, versteht ihr? So leer wie der Arsch eines Toten, aber was die Holzfäller da noch alles draufgepackt haben außer Bäumen, das weiß Gott allein. Ich nicht. Was ihr da findet, hat mit mir nichts zu tun.«

Wir lagen fast sechs Stunden lang Seite an Seite mit dem Schlepper, die ganze Nacht, bis der Morgen dämmerte und die Sonne begann, den Nebel zu vertreiben. Die Umgebung verlor ihre Sepiafärbung und wurde silbrig und erglühte, als lägen wir in der Nähe eines versteckten Ofens. Ich schlief ein wenig, aber nicht tief. Ich glaube, Tom schlief gar nicht; als der Morgen kam, war sein

Gesicht faltig und uralt, und seine Augen geschwollen und leicht entzündet.

Einmal setzte er sich mit einer Tasse Kaffee neben mich und sprach über Drogen. Er verglich die Operation, die hier durchgeführt wurde, mit der Haltung, die die US-Behörden in den zwanziger Jahren gegenüber Alkohol eingenommen hatten. »Die Prohibition hat den Alkohol in den Untergrund gedrängt. Nur noch Verbrecher und Gangster haben damit gehandelt. Jetzt ist er respektabel geworden, und die Leute akzeptieren die Verkehrstoten und die Gewalt in Fußballstadien, die die direkte Folge des Alkoholmißbrauchs sind.« Er stellte Alkohol und Drogen auf eine Stufe, aber er versuchte offensichtlich nur, seinen eigenen Kokainkonsum damit zu rechtfertigen.

Ich wußte über die gesamte Problematik viel zu wenig, um ihm widersprechen zu können. Er behauptete, erst das Verbot von Drogen – und hier betonte er, daß nur von Kokain und dem Koka-Blatt die Rede sei – mache den Handel damit lukrativ. Dadurch werde er in den Untergrund gedrängt und Kriminellen überlassen. Früher sei Kokain eine allseits geachtete Droge gewesen, und die Produkte des Koka-Blattes habe man für heilsam und stimulierend gehalten. Ein Italiener habe ein Elixier daraus destilliert und allen gekrönten Häuptern Europas, dem Präsidenten und sogar dem Papst überreicht – und alle seien begeistert davon gewesen. Außerdem sei da noch jenes berühmte amerikanische Erfrischungsgetränk, das einst die Droge enthalten habe und noch heute ihren Namen trägt. »Heute ist natürlich kein Kokain mehr drin. Plötzlich wandte sich die Medizin dagegen, auf der ganzen Welt wurde plötzlich Drogenabstinenz gepredigt, und gegen Kokain hat man ganz besonders gewettert. Schade!«

Seine Hände zitterten, die Kaffeetasse klapperte, und an seinen Backenmuskeln zuckte ein Nerv. »Wenn es nicht so viel einbringen würde, dann hätten sich Schweine wie die da –« er nickte zu den Stahlplatten des Schiffs hinüber, die sich quietschend an die Plastik-Stoßdämpfer drückten, mit denen der Kutter von dem Schlepper auf Abstand gehalten wurde – »nicht in den Vertrag gedrängt, den ich hatte.« Er schüttelte den Kopf und ließ entmutigt seine Schultern hängen. »Ich hätte das Holz nie verkaufen dürfen. So viel Geld . . . Mein Gott! Es kam mir vor wie eine ungeheuerliche Verschwendung – das Geld, das ich dringend brauchte, stand einfach da herum.« Tränen des Selbstmitleids standen ihm in den Augen. »Versuchung . . . durch den Teufel, wenn Sie so wollen – Herrgott nochmal! Ihr Anwälte sitzt auf eurem fetten Arsch, selbstgefällig wie Halbgötter, und nie macht ihr irgendwas falsch, nie brecht ihr ein Gesetz, haltet euch an eure Präzedenzfälle, rümpft niedrigeren Sterblichen gegenüber die Nase und verurteilt sie für ihre Fehler . . . Und jetzt wird auch noch Miriam in die Sache hineingezogen! Was passiert denn, wenn sie die Drogen finden und Wolchak herausbekommt, daß ich auf diesem verdammten Küstenwachtkutter bin? Er muß doch auf die Idee kommen, daß ich dahinterstecke. Er wird *mir* die Schuld geben.«

»Sie haben ja nichts gefunden«, sagte ich, um ihn zu beruhigen. »Sie suchen jetzt schon mehr als drei Stunden lang –«

»Nein, aber sie werden das Zeug finden. Ganz bestimmt.« Er war ganz sicher, daß dies die Drogen-Route nach Chicago war. »Sie haben es mir doch praktisch gesagt. Außerdem paßt das alles zusammen.«

Sie fanden jedoch trotz allem keine Drogen. Ein Mitglied der Schlepperbesatzung, ein Mexikaner, hatte unten in seinem Koffer zwischen seinen Socken ein kleines Stück Haschisch versteckt, und auf der großen Motoryacht, die eine Gruppe von Jägern von Kalifornien nach Prince Rupert transportierte, fanden sie bei einem Jäger ein paar Marihuanazigaretten. Sie erhoben jedoch weder gegen den Amerikaner noch gegen den Mexikaner Anklage, sondern beschlagnahmten nur die Zigaretten und das Haschisch. Außerdem fanden sie noch drei Handfeuerwaffen, aber all das war es nicht, wonach sie gesucht hatten.

Sie durchsuchten die drei Schiffe fast sechs Stunden lang, und das war alles, was dabei herauskam. Die beiden Beamten auf dem Prahm gaben es zuerst auf. »Auf so einem Kahn gibt es nicht allzu viele Winkel und Ecken, wo man etwas verstecken kann.« Der Mann lächelte bedauernd und meinte, für so kleine Mengen habe sich der Aufwand nicht gelohnt. »Nach unseren Informationen sollten auf der Yacht große Beutel oder Behälter mit Rohkokain sein.«

Als die Yacht jedoch endlich freigegeben und die Beamten in einem Schlauchboot zum Kutter gebracht worden waren, gaben sie zu, daß auf der Yacht nicht nur keine Spur von Kokain gewesen sei, sondern daß die Passagiere samt und sonders kalifornische Geschäftsleute waren, die zu einem Jagdurlaub wollten. Einer der Beamten sagte mit einem Anflug von Neid: »Sie wollen weg von ihren Frauen, lassen sich vollaufen, erzählen sich dreckige Witze und machen genau das, was sie wollen, und es ist kein Mensch da, der ihnen das verbietet. Das Reiseunternehmen, das diese Jagdausflüge veranstaltet, hat da eine Goldmine. Das waren alles steinreiche Leute, und sie haben Unmengen Alkohol an Bord.« Das einzige, was ihnen in den dreieinhalb Stunden an Bord gelungen war, war der Ausbau des Ortungsgeräts, das es dem Satelliten ermöglich hatte, die Yacht zu verfolgen.

Es dämmerte, und kurz vor sieben kamen die letzten Zollbeamten an Bord. Sie waren todmüde und saßen alle in der Messe, tranken Kaffee und aßen den letzten Vorrat an Würstchen und Schinken auf, als Cornish den Befehl gab, die Leinen loszumachen. Die Maschinen röhrten auf, wir fuhren los und drehten unseren Bug nach Norden, und hinter uns klangen die Beschwerden und Flüche des schwarzhaarigen Kapitäns. Er stand auf seinem Seitendeck und schüttelte uns eine Faust nach. Dann, kurz bevor er im Nebel verschwand, grinste er und machte eine obszöne Geste.

Außer dem Zollbeamten und dem RCMP-Beamten in seiner eleganten Uniform mit der blauen Jacke und den Hosen mit den gelben Streifen war auch noch ein Amerikaner an Bord gekommen, ein kleiner, quirliger Mann mit einem zerknitterten, wettergebräunten Gesicht. Als ich kurz nach unserer Abfahrt hinuntergegangen war, um einen Kaffee zu trinken, verkündete er den anderen, die Schweine seien zwar dieses Mal damit durchgekommen, aber wenn sie sich das nächste Mal mit Schleppkähnen und Yachten in kanadisches Gewässer wagen würden, werde man sie in einen Hafen eskortieren. »Und dann werde ich mich persönlich darum kümmern, daß alle drei Schiffe bis auf die letzte Planke zerlegt werden!«

»Ein nächstes Mal wird es meiner Schätzung nach kaum geben«, sagte der schlaksige Mann von der RCMP.

»Oh doch, das wird es. Für solche Typen gibt es immer ein nächstes Mal. Wenn die erst einmal den Geruch von Geld in der Nase haben, hält sie nichts mehr auf, das werden Sie sehen.« Er stammte aus Michigan und war zu verärgert, um nicht zu widersprechen. Ich hatte kaum meinen Becher gefüllt, als er schon bei der Drogenszene von Chicago war, die sich ausgedehnt hatte, weil sich zwei rivalisierende Gruppen der gleichen Mafia-Familie auf den Straßen bekämpften. Sie nannten sich die Papas und die Mamas.

Ich wollte gerade wieder zurück zum Ruderhaus, als er plötzlich den Namen Wolchak erwähnte. Der Name war so ungewöhnlich, daß ich stehenblieb und seinem Bericht zuhörte. Er erzählte, wie »dieser fette kleine polnisch-litauische Jude«, der finanzielle Kopf der Papas, nach Südamerika gefahren war, um Lieferungen für den Drogenring zu organisieren, als die Kämpfe ausbrachen.

»Der größte Teil der *Famiglia,* sowohl von den Papas als auch von den Mamas, ist umgelegt worden, so daß der kleine Josef bei seiner Rückkehr nur noch Bruchstücke zusammenflicken konnte, aber das war schon immer seine Spezialität als Finanzgenie. Herrgott nochmal! Was hätte ich dafür gegeben, wenn ich diese Ratte auf dem Schlepper dieses selbstzufriedenen kleinen Griechen gefunden hätte!« Nur ein einziges Mal sei es beinahe jemandem gelungen, Josef Wolchak etwas nachzuweisen. Das sei lange vor der Zeit in Chicago gewesen. Er habe damals versucht, genug Geld für den Ankauf einer heruntergekommenen Immobilienfirma aufzutreiben. Er sei über Idlewild in die USA gekommen – »ja, Idlewild, so hieß der Flughafen damals noch. Daran können Sie erkennen, wie lange das her ist. Er kam aus Bolivien und hatte sechs wunderbar geschnitzte Spazierstöcke dabei. Souvenirs, sagte er. Dann hatte er Pech. Ein Zollbeamter ließ einen der Stöcke fallen, und ein Elektrokarren fuhr drüber und hat ihn zerquetscht. Der Stock war hohl, und ein weißes Pulver ist herausgekommen. Das war das einzige Mal, daß es den Behörden um ein Haar gelungen wäre, ihn festzunageln, und wahrscheinlich war es auch das einzige Mal, daß er selbst etwas transportiert hat. Danach war er zu weit oben für so was.«

»Wie hat er sich aus der Affäre gezogen?« fragte jemand.

»Angeblich soll er gedroht haben, auf Schadensersatz für den Stock zu klagen. Er behauptete, es seien wertvolle Antiquitäten, von Indianern hoch in den Bergen von Bolivien hergestellt. Mit dem weißen Pulver habe er nichts zu tun. Das sei wahrscheinlich nichts als Kreide; die Indianer hätten den Hohlraum damit ausgefüllt, um die Stöcke schwerer und massiver zu machen. Vielleicht ist das eine Erfindung, aber selbst wenn, sie paßt gut zu ihm, denn er ist mit Bluff ganz oben auf einen sehr unangenehmen und gefährlichen Misthaufen gekrabbelt. Übrigens nicht nur mit Bluff. Er war der erste Gangsterboß, der sich Leute aus Südamerika geholt hat. Aber es ist, wie ich gesagt habe: Wenn sie erst einmal Geld gerochen haben, überwältigt sie die Habgier, und sie versuchen es noch einmal.«

»Haben Sie ein Bild von Wolchak?« fragte ich.

Er schwang an seinem Tisch herum und sah mich mit zusammengekniffenen Augen an. »Kennen Sie ihn?«

»Ich habe einen Mann namens Josef Wolchak kennengelernt, das ist alles«, sagte ich. »Ist ein ungewöhnlicher Name.«

»So ungewöhnlich auch wieder nicht.« Er musterte mich. »Sie sind Engländer, nicht wahr?«

Als ich nickte, fragte er mich, wo ich diesen Wolchak kennengelernt hätte. Schließlich schrieb er sich meinen Namen und meine Adresse auf und vermerkte in seinem Notizbuch auch die Umstände, unter denen ich ihn getroffen hatte. In mir festigte der Zusammenhang zwischen jenem Wolchak, der in meine Kanzlei hereingetänzelt war, und der Herkunft der Stämme auf dem Lastkahn die Überzeugung, daß die Drogenfahndung vorsätzlich auf eine falsche Fährte gelockt worden war.

Der Amerikaner stellte mir eine Menge Fragen, aber da ich Wolchak erst einmal getroffen hatte, und das nur sehr kurz, konnte ich ihm mit meinen Antworten nicht viel helfen. Er versprach mir, eine Photographie zu besorgen, damit ich überprüfen könne, ob es der gleiche Wolchak sei, und danach empfahl ich mich und ging zurück ins Ruderhaus.

Wir waren inzwischen wieder in der Hakai-Passage, nachdem wir seewärts um South Pointers Riff herumgefahren waren. Die Sonne hatte den Nebel vertrieben, und um uns sprangen die Salme. Zweimal bekam ich Weißkopf-Seeadler zu sehen; einen aus der Ferne, der sich von einem abgestorbenen Baum herabschwang, um einen nichtsahnenden Fisch mit seinen Klauen zu erwischen, und das zweite Mal, als wir um Kelpie Point herumfuhren. Da waren es zwei, die auf einem Felsen neben der Leuchtbake hockten und uns völlig ungerührt beobachteten. Wir kamen so nahe, daß ich ihnen eine Wurfleine vor die Füße hätte schleudern können. »*God bless America*!« Der Maat posierte grinsend und legte eine Hand aufs Herz.

Die großen Wellblech-Lagerschuppen und das Elektrizitätswerk von Namu leuchteten silbrig in der Sonne, als wir langsam hereinfuhren und an dem Anlegeplatz aus Holz festmachten. Die Zollbeamten und die Leute von der RCMP verabschiedeten sich, und der Mann von der amerikanischen Drogenfahndung ging mit ihnen von Bord. Sie gingen in düsterer Stimmung, denn sie spürten, daß man sie irgendwie hereingelegt hatte.

Als sie weg waren, streckte sich Cornish genüßlich und gähnte herzhaft. »Also, das wär's. Kommt jemand mit auf einen Spaziergang?«

Ich meldete mich, und der Maschinist auch. Die Maschinen waren abgeschaltet, und die Mannschaft bekam Landurlaub bis zu unserer Abfahrt um zwölf Uhr. Ich hätte mich vielleicht besser schlafen legen sollen wie Tom, der am Heck mit seinem Anorak als Kopfkissen an die Deckaufbauten gelehnt in der Sonne lag und laut schnarchte. Wenn ich gewußt hätte . . . Aber hinterher weiß man es immer besser, und damals war alles noch Zukunft. Ich hatte, wie alle Menschen, keine Ahnung von dieser Zukunft, und das ist auch gut so, denn sonst würden Sterndeuter, Wahrsager und Kaffeesatzleser arbeitslos.

Ocean Falls war knapp über dreißig Meilen entfernt. Wir brauchten bei treibstoffsparender Reisegeschwindigkeit von zwölf Knoten bei fünfzehnhundert Umdrehungen ungefähr zweieinhalb Stunden. Bis wir fertig gegessen hatten, waren wir schon wieder im Fisher-Kanal und kamen gerade an der Einfahrt in die Lama-Passage vorbei. Wir fuhren weiter nach Norden am Evans Inlet vorbei und in die Meerenge bei Bold Point. Ich stand auf der Steuerbordplattform des Ruderhauses und sah mir die Berge an, die weit über zweitausend Fuß über uns hinaufragten. Ihre Gipfel waren nackter, vom Eis zerfurchter Fels, aber weiter unten standen Waldbäume, die mit ihren Wurzeln in den kleinsten Felsspalten und Rissen Halt und Nahrung suchten. Direkt vor uns war ein kahler, von Gletschern bedeckter Berg, und dahinter sahen wir immer wieder Schneefelder aufblinken. Ich war mit meinen Gedanken bei Ocean Falls, angeblich eine tote Stadt, und dahinter erstreckte sich das Hochland bis tief in die Rockies hinein.

Bei jenem kurzen Spaziergang in Namu mit Cornish und dem Maschinisten hatte ich einen ersten Eindruck gewonnen, wie es dort aussehen mußte. Wir waren nur eine knappe Meile gegangen und hatten uns an einen schmalen Gehsteig aus Rotzederbrettern gehalten, bis wir einen See mit einer Brücke über eine Wildwassermündung erreicht hatten, danach waren wir mühsam am Ufer weitergegangen. Die Fische waren hochgestiegen, und wir sahen auch einen Weißkopfadler. Auch Moskitos hatten sich unangenehm bemerkbar gemacht. Dann war der Weg immer schlechter geworden. Wir mußten sumpfige Stellen meiden, Felsbrocken versperrten uns den Weg, und dazwischen schlangen sich immer wieder die Wurzeln der Bäume – Rotzedern, Hemlocks und Balsamtannen, und dann und wann eine Douglastanne.

Nun waren die Berge über uns auf unserem Weg entlang dem Ufer von King Island kahl, bis wir zum Dean-Kanal kamen und den Cousins Inlet hinauffuhren. Mackenzies Felsen war nur ein Dutzend Meilen weit entfernt den Dean-Kanal aufwärts, und ich wünschte, ich hätte sein Buch gelesen. Er war der erste Weiße gewesen, der die Rockies überquert hatte, und als ich mir diese gottverlassene Einsamkeit ansah, fragte ich mich, woher er den Mut dazu genommen und was ihn dazu gebracht hatte durchzuhalten.

Um 14.40 Uhr setzte Kapitän Cornish Tom Halliday und mich in Ocean Falls ab. Er machte nicht fest, sondern hielt nur kurz an, damit wir beide auf den hölzernen Landungssteg springen konnten. Dann befahl er für beide Maschinen volle Kraft zurück, und ich hatte gerade noch Zeit, Jim Edmundson viel Glück und auf Wiedersehen zuzurufen, bevor der Kutter herumschwang und sich entfernte. Als Tom und ich unser Gepäck zum Ende des Landungsstegs geschleppt hatten und in Richtung Stadt losgingen, sah der Kutter im riesigen V der Bucht zwischen den steilen Felswänden schon ganz klein aus. Bald würde er nordöstlich in den Dean-Kanal einbiegen und an Elcho Harbour und Mackenzies Felsen vorbei in Richtung Kimsquit fahren, bis er die Cascades-Bucht erreichte und von ihr aus in den Halliday Arm einlief.

»Angeblich ein Haus namens *Halcyon Days*, mit einer blauen Eingangstür.« Tom war stehengeblieben und sah sich um. Die Stadt wurde von den Bergen überragt, und die Häuser standen in den steilen, felsigen Überbleibseln eines riesigen Felsrutsches. Sie sah mit dem großen hellbraunen Hotelgebäude und dem Sägewerk auf dem schmalen, flachen Flußufer viel größer aus, als ich erwartet hatte. Wir konnten das Rauschen des Flusses hören, wo er vom Rand des Tals in einem Wasserfall herabstürzte.

»Waren Sie schon einmal hier?« fragte ich.

»Nur einmal. Damals hat die British-Columbia-Fähre noch regelmäßig hier angelegt. Wenn ich später zu den Cascades wollte, bin ich von Bella Bella aus direkt mit dem Wasserflugzeug zum Halliday Arm geflogen.«

Es war Nachmittag, und die Straßen waren fast leer. Es war kaum jemand unterwegs, und von den Bergen im Norden wehte ein kalter Wind herab.

»Da oben ist ein zehn Meilen langer See. Außerdem ein Staudamm und ein wassergetriebenes Elektrizitätswerk, das früher das Sägewerk gespeist hat. Ich glaube, ich höre den Dynamo. Klingt, als wäre es noch in Betrieb.« Überall brannten Lampen, auch Straßenlaternen, obwohl es noch Tag war, und auch auf den Verandas leerstehender Häuser brannte Licht.

»Wie war das mit *Halcyon Days*?« fragte ich.

»Das ist Brians Adresse. Das Haus eines Freundes. Er hat mir das durch Steve Davis, den Wasserflugzeugpiloten in Bella Bella, ausrichten lassen. Da wollte er auf uns warten. Das Problem ist nur, daß der Typ auf der Barkasse sich nicht an den Namen der Straße erinnerte. Er hat gesagt, wir könnten das Haus nicht verfehlen, weil es an der Bretterstraße liegt, die vom See herunterführt.« Wir hatten inzwischen die Stadt erreicht und sahen eine Asphaltstraße hinauf, die an einem sprudelnden Bach entlangführte. »Wir gehen wohl besser zum Staudamm hinauf. Von da aus dürfte die Bretterstraße leicht zu finden sein.«

Wir stellten unser Gepäck auf die Veranda eines leeren Hauses, über der eine nackte Birne brannte. Die Wolken hatten sich inzwischen herabgesenkt, und es fing an zu nieseln. Der Kutter war verschwunden, und über dem schmalen Fjord, in dem dunstig der Nieselregen stand, hing schwer die Wolkendecke.

»Hier regnet es immer«, murmelte Tom in sich hinein, als wir uns bergauf auf den Weg machten. Es gab blühende Hortensien, in den Ebereschen leuchteten rote Beeren, und außerdem gab es Walnußbäume – mit Walnußbäumen hatte ich nicht gerechnet. Je höher wir stiegen, desto lauter wurde das Rauschen des Wassers, das alles andere übertönte und das enge Tal schließlich ganz füllte. Die kleinen Holzhäuser, von denen die Farbe abblätterte, klebten am Hang. Hier und da waren die bunten Farbtupfer von Blumen zu sehen, und dazwischen brannten die Lichter. Die Stadt war so gut wie ausgestorben; nur noch wenige Einwohner waren geblieben, gerade genug, um das Sägewerk und das Elektrizitätswerk in Betrieb zu halten.

Der Staudamm, eine dicke Steilwand aus Beton, war wie ein Keil zwischen die engen Felsen getrieben, eine nackte Mauer, die weiß von dem Wasser, das an ihr herablief, über der Stadt hing. Tom ging bis zu dem verschlossenen Tor, das auf den breiten Dammweg führte. Von hier aus hatte man eine herrliche Aussicht auf den jetzt halb von Wolken verhangenen Fjord. Der von Steinschlägen zerfurchte Berg beherrschte die Stadt, und die Lücke, wo sich ein riesiger Bergrutsch in den See ergossen hatte, glänzte naß wie eine offene Wunde.

Tom aber sah weder dorthin noch hinunter auf den Fjord. Er stand mit dem Rücken zur Stadt und starrte auf die endlose Fläche des Sees hinaus. »Ich war hier oben einmal zum Angeln. Das ist bestimmt sieben oder acht Jahre her. Von einem anderen, noch höheren See führt ein Bach herunter. Der Halliday Arm und die Cascades reichen fast bis dorthin. Genaugenommen wird der Wasserfall, von dem der Name kommt, aus diesem See gespeist. Die Bella-Bella-Indianer hatten dort oben einst eine Blockhütte, die sie als eine Art Bootshaus für ihre Kanus benutzt haben. Eine wunderbare Stelle zum Angeln, mit einer Felsplattform, die wir früher immer ›die Kanzel‹ genannt haben. Von dort oben konnte man tausend Fuß weit den Berg hinunter sehen, bis zu dem Seitenarm, der von der Cascades-Bucht wegführt, und bis zum Holzfällerlager und den Flößen.« Fast wehmütig fügte er hinzu: »Die Hütte war noch da, als Thor Forstverwalter wurde. Er hat sie zu einer ganz ordentlichen Wochenendhütte mit einem Bootshaus für Angelausflüge umgebaut. In dem See gibt es Forellen, die so groß sind und so rosafarbenes Fleisch haben, daß ich schon immer gedacht habe, es müßten Süßwasser-Salme sein, die die letzte Eiszeit überstanden haben.«

Ein Windstoß fuhr durch die tiefhängenden Wolken und den Nieselregen. Die Wolkendecke riß kurz auf, und es wurde wesentlich wärmer. Die Wassertröpfchen in Toms Haar leuchteten wie Silber, im Gesicht sah er nicht mehr so übernächtigt aus, und er lächelte in sich hinein, während er auf den See hinaussah. Er machte plötzlich einen ausgeruhten und gesunden Eindruck. Ich war verblüfft, wie sehr er sich durch seinen kurzen Schlaf erholt hatte. Die Wochen, die er im Stone Slide Gully verbracht hatte, mußten ihn abgehärtet haben, denn sein Nervensystem stand kurz vor der Grenze seiner Belastbarkeit.

»Kommen Sie, wir wollen sehen, ob wir Brian finden können.«

Noch während er sprach, hörten wir beide das Geräusch eines Außenbordmotors draußen auf dem See und drehten uns um. Der Nebel hing noch auf dem Wasser, so daß wir einige Minuten lang nichts sahen, obwohl das Geräusch immer lauter wurde. Dann war plötzlich ein Schlauchboot mit einem Außenbordmotor zu sehen, und darin saß ein Mann mit langem dunklem Haar. Er zog das Schlauchboot auf das Geröllufer des Sees hinauf, und einen Augenblick später kam er auf uns zu. Er trug einen Rucksack und zog einen kleinen Schlitten mit zwei Plastikbehältern und einem kleinen Kanister, der aussah, als sei er für Heizöl vorgesehen, hinter sich her. Er hatte ein flaches Gesicht, hohe Backenknochen, hervorstehende Augen und abgebrochene Zähne, die gelb unter seinem schwarzen Walroß-Schnurrbart zu sehen waren. Wenn er uns sah, ließ er sich nichts davon anmerken. Er pfiff leise vor sich hin, zog den Schlitten scharrend hinter sich her und ging auf einer anderen Straße zur Stadt hinunter.

»Das ist bestimmt einer von den Leuten, die sich hier eingenistet haben«, sagte Tom. »Der Koch auf dem Kutter hat mir erzählt, daß außer den Leuten vom Sägewerk so ziemlich die einzigen, die noch hier leben, Hippies aus Vancouver und den anderen Häfen sind.«

Tom hatte sich umgedreht und ging zu der Biegung, um die der Mann mit dem langen Haar verschwunden wār. Die Straße führte in einem großen Bogen über einen anderen Weg hinunter, und sie war mit großen Zederbrettern befestigt, die nach dem Regen glatt geworden waren. Auf beiden Seiten wurde sie von kleinen Häusern mit Vorbauten umsäumt. Gott allein weiß, wie viele herrliche Bäume für diese Straße gefällt worden waren, denn sie war breit genug, um zwei Fahrzeuge nebeneinander fahren zu lassen. Aber da die Berge dicht bewaldet waren, war es wahrscheinlich billiger, die Straße an diesem Schräghang aus diesen bohlenähnlichen Brettern zu bauen, als sie wie eine gewöhnliche Straße aufzuschütten.

Wir fanden das Haus. Über der Tür brannte ein Licht, und die blaue Farbe blätterte ab. Es gab eine Klingel, aber sie funktionierte nicht. Wir klopften. Niemand kam, und auch in den Häusern nebenan sah niemand aus dem Fenster. Die Straße und alles um uns herum war totenstill, das einzige Geräusch war das Rauschen des Wassers vom See über uns.

»Er ist nicht hier.« Meine Stimme klang zu laut und etwas seltsam. »Hier ist niemand.« Ich kam mir vor wie ein Besucher von einem fremden Stern, der in eine Welt kommt, auf der jegliches menschliche Leben ausgelöscht worden ist. »Versuchen Sie die Tür«, hauchte ich.

Sie war nicht verschlossen, und ihre Angeln quietschten vor Feuchtigkeit, als wir sie aufstießen. Vor uns lag das Innere eines ganz gewöhnlichen kleinen Hauses. Alles war an seinem Platz, als sei der Bewohner zum Postamt oder einkaufen gegangen und müßte jeden Augenblick zurückkommen. Wir zögerten, blieben beide in der offenen Tür stehen und starrten hinein. »Sie haben recht«, sagte Tom. »Er ist nicht da.«

»Vielleicht hat er uns eine Nachricht hinterlassen.«

Er nickte, rührte sich aber nicht. »Es ist schon komisch, nicht wahr?« Seine Stimme war etwas angestiegen und zitterte leicht. »Das gefällt mir nicht«, flüsterte er. »Die ganze Stadt, diese Leere – das ist wie eine Geisterstadt.«

Seine Worte und die leere Stille dieses Hauses – mir gefiel es auch nicht, aber wir konnten nicht ewig hier stehenbleiben und darüber nachdenken, wie seltsam das war. »Er hat bestimmt eine Nachricht hinterlassen«, sagte ich noch einmal und drängte mich an Tom vorbei. Ich ging zuerst in den vorderen Raum, ein kombiniertes Wohn- und Eßzimmer, und von da aus weiter in die Küche. Ich fand keine Nachricht, aber auf dem Tisch standen noch die Überreste einer Mahlzeit. Der Kühlschrank war in Betrieb und enthielt

Nahrungsmittel, und im Schlafzimmer war das Bett nicht gemacht, Kleider lagen überall verstreut, und auf dem Boden stand eine Tasche.

Ich rief Tom zu: »Sieht so aus, als würde er gleich wiederkommen.«

Er kam herein, sah sich das Bett und die Kleider an, und dann wühlte er in der Tasche herum. »Es ist tatsächlich Brian. Der Teufel soll den Jungen holen! Ich hatte mich auf ihn verlassen . . .« Er sagte nicht, in welcher Beziehung er sich auf ihn verlassen hatte, aber ich konnte es mir denken.

Wir gingen zurück in die Küche. Der Wind war stärker geworden, und die Äste eines kleinen Vogelbeerbaums kratzten am Fenster. Der Nieselregen hatte wieder eingesetzt. Über uns stiegen die nackten, nassen Felsen des Erdrutsches bis in die Wolkendecke hinauf. »Wirklich ein unheimlicher Ort hier.« Tom schaltete das Küchenlicht an, ging zum Vorratsschrank und begann, sich die Konservendosen darin anzusehen. »Bohnen!« murmelte er in sich hinein. »Das erinnert mich an die Wochen, die ich oben bei der Ice-Cold-Mine verbracht habe. Gebackene Bohnen! Und Pfirsiche, Pfirsiche in Dosen!« Er lachte bitter. »Was wollen Sie, Bohnen oder Sardinen – oder Corned Beef?«

»Ist Brot da?« fragte ich ohne viel Hoffnung.

»Kekse«, sagte er. »Und hier ist Kaffee, eine große Dose Instant-Kaffee.«

»Kein Tee?«

Er schüttelte den Kopf. »Sie sind aber wirklich heikel.«

Schließlich fand ich mich mit Kaffee und gebackenen Bohnen ab. »Ein Bohnenfest«, sagte er und stieß ein Lachen aus, das eigentlich eher wie ein Kichern klang. »Nachmittagstee kann man es ja kaum nennen – kein Tee. Und Nachmittagskaffee klingt hier irgendwie albern. Also nennen wir es ein Bohnenfest.« Er füllte den Wasserkessel an der Spüle und zitterte dabei so mit den Händen, daß er mit dem Kessel an den Wasserhahn klapperte. »Wo zum Teufel ist der Junge? Warum ist er nicht hier?«

Es wurde früh dunkel in der engen Schlucht, in die die Stadt und das Sägewerk hineingezwängt worden waren, denn die Berge und die Wolken nahmen das Licht weg. Ich war froh, daß ich so vernünftig gewesen war, mir auf der Fähre Ersatzbatterien für meine Taschenlampe zu kaufen. Mir fiel wieder ein, daß der Maat auf dem Kutter gesagt hatte, hier würde es dreihundertsiebzig Tage im Jahr regnen. Cornish hatte erzählt, im Winter wehten manchmal Stürme mit einer Windgeschwindigkeit von einhundert Meilen pro Stunde von den Bergen herunter, und einmal sei auf Deck alles, was aus Metall war, von einer fußdicken Eisschicht bedeckt gewesen, so daß die gesamte Mannschaft mit Äxten daran herumgehackt hätte, weil sie Angst hatten, der Kutter könnte durch das ungeheure Gewicht zum Kentern gebracht werden.

Wir verzehrten unsere Mahlzeit, und als wir damit fertig waren und aufgeräumt hatten, legten wir uns im Wohnzimmer hin. Draußen regnete es noch, und es hätte keinen Sinn gehabt, in der Stadt herumzulaufen. Außerdem war ich sowieso zu müde. Ich legte mich auf den Boden, wickelte mich in Decken und einen alten Schlafsack ein, und Tom schnarchte auf dem Sofa. Etwas später stand er auf und ging zur Haustür hinaus. Wahrscheinlich war der Kaffee schuld, und als er zurückkam, fragte ich ihn, ob es noch regnete. »Weiß ich nicht«, murmelte er. »Habe ich nicht bemerkt.« Er legte sich hin und schlief sofort wieder ein.

Es war kalt geworden, und ich wickelte mich fester in die Decken ein, aber das nützte nichts. Auch mich trieb der Kaffee hinaus, und als ich vor das Haus kam, war die Wolkendecke aufgerissen, hier und da waren Sterne zu sehen, und der Wind pfiff durch die Bäume.

Ich war gerade dabei, meine Hose zuzumachen und wollte ins Haus zurückgehen, als ich auf der Straße eine Bewegung bemerkte. Jemand kam von der Stadt herauf. Ich sah einen dunklen Schatten, und auf den nassen Brettern war das Schlurfen weicher Schuhe zu hören. Ich dachte, es wäre Brian und wollte schon nach ihm rufen, als der Mann in das fahle Licht der Veranda kam. Ich erstarrte und drückte mich neben dem Haus in den Schatten. Ich konnte es einfach nicht glauben, aber er war es. Sein Vogelgesicht und das dunkle Haar waren im Licht deutlich zu erkennen. Er wandte mir halb sein Gesicht zu und trug noch den gleichen Poncho aus Bärenfell.

Fast hätte ich ihn beim Namen gerufen, aber dann fielen mir die Wut und der Haß wieder ein, die ich in seinen Augen gesehen hatte, nachdem er von Tom bei der Mine stehengelassen worden war. Dann war er schon vorbei, ein Schatten, der mit den anderen

Schatten verschmolz. Ich blieb noch stehen und fragte mich, warum er in Ocean Falls war und wie er es geschafft hatte hierherzukommen, als ich noch jemanden bemerkte. Eine Gestalt schlich lautlos hinter ihm her.

Ich rührte mich nicht, und als er vorbeikam, sah ich, daß es derselbe Mann mit dem dunklen langen Haar war, den wir vorher am See gesehen hatten. Nach der Art seiner Bewegungen und der vollständigen Konzentration auf die Gestalt vor ihm bestand für mich kein Zweifel daran, daß er Tarasconi verfolgte.

Ich wartete ab, bis er ein ganzes Stück bergauf gegangen war und fast die Biegung erreicht hatte, dann ging ich zurück ins Haus, zog hastig meine Überschuhe an und rief dabei Tom zu: »Tarasconi ist gerade vorbeigegangen. Tony Tarasconi. Er wird von jemandem verfolgt.« Tom grunzte etwas in sich hinein, und ich erklärte ihm weiter: »Er muß schon Tage vor uns die Fähre genommen haben. Er hat doch davon gesprochen, daß er nach Haines wollte.« Ich hatte inzwischen meine Schuhe angezogen, nahm meinen Anorak und holte die Taschenlampe. »Ich gehe ihnen bis zum See nach.«

»Wozu denn?« Er war noch immer nicht ganz wach.

»Um zu sehen, wo sie hingehen, natürlich.«

Ich ließ ihn zurück und machte mich auf der Schattenseite der Bretterstraße bergwärts auf den Weg. Ich rannte fast, doch meine Segelschuhe machten kaum ein Geräusch. Von den Bergen wehte ein kalter Wind herunter, Wolken zogen am Himmel, und manchmal brachen der Mond oder die Sterne hell durch. Hinter der Kurve verlief die Straße ein Stück geradeaus, und einen Augenblick lang sah ich beide Gestalten. Dann verschwand Tarasconi in dem Gebüsch am Seeufer. Sein Verfolger rannte nach links in großen Sprüngen bergauf, bis ich auch ihn aus der Sicht verlor. Er hatte offensichtlich vor, einen Bogen um Tarasconi zu schlagen. Aber warum?

Auf dem letzten Stück der Bretterstraße verhielt ich mich äußerst vorsichtig. Ich drückte mich in den Schatten, und als ich das offene Gelände vor dem Tor zum Dammweg erreichte, rannte ich, so schnell ich konnte. Dann versteckte ich mich im Schatten einiger Büsche, und von da konnte ich das Seeufer überblicken. Der Mond war hinter Wolken verborgen, oder vielleicht stand er inzwischen auch hinter den hohen Bergen im Osten, aber trotzdem war es hell genug, einige hundert Yards weit sehen zu können, oder zumindest bis zu der Stelle, an der das Schlauchboot versteckt war. Ich war inzwischen davon überzeugt, daß es Tarasconi auf das Schlauchboot abgesehen hatte. Entweder wollte er es stehlen, oder er wollte ein Loch hineinstechen, oder vielleicht war auch etwas darin versteckt, das er sich ansehen wollte.

Die Zeit verging nur schleppend, während ich da im Schatten kauerte und angestrengt auf die Stelle starrte, wo meiner Ansicht nach das Schlauchboot an Land gezogen worden war. Es wurde heller und wieder dunkler, wenn der Himmel sich zuzog oder die Wolkendecke aufriß, und ich mußte meine Augen anstrengen. Es war unmöglich, Geräusche auszumachen. Auch den Wind konnte ich nicht hören, denn das Wasser, das über die Oberkante des Damms und durch das felsige Tal in den Fjord hinunterfloß, rauschte zu laut. Ich sah eine Gestalt geduckt am Seeufer entlangrennen, aber nur einen kurzen Augenblick lang, und dann war sie schon wieder in den Büschen verschwunden. Ich dachte schon, ich hätte mich geirrt, aber dann sah ich sie wieder an einer anderen Stelle. Es wurde kurz etwas heller, und ich erkannte, daß es zwei Gestalten waren. Sie schienen sich gegenüberzustehen, und der dunkle Schatten zu ihren Füßen war bestimmt das Schlauchboot.

Es ist möglich, daß die beiden sich darum stritten, aber das Licht war so schlecht und alles so undeutlich, daß es vielleicht auch eine Vorspiegelung meiner Phantasie war, daß eine Gestalt die Hände hochriß, einen Schritt zurücktrat und mit lautem Klatschen in den See fiel. Wahrscheinlich war es das, denn in diesem Augenblick verhüllte der Wind den Himmel wieder mit einer Wolkendecke, und ich konnte in der Dunkelheit so gut wie nichts mehr erkennen.

Waren es wirklich zwei Leute gewesen? Hatte der eine den anderen in den See gestoßen? Ich sah zu den Wolken hinauf, die über den Himmel zogen. Ich wurde unsicher. Und wie ich da am Seeufer kauerte und dem Rauschen des Wassers lauschte, das die Nacht erfüllte, begann ich sogar daran zu zweifeln, ob es wirklich Tarasconi war, den ich auf der Bretterstraße gesehen hatte.

Es dauerte wahrscheinlich nicht mehr als ein oder zwei Minuten, obwohl es mir viel länger vorkam, bis die Wolken vorbeigezogen waren, und dann konnte ich plötzlich das Schlauchboot im See erkennen, und eine Gestalt war über sein Heck gekauert. Es war ein

Mann, der mit irgend etwas beschäftigt war. Wahrscheinlich war es der Außenbordmotor, aber dann gab er es auf und begann zu paddeln. Ich sah das Wasser vom Paddel heruntertropfen, als er sich damit vom Ufer wegstieß. Als er ein Stück davon entfernt war, beugte er sich wieder über das Heck, sein Arm zuckte hoch, dann schäumte das Wasser auf und das Schlauchboot fuhr los. Danach kam wieder eine Wolke, und plötzlich waren der Mann und das Schlauchboot verschwunden.

Ich wollte mich unbedingt davon überzeugen, was da vorgefallen war. Ich schaltete meine Taschenlampe an und ging dem Pfad nach, der sich am Seeufer durch das Gebüsch wand, bis ich die Stelle erreicht hatte, wo sie meiner Meinung nach gewesen waren. Es war nichts da, kein Mensch, und auch im Wasser lag nichts. Ich fand die Spuren des Schlauchboots und sah, wo die hochgestellte Schraube des Außenbordmotors eine Furche in den groben schwarzen Sand am Ufer gezogen hatte. Da waren auch Fußspuren, aber sie blieben so undeutlich, so daß ich nicht erkennen konnte, ob sie von einer oder zwei Personen stammten. Zwar sah es nach mehreren aus, aber das kam vielleicht auch daher, daß ein einzelner Mann sich ziemlich anstrengen mußte, wenn er ein Schlauchboot mit Außenbordmotor allein ins Wasser schaffen wollte.

Ich fand einen Lappen und ein Stück Angelschnur aus Nylon mit einem Haken, und außerdem war in dem groben Sand ein dunkler Fleck, der aussah, als sei Öl aus dem Außenbordmotor gelaufen. Das war alles, was ich entdecken konnte, obwohl ich noch einige Zeit in den Büschen herumsuchte. Ich rief sogar Tarasconis Namen, aber meine Stimme verlor sich im Rauschen von Wind und Wasser, das nun nicht mehr nur vom Damm kam, sondern auch vom offenen Wasser des Sees, auf dessen Oberfläche inzwischen lebhafter Wellengang herrschte. Niemand antwortete mir, was mich zu dem Schluß brachte, daß beide mit dem Boot weggefahren waren. Wohin sie allerdings gefahren waren und warum sie sich in der Dunkelheit auf den See hinauswagten, obwohl sich der Wind fast zu einem Sturm verstärkt hatte, blieb mir unklar.

Ich ging zurück zur Straße, und weiter bergab ließ der Wind etwas nach. Als ich das Haus erreichte, fand ich die Tür offen und hörte von drinnen laute Stimmen. »Na schön, einen gibt es – wahrscheinlich noch mehr. Wenn du unbedingt dein Rauschgift brauchst, kannst du die Verhandlungen selbst führen. Ich will verdammt sein, wenn ich das für dich übernehme.«

Sie waren im Wohnzimmer. Tom lag noch auf der Couch, und sein Sohn stand über ihm. ». . . ein Mexikaner, glaube ich«, sagte Brian gerade, als ich die Tür aufstieß. »Er heißt Rodrigo und sieht aus wie ein heruntergekommener Che-Guevara-Typ mit seinem abwärts gebogenen schwarzen Schnurrbart. Er hat so eine hinterhältige Aggressivität an sich.« Brian trug eine alte Kampfjacke und dazu eine grüne Baseballmütze. Als ich hereinkam, fuhr er herum und sah mich mit versteinertem Gesicht und vor Zorn blitzenden, fast schwarzen Augen an. »Sie haben ihn also am Yukon gefunden und hierhergeschafft, damit er sich den Schaden ansieht, den er angerichtet hat. Gut gemacht, Alter. Jetzt sagt er mir aber, sie wollen noch mehr Bäume fällen, und sie benutzen Miriam als Druckmittel.«

»Unter den gegebenen Umständen wäre es wohl besser, wenn Sie sich erst einmal ruhig hinsetzen würden«, sagte ich. »Dann könnten wir uns über die Lage beraten. Was tun Sie überhaupt hier?«

»Das geht Sie nichts an. Ich habe Hunger. Ich habe fast vierundzwanzig Stunden lang halbwegs einen Berg hoch unter einem Felsen gehockt.« Er drehte sich um und ging in die Küche.

Ich sah zu Tom hinüber, der zusammengesunken auf der Couch saß und mit halb geschlossenen Augen vor sich hin stierte. Er hatte offensichtlich nicht die Absicht, sich gegen seinen Sohn zu wehren. »Er war unten auf den Cascades, aber sie haben ihn rausgeworfen. Jetzt hat er vor, sich sozusagen durch die Hintertür wieder hereinzuschleichen. Er will es über den See versuchen.« Offensichtlich war Brian ein paar Minuten, nachdem ich hinausgegangen war, zurückgekehrt. »Als ich aufgewacht bin, stand er über mir, und Sie waren nicht da. Wo waren Sie denn? Sie waren lange weg.«

Ich erzählte, wo ich gewesen war und was ich oben am Seeufer zu sehen geglaubt hatte.

»Wie war das?« fragte Brian mit vollem Mund. Er stand mit einer Packung Kekse und einem Stück Käse in der Hand in der Tür. »Ein Kampf, sagen Sie?«

»Ich bin nicht sicher, das Licht hat ständig gewechselt, und alles war –«

»Ich weiß, ich weiß. Ich bin selbst gerade vom Berg heruntergekommen. Wenn aber ein Kampf stattgefunden hat, wer hat gewonnen – Rodrigo?«

Ich schüttelte den Kopf. »Es war zu dunkel.«

»Und hinterher?« Er schlang den Rest der Kekse und den Käse hinunter. »Ist er mit dem Schlauchboot weggefahren?«

»Ich glaube ja.«

»In welche Richtung – den See hinunter, nach Norden?«

Ich nickte. »Er hat sich in Ufernähe gehalten.«

»Ja, natürlich. In die Mitte konnte er schließlich nicht hinausfahren. Dazu war es zu stürmisch. Sind Sie sicher, daß nur einer in dem Boot gesessen hat?«

»Ganz sicher bin ich natürlich nicht«, sagte ich. »Ich hatte aber den Eindruck.«

»Okay. Ich will nur sehen, daß ich etwas Essen in den Bauch bekomme, und dann gehen wir noch einmal dort hinauf und sehen nach, ob er zurückkommt. Außerdem brauche ich Kaffee«, sagte er und drehte sich wieder zur Küche um. »Unbedingt, sonst schlafe ich ein.« Er holte sich eine Büchse Bohnen aus dem Küchenschrank. »Bohnen! Man bekommt Blähungen davon, und sie stehen mir bis hier. Aber sie sind nahrhaft.« Ich war ihm in die Küche gefolgt und füllte den Wasserkessel, während er die Bohnen aufsetzte. »Sind Sie bereit, mit mir ein Kanu zu paddeln? Zehn Meilen weit, dann müssen wir es einen kurzen Steilhang hinuntertragen, und dann auf einem kleineren See noch ungefähr eine Meile. Wir müssen es vor Einbruch der Dämmerung schaffen. Das dürfte reichen, wenn der Wind sich legt.«

»Und wenn nicht?« Ich hörte den Wind draußen durch die Bäume rauschen.

»Dann müssen wir uns verstecken.«

Ich fragte ihn, warum, und er sah mich an, als sei das eine besonders dumme Frage gewesen. »Ein Boot auf dem See, ganz gleich welcher Art, fällt ins Auge wie eine Fliege auf einem weißen Blatt Papier. Sobald es hell wird, wären wir meilenweit zu sehen.«

»Sie wollen also nicht gesehen werden«, sagte ich. »Vor wem haben Sie solche Angst?«

»Das gehört auch zu den Dingen, die ich herausbekommen

will. Da ist dieser Mexikaner – warum überquert denn der plötzlich nachts den See?«

»Es könnte ja auch Tarasconi gewesen sein«, sagte ich.

»Tarasconi!« Er lachte verächtlich. »Nie im Leben. Sie haben doch gesagt, er sei allein gewesen. Er hätte gegen einen Mann wie Rodrigo keine Chance.« Er nahm die Bohnen vom Herd, schüttete sie in einen Suppenteller, setzte sich an den Küchentisch und begann zu essen. »Bedienen Sie sich. Sie brauchen etwas Warmes im Bauch.« Er holte noch einen Löffel und drückte ihn mir in die Hand, als ich ihm gegenüber Platz nahm.

»Sie wissen also, daß Tarasconi hier war?«

Er nickte mit vollem Mund. »Er ist doch nur hergekommen, um mit mir zu sprechen. Er ist von Prince Rupert aus mit dem Flugzeug nach Bella Bella geflogen. Dort hat er von Steve Davis erfahren, daß ich hier bin, und der hat ihn auch in seiner Cessna mitgenommen. Ein widerlicher kleiner Kerl. Er ist hier reingekommen, als ich gerade beim Frühstück war. Da hat er gesessen, auf Ihrem Platz. Er hat gesagt, ein Südamerikaner namens Lopez habe ihm verraten, daß Miriam als Geisel festgehalten wird. Er wollte mir nicht sagen, von wem, und ich habe es ihm nicht geglaubt. Er wollte für die Information, wo sie festgehalten wird, die Hälfte der Schürfrechte in einer Klamm namens Stone Slide haben.«

»Und wo wird Miriam festgehalten?« fragte ich. »Haben Sie das aus ihm herausbekommen?«

Er schüttelte den Kopf. »Nein. Am Ende hat er zugegeben, daß er das noch nicht genau weiß. Die Sache sei gefährlich, sagte er, aber wenn ich dafür sorgen würde, daß es sich für ihn lohnt . . .« Er wedelte mir mit seinem Löffel zu. »Greifen Sie zu! Das ist für eine ganze Weile die letzte warme Mahlzeit, wenn Sie mit mir zum See wollen.« Er schob mir den Teller mit Bohnen zu. »Na ja, wie gesagt, ich habe ihm die Geschichte nicht geglaubt. Und dann fragte er, ob ich schon wüßte, daß mein Vater noch lebt?« Er nickte und lächelte. »Das habe ich ihm schon geglaubt. Deshalb habe ich den kleinen Scheißer von da an im Auge behalten, und als er sich eine Stelle ausgesucht hat, von der aus er Rodrigo dabei beobachten konnte, wie er das Schlauchboot in den See schafft, dachte ich bei mir, vielleicht ist an seiner Geschichte doch etwas dran. Und jetzt kommt Tom daher und sagt, das mit Miriam ist alles wahr, Herrgott nochmal!« Er lehnte sich plötzlich über den Tisch vor und starrte mich an. »Stimmt es wirklich?«

Ich erzählte ihm kurz, was ich wußte, dann erkundigte ich mich nach dem Mann, den ich dabei beobachtet hatte, wie er Tarasconi zum See hinauf gefolgt war.

»Ein Aussteiger«, sagte er. »Ein ganz harter Bursche. Kämpft gerne, solange er sein Messer hat. Kommt aus Mexiko oder Honduras.« Wir hatten die Bohnen aufgegessen, und er schob mir Kekse und Käse hin. »Auf jeden Fall aus Mittelamerika. Er hat sich unten in der Nähe des Schwimmbads bei jemandem im Apartment eingenistet.«

»Was hat er für einen Hintergrund?« fragte ich. »Wovon lebt er?«

Brian zuckte die Achseln. »Er lebt von den anderen Pennern hier und nimmt alles mit, was er bekommen kann. Was er genau vorhat, weiß ich nicht, aber man kann zu jeder Tages- und Nachtzeit Bier oder Schnaps von ihm kaufen, oder vielmehr immer dann, wenn der staatliche Getränke-Laden zu hat. Drogen kann man von ihm auch bekommen, wenn man will. Ich würde mich nicht mit ihm anlegen; er ist sehr schnell mit dem Messer.« Er grinste und zuckte leicht die Achseln. »Jedenfalls erzählt man sich das.«

»In der Nähe des Schwimmbads, sagst du?«

Brian sah zu seinem Vater hoch, der in der Tür stand. »Ganz richtig.«

»Welche Nummer hat sein Apartment?«

Sein Sohn zögerte. »Nummer fünfzehn. Im dritten Stock. Wenn du deinem Rechtsberater hier aber zugehört hast, müßtest du wissen, daß dein Pusher mit dem Schlauchboot über den See gefahren ist.« Dann sagte er noch mit einem schiefen Lächeln: »Warum brichst du nicht die Tür auf und bedienst dich selbst?«

Brian gefiel mir bei dieser Gelegenheit genausowenig wie bei seinem ersten Besuch in meiner Kanzlei. Mit seiner aggressiven Energie und der selbstverständlichen Sicherheit, mit der er annahm, ich würde mich seiner Führung unterordnen, als er aufstand und sagte: »Na, was ist, kommen Sie?«, ging er mir so auf die Nerven, daß ich ihm am liebsten gesagt hätte, er solle sich zum Teufel scheren. Statt dessen aber berichtete ich ihm in ruhigem Ton, daß Jim Edmundson von der Regierung hergeschickt worden sei, um über die Lage Bericht zu erstatten.

»Und was wird er in seinem Bericht schreiben?«

Ich sagte ihm, daß ich es nicht wüßte, weil Edmundson wahrscheinlich soeben erst im Holzfällerlager eingetroffen sei. Dann fuhr ich fort: »Die Tatsache, daß er hierhergeschickt worden ist, spricht doch dafür, daß man durch Sie auf die Angelegenheit aufmerksam geworden ist und die Behörden jetzt etwas unternehmen.«

Das tat er jedoch mit einer Handbewegung ab. »Ein von der Regierung hergeschickter Forstsachverständiger – der schaut sich doch nur die Bäume an und rechnet sich mit seinem kleinen Taschenrechner aus, wieviel sie wert sind. Das ist aber auch schon alles. Solange das Land nur wieder aufgeforstet wird, ist die Regierung doch zufrieden.« Er war ins Schlafzimmer gegangen und suchte seine Sachen zusammen. »Hier ist noch ein Schlafsack für Sie.« Er warf mir eine wasserdichte Tasche zu. »Zu essen müssen wir auch mitnehmen. Haben Sie einen Pullover und einen Anorak? Da oben wird es kalt werden – naß und kalt. Außerdem brauchen Sie eine Taschenlampe.«

»Es stürmt noch«, sagte ich.

»Ich denke, Sie sind Segler.« Er sagte das mit hochgezogenen Brauen und einem leichten Lächeln. Dann ging er zurück in die Küche und stopfte eine Auswahl von Dosen und Schachteln in einen Plastikbeutel. »Okay?«

Ich zögerte. Tom lag wieder auf der Couch und hatte die Augen geschlossen, aber ich glaubte nicht, daß er schlief. »Bleiben Sie hier?« Seine Augen öffneten sich sofort. »Kommen Sie nicht mit?«

»Ich bin müde«, murmelte er.

»Das wäre doch eine Chance, sich die Cascades anzusehen, und das Holzfällerlager – und vielleicht ist Ihre Frau ja . . .«

Er schüttelte den Kopf. »Edmundson ist jetzt da. Mal sehen, was er herausbekommt. Ich möchte nicht unnötigerweise in Erscheinung treten. Noch nicht.« Sein Blick zuckte zu seinem Sohn hinüber. »Apartment fünfzehn war das doch?« Als Brian nickte, lächelte er und sagte: »Vielleicht morgen früh dann . . .« Er sank zurück, und seine Augen schlossen sich.

Ich klemmte die Tasche mit dem Schlafsack unter den Arm,

suchte zusammen, was ich sonst noch brauchte, und folgte Brian zur Tür. »Meinen Sie, das ist in Ordnung«, fragte ich, als wir in die Nacht hinaustraten, »ihn so allein zurückzulassen? Er braucht doch sein Rauschgift, und vielleicht geht er zu diesem Mexikaner.«

Sein Sohn zuckte die Achseln. »Ich schätze, Rodrigo ist inzwischen am anderen Ende des Sees.« Als ich ihn noch einmal daran erinnerte, daß es ebensogut Tarasconi gewesen sein konnte, der da mit dem Schlauchboot weggefahren war, schüttelte er den Kopf. »Das war ganz sicher Rod, und wenn er zum anderen Ende des Sees gefahren ist, kommt er heute nacht nicht mehr wieder.«

Als wir jedoch zum Damm hinaufgestiegen waren und im Schein unserer Taschenlampen dem Pfad am Seeufer folgten, fanden wir das Schlauchboot, von Büschen getarnt, weit auf den Strand heraufgezogen; sein Außenbordmotor war in der hochgekippten Position verriegelt.

»Wo ist Tarasconi?« fragte Brian und tastete an der Verriegelung herum.

»Woher zum Teufel soll ich das wissen?« Ich sah auf die schwarze Wasserfläche hinaus. Die beiden Gestalten verschwammen in meiner Erinnerung, und ich fragte mich, was ich wirklich gesehen und was ich mir eingebildet hatte.

»Der Wind hat etwas nachgelassen«, murmelte ich und begann in dem dunklen Sand nach der Stelle zu suchen, wo das Öl auf den Boden getropft war. Mir war plötzlich ein schrecklicher Gedanke gekommen. Doch dort, wo das Schlauchboot an Land gezogen worden war, war der Boden zertrampelt, und außerdem war ich mir nicht einmal ganz sicher, ob ich wirklich wieder die gleiche Stelle gefunden hatte.

»Die Verriegelung bekomme ich nicht auf«, sagte Brian und richtete sich auf. »Außerdem ist wahrscheinlich sowieso nicht genug Benzin im Tank. Wir nehmen das Kanu. Wenn wir uns dicht am Ufer halten, bleiben wir im Windschatten, zumindest fürs erste.«

»Sie wollen von oben zu den Cascades, ja?«

Er nickte. »Von meinem Versteck am Berghang aus konnte ich den See überblicken bis zu der Portage, also bis zu dem Punkt, wo der Wasserfall vom oberen See herunterkommt. Da steht eine alte Indianerhütte, und irgendwo darunter ist der Weg für den Holztransport.« Er blieb einen Moment stehen und sah nach Norden über das schwarze Wasser des Sees. »Es gefällt mir nicht, wenn man mir den Zutritt zu meinem eigenen Besitz verwehrt«, sagte er leise. »Und diese Bäume . . . Ich habe nur den Waldrand gesehen –«

»Das sind nicht Ihre Bäume«, erinnerte ich ihn. »Solange Ihr Vater noch am Leben ist –«

»Na schön, aber es wäre das gleiche gewesen, wenn ich versucht hätte, um die Pflanzung herumzugehen.«

»Wer hat Sie aufgehalten?«

»Ein paar kräftige Holzfäller. Sie hatten eine Motorsäge mit einem Blatt, das so lang wie Ihr Arm war. Wenn jemand so eine Waffe hat, diskutiert man nicht mehr.«

»Haben die Leute Sie bedroht?«

»Na klar, und sie hätten das Ding auch benutzt.« Er lachte. »Hinterher hätten sie immer sagen können, ich wäre ihnen hineingelaufen. Kein Mensch hätte ihnen das Gegenteil beweisen können.«

Ich starrte ihn entgeistert an. »Aber da muß doch ein Verantwortlicher dabeigewesen sein! In Ihrem Brief, der in Whitehorse an mich weitergeleitet worden ist, sagten Sie etwas von einem Mann namens Lorient, der die Leitung hätte.«

»Ganz richtig. Er war der Manager, hieß es. Als sie sahen, daß ich fest entschlossen war, die Holzabfuhrstraße hinunter bis zum Hochwald zu gehen, haben sie ihn aus seinem Büro zu dem Kai geholt, wo ich mein Boot angelegt hatte. Er sagte, es sei ihm egal, wie ich heiße oder wer die Bäume gepflanzt habe. Der ganze Bestand sei an eine amerikanische Firma verkauft und würde im Verlauf der nächsten Monate abgeholzt und verschifft werden. Ich weiß nicht, ob der Kerl Frankokanadier war – möglicherweise, bei dem Namen. Er sah niederträchtig aus. Als er erkannte, daß ich nicht die Sorte bin, die sich herumkommandieren läßt, wurden er und seine Spießgesellen massiver. Und schließlich kam er dahinter, wer ich war – ich meine, daß ich der Mann war, der versucht hatte, in der Georgia Strait einen Schleppzug mit Stämmen aufzuhalten. Davon haben Sie doch gehört, oder?«

Als ich bejahte, erzählte er weiter. »Okay, aber was Sie nicht gesehen haben – was ich den Reportern auch nicht erzählt habe, weil sie es mir nicht geglaubt hätten –, und das zeigt Ihnen, wie gemein Menschen werden können, wenn die Geldgier sie treibt . . .« Hier stockte er, blieb stehen und sah mich an. »Sie haben doch das Zeitungsbild gesehen, wo der Mann auf dem Schleppkahn sich mit einem Bootshaken in der Hand über den Bug lehnt. Das sieht doch aus, als würde er versuchen, mich herauszuziehen, oder? Ein freundlicher Seemann, der versucht, einem törichten Demonstranten zu helfen!« Seine Mundwinkel verzogen sich zu einem freudlosen Lächeln. »In Wirklichkeit hat er diesen Bootshaken so eingesetzt wie die Indianer früher ihre Speere beim Walfang. Der Bootshaken hatte eine Spitze am Ende, und er hat damit heruntergestoßen, um ein Loch in mein Schlauchboot zu stechen – und danach eins in mich . . . Man sieht das weder auf den Zeitungsbildern noch in den Fernsehfilmen, aber es ist wahr. Erst dann bin ich ins Wasser gesprungen, und das ist der Grund, warum ich mit Lorient und diesen beiden Typen auf den Cascades nicht herumdiskutiert habe.«

»Was ist mit Olsen?« fragte ich. »Haben Sie herausbekommen, wo er ist?«

»Geschmiert«, sagte er. »Was sonst? Hat die Polizei denn etwas herausgefunden?« Als ich nicht antwortete, sagte er: »Ihr Rechtsanwälte! Immer wollt ihr alles hieb- und stichfest und schwarz auf weiß, bevor ihr irgend etwas unternehmt. Na ja, vielleicht werden Sie es selbst sehen. Kommen Sie!« Er drehte sich um und ging den Pfad hinunter. »Wenn Sie mitkommen wollen, beeilen Sie sich! Ich will nämlich bei Morgengrauen nicht mehr auf dem See sein.«

Als wir zusammen den Pfad hinuntergingen, begann er, von den Bäumen zu sprechen. »Sie waren doch bestimmt in der *Cathedral Grove*, diesem Vorzeigewald mit Rotzedern und Douglastannen an der Port Alberni Road auf Vancouver Island, oder? Nicht? Nun, die Bäume, die ich im Hochwald gesehen habe, werden eines Tages genauso groß sein. Das ist aber kein natürlich entstandener Wald, und es sind keine Museumsbäume. Sie sind in diesem Jahrhundert gepflanzt worden, und da stehen sie, Schulter an Schulter, hundertzwanzig, hundertfünfzig Fuß hohe Stämme, alle mit exakt gleichen Abständen wie Soldaten auf einem Exerzierplatz.«

Er blieb abrupt stehen, wandte sich mir zu und sagte: »Ich wünschte zu Gott, ich hätte den alten Josh Halliday gekannt. Er war seiner Zeit weit voraus, solche Bäume zu pflanzen. In Kanada hat damals noch niemand an so etwas gedacht, und hier an der Westküste auch lange danach noch niemand. Das ist das herrlichste Denkmal für einen Mann, das ich je gesehen habe, und wenn diese dreckige, geldgierige Bande denkt, sie könne mit ihren Motorsägen daran rühren – mein Gott! Ich besorge mir eine Pistole und schieße sie eigenhändig nieder.« Er lachte kurz. »Vergessen Sie, daß Sie einmal Rechtsanwalt waren, Alter! Warten Sie nur! Warten Sie, bis Sie diese Bäume gesehen haben. Dann werden Sie verstehen, daß sie etwas sind, für das es sich zu kämpfen lohnt!«

Wir gingen weiter, und nach einiger Zeit wurde der Pfad so überwuchert, daß er fast nicht mehr zu sehen war. Nach ein paar Yards blieb Brian stehen, leuchtete mit seiner Taschenlampe ins Gebüsch und zeigte mir ein geflicktes, sehr mitgenommenes Kanu. Wir schleiften es zum Wasser hinunter, wo sich kleine Wellen mit leisem Zischen an einer Felsnase brachen. Das Kanu schwamm wie ein Korken auf dem Wasser. »Haben Sie schon einmal in so einem Ding gesessen?« fragte er, während er die Nahrungsmittel und die Taschen mit den Schlafsäcken verstaute.

»Nein«, sagte ich.

»Ich auch nicht.« Er grinste mir zu. »Nur nicht schaukeln, das ist alles.«

Es stellte sich heraus, daß er einmal mit einem Kajak im Eismeer unterwegs gewesen war, als er Bilder vom Abschlachten der Seehundbabys an der Ostküste Kanadas gemacht hatte. Das hier aber war ein offenes Indianer-Kanu, und obwohl wir uns so dicht wie möglich am Ufer hielten, hatten wir bald Wasser an Bord, denn der See verlief nördlich, und der Wind blies stetig nach Nordosten. »Am anderen Ufer wären wir besser dran«, sagte ich.

»Natürlich, aber wie sollen wir da hinkommen?«

Der Wind hatte zwar deutlich nachgelassen, aber im Schein des Mondes am nunmehr wolkenlosen Himmel waren die Wellen draußen in der Mitte des Sees klar zu erkennen.

Wir schafften es durch die erste seichte Bucht, aber als wir um den nächsten Vorsprung paddelten, mußten wir umkehren und zwischen den Felsen Schutz suchen. Es kam nicht in Frage, das Kanu zu tragen oder auch nur zu schleifen, denn das flache Wasser am Ufer war voll von Felsbrocken und Geröll, und das Ufer war wegen der Wurzeln und dem dichten Gebüsch nicht gangbar. So rollten wir uns in unsere Schlafsäcke ein und lauschten dem Wind und dem Plätschern der Wellen.

Allmählich beruhigte sich der See, aber das dauerte recht lange, und es wurde drei, bis wir endlich wieder lospaddeln konnten. Bis dahin hatte ich von Brians Einstellung und seinen Absichten genug kennengelernt, um einen widerwilligen Respekt für diesen Mann zu empfinden. Nach den Tagen, die ich mit seinem Vater verbracht hatte, empfand ich seine aggressive, tatendurstige Haltung sogar gewissermaßen als Erholung. Er war ein Mann der Tat, nicht der Reflexion, einer jener Menschen, die instinktiv dazu neigen, sofort und ohne Zögern zu handeln. Er hatte keine klare Vorstellung davon, was wir tun würden, wenn wir das Holzfällerlager erreicht hatten. »Das werden wir eben sehen müssen, nicht? Vielleicht können Sie mit diesem Edmundson reden und ihm sagen, daß diese Leute illegal abholzen . . .«

»Sie wissen doch gar nicht, ob es illegal ist«, sagte ich.

»Ich habe gesehen, was sie bereits abgeholzt haben. Ich weiß, wieviel zwei Hektar sind, und da war eine Lichtung mit Baumstümpfen, die eine ganze Ecke größer war.«

»Wenn Sie das sehen können, kann es Edmundson auch.«

»Aber sicher«, sagte er. »Dann schreibt er seinen Bericht, und bis sich die Regierung endlich entschließt, in der Sache etwas zu unternehmen, ist der ganze Hochwald abgeholzt, und die Stämme sind abtransportiert. Dann zuckt Wolchak oder Mandola oder Barony, oder wer auch immer als Sprecher für *SVL Timber* auftritt, die Achseln und sagt, oh Verzeihung, selbstverständlich werden wir wieder aufforsten, und alle sind glücklich und zufrieden – alle bis auf den alten Josh Halliday und Leute wie ich.«

»Und was wollen Sie dagegen tun?«

Er schüttelte den Kopf. »Das weiß ich noch nicht. Wenn ich aber eine von diesen Motorsägen in die Finger bekomme – mit den Dingern kann ich ganz gut umgehen.« Ich sah seine Augen in der Dunkelheit blitzen, und in diesem Augenblick spürte ich etwas von seinem Vater in ihm, die Prahlerei, die Tollkühnheit, der Sinn für das Dramatische, aber auch die Verantwortungslosigkeit, mit der mögliche Konsequenzen einfach ignoriert wurden.

Der Wind legte sich sofort, als wir den Punkt erreichten, an dem der See nordwestlich verlief. Der Mond stand inzwischen hinter den

Bergen, und es war sehr dunkel, als wir endlich das Ende des Sees erreichten. Wir schafften es daher nur unter den größten Schwierigkeiten, das Wildwasser bis zu dem Punkt hinaufzupaddeln, wo die Portage begann. Unser Kanu war halb vollgelaufen, und wir beide waren naß bis auf die Haut. Es war inzwischen zwanzig nach vier, und wir mußten mit dem Kanu auf den Schultern noch mindestens vierhundert Fuß hochklettern. Da war zwar eine Art Weg, aber der war stellenweise eigentlich eher eine Felsentreppe, die naß und sehr glatt war. Brian ging vor und leuchtete mit seiner Taschenlampe. Keiner von uns sprach, da das Rauschen des Wassers, das vom See herabstürzte, jedes Geräusch übertönte.

Wir brauchten fast eine Stunde bis zum Gipfel, wo das Wasser in einem schwarzen Strom über eine Felskante floß, hinter der der See unbewegt lag. Die höheren Berge der Rockies hoben sich schwarz gegen den Sternenhimmel ab. Es war nun völlig windstill, bei wolkenlosem Himmel, und bis auf das Rauschen des Wasserfalls blieb alles ruhig. Auf der Suche nach einem Platz, wo wir das Kanu zu Wasser lassen konnten, folgten wir dem Pfad nach rechts.

Die Sterne verblaßten schon, und hinter der schwarzen Silhouette der Berge jenseits des Sees zeigten sich die ersten blassen Vorboten der Morgendämmerung am Himmel. »Es sieht so aus, als würden Unmengen Wasser in diesen See abfließen«, sagte Brian. Er war stehengeblieben, rollte seine Schultern und starrte zu dem riesigen Halbkreis der Gipfel hinauf. Wir hatten eine Verschnaufpause eingelegt und das Kanu auf einem Felsen abgestellt. »Ich gehe ein bißchen vor und sehe mir an, wie weit wir das Ding noch tragen müssen.«

Er ging weg und leuchtete mit seiner Taschenlampe den felsigen Steilhang ab, der zum See führte, und ich ging ihm nach. Der Pfad führte über einige Baumwurzeln, die wie Treppenstufen angeordnet waren, zu einem kleinen Strand aus grobem Sand, über den Äste ragten. »Von hier kommen wir ins Wasser«, sagte ich voller Erleichterung, denn ich war unter meinem Anorak naßgeschwitzt, und meine Schultermuskeln wurden schon steif. In diesem Augenblick war etwas wie ein Knurren oder ein Brummen zu hören.

Wir blieben wie angewurzelt stehen und rührten uns nicht. »Was war das?« flüsterte ich. Mir fiel in diesem Augenblick ein, daß Tom mir erzählt hatte, bei der Jagd in den Rockies immer Angst gehabt zu haben, versehentlich zwischen eine Grizzly-Bärin und ihre Jungen zu geraten. Das Knurren kam wieder, und dazu war das Klirren einer Kette zu hören, so daß ich dachte, es könnte vielleicht ein Tier sein, das sich in einer Falle gefangen hatte. Dann begann es zu bellen. Ein weiterer Hund schloß sich an, und das Gebell hallte zwischen den Felsen.

Brian stieß einen Fluch aus, packte mich am Arm und zerrte mich auf den Pfad zurück, während die Hunde die Stille der Nacht mit ihrem Gebell und dem Rasseln ihrer Ketten zerrissen. »Das kommt von der Hütte. Da muß jemand sein.« Nun sah ich sie auch, ein dunkler Umriß, den ich für den von Tom als ›die Kanzel‹ bezeichneten Felsen gehalten hatte. Der Strahl der Taschenlampe fiel kurz auf ein Fenster, als wir uns zwischen die Bäume zurückzogen. Der Fensterladen knallte auf, eine Blendlaterne beleuchtete den Pfad, und eine Stimme rief in die Nacht hinaus: »Wer ist da?« Der Strahl der Blendlaterne wanderte suchend über den kleinen Strand und über das Wasser.

Wir hatten inzwischen wieder das Kanu erreicht. »Waren das Jagdhunde?« Ich überlegte, daß wir auf das Wasser hinaus mußten, bevor sie losgemacht wurden, um uns aufzuspüren.

»Eher Huskies. Sie haben sich wie Huskies angehört.«

Hinter uns hörten wir die Stimme des Mannes, nun leiser geworden, seinen Hunden etwas zurufen. Das Gebell hörte auf, und wieder war bis auf das Rauschen des Wassers, das über die Felskante in den tieferen See floß, alles ruhig.

»Ich hatte nicht erwartet, daß sie hier oben auch Wache halten.« Brian hatte sich so nahe zu mir herübergelehnt, daß sein Mützenschild mein Ohr berührte. »Was meinen Sie, wie tief das Wasser über der Kante ist? Wir müssen zur anderen Seite hinüber.«

Ich schüttelte den Kopf; das Wasser war dunkel, und wir konnten das nicht mit Sicherheit feststellen. »Wenn wir beide im Kanu sitzen, könnten wir uns vielleicht mit dem Paddel hinüberschieben.«

Ich glaube nicht, daß er mich gehört hatte, denn er war schon zu dem Steilhang zum See hinunter auf dem Weg und suchte mit seiner Taschenlampe nach einer Stelle, an der wir das Kanu ins Wasser schaffen könnten. Als einzige Möglichkeit erwies sich schließlich eine Felsnase, die nur ein paar Yards von der Kante entfernt war, über die das Wasser glatt in den See darunter floß.

Irgendwie schafften wir es, das Kanu so weit herunterzuschleifen, daß wir es über die Felskante ins Wasser stoßen und dort festhalten konnten. »Übernehmen Sie den Bug«, rief er mir zu, »und machen Sie sich bereit, sich mit ihrem Paddel herunterzulehnen, damit wir nicht kentern.« Er stand bis zu den Knien in der reißenden Strömung, und das Tosen des Wassers um uns war ohrenbetäubend laut.

Irgendwie schaffte ich es, am Bug einzusteigen. Vor mir war ein kleiner Felsvorsprung, und direkt dahinter der dunkle Überlauf des Sees. »Fertig?« Ich nickte, und er schwang das Kanu herum, daß sein Bug in die Mitte des Sees zeigte. »Jetzt paddeln Sie wie der Teufel!« schrie er, und ich spürte, wie das Heck sich senkte und das kleine Boot gefährlich schwankte, als er hineinkletterte.

Ich begann zu paddeln. Für Angst blieb mir keine Zeit. Ich spürte, wie sein Paddel gleichzeitig mit meinem eintauchte, während der Bug über die schützende Felsnase hinaus vorstieß und unkontrolliert mit der Strömung herumschwang. »Gerade halten!« rief er, und ich bemühte mich krampfhaft, den Bug in die richtige Richtung zu halten; das Kanu schwang zuerst seit- und dann rückwärts, während wir beide wie die Wahnsinnigen diagonal durch die Strömung paddelten. Plötzlich berührte das Heck Felsen, der Bug schwang herum, und ich verlor die Kontrolle darüber. Wir drückten beide mit unseren Paddeln nach unten und schoben das Kanu durch den Überlauf des Sees, während das reißend fließende Wasser an unserem Boot zerrte und das Tosen des Wasserfalls alles um uns her erfüllte. Wir bemühten uns verzweifelt, den sicheren Felsen auf der anderen Seite zu erreichen, wo ein dünner Ast eines Vogelbeerbaums über dem Wasser hing.

Ich glaube nicht, daß wir es ohne diesen Ast geschafft hätten. Ich mußte aufstehen, um ihn zu erreichen, und irgendwie gelang es mir, dabei mein Gleichgewicht zu halten. Ich zog uns daran zum Ufer hinauf, bis wir den Felsen selbst packen konnten. Brian gab mir ein Seil; glücklicherweise war der Fels rauh, und meine Segelschuhe rutschten nicht. Brian kam mir nach, und da das Kanu nun leicht auf dem Wasser lag und in der Strömung herumtanzte, konnten wir es um den Felsvorsprung herum in eine stille kleine Bucht mit einem Boden aus schwarzem Sand ziehen. Eigentlich war es kaum mehr als eine Ausbuchtung im Felsen, aber wir waren in Sicherheit.

Erst dann setzte bei mir die Reaktion ein. Ich begann, unkontrolliert am ganzen Körper zu zittern, und ich fror erbärmlich. »Wir müssen los«, sagte Brian. Die Berggipfel im Osten wurden schon in der Morgendämmerung hell. Aber ich schüttelte den Kopf. In diesem Augenblick hätte mich nichts in der Welt dazu gebracht, mich wieder in das kleine, zerbrechliche Kanu zu setzen, nicht einmal die Tatsache, daß ich nur zwei- oder dreihundert Yards entfernt auf der anderen Seite des Überlaufs undeutlich den viereckigen Block der Hütte ausmachen konnte.

»Los, kommen Sie, Herrgott nochmal!«

Ich brachte kein Wort heraus und schüttelte deshalb wieder meinen Kopf.

Er starrte mich mit vorgeschobenem Kopf an. »Steigen Sie ein!« zischte er. »Ich warne Sie – wenn Sie es nicht tun, schlage ich Sie nieder und werfe Sie hinein.« Er packte mich am Arm und schüttelte mich. »Wollen Sie sich denn erschießen lassen?«

Ich glaubte ihm nicht und schüttelte nur mit klappernden Zähnen wortlos den Kopf.

Da schlug er mich. Zweimal, mit der offenen Hand, je einmal in jede Seite meines Gesichts, und so hart, daß ich beinahe umgekippt wäre. »Steigen Sie ein?!« Diesmal gehorchte ich ihm. Meine Wangen brannten, und mein Zittern war plötzlich verschwunden – nur ein Gefühl von Unwirklichkeit war geblieben, und ich kniete wie benommen in dem Kanu. Er drückte mir ein Paddel in die Hand, und das nächste, was ich weiß, ist, daß er auch im Kanu war und wir beide gegen die Strömung am westlichen Ufer des Sees entlangpaddelten.

Als der Himmel hinter den Bergen hell wurde und sich das Tageslicht fast widerwillig auch über dem See verbreitete, hörte Brian auf zu paddeln und zog ein sehr kleines Prismenglas aus der wasserdichten Tasche. Wir hatten inzwischen ungefähr den halben See hinter uns gebracht. »Wir werden es wohl riskieren müssen«, sagte er und drehte sich halb herum, um sein Glas auf die Hütte zu richten, die nun in der Morgendämmerung deutlich sichtbar wurde. »Kein Mensch zu sehen. Es rührt sich nichts, und die beiden Hunde schlafen.«

»Können Sie die Hunde von hier aus tatsächlich sehen?«

»Sicher. Sie werden es vielleicht nicht glauben, aber dieses Glas hat eine zehnfache Vergrößerung.« Er sah einen Moment angestrengt durch das Glas und ließ es dann sinken. »Ja, das sind tatsächlich Huskies, aber ihrem Aussehen nach nicht reinrassig.« Er nahm sein Paddel auf. »Okay, riskieren wir's.« Er tauchte das Paddel tief ins Wasser und drückte den Bug herum, bis er auf eine Baumgruppe auf der anderen Seite zeigte. »Paddeln Sie auf diese Zedern zu, und bewegen Sie nur Ihren Arm, nicht Ihren Körper, und versuchen Sie, nicht zu plätschern.«

Das Kanu glitt aus seiner schützenden Bucht heraus. Es wurde ständig heller, und ich kam mir plötzlich sehr angreifbar vor. Dann und wann spürte ich, wie Brian sein Paddel ablegte und die Hütte durch sein Glas musterte, aber er meldete jedesmal, daß sich nichts rührte. Es war inzwischen fast halb sechs. Wir waren mitten auf dem See, und der wolkenlose Himmel wurde zuerst grünlich, dann orangefarben. Die Kälte hatte mir die Finger betäubt, und die nassen Socken und Hosen klebten an meinen Beinen wie kalte Umschläge.

»Warum fahren wir denn auf die andere Seite?« fragte ich ihn. »Da, wo wir waren, wären wir doch viel sicherer gewesen. Wir könnten uns tagsüber verstecken und in der Nacht den See überqueren.«

»Sie haben ein Boot. Ich habe es auf dem kleinen Strand unterhalb der Hütte liegen sehen. Ein Boot mit einem Außenbordmotor.«

»Wieso *sie* – ist da denn mehr als einer?«

»Weiß ich nicht. Bestimmt stehen sie in Funkkontakt mit dem Lager unten. Es würde nicht lange dauern, einen Suchtrupp zusammenzustellen, und wenn die Hunde erst einmal unsere Spur aufgenommen haben . . .«

»Aber drüben ist es doch viel wahrscheinlicher, daß sie uns aufspüren.«

Er war jedoch anderer Meinung und sagte, der Name Cascades – Wasserfälle – käme daher, daß der See eine ganze Reihe von Abflüssen habe, die als Wasserfälle herunterkämen und es sehr schwierig machen würden, an dem Ufer, auf das wir zuruderten, eine Suchaktion durchzuführen. »Bei der Landung im Holzfällerlager habe ich mindestens ein halbes Dutzend Wasserfälle gezählt. Dieser See grenzt an eine Felskante, die eine Meile oder mehr lang ist und stellenweise senkrecht abfällt. Am Nordende werden die

Klippen flacher, und es wird ein Abhang daraus. Ich habe gesehen, daß eine Straße dorthin führt.« Seiner Meinung nach war das aber kaum mehr als eine behelfsmäßige Holztransportpiste. »Trotzdem ist es genau das, was wir wollen, wenn wir runtergehen.«

Wir hatten den See nun fast überquert. Die Baumgruppe wurde immer größer, und das sanfte Rauschen eines kleinen Wasserfalls war in der stillen Morgenluft zu hören. Eine kleine felsige Landzunge schob sich zwischen uns und die Hütte, die nun in dem helleren Licht deutlich zu sehen war. Es war natürlich eine optische Täuschung, aber es sah aus, als würde sich die Hütte selbst bewegen, so sanft glitten wir über die spiegelglatte Fläche des Sees. Dann verschwand sie plötzlich hinter den niedrigen Felsen und war nicht mehr zu sehen. Wir hörten kein Gebell und sahen keinen Menschen. Der Bug stieß ans Ufer, und wir wateten an Land.

Die Baumgruppe stand auf einem Felshügel, von dessen höchstem Punkt aus wir ein Panorama von Bergen überblicken konnten – Schnee und Felsen, das Grün der Bäume, und dazu die riesigen Gipfel in einer dünnen Wolkendecke, die sich im Licht der aufgehenden Sonne bereits rot zu färben begann. Auf beiden Seiten stürzten Wildbäche herab, und weit unter uns konnten wir die schmale Bucht sehen, die als Halliday Arm bekannt war. Sie führte in Windungen in die Berge hinein, und links von uns bog sie in einer Kurve um ein kleines Stück flaches Land. Dort standen Hütten, die Überreste einer Holzfällersiedlung, und ein schmaler Fahrweg führte zur Spitze eines niedrigen Felsens. An seiner Kante stand ein Lastwagen, direkt darunter war ein riesiger Baumstamm zu einem primitiven Kran aufgerichtet, ein weiterer war fest an den Felsen verkeilt, und wiederum darunter war ein großer Lastkahn an einer Anlegestelle aus Stämmen vertäut. Von dem Kutter der Küstenwache war nichts zu sehen. Der Lastkahn war bereits halb mit Stämmen beladen, und der Rest seiner Fracht war auf dem Kai daneben aufgetürmt.

Direkt hinter dem Kai begann der Hochwald, ein Meer grüner Baumwipfel, die das gesamte Tal lückenlos ausfüllten. Erst bei den Hütten war das Land plötzlich kahlgeschlagen und stand voller Baumstümpfe.

»Er hätte es nicht tun dürfen«, sagte Brian mit zusammengebissenen Zähnen. »Von hier oben sieht es noch wesentlich schlimmer aus. Der Kahlschlag ist größer. Viel größer. Das sind weit mehr als zwei Hektar.« Er war vor plötzlicher Wut fast außer sich. »Wie konnte er nur – und dazu noch mit dem Fluch, der über ihm schwebt?« Er drehte sich abrupt um. »Mal sehen, ob wir einen Weg zu der Piste da unten finden können.«

Die Piste lag links von uns, ein halb überwucherter, schlammiger Weg, der an dem felsigen Hang zwischen dem nachgewachsenen Gebüsch hinauf nach oben führte.

»Los, kommen Sie! Es hat keinen Sinn, hier herumzustehen und sich die Bescherung anzuschauen.« In seiner Stimme klang eine kalte Wut, die einen Gewaltausbruch befürchten ließ. »Irgendwie werde ich die Schweine aufhalten!« Er hatte sich umgedreht und sah mich an. Schließlich sagte er langsam: »Was Sie da unten in dem Tal sehen, hat mehr als ein halbes Jahrhundert gebraucht, um so hoch zu wachsen, und jetzt sehen Sie sich an, was sie daraus gemacht haben! Zehn Minuten mit einer großen Motorsäge und . . . Peng! ist wieder einer weg.« Er fuhr herum, rannte zum Wasser herunter und rief mir über die Schulter zu: »Kommen Sie mit, oder lassen Sie's bleiben, ganz wie Sie wollen. Aber ich gehe da runter, und zwar sofort!«

Als ich ihn eingeholt hatte, hatte er das Kanu bereits wieder ins Wasser geschoben und stieg ein. Ich folgte ihm, ohne etwas zu sagen. Ich hatte keine Lust, hier allein zurückzubleiben. Wir legten ab, unsere Schuhe waren voll von eiskaltem Wasser, und unsere Hosen waren bis zu den Knien naß. Während wir am letzten der kleinen Wasserfälle vorbeipaddelten, zogen sich über den Bergen die Wolken zusammen. Wir hielten uns nahe am Ufer und paddelten auf einen düsteren kleinen Strand zu, der das Nordende des Sees bildete. Eine kleine Gruppe von Pappeln stand in einem Halbkreis darum herum. Ihre kahlen Stämme und Äste waren von grauen Flechten überzogen. Auf den beiden höchsten saß ein Paar Weißkopfadler mit ihren hellen Köpfen über dem grauschwarzen Körper.

»Da ist ein Boot.« Brian deutete nach links, und beim Klang seiner Stimme flogen die beiden Vögel auf. Sie entfernten sich mit schweren Flügelschlägen, lautlos wie Eulen. Das Boot, ein Schlauchboot, war auf die glatte, graue Fläche eines Felsvorsprungs gezogen worden. Wir landeten daneben und gelangten von unserem Kanu aus direkt ans Ufer, ohne im Wasser herumwaten zu müssen.

Das Schlauchboot hatte keinen Außenbordmotor, sondern nur zwei Ruder, und wie das Schlauchboot am Strand des Staudamms bei Ocean Falls sah es ganz neu aus. Es war nichts darin als die beiden Ruder, eine Schöpfkelle aus Plastik und eine Luftpumpe. Ich stand einen Moment daneben, schaute es mir an und dachte über die Hütte nach. An dem See gab es sonst nichts, was die Männer aus dem Holzfällerlager unter uns nur mit einem Boot erreichen konnten, denn wenn sie nach Ocean Falls wollten, hätten sie es leichter mit einem Boot direkt vom Lager aus. Es war doch völlig sinnlos, erst tausend Fuß hochzuklettern, zwei Meilen über einen See zu rudern, mühsam eine Portage hinunterzusteigen und dann zu hoffen, daß sie unten jemanden antreffen würden, der sie die zehn Meilen zum Damm fuhr.

»Kommen Sie!« Brian konnte es nicht erwarten, das Kanu zu verstecken und sich auf den Weg zum Lager zu machen.

»Wozu dient es?« fragte ich.

»Das Boot? Zum Angeln. Oder vielleicht zum Jagen. Auf der anderen Seite ist ein Stück Sumpf, wo sich vielleicht ein Elch erwischen läßt.« Er hob ein Ende des Kanus hoch und bedeutete mir mit einem Kopfnicken, die andere Seite hochzuheben.

»Und die Hütte?« murmelte ich. Ich dachte daran, wie wir mitten in der Nacht darauf gestoßen waren, wie die Hunde gebellt und mit ihren Ketten gerasselt hatten, und daß sofort jemand mit einer Taschenlampe aus dem Fenster geleuchtet hatte. »Da sind zwei Wachhunde und mindestens ein Mann – warum?«

Er gab mir zunächst keine Antwort, während wir das Kanu den Felsenhang hochtrugen. Von oben konnten wir einen ausgetretenen Pfad sehen, der durch die Bäume bergab führte. »Wenn Sie die Penner gesehen hätten, die in Ocean Falls herumhängen«, sagte er, »und Sie hätten eine Jagdhütte an diesem Ende des Sees, würden Sie ganz bestimmt auch für eine Bewachung sorgen. Außerdem sind hier im Westen alle verrückt aufs Jagen, besonders die Städter. Die Jagd ist ihr Sport, und die Wildnis hier draußen und alles, was in ihr lebt, steht zu ihrer Verfügung. Sie können töten, was sie wollen.«

Wir schoben uns durch ein Gestrüpp von, wie er sagte, Sitka-Erlen und Krüppelkiefern, legten das Kanu umgekehrt auf den Boden und schoben unsere Sachen darunter. »Es gibt schließlich Gesetze«, sagte ich.

Er lachte. »Gesetze! Sicher gibt es Gesetze. Aber wen kümmern hier oben in den Bergen Gesetze? Wenn einer versucht, einen Elch in seinem Lieferwagen heimzuschaffen, oder sich ohne Genehmigung eine Trophäe aus Geweihen besorgt, hat er die Mounties oder die Wildhüter am Hals. Aber hier oben« – er sah sich nach mir um – »hier oben, tief in den Rockies –« Er schüttelte den Kopf. »Gesetze gibt es unten im Tal.« Er wedelte mit der Hand in Richtung Vancouver. »Hier oben nicht. Hier ist niemand, der darauf pocht.«

Er deutete auf das Holzfällerlager, das gerade auf der anderen Seite der kleinen Lichtung sichtbar wurde, und auf die matt schimmernde, sichelförmige Bucht dahinter. »Selbst die Holzfäller da unten leben nach ihren eigenen Gesetzen. Sicher, wenn Ihr Freund Edmundson von einem Kutter der Küstenwache hergebracht wird, bringt das vielleicht ein bißchen Unruhe, und man wird an den langen Arm der Regierung erinnert, aber sobald er wieder weg ist . . .« Er lachte wieder, und dann hatten wir die alte Holztransportpiste erreicht. Ich wünschte, wir hätten Gummistiefel statt der Leinenschuhe gehabt, denn stellenweise war es sehr schlammig. Außerdem war sie sehr überwuchert und führte auf einem Kamm des Bergs steil nach unten.

Es gab keine hohen Bäume mehr hier. Alles war abgeholzt, und nachgewachsen waren bis jetzt nur junge Birken, Ebereschen, Erlen, Ziegenbart, Teufelskralle, und neben der Piste ein immergrünes Rankengewächs, das nach Brians Angaben Kinnikinick hieß. Das war das Gelände, das Tom Halliday hatte abholzen lassen, und davon hatte er gelebt, als die Ice-Cold-Mine nichts mehr abwarf.

Der Kamm war abrupt zu Ende, und die Piste führte in einer Haarnadelkurve nach rechts bergab in Richtung auf das grüne Meer des Hochwaldes. Von hier an fiel der Berghang steil ab. Das Lager und der Kai mit dem Lastkahn daneben lagen fast direkt unter uns, und alle Einzelheiten waren so kristallklar zu erkennen, als hätte man eine dreidimensionale Luftbildaufnahme vor sich. Rechts von uns war ein kahles, felsiges Stück voller abgesägter Äste, wo eine rechteckige Schneise aus Josh Hallidays großer Pflanzung herausgefällt worden war. Es war ein Bild völliger Zerstörung, und auf der anderen Seite floß das Wildwasser in die Bucht.

Eine breite Transportstraße führte an dem Wasser der Bucht

entlang direkt zu dem Kai. Eine große Raupe fuhr darauf und schleppte drei der Stämme aus dem Hochwald hinter sich her; vorn war mit Ketten ein Räderkarren festgemacht. Direkt unter uns stieß der Laster von der Kante des Felsens über dem Kran ab und fuhr auf der neu von Bulldozern planierten Piste zum Lager zurück.

Brian murmelte in sich hinein und fluchte unterdrückt. Wir waren beide stehengeblieben, denn unser Standort in der Kurve mit dem Steilhang vor uns war ein wirklich ausgezeichneter Aussichtspunkt. »Ist das nicht Wolchak?« Er starrte mit seinem Glas in das Lager hinunter. »Der da mit dem großen Mann spricht. Der andere könnte Edmundson sein. Sehen Sie mal!« Er gab mir das Glas. »Da unten bei der Kantinenhütte. Sie gehen gerade zum Büro.«

Die Vergrößerung war unglaublich. Das Lager sprang förmlich auf mich zu, und ich konnte einzelne Steine auf der Piste, eine rote Cola-Dose und einen kleinen zimtfarbenen Bären sehen, der in einem Mülleimer herumwühlte, ohne sich um die beiden Männer zu kümmern, die an ihm vorbeigingen. »Das ist Jim Edmundson«, sagte ich. Sie erreichten das Büro; Wolchak redete ununterbrochen und gestikulierte hektisch mit seinen Händen, und Jim nickte. Sie blieben einen Moment stehen und sahen auf das abgeholzte Stück zurück. Dann gingen sie durch die Tür einer Hütte, die außen ein Schild trug.

Das Lager war verlassen bis auf den Bären, der noch immer nach Nahrung suchte, und den Laster, der langsam auf der neuen, hellgelben Piste nach unten fuhr.

Es war ein seltsam aussehender Laster mit vielen Rohren und einem großen Gestänge, das über dem Fahrerhaus zusammengelegt war und über die stumpfe Kühlerhaube hinausragte. »Das ist unsere mobile Bohranlage«, sagte Brian, als ich ihn fragte, was das sei. »Die hat mein Vater herschaffen lassen, als die Ice Cold immer weniger einbrachte. Er dachte, er könnte hier Öl finden.« Sein Vater hatte ihm offensichtlich erzählt, am oberen Ende des Hochwalds hätte er eine Stelle gefunden, an der Öl heraussickerte. »Der alte Josh hat sich aber für Öl nicht im geringsten interessiert. Er fand es nur irgendwie witzig, daß er so einen tollen Wald auf ein Ölfeld gepflanzt hatte.« Tom dagegen hatte es als die perfekte

Lösung für seine immer bedrängenderen finanziellen Probleme angesehen, aber es war nicht mehr gewesen als eine weitere Investition, die ihm nichts einbrachte.

Der Wind trug uns den Lärm einer Motorsäge zu.

»Können Sie sehen, wo sie fällen?«

»Nein«, sagte ich.

Er griff nach dem Glas. »Der Kahn da. Sieht aus wie ein alter Zementkahn.« Es war ein großer rostiger Prahm mit einem kleinen Ruderhaus am Heck. »Und sie laden trocken«, sagte er und hielt das Glas weiter auf den Lastkahn gerichtet. »Daran sieht man, was sie von diesen Bäumen halten.«

»Wie meinen Sie das?«

»Nun, sie wollen die Stämme nicht für Preßmasse, verstehen Sie? Wenn das Holz für Preßmasse wäre, hätten sie einen von diesen vollautomatisierten Kähnen hergeschickt. Das sind Riesendinger mit zwei fest installierten Kränen, und sie würden die Stämme über Kreuz auf Deck laden. Wenn sie dann an der Fabrik ankommen, werden die Ballast-Tanks am Bug oder am Heck geflutet, der Kahn neigt sich, und das ganze Holz rutscht einfach ins Wasser, direkt zur Verarbeitung. Hier verladen sie statt dessen die Stämme trocken in einen Lastkahn, und sie bleiben trocken, bis sie am Kai des Sägewerks abgeladen werden.«

»Ihr Vater ist überzeugt –«

Er fuhr zu mir herum. »Sie glauben ihm nicht, oder? Sie meinen, er versucht nur, sich selbst davon zu überzeugen, daß er für das, was hier unten passiert, nicht verantwortlich ist.« Er beruhigte sich etwas und sagte: »Was immer er denkt, eines kann ich Ihnen versichern: Die Leute behandeln die Bäume, als wären sie aus Gold. Das sind sie ja eigentlich auch.« Das Geräusch der Motorsäge war nun lauter geworden, und er fuhr mit seinem Glas in der Hand zum Hochwald herum, um entlang dem Rand des abgeholzten Vierecks zu suchen. Es war jedoch nicht die Motorsäge, sondern ein stetigeres Brummen, und plötzlich sah ich dicht über dem Wasserspiegel ein Wasserflugzeug in die Bucht fliegen. Wir sahen zu, wie es mit einem Schwall aufspritzender Gischt landete und in einem weiten Bogen auf den Kai zufuhr. Der Pilot kletterte auf einen der Schwimmer und dann auf den Kai hinüber und machte das Flugzeug mit einer Leine, die er in der Hand gehalten hatte, an einem Poller fest. Dann stiegen seine beiden Passagiere aus. Der eine war klein, der andere größer und kräftiger, und irgend etwas an ihren Bewegungen und ihrem Gepäck kam mir bekannt vor. Ich nahm noch einmal das Glas zur Hand und sah, daß ich mich nicht getäuscht hatte. »Camargo und Lopez«, sagte ich.

»Die beiden Südamerikaner?«

Ich nickte und fragte mich, warum sie hergekommen waren. »Das sind die beiden Jäger, die die Botschaft von Miriam zu der Mine gebracht haben. Sie haben sie einfach für Tom hingelegt.«

»Das hat er mir erzählt, aber von Jägern hat er nichts gesagt. Er sagte, sie seien Verbrecher, Gangster.« Er sah sie sich mit seinem Glas an. »Er könnte recht haben. Gemein genug sehen sie aus.«

»Aber was machen sie hier?«

»Was meinen Sie wohl?« Er drehte sich wütend zu mir um. »Geht das denn nicht in Ihren Kopf hinein, daß der Baumbestand da unten ein Vermögen wert ist? Das sind praktisch nur Rotzedern, und das ist ein Holz, das wegen seines hohen Ölgehalts in allen Ländern sehr gefragt ist, in denen das Wetter ein Problem werden kann – für Schuppen, Treibhäuser, Fensterrahmen und als Bauholz für feuchte Witterung. Kommen Sie, das sehen wir uns aus der Nähe an!«

Er ging um die Biegung und kletterte den Hang hinunter in das große Becken, das wie ein halbierter Krater aussah. Weiße Vorhänge aus Wasser fielen von der Felskante herab, und unten erwartete uns das grüne Meer von Bäumen, deren Gipfel aus der Höhe wie Federn aussahen. »Ich bin verdammt sicher, daß Wolchak vorhat, den gesamten Bestand zu fällen. Wenn er die Regierung beruhigen kann, und dazu reicht eine Versicherung von ihm, er würde wieder aufforsten, dann braucht er nur noch Toms Unterschrift. Und wenn er Miriam irgendwo versteckt hat, befindet er sich in einer ausgezeichneten Verhandlungsposition. Tom würde für diese Frau alles tun.« Dann sagte er: »Oh, ich weiß, er flippt manchmal aus – meistens, wenn er bekokst ist. Das hat er schon immer getan. Außer bei meiner Mutter. Sie hat dafür gesorgt, daß er immer was zu tun hatte.« Er lachte kurz und drängte sich durch ein Gestrüpp aus Lachsbeeren, die sich an einer Stelle breitgemacht hatten, wo das Wasser, das vom Hang herabsickerte, den Boden in einen Sumpf verwandelt hatte.

An den feuchten Stellen, wo es Schlamm oder groben Sand gab, sahen wir die Abdrücke von Profilsohlen, Fußabdrücken, die bergauf und bergab liefen. In bestimmten Abständen zweigten kleinere Pisten von dem Weg ab, die am Hang entlangführten. Auf ihnen gab es keine Fußspuren, und da die große Piste nun immer besser wurde, sahen wir bald gar keine mehr. Das Gestrüpp war hier niedriger, denn es war noch nicht so lange her, daß die Bäume gefällt worden waren. Bald hörten wir das Rauschen der Wasserfälle des Sees über uns. Eine Motorsäge wurde angeworfen. Sie klang wie das Wasserflugzeug, heulte aber immer wieder unregelmäßig auf, und kurz darauf hörten wir, wie ein Baum mit lautem Krachen umstürzte. Als der Weg besser wurde, kamen wir schneller voran, aber trotzdem brauchten wir weit über eine halbe Stunde, bis wir den Rand des Hochwalds erreicht hatten.

Ich schwitzte inzwischen, war sehr müde und stand kurz vor dem Einschlafen. Ich stolperte mit halb geschlossenen Augen weiter und machte mir nur vage Gedanken über die Fußspuren und den möglichen Grund dafür, daß an dem See über uns ein Ruderboot gelegen hatte. Brian hielt es nach wie vor für das Eigentum von Urlaubern, die er auch in der Hütte vermutete. »Sie jagen und angeln. Irgendwas muß man ja in der Freizeit unternehmen, und in der Gegend hier ist sonst nichts los.« Warum angelten sie dann aber nicht am Ufer des Halliday Arm oder jagten in der Ebene, wo das Wildwasser zwischen den hohen Bäumen herausfloß? Warum mühsam tausend Fuß auf einem zugewachsenen Weg hochsteigen? Und diese Hunde? Vor allem die Hunde machten mir Kopfzerbrechen, und ich suchte mein übermüdetes Gehirn nach etwas ab, das sich mir halb im Unterbewußtsein eingeprägt hatte. Irgend etwas war da, von dem ich nicht einmal sicher war, ob ich es wissen wollte. Mein Gott, war ich müde!

Als wir den Hochwald erreicht hatten, war die Luft ganz still. Die Luftfeuchtigkeit war hier höher, der Wald verbreitete Kühle, und die dicken Stämme, die teils über einen halben Meter Durchmesser hatten, stiegen um uns auf, ragten wie die tragenden Säulen einer Kathedrale empor. Sie erhoben sich glatt, bis ihre Zweige sich ausbreiteten wie der Ansatz eines mittelalterlichen Gewölbes. Sie schnitten das Tageslicht ab, und auf ihren federdünnen Nadeln hatten sich winzige Wassertröpfchen gefangen, die jedesmal, wenn die Sonne wieder hinter den Wolken hervorkam, wie Diamanten blitzten. Es war ein atemberaubend herrlicher Anblick. Ich hatte einen solchen Wald noch nie gesehen. Der Weg, dem wir folgten, war mit einem dicken, weichen Teppich aus heruntergefallenen Nadeln bedeckt, der unsere Schritte dämpfte. Um uns herum herrschte Stille, und auch das Rauschen des Wassers und das Brummen der Motorsäge waren nur noch wie aus weiter Ferne zu hören.

Ich glaube, mein stärkster Eindruck war ihre Sanftheit. Diese ungeheuren Bäume waren sanfte Riesen. Es war ein Ort des Friedens, und als ich mit meinem übermüdeten Gehirn diese wesentliche Tatsache erfaßt hatte, begann ich, Brians Empörung über die tödliche Störung der Holzfäller mit ihren Motorsägen zu verstehen und nachzuempfinden. Dann und wann blieb er stehen und sah mit einem Ausdruck von Ehrfurcht nach oben.

»Einmal habe ich im Karakorum so etwas Ähnliches gesehen«, sagte er nach einer Weile und drehte sich zu mir um. »Das war nicht weit vom Fuß des Nanga Parbat auf dem Weg nach Gilgit. Ein Wald mit riesigen Bäumen, der gepflanzt war. Das war aber auch das einzige Mal, und die Bäume dort waren lange nicht so groß und so gleichmäßig.« In diesem Augenblick heulte die Motorsäge wieder auf, und einen Augenblick später hörten wir, wie wieder ein Baum mit donnerndem Krachen umstürzte. »Mein Gott! Wie konnte er das tun?« Seine Stimme zitterte, und ich hatte das Gefühl, daß Brian über Tom hergefallen wäre, wenn er in diesem Augenblick bei uns gewesen wäre.

Er hastete weiter, und das Brummen der Motorsägen wurde immer lauter. Dann begann er, von Stamm zu Stamm zu laufen, während das Geräusch der Sägen anschwoll. Wir arbeiteten uns weiter vor, bis wir ein Sägeblatt blitzen sahen und dahinter die gelbe Flut von Sägespänen. Wir riskierten vorsichtig einen Blick und sahen zwei Waldarbeiter mit Motorsägen in der Hand, die vorgebeugt mit laufendem Motor an dem langen Stamm entlanggingen und geschickt die Äste absägten, bis nur noch der nackte Stamm dalag, ein Stück Rohstoff für irgendeine Fabrik, weit weg von hier.

Die Männer richteten sich auf, schalteten ihre Sägen aus und machten eine kurze Pause. Sie unterhielten sich, der eine lachte, der andere lächelte und zündete sich eine Zigarette an. Dann gingen sie schon weiter zum nächsten Stamm. Ein Arm ging mit der Anlasserschnur hoch, und mit der rechten Hand wurde das Sägeblatt nach unten gedrückt. Die Säge sprang mit lautem Röhren an und wurde gleich wieder leiser. Das Sägeblatt selbst rührte sich noch nicht, während der Waldarbeiter sich zu dem Fuß des Baums herunterbeugte, sorgfältig den Winkel prüfte und dann die Säge ansetzte. Dann gab er abrupt Vollgas, spannte seine Armmuskeln an und drückte die Motorsäge an den Stamm. Das Holz kreischte auf, als würde es gequält, und unter der Säge quollen wie ein gelber Blutstrom aus der Ader des Baums die Sägespäne hervor.

»Herrgott noch mal, wenn ich doch nur ein Gewehr hätte!«

Ich stand direkt neben Brian, und an seinem Gesichtsausdruck merkte ich, daß er die beiden Holzfäller auf der Stelle kaltblütig niedergeschossen hätte, wenn man ihm in diesem Augenblick ein Gewehr in die Hand gegeben hätte – ein Scharfrichter, der an zwei Mördern Vergeltung übt. »Sind das die beiden, die Sie weggeschickt haben, als sie am Kai gelandet sind?« Ich überlegte, wie viele Leute Wolchak wohl hier im Lager hatte.

»Sie haben mich nicht nur weggeschickt. Sie haben mich mit einer Säge bedroht.«

Wir flüsterten, aber sie hätten uns auch nicht gehört, wenn wir uns angebrüllt hätten. Die Motorsäge war zu laut, und die beiden konzentrierten sich zu sehr auf ihre Aufgabe.

»Der Dünne war es. Das Dreckschwein, das jetzt gerade die Säge bedient – ein dunkelbraunes Gesicht wie die Klinge einer Axt, an seiner rechten Hand fehlen zwei Finger, und am Unterarm hat er eine lange, weiße Narbe. Das ist der Mann, und irgendwann erwische ich ihn – irgendwie.« Er kochte vor Wut über die Kränkung.

Das durchdringende Geheul der Säge erstarb zu einem leisen Brummen, und der Mann zog das Sägeblatt zurück. Ein großer Keil aus Holz fiel aus dem Fuß des Baumes heraus, und an den beiden Kanten leuchteten die durchschnittenen Zellen des Baumes gelb. Der Holzfäller richtete seinen hageren, drahtigen Körper auf, zog an seiner Zigarette und ging auf die andere Seite des Stammes. Hier spreizte er die Beine, nahm fast automatisch die richtige Haltung an, beugte sich vor und legte das Sägeblatt dicht am Boden horizontal an den Baum. Der Motor heulte auf und wurde leiser, als das Sägeblatt griff, und zwischen den Beinen des Holzfällers strömte eine Flut hellgelber Sägespäne zu Boden; wir blieben wie angewurzelt stehen und sahen zu.

Es war wahrscheinlich eine Art Faszination. Da stand ich neben Brian und sah zu, wie ein Baum, der von seinem Großvater als kleiner Setzling mit eigener Hand in den Boden gepflanzt worden war und der nun dreißig, vielleicht fünfundvierzig Meter hoch war, gefällt wurde. Der alte Josh hatte sich heruntergebeugt, um das Bäumchen zu setzen, und nun beugte sich der Holzfäller herab, um den riesigen Baum zu Fall zu bringen. Die Säge wurde langsamer und das Motorengeräusch tiefer, als der Schnitt den vollen Durchmesser des Stammes einnahm. Der Motor der Säge hatte nun auch seine Last, und der Strom von Sägespänen lief dünner. Es folgte eine Pause, und der zweite Mann lehnte sich fast lässig mit einer Hand an den Baumstamm.

Plötzlich ertönte ein berstendes Krachen, und als ich aufsah, bemerkte ich, daß der Gipfel des Baumes schwankte. Ein letztes Mal ließ der Holzfäller seine Säge aufheulen, und dann traten die beiden Männer etwas zurück und drückten mit beiden Händen gegen die Borke, als wollten sie den riesigen Baum von sich wegschieben. Der Baum kippte, kippte immer schneller, und über unseren Köpfen brachen die Äste. Dann fiel er von den Männern weg aus dem unversehrten Wald in das abgeholzte Trümmerfeld der Lichtung hinein.

Der Baum landete mit einem dumpfen Schlag, und eine Wolke von Stein und Geröll flog auf. Dann war es plötzlich ganz still, und da lag er, gefällt und zur Strecke gebracht. Beide Männer hatten ihre Sägen abgeschaltet, und nun waren nur noch die Stimmen der beiden Männer, das leise Rauschen der Wasserfälle und das Plätschern des Wildwassers zu hören, das durch den Wald floß.

Wir sahen noch zu, wie drei weitere Bäume gefällt wurden, dann zogen wir uns in den Wald zurück und arbeiteten uns zum Lager vor. Die hellere, abgeholzte Lichtung und die Bucht waren rechts von uns gerade noch zu sehen. Das Geräusch des Raupenmotors warnte uns, daß wir jetzt näher kamen. Die Bäume wurden dünner, eine Brise kam auf, vor uns wurde es heller, und dann hatten wir den Rand des Hochwalds erreicht. Die Holztransportpiste lag nur ein paar Yards vor uns, und die Raupe war schon unterwegs, um die drei gefällten Bäume abzuholen, die nun gesäubert und transportbereit dalagen.

Die Raupe hielt an, und ich sah Jim Edmundson, der sich mit dem Fahrer unterhielt. Als sie wieder weitergefahren war, machte Jim mit seiner Arbeit weiter und schritt mit einem Notizbuch in der Hand das Land ab. Ich wollte ihn irgendwie wissen lassen, daß wir da waren. Ich wollte ihm von der Hütte erzählen, von Tarasconi und dem Mexikaner, und weiß Gott, was mir sonst noch im Kopf herumspukte. Als ich jedoch hinter der braunen, rauhen Borke des Baumes, hinter dem ich mich versteckt hielt, hervortreten wollte, zischte mir Brian zu: »Warten Sie! Da kommt ein Auto.«

Es war ein Kleinlaster, der schnell von dem Büro hergefahren kam. Er hielt knapp fünfzig Meter entfernt von uns an, und Wolchak lehnte sich mit einem verbeulten Hut auf dem Kopf und blitzenden Brillengläsern aus dem Fenster. »Edmundson! Der Pilot sagt, er kann nicht mehr auf Sie warten.«

Jim war stehengeblieben und machte sich eine Notiz. »Nur noch ein paar Minuten. Ich bin fast fertig.«

Wolchak sprang aus dem Fahrerhaus heraus. »Er soll heute um die Mittagszeit einige Angler in Bella Coola abholen. Er muß jetzt los.« Selbst in dem unebenen Gelände bewegte sich Wolchak wie ein Gummiball und vermittelte mit seinem rundlichen Körper den Eindruck, als verfüge er über endlose Energie. »Ich fahre Sie zurück. Er hat es jetzt wirklich eilig.« Er hatte nun Jim erreicht und redete mit einer seltsamen Eindringlichkeit auf ihn ein. »Es könnte sonst noch einen oder zwei Tage dauern. Es ziehen schwere Wolken auf.«

Jim nickte und starrte in sein Notizbuch. Dann machte er es langsam zu. »Sie haben nach meiner Berechnung mehr als vier Hektar abgeholzt, und Sie fällen noch immer.«

»Wir haben die Zustimmung des Eigentümers.« Ich hörte Wolchaks hohe Stimme ganz deutlich.

»Tatsächlich?« Jim sah den Mann mit festem Blick an und schob sich das Notizbuch in den Anorak. »Ich habe Sie gestern abend schon darum gebeten. Es war auf den ersten Blick klar, daß Sie mehr als die zwei Hektar gefällt haben, über die das Forstamt benachrichtigt worden ist. Sie konnten sie mir nicht vorlegen.«

»Nein. Ich sagte Ihnen doch, die Anwälte haben sie, und wir werden sie nachschicken. Ich habe aber jetzt gerade erst erfahren, daß die Zustimmung erst irgendwann heute unterzeichnet werden wird.«

»Das heißt also, daß Sie ohne die Zustimmung des Eigentümers gefällt haben, oder?«

»Wir hatten eine Absichtserklärung. Das habe ich Ihnen doch gesagt.«

»Die konnten Sie aber auch nicht vorlegen.«

»Natürlich nicht. Sie ist in unserem Büro in Seattle. Ich habe Ihnen doch erklärt . . .«

Die Motorsägen hatten wieder eingesetzt, und zugleich drehten sich die beiden Männer zu dem Kleinlaster um. Da stand Edmundson vor mir, ein von der Regierung gechartertes Wasserflugzeug lag am Kai, und Wolchak wurde schon vernommen. Ich setzte mich in Bewegung, weil ich das für den geeigneten Moment hielt, ihn mit Miriams Entführung zu konfrontieren, um herauszubekommen, ob *SVL Timber* damit etwas zu tun hatte. Das waren meine Überlegungen, und ich wollte Jim Edmundson gerade etwas zurufen, als mich Brian am Arm packte.

»Nein! Nicht jetzt!« Seine Stimme klang laut in meinem Ohr, aber sie wurde von den Motorsägen fast übertönt. »Das ist ein Wildhüter, kein Mountie. Er wird in dieser verfahrenen Angelegenheit ganz bestimmt kein Risiko eingehen.« Er zerrte mich zurück. »Geht das denn nicht in Ihren Kopf hinein, daß es bei diesem Baumbestand hier um Geld geht, um sehr viel Geld? Sie kämpfen gegen Habgier, und diese Leute würden alles tun . . .« Dabei ließ er es bewenden, und ich stand da und starrte den beiden nach. Der Augenblick war vorbei. Daß Wolchak aber Jim Edmundson gesagt hatte, die Genehmigung würde noch heute unterzeichnet werden . . .

»Warum hat er das gesagt?« Brian reagierte nicht, und ich mußte die Frage wiederholen. »Warum war Wolchak so sicher, Ihr Vater würde heute die Genehmigung unterschreiben? Warum noch heute?«

»Wegen Miriam«, sagte er. »Sie werden Tom irgendwie in die Hand bekommen . . .« Er zuckte die Achseln und sah Jim Edmundson nach, der in den Wagen einstieg und wegfuhr. »Vielleicht holen sie ihn sich. Heute vielleicht noch nicht, aber früher oder später bestimmt. In der Zwischenzeit wird Ihr Freund da irgendwann in den nächsten Tagen seinen Bericht schreiben, und der wird dann die verschiedenen Abteilungen durchlaufen. Jedermann wird ihn abzeichnen und dann weitergeben. Das könnte einen Monat dauern, bis tatsächlich etwas unternommen wird.« Er warf einen Blick auf den Wald hinter uns. »Wenn noch ein paar Holzfäller hergebracht werden, könnte in einem Monat alles abgeholzt sein.«

Der Kleinlaster fuhr zuerst zu dem Büro. Der Pilot stand schon ungeduldig auf einem Schwimmer seiner *Cessna.* Sobald er Jim mit seinem Koffer und seiner Aktentasche herauskommen sah, ließ er die Maschine an. Als der Kleinlaster neben dem Kai hielt, lief der Propeller schon. Jim stieg direkt aus dem Fahrerhaus auf einen Schwimmer und kletterte in das Flugzeug, ohne sich umzusehen, obwohl Wolchak ausgestiegen war und am Kai stand. Kein Händedruck, kein Wort des Abschieds; ich hielt das für ungewöhnlich, wo er doch sonst ein so freundlicher Mann war.

Die Wolken hingen tief in den Bergen, die Ufer der Bucht waren kaum noch zu sehen, und es wurde dunkler, als die *Cessna* startete und dicht über der Wasserfläche wegflog. Es war halb zwölf. Wieder stürzte krachend ein Baum um. Die Raupe kam wieder vorbei und schleppte dieses Mal vier Bäume hinter sich her. Direkt unterhalb der Klippe hob der große Kran einen Stamm am vorderen Ende hoch, oben wurde er mit einer kleinen Winde und einer Stahltrosse in einen Winkel der Felswand gezogen, und dann wurde die Bohranlage langsam wieder nach oben auf den Felsen gefahren.

Ich sah mir das nur flüchtig durch das Glas an, und Brian konnte mir nicht sagen, was sie da vorhatten. Er schien nur Wolchak im Sinn zu haben, und er starrte mit seinem Glas weiter unverwandt auf das Büro. Nach etwa zehn Minuten ging die Bürotür auf, und zwei Männer mit Gewehren auf den Schultern und Rucksäcken auf den Rücken kamen heraus. Sie blieben einen Moment lang neben dem Kleinlaster stehen und warteten. Dann kam auch Wolchak heraus, und alle drei stiegen ein.

Als ich sie so bewaffnet vor mir sah, erinnerte mich das wieder an die Ice-Cold-Mine, wo Tom, von Kokain berauscht, aus ihnen herausholen wollte, wo Miriam festgehalten wurde. Ich sah zu, wie der Wagen sich in Bewegung setzte und direkt auf uns zufuhr. Plötzlich wurde mir alles klar – die Hütte! Ich ging zu Brian und schüttelte ihn am Arm. »Dieses Boot. Sie fahren dort hinauf.«

»Na und?« Er starrte mich verständnislos an, und ich konnte meinerseits seine Begriffsstutzigkeit nicht verstehen, weil es mir jetzt so offensichtlich schien.

»Die Hütte!« sagte ich noch einmal. »Da halten sie Miriam fest. Camargo und Lopez fahren jetzt zu ihr.« Jetzt, da ich es ausgesprochen hatte, war es für mich klarer denn je – die Hunde, die Wache, der Mexikaner Rodrigo, der Vorräte holte. Damit erklärte sich auch, warum Tarasconi Brian gesagt hatte, er würde bald wissen, wo Miriam sei.

Der Wagen fuhr an uns vorbei, und Camargos bärtiges Gesicht war deutlich zu sehen. Er schaute gerade über die Baumwipfel zu den Bergen hinauf. »Sie fahren jetzt dort hoch.« Ich hatte noch immer Brians Arm gepackt und versuchte verzweifelt, zu ihm durchzudringen. »Was ist, wenn Tom sich mit Rodrigo in Verbindung gesetzt hat, nachdem wir weggegangen waren? Er könnte doch jetzt dort oben sein.« Brian aber schüttelte den Kopf und beobachtete weiter das Lager durch sein Glas. »Was schauen Sie denn jetzt an?« fragte ich. »Was immer Sie auch von ihm halten, er bleibt Ihr Vater.«

Er schüttelte noch einmal den Kopf, und ich sah, daß sein Glas auf den Kran gerichtet war, der gerade wieder einen Stamm in den Winkel manövrierte, während die beiden Männer sich bereitmachten, ihn mit Ketten festzuzurren. »Das muß ich herausbekommen«, murmelte er in sich hinein.

»Was denn?« fragte ich.

»Warum sie einen Baumkran brauchen. Den braucht man doch nur, wenn man Stämme als Flöße transportiert oder sie im Wasser lagert, bis sie transportiert werden. Wenn man sie aber trocken direkt vom Kai verlädt . . . Ich kapiere einfach nicht, was das soll.« Er überlegte kurz und sagte: »Heute nacht. Heute nacht sehe ich mir das Lager an.« Er nahm sein Glas herunter und fuhr sich mit einer Hand über das Gesicht. »Das ist die einzige Möglichkeit. Vielleicht bekommen wir so etwas in die Hand, was die Behörden zwingt, endlich etwas zu unternehmen.« Er gähnte. »Sie können ja wieder hochklettern, wenn Sie wollen. Überzeugen Sie sich selbst, warum die beiden dort hochgebracht werden. Ich lege mich irgendwo hin und schlafe ein paar Stunden, und wenn es dunkel wird – na ja, wir werden ja sehen . . .«

Ich stritt mit ihm herum, weil ich Angst davor hatte, allein hochzugehen, Angst vor der Einsamkeit – ich ganz allein gegen die beiden Gangster, die dazu noch beide bewaffnet waren. Er ließ sich jedoch nicht von seinem Plan abbringen. Sein Vater würde schon allein klarkommen, sagte er. Was Miriam betraf – wenn ich recht hätte und sie tatsächlich in der Hütte festgehalten würde, so vermochte er nicht einzusehen, wie ich ihr da oben an dem See ganz allein irgendwie nutzen könnte. »Es wäre besser für Sie, wenn Sie auch ein bißchen schlafen würden, und dann könnten Sie zusehen, ob Ihnen nicht irgend etwas einfällt, was diese Leute davon abhält, sich einen ganzen Wald anzueignen, der ihnen nicht gehört und nie gehören wird.«

Ich ließ ihn schließlich allein zurück, weil ich wußte, daß ich keine Zeit verlieren durfte, wenn ich den See vor den beiden Südamerikanern erreichen wollte. »Na schön«, sagte er. »Aber sehen Sie sich vor, Alter. Wolchak und das Gesindel, das ihn hergeschickt hat, spielen nicht um Spielgeld. Die bringen Sie um, ohne auch nur eine Sekunde zu überlegen . . .« Das waren seine letzten Worte zu mir, bevor ich mich umdrehte und im Dauerlauf durch den Wald zurücklief. Ich drehte mich noch einmal um, konnte ihn aber nicht mehr ausmachen. Die Bäume standen wieder dichter, und die großen Stämme bildeten eine geschlossene Wand hinter mir, ohne auch nur einen Blick auf die Lichtung freizugeben.

Die Motorsägen waren wieder verstummt. Es war ganz still, als ich zurückging und nach dem Weg suchte. Es war mir nur zu deutlich bewußt, daß ich jetzt ganz allein war. Da war niemand mehr, der den Weg wußte, niemand, mit dem ich ein Wort hätte sprechen können. Der Hochwald schien mir mit einem Mal feindlich gesonnen. Seine Wurzeln ließen mich stolpern, seine Stämme bedrängten mich von allen Seiten, und alles war sehr düster.

Ich fand den Weg, und als ich auf ihm bergauf ging, kam das Rauschen des Wildbachs immer näher. Es regnete jetzt. Ich hörte es in den Bäumen, aber unter dem Dach aus Nadeln erreichte mich kein Tropfen. Dann setzten die Sägen leise und weit hinter mir wieder ein, und mir wurde klar, daß Camargo und Lopez jetzt nicht mehr mit den Holzfällern sprachen, sondern auf dem gleichen Weg wie ich hinter mir her kamen.

In meiner Eile, den See vor ihnen zu erreichen, bemerkte ich kaum, daß es immer dunkler wurde. Es ging ständig bergauf, und mein Atem ging schwer. Ich trug kein Gepäck, aber trotzdem war ich erschöpft, als die Stämme langsam wieder dünner wurden und ich durch ihre Gipfel manchmal das Tageslicht schimmern sah. Der Regen hatte nachgelassen, und es nieselte nur noch leicht. Zwischen den Bäumen wehten Fetzen von Wolken. Dann hatte ich den schon vor längerer Zeit abgeholzten Hang erreicht. Der Weg stieg steiler an, und ich keuchte schwer. Vor mir sah ich nichts als den dichten weißen Nebel, und ich ging durch ein fahles Niemandsland, in dem jeder Busch mit kleinen Wassertröpfchen bedeckt war. Ich drehte mich um, aber der Hochwald war vom Nebel verschlungen und unsichtbar.

Erst dann kam mir die Einsamkeit voll zu Bewußtsein. Meine Schritte wurden immer langsamer, bis ich mich nur noch träge weiterschleppte. Mein Schreibtisch in meiner Anwaltskanzlei und ein bißchen Segeln am Wochenende hatten mich für einen Gewaltmarsch in den Rockies nicht vorbereitet, und außerdem kam es mir so vor, als hätte ich seit Wochen nicht mehr geschlafen. Dann und wann blieb ich stehen, um Luft zu schnappen, und dann sah und lauschte ich angestrengt in den grauen Nebel hinter mir. Ich sah überall Schatten, und jedes Rascheln des Windes in den Birkenblättern ließ mir das Herz bis zum Hals schlagen. Von den Sägen war jetzt nichts mehr zu hören; nur das Rauschen der Wasserfälle über mir wurde allmählich lauter.

Es war nach meiner Uhr zwölf, als ich wieder die Haarnadelkurve erreichte und auf der Felsnase stand, von der aus wir heute morgen auf das Lager, die Bucht und über das grüne Meer aus Bäumen hatten schauen können. Jetzt war von alldem nichts mehr zu sehen. Dann hörte ich plötzlich eine Stimme.

Sie kam von dem Weg unter mir und rief leise jemandem etwas zu. Sie war in dem Rauschen des Wassers kaum zu hören. Dann kam noch leiser eine Antwort, und dann wurde es wieder still.

Ich ging mit schnellerem Tempo weiter den steilen Kamm hinauf. Die Angst trieb mich weiter und gab mir Kraft. Meine Schuhe versanken in dem schlammigen Boden, und ich zwängte mich durch das nachgewachsene Gestrüpp, das mir bei unserem Weg bergab lange nicht so dicht vorgekommen war. Vom Gürtel an abwärts war ich naß bis auf die Haut und unter meinem Anorak naßgeschwitzt. Nichts zeigte mir, wie weit es noch bis oben war. Alles war in Wolken gehüllt, aber sie waren nun weiß und schimmerten leicht, als sei ich dabei, durch sie hindurch zur Sonne emporzusteigen.

Der Weg, oder vielmehr das, was noch davon übrig war, endete abrupt. Ich kehrte um, suchte nach Fußspuren und fand nach ungefähr fünfzig Yards ein Stück weiche Erde. Von hier aus kämpfte ich mich durch, bis ich ebenes Gelände erreichte, das zu dem unsichtbaren Ufer des Sees hin leicht abfiel. Ich fand das Kanu und verschwendete kostbare Sekunden mit dem Versuch, es aufzurichten. Als wir zu zweit gewesen waren, war mir das so leicht vorgekommen. Dann fiel mir das Boot auf dem schrägen Felsrand wieder ein, wo wir an Land gegangen waren. Ich nahm die Paddel und den Rucksack mit unseren Nahrungsmitteln an mich, und als ich zwischen den Bäumen zum Ufer hinunterstolperte, hörte ich auf dem Weg weiter unten Stimmen.

Als ich das Boot erreichte, sah ich, daß es kein reines Schlauchboot, sondern mit Aluminium verstärkt war. Ich brauchte nur einen Moment, um die Sachen hineinzuwerfen und es den Hang hinunter ins Wasser zu schieben. Dann sprang ich hinein. Weißer Wolkendunst hing zwischen den Bäumen, von den Ästen tropfte es herunter, und bald war das Seeufer im Nichts verschwunden. Ich ruderte lautlos weiter, bis auch der Felsvorsprung nicht mehr zu sehen war, und hielt inne. Das Rauschen des Wassers wurde vom Knacken zerbrechender Zweige übertönt. Ich hörte Stimmen, ein lautes Klatschen, dann einen Fluch. Offensichtlich suchten sie das Seeufer ab.

Ich fragte mich, was sie anstellten, und vor allem, was ich allein im dichten Nebel tun sollte. Ich dachte an die Hütte und überlegte vage, was passieren würde, wenn ich sie erreichte. Ich zermarterte mein müdes Gehirn mit dem Problem, wie ich herausfinden konnte, ob Miriam wirklich dort festgehalten wurde.

Ich hörte einen Ausruf, und dann die harte Stimme von Lopez: ein Strom kaum hörbarer Worte. Er hatte das Kanu gefunden.

Jetzt ruderte ich los.

5

Fischzug am Spider

Am Ufer erkannte ich den dunklen Kies des kleinen Strandes. Eine zerfaserte Schleppleine führte zu dem matt glänzenden Boot, das über Büsche und Wurzeln am Ufer hochgezogen worden war. Als ich mich umdrehte, sah ich die Hütte. Sie war überraschend groß und ragte in den Nebel über den kleinen Felsenhügel empor wie ein schemenhaftes Schlößchen. Die Hunde rührten sich nicht, und die Tür war geschlossen. Ich paddelte leise und vorsichtig zurück, und das Blockhaus war plötzlich wieder vom Nebel verschluckt, als sei es niemals dagewesen.

Ich ruderte behutsam an einigen Felsen vorbei und suchte eine Stelle, wo ich das Boot halbwegs verstecken konnte. Schließlich ließ ich es mit dem Kiel im Wasser liegen und schlich vorsichtig zwischen den Bäumen durch, bis ich die Hütte wieder sehen konnte. In den Baumkronen hing schwer die Feuchtigkeit, kein Lüftchen rührte sich, und bis auf das allgegenwärtige Rauschen des Wassers war es völlig still.

Ich weiß nicht, wie lange ich mit verkrampften Beinmuskeln und den naß an meiner Haut klebenden Hosen dahockte und lauerte. Die Minuten vergingen; ich hörte das leise Rasseln einer Kette, und einmal glaubte ich den Klang von Stimmen zu hören. Es rührte sich jedoch nichts, und man hätte meinen können, allein auf der Welt zu sein. Das Boot war so nahe, daß ich es mit ausgestreckter Hand hätte berühren können. Es war ein Aluminiumboot mit einem flachen, gerippten Boden und einem breiten Bug. Ein Weißkopfadler stieß herab und holte sich einen Fisch.

Ich begann zu zittern. Ewig konnte ich hier nicht bleiben. Wenn Camargo und Lopez zu der Hütte wollten, hatten sie bestimmt inzwischen das Kanu zu Wasser gebracht, und wenn sie Zweige oder auch ihre Hände als Paddel benutzten, konnte es nicht mehr lange dauern, bis sie hier waren. Noch immer heftig zitternd, erhob ich mich und ging vorsichtig weiter. Die Hütte hatte an beiden Seiten neben der Tür Fenster, was sie aussehen ließ wie ein braunes Indianergesicht, das auf den See hinausstarrte. In dem Glas der beiden Augen spiegelte sich hell das Wasser des Sees. Auch an der Seite war ein Fenster, aber es sah so aus, als sei es mit Brettern vernagelt. Wenn es mir gelang, durch eines der beiden vorderen Fenster in die Hütte zu sehen, ohne dabei die Hunde zu wecken . . .

Plötzlich war ganz deutlich das Klirren der Ketten zu hören, als hätten die Hunde meinen Plan gespürt. Ich erstarrte, als einer von ihnen kurz aufbellte. Im gleichen Augenblick ging die Tür der Hütte auf, und ein großer, hagerer Mann mit einem länglichen, vernarbten Gesicht und großen, abstehenden Ohren kam heraus. Ich war bestimmt nicht weiter als zwanzig Meter von ihm entfernt, als er stehenblieb und auf englisch sagte: »Noch nichts von ihnen zu sehen. Haben sich sicher verlaufen.« Er sprach mit dem Mann, den ich zum letzten Mal auf der hölzernen Straße in Ocean Falls gesehen hatte, als er in den frühen Morgenstunden Tarasconi verfolgt hatte.

Die Hunde bellten, als Rodrigo auf den Weg zur Portage zuging. »Ich werde von zwei Leuten erwartet. Kanadische Weiße.« Er räusperte sich und spuckte zu den Hunden hinüber. »Denk dran. Sag deinem Boß, ich brauche doppelt soviel, und zwar regelmäßig. Der Markt da unten wächst schnell. Okay?« Er warf einen Blick zu den Hunden und spuckte noch einmal. »Schutz hast du ja wohl genug, was?«

»Ich denke schon«, gab der andere zurück, und dann gingen sie weiter, und ich konnte sie nicht mehr hören. Bald waren sie im Nebel verschwunden.

Ich sah wieder zu der Hütte, die mich mit ihrer offenen Tür anzulocken schien. Ich rannte sofort los. Ich brauchte nicht lange zu überlegen; es war wie ein Reflex, und meine Beine bewegten sich von selbst. Als ich die Tür erreichte, begannen die Hunde zu bellen. Innen fand ich einen Tisch mit Stühlen, eine Art Schrank mit Geschirr, einen Ölofen, ein zweistöckiges Etagenbett an der hinteren Wand, ein tragbares Funkgerät mit ausgefahrener Antenne an einem Nagel in der Wand, darunter ein Gewehr, auf dem Schrank eine Gaslaterne, Schlüssel und eine große Taschenlampe. Von dem Hauptraum führten zwei Türen weg, die beide mit frisch gesägten Balken in grob gezimmerten Halterungen verbarrikadiert waren.

»Miriam!«

Ich bekam keine Antwort, und bis auf diese verdammten Hunde, die jetzt wie rasend bellten und an ihren Ketten zerrten, rührte sich nichts.

»Miriam!« rief ich noch einmal, und eine Männerstimme antwortete mir. Sie kam hinter der linken Tür hervor. Ich ging darauf zu und wollte den Balken herunternehmen, aber da hörte ich vom See her jemanden rufen. Ich blieb stehen und drehte mich zu der offenen Tür um. Ein Mann kam auf die Hütte zugerannt.

Ich warf hastig die Tür zu und schloß sie mit dem großen Schlüssel, der im Schloß steckte, gerade noch rechtzeitig ab. Sekunden später trommelten Fäuste gegen die Holzbretter, und von draußen rief eine Stimme, ich solle sofort aufmachen und hier keine albernen Spielchen treiben. Er hielt mich offensichtlich für Camargo oder Lopez. »Mach keinen Scheiß! Der Eigentümer des Hochwalds ist da drin, und er ist zu bis über die Ohren. Laß ihn bloß nicht raus.«

Die Hunde hatten aufgehört zu bellen, aber sie knurrten und zerrten an ihren Ketten. Plötzlich erschien das Gesicht des Mannes in einem der Fenster, und wir starrten uns an. Da hatte ich mich bereits umgedreht und mühte mich mit den Balken vor den Türen ab. Von innen rief jemand etwas, das wie »Erschieß den Bastard!« klang. Darauf folgte eine Reihe von unflätigen Flüchen. Die Balken waren von der Nässe aufgequollen. Ich holte mir einen Stuhl und schlug sie nach oben, und im gleichen Augenblick sauste ein Stein durch eines der Fenster.

Die Tür zum Nebenraum flog auf. Tom stand mit rotem Gesicht, wildem Blick und zuckendem Mund da. »Wo ist dieser Drecks-Mexikaner? Wo ist Rodrigo?« Er sah sich mit irren Augen um, und sein Blick fiel auf das Gewehr, das an den Schrank gelehnt stand. Er stürzte sich darauf, doch im selben Augenblick wurde das Fenster mit einem Knüppel eingeschlagen. Der Mann, der ihn in der Hand hielt, brüllte, wir sollten die Tür aufmachen.

Das Zimmer, aus dem Tom gekommen war, war klein, nicht mehr als zweieinhalb Meter tief, und an seinem hinteren Ende lag ein Mann auf einem Bett. An der Wand gegenüber stand ein Eimer, und aus dem Zimmer drang Gestank nach altem Schweiß und Exkrementen. Die Decken waren blutverschmiert, und das Gesicht des Mannes war zerschlagen und verschwollen. Es sah aus, als sei er schwer verprügelt worden.

Hinter mir hörte ich das Klicken eines Gewehrverschlusses. Ich drehte mich um, und im gleichen Augenblick krachte ein Schuß. Tom stand mit dem Gewehr an der Schulter in dem eingeschlagenen

Fenster; aus dem Lauf stieg eine Rauchfahne auf, und vor der Hütte begann der Mann, auf den er geschossen hatte, zu schreien.

Es war Wahnsinn, was er da gemacht hatte. Wenn er den Mann erschossen hatte, würde er sich wegen Mordes verantworten müssen. Weiß Gott, welche Konsequenzen das für ihn und Miriam haben konnte. Sein Name würde in England und Kanada in allen Zeitungen stehen, und ich war Zeuge seiner Tat. Ich konnte mir den Gesichtsausdruck des Staatsanwalts vorstellen. Ich weiß nicht mehr, was ich ihm sagte, aber als ich ihn packte, um ihn zurückzuhalten und auf die Folgen seiner Tat aufmerksam zu machen, fuhr er zu mir herum und schrie mich mit wutverzerrtem Gesicht an: »Was sagen Sie da, Mord? Sind Sie denn total verrückt? Der Kerl da draußen, das ist der Mörder!« Als ich ihn verständnislos anstarrte, sagte er: »Gehen Sie nur und sehen Sie es sich selbst an! Da drinnen auf dem Bett.«

»Wer ist das?« fragte ich.

»Olsen. Thor Olsen, mein Forstverwalter. Und er ist tot – tot! Verstehen Sie?« Er lehnte sich vor und schrie mir die Worte aus nächster Nähe ins Gesicht. »Tot!« schrie er noch einmal. »Totgeschlagen, um Miriam dazu zu zwingen, A-aleksis hier zu sagen –« er nickte zu dem Mann hinunter, der sich vor Schmerzen stöhnend auf dem Boden wälzte – »ihm etwas zu sagen, was sie nicht wußte. Ich hätte ihn umbringen sollen.« Er berührte mich nun fast mit seinem Gesicht; seine Augen leuchteten seltsam, und seine Stimme zitterte vor Erregung. »Ich hätte ihn umbringen sollen – erschießen wie einen tollen Hund. Ich habe ihm nur ein Knie zerschossen, mehr nicht. Kommen Sie mir also nicht mit Mord.«

Eine Stimme rief, und er fuhr herum. Es war eine gedämpfte Frauenstimme, der deutlich eine gewisse Hysterie anzumerken war. Sie rief seinen Namen, und er stürzte sich auf die Tür am anderen Ende der Hütte. Er versuchte, den Holzbalken hochzudrücken, mit dem sie verriegelt war, dann schlug er ihn mit dem Kolben des Gewehrs nach oben. Die Tür ging auf, und sie sank ihm halb lachend, halb schluchzend in die Arme. Ihre Haare waren durcheinander, sie trug kein Make-up, und ihre Kleider waren mit Blut und Dreck verschmiert und vom langen Tragen zerknittert. Sie küßten sich nicht und sagten kein Wort zueinander, sondern klammerten sich nur wie zwei verlorene Kinder aneinander. Dann sah sie über seine Schulter, bemerkte mich und lächelte. »Philip. Du hast uns befreit, nicht?«

Ich sagte nichts, und sie schob ihn von sich weg – aber behutsam, fast widerwillig. »Tom, du hast wieder von diesem Zeug genommen. Du stehst unter Strom.«

»Natürlich stehe ich unter Strom. Mir geht es ausgezeichnet.« Er stieß ein wildes Gelächter aus. »Ohne Kokain hätte ich nie den Mut gehabt, mit diesem dreckigen kleinen Mexikaner hierherzukommen, um nach dir zu suchen. Ich bin natürlich g-genau in die saubere kleine Falle hineingetappt, die sie mir gestellt haben.«

Sie kam zu mir und streckte ihre Hand aus. »Ich danke dir, Philip.« Als ich ihr die Hand gab, lehnte sie sich vor und küßte mich leicht auf den Mund. »Ich bin total verdreckt«, sagte sie. »Ich gehe runter zum See und wasche mich.« Dann aber zögerte sie und starrte auf den Mann, der ihr Gefängniswärter gewesen war und sich noch immer stöhnend auf dem Boden herumwälzte. Er war inzwischen kaum noch bei Bewußtsein.

»Hat er Olsen getötet?« fragte ich.

»In gewisser Beziehung ja.« Sie war zu dem Etagenbett zurückgegangen, um sich ein Stück Seife und ein Handtuch zu holen. »Thor war nicht mehr der Jüngste«, sagte sie und drehte sich wieder zu mir um. »Er war über sechzig, hat er mir erzählt, und er hatte ein schweres Leben hinter sich. Ich glaube, es war ein Herzanfall. Er war gefesselt, und dieser Sadist da hat mit einer Holzrute auf ihn eingeschlagen. Thor ist auf einmal zusammengebrochen und war tot – einfach so. Kein Lebenszeichen mehr. Ich habe es mit Mund-zu-Mund-Beatmung versucht, aber das hat auch nichts mehr genützt. Er war tot.«

Sie ging an dem Mann auf dem Boden vorbei hinunter zum See. Dort zog sie sich mit kurzen, energischen Bewegungen die Kleider aus und begann, sich zu waschen. Das war nur allzu verständlich, denn sie war seit mehreren Wochen in dem kleinen Zimmer gefangengehalten worden. Ich konnte meinen Blick nicht von der Szene losreißen. Es war wie eines der großen Gemälde, die ich in Magazinen und Büchern gesehen hatte – *Nackte Badende in einem See.* Sie sah wunderbar aus.

»Wollen Sie meine Frau den ganzen Tag lang anglotzen?«

Ich drehte mich um, und da stand Tom und lachte mich aus. Erst dann fiel es mir wieder ein – Camargo und Lopez! Ich hatte plötzlich eine Vision, wie das Kanu aus dem grauen Nebelschleier auftauchte und einer von ihnen ein Gewehr an die Schulter hob. *Schwanensee*, und Miriam in der Rolle der Odette, wie sie hinfiel und nackt in dem ruhigen, stillen Wasser eines Sees tief in den Rockies starb. Ich rief ihr zu, sie solle zurückkommen.

Sie kam mit nackten Brüsten und dem Handtuch um die Hüften wieder in die Hütte. Das kalte Wasser hatte ihre Haut zum Glühen gebracht.

Ich begann, Tom zu erzählen, daß sein Sohn und ich uns unten getrennt hätten. Brian sei dageblieben, während ich so schnell wie möglich zum See zurückgekehrt sei, um vor den beiden Südamerikanern anzukommen.

»Sie könnten also jeden Augenblick hiersein.«

Ich nickte.

»Außerdem sind sie bewaffnet.« Er war bereits damit beschäftigt, in der Hütte Kleider, Essen und eine Taschenlampe zusammenzusuchen. »Wir müssen auf dem See sein, bevor sie hier ankommen. Haben Sie alles, was Sie brauchen? Miriam! Bring deine Decken mit. Wir müssen heute nacht vielleicht im Freien schlafen. Je nachdem, wann der Schlepper kommt.« Er nahm das Walkie-Talkie von der Wand und gab es mir. »Hängen Sie sich das über die Schulter. Jetzt aber los! Wir nehmen das Boot, das zu der Hütte gehört, und Ihres schleppen wir mit. Dann hängen sie hier fest, bis dieser verlogene mexikanische Pusher zurückkommt, um sich wieder Kokain abzuholen.« So hatte ich ihn noch nie erlebt, so selbstsicher, so befehlsgewohnt. Nicht einmal bei sich zu Hause in Bull's Wood House war er so gewesen. Bei der Erwähnung Rodrigos fiel mir ein, daß der Mann den Schuß vielleicht gehört hatte und nun irgendwo im Nebel auf uns lauerte. Aber Tom winkte ab.

»Unmöglich. Das Wasser, das in den unteren See läuft, rauscht viel zu laut. Alles fertig?«

Ich nickte, und er rief noch einmal nach Miriam. Sie kam angezogen aus dem Zimmer und hatte ein Bündel Decken unterm Arm. »Das sind genug für uns beide«, sagte sie ihm.

»Gut.« Er ging hinaus, und ich folgte ihm.

Miriam zögerte noch. »Was ist mit Thor? Wir sollten ihn begraben.«

»Dazu ist keine Zeit.« Er stand über dem Mann, dessen Knie nur noch eine blutige Masse mit weißen Knochensplittern war, die aus seiner Hose herausragten. Seine dunklen Augen waren blutunterlaufen vor Schmerz, und sein Atem ging schnell und flach. »Ich sollte dir beide Kniescheiben kaputtschießen«, sagte Tom. Ich sah, wie der Mann zusammenzuckte, die Augen halb schloß und mit zusammengebissenen Zähnen voller Angst auf die Kugel und die Qualen wartete, die sie bringen würde. Dann wurde er ohnmächtig.

Wir machten die Tür der Hütte zu, schlossen sie ab und nahmen den Schlüssel mit. »Wenn sie ankommen, werden sie alle Hände voll damit zu tun haben, den Typ hier zu verbinden und ihn hinunter ins Lager zu schaffen.« Tom ging mit schnellen Schritten über den kleinen Strand zum Aluminiumboot. Wir verstauten unsere Sachen darin, schleiften es ins Wasser, und Tom kümmerte sich um den Außenbordmotor. Währenddessen trugen Miriam und ich das Schlauchboot zum See und machten es an dem Aluminiumboot fest.

Dann zog Tom die Anlasserschnur, und als wir einstiegen, sprang der Motor an. Ich glaubte, aus dem Nebel jemanden rufen zu hören. Miriam, die sich an den breiten Bug des Boots gesetzt hatte, hatte es auch gehört. Dann aber stieß ich das Boot mit dem Ruder vom Ufer ab, die Schraube wühlte das Wasser auf, und wir waren unterwegs.

Als wir Fahrt gewannen und die Hütte und die Bäume am Ufer bereits im Nebel verschwanden, bemerkte Tom etwas. Als ich mich umdrehte, sah ich den Bug des Kanus geisterhaft aus dem Nebel auftauchen.

Tom stand halb auf, seine Augen weiteten sich, und sein Mund ging auf. Der Außenbordmotor röhrte auf, das Boot schwang in einer engen Kurve herum, und plötzlich fing Tom an, aus vollem Hals zu singen. Ich weiß nicht mehr, was er da herausbrüllte, irgendein Marschlied vielleicht, während unser Boot direkt auf das Kanu zusteuerte, das nun breitseits zu uns im Wasser lag. Die beiden Männer darin knieten und starrten uns an.

Lopez reagierte als erster. Er lehnte sich vor und griff nach seinem Gewehr.

»Sind Sie wahnsinnig?« schrie ich, denn Miriam saß am Bug und war in größerer Gefahr als wir beide.

Tom gröhlte unbeirrt weiter.

Nun hatte auch Camargo ein Gewehr in der Hand. Sie fingen beide an zu zielen, und das Kanu war nun so nahe, daß ich die kleinen Wassertröpfchen in ihren Bärten, die aufgerissene Naht an einem Anorak und vor allem ihre angsterfüllten Gesichter sehen konnte, die uns mit großen Augen anstarrten. Wir prallten auf das Kanu, und im gleichen Augenblick gingen die beiden Gewehre los. Der breite Bug und der flache Boden unseres Aluminiumboots schoben sich über das Kanu und drückten es ins Wasser. Die beiden Männer warfen die Hände in die Luft und fielen, ihre Gewehre krachten ein letztes Mal, und Holz splitterte. Tom hatte seinen Gesang keine Sekunde unterbrochen.

Er lehnte sich halb aus dem Boot und riß Camargo das Gewehr aus der Hand, und dann war das Kanu auch schon versunken. »Hoffentlich könnt ihr schwimmen, ihr Schweine«, rief er, hob den Außenbordmotor kurz über die Trümmer und gab wieder Gas. Das Schlauchboot hinter uns fuhr durch die Überreste des Kanus und an den beiden Köpfen im Wasser vorbei, die uns mit weit aufgerissenen Augen nachstarrten.

Ich glaube, ich muß wohl so etwas wie »Sie können sie doch nicht einfach ertrinken lassen!« gesagt haben, denn er unterbrach seinen Gesang und rief: »So? Warum denn nicht? Wissen Sie denn nicht, warum sie hier zu der Hütte gekommen sind? Ich habe nämlich in dem Ding da alles gehört.« Er deutete auf das Walkie-Talkie. »Sie wollten sich Miriam vornehmen und alles tun, um mich dazu zu bringen, ihren Wisch zu unterschreiben. Mir wäre gar nichts anderes übriggeblieben. Ich hätte ihnen den Hochwald überschrieben, um Miriam zu retten . . . Und da wollen Sie noch, daß ich die Schweine aus dem Wasser fische?« Er stieß ein wildes Gelächter aus. Die beiden Köpfe mit den offenen Mündern verschwanden im Nebel, und ihre Hilferufe waren nicht mehr zu hören.

Er hatte wieder angefangen zu singen, aber nun stockte er abrupt, setzte sich hin und nahm das Gas weg. Er starrte ausdruckslos ins Leere und sagte: »Es ist mir gleich, wenn sie ertrinken. Ich hätte sie schon oben bei der Mine umbringen sollen. Ach ja, Wolchak. Was ist mit Josef Wolchak?« Er richtete seinen Blick auf mich. »Er ist da unten im Lager, nicht wahr? Und Mandola. Was ist mit Mandola und den anderen?«

»Welche anderen?« fragte ich.

»Weiß ich auch nicht.»« Er zuckte die Achseln. »All die anderen, die Leute hinter den Pushern, die großen Bosse, die das Geld verdienen. Wer ist unten im Lager?«

»Wolchak war der einzige, den ich gesehen habe, außer den Holzfällern und den Fahrern natürlich.«

»Und Brian ist da unten?«

»Ja.«

»Sie fällen also noch? Haben sie einen Leichter da?«

»Einen Prahm«, sagte ich.

»Mein Gott, Prahm, Leichter – was soll's? Aleksis hat davon gesprochen, daß er bis morgen früh beladen sein muß. Er hat mit jemandem über Funk gesprochen. Wolchak brauchte bis spätestens morgen mittag um zwölf meine Unterschrift. Für diese Zeit erwarten sie nämlich den Schlepper.«

Die wilde Überschwenglichkeit hatte ihn verlassen, und seine Augen sahen fast tot aus. Es war, als habe er mit der Zerstörung des Kanus etwas von seiner Wut und seinem Haß abreagiert. Er starrte zum Seeufer hinüber, wo die Bäume geisterhaft im Nebel standen, aber seine Augen waren leer und seine Gedanken nach innen gerichtet. Ich sagte nichts und dachte an Camargo und Lopez, die ich zuletzt als zwei körperlose Köpfe im Wasser hinter dem Schlauchboot gesehen hatte, bevor sie im Nebel verschwanden. Ich fragte mich, ob sie es wohl bis zum Ufer schaffen würden, oder ob Kälte und Muskelkrämpfe sie vorher ertrinken lassen würden.

Selbst jetzt war ich mir noch nicht ganz klar darüber, wie gewalttätig diese Welt war, in die ich hineingezogen worden war. Allein Miriam wußte das, aber sie hockte verängstigt und totenblaß vorne am Bug und sagte nichts. »Fehlt dir etwas?« fragte ich sie, und sie schüttelte ohne die Spur eines Lächelns und völlig ausdruckslos den Kopf, ohne den Blick von Tom zu nehmen.

»Wo sind die beiden denn hergekommen? Am Ende des Sees führt ein Weg nach unten, wie?« Er mußte schreien, um das Motorengeräusch zu übertönen.

»Fahren Sie nur am Ufer entlang«, sagte ich. »Da kommt eine kleine Bucht, ich zeige sie Ihnen dann. Von da aus ist es nicht weit bis zu der alten Holztransportpiste.«

»Waren Sie schon einmal unten?«

»Das habe ich Ihnen doch erzählt.«

Er nickte, aber ich konnte sehen, daß er davon nichts aufgenommen hatte. Also erzählte ich ihm noch einmal, wie wir zum Hochwald hinuntergegangen waren und zugesehen hatten, wie die riesigen Bäume gefällt worden waren, und daß ich dann, als Wolchak Camargo und Lopez zur Piste bringen wollte, ohne Brian eilig wieder hochgekommen war, um vor den zwei Südamerikanern anzukommen und das Boot an mich zu bringen, und daß ich gerade in dem Augenblick angekommen war, als Rodrigo die Hütte verließ. »Ich nehme an, er hat Ihnen erzählt, er würde sie zu Miriam bringen, oder?«

Er lächelte kurz, aber eigentlich war es eher eine Grimasse.

»Ich habe ihm natürlich nicht getraut, aber ich war einfach verzweifelt. Ich wollte ihm glauben, und als ich dann Miriam sah . . . Ich hatte völlig vergessen, daß sie sich über Funk verständigen konnten. Die ganze Sache war sauber eingefädelt. Miriam war an die Tür gefesselt, und dann habe ich auch schon nichts mehr gesehen, weil mir der Typ mit den Henkelohren von hinten eins übergezogen hat.« Er tastete mit der Hand über seinen Hinterkopf. »Ich habe jetzt noch eine Beule. Dann haben sie mich in das Zimmer zu der Leiche des alten Thor geschmissen . . . Vielleicht werde ich Rodrigo eines Tages ins Gesicht sehen und wissen, daß er die Hälfte seines restlichen Lebens hinter Gittern verbringen wird. Vielleicht hätte ich ihn . . .«

Hier unterbrach ich ihn, denn wir näherten uns dem Ende des Sees. Ein Windstoß teilte den Nebel, und Bäume erschienen in der Lücke. Tom drosselte die Geschwindigkeit, als ich ihm sagte, er solle zum Ufer hinschwenken, und dann stieß der Aluminiumboden schon an Steine und schürfte über den dunklen Kies, der bis zu den Wurzeln reichte. Miriam nahm die Bugleine, ohne daß es ihr jemand sagen mußte, und planschte mit steifen, roboterhaften Bewegungen ans Ufer. Tom hatte sich über den Außenbordmotor gebeugt und fummelte an seiner Halterung herum. Als er ihn an Land gebracht hatte, sah er mich fragend an und sagte: »Den werden wir ja wahrscheinlich nicht mehr brauchen, oder was meinen Sie?«

Ich schüttelte den Kopf, und er lächelte, trug den Motor zu der schrägen Felsplatte, wo ich mit Brian im Kanu gelandet war, und warf ihn ins Wasser. Er blieb noch einen Augenblick dort stehen und sah zu, wie der Motor versank, als hätte er mit dieser Handlung die letzte Brücke hinter sich abgerissen. Seine Stimmung übertrug sich auch auf mich: Als wir unsere Sachen zusammensuchten, hatte ich das Gefühl, daß es eine Rückkehr nicht geben würde, was immer uns in der Zukunft auch erwarten mochte.

Es war inzwischen fast drei Uhr nachmittags. Wir machten uns auf den Weg, und als wir die Piste erreichten, sah ich meine eigenen Fußspuren. Der Wind trieb hie und da den Nebel auseinander, so daß sich das Licht ständig änderte. Seltsame schemenhafte Formen bildeten sich, irgendwo raschelten Blätter – oder war es das entfernte Plätschern von Wasser? Ich spürte in allen Gliedmaßen eine bleierne Müdigkeit, und mein Gehirn war von dem Mangel an Schlaf und der ungewohnten körperlichen Anstrengung wie betäubt. Ich glaube, wir standen alle drei ziemlich kurz vor der Grenze unserer Belastbarkeit, besonders aber Miriam. Sie sagte kein Wort. Selbst wenn man ihr eine direkte Frage stellte, machte sie sich kaum die Mühe zu antworten. Ihr Gesicht war völlig ausdruckslos, und sie bewegte sich wie eine Schlafwandlerin.

Wir erreichten das Ende des Kamms, und bevor wir der Haarnadelkurve folgten, blieben wir einen Moment stehen und sahen durch eine Lücke in den Wolken, die sich an den Ufern der Bucht ballten, auf das Lager herunter. Der Lastkahn am Kai lag nun tiefer im Wasser; die Stämme waren zu zwei großen Bündeln zusammengezurrt und zeigten mit ihrem Fuß zum Ende des Schiffs, während die dünneren Spitzen wie die Finger einer riesigen Hand zusammengebunden waren. Am Kai lagen noch mindestens ein Dutzend Stämme aufgestapelt, und der Kran hob ständig weitere gefällte Stämme von der großen Raupe herunter. Ein Stamm war noch in den Felsenwinkel an der Klippe eingespannt, und mit dem Bohrgestänge wurde ein Loch in seinen Fuß gebohrt. »Ihr Sohn meint, sie wären dabei, ein Geviert für die Stämme zu bauen«, sagte ich. »Das würde bedeuten, daß sie vorhaben, den gesamten Hochwald abzuholzen.«

»Könnte sein.« Tom nickte langsam. Dann aber fuhr er plötzlich zu mir herum und sagte, die Stimme voll nervöser Spannung: »Und was zum Teufel erwartet er jetzt von mir? Was soll ich dagegen unternehmen? Was können wir schon machen?«

»Wir könnten wahrscheinlich eine einstweilige Verfügung

erwirken«, sagte ich ohne sonderliche Begeisterung. Ich überlegte mir schon jetzt, was es für einen Papierkrieg mit sich bringen würde, von einem kanadischen Gerichtshof eine solche Maßnahme gegen eine amerikanische Firma zu erwirken.

»Eine einstweilige Verfügung! Etwas Besseres fällt euch Anwälten wohl nicht ein? Ihr denkt doch nur an euer Honorar und meint, mit einem Fetzen Papier ist es getan. Irgend so ein armer Büttel kommt dann von Vancouver her und übernimmt die Sache, wie? Haben Sie denn überhaupt eine Ahnung, mit was für Leuten wir es hier zu tun haben? Haben Sie darüber schon mal nachgedacht?«

Ich glaube, ich wußte damals einfach nicht, wovon er sprach, aber mit seinem Einwand gegen eine einstweilige Verfügung hatte er nicht unrecht. Es würde sich dabei um einen rein zivilrechtlichen Vorgang handeln, und dies wiederum bedeutete, daß die Polizei mit der Sache vorerst nichts zu tun hatte. Behörden arbeiteten hier bestimmt auch nicht schneller als anderswo, und bis der Dienstweg durchlaufen war, war der ganze Hochwald wahrscheinlich längst abgeholzt und abtransportiert. In diesem Fall konnten wir nur noch darauf hoffen, eine adäquate finanzielle Entschädigung für das Holz zu bekommen, und davon würden die Bäume auch nicht wieder lebendig.

Für einen Moment lichteten sich die Nebelschwaden, und wir konnten die gesamte schmale Bucht überblicken. Große Wolkenbänke hingen schwer darüber, die Berge an den Ufern waren nicht zu sehen, und alles wirkte düster und sehr naß. Tom hatte sich abgewandt und starrte auf das Lager hinab, wo Waldarbeiter mit dem Bohrgestänge beschäftigt waren, während zwei von ihnen den Stamm festmachten, der gerade heruntergelassen worden war.

»Was meinen Sie, was sie da machen?« fragte ich ihn.

Er zuckte die Achseln. »Brian hat wahrscheinlich recht mit seiner Theorie. Sie müssen die Stämme im Wasser lagern, wenn sie den Wald schnell abholzen wollen. Am Kai ist nicht genug Platz, und die schlechteren Stämme werden wahrscheinlich sowieso als Flöße abtransportiert.« Er sprach sehr langsam, als könne er sich durch die bedächtige Formulierung selbst davon überzeugen, daß Brian die richtige Erklärung gefunden hatte. »Warum sollten sie sonst in einzelne Stämme Löcher bohren?«

Er starrte mich an und ließ seine Schultern herabsinken. Er

machte einen zutiefst müden Eindruck, und das fand ich beunruhigend. Mir fiel wieder der Abend in dem Restaurant in der Nähe von Lewes ein – es kam mir jetzt so vor, als sei das in einer anderen Welt gewesen. Damals hatte mir Miriam erzählt, daß er zuweilen vor Energie übersprudele – »die Sterne im Schoß«, ich wußte es noch genau – und im nächsten Augenblick ein Nervenbündel und von lähmender Unsicherheit sei.

»Irgendwie wird sich das schon regeln.« Ich sah, daß Miriam ihn stirnrunzelnd und mit einem mitleidigen Ausdruck in den Augen musterte.

Er sah zu ihr auf. Sie standen einen Moment lang da und blickten sich an, und ich spürte, daß die beiden eine wortlose Botschaft austauschten. Dann richtete er sich auf, fuhr sich mit einer Hand durch sein nasses Haar und zog die Schultern hoch.

»Also, gehen wir weiter, ja?« Er warf noch einen letzten Blick auf das Lager unter uns, und dann ging er mit schnellen Schritten um die Haarnadelkurve. Ich mußte mich beeilen, um ihn einzuholen. »Was haben Sie denn vor, wenn Sie da unten sind?« fragte ich ihn.

»Ich will herausbekommen, was Brian vorhat, und versuchen, sie aufzuhalten, wenn ich kann.« Er fand meine Frage offensichtlich lästig und schüttelte den Kopf. »Ach, ich weiß es nicht. Wir werden ja sehen.«

Nun hatte mich Miriam eingeholt. Sie nahm mich mit festem Griff an der Hand und hielt mich zurück. »Paß auf ihn auf«, flüsterte sie mir zu. »Bitte. Ich weiß nicht, wieviel von dem Zeug er genommen hat, aber ich kenne diese Stimmung.« Sie rutschte an einer schlammigen Stelle aus und wäre fast hingefallen. Dann murmelte sie noch etwas in sich hinein, was wie ›unberechenbar‹ klang.

»Unberechenbar?« fragte ich nach, und sie nickte. »Er könnte irgendeine Dummheit machen. Behalt ihn im Auge – ich bitte dich!«

Oben am Rand des Sees waren kurz die Wasserfälle zu sehen, die das hufeisenförmige Bassin mit ihrem sanften Rauschen erfüllten. Unter uns erstreckte sich das grüne Meer des Waldes, dessen Wipfel mit einem Silberschleier aus Wassertröpfchen überzogen waren, und dahinter glänzte die Wasserfläche der Bucht mit der tief hängenden Wolkendecke darüber. Dann senkten sich die Wolken wieder herab, und eine Weile sahen wir nichts als die Piste vor uns, die talwärts im Nebel verschwand. Eine leichte Brise wirbelte die Nebelschwaden um ihre eigene Achse wie kleine Rauchfahnen.

Wir mußten fast den oberen Rand des Hochwalds erreicht haben, als ich eine Bewegung zu sehen meinte. Auch Tom hatte etwas bemerkt, denn plötzlich blieb er regungslos stehen und starrte mit leicht vorgestrecktem Kopf angestrengt in den Nebel. Langsam nahm er das Gewehr von der Schulter und brachte es, den Daumen auf dem Sicherungshebel, in Anschlag. Von ganz weit unten hörten wir das von den Bäumen gedämpfte Geräusch einer Motorsäge.

Ich hatte noch immer das Gewehr in der Hand, das er Camargo weggerissen und dann mir gegeben hatte. Ich sah es mir an, suchte den Sicherungshebel und fragte mich, ob es überhaupt geladen war. Ich hatte in meinem ganzen Leben noch kein Gewehr abgefeuert. Tom schlich gebückt weiter, und ich ging hinter ihm her. Plötzlich rief eine Stimme etwas zu uns hoch.

Es war Brian.

Er sah seinen Vater nicht an, sondern ging direkt an ihm vorbei; er hatte nur Augen für Miriam.

»Sie haben sie also gefunden«, sagte er zu mir und lächelte strahlend. Die beiden umarmten sich, und man hätte denken können, Miriam sei wirklich seine Mutter. Ihre Reaktion, dieser plötzliche, überschwengliche Gefühlsausbruch, war wohl die Folge der Unsicherheit und Angst, die sie in der Hütte hatte durchleiden müssen.

»Ich habe dir doch gesagt, du sollst nicht zu Rodrigo gehen!« Brian hatte sich zu seinem Vater umgedreht und sah ihn mit vor Wut blitzenden Augen an. »Ich habe dich gewarnt.« Er fuhr zu mir herum. »Was ist passiert?«

Als ich es ihm berichtet hatte, wandte er sich wieder an Tom. »Herrgott noch mal, du Idiot! Sie hätten Miriam fürs Leben verkrüppeln können, und dazu hätten die Schweine noch ein Papier in der Hand, in dem du mit deiner Unterschrift ihre Verbrechen hier legalisierst! Du hast ihnen direkt in die Hände gearbeitet! Ist dir denn nicht klar, daß dieser Wald hier, den dein Vater gepflanzt hat, fast eine Million wert sein könnte?«

»Es geht doch gar nicht um die Bäume«, sagte Tom. »Das ist nur Tarnung.«

Ein Donnerschlag rollte zwischen den unsichtbaren Bergen, und ein Blitz zuckte.

Brian schüttelte den Kopf. »Ich habe dich gewarnt, aber du hast dich natürlich nicht darum gekümmert.« Der Himmel hatte sich seltsam verfärbt, und von der Bucht war nur noch ein Stück zu sehen. »Du denkst doch nur an dich und wie du genug Koks in die Finger bekommen kannst, damit du dich nicht der Realität stellen mußt. Schau, was du angerichtet hast, weil du dich mit diesem Gesindel eingelassen hast!«

»Ich s-sage dir doch, das ist nur T-tarnung.« Toms Stimme nach zu urteilen stand er kurz davor, die Kontrolle über sich selbst zu verlieren.

»Hör zu!« Brian machte unbeirrt weiter und kümmerte sich nicht um die Versuche seines Vaters, ihm etwas zu sagen. »Hörst du die Motorsägen?«

Während die beiden sich so von Angesicht zu Angesicht gegenüberstanden, rollte noch einmal der Donner durch das Tal. »Hörst du?« sagte Brian noch einmal. »Hörst du das jetzt?« Er packte seinen Vater am Arm und zerrte ihn den Weg hinunter. »Komm, ich zeige es dir. Wir gehen durch den Wald hinunter, und dann kannst du es dir selbst ansehen.« Miriam versuchte, ihn aufzuhalten, aber er schob sie zur Seite. »Es ist Zeit, daß er sich darüber klar wird, was er hier anrichtet. Wenn er es sich mit eigenen Augen angesehen hat, wird er mich vielleicht verstehen.«

Die Hartnäckigkeit und die Zielstrebigkeit dieses Mannes waren wirklich bemerkenswert. Er war sicher genauso müde wie ich, aber er brachte es trotzdem fertig, eine geradezu dämonische Energie auszustrahlen. Er war von seinen Bäumen so besessen, daß er an nichts anderes mehr denken konnte. Vielleicht war es eine Art von Wahnsinn, die ihn ergriffen hatte. Tom ging ohne Gegenwehr mit und sah aus wie gelähmt, als sei er in den Händen des Schicksals und könne sich nicht dagegen wehren.

Einmal nur riß er sich los. »Ich muß mal pinkeln«, murmelte er in sich hinein. Dann hörte ich, wie zuvor oben bei der Mine, daß er sich sein Rauschgift in die Nase zog. Als wir dann weitergingen, waren seine Schritte energischer geworden; er stolzierte fast.

Miriam ging neben mir her und sagte: »Kannst du sie nicht aufhalten? Die beiden zusammen – das ist eine explosive Mischung.« Auch sie wirkte stark angespannt.

Ich schüttelte den Kopf. Es war nicht meine Aufgabe, hier einzugreifen, außerdem hatten wir fast das Ende des Weges erreicht. Zwischen den Baumstämmen wurde es schon heller, und der Lärm der Motorsägen nahm mit jedem Schritt zu.

Es war fünf Minuten vor vier, als wir den Rand des abgeholzten Bereichs erreichten. Verglichen mit meinem ersten Eindruck vom Vormittag, hatte sich die Situation nur insofern verändert, als die beiden Holzfäller jetzt ungefähr sechs Bäume weiter nördlich waren, so daß das Lager hinter einem Haufen abgeschnittener Äste versteckt lag. Das Gewitter war inzwischen nähergekommen; die Atmosphäre war bedrückend, und die Wolkendecke wurde immer dunkler. Ein leichter Wind trug das Geräusch der Motorsägen zu uns herüber, und es war nun sehr laut geworden. Ein Mann arbeitete am Stamm eines frisch gefällten Baums und schnitt mit der Spitze seiner Säge Äste ab, und der andere stand gebückt vor einem anderen Baumriesen, dem er bereits einen Keil aus dem Stamm gesägt hatte, um seinen Fall zu lenken.

Brian hatte seinen Vater wieder am Arm gepackt und zog ihn vorwärts in die Deckung der Baumstämme. Er redete unaufhörlich, aber die Motorsägen waren so laut, daß ich kein Wort hören konnte. Dann kam das Krachen eines umstürzenden Stammes. Der eine Mann, der uns am nächsten war, sah auf, und der andere trat einen Schritt zurück. Die Sägen wurden leiser.

». . . sie irgendwie aufhalten.«

»Wie denn?«

»Um Himmelswillen, du hast doch ein Gewehr.«

Tom starrte unverwandt auf den umgestürzten Stamm. »Das ist ungefähr der zehnte, den ich heute fallen gesehen habe«, sagte Brian. »Zehn Bäume – und das in den wenigen Stunden, die ich hier bin.« Seine Stimme zitterte vor Wut. »Paß nur auf – gleich geht es an den nächsten!« Plötzlich zwang er Tom, sich herumzudrehen, so daß er ihm ins Gesicht sah. »Weißt du noch, was du vor Jahren erzählt hast – was dein Vater in der Urkunde festgehalten hat? Weißt du das noch? Jetzt habe ich es selbst gelesen, und wenn du sie aufhalten willst . . .«

»Das kannst du doch nicht machen, Brian.« Miriam war vorgetreten, hatte Brian am Arm gepackt und versuchte, zwischen die beiden Männer zu treten. »Er ist doch dein Vater. So darfst du mit ihm nicht umspringen.« Sie schluchzte halb, und ihre Stimme zitterte. Die Sägen heulten wieder auf. Der Holzfäller war weitergegangen und stand über den nächsten Stamm gebeugt, und das Sägeblatt fraß sich mit aller Macht in das Holz hinein.

Tom schob Miriam zur Seite und starrte den Mann wie hypnotisiert an, der den ersten Schnitt machte. Brian war endlich verstummt, und Miriam stand mit offenem Mund und weit aufgerissenen Augen da. »Nein!« hörte ich sie aufschreien, und dann wurde ihre Stimme von dem Heulen der Säge erstickt, die schräg in den Baum schnitt.

Tom betrat die Lichtung langsam, wie in Trance. Einen Augenblick blieb er mit dem Gewehr schräg vor seinem Körper stehen. Die Säge heulte; die beiden Männer, von denen der eine fällte und der andere Äste abschnitt, waren so sehr mit ihren Aufgaben beschäftigt, daß sie ihn zunächst nicht bemerkten. Dann aber war der Keil ausgesägt, und der Holzfäller schob ihn mit der Spitze seiner Säge heraus, nahm Gas weg und richtete sich auf. Er ging um den Baum herum auf die andere Seite, und als er sich in Position brachte, um die Säge anzusetzen und den Baum zu fällen, schien das bei Tom irgend etwas auszulösen. Er trat plötzlich vor und befahl dem Mann brüllend, aufzuhören.

Der Holzfäller hörte ihn zunächst nicht. Keiner der beiden Waldarbeiter schien ihn zu hören. Tom rannte fast auf sie zu und schrie aus voller Kehle. Das schrille Kreischen der Säge hörte abrupt auf, als der Mann das Sägeblatt herauszog, Gas wegnahm, sich aufrichtete und Tom anstarrte.

»Runter mit der Säge! Fallen lassen!«

»Wer bist du?«

Tom sagte ihm seinen Namen, und der Mann lachte. »Du hast hier gar nichts zu sagen.« Dann beugte er sich wieder vor, und der Motor der Säge heulte von neuem auf.

Wahrscheinlich war es das Verhalten des Mannes – die Art, wie er Tom vorsätzlich, fast verächtlich beiseite schob, was bei ihm die lange unterdrückte Wut zum Ausbruch brachte und sie zur Raserei steigerte. Er hob sein Gewehr und feuerte blitzschnell. Der andere

Mann aber hatte das erwartet; er duckte sich hinter den Stamm und zog die Säge heraus. Er packte die Säge mit beiden Händen, legte das Blatt flach an den Stamm und richtete sich auf. Auch der andere hatte aufgehört zu sägen, und beide beobachteten Tom, wie er vorwärtsstolperte und den Repetierhebel des Gewehrs zurückzog.

Dann blieb er stehen und suchte in seinen Taschen herum.

»Großer Gott!« Miriam stand direkt neben mir, und Brian setzte sich gerade in Bewegung, als Tom das Gewehr umdrehte, den Lauf mit beiden Händen wie eine Keule packte und weiterging.

»Nein!« Die Angst vor dem, was nun passieren würde, rang Miriam diesen Ausruf ab. Es war plötzlich still geworden, und alles geschah wie in Zeitlupe. Tom rannte vorwärts, der Mann trat hinter dem Baum vor und ließ seine Motorsäge aufheulen.

Tom brüllte irgend etwas und hob das Gewehr in seiner Hand, um zuzuschlagen. Zugleich schwang der Holzfäller seine Säge hoch und hielt das Sägeblatt nun direkt vor sich. Was nun geschah, wird sich nie mehr genau rekonstruieren lassen – ob Tom stolperte, oder ob der Mann das Sägeblatt vorschob und Tom direkt hineinlief. Ich weiß nur, daß er nach vorne stürzte, daß der Gewehrlauf plötzlich zu Boden zeigte, und daß Tom einen dünnen Schrei ausstieß, als ihm das Sägeblatt in die Brust fuhr. Knochensplitter und Fleischfetzen flogen umher, und wo ich vorher nur Sägespäne gesehen hatte, strömte nun das Blut. Der arme Teufel stürzte nach vorne, und sein Schrei erstarb abrupt. Um ein Haar wäre sein Körper in zwei Stücke zerrissen worden.

Im selben Moment wurde mir das Gewehr, das ich in der Hand hielt, weggenommen. Brian zog es an die Schulter und schoß. Der Mann mit der Säge wurde herumgewirbelt. Er griff sich mit einer Hand an die Schulter, dann duckte er sich wieder hinter den Baum.

Plötzlich war alles totenstill. Die Motorsägen waren verstummt, die Waldarbeiter hielten sich beide in Deckung, und Tom lag reglos am Boden. Sein grüner Anorak verschmolz mit dem Grün der abgeschnittenen Äste, und Miriam, die neben mir stand und die Augen vor Entsetzen weit aufgerissen hatte, stöhnte leise auf.

»Haben Sie Munition für das Ding?« Brians Stimme war halb erstickt, und sein Gesicht sah im Kontrast mit seinem schwarzen Haar totenblaß aus.

Ich schüttelte den Kopf und dachte daran, wie Tom das Gewehr Camargo aus der Hand gerissen hatte.

»Dieser Narr! Ich hätte nie gedacht . . .« Er hatte sich zu Miriam umgedreht und versuchte, die Schuld von sich abzuwälzen. Sie starrte ihn nur entsetzt mit glasigen Augen und leerem Blick an.

Der Mann, den Brian angeschossen hatte, kroch in den Wald und schleppte die Motorsäge hinter sich her. Ich dachte zunächst, er wolle sich nur in Sicherheit bringen, aber dann erkannte ich, daß er die Stelle erreichen wollte, wo die Waldarbeiter ihre Jacken und Brote zurückgelassen hatten.

Brian hob sein Gewehr an die Schulter, obwohl es nicht geladen war, und rief: »Liegenbleiben!« In diesem Augenblick aber rannte Miriam los. Er streckte eine Hand aus und erwischte sie gerade noch am Ärmel. »Du kannst doch nichts mehr für ihn tun.«

»Woher willst du das wissen?« Sie riß sich los und rannte schnell zu Tom, der mit dem Gesicht nach unten auf dem Boden lag. Als sie ihn erreichte, rief sie seinen Namen, kniete sich hin und drehte ihn um. »Tom!«

Ich sehe es alles noch heute vor mir, seine zerrissene Kleidung und die klaffende Wunde, aus der das Blut floß, und seine leblosen, starren Augen. Man brauchte keine medizinische Ausbildung, um zu erkennen, daß er tot war. Miriam kniete neben ihm, hatte seinen Kopf in ihre Hände genommen und wimmerte mit totenblassem Gesicht vor sich hin – aus Liebe oder aus Entsetzen, ich weiß es nicht, und drückte seinen armen, geschundenen Körper an sich.

Ich kann mich nicht mehr daran erinnern, wann Brian und ich uns in Bewegung gesetzt hatten, aber wir standen mit geneigten Köpfen neben ihr. Anscheinend ist der Schock in einer solchen Situation für ein Gebet einfach zu groß. Ich hatte schon vorher Verletzungen gesehen, schreckliche Verletzungen bei Verkehrsunfällen, auch Leichen, aber das war immer in der kalten, unpersönlichen Umgebung eines gerichtsmedizinischen Instituts oder einer Leichenhalle gewesen. Aber den gewaltsamen Tod eines Menschen hatte ich noch nie miterlebt. Und so lag Tom jetzt vor mir: die Augen weit aufgerissen und die Zähne gebleckt, die Haut des

Gesichts von der Anstrengung des letzten Angriffs noch gerötet . . . Meine Gliedmaßen waren mit einem Mal wie gelähmt, und als ich schlucken wollte, war mein Mund wie ausgetrocknet.

»Laß das fallen!« rief Brian mit rauher Stimme und hob das Gewehr. Er zielte damit auf den Mann, der zu jener Stelle gekrochen war, an der die Holzfäller ihre Sachen zurückgelassen hatten. Er hatte ein Walkie-Talkie in der Hand, und in der Stille hörte ich ihn ganz deutlich sagen: »Beeilt euch! Sie sind bewaffnet.« Dann ließ er das Funkgerät auf den Boden fallen, richtete sich auf und legte sich beide Hände auf den Kopf.

Ich ging zu ihm hin. »Mein Name ist Redfern«, sagte ich. »Ich bin Rechtsanwalt und komme aus England. Der Mann, den Sie gerade umgebracht haben, war mein Mandant und der Eigentümer der Bäume, die hier illegal gefällt worden sind. Gegen Sie wird Mordanklage erhoben.«

»So?« Sein hartes, ledriges Gesicht verzog sich zu einem Grinsen, und eine Reihe ramponierter Zähne wurde erkennbar. »Ihr habt doch selbst gesehen, was passiert ist. Das war reine Notwehr. Er hat mich grundlos angegriffen . . .«

»Es war Mord«, wiederholte ich.

»Er ist gestolpert und mir direkt in die Säge gefallen, oder etwa nicht?«

»Es ist Zeit, daß wir hier wegkommen.« Brian hatte das Funkgerät aufgehoben. »Wolchak kann jeden Augenblick hiersein.«

»Dann kann er uns gleich in sein Büro bringen«, sagte ich. »Er hat dort bestimmt ein Funkgerät, mit dem wir die Polizei verständigen oder den Kutter der Küstenwache zurückholen können.«

»Sei kein Narr, Philip«, sagte Miriam. Sie war aufgestanden; ihre Hände waren voller Blut, ihr Rock war blutverschmiert und ihr Blick eiskalt. »Für Tom kannst du nichts mehr tun. Keiner kann ihm mehr helfen.« Ihre Stimme war völlig emotionslos. »Wir können jetzt nur noch versuchen, hier lebend herauszukommen.«

Ich wollte ihr widersprechen, aber sie schnitt mir mit einer kurzen Handbewegung das Wort ab. »Ich glaube, ihr habt da etwas nicht verstanden. Beide nicht. Hier geht's nicht um den Wald. Mit Bäumen hat das nichts zu tun.« Sie sah auf die beiden Männer herab, die dasaßen und uns anstarrten. Dann drehte sie sich abrupt um. »Wir gehen jetzt zurück zum See.«

Ich zögerte, folgte ihr aber dann. Mir war plötzlich klargeworden, daß sie das nur der beiden Holzfäller wegen gesagt hatte, und daß sie das, was sie uns sagen wollte, nicht besprechen wollte, während sie zuhörten. Brian blieb noch einen Moment länger stehen. Es ging ihm wider die Natur, von einer Frau Anweisungen entgegenzunehmen, aber schließlich kam er uns doch nach. An Miriams Tonfall und ihrem Benehmen — an der Entschlossenheit, fast Kaltblütigkeit, mit der sie sich von der Leiche ihres Mannes losgerissen hatte — war etwas sehr Überzeugendes.

Wir erreichten die Piste, und als wir ihr ein Stück gefolgt waren, schlugen wir uns seitlich in den dunklen Wald. Erst an seinem Rand, fast bei der Stelle, von wo aus Brian und ich am Vormittag das Lager beobachtet hatten, blieb Miriam stehen und drehte sich um. Der Hals war ihr wie zugeschnürt, und sie war den Tränen so nahe, daß sie fast kein Wort herausbrachte. »Was ich euch zu sagen habe — und ganz besonders dir, Brian —, ist, daß das, was sich hier abgespielt hat, nichts mit dem Wald zu tun hat, den dein Großvater gepflanzt hat. Nicht das geringste.« Es hatte angefangen zu regnen, und von der Bucht war nur noch ein Stück zu sehen.

»Quatsch!« Brian platzte in plötzlicher Wut heraus. »Was meinst du wohl, warum Tom sein Testament geändert hat? Warum hat er wohl mir diese Bäume vererbt? Weil ich ihren Wert kenne und verstehe, daß Großvater — «

»Darum geht es nicht.« Sie hatte energisch ihr Kinn gehoben. »Was ich versuche, dir zu sagen, ist, daß diese Leute — «

»*SVL Timber?* Das ist ein Sägewerk, das erstklassige Rotzedern für einen ganz speziellen Markt liefert. Da steht eine Million Dollar auf diesem Landstück, wenn sie es schaffen, sie wegzubringen, bevor ich etwas dagegen unternehme.«

»Das ist kein Sägewerk. Das sind Rauschgiftschmuggler.« Ihr Gesicht war nun rot vor Zorn. »Die Bäume sind nur Tarnung für einen Drogenring, der das Rauschgift in die Staaten schafft.«

Er starrte sie ungläubig an. »Woher, zum Teufel, willst du das wissen?«

»Tom hat es mir gesagt — oben bei der Mine.« Ein Blitz zuckte grell auf, und der Donner rollte. »Was meinst du wohl, warum er verschwunden ist und warum er so verzweifelt versucht hat, Gold zu finden? Diese Leute hatten ihn in der Hand, und er wußte nicht, wie er von ihnen loskommen sollte. Deshalb hat er auch wieder mit Kokain angefangen. Er hatte Angst – einfach Todesangst.«

»Aber – « Brian starrte sie stirnrunzelnd an, und dann stellte er die Frage, die auch mir auf der Zunge gelegen hatte. »Diese Firma *SVL Timber* in Seattle – ich war doch selbst da und habe mit einem Mann namens Barony gesprochen. Das ist ein alteingesessener Betrieb, der im Ersten Weltkrieg gegründet worden ist, als die Nachfrage noch hoch war.«

»Und wer steht jetzt dahinter?« fragte sie. »Ich habe auch mit Barony gesprochen und ihn nach dem Namen des Hauptaktionärs gefragt, und da hat er gemeint, das ginge mich nichts an. Außerdem wolle seine Firma das Holz am Stamm kaufen. Die Leute, die die Bäume fällen und abtransportieren, seien selbständig; mit denen habe er nichts zu tun.«

Das hatte man auch mir und Brian gesagt. Wir blieben noch einen Moment stehen und sprachen die Sache durch. So viel von dem, was geschehen war, paßte zu dieser Theorie, daß wohl auch Brian sich hätte überzeugen lassen, wenn ich ihm nicht von der Operation der Zollbehörde und von der ergebnislosen Durchsuchung des Lastkahns und des Schleppers, die mit Stämmen von den Cascades unterwegs gewesen waren, erzählt hätte. Wenn die Leute tatsächlich Drogen schmuggelten, dann war unklar, *wie* sie es bewerkstelligten. Tom hatte Miriam nichts von der Methode gesagt. Auch mir hatte er das nicht anvertraut, nicht mal auf der Fähre, als er in der Kabine über seinen Zeitungsausschnitten gebrütet hatte.

Schließlich sagte Brian: »Nun, es gibt nur einen Weg, sich Klarheit zu verschaffen.« Er sah zum Kai hinüber, wo undeutlich der Lastkahn im einsetzenden Wolkenbruch zu erkennen war.

Wolchak war gerade aus seinem Büro herausgekommen. Er blieb kurz stehen und sah das Tal hinauf. Die Blitze kamen jetzt immer häufiger. Er riß die Tür seines Kleinlasters auf und sprang hinein. Es donnerte dumpf, und das Büro war im Regenguß kaum mehr zu erkennen. Eine wahre Flutwelle prasselte herunter, als der Kleinlaster anfuhr. Im nächsten Augenblick hatte der Gewitterregen auch uns erreicht und trommelte so heftig auf die Baumwipfel herab, daß er fast den Donner übertönte.

Jeder von uns suchte für sich unter einem Baum Schutz. Der Regen strömte mit solcher Wucht vom Himmel, daß wir davon völlig überwältigt waren. Das Entsetzen über Toms Schicksal und über die Verzweiflung, die er gefühlt haben mußte, war uns noch nicht richtig zu Bewußtsein gekommen. Ich sah, wie Brian einen unsicheren Blick zu Miriam hinüberwarf, und konnte mir vorstellen, wie es in ihm aussah. Es war ihm deutlich anzumerken, wie schrecklich ihm der Gedanke war, für den Tod seines Vaters mitverantwortlich zu sein.

Er sagte etwas, aber entweder hörte Miriam es nicht, oder sie wollte es nicht hören. Ihr Gesicht war wie versteinert, und es war keinerlei Anzeichen von Vergebung darin auszumachen. Er sah auf das Walkie-Talkie herab und auf das Gerät, das noch über meiner Schulter hing, und der Anblick dieser potentiellen Verbindung zur Außenwelt schien seine Gedanken in konkretere Bahnen zu lenken. Der Wolkenbruch hatte nun etwas nachgelassen, aber er war noch immer heftig genug, um das Lager und den Anlegeplatz hinter einem Schleier aus Wasser verschwinden zu lassen. Brian trat hinter einem Baum hervor und sagte: »Kommt, gehen wir!«

Ich starrte ihn verständnislos an. Der Regen lief ihm über das Gesicht, und das schwarze Haar klebte am Kopf. »Wohin?« Ich spürte den frischen Geschmack des Regenwassers auf meiner Zunge.

»Zum Lastkahn. Es ist unsere letzte Chance, uns unbeobachtet an Bord zu schleichen.« Er gab mir das Handfunkgerät und drehte sich zu Miriam um. Ich dachte schon, sie hatte Einwände und wir müßten wertvolle Zeit mit Diskussionen verschwenden, aber sie nickte und folgte ihm ohne eine Frage in den Regen hinaus. Sie hatte wohl wie ich eingesehen, daß das ein guter Vorschlag war. Wenn uns überhaupt die Flucht gelingen sollte, so war der Prahm unsere einzige Chance, und wenn wir ungesehen an Bord kommen wollten, mußten wir das jetzt, während dieses sintflutartigen Regens, tun.

Wir rannten los. Wir hasteten blind durch den Gewitterregen, und innerhalb von Sekunden waren wir bis auf die Haut naß, und das Wasser lief uns in Strömen am Körper herunter. Ich spürte die Kälte; meine Hosen klebten an den Beinen, und mein Anorak wurde mit jeder Minute schwerer. Irgendwie schafften wir es aber trotzdem und erreichten den überschwemmten Kai in Nähe des Lastkahns. Er sah riesig aus; einen so großen Prahm hatte ich in meinem ganzen Leben noch nicht gesehen, nicht einmal auf holländischen Wasserstraßen.

Wir gingen an Bord und planschten mit triefnassen Schuhen über die Stahlplatten der Deckverkleidung, über Halteleinen und den Schlauch einer Pumpe, hasteten auf dem schmalen Seitendeck zum Ruderhaus am Heck. Es war im Vergleich mit dem Prahm winzig klein und völlig verdreckt, und die Farbe blätterte von den Wänden. Auf beiden Seiten gab es je eine Schiebetür aus Holz. Drinnen befand sich das Steuerrad, unter den Fenstern war ein kleines Regal angebracht, mit einigen Tassen und einer zur Hälfte mit Zigarettenstummeln gefüllten Tabakdose, einem öligen Lappen und einer Schachtel Streichhölzer. In der Ecke stand ein UKW-Funkgerät, wie es gewöhnlich von kleineren Schiffen verwendet wird. Es war an eine Batterie angeschlossen, die unter dem Regal am Boden angeschraubt war. Wahrscheinlich diente es dazu, daß Lastkahn und Schlepper miteinander in Verbindung bleiben konnten.

»Meinen Sie, das Ding funktioniert?« Brian setzte es in Betrieb. Ein kleines rotes Lämpchen leuchtete in dem düsteren Ruderhaus auf, und es begann zu rauschen. Er wollte gerade nach dem Mikrophon greifen, das seitlich an dem Gerät hing, aber ich hinderte ihn daran.

»Sie werden doch niemanden erreichen«, sagte ich. »Nicht von diesem Gebirgstal aus.«

Er nickte und schaltete es wieder aus. »Zumindest bekommt es Strom und funktioniert.« Er duckte sich und stieg eine fast senkrechte Leiter hinunter, die zu einer kleinen Kajüte führte, welche uns Schutz und etwas Wärme bot. Miriam und ich folgten ihm.

Es war inzwischen halb fünf durch. Mit ein bißchen Glück konnten wir in vierundzwanzig Stunden in der Inside-Passage und unterwegs nach Vancouver sein. Der Regen hörte abrupt auf. Über unseren Köpfen donnerten schwere Schritte, eine Stimme brüllte Befehle. Sie hatten begonnen, noch einen Stamm aufzuladen.

Während der ersten Nacht auf dem Lastkahn konnte ich einfach nicht aufhören zu zittern. Es war nicht so sehr die Kälte – die Temperatur hatte bei weitem noch nicht den Gefrierpunkt erreicht –, sondern die Nässe, die sich einem in die Knochen fraß. Die Angst wird wohl auch etwas damit zu tun gehabt haben. Manchmal kam mir die ganze Angelegenheit dermaßen verrückt vor – ich brauchte nur an Wolchak zu denken, wie er mir in meiner Kanzlei gegenübergesessen hatte –, daß ich beinahe glaubte, ich mußte bloß auf den Kai klettern und ihn in seinem Büro aufsuchen, um die Sache bei einer Tasse Kaffee zu regeln. Dann aber fiel mir Toms Leiche wieder ein, die Miriam in ihren Armen gehalten hatte, das Blut ihres Mannes an ihren Händen, und der tote Olsen in der Hütte oben am See – und Miriam selbst, in einem Zimmer gefangengehalten . . . Es schien alles so unglaublich, völlig losgelöst vom wirklichen Leben, oder zumindest von meinem Leben, der ich bisher von solchen Dingen nur gelesen hatte. Und jetzt . . .

Ich hörte Miriam zu, wie sie mit ihrer heiseren, sachlichen Stimme langsam und schmerzhaft von den achtzehn Tagen in der Hütte erzählte. Sie berichtete von der Einsamkeit, der Angst, von den Besuchen Wolchaks, seinen Drohungen, vor allem aber von der Einsamkeit und dem Gefühl, mit Leib und Seele diesen Männern ausgeliefert zu sein, die sie abwechselnd bewachten und ihr Nahrung brachten. Sie hatte wie wir von Whitehorse einen Zug zu der Fähre nach Skagway genommen. Sie hatte vorgehabt, sich die Cascades anzusehen, bevor sie weiter nach Vancouver reiste. Von Bella Bella aus wollte sie sich mit einem Wasserflugzeug hinfliegen lassen, aber Lorient hatte sie mit einem Boot erwartet. Tarasconi hatte ihn offensichtlich rechtzeitig von ihren Absichten unterrichtet. Er hatte für sie im *Fisherman's Inn* in Shearwater ein Zimmer gebucht, und am Morgen hatte er sie zu den Cascades bringen wollen. Alle waren nett und freundlich zu ihr gewesen, aber zum *Fisherman's Inn* kam sie natürlich nie. Lorient hatte ihr einen Drink gegeben, als sie in das dunkle Gewässer hinausfuhren, das zur Gunboat Passage führte, und von diesem Moment an wußte sie nichts mehr. Als sie wieder zu sich gekommen war, befand sie sich in dem kleinen Zimmer der Blockhütte am See oberhalb der Cascades.

Während sie erzählte, wurde mir allmählich klar, was sie durchgemacht hatte, und ich begann endlich zu akzeptieren, daß ich in eine Angelegenheit verwickelt war, wie sie bislang wohl kaum ein Anwalt, nicht einmal ein Strafverteidiger, außerhalb des Gerichtssaals je erlebt hatte.

Noch deutlicher wurde das durch die umfassende Suchaktion, die aufgezogen wurde und dadurch, daß man damit nicht einmal bis Tagesanbruch wartete. Noch vor Einbruch der Dunkelheit hatte Wolchak einen der Hunde von der Hütte herunterschaffen lassen. Vom Ruderhaus aus sahen wir zu, wie nach dem Abendessen ein Dutzend oder mehr Männer aus der Hütte, die als Kantine diente, herauskamen und sich vor dem Büro versammelten. Dann kam Wolchak mit dem Kleinlaster an. Er hatte die beiden Holzfäller und den Hund dabei. Außerdem war Lopez mit ihm gekommen; die beiden hatten es also geschafft, ans Ufer zu gelangen. Es bedeutete aber auch, daß Camargo oben in der Hütte bei Aleksis geblieben war. Daher war jeder Versuch, den unteren See und Ocean Falls zu erreichen, zum Scheitern verurteilt. Die Flutlicht-Scheinwerfer waren angeschaltet; das Lager, der Kai und der große Kran für die Baumstämme wurden taghell beleuchtet, und rechts von uns übertönte der große Generator jedes andere Geräusch.

Eigenartigerweise überzeugte mich erst die Tatsache, daß Wolchak einen verwundeten Angestellten bei Camargo in der Hütte gelassen hatte, um uns diesen Ausweg auf jeden Fall zu versperren, endgültig davon, wie tödlich ernst es ihm mit der Operation war.

Wir sahen zu, wie er den Männern seine Befehle erteilte. Sie verteilten sich schnell, und der Hund wurde mit seinem Führer und sechs weiteren Männern zu der Stelle gefahren, an der Tom umgekommen war. Die anderen machten sich wieder daran, den Prahm zu beladen. Inzwischen waren etwas mehr als zwanzig Bäume am Kai aufgestapelt. Es hatte den Anschein, als seien ihre Stämme dicker; sie waren aufrecht gestellt und offenbar angebohrt worden. Sie wurden aber nicht mit Ketten zusammengebunden und in der Bucht zu Wasser gelassen, sondern ebenfalls aufgeladen. Das konnte nur bedeuten, daß Wolchak sich zurückzog und die Ladung auf diesem Lastkahn vorerst die letzte war. Wenigstens so weit hatte Tom gesiegt. Der Hochwald würde vorerst nicht weiter abgeholzt werden.

Als die Männer mit dem Aufladen begannen, kamen zwei Männer an Bord, um die Stämme in die richtige Position zu bringen. Stiefel mit Spikes verliehen ihnen auf den Stämmen einen sicheren

Stand, während der große Kran seine Last herabließ, bis sie von den Männern mit den langen, gekrümmten Stahlhaken gepackt werden konnte. Es war eine schwere, gefährliche Arbeit, die ihnen größte Konzentration abforderte.

Die Wolken lichteten sich, und die Sterne kamen hervor; über der schwarzen Silhouette der Berge hing ein schwankender Vorhang aus Licht – war es Nordlicht? Eine Seerobbe oder ein Wal, auf jeden Fall ein großes Wassertier, planschte mitten in der Bucht und verbreitete große Kreise im Wasser. Und dann sah ich den Hund am Waldrand genau an der Stelle, wo wir im Regen losgerannt waren. Ich beobachtete ihn mit angehaltenem Atem, sah, wie er herumschnüffelte und suchte, aber der Regen war wohl zu stark gewesen und hatte unsere Spur weggespült. Auf jeden Fall spürte der Hund mit seinem Führer ungefähr zehn Minuten lang am Waldrand herum, dann verschwanden sie im Wald. »Der Hund weiß es, aber der Mensch nicht«, flüsterte mir Brian ins Ohr. »Er kann es nicht glauben, daß wir den Schutz der Bäume hinter uns gelassen haben könnten, um ins Lager zu laufen.«

Der Führer hatte den Hund von unserer Fährte weggezerrt. Wir schlossen die Luke, stiegen die Leiter hinunter und legten uns zusammen in die Koje. Miriam setzte sich auf den einzigen Stuhl. Brian und ich waren völlig übermüdet, und wir überließen es ihr, uns kurz vor der Morgendämmerung aufzuwecken.

Die Ladearbeiten gingen fast die ganze Nacht über weiter. Ich muß wohl trotz meiner Schüttelfrostanfälle etwas geschlafen haben, denn als ich kurz nach vier Uhr morgens aufwachte, war weder an Bord noch an Land irgend etwas zu hören. Nur der Generator summte leise. Sie hatten aufgehört zu laden. Ich schaltete meine Taschenlampe an, legte aber schützend meine Hand davor. Miriam war auf ihrem Stuhl eingeschlafen. Ich zog mir die Decken enger um die Schultern, genoß die Wärme und stellte erfreut fest, daß meine Kleider fast ganz getrocknet waren. Wahrscheinlich wäre ich innerhalb von Sekunden wieder eingeschlafen, doch da bemerkte ich plötzlich, daß Brian nicht mehr neben mir in der Koje lag.

Ich wollte mich nicht von meiner kleinen, warmen Oase trennen und blieb deshalb noch einen Moment lang liegen. Dann warf ich die Decken von mir herunter, tastete mich zur Leiter und stieg hinauf, um vorsichtig aus dem Fenster des Ruderhauses zu schauen.

Der Kahn war nun fast voll beladen, und die Stämme waren höher als das Deck gestapelt. Die Flutlichtanlage war noch angeschaltet, doch das einzige Lebenszeichen war ein Mann, der mit einem Gewehr über der Schulter langsam auf dem Kai auf und ab ging, und das einzige Geräusch kam vom Generator. Hinter den Lichtern zeichneten sich die scharfen, schwarzen Konturen der Berge gegen den Himmel ab, den die nahende Morgendämmerung bereits etwas heller gefärbt hatte. Der Mond war untergegangen, und die Sterne wurden schon blasser.

Brian war nirgends zu sehen. War er etwa zum See hinaufgegangen? Die frühen Morgenstunden sind keine gute Zeit für Einsamkeit. Bedeuteten die Stille und die Leere des Lagers, daß die Jagd abgeblasen worden war?

Ich fing gerade an, mir zu überlegen, was wir tun sollten, wenn er vor Einbruch der Morgendämmerung nicht zurückkam, als Brian seinen Kopf über den Rand der Deckabdeckung schob und sich vorsichtig nach dem Mann umsah, der am Kai auf und ab ging. Er wartete ab, bis er sich weit genug vom Kahn entfernt und ihm den Rücken zugedreht hatte, dann kletterte er hastig auf Deck und duckte sich hinter das Ruderhaus. »Es ist alles klar«, sagte er. »Eine Eisenleiter führt hinunter in den Laderaum, und es gibt einige große Lücken an Stellen, wo die Stämme nachlässig gestapelt worden sind. Wir könnten uns dazwischenlegen.«

»Und wenn sie verrutschen?« Ich sah plötzlich vor meinem geistigen Auge ein schreckliches Bild: Irgendwo auf See geriet ein riesiger Stamm aus dem Gleichgewicht und senkte sich unaufhaltsam auf uns nieder . . .

Er aber schüttelte den Kopf. »Dazu sind sie zu groß und zu fest an die Seitenwände verkeilt.«

Wir gingen zurück in die kleine Kajüte. Miriam war aufgewacht und starrte uns im Schein meiner Taschenlampe mit großen Augen an. »Wo wart ihr denn? Ich dachte schon – « Dann aber nahm sie sich zusammen. »Ich hätte euch aufgeweckt. Es ist noch zu früh.«

»Wir verstecken uns besser jetzt gleich«, sagte Brian. »Es wird bald hell.«

Wir brauchten recht lange, bis wir alles so aufgeräumt hatten, daß von unserer Anwesenheit keine Spur zurückblieb. Es dämmerte tatsächlich schon, als wir uns endlich vom Ruderhaus auf das Deck zurückzogen. Brian ging vor uns her; seine Gestalt war in dem nun blasser werdenden Schein der Flutlichtanlage nur als fahler Schatten auszumachen. Dann kam Miriam. Ich folgte ihr, legte mich flach auf die Deckplane, schwang meine Beine über den Rand des Laderaums und tastete unter dem überhängenden Achterdeck nach den Sprossen der Leiter.

Wegen des Überhangs waren die Stämme so geladen, daß zwischen ihren Enden und dem Schott achtern eine Lücke von fast zwei Fuß klaffte. Ihre Enden lagen gestaffelt, dadurch waren zwischen ihnen wabenförmige Hohlräume entstanden. Wie Brian schon bemerkt hatte, waren die Lücken zum Teil recht groß, obwohl die Stämme fest verkeilt waren.

Unten im Laderaum war es dunkel, und wir mußten unsere Taschenlampen benutzen, als wir uns von den Sprossen der Leiter auf die runden Stämme schwangen und uns jeder einen Platz suchten. Wir teilten die Nahrungsmittel auf, die wir noch hatten. Ich weiß nicht, wie es die anderen hielten – ich jedenfalls aß meine Ration sofort restlos auf. Ich dachte, ein kräftiges Frühstück könnte mir vielleicht helfen, mit den auf uns zukommenden Problemen fertigzuwerden. Nachdem ich alles aufgegessen hatte, gab es freilich nichts mehr zu tun, und ich lag nur da und sah zu, wie der riesige Laderaum langsam hell wurde, bis ich die Stämme unterscheiden, ihre rauhe Borke und den glatten Stahl des hinteren Schotts sehen konnte, von dem das Kondenswasser in großen Tropfen über Roststellen herunterperlte.

Die Zeit verging langsam. Der Generator wurde abgeschaltet, und danach war es so ruhig, daß ich das Wasser an den Rumpf schwappen und die Schiffsflagge leise knattern hören konnte. Dann und wann meinte ich auch, Stimmen zu hören, aber sie waren so undeutlich, daß ich nicht verstehen konnte, was sie sagten. Ungefähr um acht hörte ich einen Automotor, der sich vom Lager entfernte. Es klang wie der Kleinlaster. Dann war alles wieder still.

Sie machten keinen Versuch, noch weitere Stämme zu laden. Nach einer Weile sah ich einen Fuß auf der Sprosse direkt vor der Lücke, in die ich mich verkrochen hatte. Es war Brian, und ungefähr zehn Minuten später kam er wieder heruntergeklettert und streckte seinen Kopf zu mir herein. »Wie es aussieht, haben sie aufgehört zu fällen. Der Kai ist leer. Es sind nirgendwo mehr Stämme zu sehen, und es ist kein Mensch mehr da. Sind Sie okay?«

»Ja«, sagte ich. »Und wie geht es Miriam?«

Sein Kopf verschwand, und kurz darauf hörte ich sehr leise und gedämpft ihre Stimme.

»Sie ist okay«, sagte er. »Zwei Stämme rechts von Ihnen, und etwas höher. Ich liege zwei Stämme weiter nach Steuerbord.« Dann sagte er: »Ich schlage vor, daß wir alle jetzt ein wenig schlafen. Sprechen sollten wir vorläufig nicht mehr, zumindest nicht, bis der Schlepper kommt und wir auslaufen. Jetzt ist es zu still.«

Wir mußten vier Stunden lang warten, und die ganze Zeit trauten wir uns nicht, die Leiter hochzuklettern und über den Rand des Decks zu sehen. Manchmal hörten wir Stimmen. Einmal kam jemand an Bord, ging achtern zum Ruderhaus und stieg in die Kajüte hinunter. Ich konnte ihn ganz deutlich hören. Wahrscheinlich war es der Mann, der unterwegs auf dem Schleppkahn bleiben würde. Mir kam es vor wie eine Ewigkeit, bis ich endlich wieder seine Schritte auf Deck hörte und er an Land ging. Ich hielt den Atem an, aber er gab keinen Alarm. Offensichtlich war ihm nicht aufgefallen, daß die Kajüte über Nacht betreten worden war.

Ich glaube, die Leute frühstückten alle. Es war sehr ruhig, und um mir etwas Bewegung zu verschaffen, kroch ich bis zur Leiter aus meinem Versteck heraus und sah mir die Stämme an. Es waren kleine, blanke Metallschildchen in sie hineingehämmert worden, und als ich versuchte, sie zu entziffern, streckte rechts von mir Miriam ihren Kopf aus ihrer Lücke heraus. Sie sah im Kontrast zur Borke sehr blaß aus, und Sägespäne hingen in ihrem Haar.

»Was machst du da?«

»Ich wollte nur nachschauen, ob sie nichts zwischen den Stämmen versteckt haben«, sagte ich.

Sie schüttelte den Kopf. »Das habe ich mit Brian schon untersucht, während du schliefst.«

»Und ihr habt nichts gefunden?«

»Nein. Wenn Drogen an Bord sind, müssen sie auf den Lastkahn geschafft worden sein, bevor er in den Halliday Arm geschleppt worden ist. Das würde bedeuten, daß sie jetzt ganz unten im Laderaum sind, und die Stämme liegen alle darauf.«

Das hielt ich jedoch für unwahrscheinlich. Bei dem vorherigen

Transport war der Prahm beladen und unterwegs nach Seattle gewesen, als er sich mit dem anderen Schiff getroffen hatte, und außerdem waren während der Entladung gewiß Zollbeamte dabeigewesen. Wenn dabei eine Lieferung Kokain gefunden worden wäre, hätte das Lager längst von Zollbeamten und Polizisten gewimmelt. Brian schloß sich der Unterhaltung an, und während wir drei zusammen flüsterten, hörten wir das Brummen eines Motors. Das Geräusch wurde von den Stämmen über uns zurückgeworfen, so daß wir zunächst dachten, es käme vom Bug des Lastkahns, aber dann wurde es immer lauter, und bald wurde uns klar, daß es von einem Flugzeug kam, das tief überm Wasser in die Bucht einflog. Es landete nahe beim Kai; das Motorengeräusch wurde leiser, und schließlich klatschten die Schwimmer auf die Wasseroberfläche.

Zuerst dachte ich, es sei die Polizei – oder vielleicht Jim Edmundson, der zurückgekommen war, aber Brian, der, dicht an einen Stamm gedrückt, hinausgespäht hatte, meldete, außer dem Piloten sei niemand im Wasserflugzeug gewesen, und dieser sei ein Mann, den er nicht kenne. Brian trug eine kleine gestrickte Wollmütze mit einem schwarz-roten Muster, und als ich meinte, er sei damit zu auffällig, nahm er sie ab und rieb sie an die Schnittfläche eines Stammes, bis sie über und über mit Sägespänen bedeckt war. Als er sie wieder aufsetzte, war sein Kopf kaum noch von den abgesägten Stämmen hinter ihm zu unterscheiden.

Das Flugzeug wurde hinter dem Prahm festgemacht, und Brian flüsterte zu uns herunter, daß Wolchak anscheinend abgeholt werden sollte. Er komme gerade mit einer vollgestopften Aktentasche und einem Koffer aus seinem Büro. Außerdem seien da noch zwei Männer mit einer Tragbahre, die den verletzten Mörder seines Vaters wegtrügen. Jemand rief etwas, und Brian duckte sich plötzlich und kletterte hastig die Leiter hinunter. »Der Schlepper«, sagte er. »Sie haben ihn gerade an der Einfahrt zur Bucht gesichtet. Außerdem verbrennen sie das Gestrüpp im abgeholzten Bereich.«

Wir zogen uns wieder in unsere Verstecke zwischen den Stämmen zurück, und kurz darauf hörten wir Schritte auf Deck. Auch das Geräusch der Schiffsschraube des Schleppers war jetzt hörbar. Das Wasserflugzeug wurde angeworfen, und wir hörten den Motor ganz nahe. Dann startete es, und einige Minuten später ertönten laute Rufe, ein schweres Seil wurde an Deck geworfen, und der

Schlepper kam mit lautem Scharren längsseits. Männer rannten auf Deck umher, irgend jemand rief den Befehl, vorne loszulassen, die Maschinen des Schleppers nahmen Fahrt auf, seine Schrauben durchwühlten das Wasser, und plötzlich bewegte sich auch unser Prahm, bis das Schleppseil gespannt war.

Es überraschte mich, wie schnell wir abgelegt hatten. Ich hatte erwartet, daß der Schlepper anlegen und die Mannschaft an Land gehen würde, um sich die Beine zu vertreten oder vielleicht in der Kantine etwas zu essen. Der Schlepper begann jedoch sofort sein Wendemanöver. Das und die Tatsache, daß Wolchak mit dem Flugzeug abgeholt worden war, ließ auf eine gewisse Panik schließen. Außerdem befanden sich mindestens vier Männer auf dem Prahm; man hatte offensichtlich die Entscheidung getroffen, alle zu evakuieren. Wir konnten sie im Ruderhaus aufgeregt diskutieren hören.

Unter diesen Umständen duckten wir die Köpfe, blieben in unseren Verstecken liegen und konnten nichts anderes tun, als zuhören und versuchen, irgendwelche Informationen über unseren Weg durch die Bucht aufzuschnappen. Unsere Schleppgeschwindigkeit schätzte ich auf ungefähr sechs Knoten. Ich lag da und versuchte, mich möglichst genau an die Seekarte des Kutters zu erinnern, die ich mir bei unserer Reise nach Ocean Falls angesehen hatte, aber unseren Bestimmungsort konnte ich unmöglich erraten. Vielleicht konnte ich in der Nacht einen Blick zum Himmel riskieren und den einen oder anderen Stern identifizieren. Ich schätzte, daß wir bis dahin die Einfahrt zum Cousins Inlet passiert haben und unterwegs in den Fisher-Kanal sein müßten. Wenn man davon ausging, daß sie demselben Kurs wie beim letzten Transport folgten, dann müßten wir um Mitternacht ungefähr an der Stelle sein, wo wir nach Westen beigedreht hatten, um durch die Hakai-Passage zu fahren.

Mit diesen Überlegungen vertrieb ich mir die Zeit, und ich spielte eine Art Spiel mit mir selbst und wiederholte für mich immer und immer wieder die Namen, an die ich mich noch erinnern konnte — die Pointers, die Surf- und Starfish-Inseln und nördlich davon der Bereich voller Felsen und kleiner Inseln, der sich wegen seines Namens in mein Gedächtnis eingeprägt hatte.

Die schmale Bucht der Cascades mit ihren steilen Felsenufern und dann der Dean-Kanal ließen wegen der niedrig hängenden Wolkendecke kaum noch Licht in den Laderaum fallen. Um vier Uhr nachmittags war es praktisch dunkel. Danach begannen Windstöße das Motorengeräusch des Schleppers unregelmäßig von den Felswänden auf beiden Seiten der Bucht zurückzuwerfen, und es wurde merklich heller. Die Strahlen der untergehenden Sonne erreichten den Laderaum, ließen das nasse Metall des Schiffsrumpfs orangefarben leuchten und gaben den Stämmen eine Tönung, die an das Rosa von Lachsfleisch erinnerte. Eine halbe Stunde später war es endgültig dunkel; der Wind pfiff in Böen von den Bergen herunter, und manchmal konnte ich durch eine Lücke in der Wolkendecke kurz die Sterne sehen.

»Meinen Sie, wir könnten mit dem Ding hier jemanden erreichen?« Brian war zu mir gekommen und stand mit einem Fuß auf einer Stahlsprosse der Leiter; an seiner Schulter hing das Walkie-Talkie, das er einem der Holzfäller abgenommen hatte.

»Mit Kurzwelle?« Ich schüttelte den Kopf. »Das hat wahrscheinlich nicht mehr als fünf Meilen Reichweite.«

»Und der Kutter der Küstenwache?« Wir flüsterten beide. »Könnte er uns empfangen? Hatte der Kurzwelle?«

»Schon, aber das Gerät müßte angeschaltet und auf die richtige Frequenz eingestellt sein.«

Er nickte. »Also müssen wir es mit dem Gerät im Ruderhaus versuchen. Kennen Sie die Notfrequenz, die diese Kutter benutzen? Ich habe mit so etwas nur an Land Erfahrung.«

»Kanal 16«, sagte ich ihm. »Das stellt allerdings für alle Schiffe die Notfrequenz dar, die sie immer eingeschaltet haben.«

»Und wenn die Entfernung dreißig Meilen oder mehr beträgt, ist er wahrscheinlich außer Reichweite, und wir sind durch die Berge abgeschirmt. Wenn er also da ist . . .« Er zuckte die Achseln und lächelte mir zu. Ich sah in der Dunkelheit seine Zähne blitzen. »Wir müssen einfach das Beste hoffen.«

Das Problem war nicht nur, daß UKW eine direkte Radiowelle ist, so daß uns der Kutter nicht hören würde, wenn er in einer anderen Bucht war, sondern auch ein anderer Umstand, über den Brian sich nicht im klaren zu sein schien: daß nämlich jedes Schiff im Umkreis von dreißig Meilen, das uns empfangen konnte, unseren Funkspruch hören würde. »Der Schlepper ist nur eine Trossenlänge von uns entfernt«, sagte ich. »Er wird uns klarer empfangen als jedes andere Schiff.«

»Was sollen wir also tun?«

»Wir müssen abwarten, bis wir weiter südlich sind. In der Meerenge zwischen Vancouver Island und dem Festland sind viele Schiffe unterwegs, vor allem Fischerboote, und es wird mehr auf UKW gesprochen.«

Auf Deck rührte sich etwas. Wahrscheinlich überpüften sie die Schlepp-Lichter. Jedenfalls leuchtete niemand in den Laderaum hinunter. Wir verkrochen uns wieder, und während ich tatenlos dalag, überlegte ich mir, was ich zu Kapitän Cornish sagen könnte, wenn es uns gelang, ins Ruderhaus zu kommen und einen Funkspruch zu senden. Außerdem ging mir noch etwas anderes im Kopf herum. Ich mußte herausbekommen, ob wir durch die Hakai-Passage fahren würden oder nicht. Wenn nicht, so würden wir innerhalb der nächsten zwei Stunden das offene Meer erreichen, denn vom Fitz Hugh Sound bis zum Pazifik ist es nicht viel weiter als fünf Meilen. Dort würde der Schlepper in südlicher Richtung weiterfahren, und wenn wir die Calvert-Insel passiert hatten, waren wir in Reichweite der Nordspitze von Vancouver Island. Fuhren wir aber nicht durch die Hakai-Passage, sondern nahmen den direkten Weg durch den Fitz Hugh Sound, so würden wir mindestens zwei Stunden sparen.

Wir beschlossen, bis zu den frühen Morgenstunden zu warten, weil dann hoffentlich die Männer in der Kajüte fest schlafen würden und man es mit der Wache auf dem Schlepper nicht so genau nahm. Bis gegen halb vier Uhr früh waren wir wahrscheinlich irgendwo in der Nähe der Calvert-Insel auf dem offenen Meer. Vor allem aber machte ich mir Gedanken darüber, was ich sagen sollte, wenn ich das Mikro des UKW-Funkgerätes in Händen hielt. Schließlich entschloß ich mich, darüber eine Weile zu schlafen, nachdem ich zuvor Miriam gebeten hatte, mich in vier Stunden aufzuwecken.

Ich wachte jedoch von selbst auf, weil ich inzwischen recht gut ausgeruht war. Außerdem war ich sehr hungrig. Durch die Lücke zwischen den Stämmen und der Stahlkante des Decks waren die Sterne zu sehen. Ich kletterte die Leiter hinauf und suchte den Himmel ab, bis ich den Großen Bären und den Polarstern gefunden hatte. Er stand direkt über dem Ruderhaus; wir fuhren also noch nach Süden, und erst eine halbe Stunde später begann sich die Position der Sterne plötzlich zu ändern. Vor dem Bug blinkte ein Licht, und sein Widerschein auf dem Ruderhaus bewegte sich langsam, als wir wendeten. Dann war es auf unserer Backbordseite, und dort blieb es auch, bis wir daran vorbei waren. Der Widerschein bildete auf dem Ruderhaus eine dunkle Silhouette, und die Sterne blieben in ihrer neuen Position.

Wir hatten fast 90° nach Steuerbord gedreht und waren in der Hakai-Passage.

Brian streckte seinen Kopf heraus. »Wir haben den Kurs gewechselt, nicht wahr?« Er hatte die Veränderung in der Bewegung gespürt, die mir nicht aufgefallen war, da ich mich auf die Sterne konzentriert hatte. Ich legte mich wieder zum Schlafen und nahm mir vor, jede Stunde aufzuwachen und unseren Kurs zu überprüfen. Es war zehn nach eins.

Als ich kurz vor zwei erwachte, fuhren wir noch immer in südwestlicher Richtung. Als ich kurz nach halb drei wieder aufwachte, muß mich wohl die Bewegung des Lastkahns geweckt haben, denn als ich mir die Sterne ansah, schien mir, daß wir nun einem etwas westlicheren Kurs folgten. Backbord blinkte ein Licht, das immer wieder das Ruderhaus beleuchtete. Das war bestimmt das Leuchtfeuer, das die Südseite der Passage in den Pazifik markierte. Kein Wunder, daß der Prahm nun deutlich rollte, eine träge, langsame Bewegung, zu der allmählich noch eine Drehung hinzukam; dann und wann ließ ein Ruck an der Schlepptrosse den gesamten Lastkahn erzittern.

Ich bestimmte noch einmal grob unsere Position durch Sternbeobachtung. Es konnte kein Zweifel daran bestehen, daß die südliche Dünung von Backbord kam. Wir waren nicht mehr auf dem Kurs nach Seattle, sondern entfernten uns in nordwestlicher Richtung.

Ich sagte den anderen nichts davon, schlief aber auch nicht mehr ein. Das konnte nur eines bedeuten – wir waren auf Schmuggelfahrt und trafen uns irgendwo zwischen den unzähligen Inseln mit dem Kurier aus Südamerika. Mir fiel der Spider wieder ein, den der Kapitän und der Maat einfach aus Spaß durchquert hatten, und daß sie damals an einer teilweise abgestorbenen Rotzeder festgemacht hatten, die ganz oben in ihren Zweigen das Nest eines Weißkopfadlers getragen hatte. Überall hatte es kleine Felseninseln gegeben, alle mit steilen Ufern, und dazwischen war das Wasser tief. »Auf den Seekarten sieht das viel schlimmer aus, als es ist«, hatte Cornish gesagt, und ich war ziemlich sicher, daß wir jetzt dorthin geschleppt wurden.

Ich kletterte auf das Deck hinauf und sah durch ein Fenster ins Ruderhaus. Weder am Steuer noch sonst irgendwo war jemand zu sehen. Ich schlich auf die Steuerbordseite hinüber, schob vorsichtig die Schiebetür auf und ging hinein. Die Falltür zur Kajüte war offen. Nachdem ich einen Augenblick gelauscht hatte, ohne einen Laut zu hören, löste ich die Verriegelung und machte die Falltür leise zu. Dann schaltete ich das UKW-Funkgerät ein.

Selbst als ich das Mikrophon abhängte und den Knopf für Kanal 16 drückte, war ich noch nicht sicher, was ich genau sagen würde. Ich hatte nur vor, *Pan* zu geben, das als Notruf nicht so dringend ist wie *Mayday*. »*Pan. Pan. Pan.* Hören Sie mich, Cornish? Ich rufe Cornish, Cornish, Cornish.« Ich tat mein Bestes, mit einem kanadischen Akzent zu sprechen, hielt meine Lippen direkt ans Mikrophon und sprach sehr leise. »Fischdampfer *Kluahnie* ruft Cornish. Melden Sie sich, Cornish. Ich habe Fische für Sie. Eiskalt. Cornish, Cornish, Cornish. Nur auf diesen Namen antworten. Verstanden? Hören Sie mich, Cornish? Over.«

Von einem Fischdampfer kam die erste Antwort in einem Akzent, der so stark war, daß ich ihn kaum verstehen konnte. »Du hast Fische? Dann sag mir, wo du liegst!« Dahinter hörte ich, kaum verständlich: »Hier Kutter der Küstenwache *Kelsey*. Kutter der Küstenwache *Kelsey*. Wenn Sie uns – «

Ich schaltete mich sofort wieder ein. »Ruhe, Küstenwache. Seid beide ruhig. Ich will Cornish. Cornish. Sonst niemand. Hören Sie mich? Over.«

Darauf folgte eine Pause, und ich dachte schon, ich hätte ihn verloren. Dann aber meldete er sich wieder. Ich erkannte deutlich Cornishs Stimme, auch wenn sie leise und blechern aus dem Lautsprecher kam. »Hier Cornish. Schalten Sie um auf Kanal 22.« Ich schaltete um, und seine Stimme meldete sich erneut und fragte mich, was ich wollte.

»Ich habe einen großen Fang für Sie, und der bleibt eiskalt. Verstehen Sie mich? Over.«

Wieder folgte eine Pause, und ich wurde immer nervöser. Dann aber sagte er: »Ja, ich glaube schon. Wo sind Sie?«

»Nördlich von der Stelle, wo wir vor drei Nächten waren«, antwortete ich. »Ungefähr zehn Meilen. Ihr Maat wird es wissen. Er hat mir erzählt, Sie wären schon einmal dagewesen und hätten an einem Baum mit einem Adlernest festgemacht. Haben Sie verstanden? Over.«

Wieder eine Pause, und im Hintergrund war undeutlich Stimmengemurmel zu hören. Dann: »Ja, Botschaft verstanden. Ein großer Fang, sagen Sie . . .«

Ich antwortete ihm jedoch nicht mehr, denn in diesem Augenblick hatte sich ganz deutlich der Schlepper gemeldet und wollte wissen, was meine Position sei und warum ich einen *Pan*-Notruf gegeben hätte. Dann wurde es abrupt still, und ich schaltete das Funkgerät aus, klappte die Falltür wieder hoch, verließ das Ruderhaus und kehrte zurück in den Laderaum. Ich hatte getan, was ich konnte. Nun lag es nur noch an Cornish.

Kurz nach vier zeigte eine Veränderung unserer Fahrtrichtung einen erneuten Kurswechsel an. Der Kahn rollte nun ziemlich stark, und der Wind, der uns fast breitseits erwischte, pfiff laut. Ein kurzer Blick hoch zu den Sternen bestätigte den Kurswechsel. Wir fuhren in fast genau östlicher Richtung direkt auf das Land zu, und die Geschwindigkeit des Lastkahns verringerte sich derart, daß wir nach kurzer Zeit praktisch stillzuliegen schienen. Dann waren wir plötzlich im Windschatten, das Stampfen hörte abrupt auf, und es wurde völlig windstill. Wir waren im Spider. Ich zweifelte nicht daran, und kurz darauf legten wir mit einem schrecklichen metallischen Kratzen und Schürfen an; darauf folgten laute Schritte auf Deck, Halteleinen wurden festgemacht, Stimmen hallten bis zu uns herab, und jemand rief im Befehlston – es klang ganz so wie jener griechische Schlepper-Kapitän – die Leute vom Lastkahn zum Frühstück auf den Schlepper. »Wie lange haben wir dafür, Captain?« Darauf antwortete wieder eine andere Stimme: »Ungefähr eine Stunde, mehr nicht.« Dann kletterten sie auf den Schlepper, und irgend jemand fragte, wo das Kurierschiff denn jetzt sei. »Das wartet im Kildidt Sound«, antwortete jemand anders.

»Das ist ja nicht mehr als zwei Meilen von hier.«

»Schon, aber sie müssen einen Umweg fahren – entweder durch

die Fulton-Passage oder durch den Spider-Kanal. Fliegen werden sie nicht, das steht schon mal fest. Das mit der Stunde Pause kommt also wahrscheinlich hin. Alles klar?«

Die Stimmen verstummten, und bis auf das leise Knirschen der beiden Schiffe, die sich in der leichten Dünung bewegten und aneinander rieben, war alles still. Ich kletterte die Leiter hoch und warf vorsichtig einen Blick hinaus. Wir waren von kleinen Felseninseln umgeben, und das Grün der Bäume, die auf ihnen standen, verschmolz, so daß der Eindruck entstand, als seien wir von einem durchgehend grünen Strand umringt und lägen in einem See. Manchmal kam die Sonne kurz heraus und blitzte auf dem von einer leichten Brise bewegten Wasser. Neben uns lag der Schlepper, der mit seinem Schornstein und seinen Deckaufbauten den schwerbeladenen Lastkahn überragte. Das Ruderhaus schien verlassen. Ich konnte durch die Fenster hindurch die Berge dahinter und den Himmel sehen, der mit seinen silberweißen Wolken aussah, als sei er von einer leichten Schneedecke überzogen.

Das Funkgerät war nicht abgeschaltet worden, und ich hörte eine Stimme, die klang, als gehöre sie einem Indianer. Er war mit einem Fischdampfer unterwegs und hatte keine Ahnung, wo er war. »Scheiß-Indianer.« Jemand war von unten in das Ruderhaus gekommen. »Bestimmt besoffen. Erst schläft er seinen Rausch aus, und wenn er aufwacht, weiß er nicht, wo er mit seinem Scheißkahn liegt. Typisch.« Eine andere Stimme sagte: »Was ist denn mit dieser *Kluahnie?*« Der Stimme nach war das der Kapitän des Schleppers. »Der Typ wußte doch anscheinend, wo er war, und außerdem war er viel näher. Wen hat er überhaupt angefunkt?«

»Eine von diesen Fischereifirmen, nach dem, was man gehört hat. Unverschämtheit, einen *Pan*-Ruf rauszuschicken. Sogar der Kutter der Küstenwache hat sich gemeldet, nicht? Wo dieser Idiot wohl jetzt ist?«

»Das ist mir egal. Nachdem der Indianer jetzt einen Notruf gegeben hat, haben sie ja zu tun.«

»Iß jetzt dein Frühstück! Wir bekommen bestimmt bald selbst genug zu tun.«

Die Antwort hörte ich nicht mehr, denn sie gingen beide durch die andere Tür hinaus. Alles wurde wieder ruhig, und nur noch aus dem Lautsprecher war ein Fischer zu hören, der sich mit einem

Kollegen vor Egg Island bei der Einfahrt zum Smith Sound unterhielt. Ich kletterte wieder in mein Versteck zwischen den Bäumen zurück, und Brian flüsterte mir zu: »Meinen Sie, der Kapitän auf dem Kutter hat verstanden, was Sie ihm sagen wollten?«

»Ich glaube schon.«

»Wie lange dauert es wohl, bis er hier ist?«

Das konnte ich ihm nicht sagen. Gerade als ich den Kapitän nach seiner Position fragen wollte, hatte sich der Schlepper eingeschaltet.

»Sie könnten über Funk einen Hubschrauber anfordern.« Miriam rieb sich das linke Bein; es war ihr wohl eingeschlafen. »Du sagtest doch, sie hatten bei diesem Nachteinsatz einen dabei. Wenn sie einen Hubschrauber anfordern – « Ich mußte ihr jedoch sagen, daß ich das für äußerst unwahrscheinlich hielt. Cornish hätte dazu die gesamte Lage über Funk dem Rettungs-Koordinations-Zentrum in Victoria erklären müssen. Wenn er aber meine Mitteilung verstanden hatte, wußte er, daß man auf dem Schlepper den Funkverkehr überwachte.

»Dann könnte er zu spät kommen.« Miriam sagte das mit seltsam ruhiger Stimme. »In diesem Fall war Toms Tod . . .« Nun zitterte ihre Stimme doch leicht. »Gibt es denn nicht irgendwo einen Flugplatz, den du mit UKW anfunken könntest?« Noch während sie das sagte, wurde ihr klar, wie unmöglich das war. »Nein, natürlich nicht . . . Wir müssen also einfach abwarten.«

»Ja«, sagte ich und wünschte mir, ich hätte Cornish nach seiner Position fragen können. Die Warterei allein war schon schlimm genug, aber wenn man nicht einmal wußte, wie lange es noch dauern würde . . . »Sie werden bestimmt nicht lange brauchen«, versicherte ich ihr, aber sie wußte genau, daß ich das nur sagte, um ihr und auch mir selbst Mut zu machen. Plötzlich war eine Stimme an Deck des Schleppers zu hören, die den Koch verfluchte, weil es zum Frühstück kein Steak gegeben hatte. »Schinken, Würstchen und Kartoffelbrei – da ist der Fraß in der Armee ja inzwischen besser!«

Ich verkroch mich wieder zwischen den Stämmen und verfluchte den Mann, weil er mich an den Zustand meines Magens erinnert hatte. Ich hatte jetzt seit vierundzwanzig Stunden nichts mehr gegessen und hätte mich liebend gern mit Würstchen und Kartoffelbrei zufriedengegeben. Andere Stimmen unterhielten sich am Bug des Schleppers, und dann waren sie auf einmal alle am Heck des Prahms mit der obersten Lage der Stämme beschäftigt. Ich konnte allerdings nicht erkennen, was sie da machten. Sie schienen sich jedenfalls unter Fluchen und Stöhnen langsam nach unten zu arbeiten. Bald sah ich Stiefel auf den Stahlsprossen, und Sägespäne rieselten herab. Ich hörte einen unterdrückten Fluch, und irgend jemand mühte sich stöhnend ab. Anscheinend wollte er etwas lockern oder öffnen, das zu fest hineingehämmert worden war. »Schaut euch bloß meine Nägel an, verdammt noch mal!«

Was zum Teufel machten sie da? Dann sah ich direkt meinem Versteck gegenüber einen Fuß und dachte schon, es könnte nur noch Minuten dauern, bis wir entdeckt würden. Tiefer kamen sie jedoch nicht, und nach ungefähr zehn Minuten war der Auftrag – was immer es auch gewesen sein mochte – ausgeführt, und sie versammelten sich auf Deck.

Danach hatten wir ungefähr eine halbe Stunde Ruhe, und dann rief jemand: »Da kommen sie!« Kurz darauf hörten wir das Geräusch einer einzelnen Schiffsschraube.

Von dem, was dann geschah, bekam ich nur einen äußerst verworrenen Eindruck. Mir kam alles irreal, fast wie ein Hörspiel vor, denn ich konnte nichts sehen, sondern nur Geräusche hören, die ich interpretierte, so gut ich es eben vermochte. Ich hatte daher eigentlich keine Angst, sondern konzentrierte mich voll auf mein Gehör, war ganz und gar damit beschäftigt, die Geräusche in Bilder umzusetzen.

Die Maschinen des Schleppers wurden angeworfen. Ich hörte, wie sein Rumpf am Prahm entlangschrammte, und vernahm nach einer kurzen Weile Stimmen, die etwas riefen. Andere Stimmen antworteten in einer Art Spanisch. Leinen wurden an Deck geworfen, Fender rieben und quietschten an der Backbordseite, und der Lastkahn wurde mit einem heftigen Stoß, der unseren Rumpf an den Felsen drückte, zur Seite geschoben. Wir wurden an dem Neuankömmling festgemacht, und sobald das geschafft war und der Lastkahn wieder ruhig lag, schien eine gänzlich neue Schiffsbesatzung über das Deck zu laufen.

Was genau geschah, konnte ich nicht erkennen. Die Männer schienen sich auf Bug und Heck des Prahms zu konzentrieren, und ich hatte den Eindruck, daß sie etwas an Bord trugen. Wo sie die

Ladung verstauten, blieb ungewiß. Sie kamen auf jeden Fall nicht an den Enden der Stämme vorbei, zwischen denen wir versteckt waren. Ich sah von den Männern nicht mehr als dann und wann einen Fuß, der auf die Sprosse direkt vor meinem Versteck gestellt wurde, und auch das geschah erst, als sie anfingen zu hämmern. Es klang wie Holz auf Holz, als würde immer wieder einer von ihnen mit einem Holzhammer auf einem der Stämme herumklopfen. Diese Ladearbeiten und das Hämmern dauerten genau siebenundzwanzig Minuten. Ich achtete genau auf die Zeit – vielleicht konnte das einmal wichtig sein. Die Männer unterhielten sich in einer Mischung aus Englisch und Spanisch, die ebenso unverständlich wie Pidgin-Englisch war. Einmal hörte ich jemanden mit deutlich irischem Akzent sagen: »Mein Gott, man möchte kaum glauben, daß es so viele Fixer gibt, oder was meint ihr? Ob sie die Genehmigung für diese Ladung wohl bei St. Petrus eingeholt haben?« Darauf folgte Gelächter.

Es war das einzige Mal, daß jemand auf die Ladung Bezug nahm. Zumindest hatte ich damit die Bestätigung für Hallidays Behauptung – es ging also tatsächlich um Rauschgift. Darüber, wie sie es verluden, hörte ich nichts, und ich konnte nur schließen, daß sie es in sehr widerstandsfähigen Behältern zwischen die Stämme stopften.

Sobald sie die Ladung untergebracht hatten, wurden die Leinen wieder gelöst. Das andere Schiff fuhr in offene Gewässer hinaus, und wir hörten das Geräusch seiner Schraube sich allmählich entfernen. Inzwischen kam auch der Schlepper wieder näher; das Geräusch wurde lauter und hörte dann kurz auf, als die Männer die Schlepptrosse wieder festmachten. Dann kamen die Befehle »Leinen los!« und »Zieht an!«, und dann setzte sich der Schleppkahn mit einem kurzen Ruck und lautem Schrammen am Fels in Bewegung.

Einen Moment später hörten wir nur noch das Rauschen und Plätschern des Wassers am Rumpf. Wir waren wieder unterwegs, und der Prahm würde erst in Seattle wieder Halt machen, es sei denn, Cornish hatte es verstanden, bei meinem Funkspruch zwischen den Zeilen zu lesen, und die Mitteilung richtig interpretiert. Ich war mir da keineswegs sicher, und außerdem wußte ich nicht, wie weit er von mir entfernt gewesen war. Die Reichweite eines UKW-Funkgeräts kann je nach den Bedingungen sehr unterschiedlich sein.

Tatsächlich war er mehr als vierzig Meilen weit entfernt südlich von den Hannah-Klippen und nach Osten zur Alexandra-Passage bei Egg Island unterwegs, um einem indianischen Fischer zu helfen, der immer wieder den Notruf funkte und nichts Genaueres wußte, als daß er irgendwo in der Gegend des Smith Sound sei. Sie hatten die Suche auch nach meinem Funkspruch nicht eingestellt, denn vierzig Meilen weiter südlich sahen die Wetterverhältnisse ganz anders aus: Der Wind hatte sich gelegt, und das hatte einen Temperatursturz mit sich gebracht. Sie fuhren in dichtem Nebel, und da die Einfahrt zum Smith Sound voller Felsen und Untiefen ist, fürchteten sie um die Sicherheit des Indianers.

Natürlich machte man sich im Ruderhaus des Kutters Gedanken darüber, wer diese *Kluahnie* wohl war, und ob man einen Fischtransporter mit einem Tiefkühl-Laderaum für eine große Ladung Fisch bereithielt, die für Cornish eiskalt gehalten wurde. Erst im Verlauf der Diskussionen kamen sie allmählich dahinter und erinnerten sich daran, daß ich von der Ice-Cold-Mine erzählt hatte, die nach Auskunft von Edmundson im Kluane sei, und daß wir uns auch über die ungewöhnliche Aussprache dieses Namens unterhalten hatten. Trotzdem konnten sie nicht verstehen, wie ich oder Tom Halliday uns über den UKW-Notkanal melden konnten.

Später sollte Kapitän Cornish vor Gericht den Auszug aus seinem Logbuch laut vorlesen. Demzufolge lag zwischen dem Empfang des Funkspruchs und dem Zeitpunkt, an dem die Suche nach dem Indianer aufgegeben und Kurs auf Spider Island genommen worden war, eine Pause von achtzehneinhalb Minuten. So lange hatten sie gebraucht, bis schließlich die Entscheidung zum Kurswechsel fiel. Auch dazu hatten sie sich nur entschlossen, weil der Maat hartnäckig dabei blieb, daß ich der einzige gewesen sei, mit dem er innerhalb des letzten halben Jahres darüber gesprochen hatte, daß die *Kelsey* durch den Spider gefahren war und an einer halb abgestorbenen Rotzeder mit einem Adlernest darauf festgemacht hatte.

Nachdem Kapitän Cornish jedoch einmal die Entscheidung getroffen hatte, nach Norden zu fahren — so erklärte er in seiner Aussage —, wurde ihm klar, wie dringend die Sache war angesichts der Tatsache, daß die Durchsuchung durch den Zoll beim letzten Transport ergebnislos geblieben war. Sein Logbuch zeigte, daß er mit voller Kraft nach Norden fuhr und wegen günstiger Tideverhältnisse eine Geschwindigkeit von zwanzig Knoten machte.

Von alldem wußten wir natürlich nichts. Wir hockten in unserem engen Versteck aus Stämmen und Stahl in einem düsteren Laderaum und wußten nur, daß wir mit schätzungsweise sechs Knoten nach Süden fuhren und bis zur Meerenge zwischen Vancouver Island und dem Festland noch eine Nacht überstehen mußten. Daß wir nach Süden fuhren, wußten wir, weil die Sonne auf die Backbordseite des Ruderhauses schien, und wir nahmen an, daß wir in Richtung Vancouver Island unterwegs waren, weil das die normale Route für Schleppzüge war.

Auf der Fahrt nach Süden wurde es allmählich immer kälter, die Sonne war nicht mehr so hell, und das Tageslicht ließ nach. Das Nebelhorn des Schleppers begann in regelmäßigen Abständen zu dröhnen. Wir waren im Nebel; weiße Nebelfetzen verirrten sich zwischen die Stämme, Feuchtigkeit und Kälte machten uns sehr zu schaffen.

Wir waren davon überzeugt, daß höchstens ein Mann auf dem Schleppkahn zurückgeblieben war, denn wir hörten keine Stimmen mehr. Selbst wenn wir uns auf die oberste Sprosse der Leiter stellten und unseren Kopf herausstreckten, hörten wir nichts als das Rauschen des Wassers am Rumpf. Anscheinend waren die Männer aus dem Holzfällerlager nach der Übernahme der mysteriösen Fracht durch den Lastkahn auf das südamerikanische Schiff umgestiegen. Es war natürlich auch möglich, daß zwei Mann an Bord waren und einer von ihnen schlief. »Zumindest davon müssen wir ausgehen«, sagte ich. Brian schwieg dazu. Er hatte den Mann im Ruderhaus singen gehört, und das war seiner Ansicht nach ein sicheres Indiz dafür, daß er allein war.

Uns schienen nur zwei Möglichkeiten offenzustehen, und über die diskutierten wir endlos: aufpassen, bis der Prahm in die Nähe eines passenden Schiffes kam, das Ruderhaus stürmen, die Schlepptrosse kappen und den Prahm längsseits bringen – oder aber warten, bis wir in den Narrows waren und sehr nahe an einem Anlegeplatz oder an einem kleinen Boot vorbeikamen, um dann über Bord zu springen und hinzuschwimmen. Von diesen Möglichkeiten war mir die erste lieber, und nach längerer Diskussion schloß sich Brian mir an. Wir hatten so nicht nur unsere Aussage, sondern als zusätzliche Beweismittel den Prahm, seine Ladung und ein Mitglied der Crew. Außerdem hatten wir den Schutz der Dunkelheit auf unserer Seite. Mir gefiel die Vorstellung nicht, bei hellichtem Tag um mein Leben schwimmen zu müssen, und den anderen ebensowenig. Selbst wenn es so neblig blieb und die Wache auf dem Schlepper uns nicht sah, würde uns die starke Strömung in den Narrows genug zu schaffen machen.

Darauf einigten wir uns schließlich. Wir würden bis in die frühen Morgenstunden warten, wenn es noch dunkel sein würde und wir ungefähr in der Gegend von Port Hardy an der Nordspitze von Vancouver Island waren. Dann würden wir den Prahm übernehmen. Das einzige Problem dabei war, daß uns zum richtigen Zeitpunkt ein ziemlich langsames Schiff überholen mußte – und dazu hatten wir verdammt viel Glück nötig. Sobald wir die Schlepptrosse gekappt hatten, würde ich sofort anfangen, einen *Mayday*-Notruf zu senden, um so das Rettungs-Koordinations-Zentrum in Victoria zu alarmieren. Auf dem Schlepper würde man sofort merken, daß der Prahm nicht mehr an der Trosse hing, und ich hoffte, daß mein Notruf die Verantwortlichen dort davon abbringen würde, zurückzukommen und uns zu holen.

Es war eine gute Idee, aber leider, der Mensch denkt . . . Wir wußten nämlich nicht, daß der Schlepper sich auf Südwestkurs dem offenen Meer an der rauhen und praktisch unbewohnten Westküste von Vancouver Island näherte. Und davon wußte auch weder der Kutter der Küstenwache noch das RKZ in Victoria etwas. Cornish hatte sich über Kurzwelle auf einer Spezialfrequenz gemeldet, und das RKZ wiederum hatte den Zoll benachrichtigt. Der Kutter erhielt daher den Befehl, am östlichen Ende der Ranking Shoals hinter den Pearl-Klippen auf den Schleppkahn zu warten. Diese Klippen ragen zum Teil bis zu sechzehn Fuß aus dem Wasser, und da ungefähr zwei Stunden nach der geschätzten Ankunftszeit des Kutters Ebbe war, würde er von dem Radar des Schleppers höchstwahrscheinlich nicht bemerkt werden, weil er im Radarschatten der Klippen lauerte.

Cornish kam um 13.39 Uhr dort an, als der Schlepper sich gerade seewärts von der Hakai-Passage befand. Um 16.00 Uhr war er fast genau westlich der Pearl-Klippen. Der Nebel war noch sehr dicht, und Cornish, der Geschwindigkeit und zurückgelegte Entfernung des Schleppers richtig einschätzte, hatte sein Radargerät auf Nahbereich geschaltet. Er erwartete uns in der Nordpassage zwischen den Pearl-Klippen und der Calvert-Insel oder direkt westlich vom Watch-Felsen in ungefähr fünf Meilen Entfernung am anderen Ende der Ranking-Untiefen.

In Wirklichkeit aber waren wir gegen vier Uhr nachmittags fast zwanzig Meilen westlich der Untiefen.

Zwei Stunden später hatte sich der Nebel noch nicht gelichtet, und es war fast dunkel. Erst dann kam der Kutter hinter den Pearl-Klippen hervor und begann, seine Umgebung mit einem auf weitere Reichweite geschalteten Radargerät abzusuchen. Zu diesem Zeitpunkt hatte er die Gelegenheit, uns abzufangen und den Schleppzug zu identifizieren, bereits verpaßt. Inzwischen hatten wir den belebteren Schiffahrtsweg nach Prince Rupert und weiter nach Norden erreicht, und in einem Umkreis von nur wenigen Meilen befand sich schon eine Reihe anderer Schiffe.

Das war die Lage, als die Nacht einbrach und es kälter wurde. Wind war aufgekommen. Wellen klatschten laut an den Bug, die Schlepptrosse ruckte, und wir hatten uns zusammengekuschelt, um uns gegenseitig zu wärmen. Ich erinnere mich noch daran, wie deutlich es mir bewußt war, daß Miriams Körper sich so eng an den meinen drückte, aber Brian war ja auch noch da. Der Wind und die feuchte Kälte fraßen sich durch unsere Kleider bis auf die Knochen vor, und wir zitterten alle drei.

Irgendwann kurz nach Mitternacht müssen wir an Cape Scott an der Nordostspitze von Vancouver Island vorbeigekommen sein. Weit und breit gab es nichts als Wälder und vielleicht hier und da ein Holzfällerlager. Ich glaubte jedoch, wir seien in der Queen-Charlotte-Straße unterwegs zur Alert-Bucht und soeben in die Narrows eingelaufen, und verstand nicht, warum der Prahm immer heftiger schlingerte. Ich stieg die Leiter hinauf und sah über das Deck hinaus. Hinter den beschlagenen Fenstern des Ruderhauses brannte unscharf ein Licht, ansonsten war nichts zu sehen – nicht das geringste, so dunkel war die Nacht. Einmal kroch ich weiter hinauf, um nach vorne sehen zu können, aber der Nebel war so dicht, daß ich nicht einmal den Bug wahrnahm, von den Positionslichtern des Schleppers ganz zu schweigen.

Wind und Wellen wurden immer heftiger, bis der Prahm schwer schlingerte, unterbrochen vom immer wiederkehrenden Ruck der

Schlepptrosse. Wir froren, bekamen immer mehr Angst und wußten nicht recht, was wir jetzt tun sollten. Es war sinnlos, die Schlepptrosse zu kappen, wenn weit und breit kein anderes Schiff in Sicht war, und obwohl ich in regelmäßigen Abständen meinen Kopf hinausstreckte, war von der Küste nichts zu sehen; keine Lichter, keine anderen Schiffe, nur die tiefe Schwärze der Nacht, und dazu der Nebel, der über den Schlepplichtern des Prahms hing.

Kurz nach vier weckte mich Miriam, um mir zu sagen, sie hätte einen Stern gesehen. Bis ich wach war und meinen Kopf hinausgestreckt hatte, war der Nebel verschwunden. Die Nacht war klar, die Sterne standen funkelnd und kalt wie Diamanten am Himmel, und auch die Positionslichter des Schleppers und des Lastkahns waren nun deutlich zu sehen. Sogar die Schlepptrosse konnte ich erkennen, doch dort, wo ich eigentlich die Küste erwartet hatte, zeigte sich kein Licht. Es schien, als würden wir durch tiefste Leere geschleppt. Trotzdem konnte ich mit Hilfe der Sterne bestimmen, daß wir süd-südöstlich auf einem Kurs fuhren, der uns nach menschlichem Ermessen in die Narrows bringen mußte.

Von nun an wurde unsere Reise immer mehr zu einem Alptraum. Wir waren nicht da, wo wir sein sollten, und ich hatte vollständig die Orientierung verloren. Wie hätte ich wissen können, daß wir kurz nach Mitternacht bei Cape Scott unseren Kurs um mindestens 45° nach Osten geändert hatten und daß wir davor südwestlich gefahren waren? Ich kam mir langsam wie der Fliegende Holländer vor, und unsere Fahrt nahm kein Ende. Wahrscheinlich muß ich irgendwann dahintergekommen sein, daß wir an der dem Pazifik zugewandten Westküste von Vancouver Island entlangfuhren, aber eine bewußte Erkenntnis war das nicht. Ich hatte keine Überlegungen angestellt oder Berechnungen vorgenommen, sondern es war eine ganz intuitive Erkenntnis, die ich aber noch eine Weile für mich behielt.

Als ich es schließlich den anderen erzählte, war die Sonne aufgegangen und von der Küste noch immer nichts zu sehen. Das einzige Schiff in Sichtweite war ein leerer Erztransporter, der zudem schon lange an uns vorbei war. Im Osten stand eine große Nebelbank, die uns wie eine düstere Wand den Blick versperrte. Einmal – und nur einmal – glaubte ich etwas zu erkennen. Es war wie ein dunkler Schatten, der sich wie ein riesiger Berg in den feuchten

Nebel schob. Er blieb etwa eine Stunde lang zu sehen. Als es Mittag wurde, waren wir wieder im Nebel. Weit und breit gab es nichts außer dem schemenhaften Umriß des Schleppers.

Inzwischen war die Bewegung des Schiffes sehr unangenehm geworden, ein Schlingern und Stampfen, das in dem engen Raum, in dem wir uns kaum bewegen konnten, und in dieser harzigen Luft eine Übelkeit in uns aufsteigen ließ, die von einer waschechten Seekrankheit nicht weit entfernt war. So weit ging es Gott sei Dank nicht, obwohl Brian sehr blaß wurde und ununterbrochen gähnen mußte. Der eigentliche Grund war wahrscheinlich, daß wir nichts im Magen hatten, was wir hätten erbrechen können. Wir hatten jetzt seit mehr als zwei Tagen nichts gegessen, was vielleicht ganz gut war, denn wohin hätten wir gehen können, um unseren Darm zu entleeren? Ich persönlich hatte kein Hungergefühl, sondern verspürte eher so etwas wie Verstopfung. Allerdings hatte ich großen Durst. Mein Mund war trocken und rauh, und manchmal brach mir der kalte Schweiß aus, was dann von heftigen Schüttelfrostanfällen begleitet war.

Miriam schien die Fahrt am wenigsten auszumachen. Ich glaube, es kam daher, daß sie in ihren Gedanken und Erinnerungen verloren war. Sie hatte vielleicht hier und da mit anderen Männern geschlafen, um die Leere auszufüllen, die in ihrer Ehe immer wieder auftrat, aber trotzdem konnte niemand an der tiefen Zuneigung zweifeln, die sie Tom entgegengebracht hatte. Hier auf dem Lastkahn schien sie meistens zu schlafen – oder zumindest lag sie zusammengerollt wie ein Fötus da und rührte sich nicht. Wenn sie wach war, saß sie mit weit aufgerissenen Augen aufrecht und sagte nichts. Wenn man sie aber ansprach, antwortete sie mit fester, entschiedener Stimme; beispielsweise bei unserer Diskussion darüber, ob wir schwimmen sollten oder nicht. Dazu hatte sie uns eine ganz einfache Antwort gegeben: »Um mich braucht ihr euch keine Sorgen zu machen. Ich bin eine gute Schwimmerin und halte es wahrscheinlich im Wasser länger aus als ihr. Wenn ihr euch also dazu entschließen solltet, bitte.«

Der zweite Tag auf See in unserem Versteck unter einer Riesenlast von Baumstämmen kam uns endlos vor. Es wurde nicht wärmer, auch wenn dann und wann die Sonne durchbrach.

Bei solchen Gelegenheiten kletterte ich jedesmal die Leiter hinauf und starrte verzweifelt in die milchigweiße, undurchsichtige Umgebung des Prahms und suchte nach dem schattenhaften Umriß eines vorbeifahrenden Schiffs, aber meine Hoffnungen wurden immer wieder enttäuscht. Nur ein einziges Mal hatte ich Glück und sah im Osten kurz die Küste.

Das war jedoch nur ein sehr kurzer Anblick, und mir fehlten alle Mittel, unsere Position zu bestimmen. Wenn ich mir allerdings heute die Karte anschaue, bin ich sicher, daß es nur die Brooks-Halbinsel gewesen sein kann, die zehn Meilen zwischen der Brooks Bay und dem Kyuquot Sound von der gebirgigen Hauptmasse von Vancouver Island ins Meer hinausragt. Sie sah aus, als sei sie ungefähr drei oder vier Meilen weit entfernt. Nach der Eintragung in meinem Tagebuch war es 10.17 Uhr.

Fast zehn Stunden später, kurz nach acht, sah ich das erste Licht an der Küste. Ich hatte meinen Kopf herausgestreckt, weil mich das tiefe Dröhnen eines Nebelhorns geweckt hatte. Meine Augen waren fest auf das Schiff gerichtet, das plötzlich aus dem Nebel auftauchte, so daß mir das Licht an Land fast entgangen wäre. Das Schiff war beleuchtet wie ein Christbaum, Reihen um Reihen von Bullaugen, und darüber die hellerleuchteten Deckaufbauten, die einen großen Bug und eine riesige Bugwelle bis zu dem weißen Kielwasser beleuchteten. Es muß ein Luxusdampfer gewesen sein, der gerade von Alaska zurück nach Kalifornien rauschte. Für uns war er viel zu schnell, und außerdem war er bereits vorbei.

Und dann, als ich gerade wieder hinuntersteigen wollte, um es den anderen zu erzählen – das Schiff war mit einem Riesenlärm an uns vorübergezogen, und beide sahen fragend zu mir hoch –, genau in diesem Moment bemerkte ich den starken Strahl eines Scheinwerfers, der in einem Bogen über das hellerleuchtete Heck des Schiffes streifte. Darauf folgte aber nichts, und ich sah dem großen Schiff nach, das an uns vorbeigefahren war und mit seinen Lichtern noch immer die Nacht erleuchtete. Im Innern setzten sich bestimmt die Passagiere gerade zum Abendessen in den Speisesaal, und vor ihnen standen Flaschen voll Wein und Karaffen mit eiskaltem Wasser. Ich fuhr mir mit der Zunge über die trockenen Lippen und fragte mich zum tausendsten Mal, was zum Teufel ich eigentlich hier trieb, und warum ich so dumm gewesen war . . .

Doch plötzlich war er wieder da und durchbohrte weit hinter

dem Schiff die Nacht – der Strahl eines starken Scheinwerfers, der sich wie ein Finger aus weißem Licht in die Nebelbank schraubte, dann wieder aus ihr herauswanderte und über das Schiff strich. Kurz wurde der Schlepper angestrahlt, und dann schien mir der Strahl direkt ins Gesicht und verschwand wieder im Nebel. Begleitet war er vom Klang eines Nebelhorns. Es war ein doppelter Ton in Intervallen von ungefähr vierzig Sekunden, und ich schätzte richtig, daß dieses Signal alle zwei Minuten gegeben wurde.

Ich glaube, ich beobachtete den Lichtstrahl mindestens sechsmal, bevor er sich im Nebel verlor und wir wieder allein waren. Das Nebelhorn hörte ich noch immer. Ich hatte die Intervalle zwischen den Lichtblitzen überprüft. Es war ein starker Scheinwerfer, der zweifellos zu einem Leuchtturm gehörte. Wenn ich eine Seekarte gehabt hätte, hätte ich gewußt, wo wir waren.

Es handelte sich um den Leuchtturm San Rafael bei der Friendly Cove an der Südwestspitze von Nootka Island, wie ich von Brian erfuhr. Er hatte diesen Teil der Küste erforscht, als er sich die alte Heimat seines Großvaters angesehen hatte. Seiner Schätzung nach waren wir ungefähr auf der Höhe der Stelle, wo Cook auf seiner dritten schicksalhaften Reise gelandet war. Es war das erste Mal gewesen, daß ein Engländer seinen Fuß auf die Westküste Kanadas gesetzt hatte. »Wenn das tatsächlich der Leuchtturm ist, für den ich ihn halte«, sagte er, »dann markiert er die Einfahrt in den Cook Channel und die Fjorde, die zu den Forstwirtschaftszentren von Tahsis und Gold River führen. Wir sollten aber besser abwarten, bis wir in der Straße von Juan de Fuca sind.« Das war seine Antwort auf meinen Vorschlag, den Prahm jetzt zu übernehmen und zu versuchen, den Leuchtturm mit dem UKW-Funkgerät zu erreichen. Es war ein Wind aufgekommen, der manchmal mit recht starken Böen landwärts wehte, und außerdem kam nach meiner Schätzung die Flut. »Es sind nur ungefähr drei Meilen bis dahin, vielleicht sogar noch weniger, und wir werden ziemlich schnell angetrieben werden.«

Brian schüttelte den Kopf. »Nicht schnell genug, und außer dem einen Schiff, das uns gerade passiert hat, habe ich keines gehört, das in unserer Nähe vorbeigekommen wäre.« Er hielt es für besser, abzuwarten, bis wir in der Straße von Juan de Fuca waren. »Dort werden wir mehr Schiffen begegnen, als wir brauchen können.«

Seine Argumente waren unwiderlegbar, und ich hätte mich seiner Meinung auch angeschlossen, wenn Miriam nicht gewesen wäre. Sie war auf die Stämme geklettert, hatte die Lichter gesehen und dann erleben müssen, wie wir wieder von dem dichten Nebel verschlungen worden waren, der sogar die Positionslampen des Schleppers vor unseren Blicken verbarg. »Nehmen wir doch mal an, der Nebel hält sich. Was ist denn, wenn wir im Nebel bleiben, bis wir Seattle erreichen und am Kai von *SVL Timber* festmachen? Dann sehen wir gar kein anderes Schiff mehr. Außerdem wird es dann hell sein . . . So eine Chance werden wir nie wieder bekommen.«

Brian wollte mit ihr diskutieren, aber nach Diskussionen stand ihr nicht der Sinn. Sie war hart am Rande der Hysterie, und erst jetzt wurde mir voll bewußt, was diese achtzehn Tage Gefangenschaft in der einsamen Hütte an dem See für sie bedeutet hatten. »Ihr könnt ja abwarten, wenn ihr wollt. Ich nicht. Da ist ein Leuchtturm, ein Dorf, Menschen – ehrliche, einfache, normale Menschen.« Ihre Stimme war lauter geworden, und die Worte sprudelten förmlich aus ihr heraus. »Wenn ihr die Trosse nicht kappt, schwimme ich!« Sie starrte Brian mit großen Augen ins Gesicht.

Er war nicht bereit, nachzugeben. Das erkannte ich ganz klar, und sie sah es auch. »Na schön«, sagte sie und machte ihren Anorak auf.

Sie fing buchstäblich an, sich auszuziehen. »Mein Gott, Miriam!« Ich legte ihr meine Hand auf den Arm und versuchte, sie zurückzuhalten. »Sei nicht albern. Du würdest es nie schaffen.« Ich spürte, wie sie zitterte.

Brian versuchte es mit einem sanfteren Tonfall, aber sie ließ sich nicht beirren. Nichts, was wir sagten, keine meiner inständigen Bitten zeigte auch nur die geringste Wirkung. Sie hatte ihren Entschluß gefaßt und wollte sich nicht davon abbringen lassen. Sie hatte ein Licht am Strand gesehen, und so etwas wie eine fixe Idee hatte sich bei ihr eingenistet. Sie schien einfach nicht zu hören, was wir ihr sagten, und allmählich wurde uns klar, daß wir sie fesseln müßten, wenn wir uns nicht fügen und die Trosse kappen wollten.

Brian sah mich an, lächelte leicht und zuckte die Achsel. »Dann kappen wir eben die Trosse. Einverstanden?«

Ich nickte langsam und überlegte mir, daß die Männer auf dem Schlepper nicht lange brauchen würden, bis sie bemerkten, daß der Lastkahn nicht mehr an der Trosse hing. Nebel oder kein Nebel, mit ihrem Radargerät würden sie uns sehr bald finden, und was sollten wir dann machen? Als ich aber versuchte, Miriam das klarzumachen, sagte sie einfach: »Du hast doch noch das Gewehr, Brian. Damit kannst du sie eine Weile aufhalten, und wir kommen mit jeder Minute näher an das Ufer. Weit werden wir nicht schwimmen müssen.«

Dann lächelte sie. Sie lächelte und sah uns mit einem triumphierenden Gesichtsausdruck an, als sei ihr Argument nicht zu widerlegen. Und in gewisser Beziehung war es das ja auch nicht. Auf der einen Seite Dunkelheit und Nebel und ein Leuchturm, der nur drei Meilen weit entfernt war, und auf der anderen Seite die Straße von Juan de Fuca bei Tageslicht sowie die Hoffnung auf ein Schiff, das nahe genug an uns vorbeikam. Man hätte ebensogut eine Münze werfen können, um festzustellen, welcher der bessere Plan war. Sehr vernünftig war keiner von beiden, und die Erfolgschancen standen wahrscheinlich bei beiden gleich schlecht.

»Dann kappen wir eben die Trosse«, sagte ich, und Brian nickte.

»Seid aber leise.« Wieder lächelte sie. Brian wandte sich noch einmal an Miriam: »Zwei Gewehre, ein Walkie-Talkie und ein UKW-Funkgerät, aber keine Munition und der Schlepper nur eine Trossenlänge weit entfernt. Du packst jetzt wohl besser deinen Gebetsteppich aus.« Er schwang sich auf die Leiter. »Okay. Los geht's!« Er kletterte auf das Deck hoch.

Das Ruderhaus war leer. Wir schlossen die Falltür und verriegelten sie, um den Mann, der unten in der Kajüte schlief, unschädlich zu machen. »Die Sache hier überlasse ich Ihnen«, sagte Brian zu mir und legte sein Gewehr auf das Regal vor dem Steuerrad. »Rufen Sie die Küstenwache, sobald ich die Schlepptrosse losgemacht habe, und dann können wir nur noch hoffen, daß sie schnell kommen.« Er schob die Tür an der Leeseite auf, blieb noch einmal stehen und sagte: »Ich hoffe nur, die Halterung der Trosse läßt sich schnell entriegeln.« Damit verschwand er in die Nacht.

Nachdem die Tür wieder zu war, blieben Miriam und ich allein zurück. Ich ließ ihm zwei Minuten Zeit, um zum Bug zu gehen und sich den Entriegelungsmechanismus der Trosse anzusehen, und dann schaltete ich das UKW-Funkgerät ein, hielt mir das Mikrophon dicht vor die Lippen und sendete auf Kanal 16 meinen Hilferuf aus: »Küstenwachtschiff *Kelsey.* Küstenwachtschiff *Kelsey.* Hier Redfern an Küstenwachtschiff *Kelsey.* Bitte melden, *Kelsey.*«

Ich machte eine Pause, und in dieser Pause spürte ich, wie der Prahm langsamer wurde. Dann aber meldete sich die *Kelsey,* und ich hörte laut und deutlich Cornishs Stimme. Ich gab ihm unsere Position durch. »Wir sind auf dem Prahm und kappen die Trosse. Es wird nicht lange dauern, bis der Schlepper uns wieder aufbringt, und wir haben nur zwei Gewehre, um sie aufzuhalten. Beeilen Sie sich, bitte, schnell, schnell. Es geht um Leben und Tod.«

Cornish meldete sich wieder, aber er richtete sich nicht an mich, sondern an den Schlepper. Er forderte die *Gabriello* auf, beizudrehen und zu warten, bis sie von der Küstenwache nach Victoria eskortiert würde. »Ich habe Sie klar und sehr nahe auf meinem Radarschirm. Versuchen Sie nicht, Kontakt mit Ihrem Prahm herzustellen. Ich wiederhole – Sie sollen keinesfalls Kontakt mit Ihrem Prahm aufnehmen oder versuchen, ihn zu entern. Ein solcher Versuch wird mit Gewalt abgewehrt werden.«

Jemand begann mit den Fäusten von unten an die Falltür zu trommeln, und eine Männerstimme brüllte hoch, wir sollten ihn herauslassen. Die Tür zum Deck ging auf, und Brian streckte seinen Kopf herein. »Trosse gelöst«, sagte er, und dann noch: »Sie ist über den Bug geschnellt wie eine Peitschenschnur. Merkt ihr es schon?«

Ich merkte es ganz deutlich. Der Lastkahn lag wie tot im Wasser, und ich glaubte feststellen zu können, daß er sich leicht nach Backbord gedreht hatte und nun breitseits zu Wind und Wellen lag. Ich schätzte die Windstärke auf ungefähr 4 und unsere Treibgeschwindigkeit auf rund 2 Knoten. Es würde also anderthalb oder zwei Stunden dauern, bis wir unterhalb des Leuchtturms an den Strand getrieben wurden. Unser Plan war geradezu lächerlich: Der Schlepper würde lange vorher längsseits liegen, und wenn wir nicht überwältigt werden wollten, blieb uns nur noch das Wasser.

»Haben Sie den Kutter erreicht?«

»Ja.«

»Wie weit ist er entfernt?«

»Cornish war so schlau, das nicht zu sagen.«

Der Kutter war ungefähr sechs Meilen weit seewärts von uns

und fuhr auf einem Parallelkurs und mit der gleichen Geschwindigkeit, befand sich aber noch einige Meilen hinter uns. Als er uns bei den Pearl-Klippen nicht auf seinen Radarschirm bekommen hatte und uns auch bei den Ranking-Untiefen nicht finden konnte, war er mit voller Kraft nach Süden gefahren, um den Schleppzug bei seiner Einfahrt in die Queen-Charlotte-Straße zu identifizieren und abzufangen. Erst nachdem er noch eine Nacht damit verschwendet hatte, zwischen dem Festland von British Columbia und der Spitze von Vancouver Island zu liegen und den Radarschirm zu beobachten, kam Kapitän Cornish endlich auf die Idee, daß die *Gabriello* die Route über das offene Meer genommen haben könnte. Danach hatte er fast acht Stunden gebraucht, um uns einzuholen, und erst lange nach Mittag hatte er seewärts Stellung bezogen und darauf gewartet, daß der Nebel sich lichtete und ein Hubschrauber mit Polizei und Zollbeamten an Bord einfliegen konnte.

Da Cornish wußte, daß er noch mindestens zwanzig Minuten brauchen würde, und weil er von der *Gabriello* keine Antwort bekommen hatte, meldete er sich wieder bei mir und fragte mich, wer außer mir noch an Bord sei. Als ich ihm erzählte, Tom Halliday sei umgebracht und seine Frau in einer Hütte an einem See in den Bergen gefangengehalten worden, verschwendete er keine Zeit mehr mit Fragen an mich, sondern setzte sich an sein Funkgerät und rief zuerst den Leuchtturm und dann irgendein Schiff an, das in unserer Nähe zu sein schien. Zufällig kam ein Fischer aus Friendly Cove gerade am Yuquot Point herum in südwestlicher Richtung aus dem Nootka Sound. Cornish bat ihn, so schnell wie möglich zu uns zu fahren. All das hörte ich – und damit auch die Mannschaft des Schleppers – aus dem Lautsprecher des UKW-Funkgeräts. Wir wußten nicht, daß Cornish außerdem noch über Funktelephon vom Rettungs-Koordinations-Zentrum in Victoria einen Hubschrauber angefordert hatte.

Nun tauchten plötzlich die Lichter des Schleppers aus dem Nebel auf, und er fuhr mit seinem stumpfen Kiel direkt auf uns zu; die Aufbauten waren nur undeutlich zu erkennen. Inzwischen lag der Prahm praktisch bewegungslos im Wasser, schwankte im Wind, und die Wellen klatschten laut an seinen rostigen Rumpf. Der Schlepper rammte uns mitschiffs und blieb mit lautem Schaben und Kratzen an uns hängen. Im nächsten Augenblick rannten schon Männer zum Bug vor, um uns zu entern. Brian hatte die Flinte wieder an sich genommen und stellte sich in die offene Tür, um ihnen zu zeigen, daß er bewaffnet war.

Die Männer blieben stehen. Eine Stimme rief ihnen mit einem Megaphon etwas zu, und zugleich heulte eine Sirene direkt hinter unserem Heck laut auf. Ein Suchscheinwerfer bohrte sich durch die Nebelschwaden, und ein weißer Bug, ein Ruderhaus und ein kurzer Mast mit zahlreichen Antennen wurden sichtbar. Es war das Fischerboot aus Friendly Cove. Aus dem Lautsprecher ertönte plötzlich ein Stimmengewirr, denn der Fischer meldete sich bei dem Kapitän des Schleppers, und zugleich erteilte Kapitän Cornish der Mannschaft des Schleppers Anweisungen: »Entern Sie nicht den Prahm! Ich wiederhole, bleiben Sie an Bord des Schleppers!«

Einen Augenblick erstarrte alles wie in einem Bild. Der Schlepper stieß mit seinem Bug, auf dem drei Männer standen, gegen uns, ein weiterer Mann kam mit einem Gewehr in der Hand aus dem Ruderhaus, und steuerbord hing der weiße Schatten des Fischerboots wie ein Geisterschiff im Nebel.

Einen Moment rührte sich nichts, dann hatte sich das Bild schon wieder aufgelöst, und alles geschah gleichzeitig. Wir sanken vor einer Welle in ein tiefes Wellental, der Prahm rollte, und Miriam fiel gegen mich. Die Falltür prallte auf, und ein kräftig gebauter Mann mit breiten Schultern, einem offenen Hemd, mit schwarzem Haar und stechendem Blick kam heraus. Ich trat instinktiv nach ihm, während sich Miriam an mir festklammerte. Sie war im Licht des Scheinwerfers kalkweiß geworden. Für einen kurzen Moment riß die Nebelwand auf, und über die unruhigen Wellen hinweg starrte uns der Leuchtturm an, einäugig wie ein Zyklop.

Die Szene wirkte ausgeleuchtet wie die Außenaufnahme eines Films. Der Bug des Schleppers wurde von der Welle erst gegen uns gedrückt und dann vom Wasser überschwemmt; die drei Männer lagen hoffnungslos ineinander verknäult auf Deck, und zugleich bekam das geisterhafte Fischerboot Schlagseite und neigte seinen Mast mit den Antennen zu uns herüber. »Philip, ich springe! Es ist doch ganz nahe. Komm mit mir!«

Sie ließ meinen Arm los, drehte sich zur Tür um und faßte nach dem Griff. Ich sah die Angst in ihrem Gesicht und hatte plötzlich das seltsame Gefühl, als würde sich ihr Entsetzen auf mich übertragen. Dann wanderte der Strahl weiter. Ganz kurz herrschte Zwielicht, und dann war es dunkel. In dieser abrupten Dunkelheit spürte ich, wie der Prahm wieder von einer Welle hochgehoben wurde und rollte, sah die Spitze der Welle brechen und sich in grauen Schaum auflösen, der an den Schlepper prallte. Dann traf die Welle mit einem donnernden Krachen auch uns, Gischt überschwemmte das Ruderhaus, der Mann, dem ich ins Gesicht getreten hatte, fiel mit einem Schrei die Leiter herunter, und die Falltür knallte über seinem Kopf zu. Dann glitten wir auf dem schaumbedeckten Rücken der Welle wieder herab in das Wellental, wo wir mit einem berstenden Krachen aufprallten, das meinen ganzen Körper wie ein Schlag traf und den gesamten Lastkahn erschütterte. Wir waren auf Felsen aufgelaufen, und bis uns die nächste Welle wieder anhob, saßen wir fest, und die Stahlplatten mahlten mit ohrenbetäubendem Lärm gegen den Fels.

Ich weiß nicht, ob der Kapitän des Schleppers bemerkt hatte, daß wir aufgelaufen waren und daß er sich selbst zwischen den gefährlichen Felsen in flachem Wasser befand, oder ob er sich plötzlich, da der Nebel aufgerissen war und man alle drei Schiffe vom Land aus im Licht des Leuchtturms deutlich sehen konnte, zu exponiert fühlte. Auf jeden Fall ließ der Mann seinen Schlepper unvermittelt mit voller Kraft zurückfahren. Der Scheinwerferstrahl vom Leuchtturm war wieder da und tauchte die Szenerie in grellweißes Licht, während sich der Schlepper breitseits zu uns drehte, und als der Strahl weiterwanderte, leuchtete ein anderes Licht auf, das dieses Mal von der Seeseite kam.

Es war der Kutter, der nun in Sicht kam. Als ich sah, wie sich der Schlepper von uns zurückzog und der Kutter auf uns zukam, drehte ich vorübergehend durch: Ich brüllte aus vollem Hals und tanzte auf Deck herum. Auch Brian gab ein eigenartiges Kriegsgeheul von sich, und Miriam brach plötzlich in Tränen aus. Sie klammerte sich schluchzend an mir fest, beugte den Kopf wie im Gebet herunter. Dann sagte sie ganz deutlich: »Hätte er nur diese letzte Prise nicht genommen . . . sein Glück hat ihn verlassen!« Dann hob sie den Kopf und sah Brian mit einem Gesichtsausdruck an, den ich nicht ganz verstand. Haß war es eigentlich nicht, eher ein Vorwurf, eine Anklage . . . Wäre es ihr in diesem Augenblick möglich gewesen – sie hätte ihn wahrscheinlich umgebracht.

6
Lichter flammen auf

Erst in der Morgendämmerung wurden wir vom Prahm heruntergeholt. Der Nebel war inzwischen verschwunden, und als die Sonne über den waldigen Bergen von Vancouver Island aufging, konnten wir sehen, wie knapp wir einer Katastrophe entronnen waren. Denn inzwischen hatten die Flut und der Wind den Prahm an der eisenharten Küste von Maquinna Point und den südlichen Ausläufern der Nootka-Inseln entlanggetrieben, bis er zwischen Maquinna und Yuquot wieder in tieferes Wasser kam. Mittlerweile hatten sich Polizeibeamte vom Hubschrauber aus mit einer Seilwinde auf den Lastkahn herunterhieven lassen, und die *Gabriello* selbst mußte den inzwischen leckgeschlagenen Prahm aus den Felsen heraus an Friendly Cove und der Einfahrt zu Cook's Channel vorbei in das ruhige Wasser des Zuciarte-Kanals schleppen. Das führte uns südwestlich von Bligh Island zu dem grauen Felsen von Muchalat Inlet und von dort aufwärts zu dem Sägewerk ungefähr acht Meilen südlich vom Gold River.

Dort übernachteten wir in einem Motel, und am nächsten Morgen kam Cornish zu uns und sagte, die Zollbeamten hätten keinerlei Drogen gefunden. Sie hatten jeden einzelnen Stamm ausgeladen und den Prahm Stück für Stück genau untersucht – keine Spur von Kokain oder irgendwelchem anderen Schmuggelgut. Dann wurden wir noch im Motel einzeln von der Polizei und Zollbeamten verhört, und meistens war auch noch ein Beamter der amerikanischen Drogenfahndung dabei. Protokolle wurden aufgenommen, und zwar nicht nur von unseren Aussagen, sondern auch von denen des Kapitäns und der Mannschaft des Schleppers. Den Polizeibeamten ging es hauptsächlich um Toms Tod und Miriams lange Gefangenschaft in der Hütte am See, während sich die Zollbeamten vor allem auf unsere Begegnung mit dem südamerikanischen Schiff konzentrierten. Nach stundenlanger Suche und weiterer Zeitverschwendung durch das Verhören der Schleppermannschaft fanden sie es offenbar besonders ärgerlich, daß wir nicht einmal kurz unseren Kopf herausgestreckt hatten, um einen Blick zu riskieren. Sie wollten vor allem eine Bestätigung dafür haben, daß es sich bei der Ladung, die von dem Prahm übernommen worden war, tatsächlich um Rauschgift gehandelt hatte.

»Sie sagten, Sie hätten viel Gehämmer gehört?« Die Frage war an mich gerichtet, und als ich nickte, fragte mich der Beamte, wo denn gehämmert worden sei. »Vorne, achtern, mittschiffs, oder wo?«

»Überall«, sagte ich. »Achtern war es natürlich am lautesten, aber es wurde nicht nur an unserem Ende gehämmert.«

Er war schon bei der ersten Durchsuchung des Prahms dabeigewesen. Er sah auf das Protokoll meiner Aussage herab und sagte: »Sie sagen hier, es hätte geklungen wie Holz auf Holz, als würde etwas zwischen die Stämme geklopft.« Er hob den Kopf und sah mich an. »Ich frage mich, ob die Päckchen mit den Drogen nicht vielleicht zwischen die Stämme gestopft worden sind und später – möglicherweise während Sie schliefen – auf ein Fischerboot, ein Schlauchboot oder sonst ein Küstenschiff umgeladen oder auch einfach über Bord geworfen wurden. Später hat man sie wohl an Land gebracht.«

»Das hätten wir gehört«, sagte ich, und Brian nickte zustimmend. Er sagte, er hätte zwar während der Fahrt von den Cascades zum Spider recht tief geschlafen, sei danach aber meistens wach gewesen.

»Wolchak«, sagte der Zollbeamte und sah wieder auf das Protokoll, das auf dem Tischtuch zwischen den Überresten unseres Frühstücks lag. »Wir haben in Bella Bella nachgefragt. Der Pilot der *Cessna* hat bestätigt, daß er Wolchak und noch zwei Männer, von denen einer so aussah, wie Sie den Mörder von Mr. Halliday beschrieben haben, nach Bella Coola geflogen hat, wo ein Leihwagen auf sie wartete. Von Bella Coola führt eine Küstenstraße nach Williams Lake. Die Polizei versucht zur Zeit herauszufinden, ob sie von da aus weitergefahren und dann auf ein anderes Flugzeug umgestiegen sind. In Williams Lake gibt es einen Flugplatz, in Quesnel und in Prince George auch. Es wäre allerdings auch möglich, daß er in einem kleinen Charterflugzeug zurück nach Namu geflogen ist, und von da aus könnte er mit einem Schiff weitergefahren . . .«

Ich hörte ihm nicht mehr zu, denn bei der Erwähnung von Wolchaks Namen war mir die Szene in der Messe der *Kelsey* wieder eingefallen. Wir hatten mit der Durchsuchungsmannschaft zusammengesessen, und beim Kaffee hatte der amerikanische Beamte von der Drogenfahndung erzählt, wie ein Mann namens Wolchak sich bis an die Spitze der beiden Mafia-Familien in Chicago hochgearbeitet hatte. Ich dachte an die Geschichte, wie er zum ersten Mal Drogen von Südamerika nach New York transportiert hatte.

»Spazierstock«, sagte ich.

»Wie war das?«

Ich schüttelte den Kopf. Das war natürlich unmöglich, und trotzdem erinnerte ich mich wieder daran, wie eigenartig es mir vorgekommen war, als ich von der Haarnadelkurve hoch über dem Holzfällerlager aus die fahrbare Bohranlage gesehen hatte. »Sie haben sich doch die Stirnseite der Stämme genau angesehen, oder?«

»Wie meinen Sie das?«

»Ich weiß es selbst nicht genau.« Ich zuckte die Achseln und befürchtete insgeheim, mich lächerlich zu machen. »Das ist nur so eine Idee.« Dann fragte ich den Amerikaner, ob jener Josef Wolchak, der in den Verkauf des Hochwaldes verwickelt war, derselbe Mann sei, von dem sein Kollege vor ein paar Tagen auf der *Kelsey* erzählt hatte.

Sie waren gerade dabei, es zu überprüfen. »Es sieht so aus. Deshalb sind wir ja so sicher, daß es hier um Rauschgift geht.« Er richtete seinen Blick auf Brian. »Ich weiß, daß Sie diese Bäume für wertvoll halten. Aber das ist gar nichts im Vergleich mit den Summen, um die es geht, wenn tatsächlich Rauschgiftschmuggel vorliegt.« Er richtete sich wieder an mich. »Also, Spazierstock. Sie sagten doch etwas von einem Spazierstock.«

Ich zögerte. Ein Baumstamm war in gewisser Beziehung auch nichts anderes als ein riesiger Stock, und wenn man den aushöhlte . . . »Können wir vielleicht zum Sägewerk fahren und uns die Stämme einmal ansehen?«

Ich dachte, sie würden jetzt von mir verlangen, ich sollte erst einmal meine Karten aufdecken, aber sie starrten mich nur alle an, zögerten kurz und standen dann auf. »Na schön. Sehen wir uns die Stämme noch mal an.«

Ich sah deutlich, daß ihnen allen, den beiden Zollbeamten, dem Mann von der amerikanischen Drogenfahndung und dem RCMP-Beamten – aber auch Brian und Miriam – die Idee im Kopf herumging, auf die ich sie gebracht hatte, und daß sie sie nicht in

Worte fassen wollten, weil sie befürchteten, sie könnte sich als genauso unsinnig erweisen, wie sie jetzt erschien.

Wir fuhren in drei Autos hinunter, bogen kurz vor einem Indianer-Reservat im Mündungsgebiet des Gold River am Kai rechts ab und fuhren zum Sägewerk. Die Bäume waren dicht bei einem großen Kran aufgestapelt. Auf der anderen Seite legte das lokale Passagier- und Lastschiff *Uchuck III* gerade ab und fuhr an dem dort noch liegenden Kutter der Küstenwache vorbei. Die Stämme waren sehr einheitlich und sahen in dieser Umgebung viel kleiner aus: unter uns das Lagerbecken voller Stämme, hinter uns das riesige Sägewerk, von dem weißer Rauch aufstieg, rechts die Bucht von Muchalat mit ihren Steilwänden, links die noch engere Matchloe-Bucht – und über uns schwarze Wolken, durch die sich golden ein Sonnenstrahl schob.

Ich wollte vor allem die untere Schnittfläche untersuchen, denn ich war sicher, daß ich die Bäume umgekehrt an der Klippe eingespannt gesehen hatte. Unglücklicherweise hatte man beim Aufstapeln der Stämme nicht auf die Reihenfolge geachtet, in der sie abgeladen worden waren, und außerdem waren sie naß, denn sie waren zuerst im Lagerbecken ausgeladen worden. Die Sägespäne, die an den Stämmen klebten, waren nur schwer abzuwischen. Schließlich mußten wir uns eine Pumpe und einen Schlauch bringen lassen, um die Schnittflächen abspülen zu können.

An dem ersten Dutzend Stämmen, das wir untersuchten, hatte sich offensichtlich niemand zu schaffen gemacht. Um uns weiter nach oben vorzuarbeiten, mußten wir auf die Ladefläche eines Lasters steigen. Ich glaubte schon, ich hätte mich furchtbar blamiert, als der Arbeiter, der oben auf den Stämmen herumkletterte, nach dem Schlauch rief. »Hier ist irgendwas.« Er kniete auf einem Stamm und tastete vorgebeugt über die Schnittfläche. »Irgendwie unregelmäßig.« Der Lastwagen wurde etwas zur Seite gefahren, mit dem Schlauch spülten wir die Sägespäne ab. Dann sahen wir es auch – ein Stück Holz ragte etwas hervor, und die feinen Linien der Maserung paßten nicht ganz zueinander.

Bei verschiedenen anderen Stämmen machten wir die gleiche Beobachtung: Ein Pfropfen war hineingesteckt worden. Brian dachte zunächst, mehr sei es auch nicht. Einige Stämme seien angebohrt worden, weil mit ihnen eine Eingrenzung gebaut werden sollte, und als es dann so aussah, als dürfe nicht mehr weiter abgeholzt werden, habe man es sich anders überlegt und doch alle Stämme abtransportiert. Dazu aber hatte man sich viel zuviel Mühe gegeben. Meistens stimmten die Linien der Maserung an den Schnittkanten überein, und man konnte nur an einem ganz feinen Riß erkennen, daß hier ein Bohrloch geschlossen worden war. Die Pfropfen waren mit größter Sorgfalt eingesetzt.

Der Vorarbeiter kletterte herunter und lief zu einem Schuppen. Die Bucht verschwand hinter einem Vorhang aus Regen, und dichte Wolken stauten sich zwischen den steilen Felswänden. Der Mann kam mit einer großen Motorsäge zurück. Außerdem hatte er ein Formular in der Hand, das er dem RCMP-Beamten gab. »Das müssen Sie unterschreiben.« Sein fleischiges Gesicht verzog sich zu einem breiten Grinsen. »Euch ist das bestimmt egal, aber unsere Firma hat keine Lust, hinterher eine Rechnung für den beschädigten Rotzedernstamm zu bekommen.« Der Polizeibeamte unterschrieb, und der Vorarbeiter steckte den Zettel ein. »Welchen sollen wir uns zuerst vornehmen – den, der mir aufgefallen ist?« Der Beamte warf uns einen Blick zu und nickte. Die Säge wurde hochgereicht, und der Vorarbeiter setzte sich ins Führerhaus des Krans. Die Stämme wurden nacheinander heruntergehoben, bis derjenige, der eindeutig einen Pfropfen hatte, offen dalag. Der große Kanadier suchte sich sorgfältig einen sicheren Standort. »Ich gehe Stück für Stück vor, ja?« sagte er, als wir ihm die Säge reichten. Er zog an der Anlasser-Schnur, und der Motor begann zu röhren.

Nun erreichte uns die Regenfront, aber der Arbeiter kümmerte sich nicht darum, obwohl er nur ein dickes kariertes Hemd und natürlich die unvermeidlichen Hosenträger trug. Wasser spritzte vom Sägeblatt, als er sich vorbeugte und die Säge ungefähr zwei Fuß über der Schnittfläche ansetzte. Der Motor brummte tiefer, als die Säge die Borke durchschnitten hatte und das Holz erreichte. Wir standen alle im strömenden Regen, während über den Hügeln Blitze zuckten, und sahen zu, wie die hellen Sägespäne hervorspritzten. Plötzlich setzte der Sägemotor aus, und der Vorarbeiter zog das Blatt heraus. Er sah es an, drehte es um und nahm mit seiner Fingerspitze ein wenig von dem Gemisch aus Sägespänen und Öl auf. »Das ist kein Holz.« Als er uns seinen Finger hinhielt, sahen wir zwischen den Sägespänen ein paar hellere Stellen, ein weißlicher

Schleim, der jedoch nur bei genauer Betrachtung zu erkennen war. »Das wird der Säge nicht guttun, wenn ich versuche, das auch zu durchschneiden. Ich muß die Säge außen herumführen. Da ist was drin.«

Er ließ den Stamm von dem Kran so weit herausziehen, daß er einige Fuß weit aus dem Stoß herausragte, und dann führte er die Säge um den Stamm herum, trieb sie aber nie tiefer als die Blattbreite in das Holz hinein. Es hörte zu regnen auf, und einmal unterbrach er kurz seine Operation und sagte: »Sieht aus wie Plastik.« Nachdem er die Säge um den ganzen Stamm herumgeführt hatte und nur noch ein kleines Stück Holz nicht durchschnitten war, so daß das letzte Stück des Stammes bei jeder Berührung leicht zitterte, trat er einen Schritt zurück. »Okay, Leute, dann wollen wir mal sehen, was das ist.« Er machte eine kurze Pause und sah zu uns herab. Der Mann hatte offensichtlich ein angeborenes Talent für gute Dramaturgie, denn er nahm nun die große Säge wie ein Schwert in seine Pranke, lehnte sich vor, gab Gas und berührte mit der Spitze des Sägeblatts elegant die Stelle, die er noch nicht durchgesägt hatte. Das gesamte Ende des Stammes hing plötzlich frei in der Luft.

Er gab ihm einen Tritt, und es fiel zu unseren Füßen in den Lastwagen. Wir sahen auf die neue Schnittfläche, die in der Mitte ein Loch von ungefähr zwölf Zentimeter Durchmesser hatte, aus dem ein weißes Pulver lief. Der Amerikaner nahm etwas davon in die Hand. »Mein Gott! Das ist ja rein! Reinstes, unverdünntes Kokain!«

Die Zollbeamten standen im Kreis, nahmen Fingerproben von dem weißen Pulver und starrten entgeistert darauf herab. »Dann wollen wir doch mal sehen, wieviel sie hier verstaut haben. Ist es in Plastikbeuteln?«

Der Vorarbeiter schüttelte den Kopf. »Eher eine Art Container.« Er hatte seine großen Hände bereits um die gezackten Ränder des Lochs gelegt. »Ja, ein Container aus Plastik – ein ziemlich langer, wie es scheint.«

Es waren drei Männer nötig, um den Behälter herauszuziehen und auf den Lastwagen zu legen. Es handelte sich um eine durchsichtige Plastikröhre von viereinhalb Meter Länge und zwanzig Zentimeter Durchmesser, die vom einen Ende bis zum anderen mit Kokain vollgestopft war.

»Man sieht kaum etwas, oder?« Der Amerikaner hatte sich

aufgerichtet und starrte die aufgestapelten Stämme an. »Warum zum Teufel habe ich daran nicht gedacht?« Er drehte sich zu mir um. »Spazierstöcke! Es ist nur eine Frage der Größe, nicht? Wenn man einen Stock aushöhlen kann, kann man auch einen Baumstamm aushöhlen.«

»Wenn man die Geräte dazu hat«, sagte ich, »die an der richtigen Stelle zur Verfügung stehen.«

»Ja.« Der Amerikaner nahm seine Brille ab und nickte bedächtig, während er die Regentropfen von den Gläsern wischte. »Sauber. Wirklich sehr sauber.« Er setzte seine Brille wieder auf und starrte die Stämme an. »Wieviel da wohl drin sein mag? Ich schätze, 'ne ganze Menge. Und erst vor ein paar Tagen haben wir einen Lastkahn untersucht und durchgelassen.«

Der ältere der beiden kanadischen Zollbeamten klopfte ihm auf die Schulter. »Das ist nicht Ihre Schuld. Sie konnten schließlich nicht wissen – «

»Natürlich nicht. Ich war ja nicht da. Wir hatten aber einen Verdacht – einen Hinweis. Aus zuverlässiger Quelle. Wir haben nur niemals so weit gedacht, diesen speziellen Baumbestand als mögliches Drogenversteck zu sehen. Die Ladung, die wir neulich durchgelassen haben, liegt jetzt bestimmt schon bei *SVL Timber* in Chicago. Oder sie ist schon aufgeteilt und wird in den Straßen der Stadt unter die Leute gebracht . . . Großer Gott! Mit einer solchen Größenordnung hätte ich nie gerechnet.« Er drehte sich zu dem Vorarbeiter um. »Sie bringen mich jetzt am besten sofort in das Büro Ihres Chefs. Ich brauche ein Telefon – muß eine Menge Leute anrufen, in Chicago.« Er kletterte hastig von dem Lastwagen herunter. Der Vorarbeiter kam hinter ihm her.

Die Polizisten rannten zu ihrem Wagen zurück, der über ein Funkgerät verfügte; die Zollbeamten gingen zum Pier, wo nun nur noch der Kutter der Küstenwache lag, und auf einmal waren wir allein.

»Ich brauche einen Drink«, sagte Miriam leise. »Tom hatte also doch recht.«

Ich hatte keine Ahnung, woher wir hier einen Drink bekommen sollten. Wir standen eine Weile herum, und dann kamen noch mehr Polizisten, um die Stämme aus dem Hochwald zu bewachen. Es begann wieder zu regnen. Schließlich gab man uns in der Kantine des Sägewerks etwas zu essen, und kurz darauf wurden wir von einem Polizeiwagen abgeholt.

Er fuhr uns über halb Vancouver Island, durch Campbell River und über die Küstenstraße nach Victoria, wo wir in dem herrlichen *Empress Hotel,* einem von Efeu überwucherten Relikt aus den Zeiten der Königin Victoria, unterkamen. Es überblickte den inneren Hafen und das Parlamentsgebäude von British Columbia, und das Gerichtsgebäude war auch nicht weit.

Nachdem Miriam einen Tobsuchtsanfall bekommen hatte, der unter den gegebenen Umständen mehr als gerechtfertigt war, gestattete man ihr, in Oak Bay bei jener Familie zu wohnen, bei der sie schon einmal zu Gast gewesen war. Währenddessen versuchten Brian und ich, uns mit ein paar Drinks die Laune zu verbessern. Es war eine lange Reise von Ocean Falls gewesen, eine noch längere vom Yukon, und jetzt sagte man uns, wir hätten uns »weiter zur Verfügung zu halten«, denn es könne sein, daß wir vor Gericht noch gegen die Mannschaft des Schleppers aussagen müßten. Inzwischen saßen die Leute wegen Rauschgiftschmuggels in Untersuchungshaft.

Das wäre alles gewesen, wenn sich die Behörden in Kanada und den Vereinigten Staaten nicht entschlossen hätten, gegen Wolchak vorzugehen. Man konnte die Bedeutung der Operation allein daran erkennen, daß er sie persönlich an Ort und Stelle geleitet hatte, und so war er jetzt angreifbarer als je zuvor. Einen Tag nach unserer Ankunft in Victoria wurde er in seiner Wohnung in Chicago verhaftet, aber trotz des enormen Drucks seitens der Öffentlichkeit und der Medien gegen eine Kaution von einer halben Million Dollar wieder freigelassen, obwohl ein Auslieferungsantrag gegen ihn gestellt worden war. Ich suchte zwei Tage später Roy McLaren in seiner Kanzlei in Vancouver auf, und er sagte mir, so etwas könne sich monatelang hinziehen. Barony von *SVL Timber* hatte sich der Verhaftung entziehen können, weil seine Anwälte behaupteten, weder er noch die Firma seien in irgendeiner Weise verantwortlich für das, was am abgelegenen Halliday Arm der Cascades-Bucht passiert sei. Die Firma habe die Bäume gekauft, sonst nichts. Ein vom Eigentümer beauftragtes Unternehmen habe sie abgeholzt, und den Holztransport habe *Angeles Georgia Towing* ausgeführt.

Ich hatte bei *Wardair* für den nächsten Tag einen Flug nach

Gatwick gebucht, und da ich mir meiner Meinung nach den Luxus eines Hotelzimmers mit Blick auf die See verdient hatte, übernachtete ich in dieser Nacht im *Bayshore*. Brian war schon wieder auf dem Weg nach Norden, nach Ocean Falls. Nachdem ich es mir eine Stunde lang in dem runden Schwimmbecken neben den geparkten Charterkreuzern hatte wohl sein lassen, stand ich mit einem Handtuch um die Hüften in meinem Zimmer, rauchte eine Zigarette und sah zu, wie die Lichter an der Nordküste aufflammten. Die beiden Fenster meines Zimmers überblickten auf der einen Seite Coal Harbour und Burrard Inlet, und auf der anderen die City. Vancouvers Miniatur-Manhattan leuchtete im letzten Licht der untergehenden Sonne. Ein Frachtschiff verschwand langsam hinter Deadman's Island und der dunklen Silhouette des Stanley Park.

Es war ein wunderbarer Anblick; ein Wasserflugzeug landete, eine Yacht legte an einer schwimmenden Tankstelle an, und bis hin zum Skilift hoch über den First Narrows blinkten die Lichter. Jetzt fehlte nur noch jemand, mit dem ich das teilen konnte, und ich mußte an Miriam denken. Ich fragte mich, was sie heute abend wohl vorhatte, und überlegte mir, ob ich sie anrufen sollte. Und dann, als ich mich schon auf das Bett gesetzt hatte, um im Telefonbuch die Nummer ihrer Freunde in Oak Bay nachzusehen, klingelte das Telefon.

Später sagten wir natürlich, es müsse Telepathie gewesen sein. Sie war im Foyer und wollte mit mir zu Abend essen. »Ich habe dir etwas sehr Aufregendes zu erzählen«, sagte sie; ihre Stimme zitterte vor Erregung. »Du hast doch Zeit für mich, oder? Ich muß darüber sprechen, und jetzt, wo Brian fort ist, habe ich niemanden mehr, der – der alles weiß und sich denken kann, wie Tom fühlen würde. Kannst du kommen? Willst du mit mir ein bißchen feiern?«

»Aber sicher«, sagte ich. »Worum geht es denn?«

»Später.« Und fast im gleichen Atemzug murmelte sie noch: »Es ist wirklich ulkig. Ich warte im Verandazimmer auf dich.« Damit legte sie auf.

Ich zog mich schnell an und ging hinunter, und als ich zu ihr kam, stand vor ihr ein hohes, mit Eis beschlagenes Glas, und sie aß geröstete Nüsse, als hätte sie wochenlang nichts zu essen bekommen. Was sie anhatte, weiß ich nicht mehr – Hosen, glaube ich, und dazu einen leichten Wollpullover, jedenfalls nichts Extravagantes, aber sie sah wunderbar aus. Wir nahmen zusammen noch einen Drink, verließen dann das Hotel und schlenderten über die beleuchtete Einfahrt in das düstere, geheimnisvolle Labyrinth des alten Coal-Harbour-Kais. Sie hatte einen Tisch im *Keg* reservieren lassen, wo ich am Tag meiner Ankunft in Vancouver auch gegessen hatte. »Wir essen Fisch und trinken dazu eine Menge Wein – eine wunderbare, einfache Atmosphäre. Dann erzähle ich dir alles.«

Wir kamen an den zerbrochenen Bohlen der alten Bootswerft vorbei, gingen Arm in Arm an den Reihen geparkter Autos vor der Bootsanlegestelle entlang und lachten über die Schilder, die die Parker vor dem Abschleppwagen warnten. Ich spürte die Bewegung ihrer Hüften an meinem Körper, und mir wurde warm, denn ich ahnte, daß wir heute nacht in meinem Zimmer über dem Hafen miteinander schlafen würden und daß es eine Nacht sein würde, an die wir uns beide noch lange erinnern würden.

Wir blieben eine Weile stehen und sahen auf die Boote hinab, die weiß und verlassen an der Anlegestelle lagen. »Ich hätte nichts dagegen, irgendwo hier draußen zu leben«, sagte sie, und ihre Stimme war heiserer geworden. »Ein Boot, ein Haus am Wasser, und die Welt – die europäische Welt des Terrorismus und der Politik der Gewalt – Millionen von Meilen weit weg. Oder würde man das zu friedlich, zu abgelegen – zu langweilig finden?« Sie sah lächelnd zu mir hoch.

Das *Keg* war, wie der Laden für Schiffszubehör nebenan, ein ehemaliges Bootshaus aus Holz und sehr einfach ausgestattet. Wir nahmen zuerst noch einen Drink, dann aßen wir Salat und Fisch, tranken zwei Flaschen kalifornischen Wein und unterhielten uns über alles mögliche, nur nicht über das, was sie mir eigentlich sagen wollte. Erst als der Kaffee und die beiden großen Brandys kamen, die sie bestellt hatte, platzte sie plötzlich damit heraus: »Stone Slide Gully«, sagte sie, zog ein Fernschreiben heraus und gab es mir. »Jonny Epinard – das hat er mir von Whitehorse geschickt.« Und dann sprach sie so schnell weiter, daß ich ihr kaum folgen konnte. »Du erinnerst dich doch noch an diesen Indianer Jack McDonald – du sagtest doch, du wärst durch die Klamm bis zu diesem düsteren, vulkanisch aussehenden Krater gegangen, als ich ihn sah, fand ich, daß er aussieht wie eine altmodische Kloschüssel. Da hat es immer wieder Felsrutsche gegeben – nicht so sehr dort, wo Tom und der

Indianer sich mit dem kleinen Traktor und der Waschrinne abgeschuftet haben, sondern am gegenüberliegenden Hang. Es ist dort sehr steil.« Sie streckte ihre Hand aus und legte sie auf die meine. »Sieh dir selbst an, was er sagt. Es hat wieder einen Felsrutsch gegeben.«

Ich nickte und sah auf das Fernschreiben herunter: . . . *machen dicht für den Winter. Jack hat sich den neuen Felsrutsch angesehen. Hat in einer knappen Stunde 23 Nuggets gefunden, größter 0.4 Unzen. Sieht vielversprechend aus, müssen aber erst Auswertung im nächsten Frühjahr abwarten. Schade, daß Tom das nicht mehr erlebt. Jonny Epinard.*

Sie packte meine Hand mit festem Griff. »Gold!« sagte sie. »Und selbst wenn es keine große Sache ist, hätte das Tom aus dem Schlamassel herausgeholt, in dem er war. Er hätte diesen Schweinen in Chicago sagen können, daß sie sich zum Teufel scheren sollen.« Ich spürte, wie sich ihre Nägel in mein Fleisch gruben. »Warum ist das bloß nicht passiert, solange er noch da oben war? Warum erst jetzt, da es zu spät ist?«

Sie sprach noch eine Weile darüber, was es für Tom bedeutet hätte, wenn es im Jahr zuvor passiert wäre, oder noch besser vor zwei Jahren, dann hätte er sich nicht bei der Bank verschuldet und hätte nie auch nur im Traum daran gedacht, nur einen einzigen Morgen Hochwald zu verkaufen. Dann aber schweifte sie abrupt ab und begann, über die Zukunft zu reden, ihre Zukunft. »Ich, eine Goldminenbesitzerin – überleg dir das nur!« Ihre Augen blitzten, ihr Gesicht war gerötet, und ihr tizianrotes Haar leuchtete in dem sanften Licht. Sie sah einfach wunderbar aus, wenn sie ins Schwärmen geriet.

»Stundenlang habe ich Tom zugehört, wie er mir von seinem Vater erzählt hat und von Klondike, von dem Fieber, das sie alle packte, als die Bonanza entdeckt wurde, und jetzt habe ich selbst Nuggets auf der Bank. Natürlich keine Bonanza – aber vielleicht noch eine Ice-Cold-Mine. Das wäre genug. Und wenn der Frühling kommt, können wir hinfahren und uns überzeugen, ob es wirklich eine ergiebige Goldmine ist. Wäre ich dann eine echte Goldgräberin?« Sie schüttelte den Kopf und sagte leiser: »Ich, eine Goldgräberin!« Sie leerte ihren Brandy und kicherte leise. »Ich bin froh, daß ich mich nicht um diesen Hochwald kümmern muß.« Ihr Gesicht wurde ernster. »Tom hatte recht – Brian wird ihn zu würdigen wissen. Er versteht sich auf Bäume, und nach allem, was da passiert ist . . .« Sie lehnte sich über den Tisch. »Die juristische Seite wirst du doch für mich erledigen, oder? Für die Ice-Cold-Mine, meine ich – du kommst doch mit mir dorthin, oder? Ich kann eine Mine leiten, oder zumindest glaube ich, daß ich das kann.« Sie grinste. »Das bedeutet aber, daß ich eine Firma habe, Konten, eine Menge Papierkram.« Und lachend: »In solchen Dingen war ich nie sehr gut.«

Wir sprachen noch eine Weile darüber; Miriam baute Luftschlösser und sah sich im Geist schon als Besitzerin einer riesigen Mine, während ich mein Bestes tat, damit sie den Boden nicht ganz unter den Füßen verlor. Es machte großen Spaß, solche Träume auszuspinnen, an denen wir beide beteiligt waren. Schließlich bezahlte sie die Rechnung – sie bestand darauf, und ich ließ es zu, weil es ihr Abend war. Er stellte für sie einen neuen Anfang dar, denn nach den schrecklichen Ereignissen, die hinter ihr lagen, wollte sie nun versuchen, für sich selbst eine neue Zukunft aufzubauen. Dann traten wir in die schattenverhangene Welt des Coal Harbour hinaus; die Nacht war sehr still, und die Wolken hingen ganz tief, so daß das Wasser und die alten Bootshäuser von den Lichtern der Stadt diffus beleuchtet wurden.

Wir erreichten die schlecht erhaltene, mit Schlaglöchern übersäte private Einfahrt, die von der Westseite her zum Hotel führte. Wir gingen wortlos Arm in Arm und genossen die Stille der Nacht und ihren Zauber; wir spürten beide, wie nahe wir uns in diesem Augenblick waren, und was die Stunden, die vor uns lagen, bringen würden. Wir kamen an dem Eingang zur Anlegestelle vorbei und blieben einen Moment stehen, um zuzusehen, wie eines jener schnellen Hochsee-Angelschiffe lautlos auf den Ponton zuglitt. »Das würde mir gefallen«, sagte Miriam. »So ein Schiff, um das Meer hier zu erforschen.« Sie ging weiter.

Wir kamen gerade an der Einfahrt zu einem Parkplatz vorbei, als ein Automotor ansprang. Die Scheinwerfer strahlten uns grell an; sie waren auf Fernlicht geschaltet, und unsere Schatten sprangen über die Straße. Wir erschraken und drehten geblendet die Köpfe. Dann heulte der Motor auf, und in dem Augenblick, in dem das Auto mit quietschenden Reifen losfuhr, wurde in mir instinktiv irgendein Selbstschutzmechanismus ausgelöst. Ich stieß Miriam heftig vorwärts. »Lauf! Lauf zum Steg, so schnell du kannst!« Gott sei Dank reagierte sie sofort. Wir schafften es gerade noch. Das Auto raste hinter uns vorbei, schrammte an der Wand entlang und kam mit quietschenden Bremsen zum Stehen. Türen knallten, und Stimmen riefen irgend etwas in die Dunkelheit. Wir waren inzwischen schon die Rampe heruntergerannt und hatten den Ponton erreicht. Etwas knallte wie eine Fehlzündung, und neben uns klatschte eine Kugel ins Wasser. Schritte hallten auf der Rampe, und der Ponton schwankte. Ich hatte mich für die zweite Bucht entschieden, einen Ponton voller angelegter Boote, und ich betete innerlich zu Gott, daß ich die richtige Wahl getroffen hatte. Die Boote waren dunkel, und weit und breit war kein Mensch zu sehen.

Dann aber sah ich ihn – den hohen, weißen Bug des Hochsee-Anglers, der auf das Ende des Pontons zuglitt. »Du mußt springen oder schwimmen«, keuchte ich. »Wir müssen irgendwie auf das Boot da kommen.« Ich warf hastig einen Blick über meine Schulter. »Meinst du, du schaffst es?«

»Ja.« Sie kam direkt hinter mir her, und selbst in dieser Situation achtete ich auf ihre Brüste und die Art, wie sie sich bewegte. Dann hatten wir fast das Ende des Pontons erreicht, und ich rief zu dem Kapitän hinüber, der hoch oben auf der offenen Brücke stand: »*Mayday! Mayday!* Wir brauchen Ihre Hilfe. Überfall!«

Er reagierte sofort und schloß die Lücke zum Ende des Pontons genau in dem Augenblick, in dem wir es erreichten. Ich sprang, landete auf meinen Füßen und stolperte gegen das Ruderhaus. Miriam landete neben mir. »Volle Kraft voraus – bitte!« rief ich dem Mann über mir zu. »Die Leute sind bewaffnet.«

Wahrscheinlich sah er sie, wie sie über den Ponton auf sein Schiff zurannten, denn er zögerte keine Sekunde, gab volle Kraft voraus, und die starken Maschinen dröhnten auf. Die Schrauben gruben sich in das Wasser, der Bug hob sich, und wir zogen mit schäumendem Kielwasser einen großen Bogen zu der hellen Linie der Bootshäuser des *Royal Vancouver Yacht Club* hinüber.

Der Eigentümer, nach seiner Aussprache zu schließen ein Amerikaner, stand selbst am Steuer. »Soll ich die Polizei rufen?« fragte er, als wir zu ihm auf die offene Brücke kamen. »Ich habe unten ein Funktelefon!«

»Haben Sie ihre Gesichter deutlich sehen können?« fragte ich. »Könnten Sie die Leute identifizieren?«

Dazu war er natürlich viel zu sehr mit seinem Schiff beschäftigt gewesen. »Wenn Sie nicht *Mayday* gerufen hätten . . .« Er zuckte die Achseln, nahm Gas weg, setzte sich auf seinen Drehstuhl und fuhr langsam durch den Hafen, während ich ihm erzählte, wer wir waren und was meiner Ansicht nach hinter diesem Überfall steckte.

»Sie können sie also nicht identifizieren? Sie sind selbst Anwalt – und sehen trotzdem keine Chance, die Polizei in dieser Angelegenheit einzuspannen?« Er schob sich seine Schirmmütze zurück, blieb einen Augenblick wortlos sitzen und sah zu den dunklen Umrissen der Gebäude von Coal Harbour hinüber. Ein Auto fuhr in Richtung Georgia Street davon, aber sonst rührte sich nichts.

»Ich komme aus Kalifornien«, sagte er, »und da wissen wir nur zu gut, was das Rauschgift aus den Menschen macht und wozu schon Halbwüchsige bereit sind, um sich Stoff zu beschaffen. Die Leute, die hinter diesem Geschäft stecken, verdienen Millionen. Darf ich Ihnen einen Rat geben?« Er drehte mit einer heftigen Bewegung seinen Kopf zu uns herum und starrte uns durch seine Goldrandbrille an. »Sehen Sie zu, daß Sie hier wegkommen, und zwar so schnell wie möglich. Und wenn Sie hier gebraucht werden, weil Sie eine Zeugenaussage machen sollen, bestehen Sie auf jeden Fall für jede Sekunde, die Sie hier sind, auf Polizeischutz. Sie auch, Lady. Okay?« Damit stand er auf, gab etwas mehr Fahrt und fuhr auf das hellerleuchtete Hotel zu.

Als er uns absetzte, fuhr er ganz dicht an den Bug eines der großen Charterboote. »Denken Sie an das, was ich Ihnen gesagt habe«, rief er uns nach. »Ich war schon in der Politik, und außerdem bin ich Geschäftsmann. Ich weiß, wozu diese Leute fähig sind, und ich kenne das Gesindel, das sie sich mit ihrem Geld kaufen können. In England haben Sie vielleicht nicht viel zu befürchten, aber hier . . .« Er lachte, winkte uns noch einmal zu und nahm mit schäumenden Schrauben Fahrt auf. »Und passen Sie gut auf die Kleine auf, ja?«

Wir gingen in mein Zimmer hinauf und taten, was zu tun blieb. Danach lagen wir nackt zwischen den Laken, während die Lichter nacheinander ausgingen, das Wasser sich dunkel färbte und eine wunderbare Welt langsam im Schlaf versank. Als es dann dämmerte und die Berge sich im ersten grauen Licht des Morgens in der spiegelglatten Fläche der Burrard-Bucht wie ein Bild zeigten, das jemand auf den Kopf gestellt hatte, betrachtete ich nachdenklich den Aschenbecher, der voller Kippen neben unserem Bett stand, und es kam mir vor, als schaue die Wirklichkeit still und geisterhaft durch die großen Fenster zu uns herein. – Verhieß sie nicht eine goldene Zukunft für uns beide? Aber ich konnte nur an die beiden verdammten Jäger denken, die oben am Yukon auf uns warteten. Während wir uns hier in den Armen lagen, lastete der Schatten eines Verbrechens auf unserem Glück.

Nachwort des Autors

Während der Zeit, in der ich *Campbell's Königreich* und später *The Land God Gave to Cain* schrieb, hatte ich Gelegenheit, einen größeren Teil Kanadas kennenzulernen, als selbst den meisten Kanadiern kennenzulernen vergönnt ist – von den maritimen Provinzen im Osten bis zu den Rockies und dem Caribou Trail, und dazu noch Labrador und nordwestlich über die Hudson Bay bis zur Barrens- und Baffin-Insel. Lediglich das Yukon Territory habe ich damals nicht gesehen, obwohl es wegen des Goldrauschs von 1898 schon immer eine besonders starke Anziehungskraft auf mich ausübte.

Als Segler war für mich ein anderer Teil Westkanadas besonders reizvoll: die langgestreckten Buchten und Fjorde, die zwischen der Nordspitze von Vancouver Island und dem südlichen Ende der Charlottes bis tief hinein in die Küstenberge der Rockies reichen. Wollte ich diese Gegend erforschen, in der damals Sir Alexander Mackenzie, der als erster den Pazifik auf dem Landweg erreichte, seinen Namen in einen Felsen geritzt hatte, so brauchte ich dazu selbstverständlich die Unterstützung der kanadischen Behörden sowie insbesondere der Dienststellen in Britisch Columbia.

Nun, da ich *Die Yukon-Affäre* fertiggestellt habe, möchte ich mich dafür bedanken, daß ich als Gast auf einem Kutter der kanadischen Küstenwache dabeisein durfte – sowohl bei Durchsuchungs- und Rettungsaktionen als auch bei allgemeinen Inspektionsreisen in jene kaum besuchten und sehr abgelegenen Fjorde. Besonderen Dank schulde ich Kapitän Peter Golden, der in seiner Eigenschaft als *Coastguard Regional Manager* der Küstenwache die Fahrt für mich organisierte, sowie Kapitän Peter Kalis vom Kutter der Küstenwache *Rider,* der in den schmalen, felsigen Wasserstraßen bewies, daß er als Navigator eine Klasse für sich ist. Er hat mir den Spider gezeigt und mir eine Woche lang äußerst diffizile Navigationsarbeit vorgeführt; es war ein äußerst lehrreiches Vergnügen.

Im Yukon gibt es niemanden, der seine Hilfe verweigert. Das Land zwingt die Menschen ganz einfach dazu, einander zu unterstützen, und von dieser Hilfsbereitschaft konnte ich profitieren. Es gelang mir in sehr kurzer Zeit, Einrichtungen und Gegenden zu besichtigen, die ich für mein Buch brauchte — besonders eine Waschgold-Mine hoch oben in den froststarren Bergen des Kluane-Nationalparks unweit der Gletscherregion. Mike Brine bestand darauf, meine Frau Dorothy und mich in der *Dezadeash Lodge* als Gäste zu empfangen, und es gelang ihm, Terry Thompson dazu zu überreden, uns tief in die Wildnis zu seiner Mine im Quellgebiet eines kleinen Flusses namens Squaw, unweit der Grenze Alaskas, zu führen.

Holz- und Forstwirtschaft spielen eine wichtige Rolle in der *Yukon-Affäre*, weshalb ich vielleicht erwähnen sollte, daß meine Kenntnisse auf diesem Gebiet und mein Interesse an Bäumen sehr persönlicher Art sind. In den letzten fünfundzwanzig Jahren haben Dorothy und ich in Wales eine große Zahl kanadischer Bäume gepflanzt, denn die forstwirtschaftlichen Voraussetzungen sind hier genauso gut oder besser als in ihrer natürlichen Umgebung an der Küste Westkanadas. Im Verlauf meiner früheren Reisen in Kanada ist sogar der Entschluß in mir herangereift, einen Teil des Geldes, das mir meine Bücher einbringen, zum Ankauf von ansonsten wertlosem Land zu verwenden und dort Schonungen mit kanadischen Fichten und Tannen anzulegen.

Die Bäume werden immer größer und bringen mir zunehmend ein Gefühl von Leistung und Befriedigung. Es ist uns nicht nur gelungen, kleine Teile der Karte, die vorher weiß waren, grün zu färben, d. h. also den Waldbestand der Gegend ein wenig zu vergrößern (schließlich gehört Holz zu den wenigen natürlichen Rohstoffen, die nachwachsen), sondern auch einen, wenngleich verschwindend kleinen, Beitrag zum Kampf gegen die Vernichtung der Wälder in dieser Welt zu leisten, gegen einen Prozeß also, der das Klima verändert, in dem wir leben. In verschiedenen Teilen der Welt, besonders in Nordafrika, ist es bereits soweit.

Es war schon seit langem mein Wunsch, einen Roman zu schreiben, in dem Bäume eine wichtige Rolle spielen. Bisher hatte es allerdings immer den Anschein, als müßte dieser Teil meines Lebens von meinen Büchern getrennt bleiben, denn mir wollte einfach keine entsprechende Geschichte einfallen. Als ich dann noch einmal den kanadischen Westen aufsuchte, wo ich zum ersten Mal davon geträumt hatte, meinen eigenen Wald zu pflanzen, fügte sich alles zusammen. *Die Yukon-Affäre* ist das Ergebnis.